大唐良相

李吉甫

秦勇 著

华文出版社
SINO-CULTURE PRESS

图书在版编目（CIP）数据

大唐良相李吉甫 / 秦勇著. -- 北京：华文出版社，2023.6

ISBN 978-7-5075-5813-5

Ⅰ．①大… Ⅱ．①秦… Ⅲ．①传记文学－中国－当代 Ⅳ．①I25

中国国家版本馆CIP数据核字(2023)第087473号

大唐良相李吉甫

作　　者：	秦　勇
责任编辑：	胡慧华
出版发行：	华文出版社
地　　址：	北京市西城区广安门外大街 305 号 8 区 2 号楼
邮政编码：	100055
网　　址：	http://www.hwcbs.cn
电　　话：	总编室 010-58336239　责任编辑 010-58336195 发行部 010-58336267
经　　销：	新华书店
印　　刷：	三河市航远印刷有限公司
开　　本：	710mm×1000mm　1/16
印　　张：	21.5
字　　数：	364 千字
版　　次：	2023 年 6 月第 1 版
印　　次：	2023 年 6 月第 1 次印刷
标准书号：	ISBN 978-7-5075-5813-5
定　　价：	58.00 元

版权所有，侵权必究

自序

允文允武允复兴

大风起兮云飞扬,谁能复兴大唐?

明月皎兮星零落,本来人间光芒。

我的《大唐廉相陆贽》经华文出版社出版后,有幸获评第九届"重庆文学奖",政界、文学界、史学界以及读者们反响热烈,点赞我洞彻中唐历史,劝我趁热打铁再写一部"蹭热度"。

写不写?写谁呢?

当代名家写盛唐的多,譬如《李世民》《武则天》《狄仁杰》《李白》《长安十二时辰》等等,但要写部中唐的扛鼎之作,我感觉——

"我太难了!"

大唐兴亡三百年,大体来讲,中唐以李隆基时代"安史之乱"为分水岭,到大唐第十五位皇帝李昂时代"甘露之变"止。

中唐七十年,内忧外患,战乱频发,李唐王朝由盛转衰,日渐式微。天子们身陷藩镇割据、宦官专权、朋党争斗"三大魔咒",无不渴望"中兴大唐",再创贞观之治、开元盛世?

何为盛世?谁能中兴?

在我看来,最具标志的就是统一天下、国泰民安。

盛世的缔造,需要一位雄图大略、叱咤风云的帝王,也离不开一个个扶翼大运、励精图治的宰相。刘邦君临天下有萧何、张良,李世民贞观之治有房玄龄、杜如晦,李隆基开元盛世有姚崇、宋璟……

中唐历经"泾原兵变""四王二帝之乱""二八王司马事件"……皇帝们忍辱负重,走马换灯,被称作"中兴之主"的似乎只有唐宪宗李纯。宰相鱼贯更替百位,你方唱罢我登场,但堪称千古名相者寥寥可数。

"国破"朝衰的中唐,河北三藩(幽州、成德、魏博)拥兵自重,藐视中央,自立自代。罪大恶极的更数河南的淮西(治所蔡州,今河南汝南)节度使李希烈、吴少诚，他们俨然"独立"长达半个世纪。

李唐王朝已无六合同风，已非九州共贯。臣子恨，何时灭？风雪夜、破房蔡州贼，朝天阙。

元和十二年（817），唐宪宗李纯一举荡平淮西，生擒吴元济，东征北伐，天下一统，四方宾服。"安史之乱"的战火熊熊燃烧一个甲子后终于尘埃落定，天下百姓迎来了一个叶葳蕤、花烂漫的"元和中兴"时代。

李纯为何能开创大唐历史上第三个盛世？

为寻找这一历史"王炸密码"。我研阅《旧唐书》《新唐书》《资治通鉴》《唐国史补》等上百本著作，答案似乎水落石出。李纯缔造的"元和中兴"，三大宰相功不可没：李吉甫、武元衡、裴度。

"成功归辅弼，致理赖忠良。"于是，就有了这本书的主角、中兴良相——李吉甫。

选定李吉甫，还有一个重要原因。李吉甫曾任忠州刺史六年，开发盐业、减免赋税、体恤百姓。他与为官忠州的宰相刘晏、陆贽、诗人白居易深受州民爱戴，尊其"唐代四贤"，修建"四贤阁"世代纪念。

忠州，是我的故乡。也算是李吉甫、李德裕的第二故乡。

"我吹过你吹过的风，我走过你走过的路。"或许是天人感应，冥冥之中我与李吉甫似曾相识，梦中相叙，或煮茶对弈，或赏花对诗，或策马对酒，畅谈波谲云诡的天下时势、金戈铁马的削藩战事、钩心斗角的官场政治、赵郡李氏的门风家风、牛李两党的恩怨曲直……一位铁血宰相复兴大唐的跌宕人生，令我内心波澜起伏。

历史是最好的教科书，这些精彩故事，诠释了何谓修身齐家治国平天下，能使人知兴替、明得失、养浩气。

复兴路上，我认为可以浓墨重彩地讲讲这位大唐中兴良相。

李吉甫（758-814），出身赵郡李氏西祖房，今河北省赞皇县人，祖孙三代皆系大唐举足轻重的经纬之臣，其父是御史大夫李栖筠，其子是被誉之为"万古良相"的李德裕。

赵郡李氏乃德星闪耀、门风优雅的贵族，其先祖乃赵将武安君李牧。《旧唐书》云"赵郡诸李，人物尤多"，李吉甫出生的许亭村在唐代就涌现出六大宰相：李吉甫、李德裕、李峤、李绛、李固言、李珏。

李栖筠体貌轩特，文武兼备，磊落大观，"以乐人攻己短，为天下士归重"，人称"赞皇公""李西台"。李隆基"安史之乱"逃亡西川，他亲率七千"安西铁骑"千里赴灵武,"万马救中原",力挽李唐于将倾。后任给事中、工部侍郎、常州、苏州刺史等,百姓为其"刻石颂德"。

大历年间(766-779),唐代宗李豫"欲收纲权以黜(元)载",擢引李栖筠为御史大夫(从三品),一振台纲,"魁然有宰相望",不料五十八岁愤郁而终。唐代宗追赠其为吏部尚书、司徒(正一品),谥号"文献"。

李吉甫"少好学,能属文""该洽多闻,尤精国朝故实,沿革折衷,时多称之"。李吉甫十八岁时,父亲病故,家道中落,他隐忍养晦,厚积薄发,抚治州府,回翔台省,两度拜相,跻身、纵横于中唐历史舞台的中央。

李吉甫,是一位极不平凡的政治家。

大历十四年(779),李适即位皇帝,李吉甫门荫入仕,初授左司御率府仓曹参军,给太子李诵"站岗"。

建中四年(783),"泾原兵变"爆发,唐德宗仓皇出逃奉天(今陕西乾县),李吉甫扈从李适匡正朝廷典礼,参赞军国机要,绘制军事地图,为长安光复赴汤蹈火,浴血杀敌,得到唐德宗的赏识。

李吉甫二十七岁擢升太常博士(从七品上),历任屯田员外郎、驾部员外郎。然而,却因宰相陆贽与窦参、裴延龄的官场博弈,惨遭政敌冷箭,以私驾公车(御马)之罪外放明州(今浙江宁波)长史。

"天生我材必有用。"李吉甫很快起复忠州刺史、郴州刺史、饶州刺史。贞元二十一年(805),太子李纯登基,李吉甫回到长安担任考功郎中、知制诰。随后出任翰林学士,中书舍人,获赐紫衣,进入大唐中央核心圈,成为李纯的倚重之臣。

元和二年(807),李吉甫擢升中书侍郎、同中书门下平章事,极位首席宰相。大刀阔斧改革弊政,打击宦官,征伐藩镇。之后,李吉甫惨遭陷害,审时度势挂衔宰相出镇淮南,疏浚运河,灌溉农田,大兴盐铁,充实赋税,为完成唐朝的统一大业韬光"备战"。

元和六年(811),李吉甫重返朝廷,"中外延望风采",再度拜相主宰政事堂,内参密命,外正戎机,竭心膂以振皇纲,励精诚以辅元化,李唐王朝重现"中外咸理、纪律再张"的政治局面。

李吉甫,是一位极不平凡的战略家。

李吉甫主张维护中央权威,"削藩"复兴大唐。

受李栖筠的"军事影响",李吉甫深谙制胜千里、驾驭诸藩的战略战术。首度拜相时,他就义无反顾地向藩镇"亮剑",一年之内强势调换三十六个藩镇节帅，让大唐天下为之震惊。

西川节度使韦皋病逝，副使刘辟未得节度使而反叛。李吉甫力挺唐宪宗发兵讨伐刘辟，出谋激将高崇文八战八捷平定西川。

镇海节度使李锜系李唐宗室，听信相士所言其妻郑氏"要生一个天子"，遂重兵谋反。李吉甫再次强硬出手，调遣诸道唐军围剿镇海，迅疾平定浙西，将李锜押送长安，斩于独柳树下。

为防吐蕃、回鹘、突厥侵犯大唐，李吉甫进言唐宪宗恢复宥州，命鄜城九千神策军屯垦驻防，充实经略军。恢复夏州至天德军军事驿站，驻屯经略故城。征调振武、天德军垦田三千八百顷。征调江淮三十万件兵器与千匹战马以充太原、泽潞军。迫使吐蕃归还安乐（今宁夏中宁）、秦（今甘肃天水）、原（今甘肃镇原）三州，发兵收复原州城，促成"长庆会盟"。为大唐江山筑起强大的军事边防体系。

李吉甫最大的"立功"，是辅佐唐宪宗收复"谋独"的淮西。

元和九年（814），淮西节度使吴少阳去世，其子吴元济匿不发丧，上表朝廷其父病重，意在自领"留后"，世袭"淮西皇帝"。

李吉甫和同朝宰相武元衡异口同声——向淮西开战。李吉甫详细绘制《河北险要图》呈献唐宪宗，夜以继日筹谋军事，紧锣密鼓部署兵马，起用张弘靖、裴度、李光颜、乌重胤、李愬等大批能臣干将，实施削藩"三步走"战略，对"谋独"的淮西以及河北三藩布下天罗地网。

元和十二年（817）十月十五日，中唐名将李晟之子李愬出谋"斩首行动"，亲率九千精骑雪夜突袭蔡州，生擒吴元济。

"淮西收复！"长安乃至整个帝国沸腾了。河北诸藩震慑不已，相继归顺朝廷。李唐王朝"重见天宝承平时"，否极泰来，天下一统。

李吉甫，是一位极不平凡的地理学家。

"成当今之务，树将来之势，则莫若版图地理之为切。"李吉甫认为，地图地理"事关兴替、理切安危"。

李吉甫"犹长舆地之学"，亲自编纂《元和郡县图志》四十二卷。该志以全国十道为纲，对唐宪宗时代四十七个藩镇的地理沿革、人口贡赋、山川险易、交通要塞、军事设施、水利、矿产、古迹等进行系统全面叙述。《四库全书》称其"舆地图经，唯此书为最古，体例亦为最善。"

《元和郡县图志》融政治、经济、文化、地理、军事于一体，开创了我国地理总志的先河，为唐宪宗和唐中央周览全国形势、制驭四方藩镇、打赢削藩战争、加强中央集权发挥了不可估量的作用。

"扼天下之吭，制群生之命，收地保势胜之利，示形束壤制之端。"《元和郡县图志》堪称一部辅治经国之书，闪耀着一代名相忠心救国、鞠躬尽瘁的儒家思想和智慧光芒。

李吉甫，是一位极不平凡的文学家。

《全唐诗》虽只有李吉甫四首诗，留传下来的骈文、谢表、疏奏赋亦不过三十余篇。但其诗词、奏表、文赋，文思富赡，灿然可观。

"龙门南岳尽伊原，草树人烟目所存。正是北州梨枣熟，梦魂秋日到郊园。"仅这首《怀伊川赋》，当是唐诗三百首中羁旅怀乡的上乘之作，并不逊色于李白、杜甫所写的伊川龙门诗。

"怀君欲有赠，宿昔贵忘言""蓬发颜空老，松心契独全""上公留凤沼，冠剑侍清祠"……李吉甫与宰相武元衡、权德舆、诗人王建、崔备等人的诗酬唱和，更是志情交融，感人至深。

宰相权德舆盛赞李吉甫的文章"简实而粹清，朗拔而章明"；李德裕也是公认的大唐著名文学家，王士祯点赞其功业与裴晋公伯仲，骈偶雄奇骏伟，与陆宣公上下。学者孙星衍讲："唐宰相之善读书者，吉甫为第一人矣"。如此，李吉甫的文学造诣也就不言而喻了。

李吉甫编著的《元和国计簿》《十道图》《六代略》等军事、经济、学术著作也颇富文采。我每读他亲笔的《忠州刺史谢上表》《郴州刺史谢上表》《饶州刺史谢上表》《让平章事表》，无不慨叹其尊王室、卑诸侯、彰帝范的"大手笔"风度。遗憾的是《李吉甫集》二十卷已亡佚。

令人惊奇的是，李吉甫还推崇文学、拔擢文人，亲自主持编撰诗文总集《古今文集略》二十卷、《丽则集》五卷以及《国朝哀策文》《梁大同古铭记》《类表》《百司举要》等专著。还用心用情地提携引荐在"永贞革新"中遭受谪贬的柳宗元、刘禹锡、程异。

李吉甫极不平凡，他具有大海一般的容人情怀，不计陆贽前嫌，以德报怨，创造了"宰相肚里能行船"的千古佳话；他具有养民资国的为民情怀，在淮南疏浚河道灌溉农田，轻徭薄赋，修筑的高邮"平津堰"被列为世界遗产。他具有海纳百川的爱才情怀，裴垍开出三十余个名单，他"数月之内，选用略尽"，天下翕然称"吉甫得人"；他具有天道自然的山水情怀，在洛阳伊川营建亭台楼榭错落、小桥流水纵横的私家园林——平泉别业，令白居易都"羡慕嫉妒"；他具有优雅贵族的博爱情怀，不畏权贵，打击宦官，为愁嫁的公主、十六宅诸王

"剩女"挑选郎君……

本书是一部历史人物小说，也是历史的宏大叙事。书中有君子与小人，有铁血与权谋，有主战与主和，有光明与黑恶。有窦群、吕温、羊士谔诬告李吉甫结交术士、厌胜谋逆的罗织构陷；有李吉甫父子与牛僧儒、李宗闵为领袖的牛党"你死我活"倾轧的恩怨情仇；有元和三年科举舞弊案、长庆元年科举舞弊案中庶族与士族的尖锐矛盾；有李吉甫同年出生、同日拜相又志同道合的武元衡被暗杀于长安朱雀大街的惊天内幕……

"天高不可问，空使辅星昏。"

元和九年（814）十月三日。五十七岁的李吉甫溘然病逝。唐宪宗李纯闻讯伤悼啜泣，赐李吉甫谥号——"忠懿"。

天下至德，莫大乎"忠"。民之秉彝，好是德"懿"。李吉甫父子皆两度拜相，拯救社稷，革故鼎新，功勋不朽。李吉甫辅佐唐宪宗李纯，开创了中唐"元和中兴"，封赵国公；其子李德裕辅佐唐武宗李炎开创了晚唐"会昌中兴"，封卫国公。这在大唐三百年历史当中绝无仅有。

允文允武允复兴，立德立言立国功。这，就是李吉甫。

大唐几个是豪英，青史昭昭载令名。
沧海横流持节去，狂澜力挽请缨行。
一生韬略兼文武，三代衣冠辅圣明。
遗爱曾留巴峡内，州民长记使君情。

这部长篇小说出版，特别感谢华文出版社胡慧华先生，他是哲学博士，但对历史情有独钟，因为有他用心用情地纠错打磨，方使这部小说的字里行间充盈着"辩证法"的唯物历史观、价值观和人生观。

我想，这将是这部历史人物小说最大的看点、亮点。

当今时代，世界风云变幻，愿我们赓续李吉甫的家国情怀、民本思想、兴邦智慧和优雅门风，心怀"国之大者"，力促华夏一统，这或许是本书最大的意义。

复兴中国，有你有我，何其幸运！是为序。

2023年2月14日
写于重庆红岩干部学院

目录 CONTENTS

第一章　出身赞皇
我从哪里来　　　　　　　　001
惊蛰原是"万物生"　　　　008
安邑坊的大地图　　　　　　014
从长安到常州　　　　　　　022

第二章　成人之礼
苏州记忆　　　　　　　　　029
李栖筠与元载的较量　　　　036
取字"弘宪"　　　　　　　042
丁忧平泉　　　　　　　　　049

第三章　门荫初仕
给太子"站岗"　　　　　　056
以德报恩，无所顾望　　　　063
嗜血中唐的"三大毒瘤"　　070
患难见知己　　　　　　　　076
修德以配天　　　　　　　　081

第四章　靖难奉天
"四王二帝之乱"　　　　　089
太常博士　　　　　　　　　095

保卫奉天城	101
结怨裴延龄	107
李德裕降生	114

第五章　谪迁明州

驾部员外郎	121
私驾御马"出"长安	127
明州，大海辽阔	133
劣币驱逐良币	138

第六章　忠州刺史

置怨结欢	144
三峡忠州的盐酒茶	150
六年不徙官	157
从忠州到郴州、饶州	164

第七章　翰林学士

云诡波谲的五年	173
"二王八司马"永贞革新	180
入主翰林院	188
平西川，斥宦官	194

第八章　首度拜相

主宰政事堂	200
削藩才是"王炸"	206
平泉别墅	214
元和三年科举舞弊案真相	220
日蚀，君臣之谏	228

第九章　二度拜相
出镇淮南节度使　　　　　　236
援引刘禹锡、柳宗元　　　　243
成德之战　　　　　　　　　250
中外延望风采　　　　　　　257
备战，备战，备战　　　　　264

第十章　元和中兴
安内攘外　　　　　　　　　275
献《元和郡县图志》　　　　282
与"谋独"的淮西开战　　　290
天下一统　　　　　　　　　297
德星陨落大唐最后的盛世　　304

尾声　我花开后百花杀　　　313
附录一　旧唐书·李吉甫传　321
附录二　历代名人评价李吉甫　325
附录三　李吉甫祖孙三代年谱　327

第一章　出身赞皇

我从哪里来

唐乾元元年（758），农历戊戌，狗年。

或许是"安史之乱"的阴霾笼罩得太久太久，这一年的早春二月来得格外早一些，来得更有生机、更有魄力。

雄踞河北的太行山脉，千里绵延至辽阔的赵郡（辖今河北省赵县、赞皇县、高邑县）大地，将最美的丹崖、碧岭、奇峰、幽谷、文脉，毫不吝啬地赐给在这里生息繁衍的子孙后代。

赞皇山（位于今河北省赞皇县）的皑皑白雪已静静消融。

融化的冰雪一滴滴化作澄澈的溪流，从崇山峻岭之间，从林壑幽谷之中，潺潺流向"四渎"之一的济河，再一路向东，或奔腾，或湍飞，或浅唱，三隐三现，而后浩浩荡荡、曲折入海……

二月初九这天，一道金色的阳光晒透赞皇山脉，红色砂岩大断崖构成的丹崖绝壁熠熠生辉，好似万丈红绫，嶂石岩下的丘陵绿荫浮现，原野上已是绿草如茵，整田春耕已悄悄开始。

宽阔蜿蜒的黄土大道边，金黄的油菜花、迎春花，雪白的杏花、梨花，悄悄开出了花骨朵儿。

一匹枣色骏马飞驰而去，留下一个风度卓然的铁骑背影，"嗒嗒"的马蹄声声，在这赵郡大地的"回音壁"袅袅回荡，响彻云霄……

响彻云霄的，还有那位骑马人雄浑而辽远的歌声：

匏有苦叶，济有深涉。

深则厉,浅则揭。

有弥济盈,有鷕雉鸣。

济盈不濡轨,雉鸣求其牡。

雍雍鸣雁,旭日始旦。

士如归妻,迨冰未泮……

这首民歌,正是《诗经》里的《邶风·匏有苦叶》。

歌的内容,讲述的是赞皇县济河边一位年轻女子,日日伫立在济河渡口等待她的情人过河相会,祈祷在济水未结冰前娶她为妻,她是那样焦灼,又是那样喜悦。

此时,赞皇县城西北三十里的许亭村,清洌的"一股泉"缓缓流淌,与村中河、村北河三水相汇,蜿蜒向南……河畔一棵百年槐树下,一位清秀的女子也正在焦灼而喜悦地等待她的夫君。

这位女子名叫赵可君,已身怀六甲十月有余,即将临盆分娩。她日夜翘首等待的,正是这位高唱《邶风·匏有苦叶》的骑马人,从千里之遥的长安马不停蹄归来的李栖筠。

赵可君秀外慧中,知书达理,既有大家闺秀的温婉,又有着北方女子的刚毅,其祖父曾担任过汲郡共城(今河南省辉县)县尉、高邑县令,致仕后归隐赵郡老家,也算是一方世家望族。

十年前,赵可君与进士及第、初仕冠氏县主簿的李栖筠结为伉俪,生下第一个儿子李老彭,而今已成翩翩少年,不仅聪明伶俐,相貌俊秀,而且文思敏捷,知礼乐孝。

"嗒嗒"的马蹄声还在嶂石岩"回音壁"响彻时,一声又一声嘹亮的婴儿啼哭声划破宁静的许亭村。

这日午时一刻,赵可君又平安地生下一个七斤多重的男孩。这个孩子,其实本应该出生在遥远的北方——安西。

从去年赵可君与李栖筠在安西北庭都护府分别算起,夫妻俩在兵荒马乱中各奔东西,已将近十个月。

今日夫妻团圆于李栖筠的许亭村故宅,恍然隔世重逢,又逢次子出生,一家人相拥而泣,欢喜、激动、幸福之泪满面扑簌。

乱世之中平安诞子,乃是天大的喜事。

两年前,"安史之乱"爆发,唐玄宗手下的二十万大军灰飞烟灭,安禄山建立伪燕政权,国号大燕,定都洛阳,僭越称帝。

东西两京狼烟笼罩,相继残破。吐蕃军又出兵攻掠河西、陇右两镇,意图切断朝廷与安西、北庭的联络,大唐帝国的大半壁江山惨遭叛军、蕃军铁蹄的疯狂蹂躏和杀戮。

"杀了杨贵妃,杀了杨贵妃!"马嵬坡兵变的惊心动魄,黑夜中的呐喊与血腥,仍让人毛骨悚然,不寒而栗。

"六军不发无奈何,宛转蛾眉马前死。"月黑风高的马嵬之夜,杨贵妃给不爱江山爱美人的唐玄宗跳了最后一曲《霓裳羽衣舞》……"回眸一笑百媚生"的一代绝世美人从此香消玉殒,演绎了一曲凄凄惨惨戚戚的《长恨歌》。

世上再无"杨贵妃",世上再无"开元盛世"。

杨玉环,再也没有回眸一笑了。她像一朵绽放于大唐帝国之巅的牡丹,被凛冽刺骨的北风瞬间疯狂摧残,顷刻化作尘埃,那枯枝败叶飘荡的声音,好似气数殆尽的李唐王朝一丝一丝的喘息……

短短两年,一个歌舞升平的盛唐王朝从此崩坍衰弱,举国山河破碎、生灵涂炭,藩镇拥兵割据、抗命自专,百姓流离失所、妻离子散。

"大唐"一时三个"皇帝",一个叫李隆基,一个叫李亨,一个叫安禄山。一代"开元圣文神武皇帝"缔造了开元盛世,也把大唐帝国拖入了一个衰败与混乱的历史深渊。

当唐玄宗李隆基仓皇狼狈地逃往西川益州(今四川省成都市)时,天下兵马大元帅、太子李亨率领手下两千士兵和父皇"分道扬镳",掉转马头北上,策马扬鞭,直奔灵武(今宁夏回族自治区灵武市)而去。

灵武,时为灵州都督府、朔方节度使的驻地,自古有"塞上江南"的美誉,将其作为唐军栖身突围之地,李亨北可收诸城之兵,西可发河陇劲骑,南进则可收复中原。

至德元载(756)七月,在"白衣山人"李泌的辅佐下,太子李亨披上龙袍于灵武南楼即位称帝,遥尊逃奔西川的唐玄宗为太上皇。

新天子李亨祭天大赦,改元至德,史称唐肃宗。

随后,唐肃宗李亨好像刘备对待孔明一样,任命李泌为银青光禄大夫(从三品散官),为平叛出谋划策。

"权逾宰相"李泌运筹帷幄,任命朔方节度使郭子仪为兵部尚书、同中书门下平章事(领衔宰相);任命范阳大都督府长史、河北节度使李光弼为户部尚书、同中书门下平章事(领衔宰相),统领唐军讨伐安禄山。同时又向全国诸道州府发出灵武勤王的诏书。

驻守大唐西域的安西北庭都护府（治所在龟兹镇，今新疆维吾尔族自治区库车县）的"安西兵"，也被列为征调内地勤王平叛的军队。

安西，虽距离长安万里之遥，却是古代兵家必争之地，也是"丝绸之路"的黄金通道。自汉以来，朝廷与吐蕃、突厥爆发数不清的大小战争，大多是为争夺安西。

"地上多髑髅，皆是古战场"的安西，既有"大漠孤烟直，长河落日圆"的壮美景色，也是大丈夫金戈铁马、建立盖世功业的广阔天地。

"劝君更尽一杯酒，西出阳关无故人。"这两句千古绝调，就出自王维于渭城送别友人远赴西域时所作的《送元二使安西》。

贞观十四年（640），李世民打败如日中天的东突厥，命侯君集率领两万远征军，一举征服了西域的高昌，并在交河城（今新疆维吾尔族自治区吐鲁番市）筑设了安西都护府，屯兵镇守边关。

从此，天山以南直至葱岭以西、阿姆河流域的辽阔地区都归安西都护府管辖，大唐国威四服，西域大惧。之后，首任安西都护兼西州刺史郭孝主动出击，连年征战，又把西突厥乙毗咄陆可汗打得再无还手之力，再也不敢轻易冒犯"西域唐地"寸步。

长安二年（702），武则天在庭州设立北庭都护府，隶属安西都护府，以三万精锐戍守安西四镇，管辖天山以北、阿尔泰山和巴尔喀什湖以西的广袤土地。

是时，大唐王朝东极于海，西至焉耆，南尽林邑，北抵大漠，皆为州县，凡东西九千五百一十里，南北一万九百一十八里，稳稳地确立了在西域的霸主地位。

当唐肃宗的勤王诏书到达安西都护府时，领职安西、北庭节度使的是唐玄宗的第二十六子李琪。不过，他是李隆基在逃亡西川时临时任命的节度使，其人根本就没去安西赴任。

此时，实际负责安西、北庭节度使府军政大权的正是"摄监察御史、安西节度使府行军司马"李栖筠。

安西节度使府行军司马，便是安西战区作战参谋长。在李栖筠以前，执掌安西的是节度使封常清将军。

封常清是蒲州猗氏（今山西省临猗县）人，他曾是唐玄宗李隆基时军界名将高仙芝的得力骁将，跟随他越过葱岭，转战中亚，打败吐蕃国，占领小勃律，在大漠绝域立下过赫赫战功。

从高仙芝手中接过安西四镇节度使的旌节后，生性节俭的封常清"抚宁西域"，赏罚有度，治理有方，安西、北庭以及陇右整个西北地区更加安定，愈加强盛。

封常清府上有一个幕僚叫岑参。他写过一首诗，描写了封常清守治安西的太平光景：

西边虏尽平，何处更专征。幕下人无事，军中政已成。
座参殊俗语，乐杂异方声。醉里东楼月，偏能照列卿。

天宝十四载（755）十二月，封常清决定东返长安，觐见天子，向唐玄宗述职自己驻守安西、争霸西域的辉煌战功。

临行之前，封常清给天子上了一道奏表，让安西府判官李栖筠担任"摄监察御史、安西节度使行军司马"，全面负责安西、北庭两使府一切军政事务。

不料，封常清刚刚回到长安，就遇上了"安史之乱"。

国难当头，封将军回不去了。唐玄宗任命他为范阳、平卢节度使，赴东都洛阳招募骁勇之兵，征剿安史叛军。

封将军与叛军主力血战洛阳，寡不敌众退守潼关，监军宦官边令诚诬陷封常清与高仙芝贪生怕死，有意败退。大唐军界最耀眼的两颗将星——高仙芝、封常清双双被诛。

李栖筠收到唐肃宗的勤王诏书和封常清将军的噩耗，已是至德二载（757）三月，安西地区仍是冰天雪地，北风呼啸。

当年，李栖筠仰慕封常清从军出塞、戍边保国，一举收复大小勃律国的赫赫战功，方才辞去冠氏主簿，投笔从戎，渴望像封常清那样，纵马横刀、拓土开疆，实现拜将封侯的将军梦。

一介书生李栖筠万里跋涉，来到天山脚下的安西，受到封常清的格外器重和提携，在浩瀚沙漠里扎下了根，成为封常清身边的股肱大将。而今，听闻叱咤风云、英勇无敌的封将军因谗遇害，李栖筠顿时悲恸欲绝，也对安史叛军、监军宦官愤怒至极。

是驻守安西袖手旁观，以存实力；还是千里勤王，远赴国难，亦为封将军报仇雪恨？

李栖筠立马召集安西军中将领连夜筹谋，决定由幕府掌书记岑参主持大局，全权负责安西、北庭军政事务。他自己率领七千"安西"精锐统军回朝，奔赴灵武协助唐肃宗平定已陷入持久战的"安史之乱"。

"由来巾帼甘心受，何必将军是丈夫。"李栖筠的妻子赵可君也主动请缨，恳请与丈夫同赴沙场，无论生死都要在一起。

岑参劝慰道："赵夫人，西京疲百战，北阙任群凶，李将军此去灵武无疑将与安史叛军累日血战，沙场之上刀枪无眼，瞬息万变，生死难料。夫人还是不去为好！"

经过一番商议，李栖筠决定由从弟、军中录事参军李玄义带领赵可君和儿子李老彭先回老家赞皇，躲避战乱。如此一来，若是李栖筠不幸战死沙场，也给赵郡李氏留下一脉香火；若是平叛成功，光复长安，再把妻儿接回长安也为时不晚。

黄沙白云、冰川雪山之下，临危受命的岑参依依不舍地送别李栖筠，眼望同僚即将离别妻儿奔赴千里之外的平乱沙场，禁不住热泪盈眶，持酒吟诗，执手话别：

一身从远使，万里向安西。汉月垂乡泪，胡沙费马蹄。
寻河愁地尽，过碛觉天低。送子军中饮，家书醉里题。

李栖筠听完岑参这首雄浑悲壮的《碛西头送李判官入京》，情意深重，不由得百感交集，自己曾与岑参在安西相识相知的往事浮上心头，不禁慨吟道：

爱尔青青色，移根此地来。不曾台上种，留向碛中栽。
脆叶欺门柳，狂花笑院梅。不须愁岁晚，霜露岂能摧。

因为爱你（柏树）青葱的秀色，所以把你移种到荒凉的边塞。不曾被植种于御史台中，只能栽于这浩瀚沙漠。柏树傲视叶脆易折的柳树，媚俗的花嘲笑院内的凌雪梅花。就算快到岁末也无须发愁，寒霜冷露岂能摧折这巍巍翠柏？

这首《使院中新栽柏树子呈李十五栖筠》，正是岑参与李栖筠在安西府的院子中一起冒雪栽种柏树时的唱和之作。

诗以言志，诗人借柏树扎根沙漠的岁寒本色，赞美柏树坚毅挺拔、顽强不屈的精神品格，也抒发了守卫边塞、建功立业的爱国情怀。

李栖筠和岑参投笔从戎，不远万里来到"瀚海阑干百丈冰"的安西，不就是天山脚下两棵不畏霜露、坚韧不拔的柏树吗？不论身处庙堂之高，还是居身边塞之远，他们时时以报国为己任，就是吟出的诗句也是如此龙吟般的清响锵锵、铁骨铮铮。

羌笛声声，胡笳回响，征衣卷霜，朔风飞扬，李栖筠接过岑参递上的羊皮酒囊，纵身跃上铁骢……

"甲兵二百万，错落黄金光。"明光铠甲，铁骑陌刀，时刻准备"为国捐躯"的将士，这是安西铁军的真实写照。他们曾为保障大唐"丝绸之路"的安全，长期戍守雪山长云、碛日瀚海，让强悍的吐蕃、大食等精锐敌军闻风丧胆，立下过不胜枚举的战功。

李栖筠带领这支七千安西铁骑扬鞭策马，昼夜星驰，火速驰援中原。经过两个月的长途奔袭，于是年五月到达灵武。

见到这支威风凛凛、骁勇善战的安西铁骑，唐肃宗李亨喜极而泣，旋即将李栖筠引入内殿，与他促膝长谈，任命李栖筠为殿中侍御史（御史台监察职务，掌殿廷供奉仪式，察百官朝仪，从七品下），劳飨褒奖安西众将士。

八月，唐肃宗诏令全国诸道官军联合讨伐安史叛军。

李栖筠率安西兵加入天下兵马大元帅李俶（后为唐代宗李豫，初名李俶）统领的军队，协同天下兵马副元帅郭子仪率领的朔方联军，与安庆绪统领的十万安史叛军展开了生死决战。

"旌蔽日兮敌若云，矢交坠兮士争先。"

经过两个月的浴血奋战，李栖筠带领安西兵冲锋陷阵，其陌刀铁骑为军前驱，如墙前进，出生入死，与联军共斩首敌军六万余级，俘虏敌军两万余人，夺回了东都洛阳。

随后，安西军以"以一当十"的强悍战斗力，驰援郭子仪所率唐军、回鹘兵，乘胜挥师东进，所向披靡，向长安发起总攻。

至德二载（757）九月二十九日，安史叛军大败，长安迅即光复，摇摇欲坠的大唐江山得以挽救。李栖筠的妻儿也一路风餐露宿，从安西平安回到赞皇许亭村。

李栖筠勤王灵武的同僚杜甫听闻官军收复长安，举酒吟出了一首五律，赞扬李栖筠带领安西铁军"万马救中原"的英雄壮举：

奇兵不在众，万马救中原。谈笑无河北，心肝奉至尊。
孤云随杀气，飞鸟避辕门。竟日留欢乐，城池未觉喧。

惊蛰原是"万物生"

至德二载（757）十月，秋叶金黄撒落朱雀大道。

长安城的银杏叶纷纷飘落，"簌簌"之声好似在吟唱诗人杜甫为长安光复所作的一首新诗："复道收京邑，兼闻杀犬戎。衣冠却扈从，车驾已还宫……"

李栖筠戎装飒爽，气宇轩昂，随同唐肃宗李亨浩浩荡荡的銮驾回到长安城，街坊百姓纷纷跑到明德门外迎接，官民山呼万岁，哭泣欢跃，二十里不绝。

不久，唐肃宗李亨发布论功过、行赏罚的诏书。广平王李俶晋封楚王，郭子仪晋升司徒，李光弼晋升司空；所有"蜀郡、灵武扈从立功之臣"，分别进阶、赐爵、加食邑；颜杲卿、袁履谦、张介然等官员被追赠官爵，子孙恩荫授官。

李栖筠也以"率师勤王"之功，从战乱中唐肃宗的临危授职，正式出任殿中侍御史，成为他政治生涯发达的开端。

同时，唐肃宗也下令收捕在"安史之乱"中投降附逆的朝中官员，朝廷成立"三司使"，专门负责处置"安史之乱"中的变节之臣。

唐肃宗任命李岘为"三司使"领使，主持三司详理衙门的工作。面对数百名待罪阙下的降贼朝臣，如何准确甄别、合理量刑地处置他们？这一问题摆在了御史大夫李岘的面前。

对从伪官员"秋后算账"，是个出力不讨好的事情。

因为"安史之乱"爆发时，安禄山、史思明的叛军势如破竹，长安、洛阳两京陷落，李隆基即刻逃离长安，朝臣们一时不知道皇帝去了哪里，人们各自逃生，谁也顾不了谁，所以才出现了"两京衣冠，多被胁从"、纷纷"举手投降"的混乱局面。

在处理投降附逆官员的问题上，"三司使"的意见分成两派，分歧很大。崔器、吕谭是守文死板之吏，主张"严惩主义""准律皆当处死"，执法太过苛刻，要求凡是投降贼寇的官员一律处死。

李岘认为崔、吕二人不识大体，殊无变通，枉生冤案。他于是想到了平叛归来的殿中侍御史李栖筠，将他作为助手牵制崔、吕二人。

此时，李栖筠满脑子想着的是妻儿的安危。

长安光复，李栖筠回到长安后就收到从弟李玄义寄来的书信，得知妻子赵可君和儿子李老彭已平安地回到老家，而且妻子在离开安西时还怀上了他的骨肉，预计次年正月出生。

李栖筠不胜欢喜，恨不得马上长上翅膀，飞回到他日夜思念的赵郡赞皇与亲人团聚，对"三司使"的事情毫无兴趣，但又不好拒绝自己的直接领导、御史大夫李岘，故而左右为难。

李栖筠与李岘相交甚厚，有着一段极不寻常的历史渊源。

李岘（709—766），字延鉴，祖籍陇西狄道（今甘肃省临洮县）人。系唐太宗李世民玄孙，吴王李恪曾孙，信安郡王李祎第三子。李岘居官有为，知人善任，一生历经三朝，五次拜相。

天宝七载（748），二十八岁的李栖筠赴长安参加科举。这一年长安春闱，李栖筠高中进士，得到了朝廷的任命。

然而，数日之后，唐玄宗突然宣布，先前的进士任命状作废，改授李栖筠为魏州（今河北省大名县一带）冠氏县的主簿。

正是这一番周折，李栖筠才来到冠氏县，遇到了他生命中非常重要的一个贵人——魏州太守李岘。

李岘礼贤下士，与李栖筠一见如故，对他的智慧与务实精神非常欣赏，于是将其引为智囊，纳为"布衣之交"，并极力提携栽培他。李栖筠也视李岘为知己，从此尽心竭力做事，两人建立了深厚情谊。《旧唐书·李岘传》记载：李岘慧眼如炬，提携后进，选拔英才，最为著名者当以李栖筠为首。

当李岘邀请李栖筠加入"三司使"处理降贼朝官案件时，李栖筠还是一口拒绝了。

如若李岘此时给皇帝参奏一本，奏他"抗旨不遵，怜悯变节之臣"，李栖筠定将被贬出长安，甚至死无葬身之地。

然而，心胸宽广的李岘没有这样做，他让李栖筠先回家省母、看望妻儿，再把家人带回长安，全家团聚。李栖筠无比感动，答应李岘办完事后尽快回朝，协助李岘处置降贼官员。

李栖筠跨上自己从安西带回的那匹枣红色汗血宝马，策马扬鞭驶出长安春明门，千里迢迢地回到赞皇许亭村的当天，正赶上妻子赵可君平安地生下第二个儿子。

河北赵郡大地的二月，正是初春难得的阳升气象，真是一个万物复苏、春光明媚的好日子，一个生死重逢、吉祥欢喜的好日子。

李栖筠给儿子取了一个无比吉祥的名字——李吉甫。

"吉"者，《逸周书》云"礼义顺祥曰吉"，意为吉祥、吉利。《周礼·大宗伯》

云："一曰顺祝，二曰年祝，三曰吉祝……。"吉又有善、贤、美之意。

"甫"者，甲骨文中意为"田里长出了新苗"，充满蓬勃的生命力。《说文解字》曰："甫，男子美称，丈夫之美称也。"

这个"吉"字与赞皇也有一段故事。《穆天子传》记载，西周第五位君主周穆王统一四夷，西征昆仑，励精图治，天下安宁。周穆王北巡来到赞皇，登上赞皇山以望临城，大赞此地为出将入相之地，于是在此置坛祭祀，并在赞皇山上刻下了"吉日癸巳"四个大字石刻。

正如李栖筠所望，李吉甫不仅遗传了赵郡李氏的贵族气质，还传承了祖父李载燕代豪杰"磊磊可观"的胸怀气魄；不仅遗传了父亲李栖筠"体貌轩特"的俊朗体貌，还继承了李栖筠"喜书多所能晓，为文劲迅体要"的渊博学识，成为"佐天子、致中兴"的元和名相。

当日，李栖筠一会儿给妻子吃从京城带回的蜜饼甜点，一会儿给她烧煮红糖红枣荷包蛋汤，一会儿又抱着浓眉大眼的儿子逗来逗去，忙得不亦乐乎，笑得合不拢嘴，不知不觉到了晚上子时才入睡。

然而，子时一过，已熟睡的小小李吉甫突然大哭起来。

李栖筠赶紧起床点灯，让赵可君给儿子喂奶。李栖筠在一旁哼着小调，笑眯眯地看着儿子在夫人的怀里"吧嗒吧嗒"大口吮奶。

突然，一道道刺眼的闪电劈裂天空、穿透窗户，瞬间把屋子照得煞白通亮，刹那又暗淡下来，继而耳畔响起一连串震耳欲聋的雷声。

紧接着又是一道道闪电，一阵阵震耳的惊雷，狂风四起。李栖筠赶紧起身去关闭门窗，又见窗外顿时响起"哗哗"的雨声……

赵可君吓得浑身颤抖，顿时把李吉甫紧紧抱在怀里。可这婴儿充耳不闻，仍含着奶头"吧嗒吧嗒"地吃得欢。

赵可君惊悚地说道："筠公，这是什么时令，白天还是太阳普照，晚上突然电闪雷鸣。这老天爷说变就变，让人好生惧怕。"

"没啥可怕的。我们从'安史之乱'的劫难中都死里逃生地活过来了，吾儿定是大难不死，必有后福。"李栖筠边说边掐手指，沉吟片刻后忽然大笑道，"夫人，大吉啊，大吉啊！"

赵可君疑惑地细声问道："有何大吉？这么大的雷声儿子都没啥反应，莫不是给你生了个聋子？"说完已是满面忧伤。

李栖筠笑着安慰道："夫人多虑了，今日正是农历二月初九，恰逢二十四节气的'惊蛰'。这个节气要是又打雷又下雨，就是吉兆啊！"

农历二月是万物复苏的春运之首、祥和之期，在关中被称作"春社"，庶民会生起"社火"祭祀土地，祈求五谷丰登。

古人认为，二月中的惊蛰节被称作"龙抬头"之日，卦在震位，万物出乎震，乃生发之象，自古就被看作阳升、振兴的征兆。立春、雨水两个节气之后，春水催生惊蛰，如若这日春雷叱咤响动，潜龙就会在惊蛰节腾空而起，振翼而飞。

次日，李栖筠起了个大早，一开门便大吃一惊，只见门前一丈远外的百年古槐树下，一位老道士正仰面观赏着刚刚长出的槐树嫩叶。

那道士一身青衫道袍，道髻直盘，手执一柄青烟拂尘。听见李家大门"吱呀"一声打开，道士回过神来，缓缓朝李栖筠走过来。

"贫道郭崇真，见过李大人。不知大人是否是平叛归来的将军？"道士轻扬拂尘，拱手施礼道。

李栖筠迟疑片刻，朗声笑道："郭道长免礼，在下非平乱将军，只是殿中侍御史七品小官，今日正是开门见喜，天逢贵人临门啦！"

郭道士捋着胡须，粲然一笑道："不得春雷龙不抬，无心求道道自来。贫道自茅山而来，访求吾道宗师潘师正之故地赞皇，昨日登临青龙观（赵郡赞皇县孤山村村东南有一山叫青龙山，上有道教青龙观），得知李府新添贵人，特地前来拜喜道贺！"

李栖筠正要说话，郭道士扬起手中青烟拂尘，围着李栖筠轻拂一圈，然后肃然说道："万物出乎震，震为雷，故曰惊蛰。蛰者，冬眠之百虫也。惊蛰者，雷声惊醒冬眠百虫，蛰虫惊而出走矣！人之所畏，不可不畏。心之所伏，不可不拂！"

李栖筠听完，面容一收，忙拱手相迎道："道长临门，李府陋宅三生荣幸，有请道长屋里喝茶！"

郭道士点了点头，随后跟着李栖筠走进堂屋，缓身落座。李栖筠随即给道士递上一杯热茶，道士接过茶杯，握在手中温了温手，方才啜饮起来。

"好茶，好茶。这莫不是闻名东瀛西域的赵州禅茶，赵州的古佛从谂禅师，可谓吃茶悟道的茶道鼻祖！今日一品，名不虚传啊！"

李栖筠点头回话道："郭道长所言极是。不过，您喝的此茶虽属赵州禅茶，却是我们赞皇许亭村所产之茶。我们都叫它平泉茶。"

郭道士又细细品了品茶，点头称道："平泉茶，好名字。许亭村，也是好地方啊！"

郭道士放下茶杯，继续说道："贫道看这里四面环山，北峰雄峙，南坡如屏，东南独缺，惠风和畅。群山环抱的平原之上，一座状如乌龟的孤山独起，许亭村倚坐其上，恰如龟纽官印；村外三水交汇共入槐河相绕，恰如玉带缠腰。这里可是出将入相之地啊！"

李栖筠欣然说道："郭道长真乃世外高人。我赞皇李氏东祖房的李峤，就曾在武皇圣历元年（698）授同凤阁鸾台平章事，位极宰相，之后在中宗皇帝时期两度拜相，他是赵郡李氏的骄傲。"

郭道长插话笑道："李大人，你也有骄傲之本啦！"

李栖筠惭色道："我西祖房虽有李景伯出任过中宗皇帝时的散骑常侍，但只是个入则规谏过失、出则骑马散从的散官，曾祖李君勉也只不过在隋朝时有过'谒者台郎'的虚衔，祖父（李肃然）和父亲（李载）根本就未能入仕，要光耀门楣，吾辈甚是愧疚，毫无骄傲之本啦！"

"李大人，昨日你家就添了骄傲之本啊！"郭道长看着一脸疑惑的李栖筠喃喃说道，"李氏西祖房也能出将入相的。"

李栖筠忙起身拱手相谢道："谢郭道长吉言，此话怎讲？"

郭道士又喝了一口茶，徐徐道来："赵郡李氏，出自战国四大名将——赵将武安君李牧，传至西晋司农丞李楷一代，已是第一等的高门大族，却偏逢'八王之乱'（西晋皇族八王争权引发内乱，致使西晋亡国以及近三百年的社会动荡）。李楷带领全家避乱徙居于赵郡，膝下五子将赵氏祖先的血脉一脉三分，分出了西祖房、东祖房和南祖房。"

郭道士捋了捋长须，继续说道："贫道看这许亭村，四面青山如屏，起伏层叠的丘陵山峦犹如六片莲花翘起的花瓣，将许亭村紧紧相拥，可谓三水相济，六山相鼎，李氏三房皆能出将入相也未可量也！"

李栖筠听完道士的这一番陈述，胸中暗自涌起一股充溢的热流。但作为久经沙场的将士，他脸上却丝毫未有流露。

李栖筠双手端起茶杯，饮了两口，将手中茶杯轻轻放回几上，徐徐沉吟道："郭道长，您这是抬举李氏家族了。在下只不过做过区区安西使府判官、殿中侍御史而已，何谈出将入相？"

"李大人自安西千里勤王，随广平王李俶平乱，再造唐室，救国救民之功，当是彪炳千秋。况且惊蛰之日，系干支历卯月的起始，仲春之月，卦在震位，万物出乎震，乃生发之象。李府公子恰惊雷出世，也定让乱臣贼子闻风丧胆，还天下一个盎然之太平啊！"

说到此，郭道士平静如常的面色一凝，稍缓片刻说道："不过，昨夜子时，赞皇城西燃起一场弥天大火，不知李大人可知？"

"大火？什么地方？"李栖筠微微有些惊讶地问道。

"就在法会寺。贫道猜度了一番，莫不是昨夜打雷的闪电引发了火灾，好在继而有春雨降落。不然法会寺定会毁于一旦，难逃此劫，岂不惜哉！"郭道士面露惋惜地叹道。

郭道长讲的法会寺，乃太宗皇帝所建，武皇时又重修一番，至此臻于极盛，寺里殿宇楼阁，金碧辉煌，法象庄严，弘扬临济宗佛法，香火延续已百年，堪称赵郡大地的佛教圣地。

听闻法会寺火灾，李栖筠一时惊诧，面容一敛，十分惋惜地说："没想到一夜之间遭此大火，损失定是惨重！唉，更惨重的是赞皇百姓啦，不知又要筹集多少钱财重修，剥削多少穷苦劳力？"

郭道士正色道："贫道甚有同感。近岁以来，佛教恶性扩张，强占良田沃地，以高利贷牟利，僧人不耕不织坐待衣食。农民为了躲避战乱，躲避日益增长的赋税徭役，纷纷投身空门，天下之财佛有七八，长此以往，再雄伟的大雄宝殿，香火又能燃烧几时？"

李栖筠喝了一口茶，缓声应道："'安史之乱'以来，全国征战不休，百姓苦不堪言。长安虽已光复，但既乏军储，又鲜人力，叛贼安庆绪（安禄山之子）逃亡邺城，盘踞相州，剽掠抢夺，对抗朝廷。这次我从长安归来，一路见到沿途死生流离，田地多荒，民不聊生，正如杜甫《无家别》《石壕吏》写的那般景象，从前那个太平盛世早已在兵燹战火中变得面目全非。真叫人扼腕叹息！"

李栖筠说完，停顿了片刻，不由得怅然地诵起杜甫的那首《无家别》来："寂寞天宝后，园庐但蒿藜。我里百余家，世乱各东西……"

此时，几声"哇——哇——"的婴儿哭声打断两人的谈话，原来是小李吉甫在啼哭。李栖筠走进内屋，把李吉甫抱出来让郭道长看看。

说来也怪，这婴儿一见郭道士就不哭了。他睁开一双蒙眬的大眼睛，看着郭道士，舌头噜噜地动，看似想说话的模样。

郭道士打量着眼前这个婴儿，额头前凸，天庭饱满，浓眉大眼。他不由得夸赞道："吉相啊！吉相啊！长大以后，出征可为将帅，入朝可为宰相，是我大唐经天纬地之才啊！"

郭道士说完，扬起手中拂尘，在李吉甫头上挥绕了三圈，喃喃说道："大唐式微，由盛转衰，五十载后当有文武双才中兴社稷！"

"承蒙郭道长吉言。"李栖筠明知郭道长是奉承之语,但仍笑容满面以对,立刻安排家人快快生火做饭,盛情款待郭道士。

郭道士也不推辞,继续与李栖筠一边喝茶,一边论道天下。

郭道士吃过早餐,起身辞行。李栖筠将他送到村外,赠其平泉茶,互道后会有期,郭道士挥手别去。

小小的许亭村,有着"许亭李半朝"之说,大唐三百年,这里先后涌现了六位宰相:李吉甫、李德裕、李峤、李绛、李珏、李固言,难怪说许亭村占据"李唐朝廷半朝",此乃后话。

春天的许亭村,不愧为赞皇小西川,河北小江南。

李栖筠一家在明媚的春光里,享受着难得的天伦之乐,转眼间门前的槐树已垂满雪白的槐花,微风一串串吹过,空中弥散着一缕缕微甜的槐香。婴儿李吉甫也茁壮地成长,一天一个样。

乾元元年(758)五月十日,李吉甫出生刚满百日。

正当一家人邀请亲戚邻里和和美美地举办百日宴这天,赞皇县县令带着朝廷诏书匆匆赶来,诏李栖筠为"三司使"详理判官,速回长安协助御史大夫、京兆尹李岘审理降贼群官。

处置变节之臣,是个"烫手山芋",也是与群官绅士结怨生仇之事,李栖筠能"赴汤蹈火"吗?

李栖筠打开李岘随诏书寄来的书信,陷入矛盾之中。"夫事有首从,情有轻重,若一概处死,恐非含弘之义。昔者明王用刑,歼厥渠魁,胁从罔治。况河北残寇,今尚未平,苟容漏网,适开自新之路。若尽行诛,是坚叛逆之心!"

读着李岘的信,李栖筠明白了其"仁恕之道",他太需要一个懂他的人,一个与他并肩战斗的人。

贬降之人难免无辜,宜开"自新之路"……为让"安史之乱"的阴霾早日散去,恢复朝廷元气,抚安京师人心,李栖筠决定回朝赴职。

安邑坊的大地图

乾元元年(758)六月,李栖筠带着妻子赵可君,儿子李老彭、李吉甫以及从弟李玄义风尘仆仆地赶回了长安。

太子李俶、御史大夫李岘亲自到长安春明门迎接,李栖筠激动不已,心里感到无比温暖。让李栖筠更温暖的是,皇帝李亨还在长安城东的安邑坊赏赐了他一处房子。

原来,李栖筠带领的安西军跟随太子李俶一举攻下长安,立下汗马功劳。李俶于上月册封为皇太子时,也给李栖筠请了一功,于是唐肃宗不仅褒奖了银子,还赐给了房子。

从此,李栖筠在长安城安邑坊(今陕西省西安市城东南)东南隅有了自己的家,李吉甫在安邑坊开启了他的童年岁月。

安邑坊位于朱雀门街东第四街街东从北第七坊,北邻东市,西邻亲仁坊,东邻靖恭坊,南邻宣平坊。

安邑坊东西宽约1000米,南北长550米,四面各有一坊门,中间有十字大街。十字街之北有元法寺、太真观等,坊中栽种杏树、香樟,鸟语花香,居住于此的要么是朝中政要,要么是富贵商贾。

李栖筠的宅子虽不甚宏大,但景致很是奇巧雅致,庭院之内,"怪石古松,俨若图画"。道士桑道茂曾看了安邑坊的风水,称李宅为"玉碗",是长安城少有的福地。

长安另一阴阳术士浮屠泓看了此地,称安邑宅为"玉杯地",风水上乘,但"一破无复可全"。

《类说·语林》载:"李卫公宅在安邑,桑道茂谓之玉碗。牟相宅在新昌北街,谓之金杯。"

安邑坊,是李栖筠千里勤王,抛头颅、洒热血换来的,实属来之不易,称它是"玉杯地",配得上门风优雅的赵郡李氏门第。

李栖筠安顿好一家,立马投入"三司使"的工作。他悉心推敲每一个案宗,仔细分辨叛逆官员哪些是主动投诚的,哪些是被迫胁从在伪朝任官的,哪些是长安光复后主动请罪的。

通过一一甄别,逐一分清首、从、轻、重,李栖筠一切以"招徕人心、稳定时局"为宗旨,以"小惩大诫,严惩不贷"为原则。经过一番详细的调查研究,辨物居方,李栖筠代唐肃宗李亨拟了一道诏书《原免两京被贼逼授伪官诏》,昭告天下:

> 朕闻古先哲王,慎罚以恤人命。胁从罔理,罪疑从轻。成汤有解纲之全,光武有焚书之令。盖惠彼至理,受其刑章,是以法不滥加,刑所以措也。间者时遭寇逆,患在干戈,衣冠之流,逼迫者众,事不获已,情稍轻焉。顷者委在三司,穷其五听,议重者累申刑典,稍轻者犹被勾留。况

时久淹延，人皆窘乏。衣食且犹不给，家属又悉乖离，艰难之忧，无甚于此，岂朕泣辜宥罪，做人父母之意耶！况恩泽频加，科条递减，原其事状，稍近平人，岂可尚议迁贬，穷其反侧。

万方有责，罪实在予，一物失所，忧将谁属？永言悯念，用恻于怀。而两京官应被贼逼授伪官，三司所推问未了者，一切放免。其贼中守本官，至冬方选，曾受驱驰，既宽刑典，免其贬降，并至来冬放选，合得官时，仍委所司，量事轻重注拟。其已贬官者，续有处分。

李栖筠上疏唐肃宗："三法司所审问弹劾的贼人伪官，对他们已多次施加恩泽，法令已逐渐使他们减轻了罪状，根据他们的情况，已渐渐接近普通人，经过审问的人，都应释放为好……"这些建议都得到了唐肃宗的采纳。

李栖筠悉心辅助李岘，坚持宽严相济的原则，一切以事实说话，采取平和宽恕态度，斟酌于情理之间，逐一分成"六等定罪"。

一等重罪者在闹市斩首示众；二等罪赐自尽；三等罪重杖一百；最后三等分别予以流放、贬谪等处罚。原河南尹达奚珣等十八人被判一等罪，于长安西南独柳下斩首；前宰相陈希烈等七人被判二等罪，赐死于大理寺狱。

李栖筠不偏不倚、轻重得当地酌情处置，既没有酿成新怨，又保全了很多人的性命，让被审的人和家人心服口服，感激涕零，让朝堂中人和黎民百姓无可非议，众口支持。

譬如，时任朝廷给事中的王维与其他陷贼之官，均被收系狱中。正是由于李栖筠的酌量轻重，分等治罪，王维才得以被宽宥处理，只是改任太子中允，方才成就了一代伟大的山水田园诗人、画家。

一时间，李栖筠严谨之作风、公正之风度在长安声名鹊起。

长安政坛又恢复了稳定，唐肃宗大赞李栖筠是文武双全之才，于是将李栖筠调到吏部工作，担任吏部员外郎。

吏部乃尚书省六部之一，主要是考察、任免以及监督官员。吏部员外郎为吏部司副官，又称判南曹，主要负责核实朝廷选人解状、簿书、资历与官员考课（年度或届满考察），官秩为从六品上。

"安史之乱"导致朝廷官员档案丢失、遗漏，甚至出现了伪冒作假的现象。李栖筠到任后，立即开展朝廷官吏的人事档案清理、筛选工作，认真进行应举者的解状、履历等资格审查，专心致志地校核，有条有理地推进，为大乱之后朝廷选拔任用官员做好了前期工作。

没想到从武拿刀之人，干起吏部工作来一样雷厉风行、有板有眼，李栖筠务实的作风、公道的胸襟，让吏部上下官吏无不佩服点赞。《新唐书·李栖筠传》记载道："时大盗后，选簿亡舛，多伪冒，栖筠判析有条，吏气夺，号神明。"

主持"三司使"的李岘因李栖筠的"神明"表现，也得到了唐肃宗的格外倚重。乾元二年（759）三月，唐肃宗擢升李岘为吏部尚书、同中书门下平章事，位列首席宰相。

长安虽然恢复了平静，但"安史之乱"的战火还在继续蔓延，"安史之乱"的元凶史思明再次起兵叛乱，招兵买马，率领十几万范阳铁骑汹涌南下，攻破了魏州，分兵四路，企图围攻汴州。

唐肃宗又诏李栖筠出任山南（今陕西省南部、湖北省北部）防御观察使（相当于山南战区军队参谋长），协助山南节度使驻防长安京畿的军事战略要地。

当李栖筠离别家人，策马奔赴山南西道（军部设梁州，今陕西省汉中市）任职之时，宰相李岘得罪了权势熏天的权阉李辅国，同在政事堂为相的李揆、吕谭又落井下石，身陷"七马坊押官案"，因而被罢相，被贬为蜀州（今四川省崇州市）刺史。

李栖筠作为李岘的布衣之交，被诬为李岘同党，也枉受牵连，被贬为太子中允，成了王维的同事。

太子中允，系太子李俶的东宫属官，作为太子左庶子的副手，职责为协助教导太子，驳正启奏之失误，官秩正五品下。

对李栖筠来讲，虽不能再驰骋疆场、铲除逆贼，实现匡扶社稷、保家卫国之志，却能回到长安安邑坊与家人团聚，陪伴和养育两个儿子，也算是一种安慰和幸运。

太子李俶非常看重李栖筠的人品学养和军事才干，决定加以提携，以便自己当皇帝后使用。经太子的一番举荐，李栖筠出任河南（洛阳所在县）令，官秩正五品上。

河南属京畿县之一，开元元年（713），唐玄宗改洛州为河南府，作为大唐帝国漕运的重要中转站，江淮的粮食丝绸要通过此地转运到关中，自古就是兵家必争之地。

如此看来，朝廷应是对李栖筠再次加以重用。

李栖筠在任河南令的时候，大唐名将李光弼正领兵驻守河阳（今河南省孟县南）。

李光弼足智多谋，治军威严而有方，善于出奇制胜，曾在平定"安史之乱"的战争中担任过天下兵马副元帅、朔方节度使等职，其战功与威望可与郭子仪齐名，世称"李郭"。

此时，李光弼正在指挥唐军攻打叛军史思明，河阳战事激烈，粮草困乏，洛阳岌岌可危。于是，李光弼邀请李栖筠出山相助，担任他的行军司马兼粮料使。

"大丈夫立于世，当提剑跨骑战沙场。"赤诚报国的李光弼无疑是李栖筠心中的偶像。面对李将军的邀请，李栖筠毅然辞掉河南令这个美差，招募兵马，前往平叛战场。

打仗必须粮草先行，李栖筠四方筹措积攒粮草，及时运送前线，还为李光弼参谋了一出"空城计"，打赢了河清之役，取得河阳保卫战大捷，令唐军士气大振，彻底剿灭史思明叛军指日可待。

李栖筠再次被朝廷擢升，出任绛州（属河东道，治所在绛州，今山西省新绛县）刺史，以强化河东战略要地的防御，确保关中的军事安全。

绛州刺史官秩正四品下，与礼部、户部、工部侍郎一个级别。《新唐书·食货志》云："天下炉九十九，绛州三十。"绛州还是唐代最重要的铸钱地，不仅是军事要塞，还是经济要地。

宝应元年（762）五月三日，唐玄宗李隆基驾崩。五月十六日，唐肃宗李亨也在阒寂无人的大明宫黯然而逝。太子李豫（初名李俶）即位登基，史称唐代宗。

为了夯实李唐中央皇权的根基，掣肘一手遮天、擅权乱政的宦官李辅国，唐代宗李豫想到了自己的"太子中允"李栖筠。

不久，李栖筠便从绛州调回长安，转任给事中。

给事中是门下省特别重要的官职，有"青琐郎"的雅号，如同中书省的"紫薇郎"中书舍人。

给事中官阶为正五品上，常侍皇帝左右，以备顾问应对，阅读呈送朝廷的文书，帮助处理皇帝政务，审议封驳诏敕奏章，诏敕中如有不当，可以大笔一挥，涂改纠错后退还中书舍人。

给事中还有人事审查权，可审查六品以下文武官员的授任；还可联合刑部、大理寺、御史台三法司，会审皇帝交办的重大案子。

宝应三年（764）三月，李栖筠又从给事中位上，被提拔为工部侍郎，官秩正四品下，从此跻身大唐中央高官行列，成为唐代宗李豫身边的重臣。

工部系尚书省六部之一，工部侍郎为工部尚书副职，协助尚书"掌土木兴建之制，器物利用之式，渠堰疏降之法，陵寝供亿之典"。

唐代宗时期，尚书是虚衔，侍郎才是主要负责人，执掌着部内权柄，其主要职责负责土木工程、屯田水利、山川河泽管理，这些都关系着国家的重要经济命脉。

翻开大唐历史，郑馀庆、王涯、程异、元稹、陈夷行等人都是从工部侍郎位上加授同中书门下平章事，晋升为宰相的。可见，工部侍郎的权力之大，地位之高。

广德二年（764），这一年李栖筠四十五岁，李吉甫七岁。

书香门第，束发读书可是赵郡李氏的经天大事。

七年来，李栖筠先后辗转于山南、河南、河阳、绛州等地，频繁调动，易职军政，对李吉甫的教育实在太少了。如今位居侍郎的李栖筠，暗暗下定决心好好教导两个儿子。

李栖筠四处奔忙的这七年里，妻子赵可君仍居长安安邑坊，操持家务，悉心教子。李吉甫喜读书，讲礼仪，从小就有长大后经世济民的理想抱负，因此深受邻居街坊的喜欢。

李吉甫自幼聪慧，记忆力超强，六岁能精读《诗经》，背诵诗歌百首。每日清晨，长安承天门城楼上第一声报晓鼓敲响，长安城的鼓楼依次撞响晨钟，皇宫大门、里坊坊门依次开启，安邑坊也响起了李吉甫朗诵的读书声。

  三人行，必有我师焉。择其善者而从之，其不善者而改之……
  治大国，若烹小鲜……
  天行健，君子以自强不息；地势坤，君子以厚德载物……
  国之兴也，视民如伤，是其福也；其亡也，以民为土芥，是其祸也……
  天之所覆，地之所载，人之所覆，莫大乎忠。……

琅琅的书声、激昂的鼓声、悠远的钟声交织在一起，共同迎接从遥远的东方天际喷薄而出的朝阳。

除了让李吉甫每日朗诵《论语》《道德经》《易经》以及诗歌声律，李吉甫的母亲更注重教他学习有生活实用意义的《急就篇》。

《急就篇》乃西汉史游所撰字书，在唐代已被用作学童启蒙的识字课本、常识课本。通过学习《急就篇》，李吉甫打下了坚实的文化功底。

李栖筠回到长安，把李吉甫送到国子监读书，那里是唐朝的最高学府，在名师大儒的指导下学习《周易》《论语》《礼记》《春秋》《尚书》等儒家经典。他又言传身教，指导李吉甫学习唐律，明习吏事，向他介绍大唐帝国的典章律令，以"经术礼法"家学门风，给他灌输修身齐家治国平天下的士大夫为学、为人、为官理念。

李栖筠安邑坊的正堂，没有一般士族门第励志砥奋的书画楹联。墙壁正中只悬挂着唐肃宗李亨亲自题写的"安西铁骨"御匾，下面就是李栖筠花费数年心血制作的一幅六尺开的"大唐疆域图"。

李吉甫读书练字之后，李栖筠就给他讲述地图上的地名、山川、河流、物产等常识，讲述"秦并六国""三国争雄""开元盛世""安史之乱"等惊天动地的天下故事。在父亲的熏陶下，李吉甫从此对地图上的山脉、河道、藩镇地界、军事要塞饶有兴趣。

在李栖筠看来，只有拥有深厚多元的知识储备，才能有报国为民的儒臣理想。看着李吉甫敏而好学，涉猎广泛，李栖筠感到很惬意。但如此舒心愉快的日子没过多久，宁静的生活就发生变化。

原来，关中地区的农田灌溉出了问题，最重要的两大水利工程郑国渠（郑渠）和白渠，灌溉面积从秦汉时期的四千五百顷减少到了六千亩左右，严重影响了农业生产。

水利是农业的命脉，郑渠、白渠可谓"衣食京师"，为何会出现灌溉面积急剧下降的问题？

原来，一些朝中官僚、王子公主、功臣勋贵以及寺院、宦官集团在内的权豪势力，竞相在郑、白两渠兴建碾硙（水力驱动的石磨碾磨），利用水碓、水碾进行谷物加工，牟取暴利。

《旧唐书》载："诸王公权要之家，皆缘渠立硙，以害水田。"

关中地区人口众多，但水资源匮乏，为了从中捞取更多经济利益，权贵们展开了激烈的争斗，就连武则天的女儿太平公主也曾为了争夺碾硙与寺院打过官司。

因此，整顿郑、白两渠上的碾硙业，早日恢复关中的农业灌溉事业，让两渠再现"水流灶下，鱼跃入釜。泾水一石，其泥数斗。且溉且粪，长我禾黍"的欢畅场面，无疑成为工部侍郎的当务之急。

李栖筠当然要烧好这新官上任的"第一把火"。

李栖筠深入调查研究郑、白两渠的弊病后，向唐代宗请旨，拆毁诸王权贵们擅自建造的碾硙。

唐代宗敕令一出，一场关中碾硙业的专项整顿活动迅即开始，两渠上"霸占水源、广置水碓"的违建很快被集中强制拆除。

李栖筠这一雷霆行动，换来了庶民的欢呼雀跃，换来了农田的活水细流，换来了朝廷每年田赋二百余万的增收，换来了朝野上下骤然增长的威望，唐代宗于是有了让他出任宰相的想法。

《新唐书·李栖筠传》这样记述："进工部侍郎。关中旧仰郑、白二渠溉田，而豪戚壅上游取硙利，且百所，夺农用十七。栖筠请皆彻毁，岁得租二百万，民赖其入，魁然有宰相望。"

李栖筠"魁然有宰相望"，此时的执政宰相元载怎么能"视而不见"？他心里隐隐感到宰相宝座有了新的威胁。

元载（？—777），字公辅，凤翔府岐山县（今陕西省宝鸡市岐山县）人。元载出身寒微，家庭贫困，但他天性聪颖，嗜学好读，博览群书，尤通道教。

到了三十岁时，唐玄宗举行道学人才选拔策试，元载凭借优秀的成绩考取进士，被授新平（今陕西省彬县）县尉，从此踏入政坛。遗憾的是，元载在此辛辛苦苦干了十年，也没什么成就。

"安史之乱"爆发时，元载避居江南，极其郁闷。机缘巧合，宗室江东采访使李希言向唐肃宗表举他为副使，后改任洪州（今江西省南昌市）刺史、江淮转运使等职。

长安光复后，李辅国成为第一个封王拜相的宦官，他把宰相李岘视为眼中钉，几番进谗使他被贬为蜀州刺史。

李辅国"妻子"与元载同宗，于是常在唐肃宗面前表扬元载，之后把元载从洪州召回长安，直接擢升为户部侍郎、度支使、诸道转运使，两人结为同盟。

唐代宗李豫继位后，元载升为中书侍郎、同平章事，出任执政宰相，颇受唐代宗的恩宠。他帮助唐代宗成功翦除侍奉其父皇的大宦官鱼朝恩后，他们之间的君臣关系进入"蜜月期"，元载揽政弄权达到翻手为云、覆手为雨的地步。

李栖筠的"王佐之才"，元载根本就没放在眼里。

但李栖筠的才华注定不会埋没，"宋四大书"之一的《册府元龟》这样记载："朝纲益振，百官肃然，中朝选用，帝皆密访于栖筠，栖筠尽心，知无不为，四五年间，（元）载充位而已。"

从长安到常州

元载确实有才；但满朝文武也知道，元载无德。

有才无德的元载，哪容得下有宰相之望的李栖筠。更何况，李栖筠又是李辅国死对头李岘的布衣之交，于是他非要将李栖筠贬出朝廷不可。

李栖筠第一次拜相的机会就被这样"抹杀"了。不久，唐代宗下诏，工部侍郎李栖筠出任常州刺史。

唐代宗广德二年（764）深秋，长安满地秋霜，一阵阵北风呼啦啦地吹落安邑坊的枯枝败叶，吹起了沙尘，吹响了胡笳，吹乱了李栖筠那两鬓渐生的丝丝华发。

从长安到常州，山高路远，相隔千里之遥。从工部侍郎一下跌至一州刺史的李栖筠，不得不携着妻儿家眷，潸然离开京城，踏上千里迢迢的南下谪贬之路。

"秋风转摇落，此志安可平。"对大唐帝国而言，朝堂之上少了一位贤明务实的宰相，江南一隅的常州却幸运地迎来了一位勤政爱民的父母官。

常州属浙西道，辖润州（今江苏省镇江市）、常州、苏州、湖州（今浙江省吴兴市）、杭州五州。

隋朝时常州称毗陵郡，武德三年（620），唐高祖因隋朝末年农民起义军首领杜伏威率部归顺而设置常州，天宝元年（742），唐玄宗赐名晋陵郡，乾元元年（758），唐肃宗恢复常州，列为上州，成为浙西道的大郡。

据李吉甫后来所著《元和郡县图志》记载，常州为紧州（五千户以上为紧）。开元时，常州有户九万六千四百七十五，乡一百八十七。唐宪宗元和时代，常州有户五万四千七百六十七。

常州地处太湖北部，既有农耕灌溉之利，又有商旅舟楫之便，地理条件优越，农业生产发达，纺织、制铜、茶叶等手工业发展领先，有着"望高地剧，此关外名邦"之美誉，是浙西、浙东最重要的经济支撑地，也是唐朝中央财政税赋最主要的来源地之一。

看来，唐代宗向宰相元载妥协，不给李栖筠宰相的位子，而让他去江南管他的"钱袋子"，分明是有一番长远考量。如此重要之地，需要忠心的人、放心的人去。

因此，李栖筠出任上等州常州刺史，仍是从三品的朝中重臣。

李栖筠到达常州，已是永泰元年（765）二月，正是莺飞草长、春花烂漫之时。

田畴里已有耕牛开犁，原野上的麦苗泛出青芒，宽阔的夯土官道上可见牛车拉着农具盐布诸种杂货叫卖，隐现在山水之中的院落炊烟袅袅升起，狗吠鸡鸣依稀可闻，孩子们唱着"耕者益力，高山绝壑，耒耜亦满"的民谣，好一片宁静安乐的大好春光。

八岁的李吉甫跟着父亲，或伫立船头赏景，或弃船登岸踏青，一路饱览四方草木新绿和秀丽山川，喜不自禁时仰天一声长啸，宛若潜龙清吟九霄，萦绕于江南的山水之间。

李吉甫自小生活在关中长安，只在书上读到过江南的美景，从未见过如此美丽的小桥流水人家、黛瓦粉墙杏花。他高兴得一路心怀新奇，一路背诗，什么"碧玉妆成一树高，万条垂下绿丝绦。不知细叶谁裁出，二月春风似剪刀"，什么"黄四娘家花满蹊，千朵万朵压枝低。留连戏蝶时时舞，自在娇莺恰恰啼"……

"自在娇莺恰恰啼……"一幅徐徐打开的山水画卷，等待李栖筠挥毫泼墨，画出一幅政通人和的江南水乡图，而常州也将留下李栖筠春莺一般清脆悦耳的口碑。

李栖筠上任常州后，才知常州前几年不是旱魃肆虐，就是水患泛滥，农业生产受到严重破坏，虽是良田沃土，甚或颗粒无收。而"安史之乱"带来名目繁多的赋税，更是让这里民不聊生。

战乱天灾往往与"人祸"相连。不断涌现的流民盗寇趁机掳掠百姓，此地故而盗贼横行。

有个名叫张度的山贼尤为凶暴。他趁势招揽了一大批被税赋、饥饿逼得走投无路的人，盘踞阳羡（今江苏省宜兴市）的西山上占山称霸，作恶多年。

官军围剿时，他们就散入山中，风头一过，他们又聚众为匪，打劫抢掠，官吏连年征讨都不能彻底铲除，一方百姓生活在水深火热之中。

曾执掌过安西节度府、带领安西军骁勇征战的李栖筠哪容得下张度这等恶匪。

李栖筠一上任就招徕民众，训练武备荒疏的官军，亲率士卒发兵阳羡西山，不出一个月就追捕斩杀了"宿贼"张度，其七个儿子也纷纷落网，一一伏法，一时震动江南。

常州很快恢复了安定的社会秩序，街头里巷的深夜，再无报警的狗声吠叫，老百姓终于可以睡个安稳觉了。

剿灭草寇后，李栖筠便专注于发展农业生产。

李栖筠深入民间，组织官民开垦荒田，疏浚沟渠，引流灌溉，督水督种，连年旱魃的常州迎来了风调雨顺的好年景，当年秋天就获得前所未有的大丰收。

常州的社会治安和农业生产状况得到根本好转，百姓饥馑问题也逐步得到解决后，李栖筠便抓文化，推行儒学教育，大量兴办学校。

常州很快盖起了学堂，常识课本《急就篇》被免费印发给有孩童的家庭。青果巷先圣庙堂画上了《孝友传》，以示诸生，"为乡饮酒礼，登歌降饮，人人知劝"，古老的乡饮酒礼废而复兴……

乡饮酒礼始于周代，州府长官每年举行宴会，招待乡学中的贤能之才和德高望重者。贞观年间，唐太宗下诏天下行乡饮酒礼，倡导劝学行礼。于是，乡饮酒礼兴于地方州学、孔庙的重要活动中，成为地方官推行教化、传扬风俗的重要礼仪。

李栖筠创设了常州历史上最早的州学，"诸生之有籍于学者千余人"，可谓唐代常州州学教育的奠基者。南宋陆游称常州"儒风蔚然，为东南冠"，晚清龚自珍将常州比作东南的"名士部落"……应该都有李栖筠的一份功劳。

李栖筠治政的"三把火"，让常州政风、民风、学风呈现新的发展态势，形成了官民一家、家家勤耕、人人劝学的淳厚风气。

后来，接任常州刺史的独孤及（725—777，字至之，河南洛阳人，唐代文学家、政治家，古文运动的先驱者之一）这样评价李栖筠："大历初元，新被兵馑之苦，今御史大夫赞皇李公为是邦，慭学道圮阙，开此庠序。自后孝秀并兴，与计偕者岁数十人。《子衿》之诗，起而复废；乡饮酒之礼，废而复兴。至于今，风俗遂敦。"

百姓富了，李栖筠又不愿向百姓摊派税赋。但是，州府没钱，那怎么办？朝廷越来越多的贡税如何按时上缴？

李栖筠思虑再三，有了新的策略。

在唐代，全国饮茶之风盛行，茶叶已成为朝廷和地方府衙重要的经济来源之一。精于茶道的陆羽，深研茶叶的性状、品质、产地、种植、采制、烹饮等，撰写了世界上第一部茶叶专著《茶经》后，把唐朝的茶产业、茶文化推向了极致。

常州义兴县（今江苏省宜兴市）东南有一座茶山，山如叠髻，水似蓝带。李栖筠亲自上山，同茶农一起种植优质茶树，又在义兴县南自西至东连通太湖的画溪河畔修建茶舍，以便在清明的最佳采茶时节采茶、制茶及运输、销售。

李栖筠与茶工们一道研究提升茶叶制作加工的技术，经过上百次的炒煎试验,终于炒制出一锅独具风味的义兴"阳羡茶"。

李栖筠邀请陆羽等饮茶名人和文学雅士来此品茶论诗。是时,茶山碧绿,茶舍轻烟,茶水浓酽,茶叶似入水活鱼,齿颊留香,长久不散。

陆羽品尝了这款"阳羡茶"后,称赞此茶口感清新,茶香沁人心脾,称之为"仙茶",建议李栖筠将它推荐给当朝天子品尝。

李栖筠赞同陆羽的建议,指导茶坊制作出上好的"阳羡茶",快马加鞭送至京城上贡朝廷,并给皇帝呈上自己种茶养民的奏书。

唐代宗一边吟诗,一边品尝李栖筠送来的"阳羡茶",只见杯中鲜芽似笋,汤色清澈,一缕丁香芳馨拂入心肺,轻啜一口,顿觉回味甘醇,神清气爽,禁不住赞道:"好茶好茶!"

从此,"阳羡贡茶"在长安城一举成名,李栖筠也被朝廷中人调侃为"贡茶刺史"。

《唐义兴县重修茶舍记》碑刻这样写道:"义兴贡茶非旧也。前此,故御史大夫李栖筠实典是邦,山僧有献佳茗者,会客尝之,野人陆羽以为芬香甘辣,冠绝他境,可荐于上。栖筠从之,始进万两,此其滥觞也。"

可以说,这是我国历史上有明文记载的贡茶制度的最初起源。

后人有诗颂曰:

偶与樵人熟,春残日日来。依冈寻紫蕨,挽树得青梅。
燕静衔泥起,蜂喧抱蕊回。嫩茶重搅绿,新酒略炊醅。
漠漠蚕生纸,涓涓水弄苔。丁香政堪结,留步小庭隈。

晚唐诗人卢仝曾在《七碗茶歌》中写道:"天子未尝阳羡茶,百草不敢先开花。"虽然语带夸张,却可以看出阳羡茶在当时的地位。

李栖筠大大地提升了茶业的经济效益,有力地发展了地方特色产业,并用茶税抵销百姓的税赋。

李栖筠的"阳羡茶"香袅袅地飘出天子的含元殿,飘出大明宫,飘出长安一百零八坊,飘过黄河、秦岭,一直飘到大江南北……正如李栖筠治政常州的斐然政声,一时间传遍大唐天下。

李栖筠的治政才干在常州刺史任上发挥得淋漓尽致。唐代宗派遣吏部员外郎李华(715—774,字遐叔,赵州赞皇人)到常州巡察,按照"四善""二十七最"的标准对李栖筠进行考课(考察)。

考课的结果当然是上上等次（唐代官员考核为九等，上上等为第一）。唐代宗大赞李栖筠德义有闻、清慎明著、公平可称、属勤匪懈，特地晋封李栖筠"赞皇县子"爵位，加授银青光禄大夫。

唐代在实职官阶的基础上，另实行封爵制度、散官制度，各有相应的食邑封户和阶品。

李栖筠职事官常州刺史待遇如故。另加封的爵位"赞皇县子"为正五品上，食邑五百户。散官"银青光禄大夫"从三品，食邑一千户。

同为赞皇人的李华对李栖筠在常州的政绩给予了高度评价，还特地撰写了《常州刺史厅壁记》，刻于常州府衙之内。

> 晋分丹阳为毗陵，后改为晋陵。隋置常熟县，创常州理之。无何，常熟隶苏州，始于晋陵置常州。当楚越之襟束，居三吴之高爽，基地恒穰，故有嘉称。领五县，版图十余万，望高地剧，此关外名邦。自狂虏肆乱，江湖流毒，地荒人亡，十里一室。
>
> 天子诏宰政，审可以安人者，以工部侍郎赞皇公览允，帝俞，拜为此邦。昔齐人闻石相将至，举国大理。赞皇东辕，明诏先下，吏愉人泰，如时之春。视之犹身，归者遍野。
>
> 赞皇公以为易简本乎悠久，久于其道而化成，封章上请，求理三岁。诏书宠异，进品正议大夫，优贤报功，于时为盛。自吴通上国，越盟诸夏，秦裂掎阵，智如伍员，才若鸱夷，以及我国家贤良，临州者甚众，未有浚河渠，引大江，漕有余之波，溉不足之川。沟延申浦，至于城下，废二埭之隘，促数州之程。海夷浮舶，弦发望至，出古人创物之智，见君子济众之心。大矣哉！一境清净，无为而理。此举大略也。
>
> ……赞皇公秉心宣猷，尽瘁王室，恺悌君子，民之父母，为王者辅，宜哉！

从李华这篇记中，可见李栖筠在常州缉熙圣迹，宣畅皇风，殚精竭虑，浚河渠，引大江，禾丰稔，农业生产、社会治安、兴学贡税都得到根本性好转，开启了常州崇儒养德、兴文宏教的先声，李华赞其为"恺悌君子，民之父母"。

自唐高宗、武后御政以来，先后有姚崇、严挺之、李栖筠等"良吏"莅任常州，他们不仅精于吏能，关爱百姓，而且娴于创作，雅好艺文，尤其重视文化教育，塑造了常州"能宦作邦"的政风格局。

常州社会的安定、经济的繁荣，成为"移民的主要迁入地之一"，吸引了大量文人南迁，人文日盛，"地荒人亡，十里一室"的境况彻底改变，城市规模日益扩大，常州进入了快速发展期。

时人曾称："常州为江左大郡，兵食之所资，财赋之所出，公家之所给，岁以万计。"常州百姓感念李栖筠，为他刻石颂德，都亲切地称他为"赞皇公"。

"以出世之心，行入仕之事"，李栖筠在常州的一言一行深深地影响着少年时代的李吉甫。在崇文尊教、兴农尚茶的常州，李吉甫不但乐于读书，而且乐于茶事，熟读陆羽的《茶经》，受到茶文化的深深熏陶，从此成为爱茶人。

李吉甫后来身居宰相高位，对玉帛金银、笙歌管弦、偎红倚翠之事都不感兴趣，唯独嗜好丹青与饮茶，常常"半夜邀僧至，孤吟对竹烹"，乐此不疲，深谙茶道。

长安城流传着他喝茶的一个传说：李吉甫烹的茶能消解酒食里的毒物，炎炎夏日，他用烹好的一碗茶浇在肉食上，用银器盖严，次日打开银盖一看，昨日浇过茶的肉已然化成水。

有人为了诋毁李吉甫饮茶，说他当上宰相后对泡茶之水苛刻至极，常常命州使从无锡惠山泉千里运水到长安烹茶。晚唐诗人皮日休还写下"丞相长思煮泉时，郡侯催发只忧迟。吴关去国三千里，莫笑杨妃爱荔枝"的诗句，把丞相饮茶与杨贵妃吃荔枝相提并论。

后来，李吉甫在他所著的《元和郡县图志》中，详细记载了唐朝时期全国主要的产茶地点、规模、茶叶名品以及茶税等情况，为研究传承中国茶文化以及儒、释、道文化的交融都奠定了很好的基础。

一杯茶，传承着李栖筠家族优雅的门风、学风，也传承着博大精深的中国茶道。数十年后，李吉甫的儿子李德裕也精于茶道，鉴水别泉，无人能及，成为一代"茶痴"宰相。

《全唐诗》记录了李德裕的一首忆茶诗："谷中春日暖，渐忆掇茶英。欲及清明火，能销醉客醒。松花飘鼎泛，兰气入瓯轻。饮罢闲无事，扪萝溪上行。"

"松花飘鼎泛，兰气入瓯轻。"此两句算是茶诗中的"极品"了。

在常州恤民爱民的赞皇公李栖筠，不仅深受百姓爱戴，而且在他离开常州三百余年后，北宋政治家、文学家苏轼也对他仰慕不已。

出于对李栖筠的倾慕、对常州山水的热爱，史料记载苏轼一生总共有五次到常州。"乌合诗案"被贬后，苏轼两次给朝廷上呈《乞常州居住表》。他带着家人居住常州后，游遍了常州的城景山水，欣然作诗道："年来转觉此生浮，又作三吴浪漫游。"

在常州的日子里，苏轼听百姓讲了很多李栖筠治世济民的故事，其仁厚忠恕、守边报国的德行令这位诗人无比崇拜。后来，苏轼在湖州任职，为王祐（北宋大臣，兵部侍郎）庭院中的三株槐树作了一篇《三槐堂铭》，在文中表达了他对李栖筠的敬重和仰慕之情。

苏轼在铭文中写道："吾不及见魏公（王祐之子、宰相王旦），而见其子懿敏公（王旦之子王素），以直谏事仁宗皇帝，出入侍从将帅三十余年，位不满其德。天将复兴王氏也欤！何其子孙之多贤也？世有以晋公（王祐）比李栖筠者，其雄才直气，真不相上下……"

王祐直言敢谏，公忠体国，官至兵部侍郎，赠中书令，封晋国公；其子王旦任人唯贤、正直无私，出任宰相，封魏国公；其孙王素，敢于断事，以才闻名，官至工部尚书。正如苏轼在《三槐堂铭》中所言"王城之东，晋公所庐。郁郁三槐，惟德之符"。

王祐家族一门三贤，忠厚传家，恩泽子孙。正与赵郡李氏李栖筠、李吉甫、李德裕家族的门风官风德风很是相似，同此，世上有人把晋国公比作李栖筠。

苏轼对李栖筠的雄才大略、刚直正气和忠恕德行极为赞赏，把他作为自己一生膜拜的"偶像"。

多年后，李栖筠的孙子李德裕出任浙西观察使，在北固山扩建甘露寺，兴善事。宋神宗熙宁七年（1074）冬，苏轼由杭州通判调知密州，途经润州（今江苏省镇江市），登临甘露寺，挥毫写下了一篇长律《甘露寺》。

在这首《甘露寺》诗中，苏轼对李栖筠大加赞颂了一番："上有二天人，挥手如翔鸾。笔墨虽欲尽，典刑垂不刊。赫赫赞皇公，英姿凛以寒。古柏亲手种，挺然谁敢干。枝撑云峰裂，根入石窟蟠。薙草得断碑，斩崖出金棺……"

"赫赫赞皇公，英姿凛以寒。"这便是苏轼心中的李栖筠。

苏轼一生仕途坎坷，几经沉浮。元符三年（1100）正月，宋徽宗即位，谪贬海南儋州的苏轼才得以离开那徼边荒凉之地，其弟苏辙来书盼望其去许昌定居，苏轼回信道："今已决计居常州，借得一孙家宅，极佳……"最终决定回归常州。

或许是天命，苏轼后来阖眼逝世于常州藤花旧馆，遂了他熙宁七年（1074）在常州悼念钱公辅《哀词》中的夙愿："大江之南兮，震泽之北。吾行四方而无归兮，逝将此焉止息。"

看来，一个官员治政一方，其潜在的影响可千年不泯。

第二章 成人之礼

苏州记忆

大历三年（768）二月四日，唐代宗李豫下诏，升李栖筠为苏州刺史、浙江西道观察使、处置都团练守捉使、本道营田使（浙西道军区屯垦长官），同时衔领御史中丞。

这一年，李栖筠五十岁，李吉甫十一岁。

在《授李栖筠浙西观察使制》中，唐代宗李豫褒扬李栖筠"秩更三署，名重一时"，敕文如下：

> 敕：王制千进而之外设方伯，选诸侯贤者而命之，俾其遵俗宣风，大明黜陟。今以刺史条察列郡，西汉成式，厥惟旧哉。
>
> 银青光禄大夫常州刺史充本州团练守捉使上柱国赞皇县开国子李栖筠，资朴厚之性，秉礼义之宗，其学博而精，其文简而当。明以辨政，居官可纪，秩更三署，名重一时。抗黄扉之论驳，举冬卿之典制，自守毗陵，尤精藩职。初翦横江之盗，犹多击柝之虞，言抚伤残，克施惠训。清静少欲，以临其人，礼让之风，行于东国。考其绩用，实最方州，震泽之北，三吴之会，有盐井铜井，有豪门大贾。利之所聚，奸之所生，资于大才，济我难理。加以中宪，雄兹按部，慎乃教令，薄其征徭。无倚法作威，无割下附上，勉副朝寄，以绥一方。
>
> 可使持节苏州诸军事、苏州刺史、御史中丞、充浙江西道观察使、处置都团练守捉及本道营田等使，散官勋封如故。

浙江西道，简称浙西道，系乾元元年（758）唐肃宗李亨所设置，领长江以南至新安江以北的原江南东道地区，首府设在苏州（今江苏省苏州市）。

浙西道共辖七州：苏州、常州（今江苏省常州市）、杭州（今浙江省杭州市）、湖州（今浙江省湖州市）、睦州（今浙江省建德市）、润州（今江苏省镇江市）、江州（今江西省九江市）。

浙江西道观察使一职，就是浙西道节度副使，节度使掌军权，副使为行政长官。

李栖筠出任苏州刺史，并兼浙西道观察使等数职，同时遥领朝廷御史中丞。御史中丞，系唐朝中央最高监察机关御史台的副官，官秩正五品上，协助其长官御史大夫掌持邦国刑宪典章，纠察百僚，肃正朝廷。

如此重要的任命，可见唐代宗对李栖筠的信任和器重，当然也另有一番深远的意图。

苏州是吴文化的重要发祥地之一，管辖吴县、长洲、嘉兴、昆山、常熟、海盐、华亭七县，囊括了今天最富庶的苏、沪、嘉地区。

唐代宗时期，"州"为七个等级，"雄州"则属第二等，苏州为江南第一雄州，算是全国第一流的二线城市。

李吉甫后来在他所著的《元和郡县图志》中，详细地描述了这座历史悠久、人文荟萃的城市：

> 苏州，吴郡，紧（郡又分为紧县与上中下县，五千户以上为紧），开元户六万八千九十三。乡一百一十八。元和时代户十万八百八。《禹贡》扬州之地。周时为吴国。太伯初置城，在今吴县西北五十里，至阖闾迁都于此。后为越所并，楚灭越而封黄歇于吴。
>
> 秦置会稽郡二十六县于吴。……后汉顺帝永建四年（129），阳羡令周喜、山阴令殷重上书，求分为二郡，遂割浙江以东为会稽，浙江以西为吴郡。孙氏创业，亦肇迹于此。历晋至陈不改，常为吴郡，与吴兴、丹阳号为"三吴"。隋开皇九年（589）平陈，改为苏州，因姑苏山为名。
>
> 山在州西四十里，其上阖闾起台。外郭城，云是伍胥所筑，周回四十七里。州境：东西四百四十一里，南北四百九十八里。

然而，"安史之乱"爆发，大唐帝国积累了数百年的繁荣，一夜之间被打破，北方兵革不息，藩镇割据自立，国力式微，内乱不止，满目疮痍，到处一片凋落萧瑟之景。

遭受战争折磨的北方人为逃避战乱,纷纷南迁,流离失所,大量拥入苏州,原本有限的土地资源,已经无法满足急剧增加的人口的生存需求。

当时,江南又逢大旱大涝,举目境内,民生凋敝,村落萧疏,一些地方出现山贼盗寇,一些北方流民烧杀抢劫,一些地方豪族借此为非作歹,给百姓造成了深重灾难。

"乱世出英雄,治世出能臣。"此时的苏州,迫切需要一个有魅力、有担当、有作为的能臣良吏来稳定政局。

李栖筠从常州来到苏州,志在革除弊政,养民生息,造福一方,要给这座"东方水都"注入一泓滔滔清流。

"民以食为天。"李栖筠以兴农为第一要务,第一件事就是要让苏州老百姓有田耕、有种播、有粮吃。

李栖筠一心扑在农事上,每天带着州府官员和李吉甫,深入浙西七县了解民生疾苦,观察民风民情,督促百姓大力垦田,深耕作垄,耕田之余,多养黄牛,发展农业生产。

李栖筠身体力行,亲自带着儿子李吉甫下田耕种。百姓看到这官民同耕的一幕,向来穷苦莫展的脸上又纷纷绽开了笑容。

李栖筠招徕各州县民众兴修水利设施,疏浚沟渠,汲取河水以灌溉农田,确保了江南这一国家第一粮仓的稳定。

因为之前在朝中担任过工部侍郎,熟悉河渠大型水车建造工序,所以李栖筠组织各州百姓,创新和改良农具,还发明创造了对付抗旱救灾的一件利器——江南水车。

最具代表性的是,李栖筠在嘉兴试点大兴开荒屯田,组织当地百姓疏浚水道,引入江水灌溉农田水稻,使得"嘉禾土田二十七屯,广轮曲折千有余里",其余各州县纷纷效仿,大力振兴本州农桑农田之事,勤者劳之,惰者勖之,农业生产如火如荼地开展了起来。

李栖筠还捐出俸禄,组织官府出面筹措种子,配发给南迁的流民家庭,那些南迁的北方人因经历过战乱的流离,知道日子的甘苦。他们于是安心地扎根下来,垦田种粮,又充分发挥北方人先进的水利技术和旱地耕作技术,与南方的土壤条件结合起来改革农具,发明了"卷曲犁",进一步促进了江南的农业生产快速发展。

次年,苏州和浙西七县获得丰收,百姓再无口粮及种子之虞,彻底摆脱了困厄挨饿的局面，曾经逃荒的流民也纷纷回归家园。

李栖筠又以官府名义筹钱，以特议价敞开收购百姓手中的余粮，铆足劲儿地填满各地"义仓"，解决百姓储藏粮食难问题。这些措施一方面可以遏制投机取巧的人贩运粮食，使粮食价格变贱；另一方面增加了义仓储备，防备来年出现旱涝，可以稳定粮食价格。

李翰在《苏州嘉兴屯田纪绩颂》中这样写道："浙西观察都团练使御史中丞兼吴郡太守赞皇公，经国大贤，忧公如家，慎择厥官，以对明命。"并评价李栖筠"自赞皇为郡无凶年"。

李栖筠爱茶，他汲取在常州发展茶业的经验，发动各州县百姓种植茶树，生产炒制茶叶。后来，浙西的湖州茶得到快速发展，特别是产于湖州长兴顾渚山中的"紫笋茶"名扬各地，成为浙西道进献朝廷的第一贡品，湖州后来也成为朝廷用茶的最大供应地之一。

仓廪实，方知礼节；衣食足，方知荣辱。登歌降饮，人人知劝，是中国古代士大夫毕生向往的"人皆为尧舜"的理想境界，达到这种境界的方法，是"大兴学校"。

李栖筠尊崇儒术，极力提倡尧、舜、周、孔之道，继续推行在常州的"兴学之举"，各州县"增学庐，表宿儒"，发展儒学。

李栖筠一直善施恩德，崇尚节俭，号召当地官宦、富商、名流等筹资兴学善款，在苏州统一经学，兴办各级学校，设立学庐，以训生徒，并把自己的两个儿子李老彭、李吉甫安排在学庐读书，与当地学生共同学习、共同成长。

李栖筠聘请褚冲、吴何员、陆景倩等名家担任苏州教育学官，"鼓之以经书，润之以仁义"，并且身体力行，手捧经书向褚冲等人"问询经意"，还亲自到先圣庙"帅诸生讲乡饮"（《咸淳毗陵志》）。不出一年，学庐"远近趋慕，致徒数百人"。

李栖筠设立"学庐"成为苏州州学创设的标志，北宋范仲淹对苏州府学进一步弘扬光大，苏州大地愈加崇文尚学，府学、县学更加兴盛，尊师重道蔚然成风。

而今，懂得感恩的苏州人，在沧浪亭的五百名贤祠、苏州名人馆、苏州博物馆、苏州教育博物馆教育名人墙上，都刻有这位苏州教育先驱的名字——李栖筠。

李栖筠对境内的饱学之士，礼敬有加。范阳人卢东美、韩会、张正则、崔造好谈经邦济世之略，常以帝王的辅佐自许，时号"大历四夔"。李栖筠听说四人已从北方迁徙而来，避居江淮，便亲自到他们家里拜访，与其把酒畅叙，论讲周公孔子之道。

"君子之座，必左琴右书。"李栖筠与岑参在安西龟兹城时，两人常常饮酒对歌，瑟箫和鸣，岑参吟唱起"昨者新破胡，安西兵马回。铁关控天涯，万里何辽哉"等诗句，李栖筠则抚琴吟唱摩诘居士的《阳关三叠》以和之，旗帜招展，胡笳回荡，那是何等壮阔激昂的盛景。

当时，苏州的吴侬软语，说噱弹唱，如同小桥流水般百转千回，与安西的大漠、孤城和狼烟相比，自是另一番景象。繁忙的治州理政之余，李栖筠也被苏州的评弹、琴艺、书画等浙西文化所吸引，自己也常常与民同乐，抚琴弹唱一番。

李栖筠在苏州时，还邀请润州刺史樊晃一起鼓琴相和，唱传承景。唐代散文家、集贤殿学士柳识在他所著《琴会记》中就记载了当时的情景："赞皇公（李栖筠）弦琴，樊公和之。演操相应，澄清抚绥，递为伯牙，更为子期。"

在柳识看来，李栖筠与樊晃，好比伯牙遇到子期。两位刺史的琴声或荡气回肠，或婉转悠然，或清和淡雅，或缓慢宽疏，袅袅余音随着丝丝江南微风飘过苏州的石桥微澜、黛瓦白墙，飘向碧波荡漾的太湖、大运河……

弹罢《乌夜啼》，又抚《凤求凰》，再奏《广陵散》……琴动人静，琴酣酒醒，清声向月，和气在堂，一番高山流水、琴瑟和鸣之后，李栖筠对樊刺史畅谈自己的琴艺心得：

> 见明珠者始贱鱼目，知雅乐者方鄙郑声。自朴散为器，真意在琴。与众乐同出于虚，独能致静；同韵五音，独能多感；同名为乐，独偶圣贤。是宜称德，切近于道。昔尧以美利利于天下，曲名始畅，自舜禹至于夫子不止。且声著哀思，或当戚自陈。其后居常玩之，和理所措。若然者，宁袭陶公真意空拍而已？岂袭胡笳巧丽，异域悲声？我有山水桐音，宝而持之，古操则为，其余未暇。

这便是李栖筠独树一帜的"琴论"。

琴虽是一种乐器，与圣贤之道却是相通的，追求古琴端庄从容、静物平和之美。"但识琴中趣，何劳弦上声"（陶渊明诗句），从切合古道（文中所谓致静、多感、和理等）的角度来看，巧丽的"胡笳"令李栖筠伤怀，他推崇陶渊明的素琴，他认为与其弹奏那巧丽而悲切的胡笳之音，不如像不解音律的陶渊明那般凌空一抚"无弦琴"。

在唐代，士和琴如影随身，古琴成为士族修身养性必不可少的良伴。"朴散为器，真意在琴。"李栖筠在苏州的这番经典论述，阐述了唐代士大夫崇尚儒家伦理的艺术价值观。

李栖筠在苏州，特别注重奖掖后辈，幕府盛选才彦，他将刘绪（刘禹锡父亲）、裴胄、崔造等有真才实学之人引为自己的幕僚（《旧唐书·崔造传》），悉心提携。

刘绪系天宝末年进士，"遂及大乱（'安史之乱'），举族东迁，以违患难"，因仕途不畅，一直在李栖筠幕府中任掌书记。

刘绪文章行实，问于仁义，义方善庆。李栖筠奏请唐代宗，让刘绪兼任盐铁副使一职。两家既有幕府之情，亦有提携之恩。李吉甫后来对刘绪之子刘禹锡相惜相助，也是在苏州建下的友情。

裴胄后来随李栖筠回京，担任御史台殿中侍御史，再后来又将自己的千金裴文昔嫁给了李吉甫。

崔造累迁至左司员外郎，拜吏部郎中、给事中，同平章事，位极宰相，此乃后话。

李栖筠虚心下士，乐于让别人攻击自己的短处。《旧唐书》记载："观察判官许鸿谦有学识，栖筠常异席，事多咨之。"

李栖筠在苏州亲自主持地方科举考试（州县地方考试，一般在八九月进行，所以也称"秋闱"，乡州试被选中后，再赴京城由户部审阅谱牒，次年春季参加全国科举考试），拔擢了一大批江南才俊。其中，就有后来的大唐清廉宰相陆贽、吏部侍郎顾少连、考中状元后任京兆尹的杨凭等。

然而，苏州地广人庶，"豪门大贾，利之所聚，奸之所生"，繁华的苏州也不太平，本土豪强势力、作奸犯科者暗流涌动。

有个名叫方清的土匪，笼络了一批好吃懒做的亡命之徒，引诱流民落草为寇，人数已达数万人之众。

方清团伙盘踞在黟州（今安徽省黟县）、歙州（今安徽省歙县）一带，依山为盗，阻山自防，欺压百姓，危害比常州土匪张度还要大，搅得社会鸡犬不宁，浙西地区陷入一片恐慌之中。

作为一方刺史，又领浙西观察使职，李栖筠上表朝廷，亲自张设武备，提兵上阵，协助唐军很快就剿灭了以方清为首的盗匪流寇。

然而，朝廷派来的平乱将领、平卢（军部设青州，今山东省青州市）司马

（作战参谋长）许杲依仗平乱军功，在剿灭方清团伙后不服朝廷调令，擅领三千将士驻扎濠州（今安徽省凤阳县东北临淮关）不肯撤走，有侵入淮南、擅自为政的迹象。

浙西观察使李栖筠、淮南（军部设扬州，今江苏省扬州市）观察使张万福决定联军讨伐，许杲大惧，于是渡长江进驻上元（今江苏省南京市），然后又北上楚州（今江苏省淮安市），大肆烧杀掳掠，"擅留上元，有窥江、吴之意"（《新唐书·李栖筠传》）。

许杲恃功自傲，迟迟不肯北归。李栖筠坚持抑豪强，恤贫弱，一方面整顿军备，训练劲卒，摆出一副与许杲决战的架势；另一方面考虑到兴兵打仗，势必生灵涂炭，百姓要遭受一场战乱之苦，多年来仰赖江、淮财赋运转的李唐王朝也将元气大伤，于是决定以谋智取。

李栖筠精心挑选了几个有勇有谋的辩士，深入许杲军中犒赏有功将卒，以金币玉帛结交许杲手下，晓以侵犯江南之利弊与祸患。许杲军队被分化瓦解，人心动摇，众多士卒不愿骚扰江南。

许杲的算盘落空，不敢再在浙西地区逗留，只好率领部分士卒仓皇北渡长江，循淮水向东逃走，后被李栖筠所领浙西士卒和张万福所领淮南士卒追杀十之七八，溃散逃亡殆尽。

苏州管辖的嘉兴，也有一股由本地人陆曾为首的土豪势力以及一股由客居嘉兴的梁东道带领的流窜盗匪。他们猖狂放肆，四处抢掠，嘉兴莫之能御，百姓愤恨满腔。

李栖筠率领浙西道士卒和本郡的数千乡勇征讨盗贼，大破贼众，盗首陆曾逃亡，梁东道被斩首，那些鸡鸣狗盗之徒一时销声匿迹，嘉兴百姓从此过上了安居乐业的生活。

"许杲之乱"得以平息，李栖筠"不战而屈人之兵"的策略，使浙西地区躲过一场浩劫，李栖筠在百姓中赢得了相当好的口碑。

李栖筠四年如一日，夙夜虔恭，尽心竭节，治世安民，苏州七县得以重农兴商、休养生息，苏州人人奉事稼穑，官民同甘共苦，繁华的街市重现路不拾遗、夜不闭户的太平气象。

那时、那城、那景，正如唐代诗人杜荀鹤写的那样："君到姑苏见，人家尽枕河。古宫闲地少，水港小桥多。夜市卖菱藕，春船载绮罗。遥知未眠月，乡思在渔歌。"

李栖筠以农为本，抚民以静，既大力发展了农业生产，安定了一方百姓生活,又为"安史之乱"后拮据的朝廷提供了足量的税赋粮食,所作出的努力和贡献朝廷上下有目共睹,朝臣们对他敬佩有加。

李栖筠离开苏州一千余年后,清朝大臣、藏书家沈秉成(1823—1895)对他的德才政声十分仰慕。

沈秉成,咸丰六年(1856)进士,授编修,迁侍讲,累官河南、四川按察使,广西、安徽巡抚,任两江总督等要职。晚年归隐苏州,购得娄门陆锦所筑"涉园"的废址,扩建增筑成耦园。

沈秉成在耦园进门第一座砖雕门楼上,特意镌刻了"平泉小隐"四个字,把自家园子称为"小平泉庄"。在耦园落成诗中,他又将江苏巡抚张之万的拙政园称为"大平泉庄"。

沈秉成借用李栖筠子孙所建的洛阳伊川"平泉山庄"之名,作为自己所造园林的名字,以寄托自己对李栖筠的敬重和仰慕,抒发"小隐隐于野、中隐隐于市、大隐隐于朝"的人生情怀。

李吉甫跟着父亲在苏州生活了四个春秋,对底层社会现状、时政积弊有了真实的了解,积累了丰富的实际生活经验;对父亲李栖筠如何兴农兴教,如何养民资国,如何战胜旱涝天灾,也有了切身的感受……父亲的一言一行,李吉甫都看在眼里,也深深地刻在心里,内心暗暗地发誓,若是将来自己也能为官一方,一定以父亲为榜样。

雅琴之音,可以颐养神气、调和情态,还可以发泄幽愤、感动善心。空闲之余,李吉甫向父亲学习煮茶抚琴之道,虚心学习《乌夜啼》《阳关曲》《神人畅》《春江花月夜》等琴曲,渐渐受到"众器之中,琴德最优""弹琴吟咏,陶然自得"等琴学乐论的熏陶和影响。

对李栖筠在常州、苏州的政绩,唐代宗非常满意和信任,已将他作为当朝宰相的不二人选。

李栖筠与元载的较量

"下放"江南八年的李栖筠,迎来了第二次拜相的机会,但这次机会又将与他擦肩而过。

阻挡李栖筠晋升的,还是那个当初把他挤出朝廷的宰相元载。

李栖筠离开朝廷造福江南的这八年里,元载独揽朝政,更加专权跋扈。他以重金买通唐代宗李豫的贴身宦官董秀,处处迎合皇上,罔上面欺,目空一切,过着腐朽奢靡的日子。

《资治通鉴》这样记载元载:"元载既诛鱼朝恩,上宠任益厚,载遂志气骄溢;每众中大言,自谓有文武才略,古今莫及,弄权舞智,政以贿成,僭侈无度。"

元载卖官鬻爵,大肆敛财,凡是想入仕求官的,都得向他父子赠礼行贿,大小官吏的升职、补缺他都雁过拔毛。

元载还支持、放任自己的老婆王韫秀大肆收受金银财宝,与另一位宰相王缙同流合污,一起贪污,把自己的党羽安插到朝中重要岗位和江淮重镇,以致"江、淮方面,京辇要司,皆排去忠良,引用贪猥。货贿公行,近年以来,未有其比"。

元载在京城和地方要司培植亲信,排除异己,凡是与他政见不合或者他看不顺眼的官员,他就编排罪名,贬出京城,或是杖杀于公府。他竟然对朝中两位竭诚奉君、清廉慎独、视功名富贵如敝屣的重臣也不放过。

一位是李泌,另一位是颜真卿。

李泌(722—789),字长源,出身辽东李氏,北魏八柱国李弼六世孙,自幼聪颖,书览能诵。

李泌七岁时,受到唐玄宗的召见。天子让正在与自己对弈的宰相张说考考他的智力。

张说遂以"方、圆、动、静"四字为题,让李泌作赋。

李泌谦虚地请教道:"燕国公乃人间文曲星,理应先生先作大略,学生再以比和!"

张悦见李泌小小年纪,竟然心智如此老练,略一思索,张口吟道:"方如棋局、圆如棋子、动如棋生、静如棋死。"

李泌听完,应声脱口而出:"方若行义、圆若用智、动若骋材、静若得意。"

张说以人喻棋,李泌以棋比人,可谓相得益彰,各领风骚。有着"燕许大手笔"的张说不禁夸其为神童。唐玄宗听罢大喜,赐李泌三品以上官员才能享受的紫袍。

"安史之乱"期间,唐玄宗逃奔成都,唐代宗的父亲李亨(唐肃宗)在灵武即位,遁避衡山的谋臣李泌下山勤王,参谋军事,为平叛出谋划策。时为广平王的李豫也得到李泌的保护与教导,感情颇深。

两京收复后,皇帝重返大明宫,李泌深知"伴君如伴虎"的道理,主动离开大唐中央,再次遁避衡山修道。

李豫当上皇帝后，他迫不及待地将李泌召回京城，让李泌住在宫中的蓬莱殿书阁，任其为翰林学士。又在长安的光福里赐以府第，大事小事皆与李泌商榷，以辅佐自己治理天下。

对于这样一位"诸葛亮"似的人物，宰相元载当然"吃醋"，觉得李泌是自己的头号威胁。他于是诬陷李泌"与宦官鱼朝恩关系密切，系为同党"，将李泌以检校秘书少监、江南西道判官之职，支出了长安，离开了最高权力中枢。

朝野上下噤若寒蝉，但刑部尚书颜真卿毫不畏惧，上奏唐代宗："陛下，当年李林甫为相，钳制舆论，导致上意不下逮，下情不上达，蒙蔽喑呜，使得朝纲紊乱，最后导致'安史之乱'。现在元载大权独握，蔽塞言路，排斥贤能，这是李林甫复出啊！"

怀恨在心的元载向皇帝进谗言，很快将颜真卿贬为峡州别驾。

从此，朝廷中正直公道的官吏不知不觉地消失了，代之以尸位素餐的贪婪无能之辈。

将颜真卿扳倒后，元载更加自大，利欲熏天，竟挪用修筑防范吐蕃工事的军费，在京城南北大兴土木，修造了两座豪华的私家府邸。

元载的"南北别墅"玉钩鸾柱，雕栱画梁，富丽堂皇，里面又豢养了无数的歌伎、奴仆，奢华程度冠绝百官，堪称宫殿。站在舞榭歌台之上，极目所见都是他家的膏腴田地、别墅庭院。

"上梁不正下梁歪"，元载身边的那些心腹死党以及趋炎附势的小人，纷纷效仿他，全都声色犬马，千方百计地从百姓身上搜刮油水，竭尽人、财、物力，争先恐后地占地修建豪宅，其劣行已然成为长安城公开的秘密。

"我公辅（元载字）文可安邦，武可定国，腹有经纶，胸怀韬略，才华盖世，谋略空前！"元载常在大庭广众下如此大言不惭地自夸。

元载每日流连于豪华别墅的叠花浮叶之间，沉湎于成群的歌伎、舞伎的声色犬马之中。仅服侍元载的仆婢、家奴就上百人，他享受着帝王之家般的尊荣和奢华，做着"挟天子以令诸侯"的美梦。

京城百姓早已对元载的这种奢靡之风痛恨至极，朝中大臣也对他的恣意凌虐恨之入骨。最关键的是，唐代宗李豫也无法忍受元载的贪腐专权了，单独召见他并加以劝诫，希望他有所收敛。

然而，元载不思改过，装聋作哑，毫无半点悔过之意，依然我行我素，把外政托付给胥吏，内事听从悍妻，把天子的苦口婆心当作软弱无能，当成一阵耳旁风。

唐代宗对元载已到了憎恶的程度，心中暗下决心，要起用一名最信任的刚直大臣以辅助自己收回大权，除去元载。

然而，唐代宗环顾宇内，又有哪一位大臣能够钳制住独揽朝政、一手遮天的元载呢？

焦头烂额的唐代宗宛如一只羸弱气偃的飞蝶，被困于元载罗织的一张硕大密麻的黑蜘蛛网中，身上早已被元载用野心、阴谋、狂妄凝结成的黏性网丝缠绕，怎么也逃不出元载这个蜘蛛陷捕的视线。

唐代宗好想好想挣脱这张蜘蛛网，很想起用刚直大臣李栖筠出任宰相，让他与元载抗衡，但又迫于元载的淫威及其死党的权势而不敢有所行动。

在国家危乱之际，元载曾立过功勋，是他帮助唐代宗一举翦除了两大权宦李辅国、鱼朝恩，既有拥立之功，又有固权之劳。

要想拿下盘踞宰相之位十五年之久的元载，牵一发而动全身，并非易事。经过一番苦苦思索，唐代宗想到了御史台。

御史台，是大唐中央的纪检监察机关，负责纠察弹劾官员、肃正纲纪，参与对重大案件的审理。御史大夫可与大理寺、刑部三个机构共同行使中央司法权，可以有力地制衡宰相。

御史台的最高官员是御史大夫，他除了"以刑法典章纠正百官之罪恶"以外，还可以参知政事堂同宰相们议政事。

对于独揽朝纲的宰相元载而言，内心深处还是害怕古柏森森的御史台，御史台的弹劾是最具有杀伤力的威胁。

唐代宗不敢暴露要收拾元载的政治意图。经过一番谨慎的考察，他命翰林学士秘密拟好诏书，绕开元载的中书省直接下发了。

如果元载早知道浙西观察使李栖筠要入朝担任御史大夫，肯定会用尽一切办法不让唐代宗如愿。元载这只恶残的猫头鹰，怎能容忍一只高洁的鹞雏在他顶头上空飞翔？

大历六年（771）八月，李栖筠带着已是翩翩少年的李吉甫从浙西归来，成为御史台的新主人。

"山雨欲来风满楼"，一场兵不血刃的斗争拉开帷幕。

唐代宗启动御史台这一国家最高纪检监察机关，决定查清元载贪赃枉法、营私舞弊的证据，对元载发起弹劾。

大历八年（公元773）三月，李栖筠终于找到了元载一党徇私枉法的蛛丝马迹。

之前，岭南（军部设在广州，今广东省广州市）节度使徐浩，精于谄媚，大肆搜刮南方金银珍宝送给元载。元载将其召入朝中，取代不肯攀附元载的吏部侍郎杨绾。

之后，吏部侍郎徐浩、薛邕和京兆尹杜济、河东（军部太原府，今山西省太原市）王缙等人，都成了元载的党羽。

徐浩有个妻弟叫侯莫陈怘，时为美原（今陕西省富平县东北美原镇）县侯。徐浩为了提携这个小舅子，便悄悄指使京兆尹杜济在考课（官员年度或届满考核）中，以"知驿奏优"将其定为上上等，同时又通过薛邕、杜济的关系，将其调任京县做长安县尉。

按唐朝制度，畿县要调京县任职，必须到御史台参见御史大夫，称为"参台"。

李栖筠将侯莫陈怘召到御史台，询问其劳绩和工作作风，侯莫陈怘神色惊惶，无法应对。他不得不说出内幕，是自己贿赂徐浩、杜济、薛邕才得以升官，并非真的考绩优等。

于是，李栖筠上奏弹劾侯莫陈怘，又连带揭露徐浩、杜济、薛邕三人徇私舞弊的劣迹。

唐代宗采纳了李栖筠的意见。他早就想连根拔掉这棵背后的大树——弄权宰相元载了。

然而，在元载心中，此乃区区小事，根本不以为意，没把李栖筠放在眼中。殊不知，一条无形的绞索已经悄悄套上了他的颈子。

面对确凿的用人枉法证据，唐代宗偏要"小题大做"。宰相元载不得不将自己的死党一一贬出长安，将徐浩贬为明州别驾，将薛邕贬为歙州刺史，将京兆尹杜济贬为杭州刺史。

元载一党得到了一定程度的削弱，但他依然志得意满，不以为然。《资治通鉴》云："（元）载妻王氏及子伯和、仲武，缙弟、妹及尼出入者，争纳贿赂。又以政事委群吏，士之求进者，不结其子弟及主书卓英倩等，无由自达。"

元载在贪赃枉法的道路上越走越远，搞得朝政乌烟瘴气。家有家规，国有国法，为规范监督官员朝参礼仪，严格出勤制度，李栖筠决定向唐代宗上呈奏议，以肃正朝中风气。

朝参规章的混乱、礼仪的缺失，严重影响到了官员的勤政修德和政令畅通，影响到了皇权的绝对权威。李栖筠认为，清明务实的政治环境要从朝廷三省六部中的官员抓起。

唐朝的中央决策与政务执行机构是中书、门下和尚书三省。中书省负责发布诏令，参与军国大事决策；门下省负责对诏令进行审议与封驳，行封还诏书和驳回臣下章奏之权；尚书省是最高行政机构，省下设吏、户、礼、兵、刑、工六部，每部又辖四司，共二十四司。

为从制度层面解决朝廷荒政、怠政、乱政的弊端，李栖筠上奏唐代宗，明确提出首长负责制，颁布实施《吏政五条》，大意如下：

第一条，各司一天之内，若有三名朝官缺席，罚本司长官一个月手力钱。一月之内，三次缺席，加罚一月手力钱。

第二条，朝官若长时间缺席，或请假超过一百天，本司长官必须记录上奏。如若隐瞒不报，御史台访察弹劾，依勒处分。

第三，文武常参官参朝迟到，或朝参礼仪不当，御史台查实后，扣除一月俸禄。超过三次迟到，御史台予以弹劾。

第四条，官员朝参结束，除公事可出侧门，前往中书门下省参拜宰相外，其余官员均从正门离开。违者由御史台弹奏。

第五条，朝参官无故或有意缺席者，剥夺一月俸禄。

在唐代，每年要举行一次盛大的曲江宴，皇帝在曲江亭宴赐百官，宰相领衔文武百官参加。元载当政以来，曲江宴更是极力铺张，竟然安排教坊乐伎、戏谑之人错杂陪侍，官员们以喧哗沉湎为乐，公私相效，渐以成俗。

身任国家风宪之责的李栖筠，认为这样的曲江宴很不严肃，规定御史台的长官不准参加曲江宴，禁止曲江宴的浮华奢靡之风。《新唐书》记载："栖筠以任国风宪，独不往，台遂以为法。"

《吏政五条》的颁布实施，带来了朝廷三省六部官员作风的好转，曲江宴风气的整治，带来了整个朝廷"奢靡之风"的转变，李栖筠革除弊政的成效、依法办事的公正、严于律己的作风得到了大家的公认。

李栖筠不阿附元载，又注重奖励善行，还善于听取他人不同意见，从不介意他人攻击自己的短处，为天下士人所推重。李栖筠声誉日隆，被大家一致看成当朝最合适的宰相人选。

然而，唯我独尊的元载，哪容得下有宰相之望的李栖筠，没事就在唐代宗那里谗言李栖筠管得太宽、管得太严，甚至连皇上参加的曲江宴也加以限制，"根本没把皇上放在眼里"，奏请唐代宗罢去李栖筠御史大夫一职。

元载这句"根本没把皇上放在眼里",足以致李栖筠于死地。但唐代宗早已看清元载的"两面人"嘴脸,从他身上看到了当初李辅国、鱼朝恩有恃无恐干政的影子。

李栖筠振朝纲、立规制的改革治政措施,都得到了唐代宗的大力支持。他坚持让元载执行李栖筠作出的"纪律规定"。

元载被皇帝打脸,对李栖筠深怀忌惮,更是恨之入骨。

大历十一年(776)一月九日,夜空出现不祥星象,月亮掩盖了轩辕星座,又进入了南斗魁星。

次日清晨,报晓晨鼓尚未敲响,天色暗昏如墨。

长安城依然在沉睡中,李栖筠早已穿戴周正,踏步走出了安邑坊府第,骑上自己心爱的安西白马,赴大明宫上朝。

行至东门拐角处,突然几匹烈马从黑暗之中奔驰而来,与李栖筠的马擦身而过,然后似几股旋风一般,呼啸而去。

李栖筠和随行还没反应过来,两匹烈马上的蒙面人,已将两支锋利的飞镖刺入李栖筠坐骑后腿,白马瞬时发出一声剧痛的嘶鸣,脱缰狂奔而出,李栖筠被远远地摔下马来。

李栖筠当场晕厥了过去,经随行一番抢救,虽脱离了生命危险,但李栖筠的头部被撞伤,脚和腰椎骨折。

消息传到大明宫,朝堂一片哗然,朝中正义之臣提出了严正的抗议和强烈的谴责,纷纷上奏唐代宗要严查凶手。

唐代宗心里明白,查与不查,背后唆使之人就是元载的同党。

原来,正是在元载的唆使下,左卫将军兼宦官总管董秀派遣了几名禁军士卒化装成黑衣飞骑,晨袭早朝的李栖筠,以解失宠之恨。

元载没有料到,他手下之人出手太狠,以致将李栖筠摔成重伤,让他从此卧榻不起。

取字"弘宪"

大历十一年(776)二月九日,李吉甫十九岁。

出身"官二代"的李吉甫,此时容止端雅,明眸皓齿,玉树临风,腹有诗书,好一个风度翩翩的佳公子。

李栖筠给李吉甫束发加冠,举行成人礼,取字"弘宪"。

弘者，光大也。宪者，法令也。

面对"弘宪"二字，李吉甫没有半点欣然之色。

当时李栖筠久卧病榻之上，面色枯黄，气若游丝，身体越来越虚弱，皇帝的御医屡次前来为他治疗，也不见起色，行刺李栖筠后逃逸的凶手也销声匿迹。

李栖筠预感到自己生命垂危，时日无多了，就在李吉甫十九岁生日这天，他把一家人叫到床前，语气凝重地叮嘱了一番。

长子李老彭、次子李吉甫跪在父亲李栖筠的榻前。李栖筠喘了几口气，缓缓说道："为父的身体每况愈下，已是时日无多。但世间无不朽之木，天下无不死之人，生老病死，犹如四季更替轮回，你们不必悲伤，请起来听我说说话。"

"父亲大人，保重身体，会好起来的。"李老彭和李吉甫一边磕头，一边噙着眼泪哽咽着说。

李栖筠于开元七年（719）出生于赵郡赞皇李氏西祖房，赵郡李氏是北朝以来至隋唐的高门大族，系山东五大郡姓（崔、卢、李、郑、王）之一，形成于魏晋，发展于十六国，北魏时期成为北方一流高门。

赵国"四大名将"之一的李牧足智多谋，长于用兵之道，御匈奴，打东胡，伐燕破秦，屡有战功。他曾驻守雁门郡，血战匈奴，斩首十余万；他曾以八万兵力对阵强秦二十万虎狼之师，封爵武安君，与白起、王翦、廉颇并称"战国四大名将"。

赵国末年，李牧成为赵国赖以支撑危局的唯一良将，素有"李牧死，赵国亡"之称。他在河北开创了中原五大高门士族之一的赵郡李氏，被后世公认为赵郡李氏的始祖。

秦末六国并起时，李牧之孙李左车极具战略眼光，辅佐赵王赵歇建功立业，主张休养生息，德政安人，以武力作威慑，以仁德服人心，为赵国立下了赫赫战功，被封为广武君，尊为雹神。

西晋时期，"八王之乱"爆发，广武君李左车的十七世孙、司农丞李楷定居于赵国平棘县南（今河北省赵县西南、高邑县东北），五个儿子将祖先的血脉一分为三，分出西祖房、东祖房和南祖房，从此花开三朵，各盛家风，博文约礼，冠于卿族。

之后，李氏族人迁徙至赵郡平棘、赞皇、高邑、柏仁等地，开枝散叶，可以说门生故吏遍天下。

东祖房李峤（645—714）曾平定岭南，抑制酷吏，三度拜相；南祖房李游道、李日知分别在武周和唐睿宗时期位居宰相。

李楷的三儿子李芬及四儿子李劲一家居住巷西，被奉为西祖。唐中宗时，西祖房也出了一位宰相，名叫李怀远（？—706）。他治尚清简，累官至同中书门下三品，封赵郡公。

李怀远后七十余年，西祖房已未出名将名相，最有望入相的就是御史大夫李栖筠，而今也已成泡影。

李栖筠望着李吉甫，满怀期望地说道："赵郡李氏自古人才辈出，有精通儒学的李固，有铁腕肃贪的李元礼，有恬静好学的李颙，有博综群言的李孝伯，有修史《北齐书》的李百药，有文章宿老李峤……然而，我西祖房自始祖李怀远之后逐渐式微，你们的高祖李君逸只得到谒者台郎的虚职，祖父李载大人未能出仕，虽为燕代豪强，但在我十岁时就去世了……"讲到此处，李栖筠已是泪眼婆娑。

"父亲赴难勤王，忠君爱民，鞠躬尽瘁，我定与兄长苦心力学，传承赵郡李氏门风，自振于式微之后。"李吉甫朗声说道。

李栖筠又缓缓地说："为父自幼丧亲，不善交游，反对浮华之风，后来进士及第，初仕（魏州）冠氏县时，有幸遇到魏州太守李岘，视我为布衣之交，引领提携。李大人居官有为，爱民如子，知人善任，正直不阿，他日你们兄弟若入仕为官，定要以李相国为楷模。"

李栖筠与李岘布衣之交，感情深厚，李岘后来受权宦李辅国谗言而罢相，被贬到蜀州。李栖筠也受此牵连而贬官，但没有丝毫怨言，仍教导李吉甫要以李岘为学习榜样，可见李栖筠对待朋友肝胆相照，始终如一。正是李栖筠的影响，让李吉甫后来成为一位"肚里能行船"的大唐名相。

"父亲大人，愚儿记下了！"李吉甫磕头答道。

李栖筠语气沉重缓慢地说："为父为政刚直，铁面无私，不善变通，没有阿谀之词。在处置'安史之乱'的降贼群官时，虽秉持仁恕之道，但仍有众官获罪受刑，得罪了不少叛贼党羽和权贵。后来，为父出任御史大夫，弹劾宰相元载和吏部侍郎徐浩结党营私，也结下难解之仇。为父虽非君子，但心存良知，虽是壮志未酬，但若能以我之死，换来一个清明清廉的朝政，我也就死而无憾了！"

李老彭沉声说道："父亲，奸臣大害于国，多行不义必自毙。元载恶贯满盈，弥益凶戾，定会死于非命！"

李栖筠慨然叹道："李岘与元载，同为宰相，却差之千里。《礼记》讲，欲明明德于天下者，先治其国；欲治其国者，先齐其家；欲齐其家者，先修其身；

欲修其身者，先正其心；欲正其心者，先诚其意；欲诚其意者，先致其知，致知在格物。物格而后知至，知至而后意诚，意诚而后心正，心正而后身修，身修而后家齐，家齐而后国治，国治而后天下平。彭儿、甫儿定要牢记以民为本、养民资国啊！"

"父亲大人，愚儿记住了。"李老彭、李吉甫齐声应答。

李栖筠叫妻子赵可君扶起身子，虚弱地坐在床榻上，从枕头下拿出几本厚厚的书来，看着李老彭和李吉甫，语重心长地说："儒家之道，在于修身齐家治国平天下。你俩要刻苦研习《礼记》《左氏春秋》《汉书》这些传世典籍，以学问入世奋争，以才能建功立业。大丈夫行于乱世，亦当光明磊落，穷则独善其身，达则兼济天下，让赵郡李氏严明的礼法、优雅的门风和经世致用的学风代代相传。"

"愚儿定当铭记父亲教诲！定将努力出人头地、光大门楣。"李老彭、李吉甫俯伏在地，恭敬至极地回答道。

"为父走后，你们会受到很多磨难，甚至遭到父亲问罪过的权贵以及同党、后人的攻击和陷害。孟子讲过，天将降大任于斯人也，必先苦其心志，劳其筋骨，饿其体肤，空乏其身，行拂乱其所为。磨难与逆境，更能让你们动心忍性，增长智慧和才干。不以物喜、不以己悲，苦亦不拢、乐亦不惑……你俩须当谨记。"

李吉甫用两道坚毅的目光看着李栖筠，字字如铁铸一般地说道："父亲一身正气，光明磊落。愚儿也会像父亲一样，不屈服于权势，不惧惮于奸佞，做光明正大之人。"

李栖筠幽幽的目光闪烁着一丝欣慰，但他疲惫得连笑一下都很吃力，微微点了一下头，然后对李老彭说道："我死后，皇上会念在我过去对社稷有功的分上，给一个门荫入仕（唐朝给予功臣后代的一种政治待遇，不经科举考试便可授予官职）。彭儿，你向来心性敦厚，到时候你一定要谨言慎行，无论官大官小，做到上利于国，下益于民，忠君亲民，兄友弟恭也就无愧了。你弟年轻气盛，容易冲动，以后你要时刻提醒他。"

李老彭点了点头，答道："父亲，愚儿生性愚钝，愿终身侍奉于父母膝下。甫弟勤奋好学，文章出众，直道明诚，有宗室的家学门风，也有父亲的刚正之风，让甫弟门荫入仕吧，定能成就一番大事。"

"不，不，哥哥心性仁善，心思缜密，定能做个好官。'安史之乱'后，藩镇割据，兵革不息，奸臣当道，国凋民敝，开元盛世一去不回。孩儿想去参军入伍，像父亲年轻时一样守卫安西边疆，驰骋沙场，以军功立身扬名、中兴大唐。"李吉甫叠声说道。

李栖筠平静地望着李吉甫，不紧不慢地说道："甫儿心中有国，心中有民，为父甚是欣慰。不过，要想以天下为己任，有一番重整山河、中兴李唐的作为，首先还要把书读好，过了科举那一关。就算你立志从军，也得要从九品下的校尉做起才行啊！"

"父亲，官场繁文缛节，钩心斗角，权势如过眼云烟，祸患只存于朝夕。愚儿看惯了那些暮登天子堂的及第进士，走马章台，谄媚权贵，遽尔中举，出入花街柳巷，纵酒挥霍，纵情声色，孩儿羞与为伍，不想参加那科举考试。"李吉甫轻声轻气地回答道。

李栖筠一听，心神不禁为之一振，望着李吉甫，慢慢地说道："你立志投笔从戎，为父支持。不过，为父要告诉你，战争的决定性因素不仅在于铁骑，还在于谋略、粮草和地理环境，在于天时、地利、人和。三国时期，刘备的二十万蜀军大举进攻吴国，吴国满朝文武人心惶惶，束手无策，陆逊临危受命，潜心研究吴国地图地理、地势地貌，最后挫败蜀军，刘备一病不起，托孤白帝城。你要广猎经吏古籍，力争在军事地理上做出一番成就。"

李栖筠说完，喘息了几下，又缓声说道："要说谋略，你要去拜李泌。'安史之乱'爆发时，他离开归隐的嵩山，辅佐肃宗皇帝（李亨），谋献参决，商讨军事。为父率领七千安西铁骑千里迢迢赶至灵武，平叛乱军，对当时的军情战况、地理环境都不熟，是李泌出谋划策，调兵布局，唐军才在香积寺大败燕军，大获全胜，长安才得以光复。"

李栖筠歇息了片刻，语气缓缓地说："下层谋事，中层谋人，上层谋局。这些年来，我与李泌同朝为官，政见略同，谋同道合，还有些交情，我给他修书一封，他日你去拜师于他，力争做个经天纬地之臣。"

李吉甫俯身回答道："父亲的训示，愚儿谨遵。"

李栖筠点了点头，又继续说道："甫儿，你一向刚直，不谙世道，最是看不惯阿谀圆滑之秽行，一定要学会隐忍，克服心高气傲的性情，做到一日三省。前朝长孙无忌同朝为官的房玄龄、李靖、李世勣等人，他们深知水满则溢、月盈则亏的道理，权势越隆、富贵越甚之时，越是要低调内敛，临深履薄，韬光养晦。"

李栖筠一脸严肃地教导李吉甫："你虽有过人才华，但古人有言，木秀于林，风必摧之；行高于众，人必非之。古人还讲，成也萧何，败也萧何。你要时时牢记八个字，藏锋、隐智、戒欲、省身。"

"父亲教导的，愚儿都记下了。父亲千万多多保重身体。"李吉甫挥泪说道。

李栖筠对两个儿子一番悉心教诲，不知不觉已过了一个多时辰，神情愈加憔悴而疲惫。

此时，殷红如血的晚霞布满了苍蓝的天幕，密密沉沉地压将下来，好似要把世间的一切都盖进这一片漫漫的殷红之中，夕阳的余晖从窗棂间斜照进来。李栖筠奄奄一息，脸色变得更黄了。

赵夫人轻言说道："老爷，歇息一会儿吧，兄弟俩都跪了好半天了。"她边说边将李栖筠扶卧床上。李老彭、李吉甫兄弟俩赶紧起身，上前扶住父亲，轻轻地按摩他的身子。

李栖筠苍白的嘴唇又动了动，轻声细语地说："你们去吧，我歇息一会儿就没事了。"

望着父亲灰白的鬓发，满脸沟壑纵横的皱纹如刀刻般鲜明，透着历经沧桑的深邃睿智，李吉甫嘴角抽搐着说不出话来，倏忽之间，眼中便是一眶泪水。

当夜，长安的夜空发生了月蚀。

"应系星辰天上去，不留英骨葬人间。"大历十一年（776）三月二四日傍晚，从万里黄沙、"安史之乱"中磨砺出来的"铁男"李栖筠，溘然病逝于安邑坊，享年五十八岁。

壮志未酬的李栖筠的抱恨以殁，让李氏家族陷入一场巨大的悲痛之中，也成为"安史之乱"后唐代宗致力中兴伟业的又一大损失。

唐代宗闻讯李栖筠骤然去世，为之举哀，辍朝三日，以方便朝中官员们前去吊唁，并安排礼部侍郎常衮负责丧葬事宜。他对群臣大声哀叹："天不欲朕致太平，何夺李西台之速！"

唐代宗的心情跌入了谷底，再也不想隐忍了，下定决心要干掉那个恶贯满盈的元载。

三月二十八日，唐代宗在延英殿召见了舅父吴凑，命他领兵火速逮捕元载。金吾兵径直冲进中书省，将元载、王缙两名宰相一并拿下，随后又逮捕了元载的两个儿子，卓英倩等心腹党羽也被一网抓捕。

逮捕两位宰相的理由，便是元载和王缙请了一帮道士在夜晚设坛，斋醮做法，偷偷举行祷神的祭礼。大臣祷神当是诅咒天子，这在古代是犯大忌的，视同谋反罪。

是可忍，孰不可忍！元载彻底跌入谷底。或许，这也是唐代宗故意让元载恶贯满盈后而杀之的政治策略。

唐代宗下诏，擢升李涵为御史大夫，钦定李涵、吏部尚书刘晏、礼部侍郎常衮、谏议大夫杜亚等人联合主审元载。劣迹斑斑的元载和王缙很快就认罪伏法了。

元载供出致伤李栖筠的元凶乃宦官董秀所为。

董秀随即被关进大牢，被乱棍打死。吏部侍郎杨炎、谏议大夫韩洄、起居舍人韩会、度支郎中包佶等元载的数十党徒即刻被捕问罪，远远地贬出了长安。

元载得知赐死令，绝望地对关押他的狱吏苦苦哀求道："求你让我死得痛快点吧！"

狱吏愤懑地冷笑道："宰相大人，死很简单。不过，在你死之前，请大人受点委屈，尝点香味吧。"说完，他脱下脚上的臭袜子，塞进了元载的嘴里……

宋代罗大经在史料笔记《鹤林玉露》中写道："臭袜终须来塞口，枉收八百斛胡椒。"

人心不足蛇吞象，元载可谓富可敌国的"蛀虫"。元载被治罪抄家时，不用说数不尽的金银财宝，单说钟乳就有五百两、胡椒就有八百石。相当于六十余吨的胡椒，整个长安城也要食用好几年。

元载死定了！刑场独柳树下，狱吏挥起一刀，砍下了他的脑袋。其妻子王韫秀，儿子元伯和、元仲武、元季能也同日被杖杀。

同年五月，唐代宗下令挖开元载父祖的坟墓，劈棺弃尸，拆毁他在大宁里、安仁里以及东都洛阳的府邸，焚毁私庙神主。元载终于在疯狂的贪婪和毫无节制的骄奢享乐中跌下神坛，自我毁灭。

李栖筠受命于君，在错综复杂的政治危机中，以拿下元载及其党羽为目的，对维护唐代宗时期的统治秩序、净化官场风气、维护民众利益发挥了重要的作用。

"奸臣大害于国，贤者忧愤而终。"

大奸害国，大贤忧愤，名重一时的李栖筠被元载一党所抑，到底没能当上大唐宰相，成为他个人政治生涯的一大遗憾，亦让亟待中兴的大唐王朝失去了一大豪俊。

唐朝宰相、李栖筠世交权德舆这样赞扬他："赞皇文献公，以文行正直，祗事代宗，中行山立，乃协于极。……《书志》三篇，感慨自叙，英华特达，君子之道，有初有终。至若嘉园、绮弭张出处于秦汉之间。著《四先生》碑，美萧、文、终、邴丞相之伦，或退或让。作《五君》咏，病有司诗赋取士非化成之道。著《贡举》议,其他下属在教条,则辞语温润。言公事上奏,则切劘端正,触类而长。皆文约旨明,昭昭然足以激衰薄而申矩度。如昆丘玄圃,积玉相照……"

十九岁的李吉甫暗暗下定决心,要替父亲完成他一生的夙愿。李吉甫后来的政治轨迹、心路历程、品德修为等方面,都深深地折射着李栖筠鲜明的治政风度和磊落身影。

丁忧平泉

李栖筠的溘然去世,让唐代宗李豫甚是悲痛。

唐代宗率众大臣和皇太子李适前往安邑坊李府吊唁。七日后,宣政殿的早朝上,氛围还是那么肃穆、寂静。

大殿外,三月的春雨淅淅沥沥,雨滴声传入大殿内,好似滴落在大臣们的心坎上,绵长而忧伤。

唐代宗语气沉重地说道:"御史大夫、赞皇公李栖筠公忠切直,累著声绩,颇有宋璟之风范。当年,宋璟与姚崇辅佐先皇(唐玄宗),开创了开元盛世,先皇赐其谥号'文贞'。唉,天不欲朕致太平,何夺李西台之速!朕欲追封赞皇公为吏部尚书,赐谥号'文献',诸位爱卿有何意见?"

"圣上英明!"朝臣们不约而同山呼万岁。

负责李栖筠丧葬事宜的礼部侍郎常衮高举象牙笏,上前朗声奏道:"御史大夫李栖筠,资朴厚之性,秉礼义之宗。文简而当,学博而精。文武兼通,尤精藩职。明以辨政,居官可纪。慎乃教令,薄其征徭。无倚法作威,无割下附上。闻诸朝野之说,实为社稷之臣。赞皇公临前写下《墓志铭》,臣读后怆然涕零,人臣之忠,可谓极矣!"

常衮话音刚落,唐代宗便急切地说道:"快把赞皇公的《墓志铭》呈上来!"唐代宗看完之后,沉默了许久,黯然不已地说:"宣吏部侍郎杨绾念给众爱卿听听。"

杨绾上前接过李栖筠的墓志铭,沉声静气地诵读完毕。满朝文武官员无不感慨唏嘘,一些大臣已是悲从中来,潸然泪下。被特地宣诏进宫参加这次朝会的李老彭、李吉甫早已涕泪沾襟。

唐代宗静静地凝视着群臣,缓声地说道:"朕决定,李栖筠长子李老彭以父恩荫,授殿中侍御史。次子李吉甫以父恩荫,授左司御率府仓曹参军。"

皇帝一次让朝臣两子门荫入仕，这在当时可谓天大的殊荣。

李老彭、李吉甫上前跪伏在地，泪沾袍襟，应声叩拜道："吾皇万岁，万岁，万万岁！恭谢陛下万古隆恩！"

监察御史，乃唐代中央监察机关御史台所属职位，系正八品上朝官。看来皇帝是想让御史大夫的长子留在御史台，以继承其彰善除恶、纠察百僚、巡按郡县之事业。

李吉甫所领左司御率府仓曹参军一职，乃东宫太子的十率府之一，如同皇帝的中央宿卫"十六卫"。

其中，左右司御率府、左右卫率府、左右清道率府统府兵，诸曹参军为九品朝官。这对于一心想投笔从戎的李吉甫来讲，虽未能直接从戎杀敌，保家卫国，但也似乎合了他的心愿。

常衮对唐代宗的授官不以为然，执笏上前奏道："皇上，我朝在立国之初建立了恩荫政策，平定'安史之乱'后，先皇（唐肃宗）对颜杲卿等逝世的五品以上功臣，追赠官爵，对其子孙也都恩荫授官。但一次给其两人授官，臣还未曾听闻，怕是有违礼制，请皇上明鉴！"

常衮这一言，众臣惊得面面相觑。

殿中侍御史裴胄挺身出列，大声说道："李西台营道抗志，及第西行，抚治苏常，奖励善行，清正廉明，一振台纲。单念其自安西千里勤王，平叛反贼，光复长安，立有再造社稷之功，为天下士人所推崇，臣子们都不直呼他的名讳，尊称其为李西台、赞皇公。况且据臣所知，李吉甫少好学，能属文，志从军，而今已满十九，正值朝中选用之人。然李西台病逝，其兄弟俩将为父丁忧，错过三年科举，岂不可惜！"

裴胄说完，吏部侍郎杨绾奏道："裴大人言之有理，但朝制不可违。臣以为，御臣之德，不外乎恩威二字，可先授李吉甫参军一职，但不授其俸禄，待他三年丁忧满后再正式履职领俸。请皇上明断！"

杨绾说完，诸多朝臣点头表示赞同。

唐代宗思忖了片刻，点头说道："朕同意杨爱卿所奏。"

声动律外、气横人间的李栖筠虽未能当上宰相，但能在身后得到如此哀荣，这位"赞皇公"在九泉之下当可瞑目矣。

贤者不必贵，仁者不必寿。数百年后的北宋政治家、文学家苏轼在《三槐堂铭》中这样写道："世有以晋公比李栖筠者，其雄才直气，真不相上下。"

朝会结束之时，大殿外淅淅沥沥的小雨已停下，一抹春日的阳光透过窗棂，一缕缕照在宣政殿内君臣肃穆的脸上。

元载执掌大权时,公卿朝臣大多依附于他,而吏部侍郎杨绾孤立中道,清贞自守,从不私下拜谒元载,朝臣对他很是尊重。李栖筠去世,唐代宗随即擢升杨绾为中书侍郎、同中书门下平章事、集贤殿崇文馆大学士,出任宰相,负责李栖筠的丧葬事宜。

杨绾以聪慧闻名,好学不倦,博通经史。天宝十三载(754)唐玄宗亲自主持科举,杨绾位居第一,越级擢升为官从八品的右拾遗。此阶段,李栖筠也同朝担任殿中侍御史、给事中等职。

杨绾与李栖筠,一是性格相像,李栖筠"庄重寡言,气度高远",杨绾"沉静寡欲,质朴忠贞"。二是两人政见略同,都出自礼法士族,推陈自身古老的门风礼法,反对进士阶层的浮华之风,杨绾还曾多次向天子上疏条奏贡举之弊。

因此,杨绾与小自己一岁的李栖筠相交甚密,也知晓李栖筠戎马生涯、辗转仕途,特别眷恋位于赵郡赞皇许亭村的平泉故乡,若能落叶归根,魂归故里当是其平生夙愿。

山东高门士族中,赵郡李氏、范阳卢氏、清河崔氏、博陵崔氏皆祖居河北,祖上坟茔多在河北。

然而,"安史之乱"打乱了河朔地区的安定,山东士族迫于战乱和胡族压力而不得不离开故土,甚至已无法归葬原籍。而今,"河北三藩"之一的魏博(治所魏州,今河北省大名县)节度使田承嗣拥兵自重,不听朝令,屡兴战乱,正援助汴州节度使李灵曜起兵叛乱。因此,李栖筠无法归葬赵郡,只能改葬两京。

或许,这正是后来李吉甫父子坚定儒家大一统理想,强势对藩镇用兵的原因之一。

杨绾对洛阳一带较为熟悉,他知道在洛阳以南三十里处,龙门西面的山脚下有一个叫染家沟的地方,那里也有一座平泉山,山峦环抱,清溪萦回,岸林成行,是一块难得的风水宝地。

最巧合的是,那里一年四季也有碧泉泛波,山清水秀,与李栖筠的故里许亭村平泉极为相似。因此,杨绾征求李吉甫兄弟的意见后,决定将李栖筠归葬洛阳伊川。

此时,一直反对元载的殿中侍御史裴胄也履任新职,出任刑部员外郎。李栖筠对裴胄有知遇之恩,在他任苏州刺史时引其为幕僚,回朝后又引荐他为殿中侍御史,可以说私交甚深。

李栖筠去世后,裴胄不畏得罪元载,不顾他人劝阻,毅然上下奔波,前后打理，坦然行事，帮忙李吉甫一家料理李栖筠的丧葬事宜。

大历十一年（776）四月，阴雨连绵，潮湿阴冷。正是"清明时节雨纷纷，路上行人欲断魂"的暮春时节。

裴胄手扶李栖筠的棺木灵柩，与身披麻服的李吉甫家人一道，从长安城的安邑坊出发，一路身淋小雨、脚踩泥泞，将李栖筠的灵柩护送到洛阳伊川安葬。自此以后，李栖筠一门卒后皆迁葬于洛郊。

《旧唐书·裴胄传》记载：李栖筠去世，裴胄亲自守灵，上下忙碌，护送灵柩，"众论危之，胄坦然行心，无所顾望"。李吉甫对抱义危行、重情重义的裴胄感激不尽。

"礼莫重于丧，善莫重于孝。"按照大唐律令，如若遭逢父母丧事，无论你是何官何职，必须辞官持丧三年，其间不得行婚嫁之事，不预吉庆之典，也就是不做官、不婚嫁、不大宴、不应考，全心守孝报恩。如若寻欢作乐、嫁娶生子、应试求官等，均以"不孝"治罪，将给予严厉的刑律惩罚，或判处徒刑，或罢职流放荒蛮之地。

三年里，李吉甫与兄长李老彭在洛阳伊川平泉山下（今洛阳市伊川县梁村沟村）修建了四间平房，制造农具，开荒耕地，植树种菜。同时在父亲的墓旁搭建草屋，烧香祭祀，轮值守孝。

平泉山之北就是伊川龙门（伊河汇入洛河之后的最后一个狭隘通道），李吉甫经常到那里游历，观赏龙门石窟精美的石刻雕像，欣赏帝王将相、文人墨客在此留下的诗词题刻。

龙门两山对峙，伊水中流，分为东西两半，伊阙之东有武则天所建的"香山寺"，飞阁凌云，巍巍壮观，李吉甫也常去那里奉佛听经，与僧尼饮茶畅叙，交结来往志士。也是在此期间，李吉甫开始对佛教思想及其基本教义有了自己的认知和独到的感悟。

李吉甫后来任明州长史时，就与杭州径山寺大觉禅师有过密切交往，他在1700余字的《大觉禅师碑铭》中这样写道："水无动性，风止动灭。镜非尘体，尘去镜澈。众生自性，本同诸佛……"可见其对佛教思想研究之精深，这与李吉甫丁忧时期，游历于洛阳香山寺等寺庙时打下的深厚基础不无关系。

中唐思想史，正是中国传统文化三大精神支柱儒、释、道三家合流时代。李吉甫熟读儒学传统经典《六经》，秉承儒家忠君为国、以民为本、积极作为的"入世"价值观，同时也对释、道兼容并取，与崇尚清心寡欲、道法自然、远离尘世的道士，以及主张以德报怨、知足少欲的佛家名僧广泛交往，真诚相待。

李吉甫还长期对儒、释、道家的发展进行调查了解，潜心研究，记载史实。多年后，李吉甫所著的地理图志《十道图》中，首次提出了中国四大古刹：台州（今浙江省天台县）国清寺、济北（今山东省泰山市西北）灵岩寺、润州（今江苏省南京市）栖霞寺、荆州（今湖北省当阳县）玉泉寺，又称"域中四绝"。

唐太宗李世民曾为灵岩寺"御书阁"题额，唐玄宗李隆基崇道，唐代宗李豫佞佛，唐宪宗李纯对佛道都很痴迷。李吉甫出任宰相后，将灵岩寺称为"四绝"之首，灵岩寺逐渐成为黄河流域最负盛名的佛教圣地。

可以说，李吉甫对中国传统文化儒、释、道的传承发展做出了身体力行的有益贡献。但李吉甫次子李德裕却尊儒、崇道、厌佛，尊崇茅山道教，自称"上清玄都大洞三景弟子"，又在唐武宗时代发动"会昌毁佛"运动，此乃后话。

丁忧洛阳伊川的日子里，夕阳西下，夜幕降临后，李吉甫开始挑灯读书，在诗赋典籍中度过了清冷而寂寞的守制岁月，默默地浸染并延续着赵郡李氏那深厚学问、贵族门风的火和光。

三年里，在昏黄的灯光下，李吉甫除了认真研读父亲留下的诗书典籍，还博览群书，广而阅之。李吉甫读书有自己的选择，对《周易》《礼记》《汉书》《左传》《贞观政要》等书籍奉为圭臬，专心致志，反复吟诵揣摩；对《鬼谷子》《韩非子》《金刚金》等书籍，观其大略、披沙拣金。

李吉甫常常将《贞观政要》带在身上，随时从书中了解唐太宗君依于国、国依于民的政治思想、政治得失，了解"贞观之治"时期大唐帝国的政治、经济、军事和文化，了解唐太宗与魏徵、房玄龄、杜如晦等大臣的精彩对话、经典奏议，对它们百看不厌，手不释卷。

李吉甫崇拜唐玄宗时代的宰相姚崇，喜欢李隆基密诏姚崇赴骊山觐见时的那一番经典的君臣对话。姚崇给李隆基进谏的"十事"，李吉甫不仅背得滚瓜烂熟，而且深深地刻于脑海之中。

李吉甫做梦也想成为姚崇那样的人。多年后，李吉甫梦想成真，真的入阁拜相。为了辅佐唐宪宗李纯开创"元和盛世"，李吉甫也犯颜进谏李纯，时时遵从姚崇的《十事要说》。

李纯效法他的先祖皇帝唐玄宗，敢于大胆任用和倚重朝臣，采纳李吉甫的建言，广开言路，虚怀纳谏，勤政俭朴，将姚崇的《十事要说》写在屏风上，每每站于屏风之前拱手拜读。此乃后话。

除了研读这些治国理政的著述，李吉甫还对班固的《汉书·地理志》、郦道元的《水经注》很感兴趣。不过，在李吉甫看来，《汉书·地理志》内容过于简略,《水经注》又主要以记述水道为主,经过两百多年的变迁,很多已发生变更。

李吉甫立志将来也要整理一部地理著述,对大唐的州县沿革、丘壤山川、河流陂泽、地质地貌、物产矿产、民风民俗、城邑兴衰、历史古迹等进行考证,做出一个全新、全面、系统的描述。

李吉甫还将父亲李栖筠生前的诗文、奏议等,分门别类整理、校正,集结成了《李西台集》十卷。同朝为相的宰相权德舆亲自为《李西台集》作序,刻印数百本传世。

洛阳灼灼绽放的牡丹开了又谢,谢了又开,伊阙的河水碧波荡漾,滔滔不绝,不舍昼夜。

李吉甫徜徉在"田夫荷锄至,相见语依依"的乡野鸟语中,流连于钟灵毓秀的龙门山色、伊阙风光中,沉醉于浩瀚如海的古籍名著、盛世诗词里,日子过得无比充实而清闲,三年光阴在不知不觉中匆匆流逝。

可是,居于大明宫的天子唐代宗李豫的日子却不好过。

这三年里,一茬又一茬的藩镇叛乱此起彼伏,目无朝廷、篡位夺权、自立自代的恶劣风气像瘟疫一样蔓延帝国的各个角落。

宰相杨绾正欲大刀阔斧地革除弊政、重振朝纲,没想到任相三个月就中风去世;回鹘精锐纵兵大掠北境,吐蕃又侵犯灵州……

风云动荡的时期,唐代宗好想有个人能回来,帮他处理这纷繁复杂的局面。这个人就是李泌。

元载伏诛后,唐代宗立即召回李泌,准备再次重用他。但是,才能卓著的李泌又为当朝宰相常衮所忌。

时遇澧州一带天旱地涝,百姓穷困,社会上匪徒强盗猖獗。常衮极力上奏,非李泌之才不能治理。他借此把李泌贬出朝廷,去任澧(今湖南省澧县)、郎、峡(今湖北省宜昌市)三州团练使。

当时,李泌远在千里之外的澧州。内忧外患的帝国困境,已让唐代宗焦头烂额、心力交瘁。

大历十四年(779)三月,李吉甫与兄长李老彭丁忧期满,全家回到了阔别三年的长安。

"三条九陌丽城隈,万户千门平旦开。"李吉甫已不再是"从前那个少年了",俊俏方正的面庞,宽阔清朗的额头,深如止渊的眼神,少年的稚气已幻化成峥嵘雄峻的阳刚之气,举手投足间颇有些李栖筠的行事魄力和非凡气场。

诚然,李栖筠的功业名望比不上他的儿子李吉甫和孙子李德裕,但正是受到他的影响，赵郡李氏西祖房才人才辈出，复兴大唐伟业做出了巨大贡献。

此时，唐代宗已在无尽的焦虑和抑郁中，一病不起，已有好多日未能上朝。李吉甫的任职也一直被搁置，没有半点消息。

山雨欲来风满楼，大明宫即将发生一场轰动天下的大事。

大历十四年（779）五月二十一日深夜，唐代宗李豫在长安大明宫阒寂无声的紫辰殿里，永远地闭上那一双被杀戮、阴谋、猜忌、背叛、纷争、割据折磨得疲惫不堪的眼睛，终年五十二岁。

有人说李豫是"昏君"，也有人说是"贤君"。这位平定"安史之乱"、改革漕运、姑息藩镇的唐朝第九位皇帝，走完了功过参半的一生。

第三章　门荫初仕

给太子"站岗"

大历十四年（779）五月二十三日，东宫太子李适在太极殿登基，是为唐德宗。

新帝登基，大唐步入百废待兴的新周期。李吉甫终于等来了吏部的任职诏书：左司御率府仓曹参军，正式释褐为官，踏入仕途。

二十二岁的李吉甫的人生同大唐帝国的历史一样，揭开了新的一页，迎来一个叶葳蕤、花烂漫的夏天。

三十八岁的李适意气风发，强明自任，立志中兴社稷，重振大唐帝国的盛世繁华。

这位李唐王朝的第十任皇帝，经历过开元盛世"稻米流脂粟米白，公私仓廪俱丰实"的繁荣昌盛，目睹过"安史之乱"的乱世残阳，也取得过以天下兵马元帅之职率领唐军决战安史叛军余孽、光复两京的赫赫战功……

深藏东宫当了十六年太子的李适，迎来他闪亮登场、重振朝纲、大展宏图的时代。

"一朝天子一朝臣。"唐德宗把原来的宰相常衮贬为潮州刺史，擢升常衮的政敌崔祐甫为门下侍郎、同平章事，出任宰相。

唐玄宗时，中书省的中书令、门下省的侍中为宰相，唐代宗时，将中书令和侍中升格为正二品，来了一个明升暗降。从此，中书令、侍中变成了一个养尊处优的虚衔，中书侍郎、门下侍郎虽是两省的副职，但分别加"同平章事"衔，于是成为实际掌权的"常务侍郎"。

也有其他非中书、门下侍郎的官员加授"同平章事"衔，被破格拔擢进宰相班子，或者遥领同中书门下平章事官衔的情况，但他们无宰相实权，相当于名誉宰相。

新任宰相崔祐甫，字贻孙，博陵安平（今河北省安平县）人，其父崔沔曾在唐睿宗李旦时期任过中书侍郎。

崔祐甫有重臣之节操，忠贞正直，执政宽简，务实能干，唐德宗在崔祐甫的辅佐下，开始了一场重振朝纲的阔斧革新，迅即发出系列诏书，列出了五条禁令，大意为：

一是禁止朝臣使用豪华的车马，反对奢靡之风；
二是禁止文武百官私自建造豪华的私宅官邸；
三是禁止百官开设邸店贩卖货物，取利百姓；
四是禁止州郡进献祥瑞之物，进贡珍禽异兽、金银财宝；
五是禁止向宫中进贡奴婢和春酒、铜镜、麝香等。

上述五条禁令实施后，唐德宗又拿自己开刀，一夜之间把宫内豢养的大象、豹子、斗鸡、猎犬等动物全部放逐，并裁撤专供宫中取乐的梨园使及乐工三百余人。为了显示皇恩浩荡，他又撤销邕府每年进贡的奴婢，遣散一百余名宫女，让她们还乡归家……

对待百姓，唐德宗继承唐太宗李世民的民本思想，鼓励全国百姓申冤诉屈，若地方州郡拒绝受理，可直接进京向御史台、大理寺、刑部告状；对地方审理不公、判决不服者，可直接到三法司擂响"登闻鼓"，上诉朝廷为其查案申冤。

为巩固中央集权，解决朝廷因平乱带来的经济危机，唐德宗诏回被贬为道州司马的杨炎，擢升其为中书侍郎、同中书门下平章事，与崔祐甫同为政事堂的宰相。

之后，他又派遣三十名黜陟使（相当于巡视或考察组组长）赴全国各地开展考课，考核考察官吏政绩……

唐德宗雷厉风行地推出了一系列施政改革、人事任免政策，革除了种种弊政，树立了崭新政风，朝廷一时朝气蓬勃，朝野上下心齐气顺，百官为之振奋，京城百姓称赞有声。

唐德宗强悍地打完这一连串改革除弊的组合拳，已是次年新年伊始。唐德宗改年号为建中元年（780）。

正月初一，唐德宗驾到含元殿，大殿高台之下响过宏大昂扬的乐声后，群臣隆重地给唐德宗奉上尊号"圣神文武皇帝"。

朝会上还增加了一项隆重的议题：十九岁的宣王李诵正式被册立为皇太子，李谟为舒王，李谌为通王，李谅为虔王，李详为肃王。

李诵（761—806），唐德宗李适长子，母亲为昭德皇后王氏。此时的李诵雄姿英俊，气宇轩昂，仪表非同一般。群臣们纷纷赞叹这是大唐帝国的福分。

唐德宗即位后，就从东宫迁到了大明宫的会宁殿。太子李诵正式入主东宫。李吉甫作为东宫的"左司御率府仓曹参军"，正式为东宫的皇太子守卫"站岗"。

在唐代，东宫模仿中央三省六部、卿监百司等机构而设，为未来的天子设置三太三少和太子宾客、詹事府、左右春坊、三寺。

所谓三太，即太子太师、太傅、太保，从一品；三少指太子少师、少傅、少保，正二品；太子宾客为侍从规谏，赞相礼仪。他们都是太子的老师，辅佐太子，其品位崇高。

詹事府好比宰相府（政事堂），统东宫三寺、十率府之政令，举其纲纪而修其职务。有太子詹事一人，正三品。

左右春坊好比中书、门下二省，下属有崇文馆、司经局、典膳局、药藏局、内直局、典设局、宫门局等机构。

三寺（家令寺、率更寺、仆寺）好比天子的九寺五监，家令寺掌东宫饮食、仓储等事，率更寺掌宗族次序、礼乐、刑罚及漏刻等事，仆寺掌东宫车舆、乘骑、仪仗、丧葬等事。

东宫有如此庞大的阵容，旨在让太子早些熟悉如何监国，将来如何当天子。同时，为了保护东宫的安全，大唐还仿制天子的"十六卫"建制设置了"东宫十率府"。其中，唯左右卫率府、左右司御率府、左右清道率府各负责统领府兵。

李吉甫的差事，就是东宫十率府中的左司御率府当值参军。

太子是未来的天子。莫说天下芸芸众生，就是朝中官吏能见上太子一面，机会也算是寥寥可数，十分难得。李吉甫一跨入仕途，就在太子身边当差做事，也算是吉人天相，未来的仕途，也将一片大好。

此时的李吉甫二十三岁，与太子李诵一样正是风华正茂的年龄。太子不仅慈孝宽大，仁而善断，而且文韬武略，喜欢钻研文学，还擅长书法，写得一手好字。

此时的李吉甫，靠着自己渊博的知识、出众的才华、辗转的阅历、练达的人情，得到东宫上上下下、特别是太子李诵的认可。

李诵与李吉甫虽有王臣之别，但都意气风发，意趣相投，志向相近。李涌常常与李吉甫和东宫侍读们一起玩蹴鞠（踢足球），对弈，切磋书法，倾心谈论大唐帝国的经济、文化、军事、外交、礼法等国家政事，故而他们之间关系甚密。

此时的太子李诵已为人父，早在两年前（778），他便与王良娣生下了第一个儿子李淳（后改名李纯）。李淳宽额高鼻，眼睛明亮，自幼聪慧。李吉甫看着李淳在东宫一天一天渐渐长大。

唐德宗也非常喜欢李淳。有一天，天子把孙子抱在膝上嬉戏，用手刮了一下他的鼻子，笑着问他："你是谁家的孩子，怎么在我的怀里？"

李淳歪着头，眨着眼，一本正经地回答道："我是第三天子啊！"

唐德宗又是惊奇，又是爱怜，更加喜欢这个皇孙。

小小的李淳见到李吉甫，也不感陌生，很是亲近，好似熟人。多年后，李吉甫甚至还记得，他曾牵着李淳那柔嫩的小手在东宫院子里捉蛐蛐。他万万没有想到，李淳后来成为大唐第十二位皇帝。

小小的李淳也万万没有想到，眼前这位相貌伟特、文质彬彬的东宫仓曹参军，看上去那么讨人喜欢，将来会成为自己的宰相，辅佐自己开创了大唐帝国的"元和中兴"。此乃后话。

面对群臣给唐德宗"圣神文武皇帝"的尊号，想起新天子登基以来，停进贡，破迷信，逐宫女，斥宦官，治弊政，慰将士，气吞山河般的新政改革，李吉甫也认为年轻的李适是一位胸有鸿鹄大志的明君，胸中涌起一股激昂澎湃的热流，禁不住想挥毫泼墨赞颂一番。

李吉甫当值侍卫，回到安邑坊时常常已是夜深。这日，正是一轮新月初升，月光如水，他不疾不徐地磨好新墨，铺开宣纸，挥笔写下一篇《贺赦表》："臣某言：伏奉今月日赦诏。自上下下，由衷尊尊。参天地之大名，贵圣文之崇号。休气宛秀，弥漫云天……"

半个时辰不到，李吉甫搁下笔来，打量自己这篇《贺赦表》，洋洋洒洒。李吉甫甚是满意。他于是将它拿给时任监察御史的大哥李老彭指正，想他次日早朝上奏给皇上。

李老彭看完李吉甫这篇《贺赦表》，不由得点头赞道："甫弟此表，书法端庄遒劲，笔法娴熟，颇有褚遂良《雁塔圣教序》的风格；其文采简练，引经据典，颇有前朝李华、独孤及的古文风范。如果皇上能看到，定会龙颜大悦！"

听了大哥的表扬，李吉甫十分欣喜地说："谢谢大哥谬赞，独孤及和父亲皆任过常州刺史，独孤及卒于常州刺史任上时，当今宰相崔祐甫曾作《故常州刺史独孤公神道碑铭》，赞其文章峻如嵩华，盛如江河，清如秋风；太子校书郎梁肃将其文章收集为《毗陵集》。近来我皆悉心拜读，才知独孤及七岁读《孝经》，其父问他志何语，对曰'立身行道，扬名于后世'。这令我赞叹不已。"

看着大哥深有同感地连连点头，李吉甫的双眸之中亦射出一股灼亮的光芒。犹豫片刻后，他继续说道："大哥，可否将《贺赦表》明日早朝上奏皇上？"

李老彭思考半晌，沉默未语，李吉甫见他没有搭话，甚是疑惑。李老彭抬头望向窗外那苍茫的夜空，如钩的新月在层层黛云之下泛着幽弱的光晕，神情有些黯然地说道："甫弟，怕是皇上看不到你这篇好文章啊！"

"为何？"李吉甫如闻惊雷，心头大震，急切地问道。

李老彭沉默片刻，悠悠说道："甫弟，还记得父亲走之前教导我们的话吗？木秀于林，风必摧之；行高于众，人必非之。朝堂之上文章高手如云，长安亦不乏藏龙卧虎者，也不乏妒能害贤的两面人，你如今只是东宫从九品的参军，还是不露锋芒，不宜显露为好啊！"

"只是一篇《贺赦表》而已。"李吉甫惊疑不定地看着李老彭，理直气壮地说道："大哥，皇上志在效仿太宗皇帝让天下英雄入其彀中，已诏告天下招揽天下俊才，不论门第，不论新故，不论士庶，唯才用人，唯贤是举。难道大哥愿意让我在东宫当一辈子参军侍卫吗？"

李老彭回答道："甫弟莫急，莫急。君主伟大与渺小，并不在于名称。损抑尊号，则有谦光稽古之善，崇尚尊号，则获矜能纳谄之讥。再者，不是皇上不想看，而是有人不想让皇上看。"

"谁？"李吉甫一怔，顿时面色一紧，急声问道。

李老彭静了片刻，缓缓说道："你也许不知道，那个杨炎又回朝出任宰相了。他废除了唐朝实施百多年的租庸调法，正大刀阔斧地推行'唯以资产为宗，不以丁身为本'的'两税法'，税赋收入开始猛增，国库也逐渐充盈，俨然已是皇上面前最大的红人。"

李老彭背着双手在堂中踱了几步，肃然说道："当年，前朝宰相元载贪财纳贿，排除异己，恶贯满盈，他一手提携杨炎，让他官至吏部侍郎，杨炎始终把他视为恩人。杨炎向来心胸狭隘，对处置元载一案的朝臣早已怀恨在心，你想想看，他怎能放过我们李家？"

原来，元载与杨炎乃同乡，关系甚密，元载对杨炎又有知遇之恩。杨炎自然对元载的宿敌李栖筠怨恨有加。李老彭、李吉甫的命运确实令人担忧。

其实，杨炎在没有依附元载之前，并不是一个碌碌无为、党同伐异之人。杨炎（727—781），字公南，凤翔府天兴县（今陕西省宝鸡市凤翔区）人。杨炎早有文名，在汧陇之地有所谓"小杨山人"之称。除此之外，杨炎长得很帅，文章写得一流，还擅长理财。

《旧唐书·杨炎传》这样赞美杨炎："美须眉，风骨峻峙，文藻雄丽……炎有风仪，博以文学，早负时称……救时之弊，颇有嘉声。"

唐肃宗时期，河西节度使吕崇贲征辟杨炎为掌书记，杨炎由此进入仕途。唐代宗时，杨炎历任兵部郎中、山南副元帅判官、礼部郎中、知制诰。大历九年（774），元载一步步将杨炎提拔为中书舍人、吏部侍郎，并有心让他成为自己宰相之位的接班人。

从此，杨炎依附宰相元载，进入仕途升迁的快车道。他对这位同乡感恩戴德，也开始与他花天酒地，沆瀣一气。

一次，元载将号称天下第一美姬的薛瑶英邀到家中，让一群姬妾拥着她唱歌跳舞，还叫来杨炎一起狂欢，为薛瑶英赋诗。

杨炎兴致勃勃地欣赏着罗帏翠幕间的绝世美女，楚腰如柳，肌肤如雪，龙绡衣薄如蝉翼，好似"玉山"挺拔的胸部若隐若现，宛如天上仙女下凡，不由得诗兴大发，吟出了一首《赠元载歌妓》：

> 雪面淡眉天上女，凤箫鸾翅欲飞去。
> 玉山翘翠步无尘，楚腰如柳不胜春。

由诗可见，元载与杨炎同流合污、奢靡腐朽已达到极致。

元载害怕御史大夫李栖筠危及自己的宰相之位，视李栖筠为眼中钉、肉中刺，在结党营私、打压异己的道路上越走越远，这让唐代宗彻底失望，于是以"设坛斋醮，图谋不轨"的罪名拿下元载一党，杨炎也因被视作同党被贬出朝廷。

如今，杨炎重返政治中心，主宰政事堂。

建中元年（780）正月五日，在杨炎的推动下，唐德宗向全国下诏，颁行全新的"两税法"，一时轰动天下。

在封建社会，定国安邦，赋税为基，而赋税的来源主要靠土地。实施怎样的土地政策，关系国家的生死存亡。

北魏大臣李安世，虽出生于高门望族，却忧国忧民，关心百姓疾苦，首次创立了著名的"均田制",即"计口授田",男丁妇女都按人口授以若干田地,种地交租,不准买卖。

唐太宗李世民大力推行"均田制",一律按人口分配土地。在税赋政策上,以人丁为本,计口授田,计口收税,税赋包括"田租、力庸和户调",简称"租庸调",即"有田则有租,有家则有调,有身则有庸"。同时大力发展农业,安定生产,减轻赋税。

唐玄宗对"租庸调制"进行了改革:"租"即每丁每年缴纳粮食二石。"庸"即代替力役的赋税,人丁每年须服力役二十日,闰月加二日,如不服役,则以缴纳绢帛充代。"调"即随乡土所产,蚕乡每丁每年纳绫、绢、粗绸各二丈,绵三两,非蚕乡纳布二丈五尺,麻三斤。

"均田制"与"租庸调制"的推行,使大唐经济得到空前发展,呈现出杜甫诗中"稻米流脂粟米白,公私仓廪俱丰实"的繁荣景象。

"安史之乱"爆发后,安禄山、史思明祸乱大唐,余孽纷扰,河北三镇战火不断,税不入朝。连年战乱,国库开支激增,入不敷出,天下凋瘵,户籍、地图、田亩档案也混乱不堪。

为维持开支庞大的军费和朝廷的运转,朝廷和地方开始强制征收、加重摊派税赋,甚至横征暴敛。大唐在战乱、苛政的双重压迫下,百姓有的削发为僧,有的逃亡异地,以躲避劳役,逃避税赋。

"两税法"废除了唐太宗以"均田制"为前提的"租庸调制",彻底改变了"以人丁为主"的赋税制度。

"两税法"是怎样一种税法呢?就是以原有的地税和户税为主,按照"户无主客,以见居为簿;人无丁中,以贫富为差"的政策,"唯以资产为宗,不以丁身为本",统一各项税收而制定的新税法。

新税法以谷物、布匹等实物征收地税(土地税),以现金方式征收户税(财产税);因每年分夏、秋两季征收,称为"两税法"。

新税法规定,不管你是原住民(本贯户),还是外来户,只要在当地拥有土地、房屋和其他任何资产,一律按照拥有土地面积、资产多少划分贫富等级,上籍征税。

"两税法"改革了自汉以来的"量入计出"的赋税理念,创新了"量出制入"的税收思想,开启了财政预算的先河,统一了混乱的税制,拓宽了征税的广度,增加了财政收入,把"安史之乱"以来被地方藩镇长官把持的财政大权重新收归中央。《旧唐书·杨炎传》曰:"自是轻重之权,始归于朝廷。"

"两税法"实施以后，唐朝税收每年达到三千万贯，增加倍余。唐德宗的小金库"大盈"、国库的"左藏"装满钱财金帛。唐德宗当然对杨炎刮目相看，倍加倚重。

成为"独任大政"的首席宰相，杨炎开始居功自傲，已养成跋扈骄纵之气，个性偏激，不仅责人小过、念人旧恶，而且对不同政见的同僚，蓄意打击报复，行事刻薄阴狠。

杨炎俊美的外表里，隐藏着一颗睚眦必报的仇心。

李吉甫听完大哥的一番话，心里不由得"咯噔"一下，脸色变得有些昏暗，忽地沉默了下来，一言不发。

李老彭拍了拍李吉甫的肩膀，语气宽慰地说："甫弟，你莫急。天降大任于斯人也，必将苦其心志，劳其筋骨。隐者高明，省事平安，你现在要藏锋隐智，研读朝中奏议制诰，学习大唐律令和官制礼仪，与太子李诵建立深厚的感情，当好太子的参军侍卫。只要我们低调行事，临深履薄，养精蓄锐，夕惕朝乾，想必他杨炎暂时还不敢对东宫的人下手！"

李吉甫也深知，静水深流，守拙藏锋才是避祸之道。聆听兄长的一番教诲后，他俊朗的脸一阵微微波动，面露忧虑之色说："大哥，那你也要未雨绸缪，小心谨慎为好！"

"不用担心，裴大人（裴胄）对我很关照。"李老彭舒展微蹙的眉头，喃喃地说，"早点睡吧。明天晚上，我俩去裴大人府上坐坐！"

此时，窗外刮起了大风，夜空灰色的云雾压得很低很低，月色渐渐暗淡下来，像是要下一场大雨。

以德报恩，无所顾望

一场夜雨之后，长安的天空湛蓝一片，白云缭绕，暖暖的阳光普照大地，九衢长安，银装素裹。

安邑坊外地上的积雪开始慢慢消融，院中那棵百年槐树高耸挺拔，参差的虬枝在微风中簌簌地落下晶莹的雪花。

李吉甫一夜胸中思绪万端，辗转难眠。清晨一觉醒来后，他打开窗户，看到外面的世界清澈明透，心境大为好转。

就在此时，远处传来一声声"叽叽喳喳"的鸟鸣声，两只喜鹊从远处徐徐飞到院中，落在高耸入云的槐树上。

看来，新年是个好兆头。李吉甫的心情一下子好似这湛蓝的天空，晴朗了起来。

这日晚上，李吉甫同兄长李老彭一道，前往郭城之南的靖安坊，拜访父亲的挚友——刑部员外郎裴胄。

裴胄（729—803），字胤叔，河东闻喜（今山西省闻喜县）人。祖父袁州刺史裴无晦。伯父裴宽，生性通敏，工于骑射，尤为文辞，曾在唐玄宗开元、天宝年间官至户部尚书。

闻喜裴氏家族门风优雅，尤以清廉刚直传世。就拿裴胄的伯父裴宽来讲，就有一个名动天下的故事。

据传，裴宽初任润州（今江苏省镇江市）参军时，有人给他送来一整只梅花鹿肉，知道裴宽不收，于是悄悄放下肉就走。裴宽无处退礼，便把鹿肉埋在后花园里。润州刺史韦诜知道此事后，非常叹服，于是聘请裴宽为按察判官，并许以女儿为妻。

天宝七载（748），李栖筠、权皋（权德舆之父）、李嘉祐等二十四人举进士，俄擢高第。这年，裴胄也以明经入仕，算是"同年"（唐代同榜进士称同年）。

是年，李栖筠三十岁，比裴胄大十岁，但两人在京城相识，互生好感，志趣相投，结为好友。次年，李栖筠授冠氏（今山东省冠县）主簿。裴胄解褐补为太仆寺主簿。

阳春三月，柳枝吐绿时，李栖筠与裴胄灞桥一别，离开"锦衣罗袂逐春风"的长安城，踏上驿路，各奔前程。

天宝十四载（755），"安史之乱"爆发，二京陷覆，裴胄沦避他州，几经辗转，去了凤翔（今陕西省凤翔县）节度使李抱玉的幕府，担任一个很小的文职"推官"，负责府中的"推鞫狱讼"。

然而，裴胄在李抱玉府中很不得志，于是辞官而归。后来，宣州刺史、宣歙（今安徽省宣城市宣州区）观察使陈少游佩服他正直有才，于是将他征召到府中担任掌书记。

然而，李抱玉对陈少游、裴胄极为不满，于是给皇帝上奏了一番裴胄的不是。裴胄遂被贬为桐庐（今浙江省桐庐县）县尉，仕途更是不如意。

大历五年（770），李栖筠被提拔为苏州刺史、浙西观察使。他虚心下士，盛选才彦，很快便将裴胄调入幕府，向唐代宗奏请授裴胄为大理评事、观察府支使。

唐代大理寺为中央最高审判机关，唐太宗曾说："大理之职，人命所系，此官极需妙选。"大理评事即是大理寺的法官。裴胄这个职务，相当于"最高法院"派驻浙西道的苏州"法官"，协助李栖筠负责浙西道地方民事、刑事案件的审理。

从此，守政奉公、精明强干的裴胄跟着李栖筠治政一方，军务、政务和法务皆处理得井井有条。

大历七年（772），李栖筠离开浙西，回到长安升任御史大夫。他将裴胄调到御史台工作，让他担任殿中侍御史（从七品）。当年，李栖筠在率领七千安西精兵赴灵武平乱时，担任的就是殿中侍御史。

对于李栖筠的提携，裴胄自然感恩戴德。

在李栖筠担任御史大夫弹劾弄权宰相元载一党时，裴胄作为其得力下属，也是死心塌地冲在第一线。

李栖筠去世时，裴胄不顾众人的劝阻，敢于冒着得罪元载的风险，护送其灵柩归葬洛阳，"众论危之，胄坦然行心，无所顾望"。

裴胄的忠诚、骨气和人品感动天，感动地，也感动了皇帝。等到元载服罪被赐自尽，唐代宗立即给裴胄升职，将他由殿中侍御史升为刑部员外郎。

从安邑坊到靖安坊，只需西行两坊，再南下两坊即到。半个时辰后，李老彭、李吉甫来到位于靖安坊西门角裴府。李吉甫轻轻敲了三下大门，随后，屋中有人应声而到。

裴胄把门打开，一看是李老彭兄弟，惊喜地笑道："难怪今天一大早起来，就有喜鹊迎窗而叫，原来有贵客临门！快快请进！"

两人进入客厅，李老彭躬了躬身，毕恭毕敬地说道："裴大人，深夜来访，多有打搅。这是给大人的一点心意，恳请收下！"

裴胄连忙摆手，直截了当地说道："李御史，礼就不要送了。两位世侄的心意我领了。快快请坐！"说完，又对里屋的人叫道，"文昔，有客人来了，烧壶开水，泡壶茶出来。"

裴胄落座后，李吉甫上前躬身说道："裴大人收下吧！这是父亲在世时的常州友人送来的阳羡茶。"

裴胄不好推辞，笑着说道："那我就恭敬不如从命了，以后不准再给我送什么东西了。快快请坐！"

待李吉甫落座，裴胄娓娓说道："这阳羡茶啊，是你们父亲任常州刺史时大量种植的，他亲自研制并将阳羡茶做成了朝廷的贡茶。他还用增长的贡茶收入，减除百姓的税赋，既得到了先皇（唐代宗）的嘉奖，又得到了百姓的称颂。他离开常州时，人们自发地为赞皇公刻石颂德。你父亲是个清正为民的好官！"

李吉甫答道："感谢裴大人，三年前父亲去世，全靠大人四处安顿，还亲自扶灵柩送往洛阳。晚辈感激涕零！"

"应该的，应该的，李大人对我有知遇之恩！只是……"裴胄深深地感叹道。

此时，只见一位身着粉衣长裙的姑娘提着茶壶从里屋走了出来，李吉甫不由得眼前一亮。

这姑娘看上去十六七岁，身形婀娜，凹凸有致，肌肤白皙，眉清目秀，一头美丽的长发，虽是素面淡妆打扮，容颜算不上倾城倾国，身上却洋溢着一种大家闺秀的气息和不卑不亢的气度。

顾盼之间，李吉甫觉得这姑娘似曾相识，心底扑通地跳个不停。他不由自主地用眼睛直视了一下姑娘，那姑娘清澈的眼眸透露出纤尘不染的纯真。

姑娘提壶上前倒上茶水，对着他莞尔一笑，一时让李吉甫心里更是有些慌乱，紧张得不知说什么好。

裴胄看着眼前这一幕，不由得哈哈笑道："吉甫世侄，你不认识小女了。她是裴文昔啊，十年前我在苏州在你父亲幕府时，你们经常在一起读书，一起玩耍呢！"

李吉甫一时恍然明白，和自己小时候一起玩耍的裴文昔已长成为一位出尘脱俗、楚楚动人的美女，难怪她们四目相对时，刹那间会有一种似曾相识、一见钟情的微妙感觉。

"两位哥哥别来无恙，你们喝茶！我去屋后帮母亲给你们做几个酒菜，待会儿父亲陪你们吃个夜宵。"裴文昔声音轻盈，吐辞清脆。她微笑着说完话，又情意绵绵地看了李吉甫一眼，转身回里屋忙去了。

是夜，裴胄与李老彭兄弟一边饮酒，一边叙聊，共话天下安危之事，纵论时政，谈笑风生。

酒过三巡，裴胄举杯对李吉甫说道："吉甫，你长相俊美，才华出众，既能写一手漂亮文章，又对当朝官制礼仪了如指掌；既有清峻之节，亦有方正之操，可谓志大才广，鲜有其匹。但古人云，木秀于林，风必摧之，行高于众，人必非之。你若能藏器于身，避敌锋芒，潜龙勿用，待时而动，将来必成伟器！"说完，举酒与李吉甫碰杯一饮而尽。

"潜龙勿用"出自《易经》，意为巨龙潜伏在水下，静待施展才华的时机。

李吉甫小时候，他父亲李栖筠就曾教他学习《易经》，用浅显易懂的话教导过他："养精蓄锐时，不要急着出人头地；磨砺心志时，不要妄求瞬间开悟；建功立业时，不要企图一鸣惊人。"

裴大人恭谦的态度，真挚而激励的话语，让李吉甫想起了父亲李栖筠在他小时候对他的谆谆教诲，顿时感动得双眸泪光隐隐闪动，不禁一阵阵潮热起来。他躬身举酒，向裴大人面前一敬，郑重地还礼拜谢道："吉甫愚钝，大人谬赞了。前辈忠勤刚正，虑事旷达，日后若能多赐教明示，吉甫不胜感激。"

裴冑又给李吉甫斟酒，或许是酒已尽兴，他倒酒的手不停地抖动。顷刻间，李吉甫的酒杯就溢出琼浆，杯中琥珀般透彻的酒光荡漾着，映得李吉甫满面红光。

裴冑放下酒壶，神采奕奕地说道："新君（唐德宗）盛年即位，意气风发，节俭寡欲，满怀雄心壮志，革除流弊，开创新风，开元盛世庶几可望矣。你们欣逢励精图治的中兴之主，正是建功立业之时！"

李吉甫一声不响地听完他的话，心中陡然一动，放低声音对裴冑说道："裴大人，圣上天纵英迈，矢志中兴，初总万机，雷厉风行。去无名之费，罢不急之官；出永巷之嫔嫱，放文单之驯象；解鹰犬而放伶伦，止榷酤而绝贡奉；减太官之膳，诫服玩之奢；朝野内外，京城九衢，皆有耳目一新之感。不过，晚辈不以为喜，心却有隐隐之忧。不知当讲不当讲？"

裴冑见酒后的李吉甫浑身散出凛然刚毅之气，心中不由得钦佩，面现微笑，款款说道："太宗皇帝从谏如流，故有贞观之治流名后世。先皇曾对魏徵说，以一人之智决天下之务，若无臣下匡谏其失，则乖谬即多。我不论过去在御史台（殿中侍御史），还是现在在刑部（员外郎），向来不畏权贵，犯颜直谏，直切无隐，世侄亦乃朝中之臣，性情中人，今日畅所欲言，但讲无妨！"

李吉甫从席位上站起了身，半躬着给裴冑敬完酒，然后从容徐缓地开口说道："《周易·系辞下》曰：'君子安而不忘危，存而不忘亡，治而不忘乱，是以身安而国家可保也。'魏徵曾说过：'内外治安，臣不以为喜，唯喜陛下居安思危耳。'今'安史之乱'虽已平息，天下以为太平之治，然隐伏着可怕的危机，要重现贞观、开元之盛世，我以为不是裁撤几个梨园乐工，释放几个伶人宫女就能实现的。摆在圣上面前的，还有三座大山难移啊！"

"哪三座大山，世侄畅所欲言！"裴冑急切地问道。

李吉甫侧头看着兄长李老彭，似要征求一下他的意见。李老彭会意地点了点头。于是，他双眉一扬，沉声开口说道："一山者，藩镇割据，自立自代；一山者，宦官擅权，干预朝政；一山者，朋党之争，宰相轮斗。要安定天下，中兴社稷，解国家之患，救纷纠之雄，必须巩固边防、抑制藩镇、打击宦官、整顿吏治、轻徭薄赋、广延俊才。"

裴胄听完李吉甫的一番纵论，心中不禁暗暗思忖，李吉甫年仅二十二岁，竟有这等恢宏的视野和卓异的才识，实在是太难得了。他情不自禁啧啧赞叹道："世侄提出的朝政之三患、治国之六计，切中苛弊，果然谋略过人，定成公卿将相之器也！"话语之间，无不溢出无限的钦佩与叹服来。

裴胄看了一眼李老彭，目光突然一下变得极深。他微微停顿了一下，对着李吉甫肃然说道："世侄应当谨记，此番纵论决不可轻易泄于外，朝中形势波诡云谲，险不可测，要潜修笃行，不事张扬，常怀谦恭谨慎之心，以防奸佞小人。"

"裴大人说得极是，成就一番事业，要在隐忍中进取，在坚忍中奋发。甫弟年轻气盛，出言豪壮，志大才疏，未经挫折而失警惕之心，还须向裴大人多多求教才是。"李老彭缓声说完，举杯躬身向裴胄深施一礼说道。

李老彭饮尽杯中酒："家父与裴大人进士'同年'，情志相投，肝胆相照，可谓金石之交。今家父已故，我与甫弟唯仰仗裴大人提携。刚才甫弟见到令爱，已露心仪之情。俗话说长兄如父，谨向裴大人请为秦晋之好，成就甫弟与令爱一段好姻缘！"

李吉甫见哥哥帮自己求婚，又惊又喜又腼腆，脸色顿时涨得通红。饭桌上，李老彭用脚轻轻地踢了一下李吉甫。吉甫定了定心神，暗暗咬了咬牙，忙起身向裴胄深深躬身一揖，嗫嚅地说道："祈请裴大人成全！"

裴胄连称不必多礼。他展颜一笑，很是平和地说道："裴某对赵郡李氏门风，对赞皇公（李栖筠）之贤能瞻望有加。李、裴两家若能再结良缘，必为天作之合。裴某对儿女婚事一向开明，只要闺女和她娘同意便成。"

说话之间，裴夫人正端菜上桌，听见李老彭给吉甫请婚，心中亦自欢喜，只是裴胄对此又未能明确表态。

裴夫人思忖道："李家与裴家也算门当户对，这等英资磊落、才识超群的女婿，早晚将是公卿之器、社稷之才，打着灯笼都找不着。"于是，她笑吟吟地插话道："老爷，男大当婚，女大当嫁。儿女娶嫁，父母之命，不用征求文昔和我的意见，老爷说了算。"

李老彭听裴夫人的语气，虽是口头未说同意，心底定是应许了这桩婚事，于是毕恭毕敬地说道："裴大人、裴夫人，令爱与甫弟幼时便相识于苏州，算得上青梅竹马、两小无猜。令爱芳龄十六，知书达礼，花容月貌，甫弟能与令爱结为良缘，也算是才子佳人，郎才女貌。若是两位长辈不嫌弃，我将择取吉日正式提亲，呈上联姻聘礼！"

裴胄听完，拈须一笑，喜意顿生的目光直直地看向李吉甫，郑重地说道："赞皇公公忠体国，勤政爱民，家风清正，教子有方。今李、裴两家结为秦晋之好，赞皇公地下有知，定与裴某同甚高兴！此后，裴某将诚以子相待，你们定要家国同心，患难与共，白头偕老。"

李老彭、李吉甫兄弟俩欣然相顾，自是欣喜万分，于是起身共同举杯恭敬道："感谢裴大人！感谢裴夫人！"

"人逢喜事千杯少。"此等人生大事已定，三人酒兴更浓，推杯换盏，你来我往，喝得甚为畅快。一直欢饮到子夜，李吉甫已是九分醉态，李老彭赶紧打道回府，将他搀扶回安邑坊。

"人生难得几回醉。"对于李吉甫来讲，在最好的年华，遇到最相配、最心仪的佳人，此生无憾矣！

唐朝的婚礼很是讲究，特别是长安城的官宦子女联姻，从谈婚、订婚到结婚，有固定的"六礼三书"程序。

《仪礼》记载，婚有六礼，即纳采、问名、纳吉、纳征、请期、亲迎。

"三书"则是"六礼"过程中所使用的聘书、礼书、迎亲书这三种文书，这是古时保障婚姻合法的有效证书。

《仪礼》还规定："婚礼，下达纳采，用雁。"翌日，李家便按"六礼三书"的程序，给裴家送去了"采择之礼"——两只大雁，正式提亲。情窦初开的裴文昔遇上李吉甫这样风度翩翩、才华横溢的如意郎君，也甚是心满意足。

随后，裴、李两家各自筹备开来，紧锣密鼓地准备结婚的家具、床被、绸缎、新衣等，只待良辰吉日成礼。

经过一个月的忙碌准备，"六礼三书"已是万事俱备，只欠东风。正当裴、李两家准备张灯结彩，隆重举办婚礼之时，朝中局势陡然发生异变，一场血雨腥风的政治迫害即将拉开帷幕。

这场政治迫害的根源，便是李吉甫指出的大唐帝国的三患之一——朋党之争，宰相轮斗。

因李吉甫的父亲李栖筠与元载紧张关系，裴胄也必将受此牵连……如此一来，李吉甫与裴文昔能否终成眷属，要看裴胄能否逃过这场由当朝宰相杨炎发起的绝命仇杀。

李栖筠已去世,杨炎要报仇的对象,主角是吏部尚书刘晏,裴胄只是次角之一。

嗜血中唐的"三大毒瘤"

唐之宰相,佐天子,总百官,治万事。

唐太宗时,推行"三省制和集体相权"的宰相制度,以三省长官中书令、侍中、尚书令并为宰相。贞观元年(627)以来,议事办公的地点初设于门下省,后移至中书省,谓之政事堂。

开元年间,中书令张说奏改政事堂为"中书门下",皇帝发布的敕令必须经由政事堂会议集体研究通过,然后盖上"中书门下"之印,送交尚书省执行。

"天下事皆先平章,谓知平章事。""安史之乱"后,中书令、侍中、尚书令升为正二品,不再单授。中书、门下侍郎升为正三品,成为中书省、门下省的真正负责人。

唐代宗大历年之后,皆以"同中书门下平章事"为宰相专称,诸位宰相中又确定一位秉笔宰相,谓之"执政事笔",即为首席宰相。

首席宰相辅弼天子、统领群臣、总揽政务,是百官之长、群僚之首,履行常朝议政、入阁议政和召对延英殿之职,事无不统,可谓"一人之下,万人之上"。

也正因如此,宰相既能出纳帝命,发布政令,外镇四夷诸侯,下遂万物之宜,使天下百姓安居乐业,也能独揽朝政,罔上欺下,"宰"杀异己,甚至掀起一场又一场永无休止的政治动荡。

杨炎,就是这样一位有着"双重人格"的当朝宰相。

要讲清杨炎在建中元年(780)掀起的这一场血雨腥风般的恩怨仇杀,还得从"安史之乱"爆发以来由盛而衰的大唐帝国身上长出的"三大毒瘤"说起。

第一大毒瘤——藩镇割据,自立自代。

"安史之乱"之后,一蹶不振的唐朝中央已经无力绝对控制地方藩镇,安史余党盘踞北方,急速扩张,形成了拥兵割地、叫板朝廷的三大大军阀——"河北三镇"。

魏博镇:安史旧将,魏博节度使田承嗣据魏博(治所在魏州,今河北省大名县,下辖魏、博、德、沧、瀛五个州)。

成德镇:安史旧将,成德军节度使张忠志(后改名李宝臣)据成德(治所在恒州，今河北省正定县，下辖恒、赵、深、定、易五州）。

幽州镇：安史旧将，幽州、卢龙节度使李怀仙据幽州（范阳郡，今北京市，治所幽州，下辖幽、蓟、妫、檀、易、定、恒、莫、沧九州）。

三大割据势力皆领节度使之职，占据河北地区的肥沃土地和精锐骑兵，集地方军事、政治、经济、任命、刑狱大权于一身，势力急剧膨胀，与朝廷分庭抗礼，各自为政，为所欲为，已达到了"文武将吏，擅自署置，赋不入于朝廷"的地步，河北三镇的管辖权离朝廷越来越远，三地藩镇俨然已经成为无人制约的土皇帝。

大历三年（768），幽州、卢龙节度使李怀仙被兵马使朱希彩暗杀。朱希彩自立为"留后"（相当于代理、候补节度使）。朝廷出兵讨伐朱希彩，竟被他击败，只好任其为幽州节度使。

四年之后，幽州经略副使朱泚又发动兵变，杀死朱希彩，自立为"留后"，朝廷采取绥靖政策，无奈任命朱泚为幽州、卢龙节度使。

魏博的田承嗣更不是省油的灯，他在其辖境内"重加税率，修缮兵甲"，以"老弱事耕稼，丁壮从征役"，组建常备军达十万人，境内五个州县的官吏皆由他任命，也不给朝廷上缴分毫赋税。

《旧唐书·田承嗣传》这样评价田承嗣："虽曰藩臣，实无臣节。"

唐代宗李豫为了安抚田承嗣，甚至将他的女儿永业公主嫁给了他的儿子田华。然而，田承嗣"虽外受朝旨，而阴图自固"。大历八年（773），他公开给"安史之乱"的罪魁祸首安禄山父子、史思明父子建立"四圣祠堂"。大历十年（775），他又公开出兵袭取昭义（治所在相州，今河南省安阳市），攻陷相、洺、卫、磁四州，任命四州官吏，并将昭义的精兵良马编入自己的魏博军。

这让朝廷毫无颜面，忍无可忍的李豫命令河东、成德、幽州、淄青、淮西、永平、汴宋、河阳、泽潞九道节度使，组成南北两路大军，向田承嗣发起了一场最大规模的军事征讨。

然而，由于成德、幽州二镇各怀鬼胎，阴谋搅局，边打边谈，遭不住打的时候就假惺惺地"上表称臣"，执行朝廷诏命的时候又虚与委蛇，使得这次声势浩大的军事行动劳师伤财、无果而终，朝廷只能通过"妥协默契"的方式来换取表面的安定统一。

大历十四年（779）二月，田承嗣病逝，将节度使之位传于侄子田悦，开启了藩镇世袭之先例。三月，淮西都虞候李希烈又发动兵变，驱逐了节度使李忠臣，迫使李忠臣单骑亡走京师。

唐代宗无奈地复以李希烈为留后，不久又封其为淮西（治所蔡州，今河南汝南县，辖蔡、许、殷、唐、随、申、光、安、黄、蕲十州）节度使……致使大唐帝国开始了前所未有的大动荡、大裂变！

自李希烈后，淮西割据"独立"近四十年，李吉甫倾尽毕生的心血，直到元和十二年（817）剿灭淮西节度使吴元济，淮西才归顺大唐中央，实现了国家统一，皇权统一。此乃后话。

当时的皇帝唐德宗，是沿袭父亲李豫姑息妥协的政策，走一步算一步，睁一只眼闭一只眼，任其称王称霸？还是厉兵秣马，枕戈待旦，来一次绝地反击，震慑藩镇，荡平宇内，重建一个权威集中、政令畅通的崭新帝国？

第二大毒瘤——宦官擅权，干预朝政。

宦官，即太监。"宦"，本系星座之名，宦者四星在帝座之西，因此用以作为帝王近幸者的名称。

自东汉以来，宦官由阉人担任。由于他们每天与皇帝朝夕相处，因此有可乘之机博取皇帝的信赖，宦官乱权干政的勾当屡见不鲜。《后汉书·宦者列传》曰："自是权归宦官，朝廷日乱。"

到了唐朝，唐太宗李世民对宦官限制严格。到唐玄宗李隆基时，宦官多而滥，仅四五品者就在千人以上，宦官高力士更是深得李隆基的宠信。李隆基谓之"力士当上，我寝则稳"，累官至骠骑大将军，封齐国公，权倾朝野，四方进奏，先呈力士，红极一时。

"安史之乱"爆发后，唐玄宗仓皇出逃，宦官李辅国极力拥戴太子李亨在灵武登基称帝。之后，李亨便将李辅国视为左膀右臂，赐名"护国"，后又改名"辅国"，开始掌握军权，流放高力士，逼压晚年的李隆基，打击异己，贬谪宰相李岘，谋害建宁王李倓，诛杀张皇后……

李亨驾崩后，太子李豫即位。李辅国因有拥戴之功，备受唐代宗宠幸。大权在握的李辅国日益骄横，作威作福，宰臣百司奏事，皆由辅国取决。他对唐代宗说："大家（皇帝的俗称）但内里坐，外事听老奴处置。"到了后来，他还逼着唐代宗封他为兵部尚书。这还不能填满他的欲壑，他甚至大言不惭地说他想当宰相。

唐代宗心里气得七窍生烟，恨不得把这个令人深恶痛绝的李辅国五马分尸，千刀万剐。他私下通联宦官程元振，在一个月黑风高之夜，割下了李辅国的头颅，随即将程元振提拔为骠骑大将军，接替李辅国统率全部禁军，权力超过了李辅国。

然而，程元振也不是个好鸟。他陷害忠良，用事误国，各镇节度使、大将皆惧怕权奸谋害，疏远朝廷，拥兵自保。御史大夫王升冒死上疏弹劾，程元振遂进谗言让唐代宗将他流放溱州，又安排奸佞在江陵（今湖北省江陵县）将其暗杀，朝野为之侧目。

广德元年（763），吐蕃军队长驱直入，入寇泾州（今甘肃省泾川县），越过邠州（今陕西省彬县）。唐代宗李豫出逃陕州（今河南省三门峡市），宦官鱼朝恩率驻陕州军及神策军奉迎，军威方振。之后，鱼朝恩因保驾有功，被任命为天下观军容使、左监门卫大将军兼神策军使。

从此，鱼朝恩掌典禁军，干预政事，慑服百官，贪贿勒索，罗织罪名，迫害无辜，没收财产，人莫敢言。史称鱼朝恩"专典禁兵，宠任无比，上（唐代宗）常与议军国事，势倾朝野"，甚至在大庭广众之下也"恣谈时政，凌侮宰相元载"。

李辅国、程元振、鱼朝恩三个权宦先后掌控禁军大权，同时又勾结各地藩镇，蛇蟠蚓结，巩固宦官权力。骄横跋扈的藩镇也与之沆瀣一气，越发骄纵，又日益坐大，割据一方。

大历五年（770），唐代宗密谋宰相元载，于皇宫举行宴会时将恃宠擅权的鱼朝恩缢杀。但是，他不久又将神策都知兵马使、左领军大将军的大权交给了鱼朝恩曾经的心腹——王驾鹤。

《资治通鉴》称王驾鹤"典禁兵十余年，权行中外"。可见，唐代宗并没有从根本上解除宦官的禁军兵权，只是治标，而未治本，旧一代的权宦刚刚倒下，新一代的权宦又强势崛起，乱政乱军的阉宦之祸较前者有过之而无不及。

到了唐朝后期，权宦对君主不再有敬畏之心，上挟天子，排斥异己，禄重位尊，传爵袭封，娶姬妾，蓄养子……擅权乱政达到了极致，他们的手上甚至沾满谋杀唐顺宗、宪宗、敬宗皇帝的鲜血，唐穆宗、文宗、武宗、宣宗、懿宗、僖宗等皇帝皆由宦官集团擅行废立，凌驾天子，虐遍天下，玩弄百官，民不堪命……大唐帝国最终走向了历史的深渊。此乃后话。

而今，如何抑制王驾鹤，解决阴魂不散的宦官擅权问题，摆在了唐德宗李适的面前。

第三大毒瘤——朋党之争，宰相轮斗。

自唐玄宗宠信宰相李林甫以来，之后又宠信杨国忠，大唐帝国的朋党之争、宰相轮斗就一直没有断过，只是周期率、残害度、撒手锏不同罢了。

佐天子、总百官、治万事的宰相们，今日还是"一人之下，万人之上"，明日说不定就裹起铺盖儿滚出大明宫，或尸首两端，兔死狗烹；或九族被诛，同党连坐；或贬谪天涯，客死他乡……

宰相们的互"宰"，像个连环套始终解不开。

如果说安禄山开启了"藩镇之乱"，李辅国开启了"宦官之乱"，那么元载则开启了宰相之间的"朋党之乱"，党争之患从此恶性循环。

后来，元载弄权舞弊，僭侈无度，逐渐失去了天子的信任。唐代宗决定将李栖筠召回朝中委以御史大夫之职，以制衡元载。

让人深恶痛绝的元载很快就走到了生命的尽头，但他曾提携重用的杨炎很快又被唐德宗召回朝中，委以宰相重任。

杨炎开始复仇了。

他把元载敕赐自尽、自己惨遭株连被贬的不幸，都归罪于时任御史大夫李栖筠和主审元载的刘晏等人。

李栖筠已去世，杨炎首当其冲要把这笔账算到刘晏头上。

刘晏（716—780），字士安，曹州南华（今山东省菏泽市东明县）人。刘晏幼年才华横溢，号称神童，名噪京师，《三字经》有"唐刘晏，方七岁。举神童，作正字"。

宝应元年（762），唐代宗李豫登基，任命通州刺史刘晏为户部侍郎兼京兆尹，担任度支使、转运使、盐铁使、铸钱使等职。次年，刘晏被任命为吏部尚书、同中书门下平章事，使职仍旧。大历十四年（779）五月，唐德宗李适即位，任命吏部尚书刘晏判度支，掌管天下财物赋税。

刘晏任吏部尚书时，杨炎担任吏部侍郎，同属一个部门的一把手和二把手，杨炎根本没把上司放在眼里，双方互怼，关系紧张。后来的元载"设醮之案"，刘晏又是主审理官，元载被杀，杨炎作为其余党也受到连累被贬。因此，杨炎对刘晏深加怨恨。

刘晏多年掌管国家财政赋税，物价平稳，漕运畅通，自己鞠躬尽瘁，清正自守，威望极高。《资治通鉴》记载，刘晏掌管财政之前，朝廷每年的财政收入只有四百万缗；刘晏掌理调整财政，国库收入达到了一千余万缗。

睚眦必报的杨炎对刘晏除了仇恨，还有忌妒。他暗下决心，先架空刘晏的财政大权，再将他置于死地。

唐德宗还是太子时，兵部侍郎黎幹、宦官刘忠翼内外勾结，企图干预唐代宗"立后"和"立储"之事，甚至谋划废黜太子李适。

李适即位后，黎幹、刘忠翼唯恐遭到报复，日夜密谋，企图发动政变。唐德宗得知消息，迅疾将二人赐死。

杨炎抓住唐德宗这个"心结"，跑到唐德宗面前，流着眼泪哭诉道："陛下，当年黎幹、刘忠翼密谋废太子、立独孤妃为后之事，刘晏也参与谋划。臣身为宰相不能铲除国贼，罪当万死。"

杨炎捕风捉影地指控刘晏，让唐德宗对刘宴有了猜忌之心，于是罢免了刘晏的吏部尚书以及转运、租庸、青苗、盐铁使等职。

杨炎又阴招迭出，诬陷刘晏所交账簿和实物不合，弹劾刘晏犯有欺君、贪腐之罪。

建中元年（780）二月，唐德宗又听信杨炎的谗言，将刘晏贬为忠州（今重庆市忠县）刺史。

杨炎还不泄愤。他又提拔自己的心腹庾准为荆南（今重庆市东部三峡一带、湖北省中南部，管辖忠州）节度使。庾准在元载一案也受到牵连，对刘晏同样怀恨在心。

杨炎的心计庾准心领神会，赴任荆南节度使不久，他就捏造罪名诬陷刘晏，上疏朝廷："刘晏被贬忠州后，埋怨天子，满腹牢骚，私开盐厂，谋取盐税，与成都尹、西川节度使张延赏暗通款曲，写信求援。又在忠州大肆招兵买马，图谋不轨，准备起兵反抗朝廷。"

欲加之罪，何患无辞。

杨炎趁机煽风点火。结果，唐德宗采信其诬陷控辞。于是，杨炎密遣心腹前往忠州，将刘晏缢杀于忠州东坡龙兴寺。

杨炎又代唐德宗起草了一道赐刘晏自尽的诏书，并将其妻儿老小全部流放岭南，以掩人耳目。杨炎在《赐刘晏自尽敕》中这样写道：

> 乱常干纪，罪莫大焉；除恶去邪，刑其无舍。忠州刺史刘晏，性本奸回，志惟凶慝。顷司邦赋，历践朝伦，剥削为功，毒痛黎庶。按问赃贿，不知纪极。朕将崇政本，必去憸人，犹是含垢，务全大体。俾从降黜，尚烈藩侯，默乱之辜，掩而不问。旋乃结聚亡命，擅兴师徒，罔有悛心，力行非度。播于人听，恶迹彰闻，爰命连率，究实其罪。而搜兵补卒，遍于乡间，执锐披坚，出于郊境，拒捍朝旨，威胁使臣，人之无良，一至于此。孽由自作，法所不容，正其典刑，宜赐自尽，仍令庾准差官勾当，处置闻奏。

杨炎以如此卑劣的手段，除掉了自己的宿敌。

六十五岁的刘晏做了五十七年的官，政声卓著，廉洁自律，勋高望重，被誉为"广军国之用，未尝有搜求苛敛于民"的著名理财家。朝中百官听闻刘晏被缢杀于忠州，朝野哗然，冤声四起。

患难见知己

忠州刺史刘晏被缢杀，满城百姓纷纷抗议。

杨炎忽悠得了唐德宗，却忽悠不了心如明镜一样的天下百姓。

京兆尹严郢、刑部员外郎裴胄、监察御史陆贽等官员，纷纷上疏替刘晏叫屈鸣冤。

朝野之外的藩镇节帅、百姓商贾也为这位大唐神童、帝国财相打抱不平。淄青节度使李正己旋即上疏唐德宗，发出了严正的抗议和强烈的谴责，责问朝廷为何随意诛戮国家干臣，要求朝廷公布事实真相。

面对铺天盖地、戳脊梁骨的舆论压力，杨炎决定杀鸡吓猴，趁机将与李栖筠、刘晏走得近的人贬出长安，看还有谁胆敢舆论此事？

当年，谏议大夫杜亚作为以刘晏为首的七人审判团中的一员，参与了对元载的审判。他如今为河中（原名蒲州，今山西省永济市）晋、绛节度使，也算是一方藩镇大员。

杨炎暗自谋划：淄青节度使李正己上疏弹劾我，你根基深、势力大，我暂拿你没办法。我就拿个势力较小的藩镇节度使开刀。

杨炎越加恣情任性，已完全没有一个宰相的开阔胸襟。他日日向唐德宗进谗言，将杜亚贬出长安，去任睦州（今浙江省淳安县）刺史。

"教训"了一个节度使，杨炎马上又对长安城的官员开刀。这一次，杨炎选择的是严郢。

为什么是严郢？首先，严郢时任京兆尹，影响力大。其次，严郢是李吉甫的父亲李栖筠曾经提携的官员。

李栖筠向唐代宗推荐严郢时，唐代宗问："此人元载也曾推荐过，可以重用吗？"

李栖筠直言道："如郢之才，陛下不自取，而留为奸人用邪？"于是，唐代宗任命严郢为河南尹，后又调任京兆尹、水陆运使。

严郢曾任过监察御史，又做过大唐名将郭子仪的行军司马，执法严明，为人刚直，爱民如子，怎肯与弄权舞弊的元载同流？

另外，杨炎在推行"两税法"的同时，调遣长安、洛阳的百姓开凿陵阳渠。京兆尹严郢认为此项工程会加重百姓的劳役之苦，公开在朝堂提出反对意见。

杨炎以此为借口，遂向唐德宗诬陷严郢："阻止屯田开荒，阻碍实施'两税法'，隐瞒皇上不推行诏令。"

唐德宗发怒，罢去严郢京兆尹一职，将他贬为大理寺卿。杨炎恣意排斥异己、狂妄僭越的做法达到了极点，引起朝臣百官的强烈不满，反对谴责的舆论满天飞。

越是有人反对，杨炎越是加大了迫害朝臣的报复力度。

《新唐书》记载："唐代宗恶宰相元载怙权，召栖筠为御史大夫，欲以相，栖筠引（裴）胄殿中侍御史，尤为（元）载所恶。"在杨炎眼中，元载的敌人就是自己的敌人。

山雨欲来风满楼，杨炎下一个要报复的人，就是即将成为李栖筠儿子李吉甫的岳父的刑部员外郎裴胄。

但是，贬谪裴胄总要有个理由。裴胄恪守忠臣之道，性格刚正不阿，为政清明廉洁，平时说话更是谨言慎行。其做人的铮铮铁骨、对朋友的耿耿忠心，让满朝百官从心里敬重。

找不着裴胄的问题，就找他部下的问题。于是，杨炎指派自己的心腹、酷吏员宇审查裴胄的一个部下。

经过一番威逼刑讯，员宇罗织了一个罪名：这个部下将裴胄为官多年积攒的杂俸等钱贪污了，裴胄要负连带责任。

杨炎以此为借口，在唐德宗面前暗进谗言。唐德宗将裴胄贬为汀州（今福建省长汀县）司马，诏其十五日内必须离开长安，前往千里之遥的福建汀州赴任。

福建汀州，地处武夷山脉南麓，南与广东近邻，西与江西接壤，为闽粤赣三省之边陲，被称作"福建西大门"。

汀州系唐朝开元二十四年（736）设置，天宝元年（742）改为临汀郡，乾元元年（758）复为汀州，领长汀、龙岩、宁化、沙县四县，有四千六百八十余户，离京师六千一百七十三里，至东都五千三百七十里。

如此看来，汀州还是未经开发的蛮荒小城。裴胄贬去汀州，若是担任刺史还好点，但给他的却是刺史身边的佐官司马，基本上只是一个优游禄位的闲职。

杨炎对朝臣的报复已无底线，对裴胄的贬黜有点过重。

这让李吉甫想起自己八岁时，父亲由工部侍郎贬谪常州刺史，自己和家人一路风餐露宿、跋涉六十多天的艰辛和苦闷，心中不由得替裴胄和他的女儿裴文昔担忧起来。

李吉甫与兄长李老彭悲愤填膺，不顾累受牵连的危险，第一时间前往裴府与裴胄商讨对策。

惊闻朝廷贬谪，裴府上下各个愁云满面，近一月来筹备女儿裴文昔婚礼的洋洋喜气荡然无存。裴文昔独坐闺房，以泪洗面，见到即将成为夫君的李吉甫时，满脸悲戚之容。

李吉甫打抱不平地说："裴大人，这是何等天理！自己的钱被部下贪污了，自己还要涉罪被贬。这根本就是杨炎赤裸裸的报复，是我父亲连累了裴大人。"

裴胄安慰李吉甫道："没事，公道自在人心。杨炎必有举措失当、自取灭亡之时。"

李老彭从怀中拿出装有一百两银子的丝帛，双手递给裴胄，说道："祸从天降，避无所避，裴大人是因我们父亲得罪元载而身受牵连，这是我们家的一点心意。裴大人尽快上下斡旋打理，争取改迁一个离京较近的地方！"

裴胄推辞，坚持不肯收下，对李府兄弟俩徐徐宽慰道："让裴某远离朝堂，焉知不是好事！像杨炎这般色厉内荏、睚眦必报之流，估计也撑不过几年。天无绝人之路，裴某不久定会重返长安！"

李吉甫一时心急，又迭声说道："刘尚书（刘晏）被敕自尽，已让天下痛心。杨炎又将尚书培养的杜亚、崔造、卢征、柳冕等一大批精通理财的大臣流放他乡，这是毁掉大唐帝国的根基啊。裴大人与他无冤无仇，毫无瓜葛，皆因与家父相交，便牵连受贬。明日我要给天子上疏，像前朝宰相魏徵那样犯颜进谏！"

裴胄的脸庞平静如常，仍是一派刚毅的表情。他目光深深地投向李吉甫，沉稳有力地说："罢了！杨炎为报元载提携之恩，为报赞皇公（李栖筠）弹劾之仇，为除刘晏主审诛灭元载之恨，只要与刘晏有关的悉数惨遭贬黜。估计这奸相早已对你们兄弟俩暗藏杀机，若草率上疏，无疑是飞蛾扑火，自请汤镬！"

李吉甫眉头一蹙，刹那间意气之色尽消，代之而起的是一派冷静沉稳之容，愤愤然说道："杨炎未免欺人太甚，身为相国，挟私愤，报私怨，嫉贤妒能，借刀杀人，岂是大丈夫所为？"

裴胄捻了捻唇角的胡须，不疾不徐地说道："世侄少安毋躁，三十年河东，三十年河西。我记得世侄出生之日正是二月龙抬头的惊蛰之日。龙蛇之身，既能蛰伏深海，亦能一飞冲天，向来能屈能伸，能伸能屈；时屈则屈，时伸则伸；

屈中有伸，伸中有屈。大丈夫屈伸自如，何足畏哉？"

李吉甫怆然而道："杨炎身为宰辅重臣，不念修德正己，尊上抚下，却以私害公，锄除异己，天下士民皆将惧而思抗。他再厉害，也过不了鬼门关！"

裴胄沉吟片刻，脸上微露忧虑之色："还未到穷途末路之时，我裴某倒无所畏惧，倒是两位世侄，当此危机剧变之时，更应镇之以静，持之以忍，收敛锋芒，冷眼旁观，保持沉默，不为奸人所扰才是，切勿轻举妄动。你们的关切之情裴某心中有数就行。"

"裴大人，此等不白之冤真要忍下来？"李吉甫小心翼翼地说道，"那我明天就去跪请太子（李诵），出面替裴大人说个人情，改贬一个离京城较近的地方也好！"

裴胄摇了摇头，说道："世侄这份赤诚之心裴某心领了。不过，为避免李氏士族受我牵连，裴、李两家的联姻就此取消，文昔将随老臣前往汀州，世侄另娶其他姑娘吧！"

一听裴胄要毁婚约，李吉甫心中不禁一震，激动地从座上倏地站了起来，亢声说道："我同裴大人一样，不畏权势，生死不惧，决不妥协。我非文昔姑娘不娶，还望裴大人成全！"

李老彭也急忙说道："我们李家决不做背心离德之人，决不做落井下石之事。古人讲，宁拆三座桥，不破一门婚。李、裴两家多年世交，同命相怜，同仇敌忾，不论结局如何，一定祸福同当，共渡难关。"

裴胄听了，沉吟半晌，微微点头道："不取于人，方可谓之富；不屈于人，方可谓之贵。世侄吉甫英俊卓越，刚直明智，迟早是公卿之器，社稷之才，期望你能与小女患难见真情，不离不弃，忠贞不渝。"

李吉甫喜不自胜，连声道谢，立马跪地拜礼道："岳父、岳母在上，请受婿儿三拜。"

在场的裴夫人悲喜交集，裴府上下见裴大人同意联姻结亲，个个脸上的愁云渐散，露出了久违的笑容，欣喜之色溢于言表。

天子留给裴胄待在京城的时间只有十五天。因此，裴胄决定，从简从速举行李吉甫与裴文昔的婚礼，也算是冲凶去厄。

建中元年（780）十月十五日，秋风送爽，天空明净，白鹤鸣皋，连续数日的阴霾天气如同大家阴沉的心情被一扫而空。

这日风和日丽，金秋的阳光将其万道金辉播洒安邑坊，又透过窗棂照进李吉甫布置的新房中。

新房之中，摆着一张镂空雕花的婚床，床边的榻柜上点着四支龙凤呈祥的蜡烛，大红的绣花绸被，洁白的纹纱床幔，新房中的桌椅、妆台和饰物显得那样金碧灿灿，暖意融融。

床头的墙壁上，悬挂着一把金鲨皮鞘的宝剑，那正是李吉甫的父亲李栖筠当年率领七千精兵，从安西都护府出发，千里入关勤王、平叛"安史之乱"时使用的宝剑。

这天，裴、李两家只邀请了几位赤诚亲朋，相聚李吉甫在安邑坊的家中，吃了一顿热气腾腾的婚宴，喝了一对新人的喜酒。李吉甫与裴文昔"一拜天地，二拜高堂，夫妻对拜，送入洞房"。

这一场本该胸佩红花，高骑白马，在鞭炮齐鸣的礼乐声中，抬着大红花轿巡游朱雀大街的士族婚礼，只能如此从简成礼。

入夜，一轮又大又圆的月亮升起，繁星隐约点缀黛色的苍穹。婚房里的酥油灯、大红烛闪烁着温暖的光芒，映照着李吉甫那一张俊俏而潮红的脸庞。

烛光摇曳之下，披凤冠、着嫁衣的裴文昔坐在床沿上。李吉甫轻轻揭开裴文昔头上鲜艳的红盖头，映入眼帘的裴文昔真是一位清水出芙蓉的绝代佳人，娇面红霞，朱唇绛脂，领露酥胸，肤如凝脂，怀春女子身上散发出来的芬芳体香扑面而来。

当李吉甫的那双灼灼的目光直视新娘时，他发现裴文昔娇羞无比，双腮绯红，那一双晶莹的眼眸中却饱噙着泪珠……

李吉甫顿时情不自禁地将裴文昔紧紧拥入怀中，分外怜惜地安慰道："有我在，娘子别怕！"

裴文昔泪如珠落，失声哭泣道："弘宪哥，父亲遭贬，生死未卜。以后只有靠你了，只有靠你了！"说完，她用双手紧紧地将李吉甫抱住，不停地啜泣。

李吉甫两手将裴文昔从怀中扶起，从衣袖内摸出一块晶莹温润的羊脂玉佩，挂在她起伏高耸的胸前，用坚毅的目光凝望着她那双泪眼婆娑的眼睛，信誓旦旦地说道："娘子别怕，你我生死相依，患难与共，永不相负！"

裴文昔已是泪眼婆娑，娇喘微微地说："患难与共，永不相负！无论如何，活着就好。"

在一片阴云笼罩李、裴两家之际，李吉甫与裴文昔就这样简单地举行大婚之礼。

洞房花烛夜之后，长安的天下起了绵绵的秋雨。

一场秋雨一场寒，长安花草枯败，田野萧索无物，朱雀大道两旁枯黄的树叶在秋风中凄怆地离开枝头，纷纷飘落于尘土之中，然后又被缓缓驶过的一辆辆马车碾得无影无踪……

黄叶黄花古城路，秋风秋雨别家人。

宽阔的朱雀大街，虽然每天都有被贬官员的马车黯然驶过，但依然是一派车来人往的热闹景象。

裴胄带着夫人和家眷，带着孤独、屈辱和愤懑，走出长安城春明门，踏上远去福建汀州山长水远的贬谪之路。

长安城外的灞桥上，没有人关心裴胄将去往何方，只留下他秋风吹起的翩翩衣袂、挥手自兹去的模糊背影。

秋风瑟瑟，回荡着裴胄告诫李吉甫夫妻的一番话："乱极而趋治，一阳而复生。子婿一定要记住，安身立命，潜龙勿用；姑务修德，以待时乎！"

李栖筠逝世时，裴胄不畏牵连，不畏元载报复，护丧扶柩归洛阳。而今，裴胄受贬，李吉甫也不畏牵连，不畏杨炎报复，毅然迎娶裴胄之女为妻。

友情与爱情，坚贞如斯，尤为动人，堪称大唐历史上一段佳话！"患难见知己"的故事在长安坊间流传开来，在后世传为美谈。

修德以配天

莫道两京非远别，春明门外是天涯。

裴胄走了，去往千里之外的汀州。长安进入冬天，大明宫铺满了一尺厚的积雪，大唐帝国在漫天风雪中静默着。

天也静了，地也静了，山也静了。而庙堂之上，暗流涌动，风云变幻。

建中二年（781）二月，为了制衡杨炎的权力，唐德宗擢升御史中丞卢杞为御史大夫、京畿观察使，随即又擢升他为门下侍郎、同中书门下平章事，赫然入阁拜相，与首席宰相杨炎共事政事堂。

卢杞堪称中唐时期名不虚传的奸相，一场"触斗蛮争"、翻云覆雨的好戏即将上演。

唐代实行三省制和集体相权，旨在分散宰相之权，使皇帝更能掌控。

按照宰相制度，皇帝发布的任何敕令都必须经由政事堂会议集体研究通过，之后加盖"中书门下"之印，才能送交尚书省执行。

这是唐德宗敲打杨炎的政治信号，但他仍我行我素。

杨炎冤杀了刘晏，贬走了杜亚、严郢、裴胄等刚直之臣，震动朝野，天下冤之，沸沸扬扬的舆论还在持续发酵，杨炎的致命缺点，彻底暴露出来了。

新年伊始，杨炎担心自己被千夫所指，被视为陷害刘晏的罪魁祸首，为了消灾避祸，推卸责任，封堵各方抗议，决定再耍阴谋诡计。

杨炎借安排"黜陟大使"巡视天下"两税法"实施成效为幌子，派遣一批心腹前往诸道州县，传播舆论："刘晏之所以获罪被诛，是因为他当年依附奸臣，谋取废黜太子所致。皇上对他深恶痛绝，方才决定把他杀掉，与宰相杨炎无关。"

杨炎想把诛杀刘晏的罪过推给唐德宗，让当今圣上李适来背杀害刘晏的黑锅。看来，才华横溢的杨炎也太不懂政治了。

"螳螂捕蝉，黄雀在后。"杨炎没有想到，他在处心积虑地构陷与自己有仇之人的时候，他的仇人也在处心积虑地构陷他。

新任宰相卢杞看到了自己取而代之的希望，自他踏入政事堂那一刻起，就与杨炎"水火不容"。

卢杞是个"小蓝脸"，面色青蓝，长得奇丑无比。《旧唐书》这样描写他："貌陋而色如蓝，人皆鬼视之。"

意思是说，卢杞不是一般的丑，而是特别丑，脸还是靛蓝色的，人们视之为鬼魅，让人不忍直视。

卢杞上任宰相后，长安坊间有则逸闻传开了：

前朝将军郭子仪听说卢杞要上门拜访，赶忙叫环绕身侧的姬妾、侍女退屏躲开。卢杞走后，家人问他何故？

郭子仪面容一肃说道："卢杞貌陋而阴险，我怕你们一见他的鬼相，难免对他非议讪笑，此人若是他日得势，怀恨在心，郭氏家族定有灭顶之灾。"姬妾侍女无不唏嘘，赶忙悉数退去。

"美须眉，峻风寓"的美男子杨炎，自认为玉树临风，仪表不凡，更是一点也瞧不起卢杞。

每日与卢杞在政事堂办公本就令杨炎烦躁，还要与他在政事堂会食（共进午餐），同阁休息，更是让杨炎为之作呕，食欲全无。

于是，一到午餐时间，杨炎就借口身体不适，跑到别处吃饭，气得卢杞那张脸，蓝中带绿，绿中带蓝。

杨炎万万没有想到的是，这个令他不屑一顾的蓝脸卢杞，却擅长揣测唐德宗李适的内心，说话总是说到李适的心坎上。还有，卢杞比他更善于玩弄权术，排挤政敌的手段更加冷酷无情。

对杨炎衔恨在心的卢杞,决定将"杨炎罔上(皇帝)缢杀刘晏之罪"的真相告知皇上。

若要人不知,除非己莫为。

唐德宗得知"(杨)炎遣五使往诸镇者,恐天下以杀刘晏之罪归己,推过于上耳"(《旧唐书·杨炎传》)后,顿时气得咬牙切齿,马上派遣宦官到诸镇求证。

得知杨炎果真如此卑劣,唐德宗勃然大怒道:"这该死的杨炎,难道是活腻了吗?"

不久,卢杞又将太常博士裴延龄擢为集贤殿学士,置为心腹。裴延龄又向唐德宗呈上了一道密奏:杨炎在"龙气"繁盛之地、长安曲江之畔修建了一座富丽堂皇的家庙,并常在夜晚招延术士,勾结将帅,设醮作法。

裴延龄在奏书中赫然写道:"此地有王气,炎故取之,必有异图。"这个罪名在古代宫廷斗争中一旦坐实,就是同元载一样株连九族的死罪——暗蓄异志,图谋不轨。

卢杞也向唐德宗进谗言:"杨炎家庙之地,历来就有王气。开元年间,宰相萧嵩就曾在那里盖了一座家庙,玄宗皇帝就让萧嵩把家庙迁到别处去。杨炎明知故犯,显然是欺君罔上、包藏祸心!"

唐德宗一听杨炎有不臣之心,图谋不轨,立即下诏命御史台、大理寺、刑部三司审理。

杨炎果然在曲江南面修建豪华家庙(宗族祠堂),其子杨弘业也依仗其父的权势,交通请托,违法乱纪,贪污受贿。

唐德宗一气之下,罢去了杨炎的宰相职务,让他出任尚书左仆射(从二品),表面上是提升了官阶,实际上是明升暗贬。

先贬官,再流放,最后杀掉。这是杨炎害死刘晏的三部曲。杨炎绝不会想到,整人者的下场,一般都会被人整。

杨炎也没有逃过这三部曲。建中二年(781)十月,唐德宗又将杨炎贬为崖州司马,其贬谪杨炎的诏书这样写道:

> 朕初临万邦,思弘大化,务擢非次,招纳时髦。拔自郡佐,登于鼎司,独委心膂,信任无疑。而乃不思竭诚,敢为奸蠹,进邪丑正,既伪且坚,党援因依,动涉情故。蠹法败度,罔上行私,苟利其身,不顾于国。加以内无训诫,外有交通,纵恣诈欺,以成赃贿。询其事迹,本末乖谬,

蔑恩弃德，负我何深！考状议刑，罪在难宥。

崖州，位于今海南省三亚市。唐朝时的崖州瘴气肆虐、疾病流行，被称作是九幽之狱、魑魅之乡，贬往此地的人十之八九都是死命一条。几百年后的北宋政治家苏轼也被贬海南，他在诗中描述那里"五无"："食无肉，病无药，居无室，出无友，冬无炭。"

杨炎离开长安，一路向南，跋山涉水走到崖州地界，途经广西一处名叫"鬼门关"的地方时，见那里遍地瘴疠，荒无人迹，预感到自己的前途渺茫，不由痛苦而泣，仰天长叹吟出人生最后一首五言绝句：

一去一万里，千知千不还。
崖州何处在？生度鬼门关。

崖州"至京师七千四百六十里"，曾经意气风发的杨炎终究没能走出两山夹峙、状若关门的"鬼门关"，就被卢杞密遣追来的中使追上，用麻绳套住脖子，缢而杀之，终年五十五岁。

这位因创建"两税法"而青史留名的宰相，也曾"气标王韩，文敌扬马。画松石山水，出于人之表"，也曾开创"量出制入""以资计税""货币征税"的财税新思想，维护了唐朝政府的统治。

白居易后来作过一首《寄隐者》："昨日延英对，今日崖州去。由来君臣间，宠辱在朝暮。"

宦海沉浮，兴亡成败只在一瞬间。杨炎功过，泾渭分明，只因心胸狭窄，投身党争，打击报复异己而罹杀身之祸，从此永远地淹没在天涯海角的荒烟蔓丛之中……

杨炎走了，李吉甫悬着的心终于落地了。

自裴胄谪贬汀州以来，裴、李两家的日子过得提心吊胆，个个惶惶如惊弓之鸟。他们一来惧怕杨炎报复李家，说不定某一天就会被他抓住把柄，捏造一个莫须有的罪名，将李老彭、李吉甫贬出京城；二来担心杨炎极尽追仇，不知哪一天便会从千里之外传来裴胄人头落地、横尸蛮荒之地的噩耗。

李吉甫、裴文昔度过了一个又一个忐忑不安的日子后，一对新人终于有了欢声笑语，开始了他们幸福而安宁的夫妻生活。

裴文昔不再是那个整日愁眉不展、胆战心惊的泪美人，温柔贤惠的她开始与李吉甫一起栽花种菜，做饭煮茶，游历长安山水，共阅诗书典籍，很快成了李吉甫的贤内助。

转眼就到建中三年（782）的阳春三月，柳如丝，花似霰，桃李次第盛开，红者霞艳艳，白者雪皑皑，长安城一片春意盎然。

"寻芳陌上花如锦，折得东风第一枝。"在这一个华美灿烂的春天里，裴文昔怀上了第一个孩子。辛苦怀胎十月后，她生下一个大胖儿子，全家沉浸在从未有过的幸福喜悦之中。

初为人父，李吉甫高兴至极。愁的是，给儿子起个什么名呢？

回首这些年来李氏家族的风雨变故，李吉甫不禁感慨万千。自从父亲去世，岳父贬官，他总是如临深渊，如履薄冰，静以修身，俭以养德，潜心研读经书史学，时时未忘岳父大人裴胄临别时告诫的话："安身立命，潜龙勿用；姑务修德，以待时乎！"

"姑务修德，以待时乎！"这八个字可有出处。

皋陶是上古时期的华夏部落首领，被称作"上古四圣"（尧、舜、禹、皋陶）之一，后世尊为"中国司法始祖"。

就是这个皋陶，提出了兴"五教"（父义、母慈、兄友、弟恭、子孝），立"九德"（宽而栗、柔而立、愿而恭、乱而敬、扰而毅、直而温、简而廉、刚而塞、强而义），又极力倡导"德政"与"法治"结合，以至社会和谐，天下大治。

皋陶的思想后来成为产生儒家与法家思想的重要精神渊薮之一。裴胄勉励李吉甫的这句话就出自《左传·庄公八年》："《夏书》曰，皋陶迈种德，德乃降。姑务修德，以待时乎！"

这段话讲的历史事件是：鲁庄公八年（前686）夏，鲁军和齐军包围了郕国，郕国向齐军投降。鲁国大夫仲庆父请求进攻齐军。

鲁庄公说："不行，我实在缺乏德行，齐军有什么罪？罪是由我引起的。《夏书》云，皋陶勉力培育德行，德行具备，别人就会降服。既如此，我们姑且致力于修养德行，以待时机吧！"

秋季，军队回国，安然无恙。仲庆父因此大赞鲁庄公。

李吉甫博览群书，早年更是熟读《尚书》，知晓周公的修身之道就是"修德以配天"。"皇天无亲，唯德是辅。"周王朝之所以能取代商王朝，正是做到了"修德"。

孔子追随周公，敬畏天命，强调修德。在《论语》中，孔子主张"为政以德"。孔子还在《春秋》中讲道："忠，德之正也；信，德之固也；卑让，德之基也。"

崇尚儒家思想的李吉甫,主张敬天修德,修德以配天。多年后,李吉甫出任饶州刺史时,前几任刺史相继病死于衙门内,城门严闭,蒿莱满地,衙门闹鬼一传十、十传百,越传越邪乎,越传越离谱,一时流言满天,老百姓简直把州府看成一个恐怖的阴曹地府。

饶州县尉力劝李吉甫搬迁州衙。李吉甫正气凛然地说:"妖不胜德,妖孽岂能战胜有德之臣?如果衙门中有妖怪鬼神,那是刺史曾有失德之处,妖孽才会猖狂。今我施行德政,妖孽其如予何?"

向来敬天修德的李吉甫,觉得没有失德之处,何患鬼怪。于是,他打开城门锁,剪除荆榛,入室而居,安然无恙。李吉甫后来有着以德报怨的雅量、以德为政的功绩,或当与此有关,此乃后话。

李吉甫给第一个儿子取名为——李德修,以期他将来成为修身齐家、德才兼备的经天纬地之才。

《新唐书·李吉甫传》记载:"(甫)子德修,亦有志操。"李德修从小聪慧,勤奋好学,熟读《左传》《礼记》《汉书》等经典。成年后,他崇尚儒学,最为重视孝德。

永贞元年(805),二十四岁的李德修随父亲从饶州刺史位上回到长安后,次年参加了科举考试,一举进士及第。之后,他又中博学宏词科殿试,初授奉礼郎。

奉礼郎属太常寺常官,官秩从九品上,掌君臣版位,以奉朝会祭祀之礼,正合李德修的志向节操。

《左传·隐公三年》云:"君义、臣行、父慈、子孝、兄爱、弟敬,所谓六顺也。"《汉书·贾山传》曰:"故以天子之尊,尊养三老,视孝也。"可以说,李德修就是"百善孝为先"的忠实践行者。

李吉甫于元和九年(814)去世时,太常博士为这位敬国忠君的宰相拟了一个谥号"敬宪",对其一生的卓著功业盖棺定论。

可是,时任度支郎中的张仲方立刻上疏,认为李吉甫的谥号过于美化,表示坚决反对。

张仲方何许人?为何要为一位宰相谥号而撕破脸皮呢?

张仲方(766—837),韶州始兴(今广东省始兴县)人,系右仆射张抗之子。贞元年间进士擢第,起家秘书正字,历任侍御史、仓部员外郎。

元和二年(807),李吉甫拜相。唐宪宗召唐州刺史窦群回朝,委以吏部郎中，之后又提拔为御史中丞。窦群自得权势，便向李吉甫推荐好友吕温任侍御史知杂事，推荐羊士谔任侍御史。没想到李吉甫以二人超出资历，并且"谲诈不实"为由，迟迟未予提拔。

次年发生科举舞弊案，窦群、吕温、羊士谔等人见风使舵，对李吉甫发起报复，诬告李吉甫于府上留宿医士，结交术士。其中，张仲方也参与了这起弹劾宰执事件。

唐宪宗派人查证，辞多不实，纯属诬陷。他于是贬窦群为开州刺史，贬吕温为道州刺史，贬羊士谔为资州刺史，贬张仲方为金州刺史。李吉甫也因此请辞相位，外任淮南节度使。之后，张仲方求助右仆射裴均，回朝担任度支郎中，心里对李吉甫可谓深怀怨恨。

元和六年（811），唐宪宗将淮南节度使李吉甫召回，二度拜相。李吉甫看重右补阙萧俛的才能，一路将其提拔为司封员外郎、驾部郎中、知制诰，又充任翰林学士。恰张仲方是萧俛好友，于是萧俛向李吉甫援引张仲方。李吉甫怎肯重用这个曾经"阴事"自己的人？

也难怪，张仲方要反对李吉甫这个"弘宪"的美谥，他反对的理由是：李吉甫身居辅弼之任，力主强势削藩，唆使唐宪宗"好用兵"，穷兵黩武，连年征讨西川、夏绥、镇海藩镇，致使百姓陷于战火之中，配不上这个太过美化的身后之名。

唐宪宗大怒，将张仲方贬为遂州（今四川省遂宁市）司马，后量移复州（今湖北省天门市）司马。萧俛也受连累，被罢去翰林学士，降授太仆少卿。张仲方更是对李吉甫一家怀恨于心。

长庆四年（824），唐敬宗李湛即位，擢升张仲方同年登第的李程为中书侍郎、同平章事，位居宰相。李程遂将"同年"张仲方从复州召回朝中，授以右谏议大夫一职。

听说那个"辱我先人"的张仲方要回朝任职，向来谨慎内敛的李德修愤然怒道："张郎中公然辱没家父清誉，我定与他势不两立！"他立刻上疏唐敬宗，阻止张仲方回朝。

然而，此时政事堂的宰相不只有张仲方的同年李程，还有一位怨恨李吉甫的"牛党"领袖牛僧孺。此时，李德修之弟李德裕亦被排挤在外，为官浙西观察使，爱莫能助。李德修几番上奏，皆是"孤掌难鸣"，终没能阻止张仲方重返朝堂。

"你来我走，好骡马不入行！"李德修气得差点吐血，对张仲方巧舌如簧、

"落井下石"的嘴脸厌恶至极，不屑与之同朝为官。一气之下，他向唐敬宗自请外调，离开了长安城。

李德修后来出任舒（今安徽省潜山市）、湖（今浙江省湖州市）、楚（今江苏省淮安市）三州刺史。宝历二年（826），唐文宗李昂继位，征调李德修回朝任膳部员外郎，后官至工部侍郎。开成三年（838），李德修不幸病逝，享年五十六岁。

开成五年（840），唐武宗李炎继位，任命淮南节度使李德裕为门下侍郎、同中书门下平章事，回朝拜相，加赠授金紫光禄大夫（正三品）。李德裕奏乞回赠其兄、工部侍郎李德修，诏赠礼部尚书。

那么，张仲方的下场如何呢？

张仲方后来加入以牛僧孺为首的"牛党"，一路擢升至从三品的高官散骑常侍，帮着牛僧孺一党几番挤兑李德裕。李德裕拜相后，他快意恩仇，又将张仲方贬出了朝廷。

唐文宗李昂时期，李德裕的铁杆好友郑覃（？—842）出任宰相，更是让张仲方坐冷板凳，打发他去当了个秘书监的图书管理员。开成二年（837），悲愤成疾的张仲方郁郁而终。

为了宰相一个谥号，张仲方一腔怨愤，半生缠斗，想来又何必？

李德修不仅是个大孝子，还是位大书法家。

长庆二年（822）三月二十七日，花木繁滋，阳光明媚。舒州刺史李德修邀同博陵崔碻、河东裴宷、陇西李夷中、鲁郡祝元膺、吴兴丘上卿、太原王磻、彭城刘洪、高阳齐知退、鲁郡祝元庆等十二人踏春郊游，一同游历安徽天柱山，拜访唐肃宗李亨曾赐名乾元禅寺的"三祖寺"，留下了弥足珍贵的诗书雅集。

而今，安徽天柱山山谷流泉摩崖石刻，还留有李德修的楷书题刻。其书法遒劲浑厚，气韵宏远。题刻下方，还有其八世孙、宋代大臣李师中的纪事石刻。

第四章　靖难奉天

"四王二帝之乱"

李吉甫与裴文昔喜添贵子、小家其乐融融之时，唐德宗的大唐帝国却是烽烟四起，战争的阴霾在帝国的天空翻涌弥漫，肆虐的战火即将点燃大半个国家。

这场灾难的起因，还是"河北三镇"引起的。

建中二年（781）正月，成德（治所在恒州，今河北省正定县）节度使李宝臣重病不起，时日无多。

按照河北诸藩所奉行的"父亡子继、兄终弟及"世袭制，李宝臣决定将节度使之位私自传给儿子李惟岳，但又担心其子年少懦弱，控制不了麾下的骄兵悍将，李宝臣便于恒州设下鸿门宴，请来成德兵马使王武俊、深州刺史张献诚、易州刺史张孝忠等手下部将、州县刺史十余人，一番酒足饭饱之后，"咔嚓"了这些骁勇难制者的人头。

给儿子扫清障碍后，李宝臣无力回天，一命呜呼。李惟岳按其父亲生前之诡计秘不发丧，以李宝臣的名义上表朝廷，谎称疾病缠身，难以主政，请求李惟岳继任成德节度使。

唐德宗李适还是太子的时候，就对"篡位夺权、自立自代"的河北藩镇恨之入骨。接到李宝臣的奏表，这位三十九岁的盛年帝王发出了振聋发聩的嘶吼："河北诸镇，拥兵自重，名为藩臣，实如异域，动不动就兴兵叛乱，动不动就上表求宽，朕要亮剑削藩！"

唐德宗斩钉截铁地拒绝了李惟岳。新帝志在削藩、不惜一战的信号很快传到河北诸镇。

成德夹在幽州和魏博中间，三藩接壤，互为唇齿，平时虽是明争暗斗，各怀鬼胎，但若风吹草动，"藩镇世袭"的核心利益受到威胁时，又会马上沆瀣一气，互为奥援，结成藩镇联盟，对抗朝廷。

听闻唐德宗不许李惟岳承袭父位，魏博节度使田悦、淄青（又称平卢，治所在青州，今山东省青州市）节度使李正己顿时感到压力山大，如芒在背，如坐针毡。

唇亡齿寒之际，河北诸藩急派使者赶赴临州，召开"成德会议"。经过一番密谋，他们决定抱团取暖、结盟而战。

随后，田悦、李正己迅疾调兵遣将，派兵增援成德李惟岳，还联合山南东道（治所在襄州，今湖北省襄阳市，辖襄、邓、均、房、复、郢六州）节度使梁崇义，封锁朝廷的江淮运输线，联合对抗朝廷。

龙椅上的唐德宗气得须发倒竖，颈上的青筋"突突突"蹦了起来，勃然大怒道："孽藩不除，我何以君临天下？"

建中二年（781）六月，唐德宗调遣二十万唐军，兵分三路向河北藩镇全面开战。

北线战场，唐德宗命幽州节度使朱滔（原节度使朱泚的弟弟）领兵北上，讨伐成德李惟岳。

中路战场，唐德宗命河东节度使马燧、昭义节度使李抱真、神策军先锋都知兵马使李晟，联合进攻魏博田悦。

南线战场，唐德宗命主动请缨的淮西节度使李希烈，出兵进攻山南东道梁崇义。

这是自"安史之乱"以来，大唐帝国发起的最大规模的战争。三大战场全面铺开，狼烟四起，打得天昏地暗。

中线战场上，河东节度使马燧与李抱真合兵八万，从壶关（今山西省壶关县）翻山越岭，越过太行山抵达邯郸，直扑驻守在此的魏博部将杨朝光。同时，他们又命大将李自良于双冈（今河北省邯郸市西北）阻击田悦派来的援军。唐军以绝对的优势兵力，一举歼灭了杨朝光部五千余人。

马燧、李抱真、李晟又合兵共进，乘胜杀向临洺（今河北省邯郸市永年区），与魏博节度使田悦数万主力军殊死恶战，斩首叛军万余级。田悦弃城而逃，临洺光复，邢州也随之解围。

南线战场上，淮西节度使李希烈率大军沿汉水而上，在蛮水（汉水支流）与诸道兵会合，很快击溃了梁崇义的部将翟晖、杜少诚，随后直逼梁崇义的老巢襄阳。

走投无路的梁崇义带着妻儿投井而亡。李希烈割下他的首级，火速送往京城。

北线战场上，成德节度使李宝臣的部下、易州刺史张孝忠起义，上表朝廷请降。唐德宗顺势任命张孝忠为成德节度使、恒州刺史。张孝忠感激不尽，遂率驻守易州的八千精锐攻打李惟岳。

唐军捷报频传，继续日夜猛攻，诸道平叛大军已对成德形成南北夹击之势，李惟岳已成孤家寡人。

屯兵济阴、扼守江淮的淄青节度使李正己，或许是被唐德宗的削藩战火吓出了重病，不治而亡。其子李纳（759—792）封锁消息，自领军政，向唐德宗请赐旌节，请袭父位——淄青节度使。

此时，唐军已在战场上取得节节胜利，胜券在握的唐德宗义正词严地警告淄青的李纳，"要么投降，要么挨打"。

唐德宗命宣武（治所汴州，今河南省开封市）节度使刘玄佐、神策军将曲环率军攻打李纳，连战连捷，于徐州大败淄青军。李纳兵败如惊弓之鸟，逃亡郓州（淄青治所，今山东省东平县），业已势穷力蹙。

平藩战争从夏打到冬，从冬打到春，一直轰轰烈烈地打到建中三年（782）三月仍未停歇。

马燧、李晟率领的中路军在洹水大败田悦的魏博军，斩敌两万余级。田悦率千余残兵逃回老巢魏州。唐军又将田悦围困于魏州，连日猛攻，濒临绝境的田悦已成瓮中之鳖。

成德这边，易州刺史张孝忠起义讨伐李惟岳，被朝廷封为成德节度使。李宝臣的部将康日知也起义归降朝廷，反攻叛军，被朝廷授以赵州刺史。这让王武俊有些"眼红"了。

常说"识时务者为俊杰"，差点死于李宝臣"鸿门宴"的成德兵马使王武俊也顺势倒戈兵变。他决定先下手为强，在一个月黑风高的深夜，率领五百精兵骁将冲进李惟岳府邸，砍下他那一颗梦寐以求"节度使"的人头。

至此，河北三藩已是"两亡一伤"，朝廷还收回了魏博大部、淄青大部和山南东道地盘。自"安史之乱"以来，唐军还从来没有在削藩战场取得过如此辉煌的胜利。上至天子，下至文武百官和军队将士，人心振奋，士气高涨，天下百姓仿佛看到唐德宗"匡扶社稷、中兴李唐"的盛世伟业即将实现。

然而，这场"削藩"大战比预想的更残酷、更惨烈、更复杂，不光考验着皇帝的战略决策，考验着唐军的作战实力，还考验着一个国家在政治、经济、财税、军队、粮草以及后勤保障等方面的综合国力，既是一种"有形之战"，也是一种"无形之战"。

建中三年（782）六月十三日，京师发生地震，长安天崩地裂、地动山摇，民房倒塌，有声如雷，大明宫的根基都在拼命摇晃，朱雀大街两旁亭亭如盖的大槐树也倒地无数，树上的鸟巢纷纷往地上掉落……

不知是否天人感应、天象有变，这对君临天下的削藩帝王唐德宗而言，实在是一个不祥之兆。

六月一过，削藩战场的形势突然陡转直下。原因是多方面的、多因素的，也是唐德宗万万没料到的。

这个拐点，是从唐德宗赏赐削藩各路功臣时开始的。河北三藩还没彻底铲平，唐德宗便大举封赏嘉奖削藩将士：

授河东节度使马燧同中书门下平章事（兼职宰相）

授昭义节度使李抱真检校右仆射

授神策军先锋都知兵马使李晟右散骑常侍……

对于李惟岳的成德镇，唐德宗将其一分为三：授张孝忠为义武节度使，领易、定、沧三州；授王武俊为恒、冀二州都团练观察使；授康日知为深、赵二州团练观察使……把淄青的德州（今山东省陵县）和棣州（今山东省惠民县）给了幽州节度使朱滔。

然而，朱滔本以为攻下富庶的深州，便可以论功行赏，占为己有，可朝廷却将其划给了康日知。于是，朱滔屯兵深州，拒不奉诏。

王武俊认为诛杀李惟岳，当为削藩大功，却与康日知一样，只得了区区两个州，仅封了个团练观察使，因而郁闷至极，于是亦拒不奉诏。

淮西节度使李希烈讨平山南东道，斩首襄阳梁崇义之后，一举占领了许州（今河南省许昌市），趁机壮大实力，扩张地盘。

被马燧官军围困于魏州的田悦，是一只狡猾的狐狸，他立即派遣密使游说对朝廷封赏不满的朱滔、王武俊：我们同在一条船上，魏博若是能继续存在，你幽州就能高枕无忧；魏博要是灭亡了，三镇（幽州、恒冀、魏博）也就危在旦夕了。

田悦、朱滔、王武俊犬牙交错，一拍即合，结为唇齿，决定与朝廷分道扬镳，迅疾倒戈，将驻守河北的唐军团团围困。

唐德宗气急了眼，立马下诏令朔方节度使李怀光亲率一万五千名精锐步骑，浩浩荡荡开赴河北支援马燧，讨伐围困魏州的田悦。

魏州城，成了一座血与火的炼狱。求胜心切、有勇无谋的李怀光，未能与马燧共商大计，而是在惬山（今河北省大名县）与朱滔大军决战，不料王武俊援军杀来，李怀光大败，又遭田悦使用河水冲淹，将士惨遭折损，不得不与马燧合兵退至漳阴县（今河北省魏县）西南。

朱滔、田悦、王武俊又联络被围困于郓州的李纳，组成"四镇联盟"，声势重振，来了一个一百八十度的大转变，共抗朝廷，与朝廷官军在河北迂回鏖战，形成对峙态势。

大唐帝国一夜之间四分五裂，河北诸藩好似又回到了"名为藩臣，实如异域"的状态。

幽州节度使朱滔自称冀王，魏博节度使田悦自称魏王，成德恒、冀二州都团练观察使王武俊自称赵王，淄青节度使李正己（已故）的儿子李纳自称齐王。"四王"共推实力最强、扩张最猛的朱滔为盟主——"大冀王"。各王分别仿照唐朝官制，封妻为"妃"，封子为"世子"，遍封州县官吏，史称"四镇之乱"。

与此同时，经过一年半的削藩，大唐帝国国库已消耗殆尽，军队粮草再次陷入困境。假若再打半年，每月耗费度支钱一百多万贯，至少得筹集五百万贯。朝廷已是囊中羞涩，拿不出钱了。

十二月，南方又传来了更坏的消息，李希烈击败汧国公、汴宋节度使李勉，拿下了汴州（今河南省开封市）。汴州经济富庶、人丁滋衍，离东都洛阳只有四百里，离长安城一千三百五十里。

洛阳、长安乃李唐两都，据之则有帝王之资，李希烈自恃兵强财富，异心渐萌。河北四镇为了将朝廷削藩的祸水西引，各遣使对李希烈上表称臣劝进："朝廷诛灭功臣，失信天下，都统英武自天，功烈盖世，愿亟称尊号，使四海臣民知有所归……"经朱滔、田悦、王武俊、李纳"四大天王"的一番怂恿煽动，志得意满、刚愎自大的李希烈在汴州自立为"建兴王"、天下都元帅、太尉。史称"五镇称王"。

建中四年（783）正月，淮西节度使、检校司空李希烈悍然称帝，国号大楚，改年号为武成元年，以汴州为大梁府。从此，大唐帝国有了"四王一帝"之局面，天下震惊。

大唐帝国的藩镇"淮西"，这一次真正宣布"独立"了。

"五镇称王"的消息传到京师，唐德宗气得七窍生烟，立即下诏以哥舒翰之子、左龙武大将军哥舒曜为东都、汝州节度使，领兵五万余人，会同神策军大将刘德信、宣武军大将唐汉臣等各道官军征讨李希烈。

李希烈亲率叛军攻陷洛阳南面的汝州，继而攻下安州、尉州（今河南省尉氏县）等地，前锋军队直抵离洛阳之南只有十里的伊阙，对东都构成了极大的威胁。

建中四年（783）八月，官军与叛军一直鏖战不息，双方都陷入了战争的泥潭。经过一番征调钱粮、休整兵马，李希烈亲率三万精锐倾巢而出，攻打屯驻襄城的哥舒曜，作为东都南面屏障的襄城（今湖北省襄阳市）岌岌可危。

襄城，肇始于周宣王封仲山甫（樊穆仲）于此，自古便是经济军事要地，素有"华夏第一城池""铁打的襄阳""兵家必争之地"之称。

若襄城陷落，继而洛阳失守，长安定是危在旦夕……后果不堪设想，唐德宗能否化解这场关乎李唐王朝生死存亡的危机？

> 且今之关中，即古者邦畿千里之地也，王业根本，于是在焉。秦尝用之以倾诸侯，汉尝因之以定四海，盖由凭山河之形胜，宅田里之上腴……豪勇之在关中者，与籍于营卫不殊；车乘之在关中者，与列于厩牧不殊；财用之在关中者，与贮于帑藏不殊。有急而须，一朝可聚，今执事者先拔其本，弃重取轻，所谓倒持太阿，授人以柄……
>
> 陛下倘俯照微诚，过听愚计，使李芃援东洛，怀光救襄城，希烈凶徒，势必退衄。则所遣神策六军士马及点召节将士子弟东行应援者，悉可追还。河北既有马燧、抱真，固亦无籍李晟，亦令旋旆，完复禁军。明敕泾陇邠宁，但令严备封守，仍云更不征发，使知各保安居。又降德音，劳徕畿甸，具言京辇之下，百役殷繁，且又万方会同，诸道朝奏，恤勤怀远，理合优容。其京城及畿县所税间架、榷酒、抽贯、贷商、点召等，诸如此类，一切停罢。则冀已输者弭怨，见处者获宁，人心不摇，邦本自固，祸乱无从而作，朝廷由是益尊。然后可以度时宜，施教令，弛张自我，何有不从。端本整末，无易于此，谨奏。
>
> ——陆贽《论关中事宜状》（节选）

陆贽的两篇论状，引经据典，洞察时事，有的放矢，言辞恳切，详细分析了河北"四王一帝"叛乱的严峻态势，阐述了"薄税轻赋、以民为本"的治世思想，提出了可以施行的平叛策略。

在《论两河及淮西利害状》中，陆贽指出：目前，朱滔退归幽燕，王武俊踞守恒州，田悦困居临洺，李希烈以许、蔡二州为基地，逼迫东都。克敌之要，在乎将得其人，驭将之方，在乎操得其柄。将贵专谋，兵以奇胜，陆贽建议唐德宗给将帅以充分的自主权，才能便宜从事，果敢决策，不失战机，无往而不胜。

在《论关中事宜状》中，陆贽指出：师兴三年，可谓久矣；税及百物，可谓繁矣。为筹集庞大的军费、粮草，京城及畿县在"两税法"的基础上增设法令，收取税间架（相当于房产税，每屋两架为间，上屋税钱二千，中税千，下税五百）、除陌钱（相当于交易税，公私给予及买卖，每缗官留五十钱，给他物及相贸易者，约钱为率），之后又增加了榷酒、抽贯、贷商等名目繁多的税种，百姓苦不堪言，民间怨声载道。陆贽建议，在国家变故动摇之时，危难向背之际，理乱之本，系于人心，朝廷必须停罢"两税"之外所有苛捐杂税，使"人心不摇，邦本自固"。

面对"四王一帝"之乱，唐德宗对陆贽的进言是否兼听纳下？这关系着大唐帝国的生死存亡。

太常博士

襄城危急，东都危急，长安危急！

唐德宗紧急下诏泾原（治所泾州，今甘肃省泾川县北）节度使姚令言，征调关中西部各道军队迅速集结，火速开赴襄阳前线，援救哥舒曜，讨伐淮西节度使李希烈，以解东都之危。

军令如山，姚令言即刻率领五千泾原精兵出关作战。

然而，这支五千人的军队，却让大唐帝国即将爆发第二个"安史之乱"，差点要了李唐王朝的命。

建中四年（783）十月初三，京师已是深秋，长安城的大道，满地秋霜，北风一阵阵呼啦啦地吹落枯叶，吹起了沙尘，吹乱了秋雨，含元殿外参差错落的宫阙，好似回响着一声声凄楚的胡笳。

这日傍晚，姚令言率领的泾原部队冒着寒风，日夜长途行军，天黑之时抵达长安附近的浐水（今陕西省灞河支流浐河，号为关中八川之一）。

疲惫不堪、饥寒交迫的泾原军士在浐水驻扎下来，盼望着朝廷给予优厚赏赐后，再奔赴前线，血战沙场。

按照唐制，诸道军队离开本镇，出境作战，皆要另列度支，发放军饷，加以酒钱，得到额外的厚赏，重大战役时一人兼得三人之给。

饥肠辘辘的士卒望穿秋水，但盼来的是既没有酒肉，也没有赏赐，而且负责犒赏的京兆尹王翃，配制的饭菜也是糙米素菜，难以下咽，莫说其他赏赐，就连一块肉也没有。

泾原军士气得火冒三丈，久战沙场的辛酸与怒火喷薄而出，宣节校尉马奕踢翻饭菜，操起兵戈，围住王翃破口大骂道："我辈冒死东征，食且不饱，安能对阵？"要求王翃必须拿来酒肉，为士卒壮行，不然就要砍下他的人头。

王翃为了逃命，只得俯身折腰，嗫嚅地回答："各位将士，姚将军正在宫中禀奏赏赐事宜，眼下天色已晚，饭菜只能将就，朝廷的赏赐明日便可分发。请大家早点安顿休息。"激愤的士卒只得忍住怒火，果腹充饥，等待次日朝廷的赏赐。

次日一早，雨雪霏霏，寒风呼啸，满怀期待的五千军士早早起床，翘首望着京城的驿道。可是，王翃派手下京兆少尹韦祯前来慰劳，饭食仍然是粗劣的糙米、青菜、干饼，没有一点油水。

愤怒爆发了，马奕跨上战马，举起长刀怒吼道："我们千里迢迢赶赴前线，为皇上血洒疆场，临死前连一碗饱饭都吃不上，安能以微命拒白刃！我听说皇宫有琼林、大盈二库，黄金满仓，绢帛如山，不如我们闯进京城，自取犒赏！兄弟们，行不行？"

"闯进京城，自取犒赏！闯进京城，自取犒赏！"群情激奋的士卒举起长矛刀枪，齐声高呼"善——善——善——"，京兆少尹韦祯顿时吓得瘫倒在地。

五千泾原士卒一呼百应，迅疾披上铠甲，挥舞旌旗，高喊口号，黑压压拥向长安城。

此刻，泾原节度使姚令言正在大明宫与唐德宗研究战事，闻讯军中哗变，立马疾驰出宫，于长乐阪（长安东面）截住泾原军，横眉立目地吼道："各位将士，少安毋躁，听我一言。此去东征立功，何愁荣华富贵？如果起兵造反，却是灭族的死罪！"

离弦之箭哪能收得回，事态迅速失控。士卒们胁迫着姚令言势如破竹地攻向长安城。唐德宗得知消息，急诏神策军将领白志贞集合全部禁军，守卫皇宫，抵御叛军，又下令赏赐五千将士每人两匹绢帛。

然而，传令的宦官刚出丹凤门，就被乱箭射死。唐德宗又下令赏赐二十车金银绢帛，哪知乱兵已冲到通化门，还没来得及宣旨，出城宣慰的宦官就被剁成了肉酱。

是时，已丧失理智的五千泾原军冲进大明宫，"争入府库，抢运金帛，极力而止"。平息哗变已希望渺茫。

按理说，朝廷禁军是直接保卫皇帝、侍卫宫中的军队。他们的装备先进，作战英勇，凭借长安城的高墙城阙和骁兵利剑，拿下区区五千泾原叛军不费吹灰之力。

可惜，唐德宗费了九牛二虎之力才收回肃、代两朝宦官执掌的禁军，交给最信任的武将白志贞。没想到，白志贞以京师市廛沽贩之徒填缺禁军名额，骗取薪饷，渎职贪贿，导致禁军养尊处优，一盘散沙，毫无抵抗之力。

《资治通鉴》记载："德宗召禁兵以御贼，竟无一人至者。"

乱兵很快闯进大明宫，唐德宗性命堪忧。宦官窦文场、霍仙鸣跪地乞求唐德宗："圣上，留得青山在，不怕没柴烧。天命如此，我们撤离长安吧！"

此时，李吉甫正在东宫左司御率府为太子李诵值勤。听闻叛军杀进了大明宫，李吉甫立马备械执剑，护送太子李诵率左右卫率府、左右司御率府、左右清道率府五十余名备身宿卫，一同赶往大明宫护驾。

太子李诵率兵赶往含元殿与唐德宗会合，舒王李谊（唐德宗弟李邈之子，773年李邈去世，唐德宗收为养子）也执剑带兵赶来护驾。杀红了眼的乱兵已经撞开宫门，蜂拥而入，呐喊声惊天动地，好似前不久发生的地震一样，震得含元大殿左右摇晃。

千钧一发之际，唐德宗突然想起自己刚登基时，与自己交往颇深而且精通天文占星之术的白衣山人李泌曾给他修书一封，信中说，他久观天象，察知"天降异象"，帝座不安，不出五载必有一场刀兵之灾将降临长安，颠覆国本，圣上暂有离宫之厄。而长安西北的奉天城（今陕西省乾县）上空隐约浮动着天子之气，要尽快修葺城墙，以备意外。

于是，唐德宗决定移驾奉天城，那里也是他的先祖唐高宗乾陵所在地。弘道元年（683），武则天厚葬唐高宗于乾陵后，割醴泉（今陕西省礼泉县）、始平（今陕西省兴平市）、好畤（元朝时已废）、武功、永寿五县为奉天，意为供奉天子的地方。

唐德宗命舒王李谊为护驾前驱，太子李诵为殿后护卫，带领王淑妃、韦贤妃、诸王子公主等亲属和宦官百余人，从禁苑北门仓皇撤退。

他们途经北门禁苑时，正巧遇到郭子仪之子、司农卿郭曙带着数十名幕僚和家丁在北郊围猎。郭曙得知兵变，处变不惊，立即谒于道旁，领众人上前护驾。正在北郊操练士兵射箭的右龙武军使令狐建闻讯，也立马聚集郊外的士卒四百余人前来追随护驾。

泾原兵变来得实在是太突然，就像一场地震一样。

社稷有难，匹夫有责。李吉甫还未来得及与妻子裴文昔和家人告别，就匆匆踏上了扈从唐德宗避难奉天的逃亡之路。

得知唐德宗西去，政事堂的宰相卢杞、关播，翰林院的翰林学士陆贽、姜公辅，御史大夫于颀，户部侍郎赵赞，京兆尹王翃，神策军白志贞等朝中官员也匆忙出宫，策马追随，冒着刺骨的寒风北出禁苑，向西出逃至咸阳才追赶上唐德宗。

次日清晨，唐德宗带着君臣一夜策马疾驰。苍茫的关中大地腾起滚滚沙尘，天地之间好似弥漫着一股股浸透骨髓的森森阴气。夕阳西下，残阳似血，经过一天的奔波，唐德宗抵达奉天城。

长安城炸锅了，因为大唐帝国的天子跑了。

这是继"安史之乱"时唐玄宗李隆基逃奔益州、"吐蕃侵掠长安"时唐代宗李豫逃奔陕州之后，唐朝第三个逃离长安都城的天子，史称"泾原兵变"，也称"奉天蒙难"。

"天子已出，宜人自求富！"闯入大明宫的叛军争入长安府库，尽数掳掠兵器甲仗、文物、图籍、金帛。长安城中的奸盗，亦入宫盗窃库物，通夕不已，繁华升平的长安城惨遭劫掠。泾原节度使姚令言捅了天大的娄子，知是株连九族的死罪。

"反正是死，不如一条道走到黑——另立新朝。"于是，姚令言煽动闲居长安的野心家、前泾原节度使朱泚乘机篡位称帝。

建中四年（783）十月八日，朱泚入驻大明宫，穿上"肩挑日月，背负星辰"的龙袍，登上宣政殿，建立新政权，国号"秦"，自封"大秦皇帝"，改年号为"应天元年"。

大唐帝国成了"四王二帝"的天下，曾经繁荣强大的李唐王朝濒临崩溃灭亡的边缘。

河南这边，李希烈已攻下襄城，哥舒曜率兵退守到东都洛阳。河北那边，马燧、李晟、李怀光所率的削藩大军也与叛军对峙，不分胜负，到了秋雨秋风愁煞人的十月，各战场陷入了泥潭。

十月初十，朱泚开始血洗皇宫，对未及逃亡的李唐宗室大开杀戒，杀掉唐室郡王、王子、王孙共七十七人。之后，他任命源休为中书侍郎、宰相，姚令言为侍中、元帅，张光晟为副元帅，李忠臣为京兆尹。之后，朱泚亲率十万大军进攻奉天城。

唐德宗到达奉天城后，翰林学士陆贽与太子李诵扈从身边，参赞机要事务，任免文武官员，起草勤王诏书，征调全国和邻近各道兵马前来奉天救驾。

由于随驾奉天的朝中官员极少，陆贽对中书门下六部二十四司、卿监百司与诸卫诸军的官制设置不很熟悉，于是向唐德宗极力推荐精通大唐官制和郊祀、封禅、朝贺等礼仪的李吉甫。

于是，唐德宗立马召见李吉甫。博览群书、精通君臣礼制的李吉甫终于被派上用场。他一口气将尚书省的六部二十四司、五监九寺的官员职位、编制和官秩级别和盘而出，又将文武五品以上、六品以下官员的选授以及散官、勋爵的任免、官阶制度作了详细的介绍。

唐德宗听完，心弦蓦地轻轻一震，眸中深处已是灼然一亮，不禁惊讶地赞道："不错、不错。朕还是太子时就深感赵郡李氏礼法严明、门风优雅，听闻爱卿少好学，能属文，识渊博，精国朝典故。今日一见，果然名不虚传，不愧是赵郡赞皇公（李栖筠）之子啊！"

李吉甫向唐德宗行了跪拜礼，三呼万岁后，激动地说道："微臣叩谢天恩！赵郡李氏世代公忠体国，国家有难自应挺身而出。这是李氏家族之本分，更是微臣应尽之职责。"

唐德宗严肃焦愁的脸上露出少有的笑意，目光中颇有赞赏之意，心中默念道真是难得的社稷之材，于是正视着李吉甫，徐徐问道："朕还听说爱卿对我大唐山川地理人情有所了解，你且将河北、淮西、奉天三地的地势地图、关隘要塞细细禀来，以备朕制驭各方藩镇、指挥诸道平叛战事所参。"

这些年来，李吉甫一直没忘记父亲临终前教导的话："战争的决定性因素不仅在于铁骑，还在于谋略、粮草和地理环境。"他时时牢记嘱托，潜心研究大唐帝国的地图地理。

如今，皇上问询起河北、淮西、奉天三地的地理概况，李吉甫如数家珍，对三地的建置沿革、道境州境、山川险易、人口物产、税收贡赋等概况，娓娓道来。特别是其中的里程、人口、粮草、谷物收成、税收等各种各类的数据，背得滚瓜烂熟。

唐德宗听了，面露惊服之色说："爱卿对我大唐建置沿革、天文地理方面果真如数家珍。朕再考考你，每日早朝，文武百官朝谒班序如何设置？"

李吉甫对官制礼法了然于胸，清晰明彻地答道："回陛下，九族既睦，百官有序，其文官五品以上，及监察御史、员外郎、太常博士，每日朝参。诸在京文武官职事九品以上，朔望日朝。中书门下，侍中、中书令、同中书门下平章事，各以官为序。供奉官，左右散骑常侍、门下中书侍郎、谏议大夫、给事中、中书舍人、起居郎及舍人、左右补阙、左右拾遗、通事舍人，在横班。若入合，即各随左右省主。其御史大夫、中丞、侍御史，在左。殿中侍御史，在右。通事舍人，分左右立。一品班。三太、三公、太子三太、嗣王、郡王，散官开府仪同三司，爵国公。二品班。尚书左右仆射、太子三少、京兆……"

唐德宗打断口若悬河的李吉甫，点头夸赞道："爱卿果真精通国朝典礼，朕今天就封你为太常博士！"

太常博士，是个什么官呢？

武帝时置"五经"博士，职责是教授、课试，或奉使、议政。唐代时设太学博士、太常博士、太医博士、律学博士、书学博士、算学博士等，皆教授官。

太常博士系唐朝事务机关"九寺"之太常寺官员，"太常"，寓意"欲令国家盛大，社稷常存"，事务机关"寺"与政务机关"省"相比较，后者主要负责发号施令，前者则仰承政令，负责办理具体事务。

太常寺主要负责礼乐、郊社、医药、卜筮之事，长官为太常卿，官秩正三品。次官为太常少卿，正四品上。之下为太常博士，从七品上。太常博士主要掌辨朝臣五礼之仪式，大祭祀和大礼时赞导礼仪，并拟议王公以及三品以上官员谥号，可以说是朝廷礼仪方面的学术权威。

太常寺下设郊社署、太医署、太乐署、鼓吹署、太卜署。太常博士于太常礼院上班，下有礼生分置于东都和长安，称两院礼生，定额三十五人。

按大唐礼制仪，文官五品以上，以及监察御史、员外郎、太常博士，每日朝参。李吉甫从东宫左司御率府仓曹参军的从九品官，提拔为从七品上的太常博士，并且能每日参朝，参与朝廷军国政事，心中甚是欢喜，急忙跪地三呼万岁，叩首拜谢道："微臣恭谢陛下隆恩！"

唐德宗一如往日端坐庙堂一般，不慌不忙地说道："李博士平身。关中战事，瞬息万变，时间决定胜败。朕还要交给你一件十分重要的军国大事，一日之内可否完成？"

李吉甫慨然答道："回陛下，今逢国家危难之时，臣沐浴皇恩，只要陛下信任，倘有用臣之处，臣万死不辞。"

唐德宗正视着李吉甫，略一沉吟，开口说道："打仗不谙地理天文，其师多败。李博士根据长安至奉天、扶风（今陕西省凤翔县，奉天位于长安与凤翔中间）的山川形势、地貌险阻、道路交通，绘出一张精确的军事地图，明日交由陆学士！"

李吉甫顿首道:"谢陛下信任,臣定当肝脑涂地,以报圣恩!"

唐德宗甚是高兴,含笑点头,正欲诏李吉甫退下,心中忽地一动,略一沉思便又问道:"李博士,朕登基以来,志在统一疆域,然且凶渠稽诛,逆将继乱,兵连祸结,舆驾播迁,避难奉天。爱卿以为,当下朕首先应该做什么?"

李吉甫一听皇上出的这个命题,浑身不由得一震,脸上表情却竭力保持着一种波澜不惊的平静。

思忖了片刻,李吉甫字斟句酌地回答道:"陛下初登大宝,即虑国事,革弊削藩,志在中兴,宵衣旰食,为国勤劳。臣以为,国之盛在于得人,国之长在于得民。臣读《贞观政要》,魏郑公(魏徵)进谏太宗皇帝:'君,舟也;人,水也;水能载舟,亦能覆舟。'开元年间,梁国公(姚崇)进谏玄宗皇帝《十事要说》,皆在主张施行仁政,以民为本。臣以为当务之急是争取民心,光复长安!"

听完李吉甫的这番话,唐德宗脸上的表情渐渐凝重起来。他沉默了半晌才缓声说道:"君,舟也;人,水也。水能载舟,亦能覆舟。故为君者,须得民心;为臣者,须有忠心。李博士,你要以你父亲为楷模,忠爱百姓,忠心谋国,成为一代经天纬地之臣!"说完,他微微闭上疲惫的双眼,挥手示意李吉甫退下。

李吉甫躬身退去。

李吉甫找来那些熟悉地界的老者和军营老兵,向他们详细询问山川形势、城镇位置以及道路的远近宽窄等交通情形,迅速绘出了奉天、扶风两地境内的军事形胜要塞地图。

地图对两地县邑的人口数量、隘口要塞、地势地形、道路河流、粮食产量等做了介绍,重点地方还做了详尽的标注,虽不能说毫厘不差,但已是相当详尽。它对朝廷指挥行军用兵起到了关键作用。

"内相"陆贽摊开李吉甫送来的图纸,顿觉这当真是一份无比精确细致的战区地图。他欣喜至极,不禁哈哈大笑道:"三国时刘备入川,由张松献地图;今圣上避难奉天,由李吉甫献地图。天助大唐矣!"

保卫奉天城

奉天城没有太常寺。李吉甫自任太常博士后,就跟在唐德宗身边参决政务了。

奉天小城，只有简陋的"宫殿"和不足千人的护卫士卒。惊慌失措的百姓四处逃散，空气中弥漫着肃杀与死亡的气息。

在这危急时刻，李吉甫所呈的朝中官制、奉天扶风地图发挥了重要作用。在翰林学士陆贽等朝臣的谋划参决下，唐德宗迅疾任免了一批文武官员，研究部署奉天防御、平息叛乱作战方略，紧急征调全国诸道兵马奔赴奉天救驾。

五日后，左金吾大将军浑瑊（朔方节度留后浑释之子，曾为李光弼、郭子仪部将，在平叛"安史之乱"、讨伐吐蕃时军功卓盛）率领宗族子弟和一千步骑赶到了奉天；右武龙将军李观在奉天招募了五千士卒；泾原留后冯河清率一千兵卒运来百余车兵甲、器械；邠宁镇留守韩游瑰（灵州灵武县人，曾为郭子仪部下）、庆州刺史论惟明率三千兵马抵达奉天……

唐德宗授左金吾卫大将军浑瑊为京畿渭北节度使，担任奉天防御的总指挥；

授神策都虞候侯仲庄（曾为李光弼麾下先锋，屡立战功，授忠武将军，平定"安史之乱"有功。后为郭子仪部将，封上谷郡王，任神策京西将）为左卫将军、奉天防御使；

授右龙武军使令狐建（京兆富平人，"安史之乱"平叛功臣令狐彰之子）为中军鼓角使、左右厢兵马使、散骑常侍；

又擢升吏部尚书萧复、刑部侍郎刘从一、谏议大夫姜公辅三人为同中书门下平章事，与卢杞、关播同列宰相；授翰林学士陆贽为考功郎中（从正五品上），共商军政大事。

奉天城开始筹集粮草，修筑防御工事，排兵布防，执戈徼巡，准备抵御兵临城下来势汹汹的朱泚。

从建中四年（783）十月十日开始，朱泚兵分三路对奉天城发起猛烈进攻。浑瑊指挥奉天防军拼死力战，昼夜杀声震天，矢石不绝，死伤累累，打得异常惨烈。

战争持续打了一个月，浑瑊运筹帷幄指挥作战，身先士卒拼杀，统领奉天防军据守要地，死死守住城门。

上阵杀敌，男儿血性。太常博士李吉甫也穿上铠甲，腰佩短剑，手握大刀，跟随太子李诵登上奉天北门城楼，与用云梯攻城的叛军展开了一场又一场的血腥拼杀。

城楼之上旗幡猎猎，刀兵相撞声、厮杀吼叫声不绝于耳、震天动地。李吉甫与爬上城楼的叛军厮杀肉搏，身中流矢也奋力砍杀，和其他守城的士兵一样，手上、身上早已到处是密密麻麻的刀伤、箭伤。

夜里，李吉甫又与城中的士兵们一起运送粮草，收集箭矢，修补残破的城墙……

到了十一月中旬，唐军伤亡惨重，守城的多是残兵败将。大将吕希倩、高重捷等人战死城楼，守城器械、檑木炮石、粮草箭矢已消耗殆尽，唐德宗的御厨中也只有两斗粗米，只能与朝臣们同食粗糠之食。宦官窦文场、诸王诸妃们只能偷偷跑到野地、山地挖些野菜，以供餐食。

奉天城弹尽粮绝、危在旦夕。

十一月十四日，唐军与叛军血战到残阳西下，双方死伤不计其数。叛军鸣金收兵时，唐德宗李适登上北城城楼，含泪宣慰守城将士："朕以不德，自陷危亡，固其宜也。公辈无罪，宜早降，以救室家。"

不知是唐德宗生逢绝境的肺腑之言，还是帝王之术的悲情牌，群臣和将军听了皇上这番话，感动得"顿首流涕，期尽死力，故将士虽困急而锐气不衰"（《资治通鉴》）。濒临绝境的奉天守军，居然士气大振，誓死战斗。

人心齐，泰山移，天不绝大唐。各路削藩唐军、诸道勤王之师也纷纷赶往奉天。

神策都知兵马使李晟率军从蒲津关（今山西省永济市西）渡过黄河，沿途招兵买马，带领一万余骑到达东渭桥（今陕西西安市高陵区南），与汝郑应援使刘信德率领的汝州五千士兵一道屯兵东渭桥。

河东节度使马燧之子马汇、部将王权率五千人从太原日夜兼程奔赴关中，进驻中渭桥（今陕西省咸阳市东）。

华州（今陕西省华县）镇国军副使骆元光率一万余骑进抵昭应（今陕西省西安市临潼区），扼制了叛军东进要道，阻隔了朱泚与中原的军事联络。

神策兵马使尚可孤率一万余骑从武关（今陕西商南县西北）进驻七盘山（今陕西省蓝田县东南）。

朔方节度使李怀光率五万步骑和辎重、粮草，渡过黄河，昼夜兼程，进抵蒲城（今陕西省蒲城县），在奉天以东三十余里的澧泉（今陕西省礼泉县）重创叛军，歼敌三万余人。

眼看近十万唐军靖难勤王，腹背受敌的朱泚不得不下令班师回京，遁归长安，以保帝座。

十一月二十日，奉天城解围。

李怀光打了胜仗，救了皇帝，自是洋洋得意，常在部下面前大夸海口："兄弟们，你们跟我怀光立下了救主卫国的盖世功勋，皇上必待我以殊礼，给兄们封官赏赐！"

然而，李怀光却没能得到唐德宗的觐见。他大骂皇帝身边的蓝脸宰相卢杞、神策军使白志贞是导致"泾原兵变"的罪魁祸首，上表弹劾卢杞道："天下之乱，皆此曹所为！吾见上（皇帝），当请诛之。"

卢杞害怕极了，向唐德宗进谗言，让他命令李怀光："即刻进驻西渭桥，一鼓作气乘胜追击朱泚，与神策先锋都知兵马使李晟反攻长安，一举收复帝京，不必入城相见。"

卢杞的意见让众朝臣很是反感，纷纷说他是心胸狭隘、睚眦必报、算计同僚的奸佞。

唐德宗找来陆贽问道："众人皆论卢杞奸邪，朕何不知？"陆贽直截了当地说："卢杞奸邪，天下人皆知；唯陛下不知，所以为奸邪也！"

被拒之门外的李怀光气得暴跳如雷，将士们也认为千里靖难，奉天城近在咫尺却未得分毫赏赐，军中一片哗然。

"你对我不仁，别怪我对你不义。"怒发冲冠的李怀光选择了对抗朝廷，拒奉诏命，随即将五万朔方军带到咸阳，屯兵不动，伺机壮大实力，并扬言"上（皇帝）不杀卢杞，臣就不杀朱泚"。

历史上，凡是那些既看不到政治前途，也看不到富贵的绝望之人，最容易成为走极端的危险人物，尤其像李怀光这种居功自傲、又带着五万军队的人，若是真反了，后果不堪设想。

为抚慰李怀光，唐德宗下诏加李怀光太尉，增实食，赐铁券，并派神策右兵马使李卞前往咸阳颁旨。

李怀光部下徐庭光进言道："天子使的是汉高祖游云梦之策啊，当时有人密告楚王韩信谋反，刘邦巡游云梦泽，大会诸侯，前来拜谒的韩信不知是计，被活活生擒。看来，皇上是要拿你开刀了！"

李怀光气得投铁券于地怒道："圣人疑怀光邪！人臣反，赐铁券；怀光不反，今赐铁券，是使之反也！"对李卞扬言，如果天子不杀卢杞，他将起兵与朱泚联合，攻打奉天城。

兴元元年（784）二月，李怀光率五万铁骑，会同朱泚任命的侍中、关内元帅姚令言三万禁军分别从咸阳、长安出发，直扑奉天而来，公然叫嚣道："吾今与朱泚联合，车驾且当远避！"

李怀光造反称帝的狼子野心已经昭然若揭，形势几乎坏到了不能再坏的地步。

唐德宗不得不做出妥协，一是将宰相卢杞贬任新州司马（今广东省新兴县），将神策军使白志贞贬为恩州（今广东省恩平市）司马。二是撤离奉天，翻越秦岭，迁幸梁州（今陕西省汉中市）。

唐德宗诏令浑瑊为行在都知兵马使，盐州刺史戴休颜为奉天行营节度使，共同镇守奉天，迎击李怀光和朱泚的叛军。授李晟为尚书左仆射、同中书门下平章事（兼职宰相），拦腰牵制朱泚叛军，趁京城空虚，直捣京师朱泚的老巢，光复长安。

他又令御史中丞齐映为沿路置顿使，负责前往梁州的后勤保障。令邠宁镇留守韩游瑰为邠宁镇节度使、南迁禁军统军，论惟明、贾隐林为副统军，指挥禁军护卫御驾。

为何要到梁州避难？

李吉甫建言，梁州守可凭秦岭天险，易守难攻，进可诏诸道勤王之师回师京畿，退可以经广元前往沃野千里的剑南益州。因为"剑南虽狭，土富人繁，表里江山，内外险固"，正是合适的避乱之境。

古时从关中入蜀有七条蜀道，穿越秦岭有四条，即子午道、傥骆道、褒斜道、陈仓道。翻越大巴山有三条，即荔枝道、米仓道、金牛道。

傥骆道是唐代南北陆路贸易往来、运送军粮的要道，是一条入蜀最迅捷、最险峻的栈道，但必须穿越群山连绵、山峰高耸的秦岭。

秦岭是青藏高原以东第一高峰，素有"华夏龙脉"之称，海拔三千七百六十七米的主峰太白山是长江黄河两大水系的分水岭，山北为黄河流域，山南为长江流域。《水经注》言太白山"冬夏积雪，望之皓然"。

傥骆道至汉中全长千余公里，途中就要翻越太白山五六座分水岭，人烟稀少，猛兽出没，山下是冲波激浪的河川，泥石塌方，百丈深渊，艰险不言而喻。唐德宗的长女、二十二岁的唐安公主，就是在翻越冰天雪地的太白山山脉时，染上严重的风寒之后病逝的。

李吉甫也带着一身伤痕，扈从唐德宗李适、太子李诵商讨迁幸地图，探寻最快的播越线路，鞍前马后，左右伺候，经过一个月风尘仆仆的跋山涉水，于兴元元年（784）三月二十一日抵达梁州。改梁州为兴元府，官名品制同京兆、河南府，南郑升为赤畿，洋州升为望州，百姓免除赋税两年。

为进一步稳定局势，唐德宗又命李吉甫按照国朝典礼，在梁州筹备并举行了唐德宗祭祀宗庙天神仪式，惶惶不安的唐德宗和流亡朝廷的人心开始逐渐安定下来。

颠沛流离的逃亡生涯，已让唐德宗疲惫憔悴，目光中郁结着一层浓重的忧伤，这恐怕是他一生中最凄惶的岁月。当然，这也是李吉甫最艰难的一段人生历程。

陆贽一篇二千余字的诏书，即将改变这个困局。

到达梁州，居艰难中，虽有宰相，大小之事，唐德宗必与陆贽谋之，故当时谓之内相。

中唐宰相权德舆在《唐赠兵部尚书宣公陆贽翰苑集序》中如此写道："朱泚之乱，从幸奉天，时车驾播迁，诏书旁午，公洒翰即成，不复起草，初若不经思虑，及成而奏，无不曲尽事情，中于机会仓卒填委，同职者无不拱手叹伏，不能复有所助。"

在陆贽的进谏下，心力交瘁的唐德宗拿出了"知耻而后勇，绝处而逢生"的勇气，"痛自引过，以感人心"，向天下颁布一道历史上最为出名的《罪己诏》。

在《罪己诏》前半部分，唐德宗悔过罪己、自我谴责，剖析缺失过错。后部分为朝廷宽赦优抚，大赦天下，颁布新令。除朱泚之外，所有叛乱诸藩及所有胁从者都可得到赦免，所有除陌钱、间架、竹、木、茶、漆等苛捐杂税悉数罢废，所有奔赴奉天和光复长安的将士一概赐名称作奉天定难功臣……唐德宗向全天下沉痛悔过，打动人心。

《罪己诏》发布后，赦书日行五百里，布告遐迩，咸使闻知。"四方人心大悦"，唐军与叛军"士卒皆感泣"。即使是骄兵悍将们听到，也没有一个不感激涕零的。

魏州的田悦（魏王）、成德的王武俊（赵王）、淄青的李纳（齐王）接到招安的赦书，读了皇帝感人肺腑的《罪己诏》，借机上表谢罪，宣布废除自封的王号，恢复原来的官职。

起兵造反的李怀光成为人人喊打的过街老鼠，其手下大将孟涉和段威勇起兵投奔了李晟；进驻黄河西面的同州（今陕西省大荔县）大将赵贵先、进驻坊州（今陕西省黄陵县）大将符崿也归降了朝廷……李怀光很快落入众叛亲离的境地。他只得撤离咸阳，逃往河中蒲州。

唐德宗加授神策都知兵马使、尚书左仆射、同中书门下平章事李晟京畿、渭北、鄜坊、丹延四镇节度使。令其与都知兵马使、镇国节度使骆元光，商州节度使尚可孤等部大会师，联军反攻长安，匡扶社稷。

兴元元年（784）五月二十日，李晟率领十万大军浩浩荡荡地进抵长安以东的通化门，向朱泚发起全面总攻。

唐军四面出击，分道进攻长安，所向披靡，杀声雷动。李晟亲自充当先锋，像雷电一般一路杀进禁苑。

叛军素来畏怕李晟威名，闻之惊溃，四处逃窜，朱泚的守城大将张光晟兵败归降，朱泚与姚令言眼看败局已定，领着贼将张庭芝、李希情等两万余士卒从长安西门仓皇逃奔。李晟率诸将乘胜追击，叛军全线崩溃，唐军占领了长安城。

朱泚一直向西逃亡，打算投奔吐蕃，逃至彭原西城屯（今甘肃省镇原县）时，手下部将梁庭芬不想跑了。他故意落马朱泚身后，搭起弓箭，一箭将他射下，他栽进水坑，还未等他明白过来，其部下韩旻、薛纶等人已至跟前，只听"唰唰"几声，朱泚身首异处，头颅落地。

李晟为大唐帝国赢得了一场酣畅淋漓的胜利。当他亲自挥毫而作的檄文《收京城露布》传到梁州时，唐德宗看完泪下如雨，沾湿了已褪色的衣襟，泣声道："天生李晟，以为社稷，非为朕也！"

自封"大秦"皇帝的朱泚，做了八个月的皇帝便草草谢幕。"泾原兵变"终于尘埃落定。

结怨裴延龄

兴元元年（784）七月十三日，太常博士李吉甫伴随颠沛流离的唐德宗回到长安。

见到阔别近一年的妻子裴文昔和长子李德修时，李吉甫已消瘦苍老了许多。亲人们抱作一团，相拥而泣。

长安千门九陌一尘不染，壮丽的大明宫已装饰一新，玉宇璇阶，云门露阙，天华爽霁，赤旗隆庭。含元殿左翔鸾，右栖凤，檀木龙已新漆上了一层金漆，等待着他曾经的主人。

是夜，大明宫银泥殿、红烛筵，唐德宗携王淑妃、韦贤妃在麟德殿大摆筵席，与太子李诵以及李晟、浑瑊、韩游瑰、陆贽等文臣武将饮酒庆功，显得分外隆重喜庆。

唐德宗高兴至极，连饮三爵之后，对靖难文武百官的赫赫功德一番褒扬。随后，他不禁吟诗道："忧勤承圣绪，开泰喜时康。恭己临群后，垂衣御八荒。务闲春向暮，朝罢日犹长。紫殿初筵列，彤庭广乐张。成功归辅弼，致理赖忠良。共此欢娱事，千秋乐未央。"

"成功归辅弼，致理赖忠良。"唐德宗说得对，振兴社稷、匡复李唐，靠的是"忠臣良将"。

大明宫里，含元殿依旧那样巍峨壮丽，归来的文武百官站在龙尾道上再次仰望它时，无不心潮澎湃，悚然动容。这里是唐朝皇帝举行朝会大典以及阅兵、献俘等重大仪式的正殿。

八月一日，唐德宗在含元殿举行盛大朝会，金钟九响，唐德宗走上金阶入座，满朝官员三呼万岁。朝仪礼毕后，唐德宗隆重封赏悉心奉上、有功于国的"忠良"。

唐德宗环视大殿诸文武百官一周之后，慨然而道："朕谬膺大位，志在削藩，征师四方，不料叛乱四起，京邑失守，引起'四王二帝之乱'，天下不宁，百姓涂炭。而今已光复京师，重振兴邦之业，皆是卿等辅弼之力，君臣相保，勉副天心，长如今日，不敢矜怠。"

唐德宗封李晟为司徒兼中书令，领凤翔、陇右、泾原三镇节度使、行营副元帅，封为西平郡王，位列靖难功臣之首。又赐永崇里宅院、泾阳良田、延平门园林和女乐师八人，极尽显荣。

李晟在赴任凤翔节度使之前，唐德宗亲自为这位功高盖世的帝国功臣撰写碑文，于东渭桥为李晟立纪功碑：

唐德宗封浑瑊为侍中，兼领河中尹、河中绛慈隰节度使，仍充河中同陕虢节度及管内诸军行营兵马副元帅，封为咸宁郡王，赐大宁里豪宅一座、女乐师五人，实封食邑八百户。

考功郎中、知制诰陆贽，司封郎中、知制诰吉中孚升任谏议大夫；水部员外郎顾少连为礼部郎中，三人仍充任翰林学士……

剿灭朱泚，长安收复，百废待兴。

接下来，便是继续削藩大业，收拾河北四个藩王（魏博魏王田悦、成德赵王王武俊、淄青齐王李纳、幽州冀王朱滔）、称帝大楚的淮西节度使李希烈以及反叛朝廷的朔方节度使李怀光。

冬去春来，正月初一，唐德宗以《周易》"贞下起元"之意，改元"贞元"，开启了唐德宗二十一年的贞元时代。

唐德宗颁布《马燧、浑瑊副元帅招讨河中制》，命河东节度使马燧充管内诸军行营副元帅，京畿渭北节度使浑瑊为河中、绛州节度使，充河中、同、陕、虢行营兵马副元帅，与镇国军节度使骆元光、邠宁节度使韩游瑰、振武节度使唐朝臣合兵讨伐李怀光。

贞元元年（785）八月，马燧的军队攻下绛州，部队沿黄河东岸南进，一举攻下永乐（今山西省芮城县西南）、猗氏（今山西省临猗县）、虞乡（今山西省永济市东），在陶城（今山西省永济市境）与李怀光的主力展开激战，斩首敌军万余骑，与南线战场的浑瑊、骆元光、韩游瑰、唐朝臣部遥相呼应，对盘踞河中（原名蒲州，今山西省永济市）的李怀光形成河西、河东夹击包围之势。

李怀光的生命终于走到了尽头。他的朔方军将领牛名俊发生兵变，李怀光自缢而死，其长子李璀亲手杀了两个弟弟，随后自杀。牛名俊割下李怀光的头颅，率众投降马燧。

河中收复，河北朱滔病死，朝廷任命刘怦为幽州卢龙节度使。

贞元二年（786）四月，强弩之末的李希烈意志消沉，一病不起，其麾下大将陈仙奇在药中下毒，将其毒死。随后发动兵变，将李希烈的妻子、儿子、兄弟及其家属全部诛杀，归顺朝廷。唐德宗下诏，任命陈仙奇为淮西（原名淮宁）节度使。

如果从建中二年（781）六月算起，唐德宗点燃的削藩战火席卷了大半个帝国，历时五年的"四王二帝"之乱终告一段落。

然而，三月之后，淮西兵马使吴少诚又发动兵变，杀死了陈仙奇，掌控了淮西的军政大权。早已被战争折腾得精疲力竭的朝廷不得不任命吴少诚为淮西留后，任命虔王（唐德宗第四子）李谅遥领淮西节度使，实则认可了吴少诚统领淮西。

河北承认了长安名义上至高无上的皇权，长安容忍了河北事实上的自行其是。唐德宗登基时面临的"三大毒瘤"无法彻底铲除，诸藩目无朝廷、太阿倒持、拥兵抗命、自代自专的局面依然存在。

唐德宗登基时，二十三岁的李吉甫出任左司御率府仓曹参军，历经了五年削藩的纷飞战火、生灵涂炭；也目睹了帝国的满目疮痍、遍野饿莩；目睹了弄权宰相的独揽朝政、专权跋扈；目睹了天下黎民百姓的饥疫于野、流离失所、民不聊生……目睹了唐德宗的爱妃王淑妃、长女唐安公主死于战乱的悲惨凄凉。

至德年间（756—758），秘书监王遇与郕国夫人郑氏喜得千金，长大后的女儿天生丽质，气质优雅，知书达理，聪慧可人。

一日，唐肃宗李亨见到容貌秀美的王氏，眼睛一亮，大赞其美丽可爱，于是将王氏赐给皇孙为嫔妃。

这个皇孙正是时任天下兵马大元帅、鲁王李适，即后来大唐帝国第十任皇帝唐德宗。

上元二年（761），王氏在东宫给太子李适生下李诵，十九岁的李适初为人父，对王氏宠爱至极，几无虚夕。

唐代宗李豫于大历十四年（779）去世，太子李适即位，册立王氏为淑妃，列众嫔妃之首。是年十二月，唐德宗李适诏立王淑妃的长子李诵为皇太子。追赠王遇为扬州大都督，其兄弟王果为眉州司马。

母凭子贵，王淑妃执掌后宫，行使皇后权力。

世事难料，建中四年（783）"泾原兵变"爆发，唐德宗带着王淑妃出逃避乱，到达陕西乾县，唐德宗命陆贽下诏诸道平叛勤王，却发现大臣们因出逃仓皇，竟将玉玺遗忘，一时呆若木鸡。

万分焦急时，王淑妃不慌不忙地将传国玉玺从包裹中取出（《资治通鉴》载"以传国宝系衣中以从"），旋解燃眉之急，朝廷才得以加盖玉玺，颁诏施令。

一位怀孕七个月的女子如此冷静，令唐德宗和大臣们无不惊赞有加，鉴于王淑妃的细心和殊功，唐德宗对王氏更是"特承宠异"。

由于叛军的围困，小小的奉天城很快就到了弹尽粮绝的地步。就连唐德宗本人和有孕在身的王淑妃也只能吃一些野菜和粗米，营养十分缺乏，导致公主刚出生不久就夭折了，奄奄一息的王淑妃身心受到极大打击，过度伤心而病倒了。

长安克复后，流离惊恐的王淑妃回到长安，病情更加严重了。

按唐制，皇帝应配有皇后，贵妃、淑妃、德妃、贤妃四夫人，以及昭仪、昭容、昭媛、修仪、修容、修媛、充仪、充容、充媛九嫔。长安既克，唐室待新，后宫待稳，翰林学士陆贽于是上奏唐德宗，称王淑妃母仪天下，其修养、德行、气度、仪容可为天下示范，请求册封为皇后，以便有序管理、治理和统领整个后宫。

贞元二年（786）十一月，王淑妃的病情一天一天加重，陆贽再次请奏册封皇后，并亲自起草了《册淑妃王氏为皇后》。唐德宗对王淑妃很是恩宠，亦抱"冲喜"心态，于是发自肺腑地念道："是该给这位德馨才淑的女人一个名分了。"

唐德宗把皇后加冕典礼的具体事宜交给了陆贽和太常博士李吉甫。李吉甫立即查阅历代皇后册封的礼制典故，及时向宰相韩滉、刘滋、齐映以及礼部侍郎薛播汇报请示，确定加冕仪式的总体架构、规模形式、日程安排以及邀请使节、入仪朝臣、经费预算等相关事宜。

得到宰相和礼部的授命后,李吉甫与同为太常博士的柳冕、张荐、畅当等人共同商议,联络尚书六部司、卿监百司及诸卫诸军相关人员,秘密部署仪式的安全防卫,周密策划每一项议程,详细落实每一个细节,实地勘察、布置仪式场地,并预先进行了一次仪式彩排。

十一月十一日,长安雨过天晴,苍穹一片蔚蓝,文武百官以及四夷酋长、外国使节云集长安,在灿烂的阳光下,王皇后加冕仪式隆重而热烈地举行,大明宫里旌旗招展,鼓乐喧天。

病重的王氏挣扎着站起身子,盛装高贵华服,头戴金色凤冠,端坐于阔大的宣政殿中,接见朝中百官和各国使节的热烈朝贺。

气宇轩昂的李吉甫手捧《册淑妃王氏为皇后》的诏书,于宣政殿朗声宣读道:"乾坤合德,圣人则之。惟帝承天,惟后配帝,嗣续百代,母临万邦。位定于中,而尊加于外;德修诸己,而化被于人。御于家邦,所系斯在,三代崇替,靡不由之。……思贤才以辅佐,知臣下之勤劳,庶绩伊凝,颇资内助。永念顷筐之志,且怀求剑之情,崇位长秋,永怀盛典。矧惟元子,贞我万邦,稽以旧章,是宜从贵。今遣摄太尉某官某持节册命尔为皇后。呜呼,敬哉!"

满朝文武百官山呼:"王皇后千岁,千岁,千千岁!"

王皇后聆听着,品味着这份万众仰慕的荣耀与尊严,神情祥和的脸庞绽放出了久违的笑容。

仪式圆满而出彩地完成。但遗憾的是,这位诚于中而行于外、慧于心而秀于言、大唐一代绝世美人仅仅当了三天皇后便撒手人寰,于大明宫两仪殿溘然长逝。"喜事"转眼之间变成了"白事",唐德宗既哀恸不已,又惶惶不安。

唐德宗决定为王皇后举行隆重的葬礼,并把这项重要的任务交给刚刚出色完成皇后加冕仪式的太常博士李吉甫。

办完喜事又办丧事,并且都是天子、朝中大臣皆要参与的重大国事活动,这对于二十九岁的李吉甫来说也是很大的挑战。

《新唐书》这样记载:"贞元初,(李吉甫)为太常博士,年尚少,明练典故。昭德皇后崩,自天宝以后中宫虚,恤礼废缺。吉甫草具其礼,德宗称善。"

李吉甫沉稳应对,仍是请示宰相和礼部,征求相关部司意见,沿革折中,详细制定王皇后的葬礼方案,积极参与起草《昭德皇后庙乐章》等事宜。

夫政以德为本,德以孝为大。在唐代,服丧可是一件天大的事,儿子为父母服丧,守制三年,当是惯例。至于皇后薨逝,天子、皇太子以及朝臣们如何服丧，古书没有明确记载。

因此，李吉甫与祠部郎中裴延龄发生了激烈的争执。矛盾的焦点，就是天子、皇太子以及朝中百官服丧的时日问题。

礼部的祠部，执掌祠祀祭享，百官、宫人丧葬赠赙之数。因此，郎中裴延龄自持是内行，主张天子须服丧三十六日（代替三十六个月），朝臣、宫人服丧一月，皇太子、诸王服丧三年。

宰相齐映上奏唐德宗，认为有些太过。唐德宗宣太子李诵、政事堂宰相、礼部侍郎以及太常寺等官员延英殿讨论。

李吉甫引经据典，阐述了自己的主张："子为母齐衰三年，盖通丧。据臣所知，晋（朝）元皇后（晋武帝司马炎皇后杨氏）崩，天子、太子既葬除服，魏朝以来亦以既葬为节。贞观十年（636）六月，文德皇后（唐太宗李世民皇后长孙氏，宰相长孙无忌同母妹）十一月而葬，太子丧服之节，国史未记载。次年正月，晋王（孙皇后三子李治）出任并州都督，命官后当即除去丧服。大历十四年（779），代宗（李豫）皇帝驾崩，遗诏天子丧为二十七日，天下吏人三日释服，朝臣宜如皇帝之制，实服二十七日而除。臣以为，京师刚复，百事待举，宜参照魏晋礼制及代宗皇帝遗诏，天子太子，既葬而祭，祭而卒哭，卒哭而除丧。天下吏人，三日释服。"

李吉甫话音刚落地，裴延龄毫不客气地劈面反驳道："昔者先王（汉文帝刘恒）以孝治天下也，三年之丧，自天子达于庶人，此先王礼经，百世不易者。太子于陛下，子道也，臣道也，后世所不能革。"

天子总领天下，日理万机，不能常哀思。经过一番争论，唐德宗最后采纳了李吉甫的意见。宣布"发哀三日"，既大殓成服，百僚"服三日"释服，天子与诸王"服七日"，以彰赤诚哀悼之情。

然而，如何安葬昭德皇后？朝臣们又有了争论。

争论的焦点是：是否立庙？如果现在给王皇后单独立庙，那以后皇帝再续皇后怎么办？不立庙，又何以对得起王淑妃的贤淑和殊功？

唐德宗对王皇后这位"贤内助"情意深重，又想效仿先皇去奢省费，一时犹豫不决。

裴延龄又代表祠部拿出官方意见：不予立庙，就于陵所附近建祠以奉安神主。理由是，昭德皇后先于皇帝去世，以后天子还将册立新皇后，立庙有损圣上龙威天寿。

裴延龄老奸巨滑，又擅长阿谀奉承。他心里敞亮，历经五年的削藩战争，国库空虚，唐德宗手头拮据，哪有钱修建别庙。再者，修庙归他尚书省礼部下的祠部具体操办，既无钱，又繁琐，便玩起了"打太极"，以撇开责任。

唐德宗在含元殿举行朝会，专题奏议昭德皇后丧葬事宜。殿上讨论决定将王皇后的谥册称号"大行皇后"改称"皇后王氏"，诏左仆射张延赏、柳浑负责创作《昭德皇后庙乐章》，庙乐请奏《坤元之舞》。但对于立庙一事大家争论不休，唐德宗于是点名精通国朝典故的李吉甫发表看法。

李吉甫出列上奏："陛下，自天宝年以来，中宫虚，恤礼废。顾国朝典章，昭成皇后（唐玄宗李隆基生母、唐睿宗窦德妃）、肃明皇后（唐睿宗李旦的原配皇后）、元献皇后（唐肃宗李亨生母）皆先于先皇薨逝，并置以别庙。昭德皇后天与纯粹，气钟元和，含章在中，发秀于外。卓尔风操，穆然容辉，周旋中规，进退有度。仁爱共俭，禀于生知，诗书礼乐，成自师氏，无愧于母仪天下之乐。臣以为，若只建祠奉安于陵所，典礼无文。稽以旧章，是宜从贵。"

宰相韩滉、齐映、太子李诵和翰林学士陆贽等众朝臣纷纷表示赞同。唐德宗采纳了李吉甫的意见，并诏其主持立庙事宜。

开元十七年（729），元献皇后（唐玄宗的贵嫔杨氏，唐肃宗李亨的生母）薨逝时葬于细柳原，并于太社（天子祭祀社稷之地。社是土地神，稷是五谷神，汉高祖立官太社、太稷。光武帝立太社太稷于洛阳宗庙之右。唐因隋制，并建社稷于长安皇城南偏西的含光门右）附近立庙。宝应元年（762），唐玄宗驾崩，葬于规模宏大、气势磅礴的泰陵（今陕西省渭南市蒲城县东北），元献皇后的棺椁被迁出，与唐玄宗合葬泰陵。因此，元献皇后庙相当于废弃。

为了"去奢、省费"，李吉甫又上疏唐德宗，就在太社之西元献皇后庙所在地修建昭德皇后庙。如此一来，既彰显了王皇后的极高地位，又极大地节约了建设成本，可以说是两全其美。

唐德宗李适一生再也未册立过皇后。他常召太子李诵入宫，每忆起昭德皇后，必与太子俯首痛哭，可见天子对王皇后定位之高、情意之重，无人能及。天子的仁德善行，一时受到天下百姓称赞，难怪后人誉其庙号"德宗"，或许亦因此行。

昭德皇后初葬靖陵，皇太子李诵即位后，将生母王皇后的棺椁从靖陵迁出，与父皇唐德宗李适合葬于崇陵。长安和民间巷陌从此传唱着一首伶人歌："金枝羽部彻清歌，瑶台肃穆笙磬罗。谐音遍响合明意，万类昭融灵应多。"

大名鼎鼎的诗人白居易亦作《昭德王皇后挽歌》："仙去逍遥境，诗留窈窕章。春归金屋少，夜入寿宫长。凤引曾辞辇，蚕休昔采桑。阴灵何处感，沙麓月无光。"

祠部郎中裴延龄在处理昭德皇后丧葬事宜中"丢分"太多，从此对太常博士李吉甫怀恨在心。

李德裕降生

贞元三年（787）二月十六日，晨曦微露，薄雾如纱，朝霞萦绕天际，偌大的长安城即将沐浴在灿烂的阳光之下。

"日出有曜，羔裘如濡。"时至辰时一刻，"哇——"的一声清脆响亮的婴儿啼哭，响彻于长安城安邑坊东南隅。

李府正堂左厢房的门帘拉开，一位笑吟吟的接生婆抱着红绫襁褓踏步走了出来，迎面大声禀道："恭喜李大人，夫人又生了位公子，母子平安！"

李吉甫乐开了花，赶忙凑过去，只见那婴儿生得虎头虎脑，两眼微闭，双耳肥厚，胖乎乎的圆脸白里透红。让人惊讶的是，这刚刚出生的婴儿，竟然将右手食指放在嘴里，轻柔地吮吸，似笑非笑，裕裕自如的样子煞是惹人喜爱！

古人讲，三十而立，男儿开始成熟，可以自立社会，有所成就。而立之年的李吉甫，与裴文昔的第二个孩子出生，母子平安，欣喜之情溢于言表，全家上下其乐融融。

"裕"者，钟鼎文之会意字，意为以"衣"裹"谷"。《说文解字》曰："裕，衣物饶也。"《法言·孝至》曰："天地裕于万物。"意为富饶，财物多；《国语·周语》曰："布施优裕也。"意思是宽裕。

"裕"也可为动词用。《书·康诰》曰："乃由裕民。"意为教导、教化。《荀子·富国》曰："足国之道，节用裕民，而善藏其余。"意为使百姓富裕富足。

或许，李吉甫又取《书·康诰》裕"乃以民宁"行宽政乃以裕民之意，为第二个儿子取名"李德裕"。

有着赵郡李氏名门望族血统的李德裕，自幼聪颖，资质不凡，就连李淳（后为唐宪宗）也对他十分亲昵，常常抱于膝上嬉戏。后来，长安城还流传着这位神俊少年的神奇故事。

李吉甫与武元衡二人同年出生，同日拜相，同在政事堂办公。两人同朝为相，铁血削藩的政治站位相同，赋诗唱和的情趣也相同，因此两人的关系非同一般。

有一天，六岁的李德裕跟在李吉甫的屁股后面，跑到政事堂玩耍，值守宰相武元衡见他眉清目秀，聪颖可爱，举止也得体，礼貌也周全，于是想考考他的智商。

武元衡笑着问李德裕："小台郎，大家都说你喜欢读书，你在家都看些什么书？"意在"探其志"。

没想到李德裕却对武元衡不予置理，独自在桌旁提笔临摹王羲之的《兰亭集序》，缄默不言。

大家都知道，李吉甫对这第二个儿子疼爱有加，每提起爱子如何机敏善辩，总是眉飞色舞夸于同列，完全没了宰相的稳重。中书省的官僚们都常常夸其为天上少有、人间罕见的"神童"。

今日一见，没想到李德裕不过如此，一点也不出众。因为武元衡的儿子武翊黄也是"神童"。武翊黄确实才学惊人，日后科举连中三元，人称"武三头"。

难道这就是李吉甫整天夸耀的那个爱子吗？

在武元衡看来，李德裕并非才高八斗的当世神童，既没有七岁的刘晏为唐玄宗李隆基泰山封禅献颂的文采，也没有七岁的李泌用"方、圆、动、静"来阐述人生哲理的风采。

次日，武元衡将昨天的事一五一十告诉了李吉甫。

李吉甫感觉有些"打脸"，儿子平时机灵明智，怎么见到武元衡却这般呆头呆脑，太缺乏礼数了。

回到家中，他立即把李德裕叫到身前，命其跪下，拿着戒尺训问道："昨日武相公问你读什么书，你为何像个傻子闭口不答？平日教你的学问都丢哪儿去啦，毫无礼教？"

李德裕撇了撇嘴，不以为然地回答道："武相公身为帝弼，不问治国理政、调和阴阳之道，却质疑我才学，问我所嗜何书，这是太学、礼部所管的事，哪用得着宰相费心。一句话，武相公所问不当，本公子才避而不答。"

李吉甫听罢一愣，"扑哧"一笑，发现李德裕的眼角里藏着笑……李吉甫感悟到，儿子已然超出了他这个年龄阶段所知、所想、所言之界限，心中几分欣慰，亦有几分担忧。

所问不当，故而不应。第二天，武元衡听闻其原委，顿时明白了。这位满腹韬略、深谋远虑的宰相，也不禁感叹道："虎父无犬子，我阅人无数，从未见幼儿如此机灵，将来必成伟器！"

《新唐书》言"李德裕明辨有风采，善文章。虽至大位，犹不去书"。不过仔细一推敲，可知是个纯属虚构的故事。

因为，李德裕六岁时身在长安，可武元衡还不是宰相。后来，李吉甫与武元衡同日拜相，时为元和二年（807），李德裕已是二十一岁的翩翩佳公子了，怎么可能说出如此孩子气的话来？不过，这个故事说明李德裕从小胸怀大志，不同凡响。

多年之后，李德裕从校书郎一直做到当朝宰相，外攘回鹘，内削藩镇，回翔台省，功绩显赫，成为唐武宗最为得力的心腹重臣，开创了晚唐的"会昌中兴"，被李商隐誉为"万古良相"。梁启超将李德裕与管仲、商鞅、诸葛亮、王安石、张居正并列相看，誉为中国历史上的六大政治家，的确堪称一代伟器。此乃后话。

贞元三年（787），李吉甫又将迎来晋升之喜。

建中四年（783），"泾原兵变"爆发时，李吉甫一路扈从唐德宗，保驾有功。他又冲锋陷阵，亲自参加了残酷的奉天保卫战，虽然只是受些皮肉之伤，没有断筋伤骨，但也是九死一生，平叛有功。

再者，李吉甫对地理地图、风土人情、水利气候，甚至兵力马匹部署都很精通，在平息叛乱中展现了自己明练典故、精通军事地理的特长，得到过唐德宗李适的赞赏和鼓励。

长安已经光复三年，李吉甫将迎来第一次考课，三十而立的李吉甫当应得到进一步的提拔了，但这也需要贵人提携才行。

贞元三年（787）六月，朝中重臣的党争日益激烈，宰相韩滉恃功弄权，将大刀阔斧进行财政改革的新宰相崔造、户部侍郎元琇贬谪，又与新任宰相张延赏结党争斗。

图谋专权的张延赏得势后，怙权矜己，极力排除异己，贬宰相齐映为夔州刺史，贬吏部侍郎刘滋为左散骑常侍。又因宰相柳浑系韩滉荐引入朝，张延赏与之互生嫌隙、水火不容。

张延赏的疯狂很快就到了头，他极力主导大唐与吐蕃求和的"平凉会盟"惨遭吐蕃偷袭劫杀，唐军五百余官兵被杀，千余士卒被俘。

唐蕃关系恶化，战事再起，张延赏怨嗟盈路，羞愧成疾，黯然离世。柳浑也因病罢相。李唐王朝的政事堂一个宰相也没有了，唐德宗只有再次盛请李泌来收拾这个残局。

经过多次推辞，李泌还是接过了唐德宗的白麻诏书，出任中书侍郎，同中书门下平章事，正式拜相。

李泌与李吉甫父亲李栖筠在平叛"安史之乱"中相识相知，后成为金石之交。唐德宗避难梁州时，李泌与李吉甫也有颇深的交往，对李吉甫的才干、学问和谋略皆称赞有加。

在宰相李泌的举荐下，太常博士李吉甫被擢升为屯田员外郎（从六品上），仍兼太常博士。

在唐代，尚书六部之工部设屯田郎中一员，秩从五品上，设屯田员外郎一员，秩从六品上，掌天下屯田之政令。

作为五品京官的李吉甫，此时一家四口，俸禄丰裕，和睦宽仁，邻里之间、朋友之间也都关系融洽，相敬如宾。

李吉甫博览经史典籍，精研国礼地理，乐此不疲。裴文昔相夫教子，煮饭洗衣，安之若素，在长安城度过了几年平静而其乐融融的时光，也是他踏入仕途最为波澜不惊的岁月。

李吉甫一有空，便去拜访李泌，毕恭毕敬地向他请教定国理政的学问，讨论税赋、漕运、治边、兴教等军国大事，探讨《易经》、道学和天文地理。

同时，李泌视功名如敝屣、视富贵如浮云的为官思想，"方圆动静"的出世情怀、精简冗员的政治魄力、制策平叛的削藩方略，也对李吉甫有了潜移默化的熏陶。

"夜久星沉没，更深月影斜。"长安突然出现月蚀东壁的天象。

贞元五年（789）三月二日，一个玉漏杳杳、云阙苍苍的子夜，辅佐了玄、肃、代、德四代天子的神仙宰相李泌，历经宦海"四起四落"、最终星陨长安，享年六十八岁。

也许李泌已得道升仙，隐身化外，"事了拂衣去"；也许他又像是一只黄鹤，已飞向那青青的衡山，再也不回来了。又或许，这天下不过是"动、静、方、圆"的一局棋，李泌走完了最后一步。

李泌的离去，唐德宗为之举哀，辍朝三日，追赠他为太子太傅，为他操办了一场盛大的葬礼，命太子李诵率文武百官送葬，护送其灵柩一直到渭桥，墓碑由唐德宗亲笔御书。

李泌生前向唐德宗推荐了两位新宰相。他建议以御史中丞、户部侍郎窦参为中书侍郎兼度支转运使，同中书门下平章事；以太常卿董晋为门下侍郎，同中书门下平章事，共主政事堂。

窦参（733—792），字时中，雍州平陵（今陕西省咸阳市）人，工部尚书窦诞（唐高祖李渊的女婿）玄孙。

出身官宦世家的窦参，年少时性格刚强，酷爱学习律法。少以门荫入仕，从长安万年县尉到大理司直、侍御史，累官御史中丞。

在御史台，窦参不畏权势，揭发违法官吏，不讲情面，召对国事，颇受唐德宗器重，被加授户部侍郎。

出任中书侍郎、入主政事堂、担任首席宰相后，大权在握的窦参开始佐天子总百官治万事，迅速进行人事变动。

他首先升兵部郎中姚南仲为御史中丞，升同州刺史窦觎为户部侍郎。

接着安排京城长安的两个重要职位：升司农卿薛珏为京兆尹，升族子窦申为京兆少尹……

看得出来，在窦参提拔的人选中，窦觎、窦申都是宗族之人。如有非议，那就贬几个官员以正视听。

他于是贬礼部侍郎刘太真为信州刺史，贬给事中杜黄裳为河南尹，贬大理卿李速为黔州刺史……

"地位一变，一切皆变。"

窦参坐上一人之下、万人之上的首宰之位，开始变得独断专行，权倾朝野，凡事一个人说了算，同僚面前更是颐指气使。另一个宰相董晋只能唯唯诺诺当老好人，被视作"伴食宰相"。《旧唐书》说他"但奉诏书，领然诺而已"。

唐德宗每次召集宰相议事，事毕人散时，窦参总要逗留在皇帝身边，向皇帝悄悄进言，欺上瞒下，独专朝事。朝政大权完全落到窦参一个人手里，就连皇帝想起用一个唐宗室亲人，他也百般阻挠。

福建观察使吴凑政绩颇佳，又是唐德宗的舅祖，是唐代宗李豫剪除元载的有功之臣。唐德宗想召他回朝任户部尚书，窦参与吴凑原有过节，怕他回京后威胁自己权威，于是刻意诋毁他已患风疾，年岁又高，身体又不好，不堪重用。

唐德宗于是将吴凑调回京城任个闲职，没想到一见吴凑，发现他身体硬朗，并未染病。唐德宗气得须发倒竖，大骂窦参"自恃功高，中伤宗室，悖公立私，欺君罔上"。

窦参不但专权乱政，蒙蔽陛下，还结党营私，在皇帝身边的禁军中，他拉拢了中央十六卫的左金吾卫将军嗣虢王李则之；在皇帝身边的"参掌机密者"，他拉拢了翰林学士吴通玄、吴通微。他很快又将自己的族侄从京兆少尹位上，调任皇帝身边的给事中。

给事中，门下省的重要官职，常侍皇帝左右，备顾问应对，每日上朝谒见，帮助处理皇帝政务，官秩为五品上。

另外，给事中还有"三权"。

一是人事审查权，可审查六品以下文武官的授任。

二是封驳权，负责审议封驳诏敕奏章，可以封还制敕重拟，有异议的可直接在上面批改奏还，谓之"涂归"。

三是部分司法权，可以援引律法或案例巡察司法部门处理的案件，对狱案刑名不当，或是畸轻畸重的予以裁正。还可以与中书舍人、监察御史组成"三司"，越过司法部门在朝堂受理天下冤案。

窦参在皇帝身边安插了私人亲信后，更是阴狡而愎，恃权而贪，无所忌惮，连朝中官员的提拔迁除，皆与族子窦申计议其事。

糟糕的是，窦申这个家伙嘴巴不严。

大明宫宣政殿次西有个延英门，其内之左有延英殿，皇帝常在此召见重臣。延英召对属于天子与宰相议事的最高机密，"只奉冕旒，旁无侍卫……故无虞于漏泄"。

唐德宗延英召对的宫中机密、政事堂的宰相密议，以及奏章批示，谁要高升，谁要调动，谁要贬迁，任命文件还没下，朝堂之下、宫城之外便早早传开了。

窦申也借此招揽权事，收受贿赂。《旧唐书》载其"以招权受赂。（窦）申所至，人目之为喜鹊"。

从此，窦申有了外号"喜鹊"。世上没有不透风的墙，这个外号很快传到了唐德宗耳中。

早朝上，唐德宗严厉地告诫窦参："窦相国，他日必为申所累，不如出之以掩物议。"

窦参顿时不知所措，啜嚅而道："臣无强子侄，申虽疏属，臣素亲之，不忍远出，请保无他犯。"

唐德宗神色一变，严厉训斥窦参："卿虽自保，如众人何？"

窦参顿时觉得后背脊柱底处冒上来一股森森寒气，脸皮上挤出了几条难看的皱纹。

窦参的所作所为，也让朝中大臣对他极为不满。窦参除了宰相，还兼了度支转运使一职，不但不给度支转运副使班宏一点权力，反而还欲以自己的党羽取而代之。

班宏气愤不过，与窦参势不两立，暗中调查收集窦参徇私枉法的罪证，秘密上报唐德宗。唐德宗叫来同在政事堂的宰相董晋询问窦参的过失。董晋如实做了回答。

察知窦参情状后，唐德宗在满朝文武中来回逡巡，欲物色一位德才出色的重臣来牵制他。正如大历六年（771），唐代宗将浙西观察使李栖筠调回朝中担任御史大夫以掣肘专权宰相元载一样。

就在这个时候，长安城回来了一个不同寻常的人——陆贽，屯田员外郎李吉甫的命运即将改变。

第五章　谪迁明州

驾部员外郎

"三条九陌丽城隈，万户千门平旦开。"贞元六年（790）正月，因母亲病逝丁忧三年的陆贽款款回到长安。

陆贽能镇得住刚愎自用、专横跋扈的窦宰相吗？

李吉甫的父亲任苏州刺史、浙西观察使兼御史中丞时，非常赏识陆贽的才华，对他倍加奖掖。大历五年（770），陆贽考取苏州乡贡，北上长安参加科举。次年，十八岁的陆贽高中进士。大历七年（772）又高中博学宏词科，授华州郑县尉，从此踏上仕途。

唐德宗登基后，派遣黜陟使庾何等十一人巡视天下。时任渭南主簿的陆贽进言"考课"（中央对各级官吏进行考核考察，依其不同表现，区别不同等级予以升降赏罚），建议用"五术"察看风俗民情，"八计"考察地方官政绩，"三科"选拔才智出众的人才，"四赋"管理财政，"六德"安定疲困的人，"五要"精减官员。

唐德宗听完庾何的汇报，甚是赞赏。他在做太子时就闻知陆贽的德才名声。于是将陆贽召回京城任监察御史，数问以得失，很快又擢升其为祠部员外郎，充翰林学士，从此常侍皇帝左右。

"泾原兵变"后，陆贽从驾奉天、梁州，机务填委，征伐指踪，千端万绪，一日之内，挥翰起草，诏书数百，无不曲尽情理。一封《罪己诏》，更是力挽大唐险遭倾覆的江山，为收复长安做出了重大贡献。

唐德宗很倚重宠渥陆贽，在避难梁州、洋州的途中，陆贽与唐德宗失散，一夜未回，唐德宗震惊忧愁，以至于哭泣，下令谁能找到陆贽，赏赐千金。唐德宗还常以陆贽的辈行亲切地称呼他"陆九",让朝中重臣们甚是"羡慕嫉妒恨"。

《旧唐书·列传》这样写道:"贽初入翰林,特承德宗异顾,歌诗戏狎,朝夕陪游。及出居艰阻之中,虽有宰臣,而谋猷参决,多出于贽,故当时目为'内相'。"

收复长安后,三十而立的陆贽出任中书舍人,仍充翰林学士。

中书舍人系大唐中央最高机关中书省的重要官员,官秩正五品上。高宗、武后时曾称西台舍人、凤阁舍人、紫微舍人,中书舍人直接在中书侍郎、宰相身边参议表章,执掌草诏制诰。宰相办公的政事堂就有一个后门直通中书舍人院。

在唐代,以翰林学士草拟"内制",以中书舍人草拟"外制",中书舍人,不失为官员们跃居台省长贰,出将入相的重要跳板。翻开大唐宰相谱,姚崇、张九龄、杜鸿渐、崔祐甫、张延赏、李吉甫、李德裕、崔群、李绛……这些宰相都曾做过中书舍人。

陆贽拜相已是迟早的事情。同朝官员们都相信,总有一天陆贽会攀上帝国政坛的最高枝,位登宰辅。

然而,正当陆贽的事业如日中天之时,其母亲韦氏病逝。按照"丁忧"制度,陆贽必须辞官回籍持丧三年。

但也有特殊,如果该官员职位非常高、任务非常紧,无人能替代,皇帝可以诏令"夺情",不必丁忧守制。

对于陆贽,唐德宗便是这样打算的。没想到,时为御史中丞的窦参上疏:"慎终追远,民德归厚,此乃儒家之纲常。自汉代以后,丁忧服丧已纳入朝廷律令。如若丁忧破例,实在是有违朝纲、有损礼法!"极力反对"夺情"陆贽丁忧。

其实,窦参的心思众人皆知:陆贽走了,他擢升宰相、入主政事堂的头号政敌也就少了一个。

唐德宗只能忍痛割爱。但他又立即下诏,令东都留守贾耽和神策中使监护丧葬事宜,将陆贽母亲的灵柩安葬于东都洛阳,又命中使将陆贽父亲的墓柩从嘉兴迁至洛阳,与陆贽母亲合葬。唐德宗殷殷优崇之恩,满朝文武无不感动得热泪盈眶。

三年弹指一挥间,丁忧洛阳的陆贽回来了。

而窦参,已稳坐宰相之位。

唐德宗授陆贽权知兵部侍郎（权知，就是代理），兼任知制诰，仍充翰林学士，官秩正四品，赐绯色朝服。

兵部尚书只是个有名无实的荣誉闲职。兵部侍郎，是兵部实际上的最高负责人，掌全国武官选用和兵籍、军械、军令之政。

谁都知道，兵部没有地图，军难行，仗难打，地形图在军事上具有极大的用途，它甚至关系到战争的胜败，国家的存亡。陆贽入主兵部后，立即想起了学识渊博、精通地理和国朝典故的李吉甫。

于是，陆贽上奏唐德宗，将屯田员外郎李吉甫调入兵部，先担任驾部员外郎，打算再进一步提拔重用。

驾部，隶属尚书省六部的兵部，兵部有四个司，分别是兵部司、职方司、驾部司、库部司。驾部司执掌邦国之御辇、御马、车乘，以及天下官驿、厩牧、官私马牛杂畜之簿籍，辨其出入、阑逸之政令。

虽然屯田员外郎与驾部员外郎官阶一样，都系从六品上，但兵部更有权势，在陆贽看来更有建功立业的前途。

李吉甫迁职兵部，可以通过执掌管理朝中御马车乘和天下两千所朝廷驿道的资源，熟悉郡县疆域、山川险要、人口物产、大小河流，绘就一部大唐帝国精确详细的大地图，这将是一个安社稷、利国家、强军事而功在千秋的大工程。

李吉甫成为兵部侍郎陆贽的部下，开始履行驾部员外郎的工作，他的直接上司是驾部郎中韩翃。

韩翃，字君平，南阳（今河南省南阳市）人，也是个才子，文笔洒脱，擅写军旅分别诗，被称作"大历十才子"之一，他曾经因一首"春城无处不飞花，寒食东风御柳斜。日暮汉宫传蜡烛，轻烟散入五侯家"（《寒食》）而受到唐德宗的赏识，一步擢升为驾部郎中。

韩翃还是个有情有义的"情种"，他与妻子柳氏悲欢离合的爱情故事，以及那首《章台柳·寄柳氏》在长安家喻户晓，朝野珍之。

韩翃与李吉甫皆有才华，且又惺惺相惜，成为很好的搭档。

不久，唐德宗给陆贽去掉"权知"二字，正式命其出任兵部侍郎，领职大唐帝国的兵权。

要掣肘窦参，光有兵权还不够。于是，唐德宗又命陆贽"权知贡举"（主掌贡举考试的最高长官），负责科举考试，选拔天下贤能。当然了，唐德宗此举，也意在让陆贽通过贡举笼络一批重臣，累积朝中人脉，壮大自己的执政实力。

又是一年贡举时，麻衣如雪落长安。

贞元八年（792）二月，来自全国各地的近千名贡士会聚长安城参加科举，期待金榜题名。

陆贽担任此年科举知贡举主考，右补阙、翰林学士梁肃和礼部员外郎、知制诰崔元翰为副主考。

梁肃乃刑部尚书梁毗五世孙，累官太子校书郎、右拾遗、监察御史，转右补阙，授翰林学士，为韩愈、柳宗元所师法，后来成为中国古文运动的先驱。

崔元翰，通经史、工诗文，师法班固、蔡邕，科举高中状元，其弟崔敖、崔备同举进士。礼部诠试他报名三科（一科中榜，就可以释褐授官）：博学宏词科、贤良方正科、直言极谏科，皆考取第一名。

可见，唐代宗亲点的主考、副主考都很有实力，也很有威望。

科举的常科考试一般由礼部掌管。有时，皇帝亦可安排三省六部的重量级官员兼任，称为"权知贡举"。陆贽并非礼部官员，翻阅大唐将近三百年科举史，以兵部侍郎权知贡举，唯陆贽一人。

"学而优则仕"，哪怕是寒门庶族、平民子弟也可以"怀牒自投"，通过科举考试获取功名，朝为田舍郎，暮登天子堂，跻身于社会上层，进入了帝国的权力中枢，甚至官拜尚书、宰相。这项古代的选官制度，被历朝历代所继承，一直持续一千两百余年。

但要及第进士，如登天，非一般常人能至。

科举分为"诗赋、帖经、策问"三场考试，每年只有二三十人荣幸及第，于是就有了"三十老明经，五十少进士"的民间谚语。譬如以"文起八代之衰"著称的大文豪韩愈，连考了三次都落榜了。这一年，听说是陆贽担任知贡举，他决定第四次参加进士考试。

科举及第进士后还不能马上做官，还需经过吏部"身、言、书、判"的诠选。"身"即体貌丰伟；"言"即言辞辩证；"书"即楷法遒美；"判"即文理优长。然后参加吏部设置的专业科目（博学宏词科、贤良方正科、直言极谏科等）考试，成绩合格后，才能脱去白麻布衣，正式授官。

科举难、程序多、录取少，特别是考试成绩，只是一日之短长，不能决定其是否真正有才。

为了体现"机会均等，公平竞争，择优录用"的原则，不漏过一个有真才实学的举子，陆贽决定在此年科举中实施一项重大的改革：改过去科举的"弥封制"（指糊名，将试者名字糊上）为"不糊名"，并与"通榜制"相结合，既看其当日考试之成绩，又看其潜在"身言书判"之学问，还看其平时经世济民之品行，以选拔一批中兴社稷、经世恤民、去华务实的急需人才。

唐德宗同意了陆贽提出的这项科举改革。

阳春三月初三，长安城槐花初绽，缕缕香气在贡院里萦绕。贡院的杏花随风飘散，静静地落在考舍的廊里墙外，这真是个赋诗作文的好时节，来自全国的贡士们带着文房四宝，峨冠鹄袖，雍容而入，走进考舍，对号入座。

陆贽、梁肃、崔元翰和吏部、礼部、户部、御史台等部司相关官员一道，庄重而严肃地举行了贞元八年（792）的这场科举考试。

大考之后，陆贽、梁肃、崔元翰夜以继日地阅卷，监察御史裴度以及礼部、吏部官员昼夜值守阅卷现场。当然了，作为陆贽兵部的官员，驾部郎中韩翃、员外郎李吉甫也参与了考试的后勤服务保障。

科举成绩出来后，将直接送到唐德宗手中，经唐德宗阅批后，传至尚书省礼部，即日发布春榜。

贾棱、陈羽、欧阳詹分别高中状元、榜眼、探花。李绛、崔群、王涯、韩愈、庾承宣、李观、冯宿等二十三人进士及第。

春榜的名字赫然有声，很快传遍京城，个个相貌俊朗，才华卓越，上至皇帝，下至朝中文武官员、军队将士、坊间士族，皆对这次科举选出的进士才俊非常认可。

事实上，这次科举得士之盛，人尽煊赫。及第进士中，王涯、李绛、崔群三人后来位极宰相，庾承宣官至吏部尚书，刘遵古擢刑部尚书，冯宿迁工部侍郎，许季同迁兵部郎中……欧阳詹、韩愈、李观成为中唐时期著名的文学家，此乃后话。

"一举首登龙虎榜，十年身到凤凰池。"贞元八年的这场科举，被称作大唐帝国历史上的第一"龙虎榜"。

陆贽声望甚隆，中书侍郎、宰相窦参早已看不惯了。

吴通玄、吴通微与陆贽同为翰林学士，共事于翰林院，但吴氏兄弟"忌公（陆贽）先达，每切中伤，阴结（裴）延龄互言公（陆贽）短"。"泾原兵变"后，陆贽从驾奉天，居中参决，实如"内相"，唐德宗对陆贽"礼遇益亲"，吴氏兄弟更是嫉妒得要命。

如此一来，窦参潜结吴氏兄弟，与吴氏兄弟一拍即合，决定由谏议大夫、翰林学士吴通玄弹劾陆贽，利用"通榜"破坏了朝廷科举制度，想利用落第举子的疑忌心理，蓄意掀起一场"倒陆"风波。

吴通玄弹劾陆贽的罪名是"通榜取士、徇私舞弊"。

同时，窦参又令其同党司农少卿裴延龄在朝会上附奏，令翰林学士吴通微、给事中窦申等窦党人士联名上疏附议。又唆使左金吾卫大将军李则之等人伪造"谤书"，言陆贽"考试举人不实，招纳贿赂"，并四处张贴、散发传单，想在长安城掀起一股舆论风波。

住在安邑坊的李吉甫夫人裴文昔当然也听到了这些传闻。李吉甫一回到家，裴文昔便着急地问李吉甫："甫郎，听说吴学士（吴通玄）、裴少卿（裴延龄）上奏圣上，弹劾陆侍郎利用科举考试招纳贿赂。窦宰相也在朝会上附议弹劾，陆侍郎这下厄运难逃，可有此事？"

李吉甫急忙出言安慰道："夫人，陆侍郎不会有事的。陆侍郎虽身居高位，但公忠体国，推贤与能，勤政恤民，清正廉洁，对诸道馈遗，都一律拒绝。他还多次在朝堂之上，犯颜进谏唐德宗要爱人节用，轻徭薄赋，在朝野上下颇有名望。"

裴文昔眉头微蹙，心怀疑虑地问道："甫郎，你相信他会招纳受贿吗？"

李吉甫斩钉截铁地说："绝不会，圣上曾劝他'别清慎太过，像马鞭、靴子之类，受亦无妨，无伤大雅'，他不但坚持不受，还给圣上呈了一道奏折《谢密旨因论所宣事状》，说千里之堤，毁于蚁穴，贿道一开，辗转滋甚，如果收了鞭子、靴子，就会开始收华服裘衣；收了华服裘衣，就会开始收钱；收了钱，就会开始收车马座驾；收了车马座驾，就会开始收金玉珠宝。圣上还多次在朝堂之上夸赞陆侍郎堪称清官之楷模。陆侍郎决不会干那些招纳贿赂之事！"

裴文昔仍忐忑不安地说："甫郎，我好担心啊。蛇咬一口，入骨三分，若是圣上信了他们的诬陷，大则要治罪杀头，小则谪贬蛮荒之地。你是陆侍郎选调到兵部任职的，怕是也要受到牵连。"

李吉甫毅然说道："陆侍郎常言上不负天子，下不负所学，实有周公吐哺之风。清正廉明也是为官的立身之本，我若将来能权知贡举，也一定忧公忘私、公平公正地选拔贤才，哪怕得罪权贵，遭人诬陷，也决不允许科举徇私舞弊！我做人光明正大，就算因光明磊落之臣被诬而受牵连，也绝无怨恨！"

没想到，李吉甫这句话最终竟然一语成谶。多年后，他位居宰相时，大唐发生了震惊天下的长庆元年（821）科场舞弊案，让他和次子李德裕身陷其中，惨遭"牛党"忌恨报复。此乃后话。

然而，陆贽是否"举人不实"？唐德宗心里最清楚，这次选拔的进士皆是才华横溢的可造之才。

陆贽是否"招纳贿赂"？唐德宗心里也最清楚。当年，陆贽辞官郑县尉，回乡省亲路过寿州，刺史张镒曾馈钱百万，陆贽一分不取。其母病逝时，朝官与藩镇赠钱无数，陆贽仍一文未收，就连其表兄韦皋所奉的置遗，也必向唐德宗先奏而后受。

弹劾陆贽在知贡举中招纳贿赂，岂不是无中生有的儿戏？

"肯定是诬陷！"唐德宗急诏礼部、御史台联合调查，又将前五十名的考生答卷调来查阅，结果真相大白，"贞元科举舞弊案"纯属窦参诽谤诬告，谋倾陆贽。

同时查出，李则之、吴通玄兄弟经常出入窦府，密谋从事，伪造谤书。吴通玄还以宗室之女为外妇，生活糜烂。

按唐律，诬告者反坐其罪。因其有官，则以贬官当刑。

正在此时，窦参也被人参了一本。原来，窦参为相后，嫌恶左司郎中李巽，将他逐为常州刺史。而今已是湖南观察使的李巽，上奏窦参潜怀异图，欺君罔上，常与四方藩镇交往，收受贿赂，曾受贿汴州节度使刘士宁绢帛两百匹、黄金两百两。

唐德宗最反感朝中重臣私底下结交节度使，与藩镇暗通款曲，勾肩搭背。抓住了窦参的这些治罪把柄，唐德宗一怒之下，将窦参一党悉数贬出了长安城。

窦参被罢黜相职，贬为郴州别驾，抄没其家产和奴婢，之后再贬驩州司马，赐死于邕州（今广西壮族自治区南宁市南郁江）。

左金吾大将军李则之被贬为昭州司马；左谏议大夫、知制诰吴通玄被贬为泉州司马，后赐死长城驿；给事中窦申被贬为锦州司马。

窦参一贬，政事堂另一宰相董晋心感惶恐，大病一场，上疏辞职。大唐帝国急需一位主宰政事堂的重臣。

贞元八年（792）四月十三日，唐德宗下诏，陆贽以兵部侍郎擢升中书侍郎、同平章事，赵憬以给事中擢升中书侍郎、同平章事，两人同时入阁拜相。

陆贽拜相，李吉甫何去何从？一场阴谋在窦参的余党中悄悄酝酿。

私驾御马"出"长安

窦参死了，吴氏兄弟遭贬。裴延龄立誓要为他们报仇。

裴延龄（728—796），自号"小裴"，河东（今山西省永济市）人。父亲裴旭曾做过和州刺史。唐肃宗乾元三年（760）进士，授汜水县尉，迁太常博士、膳部员外郎、集贤院直学士、祠部郎中。

裴延龄在任祠部郎中时，因唐德宗昭德皇后是否另立别庙之事与李吉甫堂前争论，结下嫌隙。后来，裴延龄又与宰相陆贽水火不容。

裴延龄天生喜欢结交权贵，与窦参尤好。贞元五年（789）十二月，窦参担任宰相兼度支转运使后，便将原任祠部郎中的裴延龄提拔为太府少卿，后又转任司农少卿。之后，因度支转运副使班宏病重，又让裴延龄代理度支转运副使，作为自己的副手，掌管财政大权。

裴延龄根本不懂理财之道，但他最善逢迎，精于拍马，擅长察言观色、阿谀奉承，很会讨皇上的欢喜。

裴延龄首先提出要"整顿左藏库"，增加国库收入。理由是，自"安史之乱""泾原兵变"后，左藏库管理无序，账务新旧堆积交汇，资产不清，收支混乱。唐朝国库分左右藏库，右藏库掌金玉、珠宝、铜铁、骨角、齿毛、彩画等。左藏库掌钱帛、杂彩、天下赋调，也就是存放钱币、纱罗布绢、粮油等物品。

裴延龄决定利用"扩大税源、增收财政"来大做文章，唐德宗当然高兴，马上照准。

于是，裴延龄俨然一个像模像样的理财高手，立马将左藏库重新列出专用库房，分设负库、胜库、季库、月库，清仓核查，重新造册登记。

经过一番以虚充实、移花接木地做新账、分库存，裴延龄上奏唐德宗：经他清仓清库，发现还有二十万贯的钱没有入账，在尘土中找出银子十三万两，另有绸缎、布匹等大量杂货物资，粗略估算价值百万余钱。这些钱本已算遗失，而今能重新找出来，应当算作"羡余"，悉数另存内宫钱库，专供皇上支用。

裴延龄的忽悠一下就给皇帝的私人"小金库"送上了几百万贯钱财。

不久，裴延龄又上奏唐德宗，经他核查追缴，共补收到各州县所欠税赋八百多万缗，收到诸州抽贯钱三百万缗，进呈朝廷贡品三十多万缗，并奏请唐德宗，将归还亏欠和消耗所剩的钱物另给季库，将着色熟绢另交月库掌管。

唐德宗虽缺钱，但必须装得十分镇定，不宜失皇帝的威严。他于是假装不解地说："裴卿，哪来这么多钱，当充国库！"

裴延龄一脸献媚地说道："天下之赋，本有三分。一以充乾豆（供应祭品），一以事宾客（外国使者），一以君之庖厨（皇帝膳食）。陛下奉宗庙，虽然很为恭敬严肃、非常丰厚，但也不能用完十分之一的财物。至于鸿胪寺招待宾客、劳予四夷，用十一为有盈，剩下的还非常多。况且陛下生活朴素，御膳和宫厨十分简俭，以所余为百官充当俸禄、餐钱还是用不完，省下的这笔资金，这是圣上天经地义的本分钱。"

为讨皇帝欢喜，裴延龄宣称国库"帑藏充牣，古今罕俦"。他还上奏唐德宗带领文武百官前去参观国库，果然如同裴延龄所奏——府库盈满，财帛积山，不可胜计！

事实上，这些都是裴延龄巧置别库，拆东墙补西墙，虚张名目与数额的结果，其实就是造假，并且越造越厉害，越造越荒诞虚妄。陆贽上奏唐德宗："国库登记的财产，每月都列表呈报，怎么会出现这么大的窟窿，应请三法司（御史台、刑部、大理寺）调查追责！"

不仅宰相陆贽对裴延龄非常反感，朝中百官也对这位妄言得宠、恶迹渐彰的奸佞嗤之以鼻。盐铁转运使张滂、京兆尹李充、司农卿李铦等朝臣，也纷纷向唐德宗举报裴延龄的那些猫腻。

但唐德宗手头有钱了，对此置之不理，反而准备正式擢升裴延龄为户部侍郎，兼领度支（掌握财政实权的官职）。

"初生牛犊不怕虎。"年仅三十三岁的左补阙权德舆，像当年的谏臣魏徵一样，在宣政殿的朝会上公开反对裴延龄担任度支。

权德舆（759—818），字载之，天水略阳（今甘肃省秦安县东）人，后徙润州（今江省苏镇江市）。

权德舆出生在一个祖德清明、家风雅正的士宦家庭，比陆贽小五岁，比李吉甫小一岁，父亲权皋曾任过起居舍人、著作郎。他对唐朝的忠、对母亲的孝闻名于世。

权德舆"三岁知变四声，四岁能为诗"，未冠时即以文章驰名，被地方节度使杜佑、裴胄征辟为幕府。裴胄曾是李栖筠的幕僚，李栖筠任苏州刺史时又极力提携陆贽。权德舆的父亲权皋与李栖筠又是天宝七载（748）进士，算是"同年"。因此，权、李、裴、陆四大家族皆有渊源，可算是世交。

陆贽早闻权德舆的才学人品，极力向唐德宗推荐，授其太常博士，之后担任左补阙（掌供奉讽谏，大事廷议，小则上封事，官秩从七品上）兼知制诰。

朝会上，唐德宗没有采信权德舆的进谏。朝会之后，权德舆奋笔疾书，起草了《论度支疏》上呈皇上：

> 臣权德舆谨昧死顿首上疏皇帝陛下。臣闻建官惟贤，任人以器，细大毕效，辕辐无遗。盖就其所长，以求至当，古人所以有忧于赵魏而劣滕薛，改于栗邑而理于频阳，诚才各有所极也。
>
> ……

且度支所务，天下至重，量入为出，从古所难。使物无遗利而不可竭，竭则害生类；使奸无隐情而不可刻，刻则伤人和。调其盈虚，制其损益。上系邦本，下系元元。苟非全才通识，则有所壅。自（裴）延龄受任，已近半载，群议纷然，皆曰非宜。且权其轻重，固与守之之才不同，边储经费之功，悬迁移用之法，贵无留事，以酌乎中，簿领简书，周行郡国。失于毫厘，利病相万一物未理，所轸皇情。而（裴）延龄切于感恩，昧于量力，思有以效，强所不通，则有枉尺直寻之心，多方自固之计。吏伺其隙，人售其奸，因缘蒙蔽，触类滋长，致远恐泥，学制实伤，异时其败，罪之何补？
　　……

　　权德舆一针见血地指出裴延龄"言者非谬，罔上实多"，弄虚作假，移花接木，直言不讳地反对唐德宗以"邦国重任委之"。后又进言唐德宗指派最信赖的官员前往实地勘察，探求真相，弄清孰真孰假。

　　权德舆身为左补阙，职在谏曹，犯颜进谏，当是本职所为。但裴延龄却是气得咬牙切齿，心中大骂陆宰相。在他看来，一定是陆贽在背后指使，不然年轻无为的权德舆哪有这份胆量与他为敌。

　　裴延龄立马招来自己的同党：御史大夫李齐运（《资治通鉴》载，齐运无才能学术，专以柔佞得幸于皇上）、太府卿韦渠牟（太府寺长官，唐朝重要财务出纳机构，主管全国送京赋税正物、折租之物以及贡物贡品的收纳、贮存、保管与出给事宜）等人，经过一番秘密商量，决定向陆贽发起反击。

　　裴延龄知道，当前要对宰相陆贽本人下手，难以实现。那就下一步釜底抽薪的狠棋，拿他曾经的部下开刀。

　　这个人，就是兵部的驾部员外郎李吉甫。

　　为什么要选李吉甫呢？

　　第一，李吉甫的父亲是李栖筠，李栖筠担任苏州刺史时，对苏州嘉兴（今浙江省嘉兴市）的陆贽极为器重，将其选为贡士，夺得苏州府试第二，送京参加科举考试，方才得以及第进士，可以说他对陆贽有着极为深重的知遇之恩、提携之恩。

　　第二，李吉甫是在陆贽权知兵部侍郎时，由屯田员外郎调入兵部担任驾部员外郎的，算是陆贽直接遴选的官员。之前，陆贽升任宰相的第一把火就是"改革用人体制"，上书《请许台省长官举荐属吏状》，指出人才关系到国家之存亡，针对"朝中乏人，其患有七"的大问题，提出"求才贵广，考课贵精"的用人导向。那么，如若你选拔的部下有什么违纪违法，看你陆贽是怎样"核才取吏"的？

第三，如果李吉甫真的触犯了法律，哪怕是造谣中伤、恶意诽谤，你当朝宰辅陆贽又如何处置？你若不治罪，那你就是用人失察、徇私枉法、包庇渎职，是赤裸裸的官官相护了。你若治罪，那你就要背负忘恩负义、卑鄙小人的世代骂名，与李氏士族将结为世代仇家。

裴延龄一党沆瀣一气，险恶用心已经昭然若揭。

次日朝会上，御史大夫李齐运执笏上奏唐德宗，李吉甫以驾部员外郎之职便，曾屡次驾驶御马出入京畿驿站，四处游玩，甚至私驾圣上的御马进宫上朝，大逆不道，进言圣上治罪。

毋庸置疑，弹劾李吉甫的理由很充分，"公车私用"，游山玩水，并且是私用皇帝的御辇、御马，这可是要杀头的死罪。

文武百官闻言，个个面面相觑。你裴延龄不是窦参的心腹吗？窦参曾对李吉甫也很器重，你怎么能这样阴人？陆相国近来大刀阔斧反腐、整顿吏风，这该如何收场！

如何处置李吉甫，摆在了宰相陆贽的面前。

正当陆贽要论辩一番之时，一位相貌堂堂、气宇轩昂的朝官出列，朗声启奏道："禀陛下，驾部员外郎执掌邦国之御辇、御马、车乘，掌天下之传驿、厩牧、官畜，此乃员外郎李吉甫之本职所为。御史大夫以乘驾御马出入京畿驿站，治罪员外郎大逆不道、游山玩水纯属断章取义，是赤裸裸的诬蔑！"

此人正是风度翩翩的比部郎中武元衡（758—815）。武元衡，字伯苍，河南缑氏（今河南省偃师县）人，出身博学能文、进退守正的武氏士族，其曾祖父武载德曾任湖州刺史，是武则天的堂兄弟，其父亲是原殿中侍御史武就。

武元衡与李吉甫同岁，早在"泾原兵变"前就在长安相识，两人才貌双全，志趣相投，皆极力主张削弱藩镇割据，从此结为金兰，常以诗酒唱和，曾以酒为誓，三拜天地，将来若能同朝为相，定将同心同德，肝胆相照，辅佐圣上中兴大唐。

建中四年（783），武元衡进士及第，位列进士榜首，累迁至华原县令、监察御史、比部员外郎、比部郎中（刑部比部司长官，官秩从五品上，比部是中央最高主管勾检的机构，掌勾诸司百僚俸料、公廨、赃赎、调敛、徒役、课程、逋悬数物等）。而今，好友被裴延龄无端诬陷，武元衡当然会挺身而出，打抱不平。

礼部侍郎顾少连也是位刚直之臣。他执笏踱步出列，振振有词地禀奏道："陛下，众所周知，李员外酷爱地理图测，在平定'泾原兵变'、光复长安的作战中，李员外绘就的地图发挥了很大作用。李员外归京后，更是对军事地理情有独钟，正在重绘我大唐地图、重编《十道图》，其驾乘御马出入京畿驿站，虽是违反律令，但对准确勘测京畿地区交通地理亦有裨益。"

顾少连此语一出，惩不惩罚李吉甫？这让唐德宗左右为难。他一动不动地端坐于龙椅，思忖了片刻，深邃的目光投向陆贽，缓声问道："陆相国，你有何意见？"

陆贽义正词严地答道："陛下，'四王二帝之乱'和'泾原兵变'，让我朝饱尝了战乱和家国之痛，经历了战火的涂炭洗礼。要彻底统一藩镇，中兴社稷，成当今之务，树将来之势，则莫若版图地理之为切也！"

陆贽说完，停顿片刻，望见唐德宗的脸色变得无比凝重，又肃然奏道："李员外私乘陛下舆辇，私驾御马出行，按唐律《执职律》罪应夺官，处刑三年。臣以为，李吉甫系当朝难得的地理奇才，罪因掌车舆、牛马厩牧之事、勘查地理图志心切草率，事出公心，而非私心为之，御史大夫不应小题大做，恳请陛下从轻惩罚。"

裴延龄见陆贽已出场先声夺人，为李吉甫辩护，于是立马出班，捧笏躬身奏道："陛下，御驾乃天子所乘，一律不准他人使用，就算是皇上使用的御笔，坐过的椅子，御服专用的明黄色，未经恩赐使用就是侵犯皇权，大逆不道，应当论罪重处，警示群臣！"

唐德宗也是高明之人，他早已看出来这是陆贽与裴延龄在"斗法"，已是心知肚明，但没想到两人之间的矛盾恶化到这般境地。他沉吟了半晌，敛容肃然而道："此事今日不再议奏，请御史台李大夫（李齐运）会同兵部、刑部、京兆府再核查实情，禀明原委，改日再议。"

斜倚御榻的唐德宗，神情已略显疲惫，许是昨晚又大醉一番，宦官俱文珍照例阴阳怪气地喝道："有本启奏，无本退朝。"

李吉甫最是冤枉，无意之中成了宰相陆贽与户部侍郎裴延龄争斗的牺牲品。他很是气愤，也很是委屈，心中大骂裴延龄、李齐运此等诋毁者的阴谋也太歹毒了。

裴延龄不但弄虚作假，妄言得宠，而且排陷朝臣，心狠手辣，将火直接烧到宰相身上，其黑心是为窦参报仇，其野心是欲窃取陆贽的宰相之位。陆贽一眼就看穿了他的邪恶嘴脸。

过了半月，唐德宗仍未作出给李吉甫处理的结论。

于是，陆贽起草了《论宣令除裴延龄度支使状》，前往延英殿上呈唐德宗，陈述裴延龄之奸邪，阻止授其度支之职。

陆贽向唐德宗直谏道："陛下，今之度支，准平万货，刻吝则生患，宽假则容奸。裴延龄僻戾而好动，躁妄而多言，遂非不悛，坚伪无耻，岂独有识深鄙，兼为流俗所嗤。顷列班行，已尘清贯，更居要重，必敦大猷，是将取笑四方，贻殃兆庶。尸禄之责，固宜及于微臣；知人之明，亦恐伤于圣鉴。"

唐德宗知道陆贽是来给李吉甫求情的。他不动声色地在御台前踱了几个来回，心中不由得猜度：这陆贽上位宰相时间不长，为了一个李吉甫，他和顾少连、李充、权德舆、武元衡这么多朝臣为其辩护，难道他也是窦参一般独揽朝权、结党营私、排除异己之流，甚至有过之而无不及之势头……

唐德宗越想越猜疑，忽然感觉到后背一阵冰凉。"莫非朝中隐然又生朋党迹象？看来，不能让宰相做大，该敲打一下这个陆九后啦！"唐德宗捻着颔下的胡须，默默盘算了半响。

两日后，唐德宗令宰相陆贽起草制诰，颁布了两道诏令。

诏令司农少卿裴延龄拜户部侍郎，兼判度支。贬驾部员外郎李吉甫为明州长史。

诏令让陆贽无可奈何，也让李吉甫愤懑难平。左补阙权德舆更是义愤填膺，迅疾提笔起草第二篇反对裴延龄的奏章——《论裴延龄不应复判度支疏》。

唐德宗的两个决定，引起了大多朝中士大夫们的忧虑与不满。然而，诏书已下，君命难违，岂能更改。一场私驾"公车"惹的祸，李吉甫不得不接受现实，自认倒霉，离开长安，去往遥远的明州。

明州，大海辽阔

不知道大海之滨的明州，是否能给李吉甫的贬谪人生一个"柳暗花明"的广阔天地？

贞元八年（792）十一月，长安城大雪纷飞，寒风凛冽，九衢大道白茫茫一片。

天刚微明，承天门上敲响第一声晨鼓。

李吉甫细致地清点了最后的行囊和盘缠，携着夫人裴文昔，带着两个孩子李德修、李德裕恋恋不舍地离开了安邑坊，东出春明门，踏上了千里迢迢的贬谪之路。落寞伤怀的李吉甫，不知道自己还有没有机会听到长安的钟鼓之音。

白草枯枝、白雪皑皑的春明门外，京兆尹李充、武元衡、权德舆等友人前来为李吉甫送行。

出了春明门，往城东十里的长亭驿站就是长乐坡，从长乐坡再向东北过了浐河、灞河，便是长安二十里外最后一个送别之地——灞桥处的灞亭。

此时，灞河已结冰，灞亭的柳枝已裹上白雪，一根根在风中萧瑟地摇曳着，除了哥哥李老彭，荒凉的灞桥已无任何送别之人。

李吉甫到达此地，和家人休息一个时辰后，正欲辞别哥哥起程赶路，最后一眼回首眺望长安时，只见一个黑色的人影驾驭着一匹高大的白马扬鞭疾驰而来。

来人正是宰相陆贽派来的家中侍卫。他气喘吁吁下得马来，给李吉甫送上一个沉沉的包裹，里面是两件衣袍，五十两银子，还有一摞史志和地理书籍。

"陆大人说，你们去吧，后会有期，此去路途千里，这匹马也送你们。一路平安！"李吉甫犹豫了许久，还是躬身接过包裹，眼里涌出两行清泪。

经过三个多月的翻山越岭、跋山涉水，贞元九年（793）二月，李吉甫全家抵达明州的城墙之下。

明州，即现在的浙江省宁波市，地处中国东南沿海，长江三角洲南翼，也是"海上丝绸之路"的东方始发港。

宁波古称"鄞州"，秦时属会稽郡。开元二十六年（738），唐玄宗将大唐天下划为三百二十八个州府，以鄞州境内的四明山为名，将鄞州分为鄮县、慈溪、翁山（今舟山市定海区）、奉化四个县，废鄞州，设明州以统辖，州府设在鄮县（今浙江省宁波市鄞州区）。

《旧唐书》曰："长史、司马掌贰府州之事，以纲纪众务，通判列曹。"

长史系辅佐刺史（太守）处理政务的佐官，以处理民政事权为主，在刺史空缺或王朝的亲王兼领时，常由长史等上佐代行刺史（太守）之任，谓"知州（郡）事"。

唐代的州郡分为上、中、下三等。州郡的等级越高，长史的官阶也越高；一般来说，上州长史为从五品上（刺史从三品），中州长史为正六品上（刺史正四品上），下州长史为正六品下（刺史正四品下）。

上州的长史，亦有朝廷牵制州郡长官的作用，官秩比朝中各司的员外郎还要高。虽为贬谪官，但李吉甫的官秩从原来的从六品上升至从五品上，享受五品官月俸五十贯的俸禄。

经过三个多月风雨兼程的跋涉和人生思考，在李吉甫看来，自己从中央机关到地方担任佐官，亦是对自己试身为政一方、治理州郡的锻炼机会。

疲惫与困惑，冤屈与怨恨，在李吉甫一家平安到达明州时，便随那阵阵清凉的海风渐渐飘散而去。他内心亦开始变得澄澈而宽广……

李吉甫安顿好家人之后，全力协助顶头上司、明州刺史处理州中民政事务，或通判"户部钱"，或充当朝集使，岁终上计，或搜访贤俊、举荐人才，或管治州学，或巡察属县……

在明州的日子里，李吉甫想到了自己的父亲李栖筠。他这时才真正地体味到父亲（李栖筠）从冠氏主簿做起，到"安史之乱"从安西千里赶赴灵武勤王，到擢升殿中侍御史、给事中、工部侍郎，到得罪宰相元载谪贬常州刺史，到苏州刺史重返长安任御史大夫……期间多少坎坷与辛酸，多少磨难与执着，不变的是对家国的忠诚，对百姓的念兹。

磨难与挫折使人脱胎换骨成长，大彻大悟地成熟，文武兼重的高门子弟，也必经浴火涅槃的炼狱，才能成为真正的天下伟器。

面对浩瀚的大海，李吉甫的心胸开始变得像大海一般广阔。

"不谋一域者，不足以谋一城。"李吉甫下定决心，就从父亲身上学着治理一域。

当年，李栖筠谪迁常州刺史时，对宜兴的阳羡茶进行精细化改良，每当茶汛季节，常州、湖州两地太守集会宜兴茶区，邀请能工巧匠精心炒制，设立"贡茶院""茶舍"，邀请陆羽给予指点鉴定，又反复试验加工，香飘十里，醇郁不散，因此有"焙茶十里水泉香"之誉。

"天下茶品，阳羡为最。"李栖筠把阳羡茶打造成了连皇上都赞不绝口的朝廷贡茶，诗人卢仝还为此写下"天子未尝阳羡茶，百草不敢先开花"的咏茶名句。李栖筠动员百姓广泛种植茶树，又以常州的茶税减轻百姓的税赋，赢得一片赞誉。

明州是我国最早的原始茶产地之一。早在七千年前，明州先民就饮茶、植茶了。

明州的四明山脉，最高峰近千米，平均海拔四五百米，山虽然不高，但东临大海，气候温和湿润，四季分明，雨量充沛，具有良好的种茶环境，各地多有野生茶。

李吉甫从小受父亲的熏陶，对种茶、制茶、煮茶、鉴茶也很精通。到了明州，他又深入研读陆羽所写的《茶经》，带着夫人和德修、德裕两子，经常登上四明山上，在崇山峻岭中寻找不同的茶树，采撷茶叶回家反复炒制，或以鲜叶晒干成茶，品尝茶叶不同的口感。

功夫不负有心人。李吉甫在四明山找到一种野生古茶，常年沐浴在高山云雾之中，茶叶质地优良，茶色金黄清亮，喝上一口，清香馥郁，仿佛闻到四明山的空谷幽香，将其命名为"四明山云雾大茗"。

经明州的百姓介绍，李吉甫又在鄞县的榆荚村发现一种天然小茶树，泡出的芽叶成朵，悬立水中，色泽绿翠，饮后回味无穷，将其命名为"鄞县榆荚绿茶"。

李吉甫来到四明山脉的余姚（县）道士山，发现白水冲瀑布之巅的泉岭有一大批长势优良的灌木型古茶树，制出的茶叶形若松针，汤色绿莹明亮，其味鲜清甘爽，还有生津润肠之功效，李吉甫将其命名"余姚瀑布泉岭仙茗"。

李吉甫找来明州民间制茶、品茶的高手，反复炒制试验，制作出了四明山"云雾大茗"、鄞县"榆荚绿茶"、余姚"瀑布泉岭仙茗"三款独具风味的名茶。

明州刺史将四明山茶叶寄至长安，茶叶深受唐德宗和皇亲国戚的偏爱，而且得到文人雅士的青睐，明州茶很快风靡长安，名扬全国，明州茶从此成为朝廷的贡茶。

李吉甫也知道，全国一些州郡为了给朝廷上贡当地特产，横征暴敛，只付给老百姓极少的钱。

唐德宗兴元元年（784）春，袁高任湖州刺史，监督三万余役工采制紫笋贡茶，在督造贡茶过程中，深感百姓生活的艰辛和税赋的沉重，情不自禁写下了一首五言四十行《茶山诗》。

《茶山诗》反映茶农们繁重的负担，表达了诗人对贫困农民的深切同情以及心中的矛盾与郁闷之情。

李吉甫同他父亲一样，向来主张减轻徭役、减少赋税的经济思想。为了不让百姓"因贡受苦"，李吉甫商请刺史，在明州大力实施轻徭薄赋的亲民政策。

一是动员明州各县百姓开垦丘陵，广泛种植茶树，凡开垦荒山荒地的种茶户，免除新垦茶山茶地的税赋三年，对产茶大户、炒茶能工巧匠给予一定奖励。二是允许茶农以茶代税（户税、地税），以茶代役（力役、杂役）。三是被选为进贡朝廷的优良贡茶，以普通茶叶三倍的价钱给茶农，让百姓既争相提升茶叶品质，炒制更好的茶叶，又让他们得到相应的更高收入。

为时时警醒自己以民为本，去除弊政，取信于民，李吉甫亲自誊写袁高的

《茶山诗》，将其刻于四明山的石崖之上。自己又作《袁高茶山寺碑阴记》，立碑于四明山，以期望天下饮茶者，常怀袁高之意，常惜杯中之物，常恤百姓之艰。

《李吉甫年谱简谱》一书中写道："义兴贡茶自（李）栖筠始，然（袁）高作《茶山诗》讽贡茶之弊。于常理（李）吉甫不能为之撰碑阴。然（李）吉甫并无此顾虑，毅然撰之，亦见其心胸之阔矣。"

明州地处我国海外交通要地，文化昌明，积淀深厚，李吉甫又大力弘扬茶文化，明州饮茶风尚日渐盛行，品茶已成为人们一种嗜好。

士大夫、文人以及儒释道之间往来，更是以饮茶为韵事，诞生了不计其数的四明山茶诗。唐代著名诗僧皎然以神仙喝的"琼蕊浆"来比喻四明山茶："一饮涤昏寐，情来朗爽满天地。再饮清我神，忽如飞雨洒轻尘。三饮便得道，何须苦心破烦恼……"

四明山茶，经明州这一特定地域的生态环境和人文环境的双重融合、孕育，进而升华为独具个性特质，又底蕴丰富、深邃的茶禅文化。

时有径山寺道钦禅师（712—794），吴郡昆山（今江苏省昆山市）人，幼年习儒，勤读经史，二十八岁入京赴举，途中于丹徒（今江苏省镇江市）邂逅鹤林玄素禅师，拜其门下，出家为僧，登坛受戒，潜心学习佛法。

道钦禅师跟随玄素禅师三年后，顺长江而下，游访山川，来到天目山附近的径山（今浙江省杭州市余杭区），结庐修行，建立径山寺。唐代宗给他赐号"国一"，因此也被尊称为"国一禅师"。

李吉甫到达明州，正是仕宦受阻、抱负连塞时，恰与游访明州慈溪的道钦禅师不期而遇。

李吉甫虔诚地请教道钦禅师："如何是道？"

道钦禅师答道："山上有鲤鱼，水底有蓬尘。"

李吉甫又问道："臣为驾部员外郎时，得知一驿站为接待两位长安来的使者，决定杀一只很壮的成年山羊。二使闻之，一人不准，救之。一人默许，不救。此矣，罪福异之乎？"

道钦禅师答道："救者慈悲，不救者解脱！"

李吉甫顿时对道钦禅师肃然起敬，于是备置上好的"瀑布泉岭仙茗"，与他同登四明山，凭栏观云，请教禅法。

两人品茶悟禅，彻夜长谈，竟然都有相见恨晚之感，这次内心的交流，也让李吉甫彻底解开了"贬谪"的心结。

不幸的是，贞元八年（792）十二月二十八夜，道钦禅师于杭州龙兴寺圆寂，俗腊七十九岁。众寺僧于龙兴寺为之起塔，次年二月八日塔成，唐德宗御赐塔名"天中塔"，赐道钦谥号曰"大觉禅师"。

禅师虽已离去，却思想永存，情谊天长。李吉甫为了表达对大觉禅师的缅怀与钦佩之情，挥笔写下了《杭州径山寺大觉禅师碑铭（并序）》，杭州刺史王颜负责刻碑。

明州茶禅文化的兴盛，极大地刺激和促进了明州瓷器茶具的发展。当地生产的瓷碗（盏）、茶盏等茶具，不但造型精美，而且釉色青翠晶莹，既是艺术珍品，又是上等茶具。

明州的茶叶、茶具乃至茶禅文化、佛教文化，又通过海洋传播并影响到日本、朝鲜半岛及东南亚诸国，名扬四海。明州逐渐成为大唐帝国"海上茶叶之路"的启航地。

劣币驱逐良币

李吉甫为官明州，明州茶叶、茶具和茶禅文化日臻发展。

同时，李吉甫像他父亲李栖筠治理常州时那样，狠抓三件民生实事：一是浚渠溉田；二是剪除凶盗；三是大兴教化。

因此，明州鄮县、慈溪、翁山、奉化四县，年年风调雨顺，农业生产丰收，官府政清吏廉，百姓也得以安居乐业，每年除了上缴朝廷的税赋后，官府还有盈余。

李吉甫治政明州的几年，谷物丰稔，稻米飘香，百姓渐渐过上了富足的生活，很多家庭的稻米还有剩余。

这让李吉甫想起了长安城过年的一道美食——年糕。

要过年了，李吉甫选取上好的明州晚粳米，将其浸泡一周，水磨成浆，沉淀、滤粉、蒸粉，然后在案板上反复揉压、捣制，最后切成一条条白色如玉的长条年糕，还在上面嵌上北方的红枣，象征着日子红红火火，甜甜蜜蜜。

李吉甫将制作年糕的技艺传授给明州百姓，还叫州府统一制作年糕花纹印版发给百姓，给年糕盖上"五福""如意"等形状，寓意吉祥如意、大吉大利、年年登高。

明州的水磨年糕吃起来香滑软糯，坚韧香醇，无论是煎、煮、炒，还是烤着吃，都有独特的风味。年糕养育了祖祖辈辈的宁波人，成为宁波人除旧迎新的传统，"年糕年糕年年高，今年更比去年好"的谚语流传至今。

千年之后,《舌尖上的中国》还专门拍摄了一期节目——宁波年糕。

李吉甫在明州还喜欢听故事,明州地界的海岛上住着一位隐士,名叫张玄阳。因其通晓《易经》,为州将所重用。于是,李吉甫登门拜访,请他讲解《周易》卜筮之事。

李吉甫在明州与隐士张玄阳坐而论道,与百姓共享美味年糕,空暇之日,他将这个故事写成了《编次郑钦悦辨大同古铭论》(见鲁迅所编《唐宋传奇集》),日子过得宁静、和谐而惬意。

然而,千里之外的长安,朝堂官员表面一团和气、你掬我扬,实则暗流涌动,钩心斗角。

李吉甫贬谪后,户部侍郎兼判度支裴延龄深受唐德宗宠信,剥下附上,谗言直臣,不称之声日甚于初。

贞元十年(794),宰相陆贽颁行《均节赋税恤百姓六条》。

第一,均减赋税。除"两税法"规定的户税和地税以外,取消诸如税间架、除陌钱、榷酒等其他所有杂税。

第二,改革税制。取消过去"量出而入"的财政模式,实行"量入为出"的税收政策。

第三,从严考课。以"八计听吏治"考察考核官吏,将诸州县的"增户、加税、辟田"情况作为重要的课绩内容。

第四,调整税期。提出"养人资国"的民本思想,修改过去"夏税无过六月,秋税无过十一月"的规定,实施秋征夏税,今夏以缴上年秋税的优惠政策。

第五,恢复义仓。设立"义仓"(官府的公共粮仓),恢复"和籴""赊粜""平籴法"("平粜",指荒年缺粮时,官府将仓库存粮平价出售。"平籴",指丰年时,官府以平价收购农民余粮)等政策,稳定物价,备荒赈恤。

第六,扶贫济困。对于穷人,大力裁减租价;对于富人,倡导安富恤穷,使农夫得以足食,贫弱不致竭涸,富厚不致奢淫。

陆贽实施的"恤百姓六条",皆在减轻百姓税赋,缓和社会矛盾,缩小贫富差距,以使"万物平而便百姓"。

百姓一阵欢呼,但管钱的户部侍郎裴延龄不高兴了。

"这不是要把国库的钱袋子捅漏吗?"裴延龄极力在唐德宗面前诋毁陆贽,说他的这些政策一实施,国库将减少三分之一的收入,届时皇帝用钱都难了。

裴延龄决定向陆贽下手。

他勾结御史大夫李齐运、太府卿韦渠牟、权阉窦文场、霍仙鸣以及后宫韦贤妃、舒王李谊等人，借机向唐德宗屡进谗言，称陆贽自命有"护从圣驾、再造社稷"之功，独揽朝政，结党营私，打击异己，要再把陆贽从相位上拉下来。

裴延龄还使出惯用的伎俩，又从陆贽身边的人下手。

裴延龄唆使御史大夫李齐运以涉嫌贪污之罪，逮捕京兆尹李充手下张忠，对其严刑逼供，迫使张忠承认贪污京兆府官钱二十万贯，私收大米、小麦五百余石等，钱物都用以饵结权幸，贿赂朝臣。

张忠熬刑不过，又按裴延龄的口授，检举"充（李充）之妻于牛车中藏金宝缯帛"送给了陆贽，由陆贽的妻子钱氏接收。

为防止翻案，神策中尉窦文场竟指使狱吏将张忠活活整死，说是张忠与同监犯人互殴而亡。张忠的妻子、母亲不服，披麻戴孝于光顺门投匦诉冤，引起京城轩然大波。

陆贽日日上疏唐德宗严审此案。唐德宗于是诏刑部侍郎奚陟携三法司会审，真相很快大白，张忠所供不实。

愤怒的陆贽已忍无可忍，感受到了朝堂之上几分临深履薄的寒意，分明看到裴延龄眼神中的那丝骄横狂妄的杀气……

"箭在弦上，不得不发。"陆贽奋笔起草了六千字的《论裴延龄奸蠹书》，控诉裴延龄七大罪状。

一是以无为有，横征暴敛；二是以有为无，欺天隐君；三是蹂躏官属，重困疲氓；四是克扣军粮，蛊媚误国；五是懒散暴虐，无德无仪；六是不谙财赋，弄权受贿；七是诋毁他官，陷害同僚。

陆贽于朝堂之上公开弹劾裴延龄："以聚敛为长策，以诡妄为嘉谋，以掊克敛怨为匪躬，以靖谮服谗为尽节，其性邪，其行险，其口利，其志凶，其矫妄不疑，其败乱无耻。人神共愤，国法难容。"

陆贽好友顾少连劝其勿抨击太过，陆贽慷慨回答："吾上不负天子，下不负吾所学，皇（遑）它恤（顾虑）乎？"

之后，盐铁转运使张滂、京兆尹李充、司农卿李铦等人也纷纷上疏弹劾裴延龄奸邪当道，诈伪乱邦，"为旷代所未有"，奏请圣上要亲君子，远小人，罢去裴延龄官职，贬出长安。

裴延龄大喊冤枉，请求唐德宗明察。朝会之后，裴延龄前往唐德宗的延英殿，密告陆贽"恐有谋反之罪"。

裴延龄假装颤颤巍巍地上奏唐德宗："近来，太子（李诵）常到陆相国府上走动；西川节度使韦皋（陆贽表兄）的遣使、京兆尹李充等朝臣也常出入陆府，圣上要防止他们结为朋党,以防他们唆使太子像先朝节愍太子李重俊那样兵变谋反。"

唐德宗闻言,失声吼道:"裴延龄,你好大的胆子,竟敢诬陷太子和宰相!你可知构陷将相、离间君臣是诛灭九族之罪!"

裴延龄跪在地上,吓得全身瑟瑟发抖,脸庞抽搐着哭诉道:"罪臣该死,圣上恕罪。那陆贽如今独揽朝政,功高震主,朋党成群,又私通藩镇(西川节度使韦皋),潜怀异图,圣上不得不防啊!"说完,又使劲地磕头谢罪。

裴延龄的一番哭诉,显然戳到了唐德宗的痛处。他最害怕的就是朝臣、太子与藩镇交结,通藩篡逆。

原来,当今太子自大历十四年(779)立储以来,至今已达十六年。唐德宗潜意识地担心:"年过三十四岁的李诵难道想……就算他没有篡逆之心,难道辅佐太子的那些功臣谋臣不想……"

世事变迁,唐德宗越来越猜忌大臣,变得拒谏饰非、刚愎自用。其御人之术本想以裴延龄、陆贽两股势力相互牵制,相互制约,自己从中协助,稳坐皇位,而今,两股势力已剑拔弩张,水火不容,到了誓将对方置于死地的地步。在唐德宗看来,裴延龄说的也不无道理,宁可信其有,不可信其无,宁可我负天下人,不可天下人负我。

贞元十年(794)十一月二十三日,唐德宗下诏,罢黜陆贽中书侍郎、同中书门下平章事(宰相)之职,贬为太子宾客。

之后,裴延龄一党又趁热打铁,伺机极尽构陷陆贽,失权怨望,动摇人心军心,危害社稷。

贞元十一年(795)二月,本该是草长莺飞、春耕播种的早春情节,可老天一直干旱,滴雨不下。

裴延龄担心财政亏空迟早会暴露,故他必须将"祸水东引"。

于是,裴延龄向唐德宗上疏:"陆贽、李充等人因受到陛下的斥责,心中怀恨圣上,结交术士,于家中设坛夜醮,诅咒长安干旱无雨。如此一来,关中庄稼大旱无收,百姓税赋减少,军中也将发不出饷银,恐怕会引发兵变。"

唐德宗半信半疑,并不在意。一次,他出城于北苑打猎,裴延龄唆使权宦窦文场私下密令,让驻扎在京郊的禁卫军首领告状,称军中马料军饷好久没有拨付,禁军正在闹情绪。

裴延龄借此火上浇油,诋毁陆贽与张滂、李充等同党摇动军情,怂恿禁军谋反。唐德宗一听大怒,恨不得马上就杀了陆贽。《旧唐书》载:"贞元十一年春,边军刍粟不给,具事论述。延龄言(陆)贽摇动军情。德宗怒,欲诛贽。"

听闻唐德宗要诛杀恤民爱民、清正清廉的陆贽,朝廷沸沸扬扬,文武百官群情反对。礼部侍郎顾少连、中书舍人权德舆、谏议大夫阳城、兵部员外郎归登、左拾遗王仲舒、右补阙熊执易、崔邠等朝臣守在延英殿门外,伏阁不去。

阳城长跪地上大声高呼:"奉天蒙难,拨乱反正,帝京光复,相国功勋,声望卓著,如今奸佞诋毁,所谓鸟尽弓藏,信非虚言,陛下信其矫诬,何殊指鹿为马!倘不纳愚恳,且贵因循,臣实不敢保家,陛下岂能安国!忠言利行,唯陛下图之!"

陆贽担任宰相三年,主持科举考试选拔的在京进士们也纷纷上疏裴延龄奸佞,声援陆贽无罪。浑瑊、马燧等军中老将也赶往延英殿为陆贽求情,八十有余的老将军张万福在殿前大声高呼:"陛下,朝廷有直臣,天下必太平矣!"

唐德宗越来越感到害怕:"这陆贽的威望和势力太大了!杀了你,国不安;不杀你,朕不安!"

贞元十一年(795)四月二十五日,唐德宗下诏,贬陆贽为忠州别驾,贬李充涪州(今重庆市涪陵区)长史,贬张滂汀州(今福建省长汀县)长史,贬李铦邵州(今湖南省邵阳市)长史。

陆贽罢相,政事堂由剩下的另一位宰相赵憬执掌政权。

赵憬(736—796),字退翁,渭州陇西(今甘肃省陇西县)人,建中年初,擢水部员外郎,后任湖南观察使,拜给事中。

赵憬由给事中出任中书侍郎,入阁拜相,全靠陆贽极力举荐。没想到,由于朝中大事小情陆贽"裁决少所让之",赵憬觉得憋屈,认为陆贽仗恩恃宠,独揽朝廷大政,于是干脆称病,不理政事。

唐德宗于是免去赵憬中书侍郎之职,改为门下侍郎,赵憬更是愤愤不平,于是悄悄投奔得幸天子的裴延龄。

之前,赵憬同意与陆贽一起共同弹劾裴延龄,等到唐德宗延英召对,陆贽对裴延龄的罪行一一揭发,转眼等待赵憬补充发言。

没想到,赵憬却察言观色,发现皇帝脸色不对劲,于是临场放鸽子,像一个木偶似的,缄默不言。陆贽孤掌难鸣,只能无奈地扼腕叹息。

如此一来,未被陆贽扳倒的裴延龄自恃势大。他与赵憬沆瀣一气,成为朝中呼风唤雨的实权派。

陆贽已经远贬忠州,但裴延龄还不罢手。因为他知道,只有将陆贽彻底清除,他才有入阁拜相的胜券。

之前，对杨炎"利用庾准缢杀刘晏"之事裴延龄深谙其道。裴延龄也决定来一个借刀杀人之计，将陆贽置于死地，让这个年仅四十二岁、声望卓著的宰相，永无东山再起的那一天。

裴延龄想到了报复陆贽的一个人，明州长史——李吉甫。

在裴延龄看来，陆贽担任宰相时，将驾部员外郎李吉甫由京官贬为明州长史，李吉甫一定心怀怨恨。而今，陆贽贬任忠州别驾，如果将李吉甫调任忠州刺史，去做陆贽的顶头上司，一定有好戏看。

裴延龄下的这盘棋，既量移（指受贬官吏遇恩赦提拔，或迁距京城较近的地区任职）提拔了李吉甫，又能利用陆、李两人之过隙，重写"元载借庾准之手害死刘晏"的故事，让李吉甫借机复仇陆贽，可谓"一箭双雕"，毫不费力气便可把陆贽除掉。

于是，裴延龄与赵憬一番勾兑，又与其同党、权宦窦文场等人在唐德宗耳边一番谗言："陆贽被贬，心生怨恨，为防万一，可将李吉甫调任忠州刺史，以防陆贽谋逆。"

很快，李吉甫就收到了朝廷的诏书，由明州长史量移忠州刺史，官秩擢升为正四品上（忠州为中等州）。

沉沦明州四年的李吉甫终于翻身，脱去谪籍，从"从五品上"升到"正四品上"，并且是主政一方的一把手。

自古"鼓破万人捶"，按常理，李吉甫一定对裴延龄感恩戴德，可以借机向朝中重臣投桃报李，结党营私，向陆贽报仇取功，事成之后还可以像庾准那样重回长安，再晋官爵，何乐而不为？

李吉甫会陷入裴延龄设下的这个险恶的政治陷阱吗？

贞元十一年（795）五月，李吉甫携着夫人和两个儿子离开明州，一路颠簸，舟车劳顿，逆流长江而上。

"海纳百川，有容乃大；壁立千仞，无欲则刚。"中华民族五千年的灿烂文化中，也即将诞生一个新的历史典故"置怨结欢"。

第六章　忠州刺史

置怨结欢

冤家路窄，风水轮流转。

楚越途遥，奔驰道阻。溯流七千，涉险非一。李吉甫全家历时两月有余才到达三峡中心郡的忠州（今重庆市忠县）。

这一年，李吉甫三十八岁。

李吉甫对忠州并不陌生。因为忠州是一座历史悠久的英雄之城，一座忠义之城。

这座城，还是太宗皇帝亲自赐名的州城。

忠州位于长江上游、三峡腹心地带，历史悠久，人杰地灵，是中国历史上唯一以"忠"字命名的州县城市。

早在东周末年（约战国中期），巴国朐忍（今重庆市万州区一带）发生内乱，烽烟四起，生灵涂炭，百姓饱受残害。

时巴国（周朝时期，位处今中国西南、长江上游地区的姬姓诸侯国）国力衰弱，无力平息战乱，巴王遂命驻守临江（位于万州上游）的巴国将军巴蔓子向长江下游的邻国楚国借兵平乱。

早在之前，因争夺盐业资源，巴楚战争频繁。楚王早对巴国的盐业资源虎视眈眈，于是开出借兵平乱的条件——事成之后，须割让长江上游的三座城池给楚国。

巴王不得不答应"许以三城"的条件，借楚兵平息内乱。事平之后，楚使索城，巴蔓子认为国不可分裂，将不可私下割城。何况所割的巫溪、云阳、忠州乃巴国盐业之重镇。

若是不割城，楚使扬言以平息朐忍内乱的十万楚军进攻，以忠州为界，分割巴国。

楚军兵临城下，战争一触即发。不割三城是为无信，割让疆土是为叛国。关系巴国领土、百姓性命的两难之际，巴蔓子将军做出了感天动地的生死选择——刎首留城。

"将吾头往谢之，城不可得也！"长剑与头颅哐当落地后，巴蔓子的英雄壮语，永远定格在这座忠义之城的东门。

《华阳国志》记载，巴蔓子刎首留城后，楚王叹曰："使吾得臣若蔓子，用城何为！"乃以上卿之礼葬其头，巴国以上卿之礼葬其身。

群雄争霸的三国时代，忠州又涌现了一位像巴蔓子一样的忠义将军——严颜。

东汉末年，严颜担任巴郡（今重庆市、四川省部分区域，郡治江州）太守。建安十九年（214），刘备进攻江州（今重庆市渝中区），严颜将军于忠州战败被俘。

张飞呵斥严颜道："大军至，何以不降而敢拒战？"

严颜毫无惧色，凛然答道："卿等无状，侵夺我州，我州但有断头将军，无降将军也！"

张飞大怒，欲将严颜斩首。严颜面不改色，大声回道："砍头便砍头，何为怒邪！"

严颜视死如归、宁死不屈的忠勇气节，让张飞顿时肃然起敬，遂义释严颜，引为上宾。

后来，罗贯中在《三国演义》中如此评价严颜："白发居西蜀，清名震大邦。忠心如皎月，浩气卷长江。宁可断头死，安能屈膝降？巴州年老将，天下更无双。"

贞观八年（634），唐太宗诏李靖等十三人为黜陟使，巡察全国，举察官吏。听完黜陟使讲述的巴蔓子、严颜的英雄壮举，他甚是感念巴蔓子刎首留城、严颜"宁可断头也不降"的忠义精神，遂以"地边巴徼、意怀忠信"之意，改"临江县"之名，赐名"忠州"。

后来，李吉甫在他撰写的《元和郡县图志》中，对忠州做了这样详细的介绍：

> 忠州，隋巴东郡之临江县。在京师南二千二百二十二里，至东都

二千七百四十七里。

　　义宁二年（618），置临州，又分置丰都县。武德二年（619），分浦州之武宁置南宾县，又分临江置清水县，并属临州。八年（625），又以浦州之武宁来属。其年，又隶浦州。九年，以废浈州之垫江来属。

　　贞观八年（634），改临州为忠州。天宝元年（742），改为南宾郡。乾元元年（758），复为忠州，领临江、垫江、丰都、南宾（今重庆市石柱土家族自治县）、桂溪（今重庆市梁平区部分区域）五县。

　　在明州，李吉甫是长史，是一个辅佐刺史的官。刺史就不同了，是一州上千黎民的父母官。"今之太守古诸侯，出入双旌垂七旒"，刺史就是一方诸侯，对李吉甫来讲，这算是升迁。

　　到任忠州后，理应"诚欢诚喜"的李吉甫体察州郡之情后，临江追远，深思良久，挥笔写好《忠州刺史谢上表》，感恩唐德宗和朝廷的擢授之恩。

　　"巴山万重，峡水千仞。"远居长安的裴延龄，期待着一场"快意复仇"的好戏在忠州上演。

　　"以小人之心度君子之腹"的裴延龄错了，大错特错。

　　裴延龄哪知赵郡李氏几百年来积蓄了深厚家学和儒雅门风，李牧、李楷、李怀远、李峤、李孟尝、李栖筠……哪一个不是风骨铮铮的俊才良将，散发着名门望族的高贵气质和人性光辉。

　　裴延龄嫁祸于人、借刀杀人的毒蝎心肠，李吉甫早就一清二楚。自己贬谪明州，纯属裴延龄同党陷害，陆贽也是身不由己而为之。

　　曾经声望卓著的宰相，而今却是忠州刺史李吉甫的部下。李吉甫如何面对？确实是摆在他面前的一件大事。

　　是借刀杀人，以报旧怨？还是捐弃前嫌，以德报怨？是井水不犯，相安无事？还是以礼相待、和衷共济？

　　选择借刀杀人，方可讨好朝中权臣裴延龄，旋即可重返长安，加官晋爵。选择以德报怨，则会触怒圣眷正隆的奸佞裴延龄，其结果或是永无出头之日，或是死无葬身之地……

　　对于深谙其道的李吉甫来讲，面对泾渭分明的两种结局，心知肚明。他陷入了前所未有的矛盾、苦恼和焦虑之中。

　　李德裕望着满面愁容的父亲久立于州府衙案之侧的窗户下，像雕像一样木然地站着，目不转睛地凝望着那滚滚东逝的长江，平日那明澈的眸光明显地现出昏黄的黯然之色。

"父亲，您有什么难解的困惑吗？不如我们去拜访陆宰相，他学识渊博，见识非凡，智如子房而文则过之，辩如贾谊而术则不疏，上以格君心之非，下以通天下之志。定能为您出谋划策，排解万难！"李德裕清澈见底的眼神望着李吉甫，一脸郑重地说道。

李吉甫猛然从沉思中回过神来，略一沉吟，立刻变得镇静如常。他含笑看着一脸聪慧机灵的李德裕，缓声说道："台郎越来越懂事了。我们明日就去陆大人府上拜访！"

此刻，夏日习习的江风，正从州府衙门的一扇扇木格窗棂上拂掠而过。李吉甫顿时感觉到神清气爽，心头终于放下一块巨石一般，顿时感到一阵莫名的释然。

"室生芝兰，其主欣然。"李德裕在父亲的教诲下，幼有壮志，苦心力学，博览群书，日诵千言，对《左氏春秋》《汉书》情有独钟。而今刚满九岁，他就表现出非凡的才情和言谈举止。李吉甫心头暗暗惊喜，一向冷峻沉毅的脸上泛起一丝柔情婉转之意。

李吉甫回到衙案桌前徐徐坐下，微一沉吟后，拂袖提笔，片刻工夫就写下了一首五言律诗：

四宇碧空净，南山草木鲜。鱼游深壑里，鸟舞艳霞巅。
两岸潮平阔，一帆雾倒悬。高楼当此夜，明月散云烟。

从诗中可见，李吉甫心头的一块大石头已暗暗放下，心情一片松弛，漾起了一片莫名的空明澄澈之感。他已作出决定与陆贽"置怨结欢"，让曾经的一切都随那江风烟消云散。

有道是：风水轮流转，因果有轮回。

对于陆贽来讲，在朝中与窦参、裴延龄较量数年，早已尝尽了宦途险恶，人情冷暖。而今自己谪贬忠州别驾，朝廷让昔日自己所贬之人来担任顶头上司，他知道那是当朝宰相赵憬与户部侍郎裴延龄的奸计，想让自己成为第二个刘晏。

李吉甫会不会"中招"？有无"明州那大海一般的胸怀"，陆贽心里也没有底。

"如今，人为刀俎，我为鱼肉。"对于陆贽来讲，经历过波谲云诡的官场、烽火狼烟的战场，一切都不那么重要，他只期待死就死个痛快，自己宦海一生，

"上未负天子，下未负所学"，早已无恤其他！

次日，李吉甫特备了一坛忠州上好的"将军坊酒"，此酒乃严颜将军故里（今乌杨将军村）后裔酿造的高粱酒，已有近五百年的历史。夕阳西下之时，李吉甫领着夫人和两个孩子前往陆贽的寓所。

陆贽打开位于滨江的柴房木门时，堂门口处站着一位面容清秀、气质温雅的少年，笑盈盈地走上前来，躬身轻呼道："陆相国好！我父亲来拜访大人！"

"请进，请进，李使君请进！"陆贽一脸惊愕，瞬时转惊为喜，面露欣悦之色，领首向李吉甫行躬身之礼道，"李使君莅临寒舍，谪臣荣幸之至！"

"陆相国，别来无恙！别来无恙！"李吉甫躬身还礼后，领着一家人笑容满面地随陆贽走进了屋子。

陆贽与李吉甫在堂屋里坐下，介绍了自己的钱夫人和长子陆简礼、女儿陆简仪。李吉甫也向陆贽介绍了裴夫人和两个儿子李德修、李德裕。陆简礼很快将泡好的茶端了上来，给李吉甫和父亲沏上茶水。

陆夫人、陆简仪从里屋端出新鲜的荔枝、桃子等水果，盛上香山蜜饼、南宾麻花等零食小吃，热情地款待客人。

陆、李两人，长安谪别已过三载，今日忠州重逢，已然物是人非，再客套的笑容终是掩不住眉目间的落寞。李吉甫轻轻啜了一口茶，颇为关切地问道："相国在这里，可还住得惯？"

陆贽颔首点头道："还不错，还不错。"

李吉甫打量了一下站在陆贽身旁的陆简礼！他身高一米七多，相貌堂堂，一表人才，气宇儒雅，只是那清澈的眼神中隐掩着几分忧郁。李吉甫浅浅带笑地望着他问道："令郎年齿几岁？"

陆贽仍是颔首回道："犬子不才，今年十八。"

李吉甫甚为谦恭地说道："好年华啊！相国贵庚十八就已进士及第，题名雁塔，名扬长安。相国所作六韵排律《禁中春松》以物言志，浑然天成，堪称经典。'愿符千载寿，不羡五株封。倘得回天眷，全胜老碧峰……'好诗啊！"

陆贽微微一笑道："昔日龌龊不足夸，今朝沦落思无涯啊。下官早已黜相，李使君勿再称我'相国'。"话落之时，他已敛住笑意，脸上静若止水，竟是波纹不动。

"相国才本王佐，学为帝师，后生毕生仰慕不已。后生还是称相国（翰林）'学士'吧！"李吉甫推心置腹地说完，从怀中取出一张纸笺递给陆贽，仍是满面谦恭地说道，"这是后生昨日所作五律一首，恳请陆学士指正。"

陆贽两手接过纸笺，展纸一看，其书法峻挺，墨香扑面，显然是新作。陆贽颔首读道："'两岸潮平阔，一帆雾倒悬。高楼当此夜，明月散云烟。'李使君借景抒情，才情高远，好诗啊！"

两人都是博览群书、宦海沉浮的饱学之士，高人过招，无用言语，诗中之意陆贽自是心领神会，李吉甫冰释前嫌的善意一览无余。

陆贽眉梢间露出了一缕释然之色，面色粲然地说道："李使君胸怀勾践之量，心存坚忍之志，能取能舍，能屈能伸，今治州一方，修政恤民，当是忠州苍生之福。今天晚上，就让下官备桌酒菜，代全州百姓好好敬一下李使君！"

李吉甫见陆贽已释怀开笑，也顺势应允，哈哈笑道："陆学士乃斗酒学士，朝中皆晓啊！今日给学士带来一坛乌杨将军坊，我们敞开胸怀饮个痛快！"

陆、李两人这边已全然打开隔阂，开怀畅谈。那边，陆夫人与裴文昔边吃水果零食边聊着家长里短。陆夫人给裴文昔剥开一个新鲜的大荔枝，正讲着"杨贵妃当年非常喜欢吃忠州荔枝"的故事，忽听陆、李两人开怀大笑，说要饮个痛快。陆夫人回过神来，赶紧收拾做饭，裴文昔也跟着走进厨房帮忙，其乐融融。

冰释前嫌、敞开心扉的酒，倒上又饮去，饮去又倒上。

酒喝至高潮之时，李吉甫起身，给次子李德裕倒上茶水，吩咐次子举杯躬身给陆贽敬酒并道："陆学士满腹经纶，昔日门生皆是珠玉之材，清庙之器。后生斗胆让小儿拜学士为师，与令郎伴读，以成学业。"

陆贽连忙推辞道："这杯不能喝，不能喝。赵郡李氏名门高第，家学渊源，下官万不及一，如何敢班门弄斧？"

李德裕双手举着茶杯，恭敬道："陆相国若收我为徒，传我以学问经纶十之八九，将来也能当上宰相，治理天下……"李吉甫闻言失色，赶忙厉声喝断。

陆贽哈哈大笑道："令郎自幼胸怀大志，文辞出众，风姿俊伟，他日博学洽闻，顺时而达，砥砺不已，必成非常之器，为大唐中兴立下赫赫奇功！"

李吉甫继续用恳请的语气说道："学士过誉了。犬子从小顽劣，争强好胜，锋芒毕露，还望陆学士收于门下，倾心指教。"

陆贽看着李德裕，这孩子像极了自己年轻的时候。他沉吟了半晌，缓声说道："李使君的心意下官尽知。令郎如不嫌弃，下官请结忘年之契，读书有何疑难处，可来与我切磋心得。"

李吉甫见陆贽已是默许，赶紧举杯相敬，随即又把李德裕领于陆贽席位处，李德裕俯身而跪，恭恭敬敬地向陆贽叩了九个响头。

陆贽的确眼力不凡，李德裕日后果然成为一代良相。此乃后话。

陆贽收下李德裕一拜，重回酒桌，两人又对酒畅饮，一直到月满西楼，醉意朦胧，方才揖别。

这就是李陆忠州结欢，成了佳话。

三峡忠州的盐酒茶

忠州百姓也早闻陆、李之怨，以为两人会互相拆台，贻误一方，故而城中人心惶惶。

然而，气量恢宏的李吉甫，心胸像明州的海洋一般广阔，也像长江水一样浩荡，不仅没有记仇报复陆贽，反而处处以宰相之礼待之。

相比于刘晏，陆贽是幸运的。

陆贽卸下心防，倾力协助李吉甫治理忠州，倾心教授李德裕读书作文。忠州府吏和黎民百姓见刺史和别驾日日同登州府办事，下乡巡察州务、解决农事、访贫问苦皆是同行，协力相助，"人益重其量"，满城一片赞誉之声。陆、李冰释前嫌的故事在忠州城内传为佳话。

李吉甫采纳陆贽"五术省风俗、八计听吏治、三科登隽义、四赋经财实、六德保罢瘵、五要简官事"等治政措施，劝农生产、宽刑薄赋、公正廉明，为忠州干了一件又一件的实事好事。

"人心是最大的政治。"李吉甫干的第一件事，就是立庙聚心。

李吉甫与陆贽各捐半年俸禄，在城西修建巴王庙，纪念为保护百姓惨遭楚军杀戮而"刎首留城"的巴蔓子将军，在忠州弘扬忠诚、忠义、忠勇、忠善、忠信、忠孝的忠州精神。

听闻州府要修建巴王庙，百姓商贾纷纷响应，有钱出钱，无钱出力，不到半年时间，巴王庙便落成竣工。

李吉甫亲自书写"巴王庙"三个大字，挂于庙堂之上。陆贽撰写对联两副，置于庙前四个廊柱。

忠州的石匠雕工夜以继日，打造了一座三米三高、重达十吨的巴蔓子雕像，置于巴王庙中。州府又给庙中添置了神龛、香炉、经幡和供奉用的庙具。从此，庙里拜神崇祀者人来人往，香火不断。

老百姓心中从此有了英雄的精神依靠，有了安居乐业的信心，有了忠义、忠信、忠勇的榜样。巴蔓子就像是关羽一样，成为教育百姓忠君爱国的化身。

贞元十二年（796）三月初四是巴蔓子的忌日，李吉甫亲自主持，隆重举行纪念巴国将军巴蔓子的游行活动，八抬大轿抬着巴蔓子夫妇的塑像至"刎首留城"处的东门，举行崇祀仪式之后，再在全城游行。

之后，每年三月初四，形成固定的庙会——"三月会"。每值会期，忠州所辖临江、垫江、丰都、南宾、桂溪五县民众纷纷前来赶会。忠州城里旗帜飘扬，金鼓鸣街，彩亭锦棚，相望盈道，热闹非凡。

"三月会"代代相袭，历千年不衰。巴蔓子将军"刎首留城"的英雄故事也一代传一代，在巴渝大地广为传颂、家喻户晓，融入忠州历代黎民百姓的血脉之中，成为忠州"忠文化"的精神源头。2005年，巴蔓子被评为重庆十大历史文化名人之一。

"读书难，看病难"，这是困扰古代中国老百姓的永恒课题，李吉甫抓的第二件事是崇教兴医。

忠州城处于长江三峡腹心地带，属峡江丘陵地貌，东望夔峡，西接渝蓉，南北群山起伏，溪河纵横交错。

此地属于亚热带季风性湿润气候，温热寒凉，四季分明，特别是夏季气温高，空气潮湿，容易生长蛇虺蚊蚋，发生流行性瘴疠（恶性疟疾等传染病）。湿热蒸郁的瘴气经常侵蚀身体，导致杂七杂八的病症次生，州中妇孺和老人常受疾病困扰。

这也是为什么重庆峡江人特别喜欢住在吊脚楼上，又特别喜欢吃花椒、辣椒和火锅的原因：出汗排湿，驱寒除病。"一方水土养一方人"，这也造就了忠州人火辣忠勇、热情耿直的峡江性格。

李吉甫与陆贽皆久居长安，陆贽祖上对医疗医术颇有涉猎了解。长安城的医疗体系在开元时期很发达，朝廷在太常寺下太医署置医、针、按摩、咒禁四科，各科医官数量也不少。那时，太医署还有药园师，负责种植收采草药。

同朝廷类似，各州府也设有官方医疗机构，有博士、助教和郎中，掌州境巡疗，"以百药救疗平人有疾者"。民间也有医馆和郎中。太医署还将医术、药剂师扩展到诸州府，"凡课药之州，置采药师一人"。

李吉甫与陆贽带领州中医官、郎中、采药师，一道深入所辖地区走访，搜集本州民众主要存在哪些常见疾病，哪些疑难杂症，民间有哪些有效治疗疾病的偏方和药草，并登记造册，以掌握第一手资料。

之后，由陆贽牵头，对州郡之内主要多发疾病进行分类归纳，按照内、外、妇、儿、五官、针灸各科共列出一百种常见病例，结合《本草》《贞元广利药方》和孙思邈所著的《千金方》，钻研医学，治疗患疾，逐一配制出适合忠州本地中医诊治的药方、制剂，并列出相应配合治疗的民间偏方、家传秘方，修订成五十卷《陆氏集验方》。

州府出钱刊印了一百套《陆氏集验方》，发放给辖区的医馆、医铺以及乡里村坊郎中、"土医生"，并纳入府学、州学、乡学和私塾教案，进行疾病预防和中医医疗普及。

一代名相陆贽，也实现了"不为良相，且为良医"的理想。

"理小州，亦如治大国。"在李吉甫看来，州民不仅要有健康的体魄，不生病少生病，头脑还要有知识有文化，民众知书达礼，知纪守法，社会方可长治久安。

按照"下有益于民事，上有助于官司"的治州理念，李吉甫先对行政管辖制度进行改革，州辖五县，县设县令，各县设乡；五里为乡，百户为里；乡设乡长，里设里正；城内分坊，郊外为村，皆设坊正村正。

令、长、正各履其责，负责劝课农桑、收纳赋税、民众教化、治安调解、土地收授以及派遣兵役、徭役等事务。

地方管理体系理顺后，李吉甫传承父亲"设学校、育人才、重礼制、序尊卑、兴文治"的政策，"大起学校，堂上画《孝友》传示诸生，为乡饮酒礼"，上行之于朝堂，下贯彻于乡里，使乡县州皆有学校，聘请乡贤，广而教之。

李吉甫为官明州时，与之交好的道钦禅师（径山寺开山鼻祖）圆寂于龙兴寺，李吉甫曾撰写塔铭，对其尤是敬仰。

到了忠州，李吉甫闻说城东也建有龙兴寺，于是决定前往崇香，但此时的龙兴寺已破败不堪，他于是决定对其修缮扩建。

忠州龙兴寺历史久远，始建于东汉永平年间，于大唐第四位皇帝李显在位时扩建，属于唐朝官寺。永泰元年（765），诗人杜甫自蜀州顺长江而下，游历忠州山川名胜、书院寺庙，写下了《宴忠州使君侄宅》《禹庙》等经典诗作。

杜甫寓居忠州，就住在这龙兴寺。临别之时，他在这里留下了《题忠州龙兴寺所居院壁》：

忠州三峡内，井邑聚云根。小市常争米，孤城早闭门。
空看过客泪，莫觅主人恩。淹泊仍愁虎，深居赖独园。

龙兴寺修缮一新后，李吉甫决定在旁边修建文庙，供奉祭祀孔子，又兼作州学之地，设置忠州书院（现重庆市忠州中学所在地）。他自己与陆贽经常前往庙院，聚徒讲学，传授儒学，带头行乡饮酒礼，明长幼之序，敦亲睦之情。忠州一时艺文儒术为盛。

崇教兴医，改善民生皆需要用钱。钱从哪里来？李吉甫最反感的是压榨百姓、增加税赋。怎么办？

苛捐杂税是古代老百姓最大的经济负担。李吉甫干的第三件事就是制盐种茶，发展经济。

"四王二帝之乱"以来，朝廷年年征战，国库捉襟见肘，穷得快揭不开锅了。忠州地处三峡，当然更为穷窘。

"盐"是百味之首，没有盐，身体就没有了根本，饭菜都没有了灵魂。忠州有句谚语："三天不吃盐，走路打偏偏。"可见，盐在古代是极端重要的物资，也是财税收入的重要来源。

忠州得天独厚，盐业资源十分丰富，是三峡流域主要的产盐地，从新石器时代晚期开始，居住在忠州的巴人就开始采盐制盐。

秦始皇统一中国后，定郡县之制，发展经济，使盐业振兴。《文献通考·秦赋》记载说："盐铁之利，二十倍于古。"

于此，秦国始置"临江县"，开始以官方开采盐业。《华阳国志》记载："临江县，枳（今重庆市涪陵区）东四百里，接朐忍（今重庆市万州区），有盐官在监、涂二溪，一郡所仰。其豪门亦家有盐井。"

监溪和涂溪皆是忠州长江段的两条支流，溪河两畔盐卤特别丰富。忠州城东北的监溪，由戚家河、黄金河两条溪河于三角滩汇入，再自北向南流经甘井沟至城东，汇入滚滚长江。

戚家河、黄金河两河相汇于监溪，与监溪河床的盐水卤水相融，又汇流入甘井沟。百姓饮其水，其味清洌甘甜，煮菜鲜香可口，人们于是将监溪与甘井沟合称为"甘井河"。

监溪所产的盐巴送到大秦帝国的宫中、军中，走进咸阳寻常百姓家。盐巴易于贮藏，又晶莹雪白，味道鲜美。秦始皇吃了此盐做的佳肴，更是夸赞不已："此地莫不是上天赐给大秦的风水宝地？"

于是，秦始皇召来丞相李斯和盐铁使询问临江县的产业情况，得知监溪之盐，地理位置独特，盐业资源丰厚，盐巴质量尤精，于是啧啧赞道："两江相汇，融其甘井河，味美而甘洌。李丞相正在实施'书同文'之令，全国名叫'甘井河'的太多，朕给甘井重起一字如何？"

李斯思忖片刻，双眉一扬，躬身回道："两溪相聚，两水（溪水、盐水）相汇，合二为一，汇流甘井，味美甘洌，臣进言可新造一字——'㸑'。"秦始皇大赞，以"㸑"代之。

从此，临江县产盐的监溪改称"㸑溪"，甘井河改称"㸑井沟""㸑井河"，岸上居住之地改称"㸑井乡"。

而今，查阅《康熙字典》《现代汉语词典》等工具书，其解释为："㸑井沟，地名，在重庆忠县。"是中国唯一使用该字的地名。

然而，后来战乱频仍，税赋屡增，忠州经济萧条，盐业生产条件和技术落后，盐巴质量和产量也逐年下降，加之当地豪强大量私人开发，又与官吏勾结营私，致使官办的㸑井盐厂盈利越来越薄。

明州（今浙江省宁波市）在春秋越国时期已开始制盐。《越绝书》卷八记载："朱余者，越盐官也，越人谓盐曰余。"秦统一中国后，明州盐业贸易已趋向活跃。到了唐朝，明州盐业已开始置官设署，为浙江省的重点产盐区。李吉甫在长安时任过朝廷工部屯田司员外郎，又任过明州长史三年，对盐铁生产、技术、运营比较熟悉。

李吉甫深入调研㸑井盐厂后，进行了一番大刀阔斧的改革。迅速调整了㸑井盐署的盐官，扩大官办盐场的规模，沿河置场，新建盐井十口、盐仓五座，招募忠州壮年民众，供给采盐器具，培训制盐技术，又对产盐制盐工序工具、煮盐的盐灶和陶罐进行了反复的创新改进。

由于盐业利润高，当地豪强大族过去剥削百姓，广取盐利，垄断盐业买卖，逐步操纵本州郡的治政。李吉甫大力整顿当地豪强大族，停罢规模较小、安全隐患大的私人盐坊，不允许再私自打井滥采。

对已在㸑井河开采规划较大、产量较好的私商盐户，重新专立户籍，免去部分税收徭役，调整和融洽官营与私商、盐户的政商关系。

李吉甫大胆改革第五琦（字禹珪，京兆长安人，唐朝中期宰相、政治家、理财家，也曾任过忠州刺史）创立的"榷盐法"，派驻州府盐官督促指导盐户自行生产，大力提升质量、产量，所产盐巴均由官府统一收购、运销。

李吉甫又采纳曾任宰相、户部侍郎，后迁忠州刺史刘晏的盐业政策，对长江流域的盐商进行了解考察，选取三家诚信度高、资金实力强、销售渠道广的盐商，作为指定销售商。

官府根据市场需求，将合理的盐税加在盐价中售给指定盐商，合理调控盐价，用"盐署主销""官商分利"的制度取代过去"官方专利"制度，既调动了私商贩盐积极性，保障运销官盐的私商获利，也确保了官盐的盈利兴盛。

经过对忠州盐业一番产销改革，㵐溪、涂溪的盐场规模都扩大近五倍，忠州所产的岩盐、井盐色泽洁白，颗粒均匀，精致细腻，用它烹饪菜肴，疏松易溶，增味提鲜，咸味醇正。远销长江下游、川西川东地区和京城长安。

"官商共利"的盐业新政在忠州仅仅推行了一年，盐价下跌，盐产陡增，州府的税收翻了一番，彻底地缓解了过去入不敷出的州府财政现状。李吉甫再也不用担心交不上朝廷的税赋了……

如何处置剩余盐税，是放进腰包，还是取之于民用之于民？

李吉甫将盐税收入一方面用于修桥修路，办学兴教，改善医疗，解决民生；另一方面大力推行陆贽任宰相时提出的《均节赋税恤百姓六条》，对州境内因病、因灾、因学致贫的百姓减免税赋，扶贫济困，极大地缩小了州民的贫富差距。

在州府财政管理上，李吉甫采纳陆贽的建议，一改过去"量出而入"的财税体制为"量入而出"，开源节流，节俭用度，并用余钱在长江两岸建"南仓""北仓"，用来储备粮食，备荒赈恤。

李吉甫大力推行平抑物价的"平准法"，"贵则卖之，贱则买之"，防止谷贱伤农、谷贵伤民，以使"万物平而便百姓"。遭遇灾荒之年，州府就打开"义仓"，给百姓发放谷物种子，"赊粜"度荒粮食，防止当地豪强对穷苦百姓的盘剥。

陆贽担任宰相时提出的"轻徭薄赋""养民治国"等治政措施，经李吉甫的大力推行实施，真正落地开花结果，在忠州这块"试验田"中变成了看得见、摸得着的现实。

毕竟是出身名门望族的士大夫，李吉甫让百姓的物质生活有了提升。他还想提升忠州百姓的精神文化生活。于是，李吉甫决定进一步兴盛忠州的"酒"和"茶"。

由于忠州乃盐业之州，经济较发达，也使酿酒和酒文化源远流长，早在三国时代这里的煮酒技术就臻于极盛。严颜将军驰骋沙场，亦是豪饮的英雄，他将江州、益州先进的酿酒技术带回家乡，筑坊酿酒，广泛传授"发酵、下曲、蒸馏、窖藏"等酿酒技术，也将"温酒""煮酒""敬酒"文化弘扬于世。

严颜将军的后裔皆以酿酒为业，时已传到第二十代传人严义城。他将南岸巍峨方斗山脉流下的山泉引入乌杨，用清澈的山泉水酿造的"将军坊"高粱酒、糯米"藤枝酒"（又名咂酒，饮时以藤管吸饮）名扬巴蜀。到了唐代开元时期，忠州南北两岸酒坊林业，遍布各乡，众多百姓之家也都会酿造咂酒、白醪（以糯米酿制的酒酿）。

在"将军坊"酿了一辈子酒的房氏，七旬后离开"将军坊"，倾尽身家在长江之畔的晏家山为子孙购地修房，创建了"乌杨烧酒坊"，其子房大仙历经数十年研制改良，创造了"泡、闷、蒸、糠、水、温、匀、透、适"等独特的烧酒酿造工艺，其所酿的乌杨"桑落酒"不刺喉、不伤头，余香久，很受忠州百姓的欢迎。

乌杨严家"将军坊"与房家"桑落酒"皆畅销大江南北，各占半壁江山，又暗地争胜，爱恨情仇争斗了数十年，也将乌杨白酒的品质推向了绝顶高峰。

因此，乌杨酒的名声越来越响，忠州各地到处流传着一首喝酒谚语："沿河上下走，好喝不过乌杨酒。"

李吉甫也是爱酒之人，他带领别驾陆贽、司功（掌考课教育）、司仓（掌仓储租赋）、司户（掌户籍婚姻田宅）等人划船渡江，登上南岸，前往乌杨了解百姓生活，考察酒业生产，拜谒严颜墓。

李吉甫走进将军村，顿时一缕一缕淡淡酒香飘溢而来，扑鼻诱人。他们一行走进"将军坊"偌大的酒窖，酿酒主师何氏打开一坛窖藏十年的酒坛，舀出一瓢琼浆玉液来，那琥珀般莹澈的酒光荡漾着，映得李吉甫须眉俱亮，令人垂涎欲滴。

何氏给李吉甫斟满一杯恭请他品尝。李刺史伸手接过酒杯，颔首先闻了一鼻酒香，闭眼扬头深吸了一口香气，举起杯来缓缓抿了一口，而后举杯一饮而尽，只觉一股甘洌无比的热流顺喉而下，当真是舒爽异常。

李吉甫顿时发出一声啧啧赞叹："好酒，好酒，将军坊，英雄酒，果然名不虚传！"李吉甫一行又在严颜后裔严义诚的带领下，前往拜谒前巴郡太守严颜之墓。

当晚，李吉甫夜宿将军村，严义诚杀鸡宰羊，置备数桌酒菜，打开上好的"将军坊"和"藤枝酒"，热情招待他和本村村民。李刺史与他们把酒吃肉，亲切交谈，共话桑麻，摆谈张飞义释严颜、巴蔓子刎首留城、甘宁夜袭曹营等忠州历史故事，边谈边饮，一直畅叙至深夜，老百姓无不夸赞李吉甫和陆贽都是真正爱民恤民的好官。

听将军村的村民讲，方斗山下有村民在山麓中一个很深的山洞，挖出一些黑色的石矿，发现它们能燃烧，煮饭烤火都可以用，很是神奇。

次日，李吉甫决定前往方斗山一探究竟，翻山越岭，来到方斗山下的中岭山（今重庆市忠县向阳村），举目顾盼，这里群山起伏，森林繁茂，中岭之巅与方斗山脉连绵接壤，形成三面环山之势，诸峰逶迤，林壑尤美，常年云雾缭绕，水汽湿润，山风拂面，清凉怡人。

在这个山青林茂、云飘雾渺的地方，李吉甫发现这里竟然藏着一大片一大片的古茶树。

经询问当地的几个百姓，他才知道早在几百年前这里的人们就种植茶树，百姓营生，多以种茶为业，村民自己采茶、制茶和饮茶的风尚十分浓厚。这里种茶饮茶之人皆精神抖擞，长命高寿。

李吉甫听了大为惊讶，一手掐了一片茶叶放在口中咀嚼，一边抚须赞叹道："天赐中岭，山环雾绕，云蒸霞蔚，日出而林霏开，云归而岩穴暝，这真是一个种植茶叶的风水宝地！"

但这些茶树长势不一，杂树杂草丛生，分明是没有人打理。李吉甫决定由州府出面重新建设茶园，动员当地百姓开垦茶山，种植新茶，发展茶叶经济。

六年不徙官

李吉甫与陆贽，一个满腹经纶，一个心胸豁达；一个政略丰富，一个年轻肯干。两人相得益彰，搭台补台，彼此成全。

岁月如梭，三载斗转星移，忠州已不再是杜甫诗中那个"小市常争米，孤城早闭门"的穷乡僻州，经济逐渐繁荣，府库岁用有余，百姓安居乐业，全州上下呈现出一派欣欣向荣的富庶景象。

李吉甫肚里能行船的胸襟，一心为百姓的政绩，很快传到益州（今四川省成都市）。西川节度使韦皋的幕僚段文昌，对李吉甫的民意政声仰慕至极，决定弃"益"（州）投"忠"（州），干谒李刺史。

何为"干谒"？干谒即为谋求禄位而请见显达之人，是唐代文人进身仕途的捷径之一。当然了，这与干谒者的才华和被干谒人的赏识有关，甚至后者的赏识比前者的才华更为重要。

段文昌（773—835），西河（今山西省汾阳市）人，这年他刚二十五岁，比李吉甫小十五岁，正是风华正茂、心怀抱负之人。

"良禽择木而栖。"段文昌跋山涉水，顺江而下，风餐露宿地赶到忠州，发现忠州这里山高路陡，丘陵众壑，与一马平川、良田沃野的天府之国益州相比，无论是地理条件，还是经济文化层次都不在一个段位上，相去甚远。

但这些都不重要。能与李吉甫、陆贽这等德才兼备的前贤为伍，共治一方，对于段文昌来讲，可谓如鱼得水。

对于李吉甫来讲，正是州府缺乏人才之际。于此，倜傥有气义的段文昌被安排担任掌书记，负责州府表奏书檄等文书和内务工作，从此协助李吉甫，感悟百姓之苦，历练治世之功。

段文昌的人生命运也从此逆袭。

《旧唐书·段文昌传》这样写道："李吉甫刺忠州，文昌尝以文干之。及吉甫居相位，与裴垍同加奖擢，授登封尉、集贤校理。穆宗即位，拜中书侍郎、同中书门下平章事。敬宗即位，征拜刑部尚书。文宗立，拜御史大夫，进封邹平郡公。"

段文昌与李吉甫一样，后来也出镇淮南节度使，出任大唐宰相。当然了，这与李吉甫善于甄别人才、举荐贤才、任用能才分不开。李吉甫算是段文昌一生的贵人。更有一段佳话是，经李吉甫引荐，段文昌还成为与李吉甫同年出生、同日为相的武元衡的乘门快婿。此乃后话。

李吉甫有声有色地治理忠州，朝中局势此时仍是变幻无常。自从陆贽离开大明宫后，户部侍郎、判度支裴延龄更加骄横，谩骂诋毁朝臣好似家常便饭，极尽阳奉阴违、诡怪虚妄之能事。

裴延龄一等再等，等来的不是李吉甫对陆贽痛下杀手的消息，而是两人冰释前嫌、置怨结欢的佳话，自己借刀杀人之计终化为泡影。他气得连肺都炸了，郁闷难当，大病了一场。

化为泡影的，还有裴延龄的宰相梦。

倚仗唐德宗的恩宠，裴延龄满以为宰相之位非他莫属。然而，裴延龄根本不明白，唐德宗不想陆贽死，帝国的中兴还需要他，只是还未到时候。他也知道，裴延龄一直在忽悠自己。

唐德宗对裴延龄跋扈恣睢、睚眦必报的嘴脸早已厌恶，只给他一个户部尚书之职，始终未给他宰相之位。裴延龄郁闷至极，一天比一天烦躁抑郁，气得僵卧在床，气息奄奄。

多行不义必自毙，机关算尽终成空。

贞元十二年（796）九月，臭名昭著的裴延龄在家中一命呜呼，朝廷内外相贺，大快人心。后来，唐宪宗当了皇帝，将其谥号改为"缪"字，这位处心积虑打击忠良的奸臣被永远钉在了历史的耻辱柱上。

短短几天后，忌恨陆贽、与裴延龄同流合污的门下侍郎、同平章事赵憬宰相也与世长辞。

裴延龄到死也没想明白，李吉甫和陆贽为什么会在忠州化干戈为玉帛？

莫惨乎深文以致辞，莫难乎以德而报怨。以德报怨、化敌为友是一种做人做官的智慧。唯有如此，朋友才会越来越多，敌人才会越来越少。反之，以怨报怨，只能两败俱伤。

消息传至忠州，李吉甫终于长长地舒了口气。他亲自带上乌杨"将军坊"酒夜访陆贽府。陆贽喜出望外，摆了一桌丰盛的酒席，两人把酒长谈，开怀畅饮，毫无主副之分，更像是一对忘年交。

李、陆两人将心比心，更加精诚团结，不为一隅所困，念念以济世安民为己任，扶世济民，治理忠州。

一天，李、陆两人前往城西察看龙昌寺的修缮情况。走到向家嘴（鸣玉溪河流入长江的溪口处）时，忽闻撕心裂肺的哭声。李吉甫上前问询，只见一年轻妇女抱着一个头破血流的孩子，哭得差点晕死过去。

原来，这对母子本想去龙昌寺烧香，但去往龙昌寺的山路陡峭难走，在一处悬崖绝壁处，孩子不慎跌落山崖而亡。

李吉甫好心劝慰这位母亲，又拿出随身银两给予周济。回到州府，李吉甫与陆贽商讨，筹集资金修建龙昌寺山道。两人带头捐出一百两银子，又召集州中的官吏富商和民众，有钱出钱，无钱出力，不出半年就修好了前往龙昌寺烧香祈福的山道，百姓无不称赞。

空余时间，陆贽潜心研究医术，编撰完善《陆氏集验方》，李吉甫潜心研究地理，分章编撰《郡县图志》，相互切磋请教，或饮茶吟诗作赋，或徜徉在翠屏春晓、紫极晚烟、巴台夜月、治平晨钟、玉镜天成、鸣玉平沙、西岩瀑声之中……纵谈治国之道，谋划养民之策，不知不觉间忘却了远离长安的寂寥。

李吉甫来到仙都观（今重庆市丰都县东北名山上之天子殿），登上平都山的山顶，只见山前江水浩浩，山上松柏苍苍，舟中行客来去纷纷。他不由得感叹古今换易如同秋草，世间生死譬如朝暮。

丰都县（时属忠州管辖）县令向李吉甫介绍，传说汉代时有真人（道士）阴长生和王方平在此"升悟成仙"，而今真人仙去，唯有苍松永在。李吉甫不由得感慨万千。在县令的一番邀请下，李吉甫在此挥毫写下了《唐仙都观王阴二真君碑》。

李吉甫还同陆贽一起泛舟长江，游历三峡名胜，结交问道于高贤异士，博采众长，砥砺器识，绘制地图。他还在巫山飞凤峰麓写下了文采斐然的五言长律《神女庙》。

两百年之后，北宋文学家欧阳修读了李吉甫的《神女庙》诗，称赞"文辞甚可爱也"。他在《集古录跋尾》中写道："余贬夷陵令时，尝泛舟黄牛峡，至其祠下，又饮虾蟆碚水，览其江山，巉绝穷僻，独恨不得见巫山之奇秀。每读数子之诗，爱其词翰，遂录之。"

陆贽也将毕生学问倾囊传授给李德裕，其"学为帝师"的修养、公忠体国的官德、情词恳切的文风，对李德裕有着深远的影响。

李德裕也表现出与众不同的智慧、才情与气质，他不仅熟读《礼记》《易经》等"四书五经"，还通览《孙子兵法》《唐六典》《贞观政要》等典籍和兵书，更是对《左氏春秋》《汉书》痴迷精研，百读不厌。其文章亦如祖父李栖筠一样，"简实而粹清，朗拔而章明"，骈偶之中更是雄奇骏伟，与陆贽不相上下。

忠州几度春风化雨，李德裕英华内蕴而气场外耀，从一个江风中的绣衣少年长成一个翩翩佳公子。

李德裕还根据父亲李吉甫给他讲的大唐帝国诸多传奇故事，撰写了一部小说，就是后来的《次柳氏旧闻》。

这部《次柳氏旧闻》，其实就是关于唐玄宗与杨贵妃的小说版《长恨歌》。

这又是怎么回事呢？

原来，李吉甫担任太常博士时，有个名叫柳冕的同僚。他博学多才，又富文辞，文史兼修。柳冕极力主张"文道合一"斯为美，道不及文则德胜，文不知道则气衰。他认为文章本于教化，发于情性，应以圣人之言、尧舜之道为准则，崇尚"文质彬彬，然后君子"的儒家精神，后来成为韩愈、柳宗元古文运动的先驱。

柳冕肚里的学问多，知晓的故事也很多，闲暇之时就给李吉甫摆唐玄宗与杨贵妃的情爱秘闻。

原来，柳冕的父亲柳芳，是唐代知名的史学家，唐肃宗时任史官，负责续写唐玄宗天宝（742—756）后期到唐肃宗乾元年间（758—760）的事迹，编成"国史"130卷。

柳芳后来因事被贬官到黔中（今贵州省贵阳市）。说来也巧，唐玄宗宠信的宦官高力士也被贬黔中，两人路上相遇，结伴同行。高力士对唐玄宗忠心耿耿，天子也对其恩宠相待，日日让其侍奉左右。

同为沦落人，高士力也不把柳芳当外人。他将李隆基执政的诸多政治内幕、包括他与杨贵妃的秘事都讲给了柳芳。

柳冕把从父亲柳芳那里听来的故事,又一一摆给了李吉甫听。李吉甫又摆给了陆贽、李德裕听。

李德裕所著《次柳氏旧闻》虽仅有两千余字,但不亚于现在一部中篇小说,并且故事十分精彩,其中有一段描写唐玄宗"花萼相辉"听歌的篇章:

兴庆宫,上(指唐玄宗李隆基)潜龙之地,圣历初五王宅也。上性友爱,及即位,立楼于宫之西南垣,署曰"花萼相辉"。

朝退,亟与诸王游,或置酒为乐。时天下无事,号太平者垂五十年。及羯胡犯阙,乘传遽以告,上欲迁,幸之,登楼置酒,四顾凄怆,时美人善歌从者三人,使其中一人歌《水调》。

毕奏,上将去,复留眷眷。因使视楼下有工歌而善《水调》者乎。一少年心悟上意,自言颇工歌,亦善《水调》。使之登楼且歌,歌曰:

"山川满目泪沾衣,富贵荣华能几时,

不见只今汾水上,唯有年年秋雁飞。"

上闻之,潸然出涕,顾侍者曰:"谁为此词?"或对曰:"宰相李峤。"上曰:"李峤真才子也。"不待曲终而去。

李德裕描写"安史之乱"后,唐玄宗以"太上皇"的身份回到长安,登临"花萼相辉",听到"富贵荣华能几时,唯有年年秋雁飞"的歌声,想起自己曾经开创的"开元盛世"、想起荼毒生灵的叛军战火,想起香消玉殒的杨贵妃,不禁泪如雨下,悔恨不已……

其实,李德裕是借写一部爱情故事的小说,进谏劝告当朝皇帝吸取唐玄宗的深刻教训:要抑制藩镇,防止他们像幽州(范阳)节度使安禄山那样"割据自大",形成尾大不掉的局面。要抑制天子私欲,防止像李隆基那样,承平日久便忘了"居安思危",挥金如土,耽于享乐,宠幸杨贵妃。要抑制宰相独揽朝政,蠹政害民,防止出现像宰相杨国忠执掌政事堂时那样,政治腐败,官吏贪渎,民怨沸腾……

当时,大明宫政事堂的宰相有四位:贾耽、卢迈、崔损、赵宗儒。然而,他们在宰相任上普遍缺乏作为,相权逐渐萎缩,几乎一事无成,正史对他们执政期间的表现几乎是一笔带过。

宰相作为百官之首,其最重大的职责便是选拔人才,拔擢官吏,为大唐帝国所用,让"天下英雄,入吾彀中矣"。

唐代官员考课（绩效考核考察制度）通常每年进行一次，称为小考，三年举行一次大考。朝廷派出大使循行各地，按照"八计听吏治"标准，对其官德、政绩和功过进行考核。

李吉甫已在忠州刺史任上干了整整五年，勤政爱民，吏治清明，政声显著，受到忠州百姓的爱戴。考课评价都是"德义有闻、清慎明著"，成绩位列一等，年年还受朝廷增发一季俸禄。

然而，身居政事堂的宰相们就是视而不见，"冷藏"李吉甫。

到了贞元十七年（801），大唐王朝迎来了新时代的曙光，但全国的政局形势依然不容乐观，面临"外患内忧"的巨大危险。

这年二月，淮西节度使吴少诚割据一方，拥兵自立，频频出兵劫掠陈州（今河南省淮阳县）、郾城（今河南省漯河市郾城区）等地，武力扩张淮西地盘，令中原百姓惶惶不可终日。

曾经为唐德宗立下赫赫战功的李晟、马燧将军相继离世，勇武绝伦的浑瑊将军也已于贞元十六年（800）去世，"四大名将"已然只剩下韦皋。而韦皋又远在益州，当着他的"西川霸王"。

无将可用的唐德宗，只得听信神策中尉窦文场一阵吹嘘，诏令夏绥节度使韩全义统领河南、河北的十七道兵马讨伐吴少诚。

然而，在这个只会高谈阔论的韩将军的指挥下，诸道联军溃不成军，节节败退，搞得唐德宗焦头烂额。七月，吐蕃大相论莽热亲率十万高原铁骑入侵大唐，欲报当年（793）大败西川的一箭之仇，想一举拿下灵、盐、夏三州，从南、北、西方向包围关中，直取长安。

吐蕃人越过边境，攻打大唐要地盐州（治今陕西省定边县），纵兵掠夺并将盐州城焚毁，继而很快又攻陷麟州（治新秦，今陕西省神木县北），屠杀了刺史郭锋（唐代名将郭子仪孙）和一州官吏，毁坏麟州城郭房屋，掠劫城内居民及党项部落属民千余人。

唐帅无人可任，敌军无力可挡，唐德宗只得诏令西川节度使韦皋出兵血战吐蕃，不惜一切代价打败吐蕃大相论莽热，以保天下社稷。

内忧外患的唐朝岌岌可危，深陷不安和忧虑中的唐德宗，开始想念在"泾原兵变"中参决军务的"内相"陆贽，想念那个一夜之间挥翰绘制"行军地图"的地理行家李吉甫。

于是，唐德宗任命给事中薛延为考课使，前往忠州宣旨慰问陆贽，同时对任职六年刺史的李吉甫进行考课。

薛延风尘仆仆地赶到忠州，对忠州"户口垦田、钱谷出入、盗贼多少"，辖内户口、垦田、赋税数目，米价高低，治安及刑狱等情况进行深入调查，评定治绩，对李吉甫在"清正、治行、勤谨、廉能"方面取得的良好政声给予了高度评价。

唐德宗很快便接到了两份奏章，一份是薛延从忠州呈送的关于李吉甫忠州刺史考课报告，另一份是韦皋从益州呈送的关于奏请陆贽代领剑南节度使的报告。

两份奏书搁在唐德宗的御案前。他看了又放下，放下又拿起，脑海中又浮现出与陆贽、李吉甫在奉天、梁州共难的情景，呆坐于御书房直到深夜，心情仿佛变得复杂了许多，他不禁思忖：

朕诏韦皋出兵吐蕃，他奏请陆贽代领西川节度使，是在向朕投石问路？还是向朕施压开出的条件？当下，朝中功臣李晟、马燧、浑瑊先后已去，政事堂的宰相又碌碌无为，若是让功勋卓著、才高八斗的陆贽重回朝堂，他与南康郡王韦皋军政互援，加之陆贽至交顾少连、权德舆等人已是朝中股肱重臣，其担任知贡举时"通榜拔擢"的崔群、韩愈、柳宗元、刘禹锡等一批进士已成长起来，若是联手太子李诵，岂不要架空朕？

一丝丝凉意，顺着唐德宗的后脊背，缓缓爬了上来……

本想起复李、陆重回长安的念头，随着御书房中的油灯摇摇晃晃明灭不定，渐渐湮灭于大明宫漆黑的暗夜里。

次日，唐德宗下诏，陆贽原地不动。李吉甫调任郴州（今湖南省郴州市）刺史，薛延接任忠州刺史。

《旧唐书·李吉甫传》记载："及陆贽为相，出为明州员外长史；久之遇赦，起为忠州刺史。时贽已谪在忠州，议者谓吉甫必逞憾于贽，重构其罪；及吉甫到部，与贽甚欢，未尝以宿嫌介意。六年不徙官，以疾罢免。寻授郴州刺史，迁饶州。"

"六年不徙官"的李吉甫接到唐德宗的圣旨，一颗积极进取的火热之心顿时跌入了冰窖。

对于唐代贬谪离京的官员，长安是他们深深渴望忠君报国、实现人生理想的殿堂，是潜藏于他们心中永恒的精神向往。他们时刻都盼望着重返京师，东山再起，一展平生之志。

四十五岁的李吉甫，自贞元八年（792）离京，已将近十载，赴任忠州刺史已满六年，虽政绩卓著，百姓爱戴，然又迁任离京千余公里之外的郴州，久谪不归，眼看自己的两个儿子已经长大成人，却跟着自己辗转江淮，无从参加科举考试，建功无门。他不禁悲愤交加，在抑郁而苍凉的心境中因秋寒而病倒了。

忠州地处三峡地带，大江中流，地势潮润，空气湿度大，和岭南一样也是瘴疠流行之地，因此忠州人自古以来就爱吃火锅，炒菜也要放大把大把的红辣椒，就是为了祛寒除湿。

白居易任忠州刺史时，白雪纷飞，天寒地冻。他于是用小火炉烫火锅，邀请友人饮酒驱寒，吟诗作歌。有诗为证："绿蚁新醅酒，红泥小火炉。晚来天欲雪，能饮一杯无？"

也正是忠州的特殊地理位置，让生活在此的人很容易感染瘴疠，若再受寒感冒，发烧咳嗽，那就很有可能引发肺部感染，甚至出现胸痛、胸闷、呼吸困难等症状，一旦转为重症肺炎，甚至会呼吸衰竭，危及生命。

《旧唐书·陆贽传》记载："贽在忠州十年，家居瘴乡，人多疠疫，乃抄撮方书，为《陆氏集验方》五十卷，行于代。"讲的就是陆贽谪居忠州与李吉甫共事期间，瘴疠横行，百姓多为所害，于是编录《陆氏集验方》五十卷，防疫救人。"不为良相，便为良医"之语也成为陆贽一生恤民爱民的写照。

李吉甫在忠州时，就是因受寒感冒，引发严重细菌性肺炎的。严重肺炎在千余年前的唐朝是重病。可以说，李吉甫的心理、身体都受到了一次严重的摧残。

好在陆贽仁心敦厚，又精通医术。他一面给李吉甫诊脉调理，配制集验方精心治疗其肺病，一面是常常邀请两家人聚在一起，种地植树，饮茶休闲，烫点自制的小火锅，相互劝慰勉励。

李吉甫继续留在忠州养了大半年的病，身体方才恢复元气。如若不是陆贽，或许李吉甫很难逃过这一劫难。

这正应验了那句话：以德报怨，以德报德；善有善报，福有福报。

从忠州到郴州、饶州

贞元十八年（802）秋天，李吉甫的肺病得到了有效的治疗，身体基本康复。全家打点行装，收拾书卷，雇舟搬物，启程前往郴州。

长江已到了枯水季节，江水已退到河床之下很远，秋风与河风交织着、旋舞着，时而刮起一股旋风吹起黄色的河沙漫天飞散，阳光直射在滚滚东去的江水之上，波浪如鳞片一般闪动着白炽而刺目的光芒……

空旷的河坝之上，好似能听到南岸翠屏山传来的两声猿啼，习习的河风吹起陆贽、李吉甫的飘飘衣袂，头发飞舞，灿灿的朝阳把两人的影子拉得老长老长，结欢六载的一对断肠人在此依依道别。

江水滔滔，猿声啼叫，更增添了几分离别的悲戚和伤感。

同是朝堂贬谪人，今日又将一去千万里，何日重逢，遥遥无期。这真是："同作逐臣君更远，青山万里一孤舟。"

李德裕一袭白衣，矗立江畔，好一个风度翩翩、气宇不凡的俊公子。过去的七年里，他与陆贽一起遍读经史，涉猎百家，又切磋诗赋奏章，好像只是展开一卷帛书的时间就长大成人了。

只是，陆贽的身体日益消瘦，眉梢和鬓角之间，也好像在展开一卷帛书的时间就悄悄地染上了一层浓浓的霜色。

离别之际，李德裕深情地向陆贽行了躬身礼，语气至为恳切地说道："先生，至今学生方才读懂《贾谊传》，贾谊的际遇，书里有说是时乖命蹇，有说是其术疏阔。依学生看，此事不怨天时，不怨命数，只因孝文帝不能知人善任。贾谊远谪长沙，经年方还，文帝待之宣室，竟只问以鬼神之事。世人只见贾生年二十余秩比千石，却不见文帝待他直如巫祝弄臣，何曾看重过他的经纶方略！得君如此，《治安策》洋洋万言，恐怕也都是对牛弹琴。"

陆贽当场一怔，眼眸深处透射出一缕惊赞的微光。他捋了一下须髯，转眼对着李吉甫呵呵笑道："真是虎父无犬子！台郎天纵其才，灼见高妙，实乃卓异之材、非凡之器，使君（李吉甫）倘以高才伟量、博学硕德加以调教，定能令台郎天资尽掘、脱颖台阁，日后必能成就一番掀天揭地之伟业，青出于蓝而胜于蓝啊！"

"多谢相国不吝锻造！下官不胜惶恐感激。"李吉甫的面颊顿时泛起一片欣慰之色，躬身谦谢不已。

陆贽拱手相拜，喃喃说道："使君乃清庙之器，非久居荒僻者。致位台阁，只在指顾之间。"这真是初时不知曲中意，再听已是曲中人。在他人看来，这不过是泛泛的恭维之语，但从"曲中人"陆贽之口说出，却好像立刻就有了非同寻常的含义。

李德裕好似有话还在肚子里。他上前朝陆贽又躬身一礼，恭敬异常地说道："先生，贾谊若能活到四十岁，以'众建诸侯而少其力'之策说服孝景帝，则'七王之乱'庶几可免。若能活到六十岁，遇汉武大帝，儒法相宜，施'三表五饵'之计以制匈奴，便是中兴重臣，名齐萧曹。贾生泉下有知，必定痛悔当日自怨自艾，伤悼无节，抑郁而亡，以致年命不永。"

李德裕说完，退后两步，跪于陆贽面前的沙滩上，动情地说道："先生，学生与先生相从数年，悉心教诲一定永铭于心。今当远别，别去无恙，侍奉先生，定会有期。愿先生寿比南山，后福无疆。请受学生三拜。"

陆贽赶忙将李德裕扶起，知道他的话中颇有深意，也是对自己的人生劝诫，不由得暗暗一怔，不禁露出满面感动和欣慰之色。"树人以继志，立人以补己。"在陆贽看来，自己七年心血栽培教导的李德裕，若将来真成为一位安邦济世之贤才，又何尝不是等同于自己亲手为大唐帝国安邦济世了一回？

陆贽与贾谊，的确有一些相似之处。李德裕束发之年便将陆、贾两人相提并论，以贾谊之故劝慰陆贽"只要青山在，不怕没柴烧"，保重身体，乐观向上。可见其视野之宽阔，思维之睿智，直言之犀利。

后来，中唐宰相权德舆这样评价陆贽："贾生（贾谊）有时而无命，终于一恸。唯公才不谓不长，位不谓不达，逢时而不尽其道，非命欤？"北宋苏轼评价陆贽"智如子房而文则过，辩如贾谊而术不疏"。

道不尽的离愁别绪，说不完的保重珍重，宛如长江滔滔江水连绵不绝。旭日东升之时，一片孤帆远影顺江而下，摇摇晃晃于江波之上，渐渐消逝于三峡的雾霭里，前往远在千里的潇湘。

李吉甫携家眷涉水跋山，到达湖南郴州时，已是次年二月。

郴州，也是一座山清水秀的历史文化名城，融合了湖湘文化与岭南文化，是文人墨客荟萃之地，被誉为"九仙二佛之地"。

郴州别称"福城"，素称湖南的南大门，位于今湖南省东南部，湘江、珠江、赣江上游，东接江西赣州，南邻广东韶关，西接湖南永州，北连湖南衡阳、株洲。境内南岭山脉与罗霄山脉交错，长江水系与珠江水系纵横。

"郴"字由郴州独有，由林、邑二字合成，意谓"林中之城"。郴州曾经是炎帝部落的聚居地，春秋战国时，郴州属楚地。秦始皇统一天下后始置郴县。西汉改设桂阳郡，辖郴、耒阳等十一县。

唐代开元二十三年（735），唐玄宗改桂阳郡为郴州。

然而，大唐历经"安史之乱""四王二帝之乱"的折腾，从此一蹶不振，藩镇割据，内忧外患，祸乱继起，兵革不息，自盛而衰，再也没有恢复往日的繁荣。

大历三年（768），"诗圣"杜甫因战乱自益州（今四川省成都市）顺江而下，乘舟出峡，颠沛流离到达潭州（今湖南省长沙市），曾经于长安红极一时的李龟年也流落于此,卖艺求生。

之后,穷困潦倒的杜甫准备沿江而上去郴州投奔舅父,结果在耒阳遭遇江水暴涨,在耒阳饿了六天,客死他乡。杜甫、李龟年的命运皆如此凄凉,可见国家何其多灾多难。

郴州也不例外,战乱造成劳动力严重不足。土地荒芜、人口锐减、税赋增加,导致社会凋敝,物力殚竭,民生凋零,百姓久困于劳役,贫苦不堪。

李吉甫此时大病初愈,身体羸弱,加上这一路上的颠沛漂泊,面对此情此景,更是精神不振,白发长满了双鬓。

李吉甫还是硬撑着身体,带着郴州长史、州吏以及两个儿子李德修、李德裕,深入民间,了解百姓疾苦,掌握社会民情,勘测山川地理,体察民风民俗。在掌握了郴州的经济社会、农业生产、民生民愿等州情后,李吉甫写了《郴州刺史谢上表》:

> 臣某言:伏奉诏书,授臣郴州刺史,以本月二日至部上讫。中谢。臣前岁已久停官秩,去年蒙圣恩除替,便欲裂裳裹足,趋赴京师。以旧疾所婴,弥年未愈,逮及今夏,始就归途。襄阳节度使于頔,与臣蚤岁同官,见臣当暑在道,恳留在馆,寻假职名。意欲厚臣,非臣所愿。
>
> 伏惟陛下光被之德,道已洽于区中;忧济之勤,心每遍于天下。常以万邦共理,必借于循良;一物不遗,尚延于愚瞽。假臣宠渥,重领方州,驽骀复效于奔驰,枯朽更同于华秀。臣闻潢污易竭,抑有朝宗之愿;犬马无识,犹知恋主之诚。揣分则然,惟天知鉴。况臣昔因左官,一纪于外,子牟驰心于魏阙,汲黯积思于汉廷,岂非夫人,独无斯恋?去就者,荣辱之主;朝廷者,仕进之源。臣子之宜,忠贞所志。
>
> 臣虽心同犬马,而分比潢污;幸蹑康衢,意非往塞。臣之此诚,口不能喻,意欲悉达,文非尽言。此臣所以自咎自恨,复乖志愿。犹冀苦心励节,上奉诏条,惠寡恤贫,下除人瘼,恭宣皇化,少答鸿私。不胜感戴欢欣之极。

"驽骀复效于奔驰,枯朽更同于华秀。"面对郴州萧条的城邑、空虚的仓廪、贫苦的百姓,李吉甫曾经"扶危拯溺、济世安民"的雄心壮志又升腾了起来。郴州淳朴的民风、怡人的山水,以及夫人和两个儿子的照料陪伴,让李吉甫衰弱的身体、落魄的心境逐渐转好。

郴州城北有一大片洼地,常遇洪水泛滥,形成很大的水库,百姓生产受灾,怨声载道。李吉甫遂发动百姓,以工代役,围坝筑堤,植树种柳,放置游鳞,形成了一个方圆百亩、碧波荡漾的新"北湖",又在湖边建起石栏回廊,修了一座六角飞檐的亭子,题为"白鹤亭"。他很快便得到了郴州百姓的信任和赞誉。

转眼就到夏日七月,北湖藕花盛开,湖光山色,白鹤翔集。李吉甫携儿子李德裕登上郡城北楼,遥望北湖,那湖水清平如镜,岸柳成行,倒影如画,不禁诗性盎然,即兴一首十韵《北楼诗》:

> 层楼消暑意,欲揽水中金。野禽惊犹远,渔舟尚可寻。
> 当窗思柳舞,隔座望云临。何处琴音起,传来意韵深。
> 偶然合四野,披巨入高岑。花落平桥静,风吹松影阴,
> 莫怜行此径,本已早成林。高阁斜河道,清波慰客心。
> 贾生虚夜坐,屈子厌尘侵。伫久同谁语,只将诗细吟。

李德裕听完父亲吟诵《北楼诗》,击掌称好。他的眸光如流水般一漾,巡扫了北湖一周,抬头默默眺望更远的北方。

"曾为流离惯别家,等闲挥袂客天涯。"李德裕想起了自己的故乡赵郡的赞皇山,那也是父亲出生的地方。他沉吟片刻,脱口而出《秋日登郡楼望赞皇山感而成咏》:

> 昔人怀井邑,为有挂冠期。顾我飘蓬者,长随泛梗移。
> 越吟因病感,潘鬓入愁悲。北指邯郸道,应无归去期。

读过万卷诗书,行过千里坎途,李德裕早已深谙仕途规则和官场的倾轧,他最能体味父亲的苦衷和思绪。看着父亲"愁悲"的鬓发,向来浑身充满峻壮雄放的王霸之气的铁血男儿,此刻也吟出了"应无归去期"这般伤感而沉郁的嗟叹之作。

李吉甫听完儿子的这番吟哦,无不为之深深动容。他用手抚摸了一下李德裕的肩膀,面露愧疚之色,深深一叹道:"台郎今年已十七了吧。若在京城,亦可参加科举了。唉,是父亲误了你们。"

"父亲,那些朝为田舍郎、暮登天子堂的及第进士,台郎不屑一顾!"李德裕与生俱来的隐隐霸气始终是沛然难掩。他语气顿了一下,又直言不讳地说道:

"入闱的那些搜肠刮肚的诗词歌赋,不过是皮毛而已,一旦金榜题名,或是长街夸官,曲江狂饮,或是出入烟柳,狎妓寻欢,丑态百出……"

李吉甫厉喝一声,将李德裕的话突然打断,正脸肃然说道:"木秀于林,风必摧之;行高于众,人必非之。至理名言,亘古不易。台郎,官场如临渊履冰,你卓然独立的性格如果不改,将来会沉寂于万丈深渊啊。如今我们身在郴州这座林中之城,你当知'小隐隐于林,中隐隐于市,大隐隐于朝'之深意?你若能成为'隐'之于朝的'潜龙',终有一天方能行云布雨,恩泽万民啊!"

一瞬间,李德裕只觉父亲这段话字字千钧,重重压在了自己的肩上。他躬身哽声应道:"台郎谨记!"

追风的骏马是不甘心混迹于驴和骡中间的。李德裕口中的那般进士,他如何能瞧得上?终究是他霸气天成、难以自敛啊!也只有如此气魄,才能傲视那些寻章摘句、浮华虚骄的纯粹书生。

郴州乃湘粤赣交界之地,也是官员往来休憩的驿站,有的从岭南起复回京过境,有的贬谪羁旅此地。他们驻足郴州,泛舟北湖,百感交集,或抒情言志,或慰藉酬唱,留下众多名传千古的诗词歌赋。

永贞元年(805),柳宗元因"永贞革新"失败,被贬为邵州刺史,赴任途中又被贬为永州司马。他途经郴州,登临北楼,眺望北湖,上下天光,一碧万顷,沙鸥翔集,不禁感慨万千。

李吉甫的那首《北楼诗》顿然涌入脑海,迁客骚人的览物之情溢于言表,忧国忧民却郁郁不得志的柳宗元,情不自禁地写下了《奉和杨尚书(于陵)郴州追和故李中书(吉甫)夏日登北楼十韵之作》:

> 郡楼有遗唱,新和敌南金。境以道情得,人期幽梦寻。
> 层轩隔炎暑,迥野恣窥临。风去徽音续,芝焚芳意深。
> 游鳞出陷浦,唳鹤绕仙岑。风起三湘浪,云生万里阴。
> 宏规齐德宇,丽藻竞词林。静契分忧术,闲同迟客心。
> 骅骝当远步,鹓鸰莫相侵。今日登高处,还闻梁父吟。

"今日登高处,还闻梁父吟。"表达的是柳宗元遭受谪贬的愤懑以及期盼明君知己的愿望。诗中的"梁父吟"就是用李白的诗句,"梁甫吟,声正悲……风云感会起屠钓,大人𤜣𤜣当安之",我何时能够风云际会,成就大业?一个胸怀大志的人,这点小挫折算得了什么呢?当安心等待吧,机遇终会到来的!

为官一任，就要造福一方。建好郴州北湖后，李吉甫正准备放开手脚施新政，开财源，革旧俗，兴教化，带领郴州百姓发展生产之时，朝廷又来了一道圣旨，调任李吉甫为饶州刺史。

饶州，今江西省上饶市鄱阳县，位于江西省东北部，这里自古人杰地灵、俊彦代出，史有"七县之会饶州府，景秀江南鱼米乡"之美誉。

饶州乃春秋战国时楚国番邑，秦朝置番县，筑城池，县治鄱阳，属九江郡。东汉改鄱阳县。天宝元年（742），唐玄宗升番县为鄱阳郡；乾元元年（758），唐肃宗复为饶州，治所鄱阳。

接到诏书，李吉甫又收拾行囊，风尘仆仆地赶往江西饶州。

到了饶州，李吉甫才知道，自己为何这样被急匆匆地从郴州调到饶州，答案是："无人能镇得住此地。"

原来，饶州前四任刺史都无缘无故地猝死在州城，人心惶惶，把衙门看成凶煞之地，州署官寝也无人敢居住，四处传言说是衙门里出了鬼怪，从此没人敢到饶州上任。

城中百姓就算有官司诉讼也不敢到官府去。奸邪盗贼见官府无人管事，于是趁势兴风作浪，作奸犯科。一些百姓纷纷卖掉房子，投奔他乡，逃离这座"鬼城"。

《旧唐书·李吉甫传》记载："吉甫授郴州刺史，迁饶州。先是州城以频丧四牧，废而不居，物怪变异，郡人信验；吉甫至，发城门管钥，剪荆榛而居之，后人乃安。"

李吉甫深谙国朝礼典，精通《易经》八卦，二十七岁就任太常博士，专掌朝廷五礼（吉、嘉、宾、军、凶）仪注，还曾主持过昭德皇后的葬礼，"草具其仪，德宗称善"。

因此，李吉甫根本不信那个邪。他到了饶州，立即召集州中官吏训话："自古邪不胜正，妖不胜德，守直则神避，失德则妖兴。如果衙门中有神灵，那么它一定会保佑公正爱民的官员；如果衙门中有厉鬼，那么它一定也害怕威严正直的官员。"

他立即派人打开州府城门的锁头，清除荆棘杂草，整修房宇屋舍，全家都搬到州府的后院，安心住下，照常断案理事，带头破除迷信。

李吉甫深入坊间巷陌，仔细了解其中原由，理直气壮地对百姓开展宣传宣讲："为人不做亏心事，半夜不怕鬼敲门。只要行得正，站得直，人间哪儿来的鬼？大家不要害怕，随我进城！"

在李吉甫的影响和带动下，满城谣言顿失，人们纷纷搬进城中安居落户，经商开馆做生意。空荡的街坊里巷又有了欢声笑语，外迁的百姓也相继回乡，经济社会逐渐恢复起来，饶州终于风平浪静。

李吉甫提笔挥毫，写好《饶州刺史谢上表》后，便把奏表呈了上去。

> 臣某言：今月五日，中使刘元晏奉宣圣旨，擢授臣饶州刺史，兼赐官告。臣与元晏以某月二十三日至州上讫。臣伏以郡守分符，朝有常典，王人赐告，荣并贵臣。事出非常，恩超往例。拜舞之际，悲欢失容。臣某诚欢诚喜，顿首顿首。
>
> 臣闻千年一圣，生圣时者为遭逢；万朝一昌，遇昌期者为嘉会。臣顷者每念生圣时，逢圣运，而职在遐外，莫能自通。何尝不顾影独悲，扪心屡泣！昼望白日，夜瞻北辰。岂谓分寸之绩未施，丹恳之诚若感。微藿倾心，盖草木之常分；太阳回烛，及幽远而不遗。
>
> 今陛下降不次之恩，授分忧之地，拜章承旨，皆自中人。圣渥沾濡，天威咫尺。从此万里，不为孤臣。臣又闻臣子之道，犬马代劳，义不辞难，分当竭命。臣窃以饱食厚禄，肥生泽肤。犹愿荷戈于逐虏之疆，免胄于捐躯之所。
>
> 至于理财均赋，惠寡安贫，劝农桑，敦学校，儒史之常节，驽骀顾何以堪！当此殊荣，少答元造，高秩以忝，鸿私未酬。凄凄此诚，没齿无怠。不任感涕屏营之至。

从此，李吉甫正如在这篇谢上表中的表态那样，理财均赋，惠寡安贫，劝农桑，敦学校，传儒教，道之以德，齐之以礼，治理饶州。

不久，李吉甫听闻城中传言，有一饶姓渔民饮酒过度，泛舟鄱阳湖打鱼，不小心翻船人亡，溺死于江中风浪之中，连尸首也未寻到。

饶家有个闺女叫饶娥，素来忠贞忠孝，乡间敬之。她得知父亲溺亡，悲恸欲绝，跪在鄱水边上哀声痛哭三天三夜，不吃不喝，以致后来耳鼻流血，气尽伏死。

饶娥的孝心感动了神灵，土地神于是寻其父亲尸体，助力浮于水面。鄱水沿岸百姓惊叹不已，对饶娥的忠贞忠孝精神敬佩悲悯，自发凑集钱财，厚葬了饶氏父女。

李吉甫听完饶娥哭父的故事后，觉得饶娥之至孝正是教化民风的一个契机，于是上奏请予建祠纪念。

唐德宗得知后,钦赐"天下至孝"匾额,诏令州府出资修建饶娥庙。李吉甫将此事书信告知了礼部员外郎柳宗元。柳宗元深受感动,为此撰写了《饶娥碑》碑文:

> 饶娥,饶人,饶姓娥名,世渔鄱水。娥为室女,渊懿靖专,虽小家,未尝出游。治绨葛,供女事循整,乡间敬式。娥父醉渔,风卒起,不能舟,遂以溺死。求尸不得。娥闻父死,走哭水上,三日不食,耳鼻流血,气尽伏死。明日尸出,鼋鱼鼍蛟浮死万数,塞川下流。鄱旁小民悲感怨号,以为神奇。县人乡人会钱具仪,葬娥鄱水西横道上。追思不足,相与作石,以诏后世。其辞曰:
>
> 生德无类,气灵而休。嗟兹孝娥,惟行之周。渊懿含贞,好靖不游。纤葛绨纻,克供以修。蒸蒸在家,其父世渔。饮酒不节,死乎风涛。匍匐来哭,号天以呼。颜目耳鼻,膏血交流。三日顿踣,气竭形枯。父尸既出,孝质已殂。龟鳖鼋鼍,有蛟洎鱼。充流溢岸,旁出仰浮。见怪形异,适与我谋。鄱民哀号,或以颂歌。齐女色忧,伤槐罢诛。赵姬完父,操棹爱讴。肉刑不施,汉美淳于。烈烈曹娥,水死上虞。娥之至德,实与为俦。恒人有言,惟教是图。懿兹德女,家世不儒。奇行特出,神道莫酬。穷哀罔泄,终古以留。乡人好礼,爰立兹丘。建铭当道,过者下车。

饶州的鄱阳百姓从此将饶娥奉为"鄱阳湖女神"。

此虽故事,或非真实,但在鄱阳流传千年,长久不衰。由此可见,李吉甫治政一方,教人风化,鼓之以经书,润之以仁义,才使得饶州移风易俗,人安政和。当有柳宗元之功劳,亦是李吉甫之功德。

第七章　翰林学士

云诡波谲的五年

贞元二十一年（805），农历乙酉年（鸡年）。

这一年，是唐德宗李适登基第二十七个年头。

这一年，大明宫太极殿的皇位上变更了三个皇帝。

这一年，注定是大唐历史上非同寻常的一年。

这一年的一月至八月，李吉甫还在饶州勤政爱民，备详闾里疾苦，破除鬼神迷信，捣毁盗贼巢穴，饶州渐渐成为"鱼米之乡，富饶之州"，而长安城的大明宫正在发生着翻江倒海的变故。

正月将至，长安城下起了纷纷扬扬的鹅毛大雪，宽阔笔直的朱雀大街上行人稀少，环绕帝京的八水和曲江池结起了厚厚的冰，千门九陌间峭风肆虐，比数九寒天的北风更加清冷刺骨。

绣闼雕甍的大明宫笼罩在苍凉而凄冷的风雪之中，偶尔有一两只乌鸦从雕梁画栋间掠过，留下几声孤独而凄婉的鸣叫，扑扇着黑色的翅膀朝终南山方向飞去。

六十四岁的唐德宗已卧病大半年了，病入膏肓的他躺在会宁殿里宽大的龙榻上，满鬓雪霜，面色枯黄，不再是那个玉树临风、英气逼人的潇洒帝王，早已没有曾经志在削藩疏宦、中兴大唐的帝王气魄。

诚然，天才秀茂的唐德宗，也曾文思华美，翰墨文章，高于前代；也曾临危受命，担任统帅，出征平藩；也曾励精求治，初总万机，思政若渴，延揽人才；也曾刚愎自用，猜忌功臣，聚敛贪财……而今，死神已经向这个姑息藩镇、宠信宦官的皇帝伸出了冰冷的白爪。

正月初一，正是一年初始的元日，大雪初霁，长安的天空终于放晴，唐德宗的嫔妃、儿女们以及宗室的亲王、皇亲国戚、大臣们纷纷入宫，前来给唐德宗拜贺新年。然而，面对热烈的赞颂祝祷，唐德宗的脸上只有悲切的表情。拜年的诸王众臣散去后，他望穿秋水，始终没有看到太子的身影。

立于殿下最前面的宰相贾耽分明看到两行清泪顺着唐德宗苍白的脸颊潸然而下，竟无语凝噎。因为当了二十七年太子的李诵也病了，并且病得不轻。

就在贞元二十年（804）九月，李诵突然中风，在东宫瘫痪了整整一个冬天。

只叹"岁月是把杀猪刀"。想当年，李诵也是难得的涉诸艺、擅隶书、工为诗、性宽仁、善谋断的天之骄子。

在"泾原兵变"发生时，他执剑殿后，护驾唐德宗和诸王诸妃、朝臣官宦们撤离长安。在奉天保卫战中，他身先禁旅，登城拒贼，督励将士，无不奋激。在与朱泚叛军最后的生死决战中，他亲自指挥作战，从奉天城东、南、北三个城门同时出兵，彻底击溃叛军，确保了天子的安全，挽回了大唐江山一百六十六年的基业。

李诵明白，自己的生母王皇后早在贞元二年（786）去世，父亲一直没立皇后，主持后宫的韦贤妃、奸臣裴延龄、权宦俱文珍等人，早已对自己的太子之位虎视眈眈，千方百计地暗施阴招促唐德宗罢黜太子，立舒王李谊为太子。

其实，李谊根本不是唐德宗的儿子，为何要来争夺皇位？

李谊本名李谟，系唐德宗李适兄弟李邈的儿子，算是德宗的侄儿。李邈生母崔氏是唐代宗李豫的正妃，崔氏之母又是杨贵妃姐姐韩国夫人。李邈虽幼于李适，却是唐代宗的嫡长子。

"安史之乱"爆发后，李豫于宝应元年（762）在灵武即位，因李适年长，又拜天下兵马元帅，立有平叛之功，遂立他为太子。而郑王李邈作为嫡长子，与太子终身无缘。大历八年（773），郑王李邈薨逝，李豫于是将李谟过继给时为太子的唐德宗。

李谊长得玉树临风，神武双全。唐德宗登帝后，对李谊这个侄子兼养子视如己出，甚是宠爱。

韦贤妃出身显赫，母亲和奶奶都是大唐公主。王皇后驾崩后，唐德宗非常宠爱韦贤妃，让她掌管了后宫。由于韦贤妃一直没生孩子，唐德宗就将李谊诏为她唯一的养子。

皇后之位空缺了近二十年，韦贤妃当然想当皇后。如若李谊当了太子，自己就能上位皇后，将来李谊当了皇帝，自己就是皇太后了。

韦贤妃这个想法，还真的差一点就实现了。

李诵的太子妃是萧氏，丈母娘却是唐肃宗李亨的女儿、唐德宗的姑母——郜国公主。她丈夫萧升不幸早卒，郜国公主不得不守寡。她与彭州司马李万、蜀州别驾萧鼎、澧阳县令韦恽、太子詹事李昇等多名朝臣来往频繁，韦贤妃向唐德宗告状，说郜国公主与朝臣通奸淫乱，旨在为太子结交党羽，并在宫中大兴巫蛊之术，诅咒皇帝。

这可是天大的死罪，太子李诵也将因此受牵带。

唐德宗大怒，遂将郜国公主软禁，甚至产生了废黜李诵太子之位的念头。岌岌可危的李诵不得不与妻子萧妃离婚，与岳母划清界限；又请求李泌、陆贽冒死进谏唐德宗，李诵这才躲过这场劫难。

李诵虽然渡过了这场危机，但韦贤妃、舒王李谊与太子李诵的政治博弈却始终没有结束。舒王李谊夺嫡篡位集团的核心成员一年一年增多，他们就像漫散在长安茫茫九衢的秋后青蝇，在玉座边、金殿上盘旋、聚集、飞舞。

或许是因为这场废太子事件让李诵噤若寒蝉，提心吊胆，又或许是漫漫二十七年储君生活让李诵生活得极度压抑忧郁，这位心有余悸、谨小慎独的李诵，已经到了"口不能言"的地步，变成一个中风卧榻的"哑巴太子"。

从正月开始，以俱文珍为首的宦官就封锁了宫内的消息，隔绝了唐德宗与满朝文武的联系，"凡二十余日，中外不通，莫知两宫安否"（《资治通鉴》），太子李诵身染重病，卧床不起，始终未能去探望，给了唐德宗一个重大的打击。唐德宗日日涕泣悲叹，病情日渐沉重。

在唐德宗垂垂将死的关键之时，宫中的政治空气顿时凝滞起来，本来毫无悬念的皇位继承之事，忽然变得扑朔迷离起来，好似李世民"玄武门之变"的腥膻气息已经在大明宫的上空隐隐飘荡。

如果韦贤妃的权力欲望一夜爆发，联合有着巨大政治野心的舒王李谊，勾结宫中权宦俱文珍，孤注一掷发起兵变，与李诵争夺皇位，大明宫必将遭受一场惨不忍睹的流血和杀戮惨剧。

正月二十三日，唐德宗已到了弥留之际，大限将至，侍奉榻前的韦贤妃、近侍宦官俱文珍方才传唤翰林学士郑䌠、卫次公、凌准和待诏翰林王伾等人紧急入宫，起草遗诏。

郑䌠、卫次公风尘仆仆赶到皇帝寝殿时，唐德宗已经猝然驾崩，会宁殿一时淹没在裂帛般的哭泣和悲叹声中。

怎么办？皇帝没有遗诏就溘然长逝，谁来继承皇位？这决定着整个帝国未来的政治走向。

其实，皇位继承这件天大的事情，唐德宗不可能"死不开口"的。原来，李适临崩，呼唤太子，皆被内侍所阻。这或许正因为韦贤妃一党利用唐德宗驾崩之机，隐瞒帝诏，伺机准备发动宫廷政变，准备另立李谊为储君。

在他们看来，大唐帝国也有废储立新的先例。唐太宗李世民开启了先例，其后代也争相效仿。

纵观唐朝历史，从李渊的开国皇帝到大唐灭亡，二十一位皇帝，有十五位废帝和太子，三十二位皇太子中，顺利继承皇位的有十九位，其他十三位因种种原因与皇位失之交臂，未能如愿。

皇位的稳定关系李唐王朝政权的稳定、国家的稳定。因此，自古以来，皇帝驾崩后，讲的都是由储君皇太子继承皇位。如今，唐德宗既然未留遗言便猝然离世，那就按照旧制来。

翰林学士郑䌛直视着俱文珍，脸色凝重地开口问道："大行皇帝宾天之际可有遗诏？"

俱文珍不动声色地答道："未有。"

郑䌛眉头不禁微微一皱，却也没再追问什么。他缓步走到卫次公身边，与他短暂做了一番商议，之后，遂命俱文珍立刻传唤时任宰相的右仆射贾耽、司空杜佑、中书侍郎高郢和门下侍郎郑珣瑜进宫到金銮殿议事，并命近侍宦官们马上准备笔墨纸砚，为唐德宗起草遗诏。

俱文珍趁吩咐内侍准备笔墨之际，给宦官刘光琦使了个眼色。刘光琦阴阳怪气地诺诺道："禁中议所立，尚未定。"

显然，宦官是"话中有话"——近日禁中一直在讨论，要立谁当皇帝还没有最终敲定。

此言一出，全场震惊，众人面面相觑，会宁殿顿时寂然无声。

一向谦和文雅的翰林学士卫次公不禁全身一震，面色剧变，冷冷地逼视着俱文珍，眼神渐渐变得凌厉起来，冷哼一声，慷慨陈词："既然大行皇帝没有立下遗诏，而储君尚在，诏太子殿下继承皇位，天经地义，朝野归心。不然，天下必大乱。"

俱文珍脸色一寒，语气阴冷得如结了冰凌一般："卫学士，太子中风，不能言语，恐有不虞，不宜继位。广陵王（太子李诵的长子李纯）刚明果断，奋志有为，广有贤名。即使太子即位，广陵王亦为东宫皇太子不二人选。令广陵王提早监国继位，何尝不可？"

郑絪一听，鼻孔里嗤了一声，咬着牙狠狠地说道："太子虽有疾，但地居冢嫡（嫡长子），继位天子，无由他论。况天下名医如云，何忧病不能痊？若令皇孙继位，如此倒行逆施，恐遭天谴！"

翰林学士、殿中侍御史凌准也看清了宦官们的如意算盘，趁热打铁地说道："国有大丧而不宣，国有储君而不立，藐视唐律，违背伦常，若有异图，人怨天怒！"

"这个……"俱文珍一时语塞。宦官们相互对视，不好再说什么，都沉默了下来。

一声凄厉的号啕大哭随即打破了这一片沉寂，那是韦贤妃绝望而悲痛的哭声。她在心中悲叹：世事难料，天命难测，想要废诵立谊、弃嫡取庶，如今看来，是做不到了……

卫次公深知宦官执掌禁军，内外俱有响应，数万阉人的首领、左右神策军的掌门人窦文场、霍仙鸣手握十多万禁军，就驻扎在长安城内外，久必生变，不宜拖延。他于是马上到金銮殿会合宰相，立即起草遗诏。

太子李诵得知唐德宗驾崩归西，顿时"哇"的一声，仰天痛哭而道："父——皇——"

或许是大悲攻心，又或许是拼命一搏，已中风失语半年的李诵竟然喊出声来，声如洪钟，好似整个东宫都被这一声震得摇摇欲坠。

这仰天一声吼，保住了皇位，也保住了性命。若是韦贤妃、俱文珍的野心得逞，舒王李谊上位，自己将死无葬身之地，二十七年太子生涯的忍辱负重、卧薪尝胆也会在顷刻之间化为乌有。

太子侍读王叔文、王伾喜极而泣，马上给李诵穿上紫衣麻鞋，搀扶着太子前往会宁殿哀挽唐德宗。

掌握了禁军才是硬道理，成败系乎一线。李诵瞻仰了父皇遗容，在灵柩前行完哀挽之礼，马上强拖病体，硬撑着走出大明宫九仙门，召见统领禁军的诸军使。

宫中禁军和众臣惊呆了，宦官们也瞠目结舌，那个已经瘫痪了整整一个冬天的太子，今天突然奇迹般地站了起来，还向他们频频挥手。禁军齐呼万岁。宫中流言逐渐平息，京城人心初步安定。

正月二十四日，李诵在宣政殿召见文武百官，群臣全部穿素衣戴孝，由王叔文宣读卫次公与宰相们起草的皇帝遗诏：

朕承八圣之休德，荷上天之眷祐，嗣守丕训，不敢荒宁。赖宗庙之灵，群后之力，戡定大难，以康兆人，严恭寅畏，二十有七载。

　　今天命降疾，不兴不瘳，是用审讯，宜听朕言。皇太子诵，元良继明，睿哲齐圣，孝友和惠，恭敬温文。必能觐祖宗之耿光，绍邦家之大业，宜于柩前即皇帝位。

　　呜呼！朕常奉圣祖元元清净之教，励精至德，保合太和。每忘己以爱人，岂嘉生而恶死。咨尔将相卿士，方伯连帅，其敬保元子，永绥万邦，各有叶心，同底于道，无废我高祖太宗之休命。诸道节度使观察防御等使及诸州刺史等，膺镇守之任，有军旅之事，所寄尤重，不可暂旷，不须赴哀。以日易月之制，宜遵旧典。文武官等，朝晡哭临，十五举音。

　　朕每览汉史，至孝文薄葬之诏，未尝不叹息嘉尚，缅慕其风。园陵制度，务从俭约。百辟卿士，孝子忠臣，送往事居，无违朕意。

　　卫次公出列，清了清嗓子，朗声而道："大行皇帝遗诏，太子宜于柩前继位！何人再敢散布谣言，当以谋逆论罪！"

　　贞元二十一年（805）正月二十六日，李诵在太极殿正式继承皇位，是为唐顺宗，改年号永贞。

　　终于熬到了这一天，熬到了登上大唐帝位、君临天下的这一天！以前为此而遭受的种种危险、煎熬与折磨，都将在这至高无上的权力中化为灰烬。

　　登基大典上，鼓乐齐鸣，宰相贾耽出列，率领墀下群臣齐齐向唐顺宗山呼万岁，李诵在盛大的仪仗和百官的礼仪赞拜中，流下了百感交集的泪水。

　　"登位的是不是太子？"殿外的禁军士兵们半信半疑。他们踮着脚，抻着脖子，齐刷刷地向大殿遥望。

　　"真太子也！"站在前面的卫士禁不住激动地叫出声来。士兵们看清了，殿上那一张宽大的御座上坐着的，的的确确是李诵。士兵们得知真是太子登上皇位，不禁群情鼎沸，纷纷山呼万岁，有的竟然高兴得哭了。

　　是啊，若是宫中发生夺位政变，这些禁军士兵就惨了。

　　举行完隆重的登基典礼，唐顺宗在大明宫的丹凤门颁布《永贞元年大赦制》。

　　赦书宣布，天下百姓贞元二十一年（805）二月三十日以前欠的榷酒及两税钱物，诸色逋欠，一切放免。天下诸州府今后不得在国家规定的两税常赋外，额外加征各种苛捐杂税。禁止各方藩镇以"进奉"名义，向宫中进献钱物、金银器皿、奇文异锦、雕文刻镂之类的锦绣异物。

对于贞元末年百姓最为痛恨的弊政，如"宫市"和"五坊小儿"，也全部罢黜。天下官吏，应行鞭捶，本罪不致死者，宜切加察访。应内外官及诸色人，任上封事，极言时政得失，有可观者，别当甄奖。

同时，唐顺宗还下诏释放后宫的三百名宫女和六百名掖庭教坊女乐，让她们的亲人到大明宫的九仙门迎接。长安城的百姓闻讯，纷纷前来围观庆贺，久违的喜悦和欢呼一夜之间传遍天下。

李诵登基的消息，很快就传到了远在饶州的李吉甫耳里。

李吉甫既悲又喜，悲的是唐德宗溘然长逝，喜的是太子李诵顺利继位，自己重回长安的路也不远了。因为李吉甫在李诵册立太子、入驻东宫时，就在李诵身边担任"左司御率府仓曹参军"。

想到这些，李吉甫心情格外舒畅，他搓了搓双掌，铺开纸帛，挥毫泼墨，笔落纸上，"唰唰"连声，半盏茶工夫就写就了《贺赦表》：

臣某言：伏奉二月二十四日制书，大赦天下。德洋恩溥，远洽迩安。亿兆欣欣，罔不幸甚。臣某诚欢诚喜，顿首顿首。

伏惟陛下体元圣之姿，膺出符之运，统理万事，建中于人。躬大禹之菲薄，奉元元之慈俭。损己以益下，约身而爱人。捐珠玉而不玩，斥绮丽而不御。事有妨于农业，物有害于女工，人力所疲，上心攸荡，自此罢黜，归于典常。若乃投荒御魅之伦，触网婴罗之类，或炎裔沦屈，骨肉相从，或图圄幽囚，馈饷不至，皆阳和所未煦，雨露所罕沾，靡不沐浴天波，昭晰白日。然后表捐躯之烈，所以劝忠；广累叶之仁，所以敦孝。虔奉寝庙，辍玉舆之资；惠缓市估，发金钱之积。异类均怀土之志，高年加挟纩之恩。斟酌泉货之源，变通惠利之弊。逋债咸已，谠直必容，如天之湛恩广矣，稽古之能事备矣。

彼鹑衣之徒，鲐背之叟，孰不击中衢之壤，共乐于尧年；咏泰阶之符，同跻于寿域！况臣谬当共理，职在抚循，欣忭之诚，倍万恒品。不任踊悚之至，谨遣当州军事衙前虞候王国清奉表陈贺以闻。

臣某诚欢诚喜，顿首顿首。谨言。

"二王八司马"永贞革新

永贞元年(805)二月初一,四十五岁的唐顺宗李诵正式到含元殿上朝,在风雨动荡的时局中开启治国理政。

皇权的交替,必将伴随着大唐帝国政坛的全面洗牌。

由于李诵中风,言语已不能"诵",处理朝中政务只能常居宫中,面前垂下一道帘帷,身边只有李诵任太子时所亲信的近侍宦官李忠言、昭容牛氏侍奉左右,百官于帘帷外奏事,唐顺宗隔帘决断奏请。

如此一来,唐顺宗所有政治革新、诏令奏批的新思想新举措,皆由李诵最亲信的东宫集团王叔文、王伾以及韦执谊、柳宗元、刘禹锡、凌准、韩泰、陈谏、韩晔、程异等人负责酝酿、讨论决策,起草制诰,经唐顺宗同意后,传至中书门下省,称诏行下,颁布施行。

东宫集团的这十个人就是中唐历史上赫赫有名的"二王八司马"。李诵登基颁行的《永贞元年大赦制》就是他们从幕后走向前台、实现永贞革新伟大抱负的第一份"政治宣言"。

王叔文(753—806),越州山阴(今浙江省绍兴市)人,苏州司功参军出身。王伾(754—806),杭州(今浙江省杭州市)人。两人皆是来自江南水乡的"草根"。

"二王"虽非士族门第,政治资历浅薄,但长得玉树临风,腹有诗书艺文,关心民生疾苦,胸怀政治抱负,又各怀一技之长。

王叔文"善弈",是下棋高手;王伾"善书",是书法高手。唐德宗在位时,两人尚未进士及第,便都被征为"翰林待诏",于东宫侍奉太子李诵下围棋、练书法。

王叔文的政治抱负哪仅仅囿于下棋,他"颇读书,班班言治道","常言民间疾苦",向太子提出了许多改革时下政治弊端的建议,深得太子的赏识和信任。

一次,刘禹锡将白居易的长诗《卖炭翁》呈给李诵,诗中描写了一个烧炭老人卖炭谋生的艰难遭遇,深刻地反映了"宫市"(指皇宫里需要物品,由专管其事的宦官直接去市场购买,宦官仗势欺人,给不给钱都随便,形同公开掠夺)之弊。

李诵读完,义愤填膺地说:"明日上朝,见上(皇帝),当极言之,废除这祸国殃民的恶政！"众侍读皆称赞太子贤明仁德，唯独王叔文沉默不语。

诸位侍读退去后，李诵留下王叔文，带着疑惑地问他："刚才谈论宫市，众人皆赞许，惟卿独无言，岂有意邪？"

王叔文像是思考下棋一般，抿着嘴唇思忖了一会儿，然后沉吟着答道："叔文蒙幸太子，如有所见，怎敢不言？作为太子，职当视膳问安，除以礼节问候饮食、身体外，不应擅自干预宫外政事。圣上在位年岁已久，如有小人离间，怀疑太子收买人心，何以自解？"

说到这里，王叔文忽然停顿了一下，看了看李诵的脸色，然后细声讲道："陛下在位多年，若是有小人向圣上告密，殿下劝谏废止宫市是为了收买人心，那一定是死无葬身之地！军国大事尽量躲远点。"

李诵听后，心头大惊，额角顿时渗出了细细密密的汗珠。他颇为忐忑不安地哽咽道："若非先生指点，无以知此理啊！"

赢得了太子，就赢得了未来。正因王叔文懂政治、讲规矩、善谋略，从此李诵格外信任他，宫中大小事务，特别是难作结论之事，皆倚仗王叔文来裁量决断。

王叔文也忠心耿耿地侍奉太子，凭借太子之力，结交命官，暗中帮助太子物色朝中俊才，与东宫太子密切往来，在李诵周围逐渐聚集了一批忧国忧民、年轻有志的政治力量。

除了"二王"，最为关键的有三个：韦执谊、刘禹锡、柳宗元。

韦执谊（764—812），京兆杜陵（今陕西省西安市）人。出身关陇世族的他自幼聪俊，十八岁进士及第，破格授八品官右拾遗，留任京师任职，与唐德宗诗歌唱和，以备顾问，二十岁出头就被召入翰林院，成为最年轻的翰林学士，可谓长安最为引人注目的俊伟之才。

柳宗元（773—819），字子厚，河东（今山西省运城市永济县）人，出身士族，祖上世代为官，父亲柳镇曾任太常博士和侍御史。从小"聪警绝众，尤精西汉诗骚，下笔构思，与古为侔，精裁密致，灿若珠贝"。

刘禹锡（772—842），字梦得，籍占洛阳，生于荥上（今河南省郑州市荥阳县），祖先是中山靖王刘胜，父亲刘绪，为避"安史之乱"迁居苏州，曾是李吉甫父亲、苏州刺史李栖筠的幕僚。

贞元九年（793），陆贽担任宰相，不拘一格降人才。柳、刘二人同时参加科举，同榜进士及第，一起雁塔题诗，曲江宴饮，年龄相当，情投意合，从此结为人生知己，文才盛名一时。当年，两人又同时参加礼部试，皆中博学宏词科，正式释褐为官。刘禹锡授太子校书，柳宗元因父亲去世回家守孝，丁忧三年之后授秘书省校书郎。

十年弹指一挥间。刘、柳二人各经一番仕途辗转，皆于贞元十九年（803）同回长安，同到御史台报到，同任监察御史。由于二人皆是饱学之士，文章圣手，又政见相同，踌躇满志，在王叔文的引荐下，很快就成为太子李诵东宫集团的重要成员。

"一朝天子一朝臣。"在唐顺宗的支持下，朝廷核心层的人事变动如潮水般卷涌而来，以二王为首的东宫集团改革派开始了轰轰烈烈的改革，拉开了永贞革新的大幕。

第一步，确立朝廷决策中枢的核心领导机构，任命前司功参军、翰林待诏王叔文为起居舍人，充任翰林学士。任命太子侍书、翰林待诏王伾为左散骑常侍，充任翰林学士。

从此，王叔文坐镇翰林院，成为这个集团的掌权者，真正的领袖人物，出入禁中，参与机密，执掌朝政，加强中央集权，反对藩镇割据，打击宦官专权，积极推行政治革新。

王叔文深知自己地位低微，又无政坛根基，其余东宫成员均属中低级朝官，不孚众望，光靠他和王伾、凌准三个翰林学士还不足以撼动朝政，必须尽快在朝中打造一支自己的政治势力，找一个德才兼备、压得住朝堂的"伟器"出任宰相，在外廷正大光明地"充当门面"，执行他们幕后的决策。

在王叔文的延引下，唐顺宗任命吏部郎中韦执谊为尚书左丞、同中书门下平章事。不久又升任中书侍郎，把一个官秩从五品上的郎中，一手就推上了官秩正三品的宰相高位。

唐德宗朝原有的四个宰相，很快就做了调整。

贾耽（730—805）转任左仆射，检校司空，依前同平章事。杜佑（735—812）迁检校司徒、度支盐铁使。郑珣瑜、高郢都"改非"了，罢去宰相，改任吏部尚书、刑部尚书，完全是明升暗降。

显然，执掌政事堂的首席宰相已变成韦执谊。年过六旬的贾耽、杜佑，无疑就成了"伴食宰相"。

杜佑虽兼了度支盐铁使，唐顺宗又授其为摄冢宰，专职负责唐德宗的葬礼事宜。命翰林学士王叔文为度支盐铁使副使。实际上，王叔文掌握了帝国的财政大权。

东宫集团的两个重要人物、监察御史刘禹锡、柳宗元，一个升任屯田员外郎，兼判度支盐铁案，协助王叔文管理国家财政；另一个升任礼部员外郎，掌管礼仪、享祭和贡举。

史载，王叔文每日"引禹锡和宗元入禁中，与之图议，言无不从"。

东宫集团其他骨干也都得到提拔，凌准任翰林学士、侍御史，韩晔任吏部司封郎中，陈谏任户部仓部郎中，韩泰任户部郎中，程异任监察御史……一批意气风发的政坛新秀闪亮登场。

如此一来，唐顺宗深居宫中，不能接触外廷，凡有朝政奏议就得先入中央决策中枢的翰林院，由王叔文为首的东宫集团成员先商讨谋议，做出决策，起草制诰文书。

随后，由翰林学士、左散骑常侍王伾出入唐顺宗所居住的柿林院，通过内侍宦官李忠言、宠妃牛昭容传达给天子，领取唐顺宗的旨意后，交付中书省宰相韦执谊颁布施行。

刘禹锡、柳宗元、韩晔、程异等人则在宫外搜集情报，采听外事，相互呼应。

贾耽是官场重量级人物，他二十一岁就踏入仕途，历唐玄宗、肃宗、代宗、德宗、顺宗五朝，从贞元九年（793）起任同中书门下平章事（宰相）十二载，对于王叔文的意图他早就一眼看穿了。

贾耽还有一特长：他对地理颇有研究。他曾绘制了大唐地图《海内华夷图》，不仅包括大唐诸道州县，还远至日本、回鹘、西域和南诏，又撰写了与地图配套著作《古今郡国县道四夷述》，名望甚重一时。

同时，贾耽对同样酷爱研究地理、水利和气候的李吉甫很是赏识。李吉甫在长安时也多次登门拜访贾耽，两人的痴爱可谓异曲同工之妙，于是结成莫逆之交。这样的两个人，对于李唐王朝治国理政、行军打仗来讲，真的是两笔巨大的财富。

必须找个人掣肘"一手遮天"的王叔文。于是，贾耽、杜佑联名秘密上奏唐顺宗，恳请征调两个才能非凡的大臣回京重用，一个就是饶州刺史李吉甫，另一个就是忠州别驾陆贽。

唐顺宗李诵看了密奏，瞬间明白两位"伴食宰相"的意图，决定召回曾被唐德宗贬谪在外的陆贽、郑馀庆、阳城、韩皋等名望卓著的重臣，让他们速速回京稳住朝堂，重振朝纲，辅佐自己治理天下。

王叔文得知消息，害怕这一批重臣归来，牵制削弱自己的权力，特别是陆贽，他既有"泾原兵变"社稷再造之功，又曾当过太子李诵的老师，若是他回京，定是宰相的不二人选。

　　王叔文、韦执谊于是竭力反对。李诵经过二十七年的储君生涯，早就继承了先帝们驾御各方的帝王术，执意要调一批重臣回京。同时，为了照顾王叔文的情绪，他只是搁浅了李吉甫的调动。

　　三月三日，唐顺宗下诏，召回贞元时期被贬的前宰相陆贽、郑馀庆，前谏议大夫阳城、京兆尹韩皋等人。

　　遗憾的是，诏书快马加鞭到达之日，忠州别驾陆贽、道州刺史阳城已溘然病逝。陆贽卒时仅仅五十二岁，若是他身体健朗，重返长安，复相辅主，全面领导"永贞革新"，"二王八司马"的结局也不会那么惨！

　　郑馀庆、韩皋返京后，王叔文与韦执谊一番密谋，只让他们分别担任了尚书左丞、右丞，也没怎么重用他们，继续"冷藏"。

　　第二步，杀鸡儆猴，树立权威，赢得民心。

　　王叔文知道，百姓最厌恶的是腐败。于是，王叔文不畏惧强权，首先拿京城长安第一长官——京兆尹李实开刀。

　　唐德宗选的这个京城"一把手"绝非一般，李实乃宗室亲王、唐高祖李渊的五世孙，可谓恃宠得势的权贵阶层。拿下他，意义非同寻常。

　　经过一番调查，王叔文上奏唐顺宗，弹劾了李实贪污腐化的若干罪状，迅疾将他贬为通州（今四川省达州市）长史。

　　宗室亲王都被绳之以法，天下还有谁他不敢动？为患多年的杂税、进奉、"宫市""五坊小儿"诸多弊政，而今也一朝罢废，一系列行动可谓大快人心。

　　贬黜李实的诏令一下，长安百姓"皆袖瓦砾遮道伺之"，无不欢呼雀跃。王叔文趁热打铁，顺势而为，通过李实贪污案消除异己、杀戮立威。满朝文武人人自危、噤若寒蝉。

　　但也有铮铮铁骨之臣坚持反对王叔文。武则天曾侄孙、御史台御史中丞武元衡就是其中一位。

　　刘禹锡、柳宗元之前都是监察御史，上司就是武元衡。武元衡文采出众，才华横溢，诗赋尤佳，进士榜首，曾同白居易、元稹、李吉甫等人经常聚会，诗酒唱和，风神洒脱。

　　武元衡迁升御史中丞，掌御史台的监察执法，受公卿奏事，举劾案章之事，唐德宗常常召对延英，咨议国事。天子目送他离去时，常常禁不住赞曰："真宰相器也！"

　　武元衡更是一个强势削藩、强势削宦的"鹰派"人物。为把武元衡拉入东宫集团阵营，王叔文派刘禹锡前去斡旋。

刘禹锡找到武元衡，俯首沉思半响，终于开口说道："下官斗胆启禀中丞，太子登基，举振朝纲，必有革新，需得士人之心。王翰林（王叔文）坐镇翰林，有笔无剑，久仰中丞王佐之才，因命下官聊表钦慕之情。若蒙不弃，冢宰之职中丞可任之，诸臣皆愿屈居下僚，誓死扈从左右，辅佐圣上革新图治、继往开来！"

武元衡一听，猛一抬头，直视着刘禹锡，目光猝然变得如刀锋般犀利，仿佛要一直刺入刘禹锡内心深处。

片刻，武元衡愤然起身，呵斥道："王叔文浮萍之臣，志大才疏，勇气有余，格局不足，潜结内党，一手遮天，只恐难获天人之佑也！一个翰林学士，竟敢封官许以辅政大臣，与那恃宠擅权的宦官有何区别？武某若应允，同流合污，无异于攀附新贵的鼠辈之徒。"

刘禹锡正欲游说一番，武元衡已拂袖而去。吃了个"闭门羹"的刘禹锡见中丞如此决绝，只能扼腕叹息，悻悻而归。

刘禹锡无奈，但王叔文无情，怀恨在心。不久，一纸诏书将武元衡罢职，改任太子右庶子。武元衡写信告诉远在饶州的李吉甫，李吉甫对好友的遭遇义愤填膺，不由得暗暗唏嘘感慨："国势日衰，朝野倾轧，不回长安，也非坏事！"

三月二十日夜晚，一颗耀眼彗星赫然划破西方的夜空，掠过轩辕星座。俱文珍马上利用此天象，唆使占卜师向唐顺宗进言："微臣观察天象，彗星闪现，帝星有灾难的征兆。必须除旧换新，早立储君，便可避免帝国的灾难。"

在俱文珍的斡旋下，不满王叔文的贾耽、郑珣瑜、高郢以及翰林学士郑絪、卫次公等人极力上奏唐顺宗，要求早立皇太子。

俱文珍又令手握神策军的窦文场、霍仙鸣向唐顺宗上呈奏折，暗中施压，逼迫唐顺宗册立广陵王李淳为皇太子。

四月初六，唐顺宗在宣政殿举行太子册立大典，册立嫡长子李淳为皇太子，改名李纯。

王叔文嗅到了危险的政治气息，心里掠过一阵忧惧。他深深地感受到，要想赢得这一场革除积弊的政治改革，必须夺取宦官手中的兵权，巩固自己的地位。

第三步，打击宦官，夺取宦官的禁军兵权。

宦官擅权，始于唐玄宗朝的高力士，天宝以来，宦官势盛，唐肃宗时的李辅国，唐代宗时的程元振、鱼朝恩，执掌兵符，参掌机密，夺百司权，权倾朝野。

唐德宗李适刚登基时，信用文武百官，打击割据藩镇，严禁宦官干政，颇有一番中兴气象。

然而，"泾原兵变"爆发时，唐德宗从禁苑北门仓皇出逃，禁军无人可调，唯有窦文场、霍仙鸣匆忙召集百名宦官扈从护驾。李适对此感激涕零，从此觉得宦官才是最可靠的人。

长安光复后，唐德宗不再信任武将，愈加猜忌文臣，宠信权宦，无以复加。他甚至把神策军一分为二，宦官窦文场、霍仙鸣分别担任左右神策军中尉，成为地位高于神策军大将军之上的实际统帅。

从此，神策军的统领权掌握在宦官手中，中尉成为数千阉人的首领，手握几十万禁军，又驻扎在长安城内外，更加恩宠有加，嚣张跋扈。宦官之祸愈演愈烈，成为大唐帝国走向衰亡的掘墓人。

唐顺宗及以王叔文为首的东宫集团成员，早就对宦官集团的横行霸道深恶痛绝。在做太子的时候，李诵就对这帮无耻之徒怀恨在心，继位后，更是想把那个扶持舒王李谊篡位的俱文珍五马分尸。

经过一番密谋，唐顺宗下诏，任命右金吾大将军范希朝为左右神策京西诸镇行营节度使，任命东宫集团的韩泰为范希朝的行军司马，旨在把老将范希朝推到台前，让心腹韩泰架空范希朝，取代宦官，夺取神策军兵权。

然而，宦官势力的强大让王叔文始料未及。

"泾原兵变"以来，宦官统领神策军已二十余载，禁军将领和宦官之间的人脉关系、利益关系早已根深蒂固，军中大将大都是俱文珍的亲信。

王叔文欲夺权宦兵权的计划，俱文珍很快就察觉出来了。他立即密令窦文场、霍仙鸣："无以兵属人，从其谋，吾属必死其手。"指令军中大将打死也不要交出军队，否则必死无葬身之地！

当范希朝、韩泰拿着圣旨，快马加鞭赶到奉天走马上任时，竟然没有任何军中部将、军士前来接受圣旨。值勤的士卒说，窦文场、霍仙鸣带兵到野外训练去了。

一等几天，两个神策军中尉都不见人影。范希朝、韩泰根本无戏可唱，束手无策，又恐军中哗变，砍了他们的脑袋。好汉不吃眼前亏，他们只得风尘仆仆地赶回长安。

"奈何！奈何！"得知消息，王叔文一声长叹，仰面朝天，满脸露出哀伤之色。"夺取宦官兵权"计划宣告彻底失败。

王叔文集团实施的系列改革,深深触犯了宦官集团和藩镇节度使集团的核心利益,引起了反对派的极大恐慌,以俱文珍为首的宦官集团开始联合各方势力进行反扑,以抗衡唐顺宗。

王叔文对改革的期望值太高、速度太快、打击政敌的手段太狠、树敌太众。剑南节度使韦皋、荆南节度使裴均、河东节度使严绶这时纷纷将《请皇太子监国表》上奏唐顺宗,要求罢黜王叔文翰林学士之职,请唐顺宗"权令皇太子监国,陛下圣躬痊愈,再令太子回东宫"。

韦皋还给太子殿下李纯写信痛批王叔文集团:"王叔文、王伾之流位居中枢,身负重任,但却随意赏罚、败坏朝纲,而且植党营私、内外勾结,臣深恐其祸起萧墙,倾太宗之盛业,毁殿下之家邦。愿太子殿下即日启奏皇上,斥逐群小,使政出人主,则四方获安。"

郑絪、卫次公、李程、王涯等朝中保守派也纷纷上朝进谏,请唐顺宗禅位给太子李纯,朝野已经形成两派相争的局面。雪上加霜的是,王叔文因"羊士谔事件"与宰相韦执谊闹翻了。

事出一个叫羊士谔的宣歙巡官,此人对永贞革新不满,于是在公开场合抨击王叔文的新政。王叔文勃然大怒,决定将其斩首,杀一儆百。可韦执谊坚决反对,只把羊士谔贬为汀州宁化尉,二人因此由战友变为敌人,势同水火,关系彻底破裂。

在这关键时刻,王叔文又得到母亲病逝的噩耗,犹如翰林院中猝然炸响了一个晴天霹雳,王叔文刹那间失声号啕大哭,仰天长叹道:"出师未捷身先死,长使英雄泪满襟!"

六月二十日,王叔文不得不放下权柄,边大呼"天其丧予"边离开翰林院,黯然回家丁忧服丧。失去了政治改革的核心人物,东宫集团的成员们坐卧不安,陷入绝望中。

深感唇亡齿寒的王伾到处奔走呼号,极力进言唐顺宗"夺情"(因国家事务急切,皇帝可特批取消丁忧),任命王叔文为宰相,并统领北军,以力挽狂澜。

殊不知,王伾的三次上疏都石沉俱文珍的手中。

"事已至此,将若之何?"不久的一个深夜里,夜值翰林院的王伾发出一声凄厉的惨叫,"我中风啦!"

第二天,王伾被抬回家中,再也没有走出家门。

是举世皆浊我独清,还是棋差一着满盘输?这一场暴风骤雨般的政治经济改革历时半年，在太子、宦官、藩镇三股反对势力的致命打击下半途夭折，最终人亡政息，轰然垮台。

七月二十八日，唐顺宗在三股势力的逼迫下发布制书："由于朕旧病未复，其军国政事，权令皇太子（李）纯勾当。"八月四日，唐顺宗又颁布制书，"令太子即帝位，朕称太上皇。"

苦命的唐顺宗一点也不"顺"，仅仅当了一百四十六天的哑巴皇帝，就匆忙禅位李纯，迁居兴庆宫，史称"永贞内禅"。

王叔文被贬为渝州司马，五个月后又被唐宪宗赐死。王伾被贬为开州司马，不久死于贬所。

宰相韦执谊被贬为崖州司马，刘禹锡被贬为朗州司马，柳宗元被贬为永州司马，凌准被贬为连州司马，韩泰被贬为虔州司马，韩晔被贬为饶州司马，陈谏被贬为台州司马，程异被贬为郴州司马，史称"二王八司马"事件。

飘风不终朝，骤雨不终日，大势已去矣！"二王八司马"电光石火般改革的一百四十六天，史称"永贞革新"。

入主翰林院

永贞元年（805）八月九日，滂沱大雨连续下了十多天，突然雨住天晴。

二十八岁的李纯在宣政殿即位，是为唐宪宗。

宣政殿焕然一新，钟鼓齐鸣，李纯端坐于九重宫阙之中，文武百官齐齐拜倒，山呼吾皇万岁、万岁、万万岁！

风雨飘摇中的李唐社稷，遽然掀开了崭新的一页。

唐宪宗一上任，便任命杜黄裳为门下侍郎、同平章事；郑馀庆为尚书左丞、同平章事，两人同为宰相，入主政事堂。

杜黄裳（738—808），字遵素，京兆郡万年县（今陕西省西安市）人。早年受到宰相杜鸿渐的器重，后跟随朔方节度使郭子仪。唐德宗时期入朝担任侍御史，因与奸臣裴延龄不睦，十年未升迁。

唐顺宗即位，杜黄裳的女婿韦执谊擢升宰相，他得以升迁东宫李纯太子宾客。翰林学士王叔文当权时，与宰相韦执谊等人进行大刀阔斧的政治改革，杜黄裳却坚持反对，力挺奋志有为的太子李纯监国。

韦执谊劝杜黄裳道："圣上刚晋升岳父大人为太子宾客，就谈论禁中之事，恐有非议！"

杜黄裳冷然看着他，一脸肃然地说道："韦婿莫要得君怙宠，臣受三朝厚恩，怎能因一个官职便出卖自己。"李纯很是钦佩杜黄裳的忠诚无私，即位后就把宰相之位给了他。

郑馀庆（745—820），字居业，郑州荥阳（今河南省荥阳市）人。早在贞元十四年（798），郑馀庆就出任过中书侍郎、同平章事（宰相），后因中书省官吏泄密事件被贬为郴州司马。

贞元十九年（803），李吉甫从忠州刺史迁任郴州刺史时，正好成为郑馀庆的上司。但李吉甫在郴州的时间很短，不足半年又调任饶州刺史。

李吉甫与郑馀庆共事时间不长，但李吉甫很是敬重这位历居要职的前任宰相，如同在忠州为官时对待前宰相陆贽一样，两人互有好感，互尊互敬，结下了深厚情谊。

之前，李吉甫的故交武元衡，因谢绝参加"永贞革新"被王叔文贬为太子右庶子。而今，时来运转，武元衡官复原职御史中丞，又兼任户部侍郎。天子把管理户籍、土地、赋税的财政大权交给了他。

"一朝天子一朝臣。"唐宪宗正在对帝国的政坛全面洗牌，一个重振朝纲、中兴大唐的宏图大业，需要无数务实能干的经纬之臣。

在郑馀庆、武元衡以及老宰相、地理学家贾耽等朝中重臣的极力延引下，唐宪宗对李吉甫治政江淮的政绩颇为赞赏，对其精通国朝典故的博学才能更是早有耳闻。当前，正是新朝用人之际，他于是决定重用已历任三州（忠州、郴州、饶州）刺史的李吉甫。

李纯知道，治国御藩、行军作战太需要地理图册了。古有萧何辅佐刘邦起义，刘邦进入咸阳后，秦国的山川险要、郡县户口、地理图册都被萧何归纳收入囊中，为刘邦战胜项羽起到了关键作用。

隋唐时期战略家、地理学家裴矩，学涉经史，为了经略西域而寻访胡人，绘成《西域图记》，得到唐高祖、唐太宗的大力推崇。李吉甫正是萧何、裴矩一样不可多得的社稷之才。

贞元二十一年（805）八月二十日，远在饶州的李吉甫接到唐宪宗征召回朝的圣旨，入朝担任考功郎中兼知制诰。

四十八岁的李吉甫接到圣旨，不由得感慨万千，喜极而泣。手捧征还的诏书，从此彻底洗去谪籍。刹那间，济世安民、出将入相之志，又在他的胸中翻涌沸腾起来。他激动得一夜没有合眼。

自贞元八年（792）贬谪明州长史算起，李吉甫已在外颠沛流离了近十四个春夏秋冬。

十四年里,李吉甫带着妻儿上会稽,探禹穴,历楚泽,登巫山,游潇湘,望衡峤,辗转明、忠、郴、饶四州。而今重返台省,无疑是李吉甫仕途中最重要的一步飞跃。

考功郎中,系门下省吏部四司之考功司主官,从五品上,总掌百官功过、善恶之考法及其行状。知制诰,掌管朝廷制诰起草,主要为皇帝草拟重要诏书,相当于天子秘书。

李吉甫所任新职,比起州刺史虽矮了一级,但位居要津,举足轻重,一定程度上可以影响天子决策,还可进拜中书舍人,甚至擢升宰相。

曾经雄姿英发、潇洒倜傥的东宫参军、太常博士,而今已是两鬓华发,额上早已添满岁月的风霜。可谓"风里来,雨里去,带着一身的尘埃",当然了,也带着一身的治政才干。

此刻,李吉甫更想念葬于洛阳的父亲李栖筠,自己已有十四个年头没能回到父母坟茔前烧纸上香了。

李吉甫没有急着赶回长安到吏部报到领职,而是带着一家人北上洛阳,回乡省亲,祭祀祖茔。

李吉甫的长兄、侍御史李老彭已致仕回到洛阳伊川,将曾经在此丁忧时的房屋修葺一新,自己挖地种菜,养鸡喂鱼,烧火做饭,享受着隐居平泉、怡然自乐的田园生活。

李吉甫很是羡慕,心里已暗下决心,功成名就后也会归居平泉,植树造林,栽花种草,著书品茗,颐养天年。

在长兄李老彭家住了十余日,李吉甫一家才依依不舍地离开伊川回到长安。十九岁的李德裕跟着父亲,走在长安车如流水、马如游龙的宽阔朱雀大道上,云眉星眸、气宇雄浑,好一个风度翩翩的神俊台郎。

离京十四载,位于长安城"安邑坊"的老宅已是残垣断壁,这可是父亲李栖筠一生的家业。李吉甫拿出所有积蓄,请来京城最好的工匠,砌砖换瓦,雕栏画窗,移木筑园,李府旧第重现当年回廊曲室、宝钿井栏、鸟语花香的贵族院落。

建房、建功"两不误"。新帝即位,朝政千头万绪,李吉甫入朝任职后,大量文诏均由他负责起草,疾笔如飞,曲尽情理,精明而务实,深得宰相们的赏识和推举,也极为唐宪宗器重。

此时的李吉甫,既有太常博士、屯田员外郎的京官经历,又有在外担任三州刺史的历练，无论是朝中，还是地方，都颇有政绩，治政经验很多，实干能力也强，正是阅历丰富、独当一面的股肱之臣。

李吉甫在忠州与宰相陆贽"置怨结欢"的佳话，在饶州府衙"以德镇妖"的传奇……也在长安城广泛流传。

李吉甫不以为然，仍是做好当下的事情。繁忙的政务之余，仍用功读书练字，与户部侍郎武元衡一起探讨水利、气候与地理典籍，研究帝国的财税经济政策……唐宪宗亲自见识了李吉甫广博的学识、治政的才能和宽广的胸襟，李吉甫起草的诏书制诰、进谏奏议以及提出的施政措施，也都得到了唐宪宗的采纳和肯定。

朝野上下议论一致：此人的政治前途，不可限量。

苦心人，天不负；有志者，事竟成。是年十二月二十四日，李吉甫在考功郎中、知制诰任上还不足两个月，唐宪宗就任命李吉甫为中书舍人，充翰林学士，一下扶摇直上，跻身天子重臣行列。

中书舍人，属中书省的重要官员，又称西台舍人、凤阁舍人、紫微舍人。中书舍人正五品上，执掌制诰，参议表章，辅佐宰相，参与机密。

或许是中书省栽满了紫薇花，人们把中书令叫紫薇令，把中书舍人叫紫薇郎。一句"独坐黄昏谁是伴，紫薇花对紫薇郎"，写尽了中书舍人的优雅气质和贤官形象。

李吉甫先前的知制诰一职，主要负责起草文诏，而紫薇郎就有"参知机务"之权，是"文士之极任，朝廷之盛选"。

正拜中书舍人不是随便授予的，翻开大唐宰相谱，姚崇、张九龄、杜鸿渐、崔祐甫、张延赏、陆贽……这些宰相都曾做过中书舍人，不失为朝臣们入阁拜相的重要跳板。

在唐代，中书舍人或知制诰草拟"外制"文书，以翰林学士草拟"内制"，宰相办公的政事堂就有一个后门直通中书舍人院。

唐宪宗让李吉甫接手中书省的实际政务，又让他兼领了这个非同寻常的职务——翰林院翰林学士，作为近臣随侍左右。

翰林院是直接隶属于皇帝的内廷机构，就在大明宫皇帝居所附近，皇帝可通过翰林门到院中探问学士，也可随时召对翰林学士密议政事，供决策参考。

翰林学士的主要职责是帮皇帝草拟人事任免、重大决定等诏命文书，充当侍从顾问，参决军国政务，谋献机密，权任独重，很大程度上左右着朝廷决策和帝国的各项大政方针，有"内相"之称。翰林承旨（相当于翰林院院长、首席学士）可以算是无冕宰相。

唐宪宗每有军国大事，必先与翰林学士们和宰相商议，因此翰林学士与皇帝接触比其他朝臣更直接、更便利。就连宫中设宴，翰林学士的座席也高于其他朝官，仅次于宰相。

很多时候，翰林学士可以直接擢升中书侍郎或门下侍郎。谁都知道，走到中书舍人、翰林学士这一步，距离相位也就只有一步之遥了。

最让人羡慕的是，唐宪宗还在大朝会上，赐给李吉甫紫金鱼袋一个、深色绯袍三件，对他的欣赏和倚重远远超越了一般朝臣。

佩戴金鱼袋，是一种高贵而忠诚的象征。

大唐乃李家天下，鲤音同"李"，鲤鱼得以皇帝的姓，成为朝中重臣的佩饰。五品以上官员才佩鱼，三品以上饰金鲤，四品、五品饰银鲤。李吉甫能得到三品以上官员才能有的紫金鱼袋，可见赏赐之优厚。

永贞二年（806）正月初一，新年伊始，万象更新，唐宪宗在含元殿举行朝会，接受文武百官和四夷君长的朝贺，大赦天下，改元"元和"。向天下颁布了由翰林学士、中书舍人李吉甫代唐宪宗起草的《改元元和大赦制》：

> 朕闻明王之以孝理也，必先之以博爱，临之以庄敬。由一人之至德，鼓四表之欢心，臻于太和，以育庶类，则下知禁而无犯，上措刑而勿用，斯道不远，宏之在予。朕以寡昧，嗣守丕业，荷累圣之鸿休，禀太上之严训，夙夜寅畏，不敢荒宁。承颜而退省万几，问寝而下临四海，虔奉惟眷，施于兆人。

> 皇王以来，孰有斯庆？端本之化，自予躬行。总百行之源，刑四方之理，推恩以覆育，广敬以昭事，王者要道，朕其庶乎。则日月之烛临，可以率俾；昆蚑之涵养，期于不夭。是必家至日见，而后化洽刑清，图始所难，慎终斯勉。犹恐下愚之人，因循陷辟，官师之长，教道未明，迫于饥寒，遂愆礼节。诖误之网，顾失政而多途；哀矜之人，虽得情而勿喜。

> 思与公卿大夫，下及士庶人，励翼循省，以图将来。其因体元之始，覃此维新之泽，报于君父，下念于苍生，颁庆纪年，鸿恩斯洽。可大赦天下，改永贞二年为元和元年。

> 自元和元年正月二日昧爽已前，大辟罪已下，常赦所不原者，咸赦除之。京畿诸县今年十二月青苗钱及榷酒钱，并宜放免。地税率于每年斗量放二升，江淮荆襄等十州管内，水旱所损四十七州，减放米六十万石，秋

税钱六十万贯。

内外文武见任在官神策六军诸道将士等,各赐爵加勋有差。自武德以来功臣子孙与官及出身,文武常参官观察节度团练经略使刺史六军大将等,父母亡殁与赠官。至德以来任宰辅与追赠及谥,陕州奉天元从功臣,普恩之外,更赐勋爵。中书门下及外使宰相宜与一子七品官,东都留守六军大将等与一子出身,东宫官并与改官司,其撰册文官等与一子官及勋爵有差。

天下百姓高年者,赐米帛羊酒。国子监祭酒司业及学官,并先取朝廷有德望学识者充。东都国子监诸馆,共置学生百员。应天下州府每年所税地丁数内,宜十分取二均充常平仓,仍各逐当处稳便收贮,以时价粜籴,务在救人。

坐在金銮殿上的唐宪宗风华正茂、仪表从容、气宇轩昂,那种睥睨天下、指点江山的豪情像极了他的祖父唐德宗,很有李适当年登基执政的雄伟风度。

这位年轻的帝王也不乏高超的帝王之术。他利用新年之际,大赦天下,对文武重臣、诸道将士赐爵加勋,对以前的青苗钱、榷酒钱等租赋徭役全部放免,志在励翼循省,以图将来。

长长的《改元元和大赦制》,仅"务在救人"四个字就足以震撼人心。

李吉甫起草的这篇"大赦"赦令,全文贯穿着以民为本的民本思想,令责奖励,税赋减免,都简明扼要,一清二楚,其政治意义、民心影响自然非比寻常。同时,李吉甫在赦令中,还大胆地让天子"自检自省",夙夜寅畏,推恩以覆育,要求公卿大夫以身作则,下念于苍生,"励翼循省,以图将来"。

诏书传到天下各地,很快便赢得了民心,迅速树立了大唐帝国君王在天下百姓心中的光辉形象。

从此,翰林学士李吉甫跻身唐朝中央权力核心圈,天子最重要的内制文书,多出自李吉甫手中的一管狼毫。

李纯以高明的政治手腕、安抚人心的宽大政策,消除了"永贞内禅"可能产生的政局动荡,稳稳地坐上了他梦寐以求的天子之位。

唐宪宗目睹了唐德宗、唐顺宗受藩镇和权宦掌控的屈辱,立志振兴唐朝宗室,把"太宗之创业""玄宗之致理"当作效法的榜样。他看清了帝国的政治乱象,对于藩镇割据、自行自专之作为深恶痛绝。他与生俱来就有他祖父李适登基时的宏伟志向——削藩。

新帝新气象。唐德宗当年取意《周易》"贞下起元",改年贞元,至今延续了二十一个年头,这在唐朝历代皇帝的年号中算是很长的了。而今,唐宪宗也取意《易经·乾卦》"元亨利贞"、《礼记》"阴阳和而万物得"之意,改元"元和"。

从此,历史开启了元和时代,唐宪宗冀望"元和"二字能让历尽劫难的大唐王朝否极泰来,开创"天时地利人和"的元和之治。

平西川,斥宦官

元和元年(806)的新年刚过,西川节度副使刘辟趁西川节度使韦皋病亡之机公然上疏,请求朝廷正式赐给节度使旌节,并公然要求兼领三川(四川、东川、山南西道)之地。

这与建中二年(781)唐德宗登基时,河北成德镇节度使李宝臣病死,其子李惟岳自任留后,上表请求朝廷任命他为节度使如出一辙。当时,唐德宗坚决不同意,以强行的手段发动了一场波及全国的削藩战争,最终导致了"奉天之难"。

而今,刘辟意欲效尤,这简直就是得寸进尺,无法无天,赤裸裸地蔑视年轻的天子,挑战朝廷的权威。

打,还是不打?

打,新皇帝即位不久,新旧势力明争暗斗,藩镇诸侯蠢蠢欲动,会不会重燃唐德宗时期"四王二帝之乱"的战火?重蹈唐德宗銮驾播迁、海内疮痍、生灵涂炭的覆辙?

不打,诸藩镇会纷纷效仿,拥兵割据、目无朝廷、自代自专,朝廷只有息事宁人,不断满足他们的欲望,不断赐予他们旌节……在天下人的心中,李纯就会是一个懦弱的傀儡皇帝。

还在朝廷官员们你一言我一语地赤脸争论,李纯在打与不打之间犹豫徘徊之时,刘辟竟悍然出兵进攻东川,把东川节度使李康围困于梓州(今四川省三台县)。

唐宪宗决定不惜一切代价与之一战。

但是,发动削藩战争是一项牵一发而动全身的大事,需要满朝文武官员、唐军将士群策群力。他们会不会同意呢?

朝会之上,宰相郑絪、翰林学士裴垍、李绛、给事中李逢吉等人执笏上奏,认为蜀地山川险阻,关塞坚固,易守难攻。而且,削藩将给国家带来一场生灵涂炭、血流漂杵的战争灾难,牺牲天下无辜平民的生命。再者,发动一场战争,调动士兵、运送粮饷、犒劳赏赐需要消耗大量国库费用,"主和派"们不赞同兴兵讨伐。

宰相杜黄裳、兵部侍郎李巽、户部侍郎武元衡等"主战派"义愤填膺,强硬主张武力讨伐西川刘辟,树立朝廷权威。两方各说各有理,争得面红耳赤,不可开交。

唐宪宗眉头紧蹙,脸上愁云重重,陷入了矛盾之中,过了半晌,呵声问道:"吉甫学士,军国大事,群臣裁决,你为何沉默不语?"

李吉甫踏步出班,执笏躬身,振聋发聩地答道:"圣上,臣方才没有思考打不打的问题,而是在思考如何打的问题。这是一场必须要打、必须要打胜的硬仗,臣以为王者之师,理当讨伐叛逆,必须快刀斩乱麻,先下手为强!"

唐宪宗一听,顿感眼前豁然一亮,不禁惊喜交加,开口大声道:"好!吉甫学士且说说,为何要打!"

李吉甫语气犀利如剑地说道:"'安史之乱'以来,藩镇割据愈演愈烈,挑战中央的权威,不是自立自代、兴兵反叛,就是父死子继、兄终弟及;不是各怀鬼胎,明争暗斗,就是武力联合,对抗中央。名为藩臣,实如异域。朝廷决不能姑息迁就、委曲求全。西川不平,河北诸镇将变本加厉,卷土重来,国将不国。今贼势如此,唯有平灭西蜀,一统诸藩,才能开创太平,再造'开元盛世',实现'元和中兴'!如若错失良机,日后追悔莫及!"

唐宪宗听后,不禁浑身一震,满脸欣慰之色。他看着李吉甫,心神一定,沉声说道:"吉甫学士且说说,如何打?"

李吉甫沉吟了一下,斩钉截铁地说道:"刘辟敢蓄枭心,拒扞王命,心志骄矜,驱劫蜀人,但只不过一介狂戆书生。擒获刘辟,如拾芥耳!臣知神策军使高崇文勇略可用,治军有法,请圣上授之以节钺,专以军事,勿置监军,使精兵骁骑号令一致,刘辟必亡!"

高崇文(746—809),字崇文,幽州人,颇熟谙兵事,治军有声名。

唐德宗时代,高崇文随韩全义镇守长武城,累官至金吾将军。贞元五年(789)率领唐军大破进犯宁州的三万吐蕃军,声威大震。唐宪宗即位,令其执掌神策军行营节度留后,兼任御史中丞。

高大威武的高崇文即刻出班:"臣赴汤蹈火,誓死讨伐刘辟。"

唐宪宗面色肃然,眉宇间隐现出一缕杀机。他顿了顿语气,坚定有力地说道:"藩镇叛臣,咸宜伏辜,以正典刑,圣意已决!出兵西川,讨伐刘辟。任高崇文为左神策行营节度使,与神策京西行营兵马使李元奕、山南西道节度使严砺共同出兵讨伐刘辟。诏宰相杜黄裳、户部侍郎武元衡、兵部侍郎李巽、翰林学士李吉甫到延英殿筹议军事!"

元和元年(806)正月二十三日,唐宪宗亲自带领文武百官驾临春明门,为高崇文挥师西川送行。

左神策行营节度使高崇文率领步骑五千为前锋,神策京西行营兵马使李元奕率步骑两千担当后军,分别从关中进兵。山南西道节度使严砺、剑南东川节度使李康从本道出兵,四路唐军共伐西川。

就在唐宪宗下令讨伐西川的战斗打响后,另一个藩镇夏绥(治所夏州,今陕西省靖边县北)也公开反叛,不服朝廷政令。

事发宪宗即位后,将夏绥节度使韩全义召入朝中,授其太子少保闲官,韩全义让自己的外甥杨惠琳代理留后。韩全义回朝后,杨惠琳一直没有等来节度使的任命状和旌节,等来的却是朝廷任命右骁卫将军李演前往夏绥继任节度使的消息。

三月,杨惠琳在韩全义的授意下,整军备战,拥兵抗拒新夏绥节度使上任,估计朝廷不敢南北两线同时作战。

然而,杨惠琳看错了棋。唐宪宗以迅雷不及掩耳之势,命河东节度使严绶出兵讨伐夏绥。面对朝廷铁腕削藩的汹汹气势,夏绥将士深感恐惧。

战争打响不久,夏绥内部突然哗变,杨惠琳被杀,传首京师。

南线战场上,高崇文由斜谷出兵,李元奕由骆谷出兵,共同攻打梓州(今四川省三台县)。不久,严砺攻克剑州,将剑州刺史文德昭斩杀。高崇文率军经阆州直扑梓州。驻扎梓州的刘辟部将邢泚所领川兵虽然兵马强壮,但哪抵得住高崇文的边防军、李元奕的神策军,三月底,高崇文拿下藩镇东川的治所梓州,邢泚引兵遁去。

唐军一路向纵深推进,驱军猛击。六月,高崇文在德阳(今四川省德阳市)、汉州(今四川省广汉市)击破刘辟军队,严砺在绵州(今四川省绵阳市)击破川军万余人。

刘辟军队溃不成军,率兵往益州(今四川省成都市)逃亡,在成都以北一百五十里的险要关塞鹿头山(今四川省德阳市东北)筑城,连结八座栅垒,又在鹿头关东面的万胜堆(今四川省德阳市东北)设置栅垒,屯兵一万多人以阻高崇文。

鹿头山、万胜堆地势险峻,扼二川之要,系蜀地著名的古战场,敌军重兵坚守,矢石如雨。唐军与刘辟军的恶战一直持续到七月,仍久攻不下,战事陷入胶着状态。

战报传到延英殿，唐宪宗站在李吉甫所绘的鹿头山地图前不禁双眉紧锁，束手无策，其他大臣更不敢吱声。

李吉甫沉吟片刻，打破沉默，缓声说道："汉晋南朝五次伐蜀，四次都是沿江而上。江淮地区的宣州（治今安徽省宣城市）、洪州（治今江西省南昌市）、蕲州（治今湖北省蕲春县）、鄂州（治今湖北省鄂州市），强弓劲弩，号称天下精兵。圣上可让江淮的军队由三峡一路进入，直捣三峡腹心，叛军必会分散兵力，前去救援。高将军担心江淮军队率先建功，也会增强斗志，一鼓作气，拿下西川。"

李吉甫还建议，行军打仗，军令必须统一，所有增援西川作战的各路唐军，都统一由高崇文负责指挥。

唐宪宗果断地采纳了李吉甫的这两条建议。

果然，高崇文身先士卒，亲临前线，击鼓指挥，发动八次突击，取得八战八胜大捷。

前来支援的河东将领李光颜率军切断了鹿头关守军的粮道，鹿头关陷入粮草断绝、孤立无援的境地。守将仇良辅举城投降，刘辟的女婿苏强被捕获，缴械投降的川兵达万余名。

鹿头关失陷后，益州门户大开。高崇文率军马不停蹄，长驱直入，所到之处，势如破竹，如入无人之境。九月二十一日，高崇文攻下成都，刘辟率兵向西逃亡，企图投奔吐蕃。

唐军将领高霞寓率兵追到羊灌田（今四川省彭州市九龙镇），想当"蜀王"的刘辟走投无路，投江自杀，被唐军捕捞擒获。

西川平定后，李吉甫建议唐宪宗，让高崇文、严砺分别节度西川（治今四川省成都市）、东川（治今四川省三台县），使两川相互制衡。同时，提醒高崇文进入成都后屯于通衢，严肃军纪，不惊市肆，善待蜀地官员，拔擢当地治蜀人才。

十月二十九日，刘辟被押解到长安，其所有族人、党羽全部斩首。西川"刘辟之乱"彻底平定。

李吉甫不仅对藩镇割据，也对宦官专权深恶痛绝，对朝中勾结宦官、扰乱朝政的官吏疾首蹙额。

自去年担任中书省中书舍人后，李吉甫就遇到了一个勾结宦官、为非作歹的同事——滑涣。

唐之政令，出于中书门下，宰相治事之地，别号曰政事堂。开元年间（713—741），唐玄宗将政事堂迁至中书省，成为宰相们议决军国大政的固定地方，是拥有中书、门下两省职权的最高权力机构。

政事堂分正堂与后院两部分：正堂为宰相联合办公厅和会议厅；后院为政事堂秘书处，分设五房办公，即吏房、枢机房、兵房、户房和刑礼房。五房的僚佐官吏所掌虽属秘书工作，但因其多为国家机密大事，权位很重。

滑涣就是堂后主书，在中书省的政事堂为官多年，久司中书簿籍，虽然只是个管理公文等杂务类吏员，但常参与宰相会议，第一时间了解朝中动向和国家机密。

滑涣头脑聪明，善于钻营，莫看他官小，但脾气不小，权势也不小，因为他背后还有一棵大树让他遮阴避雨。

这棵大树，就是宫廷里赫赫有名的权阉、知枢密（负责宫廷机要的宦官为枢密使，知枢密为次官）刘光琦。

刘光琦是宫中的资深宦官，他跟着俱文珍，对拥立唐宪宗、打倒以王叔文为首的"二王八司马"的行动起了很大作用，自恃拥立之功，又常侍天子左右，于是插手朝政，以巩固宦官集团的利益和幕后地位。

但宦官作为内廷之人如欲干政，掌握朝中机密，必须与外朝官员相互勾结方能成事。于是乎，刘光琦与中书小吏滑涣一拍即合，朋比为奸。滑涣成为宦官安插在外朝的"顺风耳"，为刘光琦窃取中书机密，成为朝廷泄密"高手"。

同时，滑涣倚仗宦官威势，目中无人，就连政事堂的宰相他也不放在眼里，朝中无人敢招惹他。宰相们计议的事情一旦与刘光琦的意见有分歧，刘光琦就命滑涣出面假以圣上意图，对宰相施加影响，往往得其所愿，外朝的一举一动牢牢地掌控在刘光琦等宦官手中。

前几个宰相杜佑、郑絪皆低意善视之，加以姑息，不敢得罪他。郑馀庆回朝复相后，对他就不客气了。他与各位宰相计议事情时，滑涣依然于旁边曲直短长，指点评说诸相意见。

郑馀庆气得头发根根直竖，对滑涣大声呵斥道："你小小七品小吏，竟敢这般妄自尊大，指陈是非，干预朝政，岂不是视我堂堂宰相如无物？谁给你这么大的胆子？你给我滚出去！"

郑馀庆将滑涣骂得狗血淋头，将其逐出了政事堂。滑涣见郑相不好欺负，只好跑到刘光琦那里哭诉。刘光琦与俱文珍便在唐宪宗耳边极进谗言，说郑馀庆年过六十，两眼昏花，在政事堂倚老卖老，苛刻属下，不宜为相。

元和元年（806）七月，郑馀庆被免去宰相之职，贬为太子宾客。滑涣更是弄权谋私，肆无忌惮，大肆收受贿赂，趋炎附势的官员们纷纷向滑涣贿赂财物，达到了"四方赂遗无虚日"的地步。

李吉甫对滑涣这般宵小之徒的所作所为很气愤，何况郑馀庆也是他的恩人，当年他之所以能从饶州回朝任职，少不了郑馀庆的提携。他当然与滑涣势不两立，决定将他逐出中书省，并绳之以法。

于是，李吉甫上疏唐宪宗严惩滑涣，解除他的职务，贬出中书省。唐宪宗接到奏疏，顿时火冒三丈，当天就下令关闭中书省大门，突击检查，搜查出了滑涣作奸犯科的多项罪证。唐宪宗又命御史台查抄他的家宅，竟然查出家财数千万。

唐宪宗遂将滑涣贬为雷州（今广东省雷州市）司户。不久，又下令他自缢，将其数千万家产没收充公。《资治通鉴·唐纪五十三》记载："上（皇帝）命宰相阖中书四门搜掩，尽得其奸状。九月，辛丑，贬涣雷州司户，寻赐死。籍没，家财凡数千万。"

唐宪宗又命李吉甫将定型于贞观时期（627—649）、完善于永徽年间（650—655）的《唐律疏议·职制律》进行了重新修改校订，规范律令，整顿吏治。从此，朝中官员各司其职，严守律法，风气得到明显好转。

为了奖赏李吉甫"密赞其谋"削藩的功劳，间接打击宦官势力的勇气，唐宪宗在李吉甫中书舍人、翰林学士职位上，升其为翰林学士承旨（为学士院之长），加授银青光禄大夫。

银青光禄大夫是个什么官职呢？从字面意思看，银和青指颜色，光和禄指功勋荣耀和朝廷俸禄。

春秋战国时，各列国中设大夫，为公卿官位（封爵）之一。晋代时设金紫光禄大夫、银青光禄大夫、左光禄大夫、右光禄大夫。隋朝时，各大夫用于文武散官的官秩，相当于"职级晋升"，与领导职务的级别"分开并行"。

唐代时，光禄大夫从一品，左光禄大夫正二品，右光禄大夫从二品，金紫光禄大夫正三品，银青光禄大夫从三品。

李吉甫本职中书舍人，正五品上，翰林学士衔是皇帝最亲近的顾问兼秘书官，无实际官阶。唐宪宗加授李吉甫银青光禄大夫，直接擢升到从三品，快与中书侍郎、同平章事（正三品）一个级别了。

朝中文武百官全都心照不宣：唐宪宗在为李吉甫升任宰相铺平道路。但是，由于滑涣被杀，权宦刘光琦、俱文珍对此怀恨在心，李吉甫从此和阉党们结下了仇怨，为后来的"元和三年策对案"埋下了祸根。

第八章 首度拜相

主宰政事堂

平定西川，震慑了天下藩镇，意义深远，功莫大焉。唐宪宗李纯扬眉吐气，高兴至极。

朝中文武百官也高兴得手舞足蹈。长安城的士族、商贾、百姓无不欢呼雀跃，庆贺胜利。

这是自唐德宗李适在建中二年（781）发动削藩战争以来，打得最漂亮、赢得最彻底的一仗。年轻的李纯首次出手就旗开得胜，取得了对地方藩镇的第一次重大胜利，更加坚定了他"以法度制裁藩镇"的治国理想，更加信任朝中削藩的"主战派"。

元和二年（807）正月十七日，年近七旬的杜黄裳担心功高盖主，申请致仕（退休）。唐宪宗加封其为邠国公，挂衔同平章事，充任河中、晋、绛、慈、隰节度使，出镇河中府（治所在今山西省永济县）。另一位宰相郑絪也迁任检校尚书左仆射。

政事堂空出了两个宰相之位。唐宪宗站在那张李吉甫绘就的西川山川河流地形图下，反复斟酌，踱步思虑至深夜都没确定人选。

次日一觉醒来，大明宫内白雪皑皑，旭日普照，银装素裹，分外妖娆。唐宪宗不禁心旷神怡，欣然提起御笔在案台的黄宣上写下了两个名字，传令近侍宦官吐突承璀立即送至翰林院，交由翰林学士李吉甫、裴垍起草任免宰相的白麻诏书。

翰林学士乃天子顾问，会于禁中，参决谋议，隐然与外朝的宰相、内廷的枢密使三权分立，构成大唐帝国的中央决策中枢，前朝宰相陆贽在"四王二帝之乱"中挥翰起诏,挽狂澜于既倒的风度,更赢得了"内相"的美名。

所以,同平章事制这样的重要诏书,必须让翰林学士们代皇帝精心起草。

正月里的翰林院外,铺上了一层薄薄的霜雪,处处犹如琼雕玉砌一般雪白而澄澈。屋里一大早生起了红红的炭火,李吉甫泡好的一壶四明山茶,正散发出一缕缕茶香。不过,阔大的内廷供奉之所里还是让人感觉得到春寒料峭般的<u>丝丝凉意</u>。

圣上御笔的黄宣徐徐展开后,李吉甫半世漂泊的手在微微颤抖,三个淡墨正楷的名字映入眼帘——武元衡。

武元衡是武则天的曾侄孙,父亲武就,官至殿中侍御史。他相貌俊美,风度儒雅,可谓唐德宗时代的"大唐第一美男",不仅颜值高,而且颇有才气,唐德宗甚至赞叹他"真宰相器也",而且他疾恶如仇,铁血刚直,在平叛西川中,作为户部侍郎的他极力主张强势削藩、千方百计地征调粮草军需,保障军械给养,功不可没。

看到武元衡名字的那一刹那,李吉甫的心情是复杂的,既欣喜又惆怅,既羡慕又失落。

欣喜的是,武元衡与自己生于同年,年轻时在长安常常置酒聚饮,诗词唱和,性情相近,结为金兰。在政治倾向方面,他们又都是竭力主张消除藩镇势力、巩固中央集权的强硬派,李纯被册立为太子时,主持仪式的就是武元衡。作为御史中丞、户部侍郎升居宰相也是理所当然,对李吉甫来说也是大有裨益。

惆怅的是,李吉甫年轻时初仕长安,也曾克己奋发,胸怀激荡,之后却辗转江淮十五载,颠沛流离。但不论身处何地,他始终以民为本,政绩显著,百姓拥戴。在回朝的这两年里也积极作为,谋猷参决,出谋削藩,平定西川,可谓功不可没,朝中声望直线飙升,唐宪宗和朝中百官都有目共睹。

当今翰林学士之首,十七年间就有十一位承旨当上了宰相。李吉甫而今年过半百,若是与之失之交臂,无缘宰相之位,往日的前途将是"有可限量"了。

一股凛冽的寒风夹着飞雪穿过窗棂,也唤醒了李吉甫散乱而惆怅的思绪。他连忙稳住了心神。从自己的胸腔深处舒出一口长气,泰然构思片刻后,一气呵成写下《授武元衡门下侍郎平章事制》:

> 唯人代工,与物施化,财成者元首,辅翼者股肱。况国之号令,本于内史;政所关决,审于黄枢。爰发四方,用宁庶绩,必求同德,资以弼予。

朝议郎尚书户部侍郎天水县开国子赐绯鱼袋武元衡，挺生伟才，克振前绪，蹈礼合乐，谦厚端和。居暗室而不欺，处岩廊而益重。文能合雅，吏必立程。再司石室之图，遂践春华之署，故事可举，嘉猷日新。爰委地征，实为邦本。勤于小物，宏以大网，一心不移于吐茹，众务必归于领会，郁此时望，称为名臣。

　　朕祇奉鸿休，惧于负荷，居则神明之陕，位当亿兆之尊，常恐明不烛幽，虑不及远，一物未获，万方在予。《书》不云乎："臣作股肱耳目。"是用命尔，处兹弼谐，尔其慎于将明，勉于规诲。必思衮阙，无或面从，直哉惟清，副我明命。可朝议大夫守门下侍郎平章事，赐紫金鱼袋，封如故。

　　李吉甫一气呵成，搁下墨笔，侧头望了望珠帘的那一侧，另一位翰林学士裴垍还在时而凝思，时而挥毫，不知道他写的又是谁？他很想过去看一看，与裴垍聊聊天。犹豫不决之间，刚才已经消退的伤感又像窗外的冷风拂过他的心头，目光里浮现出一片浅浅的惘然。

　　李吉甫蓦然回过头来，看着自己赞美武元衡"挺生伟才""谦厚端和"的华美辞藻，看着自己潇洒俊逸的书法墨痕，不禁摆头泯然一笑，揉了揉手腕，来回搓了搓手掌，哈了一口热气，感觉有一股暖流缓缓淌过自己的心坎。

　　又过了半炷香工夫，裴垍也搁笔了。他敛衣起身，自顾自地拍起了掌，不知是为自己的文笔喝彩，还是为白麻诏书上的人喝彩。他拂了拂衣袖，两手扯着墨迹未干的诏书，满面笑容地用头上的乌纱冠撩开珠帘，踏步向李吉甫走了过来。

　　"好文章啊！好文章！"裴垍走到李吉甫的案前，一边小心翼翼地搁下诏书，一边啧啧赞叹道。

　　李吉甫起身拱手相迎。他的目光倏地扫过桌上的白麻诏书时，他惊诧得不敢相信自己的眼睛，上面赫然写着一个俊逸的名字——李吉甫。

　　巨大的喜悦如同旭日的光芒，瞬间溢满李吉甫的心胸肺腑。他立时气血上涌，心境一阵震荡，眼眶里顿然泪花闪亮。

　　李吉甫一把抓住裴垍的手，神情激动地说："吉甫漂泊江淮十五载，穷困谪迁，未曾想有朝一日会当上宰相！"那微微颤抖的语调之中，混合了多少沧桑翻覆后淘来的一脉久违的喜悦……

　　"恭喜，恭喜！李学士学贯古今，体仁而温，抱义而峻。参赞庙谟，忧国忧民，政声卓著，名实兼得，无愧于赏，应当的！应当的！"裴垍满脸钦佩之情地说道。

雪霁晴日，晨曦的第一缕红晖照射进翰林院里，给李吉甫暗红的几案镀上了一片耀眼的金红，也给桌上的《授李吉甫中书侍郎同平章事制》抹上了一层绚丽的光晕：

> 昔周宣王思宏文武之道，则以申甫代天工；汉宣帝思继祖宗之风，则以邴魏执邦柄。是以克绍前烈，俱称中兴。朕以渺身，托于人上，亦思所以缵列圣之绪，致太阶之平，怀柔四夷，亲附百姓，将成莫大之业，遂获非常之才，授之钧衡，俾作舟楫。
>
> 银青光禄大夫行中书舍人翰林学士上柱国李吉甫，符彩外发，清明内融，体仁而温，抱义而峻。识洞精赜，知皇王致理之由；学贯古今，穷天人相与之际。自擢于纶阁，列在禁围，鼓三变之文，润色王度；总五才之用，参赞庙谟。化俗思迈于成康，致君愿及于尧舜。当注意之所向，每罄心而必陈。深中不回，独立无惧，经纶常见其道远，激切多至于涕零。王纲以张，蜀寇斯殄，左右密勿，实由嘉言。降神而生，辅朕为理，调三光以序六气，遂物情而熙帝猷。是为中枢，司我大本，命尔俞往，其惟勖哉。
>
> 於戏！宰相之任，安危所系，百辟为宪，万邦所瞻。与其明察以为公，不若严重而有制；与其将顺于甚美，不若匡救于纤违。审泾渭以序人伦，谨绳墨以正天下，交泰之运，其若斯乎。敬听朕言，以践乃职。可守中书侍郎同中书门下平章事，散官勋如故，主者施行。

唐宪宗把中书侍郎位置交给李吉甫，把门下侍郎交给武元衡，李吉甫显然已成为政事堂决策军国大事的首席宰相。

在唐德宗时期，李吉甫的父亲李栖筠作为御史大夫差一点就当上宰相了，却因病忧愤，溘然长逝，与宰相之位擦肩而过，如果赞皇公地下有知，也可以无憾了。

正月二十一日，唐宪宗在含元殿隆重举行新宰相册命嘉礼，在京六品以上文武官员参加朝会，恭贺李吉甫、武元衡正式入阁拜相。

卯时三刻，长安朱雀门街东第四街安邑坊李府的灯就亮了，李吉甫早早地起了床。妻子裴文昔细心地将皇上赐予的圆领紫袍帮李吉甫穿上，又把紫金鱼符袋挂在李吉甫的腰上。

天还没亮，苍穹之下挂着一轮清瘦的月牙。李吉甫穿戴整齐，缓缓走出李府大门，骑马上朝。

从安邑坊到大明宫，顺着南北大街一路往北约十里，就是大唐帝国的大朝正宫大明宫正南门，城门上是巍峨的丹凤楼。这里是天子、朝臣出入大明宫的大门，也是进行改元、大赦等重大仪式的地方。

新宰相上朝，前后都有金吾仗护送，最前面由两个导从提着灯笼开路，接着是两个骑卫，李吉甫的坐骑后面又有两个骑卫，一行七人在黎明的街道上缓缓向北行进。

宽阔的大街上，一对映着"李"字的红色灯笼格外醒目。提灯上朝的官员纷纷驻足躬礼，伸出右手掩上灯笼的光芒，用身子遮住街边的火烛，尽力让宰相的灯笼愈加光亮，以表示对宰相的敬重。

不足半个时辰，李吉甫踏进丹凤门，迈过御桥，走过宽阔的龙尾道，来到含元殿外。新任宰相武元衡也到了，两人皆拱手相拜早安，互相寒暄。其他朝官也陆陆续续到达含元殿外。

辰时已到，晨曦初现，天色已亮透，含元殿的大门尚未打开。百官们伫立在含元殿外的廊下，把羡慕祝贺的眼光齐刷刷地投向他们的新宰相李吉甫。

只见李吉甫挺身立于专为首席宰相设定的"中书候传点"，头戴笼冠高帽，崭新的紫袍胸前饰着凤池图，右佩金灿灿的金鱼符，腰上系着玉带钩的腰带，华贵端正，神采奕奕，显得格外气度非凡。

时间又过了两刻，含元殿依然紧闭，肯定是唐宪宗一夜筵乐晚寝，逍遥后宫，还没来得及早朝。百官不得不伫立在冷飕飕的殿外窃窃私语，静候唐宪宗上朝。

忽然，吏部侍郎权德舆高声说道："诸位，社稷安系于相公，社稷兴亦系于相公。今日皇上举行隆重仪式，册命新相，群臣朝贺，李相公应是好兴致，何不吟诗一首？"

权侍郎一提议，武元衡和朝官们纷纷附议，嚷着要李吉甫作诗庆贺。李吉甫一时也强拒不得，凝神深思了片刻后，思绪一敛，脱口吟诵一首五言长律。李吉甫朗朗之声抑扬顿挫，节奏分明，一气呵成，铿锵有力，文采风流，震古烁今，赢得了在场朝官一片赞誉之声。只可惜《全唐诗》未收可能失传了。

李吉甫给众朝官躬身行礼后，带着从容而谦虚的语气说道："献丑了，献丑了！武相公才是英俊潇洒，诗赋文佳，诗坛大家，有请武相公也来一首！"

武元衡与李吉甫同年出生,今又同日拜相,听了李吉甫高亢激扬的吟诗抒怀,不胜感慨,于是整了整衣冠,沉吟片刻后,扬声高吟了一首《奉酬中书李相公早朝于中书候传点》:

> 寥落曙钟断,微明烟月沉。翠霞仙仗合,清漏掖垣深。
> 北极星遥拱,南山阙迥临。兰釭竟晓焰,琪树欲秋阴。
> 霄汉惭联步,貂蝉愧并簪。德容温比玉,王度式如金。
> 鱼水千年运,箫韶九奏音。代天惊度日,掷地喜开襟。
> 文武时方泰,唐虞道可寻。忝陪申及甫,清净奉尧心。

武元衡工于五言律诗,京城歌姬都传抄他的诗词,配上乐曲传唱,那首"麻衣如雪一枝梅,笑掩微妆入梦来。若到越溪逢越女,红莲池里白莲开"就是其中之一。

武元衡与李吉甫政见相近,情义相投,不仅是一个极为清高的清流贤吏,也是一位辞藻绮丽、琢句精妙的诗赋天才,可谓中国历史上少有的诗人宰相,身具贤相之才而又胸怀雄霸之志。

武元衡以"德容温比玉,王度式如金"对李吉甫倾心称赞,又以"忝陪申及甫,清净奉尧心"抒情言志,表达甘居次位,誓与首席宰相李吉甫一道同心同德、中兴社稷的坚定意志。

除了士大夫修身齐家治国平天下的那番报国豪情之外,更是一个真正胸襟宽阔、境界高远的人才能做到这般彼此相敬、相惜和相赞。

听了两位新任宰相的吟诵,权德舆顿时诗兴盎然,这位三岁知变四声、四岁能为诗、十五岁即以文名知名于士林的吏部侍郎也不同凡响,随即奉和激情澎湃、气韵沉实的一首长律:

> 五更钟漏歇,千门扃钥开。紫宸残月下,黄道晓光来。
> 辨色趋中禁,分班列上台。祥烟初缭绕,威凤正裴回。
> 斧藻归全德,轮辕适众材。化成风偃草,道合鼎调梅。
> 渥命随三接,皇恩畅九垓。嘉言造膝去,喜气沃心回。
> 东阁延多士,南山赋有台。阳春那敢和,空此咏康哉。

部司封员外郎吕温(吏部司封司次官,掌封爵、命妇、朝会及赐予等事)

跃跃欲试、准备吟诗一首之际，含元殿大门徐徐打开，李吉甫、武元衡与文武百官满面喜色，鱼贯而入，按官阶高低站定班次。

含元殿里鼓乐响起，喜庆腾腾，气氛庄重而热烈。

唐宪宗接受百官朝拜后，隆重册命两位新任宰相，由吏部侍郎权德舆高声宣读了李吉甫、武元衡的同平章事制书，一位为中书侍郎，另一位为门下侍郎，与仍在相位的郑𬘡共同辅政。

唐朝宰相制实行三省合议制，在政事堂集中议政，政事堂就是"三省宰相联席会"的中枢之地。中书省负责决策政令，门下省负责审核驳议，然后交由尚书省负责颁布施行，尚书省六部二十四司和天下诸节度、州府县执行落实。

如今，三位宰相中，李吉甫、武元衡皆四十九岁，郑𬘡五十二岁，阅历丰富、精力旺盛。况且三人都相互支持，非常融洽，没有内耗，更没有你死我活的宰相之斗。下朝之时，三人还常常聚在一起喝酒品茶，作诗唱和。

是时，满朝文武的喝彩声、鼓掌声、祝贺声此起彼伏，久久响彻于雄伟壮阔的大明宫。

削藩才是"王炸"

唐宪宗李纯重用"削藩"强硬派，将中书侍郎李吉甫、门下侍郎武元衡提拔为宰相，展示了一副强势天子的姿态，也向天下诸藩发出了强硬的警告：胆敢挑战天子和朝廷尊严，决不姑息！

之前割据、半割据的藩镇坐不住了，纷纷主动上表请求入朝（就是入朝当人质），以示归顺朝廷，绝不反叛。但仍然有狂妄自大的藩镇跳出来大出风头。

这次不是幽州（治所范阳，今北京市）、成德（治所恒州，今河北省正定县）、魏博（治所魏州，今河北省大名县）为核心的河北三镇，也不是扼守京师漕运通道、割据自立的河南淮西（治所蔡州，今河南省汝南县），而是李吉甫父亲曾呕心沥血治理的富庶浙西——镇海（治所润州，今江苏省镇江市）节度使李锜。

李锜（740—807）是唐朝开国皇帝李渊祖父李虎的八世孙，算是流着李唐皇室血脉的宗亲，其父李国贞参加过平叛范阳节度使安禄山发动的"安史之乱"，保卫唐玄宗李隆基，后迁任西川节度使、检校户部尚书等职。宝应元年（762），朔方军发生叛乱，攻打绛州刺史李国贞。有人劝他赶紧逃跑，李国贞却大喝道："吾衔命为将，不能靖难，安可弃城乎！"一生清白守法、公忠体国的李国贞战死沙场，唐肃宗李亨追赠其扬州大都督。

李锜也凭父亲的功勋，被提拔为凤翔府参军，从此踏上军政仕途。但是，李锜身上一点也没有父亲的刚正忠德之风。他擅借贿赂勾结、进奉奇宝等手段，不出几年，便升任润州刺史、浙西观察使。

浙西是江南地区最富饶的地区，李锜又兼任了盐铁转运使，负责盐铁生产专卖，天下榷酒、盐业、炼铁和漕运逐渐被他控制。他大肆搜刮财富，捞得盆满钵满。

钱袋子里的钱多了，李锜的野心越来越大。有一位相士对李锜说："城中郑府家有一名郑氏女子，美如出水芙蓉，面相极其富贵，将来必生天子！"

李锜听相士这样说，顿时兴奋不已，心想：我若把她娶回家，那我不就是天子他爹吗？他于是强行把这位才貌双全的郑氏纳为侍妾，做起了割据称帝的美梦。

李锜的称帝野心和财富急剧膨胀。他募兵买马，扩充军队，拣选箭术高超的射手，号称"挽硬随身"；以胡虏勇士为一营，称作"蕃落健儿"。他甚至任意杀戮所部官属，强奸良家妇女。

李锜有个下属叫崔善贞，秘密赶到长安，揭露李锜的恶劣罪行，又言宫市、进奉、盐铁之弊。唐德宗怎肯胳臂从内拐，向李唐宗室下手呢？何况他给朝廷源源不断地进贡江南的大米、美女、丝绸和税赋。他于是给崔善贞戴上枷锁，送回了浙西。

李锜得知信息，挖下了一个深坑，待崔善贞一到，连人带枷锁一起推入坑中，三锹两铲便将他活埋……他继续以进奉财货为手段邀宠，以馈赠奇宝为手段结纳权贵，以私增税收为手段扩充军费，沉浸在割据称王的狂想中。

之前，李吉甫还是翰林学士时，贪得无厌的李锜竟然上奏表，想把富庶的宣歙（今安徽省南部）也收入囊中。

唐宪宗李纯询问李吉甫有何建议。李吉甫听后，义正词严地进言道："李锜长期把持盐铁转运，财利早已富可敌国，若再给予宣歙，让他占据宣歙采石矶这处长江天险，那简直就是鼓励他造反！"

唐宪宗采纳了李吉甫的进谏，对李锜来了一个明升暗贬，升任他为镇海节度使，解除了他盐铁转运使一职。李锜根本不理朝廷这一套，反而变本加厉，厉兵秣马，紧锣密鼓地谋划造反。

令李锜没想到的是，唐宪宗强势削藩，一举平息了西川刘辟叛乱，天下诸藩惊恐不已，纷纷主动上表请求入朝，以示绝无反叛之心。

元和二年（807）九月，李锜也不得不上表请求入朝做官，命手下判官王澹为留后，请求朝廷委任新的节度使。

此时已是中书侍郎、首席宰相的李吉甫，一眼就看穿了李锜的意图：这是在试探朝廷，于是极力进谏唐宪宗顺水推舟，召回这个跋扈的藩帅，并派遣宦官中使前往镇海宣慰，督促李锜回朝。

李锜没想到唐宪宗会动真格的，于是上疏称病，无法入朝。宦官再三催他启程回京，他迟迟不肯动身，一再拖延行期。

李锜知道，唐宪宗如此强势，完全是因为李吉甫、武元衡。于是，李锜立派心腹携带大量金银绸缎，秘密赴京四处打点游说，拉拢贿赂李吉甫。没想到李吉甫根本不为所动，表示毫无转圜余地。

李吉甫紧急上奏唐宪宗："圣上刚刚即位，李锜身为宗亲，出尔反尔，言而无信，说入朝就入朝，说不入朝就不入朝，以后陛下将以何号令天下，销乱世之干戈，还万民以太平？"

为防止打草惊蛇，逼李锜谋反，李吉甫、武元衡一番商议，建议唐宪宗下诏任命李锜为尚书右仆射，任命王澹为浙西节度留后，任命御史大夫李元素为润州刺史。

从表面上看，朝廷虽是将李锜提拔到"右仆射"（官秩从二品）的高位，行使尚书令职权，实则是一举剥夺了李锜的兵权。

李锜恼羞成怒，终于露出狰狞的面目，随即把王澹和大将赵琦杀了，又诛杀了境内五州刺史，夺取大权，控制了浙西全境，宣称自立，彻底起兵反了。

打，还是不打？李吉甫坚决维护集权和统一。他铿锵有力进言唐宪宗："李锜乃一介庸才，而所蓄乃亡命群盗，非有斗志，讨之必克。可命淮南（今属江苏省）、鄂岳（今属湖北省）、宣歙（今属安徽省）、江西（今属江西省）、浙东（今属浙江省）五道兵马征讨，定能马到成功！"

针对淮南与浙西一江之隔的形势，李吉甫决定以淮南为依托，仰赖淮南的钱粮供给，任命淮南节度使王锷为诸道行营兵马招讨处置使，统率各路大军南下。

凶悍的武宁（治所在徐州，今江苏省徐州市）军打头阵，精锐的宣武（治所汴州，今河南省开封市）军领军南下，与武宁军形成犄角之势。在南边，江西兵出信州，浙东兵出杭州，诸路大军如黑云四阖，从宣州、杭州、信州三路进攻润州。

来势汹汹的战争打响不久，李锜的外甥裴行立便联合镇海兵马使张子良发动兵变,李锜的"挽硬随身"和"蕃落健儿"见大势已去,无望的将士举起熊熊燃烧的火把,跟随裴行立直趋牙门,活捉了李锜……李锜死也没想到,李吉甫早已给他布下了天罗地网。

十一月一日,李锜父子被押解到长安。唐宪宗率李吉甫、武元衡等文武重臣亲临兴安门,当面责问李锜作为宗室为何要造反。

李锜痛哭流涕地答道:"罪臣最初没造反,是兵马使张子良蛊惑我。"

唐宪宗勃然怒道:"卿为元帅,子良等谋反,何不斩之,然后入朝?"李锜无言以对。唐宪宗当即下令将李锜父子一同腰斩于独柳树下,首级悬挂在兴安门外。李锜家眷递解长安,侍妾郑氏几经辗转,以罪人的身份被送进了大明宫中那孤寂而幽深的掖庭宫。

李锜想当皇上的梦想成了噩梦一场。但当年那个相士所说的"郑氏要生下一个天子",冥冥之中竟成真。

原来,郑氏后来幸运地被选为唐宪宗的郭贵妃(唐军名将、汾阳郡王郭子仪孙女,太傅郭暧和升平公主嫡次女)的侍女。一次偶然机缘,妩媚动人的郑氏受到了唐宪宗的临幸,诞下了唐宪宗第十三子李忱。

唐宪宗于元和十五年(820)驾崩,郭贵妃所生的遂王李恒即位,是为唐穆宗。郑氏与儿子李忱经历了穆宗、敬宗、文宗、武宗四位皇帝,到了会昌六年(846),唐武宗李炎(唐穆宗第五子)服食丹药中毒暴崩,在宦官的拥立下,郑氏的儿子李忱有幸登上了皇位,当真成为天子,是为唐宣宗。此乃后话。

事实证明,李吉甫再一次运用他熟悉山川地理、藩镇形势的特长,淋漓尽致地发挥了他运筹帷幄、决胜千里的削藩军事才华,辅佐唐宪宗以雷霆手段一举肃清了浙西的藩镇叛乱。

短短两年,朝廷摆平了三个跋扈藩镇:西川刘辟被擒,送到长安处决;杨惠琳被部下所杀;李锜兵败,斩首于长安。前所未有的战争胜利,成就了李纯登基初始的盖世功勋,让忠于李唐的军民们扬眉吐气,也着实让那些割据自立、飞扬跋扈的四方藩镇感到惶惶不安。

《新唐书》中有句中肯的评论:"刘辟平,吉甫谋居多。"李吉甫的宰相威望、军事才能、端正人品都已跃居朝中文武百官的首位。于是,李吉甫以更强硬的姿态面对天下藩镇。

为了避免各地节度使长时间拥兵自重,形成尾大不掉的局面,李吉甫奏请李纯,以更强硬的姿态,对节度使给出了三条禁令:禁止节度使擅自任命官员,刺史治州一方,独自为政;禁止各州刺史擅自谒见节度使,进贡钱财或珍奇之物；禁止节度使以岁末巡检为由，向境内州县苛敛赋税。

三条禁令有力地削弱了节度使的权势，加强了唐朝中央对各个州县刺史的控制。

借着平定西川、镇海叛乱的政治优势，李吉甫开始对江淮地区实施漕运盐法改革、"两税"改革以及江南的军事改革，进一步奠定了江淮作为帝国财赋来源地的稳固地位。

李吉甫强力实施藩镇节帅换防政策，经过深入的谋划和周密的部署，一年之内竟然大刀阔斧地调换了三十六个节度使。他又将一批骄藩节度使调回朝中任职，明升暗降，罢去他们的兵权，大大缓解了当时节度使拥兵自重的隐患，从根本上避免了藩镇坐大，稳住了帝国政权。

如此大规模、大面积的大调动，整个天下的藩镇诸侯都被这种雷厉风行的手段所震慑，顿时感到岌岌可危。

十二月，李吉甫将自己废寝忘食撰写的《元和国计簿》十卷呈献唐宪宗，对全国的军镇诸道和州府县的户口、赋役进行了详细统计，对国家财政经济进行了系统分析。

《元和国计簿》共三部分。第一部分，按行政区划统计的户籍、计账资料，说明国家赋税来源，反映国家总体收入状况。第二部分，按照国家财政收入项目逐项反映各类收入数额，说明财政收入实际情况。第三部分，通过对比分析，说明财政收支中存在的问题。

《元和国计簿》记载：全国方镇总计有四十八个，有州府二百九十五个，有县一千四百五十三个。

其中，凤翔、鄜坊、邠宁、振武、泾原、银夏、灵盐、河东、易定、魏博、镇冀、范阳、沧景、淮西、淄青十五个道七十一个州皆不申户口，不缴赋税。赋税征收主要靠浙东、浙西、宣歙、淮南、江西、鄂岳、福建、湖南八个道四十九个州，统计人口一百四十四万户，比天宝年间纳税人户减少了四分之三。

国库供给的军队有八十三万余人，比天宝年间增加了三分之一，大约每两户人家供养一名士卒。若有旱涝灾害影响收成，或者有临时的征发调用，又在常役之外。

《元和国计簿》标志着唐代在财政管理和会计核算上达到了一定的高度，对后代有着深远的影响，唐朝后期有《大和国计》、宋及后代有《会计录》，皆采用或参考《元和国计簿》的方法进行编撰。

李吉甫在书中记载，元和初年全国"两税"、榷酒斛、盐利、茶利总计三千五百一十五万一千二百二十八贯石，比天宝年间少一千七百一十四万八千七百七十贯石。他明确地指出了国家收入减少，开支增大，国库入不敷出的主要原因还是军镇不缴，军费开支过猛，冗兵太众，而水旱灾害不过是次要原因。

唐宪宗看完了这份国家财政报告，全面掌握了全国政治经济状况和李唐王朝的家底。看到朝廷只能控制南方的军镇和赋税，而北方十五个道七十一个州都不呈缴赋税，他更加坚定了"削藩强国"的决心。他深深地知道，一个国家如果没有坚固的国库收入，哪来天下太平之治？

在唐宪宗看来，关中平原与江南八道的鱼米之乡、西川的"天府之国"乃国命所在，必须牢牢掌握在自己的手中。

然而，目前镇守西川之地的正是高崇文。

之前，高崇文率军讨平了刘辟之乱，出任剑南西川节度使。然而，高崇文带兵打仗是行家里手，治理州郡却是外行一个，蜀地经济社会一团乱麻，民众怨声载道。

素称天府之国的益州（今四川省成都市），历来享有"沃野千里""民殷国富"的盛誉，是国家财税的主要来源之一，国家急需一位德才兼备的股肱之臣前去替代高崇文。

李吉甫向唐宪宗建议，让宰相武元衡兼领同中书门下平章事，即遥领宰相之衔，出任西川节度使，向天下藩镇表明，节度使只能由朝廷任命，决不允许自代自立。

公忠体国、一腔正气的武元衡临危受命，很乐意为李吉甫的政治革新贡献自己的力量。因为他知道，守住了西川，就扼住了吐蕃，治理好了天府之国，朝廷就有了削藩强国的定心丸。

武元衡临行时，李吉甫奏请唐宪宗到通化门亲自为他送行。唐宪宗亲赐一把大唐朝廷将作监制作的最优良的宝刀，又送了一匹百里挑一的纯种良驹——大唐飞龙骑。

李吉甫与另一位政事堂的宰相郑絪等人也到通化门送别，将武元衡一直送到灞桥才依依不舍地挥手别去。那时那景，真是一番令人心神激荡、热泪盈眶的景象。

武元衡还没到达西川的益州，就迫不及待地给李吉甫写了一首想念挚友的五律，让官驿的邮差送回长安：

草草事行役，迟迟违故关。碧帨遥隐雾，红旆渐依山。
感激酬恩泪，星霜去国颜。捧刀金锡字，归马玉连环。
威凤翔双阙，征夫纵百蛮。应怜宣室召，温树不同攀。

李吉甫也没忘记裴垍在《授李吉甫中书侍郎同平章事制》中对自己毫无保留的褒奖，始终心存感恩之情。

宰相佐天子、总百官、治万事，选官用人算是宰相最为重要的权柄之一。李吉甫对裴垍说："我自尚书（驾部）员外郎流落江淮，漂泊十五年，出入禁署，今才满岁。而今蒙受如此大恩，惟在竭力报答。宰相之职，旨在选擢贤俊，但朝廷后进人物罕所结识，懵然而莫知能否。卿多精鉴，今之才杰，悉为言之，吉甫定当不遗余力！"

裴垍出身河东裴氏士族，系垂拱年间（685—688）宰相裴居道的七世孙，二十岁时就中进士，举贤良极谏科对策又取得状元，授美原县尉。任期满后，各藩镇州府交相征辟，但均被他婉言谢绝。

之后，裴垍历任监察御史、殿中侍御史、尚书省礼部考功员外郎等职，还亲自主持过科举考试，坚守正道，不受请托，皆以实才取人。

裴垍见李吉甫一片肺腑之言，很受感动，于是也毫不推辞，研墨挥笔写下了三十余个人的名字。

李吉甫作为新任首辅，备详闾里疾苦，但对朝廷中的人事状况较为生疏，这是他的短板。李吉甫没有违背承诺，自他正月升任宰相以来的数月之间，对裴垍开具的名单皆选用略尽。

其中，白居易就是从盩厔（今陕西省西安市周至县）县尉任上，回朝担任集贤校理、授翰林学士的。

裴垍后来感激地对李吉甫说："李相公削藩镇，斥权宦，破旧格，理废滞，颇有周公吐哺之风啊！你提拔了这么多人，天下举子士人无不对你归心景仰矣！"

李吉甫慨然回道："得人才者才能安天下。皇上要中兴大唐，成就大业，靠的就是五湖四海、三山五岳的济济人才，吉甫只不过是顺天应人而为国举贤，岂敢贪此周公吐哺的美名？"

十五年的仕途辗转，让李吉甫懂得了地方官治世为民的真正价值。选对了一个好官，就能改变一方百姓的命运。

于是，李吉甫又从朝廷三省六部中，挑选了一批志在有为、清正务实的郎官派往大江南北，担任各州刺史或节度副使，做到"人得叙进，官无留才"。

无论朝廷，还是州府、藩镇的官员，该起复的起复，该内迁的内迁，朝野上下一时为之振奋，各地政治生态大为改观，引来官员和百姓一片赞誉之声，欣然称赞李吉甫得人唯先，唯才是举。

元和三年（808）正月，新年伊始，万物复苏。

唐宪宗御临宣政殿，文武百官给唐宪宗上尊号"睿圣文武皇帝"，吐蕃、回鹘、奚国、契丹、渤海、南诏等国使臣也进京朝拜，宰相李吉甫起草并于宣政殿宣读了《睿智文武皇帝册文》：

> 臣闻自天元而升，地黄而凝，皇王之道，尧舜首出，故典谟述焉。自尧及唐，历纪三千，致理之君，不过十数，升平之运，不至五百。天人之交际，不其难欤？唐运之兴，昌期是膺。四海一统，十圣丕承。以至于皇帝，则君十一而年二百矣。历考前代，丁于斯时，皆王泽已竭，君明浸替，未若我后之维新厥命。我唐之中兴厥祚，顾视周汉，不其蔑欤？
>
> 伏惟皇帝陛下绍太宗之英武，禀德宗、顺宗之寅畏，乾乾翼翼，若不满志。故爱于文母，顺色之孝也；睦于兄弟，因心之友也。崇谠议，察迩言，去疑谋、杜谗说，俾王道正直，砥为夷涂。发前圣之韫椟，披人文之光耀。而气有沴者，反时为妖。若黎崇之不恪，苗人之逆命。或诞敷文诰，或震叠武功。圣造不疾而速，非陛下畴能之。
>
> 然后奉四表之欢心，总百神之受职。蠲祀于清庙，严祀于上元，天地察而神著矣。臣闻之，君人者，谦逊静悫，则天应之以福，故休祥出焉；慈仁爱育，则人应之以诚，故鼓舞从焉。王者因人心，稽天意，天下俱应，而徽号加焉。至公之道，不可辞也。
>
> 臣等所以勤勤恳恳，至于再、至于三，愿奉鸿徽，以彰休德。陛下犹三揖而五让之，久而罔已，始降俞诏。于是百辟卿士，洎四方侯卫之臣上言曰：陛下诞睿圣之姿，应会昌之期。经天地之谓文，禁暴乱之谓武。臣等不胜大愿，谨奉玉册玉宝上尊号曰睿圣文武皇帝。
>
> 唯陛下懋一德，勤万邦，干禄百福，垂唐之无疆。

唐宪宗欣然接受了尊号。为了感谢朝臣文武百官的一番诚意，激励宰相臣僚们推贤与能，同心辅助，中兴大唐，唐宪宗又对去岁以来的一批功勋之臣、在京及诸道将士，给予不同程度的嘉奖和封赏。

或许是唐宪宗为了奖赏李吉甫编撰《元和国计簿》的功劳，是日，李吉甫被晋封为"赵国公"。

治国辛劳，宰相之位还不足以酬谢。于是，李唐天子又常以"国公"封爵，历朝可考者仅七十五人，其中著名者有李弼、宇文招、独孤信、长孙无忌等大臣。

李吉甫婉言谢绝。唐宪宗动情地说道："赵国公，朕只恨没有更好的官职来酬谢爱卿啊！"

李栖筠被唐代宗晋封"赞皇县开国子"，世人称其"赞皇公"。李吉甫之子李德裕后来也被封爵为"卫国公"。出身赵郡李氏西祖房的李吉甫三代受封公爵，实属历史罕见。

喜庆祥和的礼仪完毕，李吉甫率百官仪仗跟随宪宗亲临丹凤楼，颁布大赦令，向天下百姓宣布"自今长吏诣阙，无得进奉"，从今以后，各地长官前往朝廷，都不得进献贡物。这也是一代宰相李吉甫以民为本的心声。

然而，宦官刘光琦心里想的不是"民"，而是"钱"。他上奏唐宪宗："恳请陛下，分遣中使携带敕书驰往全国诸道，宣慰敕旨！"

李吉甫听后，知道他心中打的小算盘：乘机勒索贿赂，分其馈遗。他执笏出列，高声奏道："中使赍敕诣道，疲弊州府，兴事伤民，安得预政事？臣反对！"

翰林学士裴垍也出列进谏："中使所至，烦扰公私，交由驿使加急传递即可！"

唐宪宗点了点头，采纳了李吉甫、裴垍的建议。刘光琦撇了撇嘴，装作有些委屈地嗫嚅道："陛下，此乃旧例！"

唐宪宗听罢，面色一敛，亢声喝道："例是则从之，苟为非是，奈何不改！"惯例对的，遵守；惯例如果不好，为什么不改？

眼见唐宪宗心意已决，刘光琦只好悻悻地闭上了嘴，心里已对李吉甫更添了几分仇恨！

平泉别墅

在唐代，建功立业而荣享富贵的士大夫们，除了在长安城内购置房产居住外，还喜欢在长安郊外或洛阳修筑私家园林别墅。

或许，这正是大唐盛世的时代风尚。

追溯洛阳的私家园林别墅的历史，东汉时就有富民或权宦开始兴造，最早文献记载并扬名两京的，便是洛阳北邙山下的袁广汉私家园林，其"东西四里，南北五里，激流水注其中。构石为山，高十余丈，连延数里"。

到了魏晋南北朝，洛阳私家园林别墅达到第一次鼎盛。

石崇在洛阳城东北七里修造了一座别馆"金谷园"。西晋文学家潘岳这样描绘其水石草木："回溪萦曲阻，峻阪路威夷。绿池泛淡淡，青柳何依依。滥泉龙鳞澜，激波连珠挥……"名人雅士常"帐饮于此"，雅集赋诗。

西晋、北魏之后，唐代在洛阳的私家园林别墅营建更是兴盛，皇族王侯，外戚公主，争修园宅，蔚为风潮，可谓到达了巅峰期。

鼎鼎大名的魏徵，就在洛阳黄金地段、洛河南岸的劝善坊，建有一别业"山池院"。宰相姚崇在长夏门东三街询善坊家，营建"姚开府山池"，孟浩然还以诗记之："主人新邸第，相国旧池台。馆是招贤辟，楼因教舞开……"

洛阳城南龙门伊阙一带不仅风景优美，而且土地肥沃，魏晋时期，白马寺僧人释妙琦在平泉沟建平泉寺。唐太宗、武则天曾到此参禅礼佛，鉴真大师也曾于此修行。因此，朝堂高阶官员尤其喜欢择川林之饶，居平泉之畔，"自城及阙口，别业相望"，一时竞胜。

元和三年（808）正月，唐宪宗加封李吉甫赵国公（从一品），赐食邑三千户，又赏"永业田"十顷、绢五百匹。

作为中书侍郎、宰相，除了食禄六百石外，他还有月俸六千文（相当于六两银子），杂用九百文。

有了这么多赏赐，又有这么高的待遇，怎么用呢？李吉甫不善饮酒，也不好声伎，他决定到洛阳伊川长兄所居之地修建一处别业，一来方便祭祀祖茔，二来可作为自己致仕后的养老之所。

这年正月，李吉甫回到洛阳伊川祭祖，发现平泉一带（今伊阙西南梁村沟）的别墅在"安史之乱"中大多已毁，父亲李栖筠的故交乔处士在此隐逸的故园业已荒废，但园中有一股泉源，清淡冷冽，冬温夏凉，日夜喷涌而出，又与其他泉水汇入涧谷，绵延长达数十里。

"智者乐水"，这里真是一个山清水秀、怡养性情的吉地。李吉甫于是倾其所有，买下了乔处士的故园。

发源于岳顶山的龙川河（渠谷水）与发源于七溪山的七峪河（七谷水）由南北流，注入奔腾不息的洛水。

两溪之间，横亘着郁郁葱葱的六岭山，与东西走向的熊耳山脉构成"丁"

字之势，状若"苍龙饮洛"。

李吉甫选的这块地方，坐落在伊水汭位上，西高东低，丘峦平缓，北邻龙门伊阙，东对万安山、嵕岭，南对鸣皋山，依山傍水，视野非常开阔。

李吉甫请来洛阳最知名、精干的工匠师傅，绘好平泉别墅和园林图纸，于两京购买石材、砖瓦、木料等建房所需材料，剪荆棘，驱狐狸，筑池塘，委托兄长李老彭帮他修造平泉山居。

平泉山居如火如荼地开始动工营建，从贞元三年（808）正月一直修建到九月，山居初成规模，上房、厅堂、厢房、耳房、茅房、厨房一应俱全。

然而，这年四月发生了震惊朝野的科举舞弊案，加之右仆射裴均交结权幸，欲求取宰相之职，于是指使党羽屡屡向唐宪宗进谗言，称宰相应对舞弊案的发生承担责任，甚至上疏宰相贪腐敛财，在洛阳大兴土木，营建平泉别墅，形同穷奢极欲的前宰相元载。

污言秽语汹汹，谣言纷飞。李吉甫于是请辞相位，唐宪宗为平息事态，授李吉甫检校兵部尚书，仍领中书侍郎、同平章事（宰相）衔，出镇扬州，担任淮南节度使。

李吉甫赴任扬州前，先到洛阳察看修建了八个月的平泉山居，正房和两厢房舍已基本修好。他本可以年底入住，而今面对内外舆论压力，他不得不忧谗畏讥，停工修建，惆怅之情油然而生。

元和四年（809）八月，蓝田县鹿苑寺主僧于良贽巡游江南，将王维的《辋川图》赠予李吉甫。

这幅《辋川图》中，绿水青山，川石起伏，山下云水流肆，舟楫过往，游人、渔夫怡然自乐。别墅里，亭台楼榭，古朴端庄，错落有致，图中人物儒冠羽衣，栩栩如生，弈棋饮酒，悠然超凡，一时间令李吉甫心向往之。

作为淮南节度使，李吉甫每操兵练武之后，便与将士兵卒们一同唱起父亲李栖筠最喜欢的那首《从军行》："吹角动行人，喧喧行人起。笳悲马嘶乱，争渡黄河水。日暮沙漠陲，战声烟尘里。尽系名王颈，归来报天子……"这首《从军行》就是王维的作品，李吉甫对于他的倾慕已融进骨髓中。

李吉甫每次欣赏这幅《辋川图》，无不羡慕王维辋川别墅"独坐幽篁里，弹琴复长啸。深林人不知，明月来相照"的恬静生活，情不自禁在《辋川图》题词云：

蓝田县鹿苑寺主僧子良贽于予，鹿苑即王右丞辋川之第也。右丞笃志奉佛，妻死不再娶，洁居逾三十载。母夫人卒，表宅为寺。今冢墓在寺之西南隅，其图实右丞之亲笔。予阅玩珍重，永为家藏。元和四年八月十三日弘宪题。

李吉甫一直将这幅王维的《辋川图》作为家藏，无论辗转何地都带在身边，其子李德裕也甚是喜欢，多年后也情不自禁地在图上题词云："得先公相国所收王右丞画《辋川图》，实家世之宝也。浙江西道观察等使、检校礼部尚书兼润州刺史李德裕恭题。"

睹图思物，李吉甫离开长安近一年，心中一直惦念着洛阳南郊的平泉山居。

李吉甫决定，重启洛阳平泉山居的建设。他吸取扬州的江南园林艺术和《辋川图》的山水意境，重新规划设计了平泉山居的建造图纸，并嘱托儿子李德裕回洛阳施工。

李德裕携带父亲的新图纸回到洛阳，也一并运回诸多扬州的奇石异木，继续修建平泉山居，于山庄之中栽植了很多南方草木花卉，其间布置了各色江南奇石异卉不下百种。

最神奇的是，李德裕从扬州带回来了一礅"醒酒石"。"醉即踞卧其上，一时清爽"，李德裕曾为此写有一首五言绝句：

蕴玉抱清辉，闲庭日潇洒。
块然天地间，自是孤生者。

世事难料，这一年成德节度使王士真病死，其子王承宗自称留后，不服朝令，割据自重。次年，唐宪宗诏令河东、义武、卢龙、横海、魏博、昭义六镇兵马，联军讨伐王承宗。河北战事连绵，洛阳的平泉山居建设再次搁浅。

元和六年（811），李吉甫从淮南召回，复任中书侍郎、同平章事，再度拜相的李吉甫重启了平泉山居的建造。

李吉甫政务繁促之余便赶往平泉，筑室穿池，栽种各种嘉树芳草，引湖垒丘，点缀各式高台芳榭，"得江南珍木奇石，列于庭际"，历时两载精心营造，平泉山居（首期）竣工。

曾经的乔处士的荒榛之地，而今已是小桥流水，竹木池馆，珠英琼叶，灵果参差，湖光山色，美不胜收。

园中的牡丹、芍药、梅、兰、竹、菊，百花争艳；樟、楠、梓、桐、松、柏，四季常青；瀑泉亭、流杯亭、垂钓台、竹里馆，移步十景；泉源、竹溪、飞瀑、碧潭、池舟……俨若图画，让人流连忘返。

平泉山居还建了书楼，旭日东升，倚楼眺远，东面可望中岳嵩山，南面是耸然孤出的鸣皋山。李德裕有诗写道："苍翠连双阙，微茫认九原。残红映巩树，斜日照镮辕。"

山居随着溪畔又修建了一条长达三里的竹径步道，李德裕有诗写道："野竹自成径，绕溪三里余。檀栾被层阜，萧瑟荫清渠。"徜徉其间，眼前的山川胜景与平生的游历往事交叠重映，曾经仕途的艰辛莫测、官场的纷争恩怨便抛向九霄云外。

伊水自南边的陆浑县逶迤而来，从平泉山居前滔滔不绝地流过，夕阳时分，归巢的雀鸟结伴飞往龙门，桑柘之间升起袅袅炊烟，牧童吹起嘹亮的竹笛，好一幅怡然悠远的美景。

在这里，或赏花对石，或听泉望月，或读书对弈，或奏乐联诗，既是李吉甫父子独善其身、修身养性之地，还是一个宴饮知己的雅集之所。

李吉甫喜欢读书，也善欢藏书，他在平泉山居的宅里收藏了很多经史典籍、名家书画。刘禹锡称赞平泉山居"满室图书在，入门松菊闲"。

白居易也经常光临李吉甫的平泉山居，品茶饮酒，喝醉了就躺在醒酒石上醒酒，为此留下了《醉游平泉》："狂歌箕踞酒尊前，眼不看人面向天。洛客最闲唯有我，一年四度到平泉。"

白居易后来也在洛阳营建私家园林"履道池台"，与能歌善舞的樊素、小蛮享受神仙一般的"中隐"日子，其言"十亩之宅，五亩之园"，竹木茂盛、道桥相间，妥妥的"私享豪宅"……李德裕在《灵泉赋》中还提及平泉一带的其他别墅："予林居西岭，平壤出泉，广不逾寻，而深则盈尺。自东邻故丞相崔公至谷口故丞相司徒李公，凡别墅五六，皆谓之平泉，实发源于此。"

据史书记载，除了李吉甫父子的平泉山居外，涧谷最东北的谷口处是宰相李绛的别墅，涧谷中段湾口有河南尹卢贞的别墅，散布周围的河流、谷口附近的还有中兴宰相裴度的"五桥庄"、右仆射令狐楚的"平泉东庄"、"牛党"领袖牛僧孺的"南庄"、元稹的"履信池馆"等私家园林别墅。

元和九年（814），李吉甫去世后，李德裕与父亲同体连枝、一脉相承，"追先志"、复山居，移入新的奇石花木，增添新的房舍景观，开凿人工河流，清流翠榭，怪石古松，方圆十里。他还特地找翰林好友、浙东观察使元稹，从青田县太鹤山上运来一双白鹤养在山庄，与刘禹锡、元稹、李商隐、温庭筠等文友宴饮唱和。

从李德裕自撰的《平泉山居草木记》，可以感受到这里不仅是一座珍稀草木的植物园，还是一座奇石荟萃的博物馆：

> 木之奇者，有天台之金松、琪树，嵇山之海棠、榧桧，剡溪之红桂、厚朴，海峤之香柽、木兰，天目之青神、凤集，钟山之月桂、青飔、杨梅，曲房之山桂、温树，金陵之珠柏、栾荆、杜鹃，茆山之山桃、侧柏、南烛、宜春之柳柏、红豆、山樱，蓝田之栗梨、龙柏。其水物之美者，白蘋洲之重台莲，芙蓉湖之白莲，茅山东溪之芳荪。复有日观、震泽、巫岭、罗浮、桂水、严湍、庐阜、漏泽之石在焉。其伊洛名园所有，今并不载，岂若潘赋《闲居》，称郁棣之藻丽；陶归衡宇，嘉松菊之犹存。爰列嘉名，书之于石。己未岁，又得番禺之山茶，宛陵之紫丁香，会稽之百叶木芙蓉、百叶蔷薇，永嘉之紫桂、簇蝶，天台之海石楠，桂林之俱那卫，台岭、茅山、八公山之怪石。巫峡、严湍、琅琊台之水石，布于清渠之侧；仙人迹马迹鹿迹之石，列于佛榻之前。是岁，又得钟陵之同心木芙蓉，剡中之真红桂，嵇山之四时杜鹃、相思、紫苑、贞桐、山茗、重台蔷薇、黄槿，东阳之牡桂、杜石、山楠，九华山药树、天蓼、青枥、黄心栳子、朱杉龙骨。庚申岁，复得宜春之笔树、楠木椎子、金荆、红笔、密蒙、勾栗、木堆。其草药又得山姜、碧百合。

"怀兹长在梦，归去且无缘。"数年来，李德裕随父谴逐蛮方，侍奉左右。在儿子眼中，李吉甫勤于政事军务，日理万机，虽有泉石，杳无归期，常常"凄然遐想，瞩目伊川"。

"经始平泉，追先志也。吾随侍先太师忠懿公（李吉甫），在外十四年，上会稽，探禹穴，历楚泽，登巫山，游沅湘，望衡峤。先公（李吉甫）每维舟清眺，意有所感，必凄然遐想，瞩目伊川。"李德裕深情地回顾了李吉甫对平泉山居的思怀之情。

李吉甫一生写下的诗词不多，就连他在"园林多是宅，车马少于船"、繁华甲于天下的扬州担任淮南节度使，也没有为扬州的"烟花三月"、绿杨城郭留下什么诗作。但是，李吉甫把平泉视作"安放灵魂"的精神栖息地，写下了这首可堪经典的《怀伊川赋》：

龙门南岳尽伊原，草树人烟目所存。
正是北州梨枣熟，梦魂秋日到郊园。

"梦魂秋日到郊园"，可见平泉山居的草树人烟、黄梨红枣、清泉修竹……无不让李吉甫念兹在兹、魂牵梦绕。

李德裕后来也把山居作为安身立命之地，写下了《知止赋》《春暮思平泉杂咏二十首》《思平泉树石杂咏一十首》《重忆山居六首》《忆平泉杂咏》《夏晚有怀平泉林居》等诗赋八十多篇（首），描绘草木奇石的景致，回忆风情殊胜的故园，抒发栖止平泉的志向。

"……清泉绕舍下，修竹荫庭除。幽径松盖密，小池莲叶初。从来有好鸟，近复跃鲦鱼。少室映川陆，鸣皋对蓬庐……"（《忆平泉山居》）

"闲思昔岁事，忽忽念伊川。乘月步秋坂，满山闻石泉。"（《思在山居日偶成此咏，赠沈吏部一首》）

"桑叶初黄梨叶红，伊川落日尽无风。汉储何假终南客，甪里先生在谷中。"（《伊川晚眺邀松阳子同作》）

"初归故乡陌，极望且徐轮。近野樵蒸至，平泉烟火新。"（《遥望山居即事》）

"春思岩花烂，夏忆寒泉冽。秋忆泛兰卮，冬思玩松雪。晨思小山桂，暝忆深潭月。醉忆剖红梨，饭思食紫蕨。"（《怀山居邀松阳子同作》）………

李德裕很爱惜平泉"家业"。在《平泉山居诫子孙记》中，他郑重地写道："鬻吾平泉者，非吾子孙也。以平泉一树一石与人者，非佳子弟也。"不许后代出售山居，也不许将园中之物赠送他人。

就连一代文豪苏轼都感叹："洛阳泉石今谁主，莫学痴人李与牛。"可见，李吉甫父子对平泉山居痴爱之极、眷恋之深。

元和三年科举舞弊案真相

元和三年（808）四月的长安城，九衢大道两边的槐树生机勃勃，郁郁葱葱，初开的槐花簇簇悬垂，洁白如雪，暮春的空气中弥散着袭人的花香。

风雨一吹，槐花簌簌飘落一地，香染巷陌，不禁让人想起白居易"静任槐花满地黄"的诗句。

在汉代，长安城内就开始种植槐树了，太学（汉代国立最高学府）旁边遍植国槐，形成了槐市。读书人常到这里交易、交换经书典籍，槐市也就成了"学宫""学舍"的代称。

唐代国子监（唐朝设立的最高学府和教育行政管理机构）也遍栽槐树，槐花盛开的时节，每年的科举考试也在这个时候举行。是时，长安车马道，高槐结浮阴，天下举子满怀期冀，踏上进京赶考之路。所以，"踏槐"也用来指代科举。

槐花一开一落，正如举子及第或落第，人生从此大不相同。

唐代科举分常科和制举。常科，就是通常每年举行的进士、明经等考试。制举，则是皇帝临时下诏举行的考试。

在常科考试中，及第进士只能说你是文曲星下凡，还是"白衣"，并不意味着马上就能当官了，具备了当官的资格。古人叫它"功名"，今人谓之"文凭"。

发"文凭"是礼部的事，"封官"又是吏部的事。要脱去一身白麻布衣，换作九品青衫，释褐（把布衣换作官服）授官，必须通过吏部举行的铨试。

吏部的铨试，既考诗赋，又考策论；既考智商，还考情商；既挑人才，还挑口才；既看面相，还看"官相"。

铨试要闯四关，"身、言、书、判"（身指体貌丰伟，言指言辞辩论，书指书法遒美，判指文理优长），四项皆合格，可以授予官职，四事皆优，则先以德行取；德行一样，则先取才能。

大文豪韩愈进士及第后，第四次参加吏部试才通过铨选，初授国子监四门博士，三十二岁才开始踏上仕途。

但是，在制举考试中，及第后就可以"快捷为官"，授美官、当要官，所授之官比吏部诠试及第所授官职要好得多。譬如，元稹与白居易等人参加制举，元稹第一，直接授左拾遗，阶从八品上。

制举最常见的有贤良方正科、博学宏词科、才识兼茂明于体用科、军谋宏远堪任将帅科等科目。

参加制举的，有的已是考上进士的天之骄子，有的是考了几次诠试未入仕的进士，也允许不是新科进士，或者六品以下的现任官员参加考试，可以说个个都是"人中龙凤"，要脱颖而出可谓凤毛麟角。

唐宪宗李纯即位已三年，虽革新时弊、选用贤能、强力削藩，但李唐王朝藩镇割据、宦官擅权的沉疴与困局依然存在。

李纯勤政克己，力图中兴，崇尚先皇唐太宗、唐玄宗虚怀纳谏，知人善任的美德。宰相李吉甫也是海纳百川、举贤任能的经纬之臣，君臣达成共识，要干一番大事业，必须不遗余力地选拔人才。

于是，唐宪宗决定在当年举行一次制举考试，以"贤良方正科"选拔直言极谏的"非常之人"，希望朝臣们"举贤良方正直言极谏者，以匡朕之不逮"。

这场制举，由吏部侍郎杨於陵、吏部员外郎韦贯之担任主考。翰林学士裴垍、王涯担任复考官。

杨於陵（753—830），弘农（今河南省灵宝市）人，十八岁高中进士，授句容主簿。器量方峻，进止有常，节操坚明，时人尊仰，是节度使韩滉的女婿。

韦贯之（760—821），京兆万年（今陕西省西安市）人，以文才闻名，奏对得当，言皆体国，其父韦肇曾任吏部侍郎。

考试完毕后，杨於陵、韦贯之等人昼夜阅卷，选出及第者十一人。其中，伊阙县尉牛僧孺、陆浑县尉皇甫湜、前进士李宗闵的试卷被评定为前三强。

翰林学士裴垍、王涯奉旨复核试卷。中途，唐宪宗又命白居易、李绛、崔郡、李呈四位翰林学士为复试官，对试卷进行精意考核。

数日后，制举的结果揭晓：牛僧孺、皇甫湜、李宗闵、李正封、吉弘宗、徐晦、贾𫗧、王起、郭球、姚袭、庚威十一人及第。

不承想，就在李吉甫雷厉风行地提拔人才、调动节度使、进献《元和国计薄》……佐天子，总百官，治万事，做得风生水起之时，朝中政坛因三张试卷引起了轩然大波。

原来，牛僧孺、皇甫湜、李宗闵在对策的试卷中，指切时政，攻击权宦，无所回避，言辞异常激烈，致使"中贵人大怒"（李翱所作《杨於陵墓志铭》），"贵幸泣诉"（《旧唐书·裴垍传》），"权幸恶之"（《旧唐书·宪宗本纪》），倏然爆发了一场政坛"大地震"——元和三年制举案。

这场制举案的结果是，牛僧孺、李宗闵、皇甫湜的考卷作废，三人均被划入了朝廷的黑名单，自谋出路，出为幕职。

吏部侍郎杨於陵被贬岭南节度使。吏部员外郎韦贯之被贬果州（今四川省南充市）刺史，几天后再贬为巴州（今四川省巴中市）刺史。

复试官王涯、裴垍罢去翰林学士。裴垍暂时代理户部侍郎，王涯因系皇甫湜舅舅，没有事先禀报朝廷请求回避，有科举舞弊之嫌，再贬为虢州（今河南省灵宝市）司马。

十年寒窗的年轻士子当然是满腔悲愤，屈尊俯就地漂流辗转，于各地藩镇当了数年低级幕僚。他们发誓只要有一天东山再起，必将以其人之道还治其人之身！他们出卖人格、投靠宦官，掀起了一场持续四十多年的政治风暴。

编纂《资治通鉴》的司马光将此作为"牛李党争"的起因，认为以李吉甫、李德裕为首的李党，以牛僧孺、李宗闵为首的"牛党"从此结仇，之后两党互结羽翼，相互攻击，你方唱罢我登场，倾轧斗争了四十年之久。

但是，诸多专家研究发现，"牛李党争"之始因并不在此，纯属牛僧孺一党搬弄是非，颠倒黑白，元和制举案与李吉甫根本无关。岑仲勉、唐长孺、傅璇琮、王炎平、金滢坤等著名专家学者均持此论。

在岑仲勉看来，李吉甫无党，李德裕亦无党。李吉甫、李德裕甚至非常反对朋党之争，由于极力主张打击藩镇、打击宦官、打击冗官"三打"铁腕政治，反而遭受其害，深受牵累。

各方观点，各持己见，众说纷纭一千一百余年。那么，真相究竟是怎样的呢？

要弄清真相，其核心的问题，就是牛僧孺、李宗闵、皇甫湜三人在策文中攻击的对象主要是谁。

有人说，"宰执"指的是李吉甫、武元衡（领衔宰相，西川节度使）、郑絪等"执政者"；有人说，"权幸""贵幸"，指的是俱文珍、刘光琦、吐突承璀等为主的宦官集团。

究竟是攻击宰相，还是攻击宦官，最确切的方法是研究三人的策文。因为三人指陈的内容、指斥的对象应当略同。

由于牛僧孺、李宗闵的策文已失传，尚存的只有些许残句，幸好《全唐文》全载了皇甫湜的策文。皇甫湜是时任翰林学士王涯的外甥。《太平广记》中称："皇甫郎中湜，气貌刚质，为文古雅，恃才傲物。"他看不惯的人和事，绝不会给人留任何面子。他曾于长安酒肆狂言说："我的文章是阳春白雪，白居易的文章是下里巴人。"

皇甫湜的《对贤良方正直言极谏策》言辞确实颇为激切，猛烈抨击时政，无所畏忌，甚至对这场考试本身提出了质疑。

他在策文中写道："今宰相之进见亦有数，侍从之臣皆失其职，百执事奉朝请以进，而律且有议及乘舆之诛，未知为陛下出纳喉舌者为谁乎？为陛下爪牙者为谁乎？"

从此段来看，皇甫湜并没有攻击宰相，而认为李吉甫"进见亦有数"。他攻击的是"侍从之臣皆失其职"。

唐宪宗元和初期，宦官分掌军政大权的北司首领——神策中尉及枢密使，左神策中尉吐突承璀权势熏灼，不可一世。枢密使刘光琦也有拥戴唐宪宗之功，外夺宰相之权，内侵学士之职，偷窥中枢决策机密，干预大臣的任免。

因此，皇甫湜在策文中直言不讳地抨击："夫裔夷亏残之微，褊险之徒，皂隶之职，岂可使之掌王命、握兵柄，内膺腹心之寄，外当耳目之任？"

此段完全就是集矢宦官，痛斥吐突承璀、俱文珍、刘光琦一伙"掌王命、握兵柄""外当耳目之任"，直接揭开了宦官擅政、作威作福的丑恶嘴脸。

之前，李吉甫上疏唐宪宗严惩中书小吏滑涣勾结宦官刘光琦，籍没滑涣家财千万，将其贬死雷州之事，就是典型案例。

皇甫湜在卷子里挥笔疾呼："诚能复周之旧典，去汉之末祸，还谏官、史官、侍臣之职。"

"去汉之末祸"之祸是什么"祸"？这是用典借古喻今，东汉时，以成瑨为首的官员惩处了宦官，却反被宦官诬陷，受到皇帝严罚，此"祸"就是指"宦官擅权，欺压朝官"。

可以说，皇甫湜策文所诋，直言"阉人"，指斥宦官擅权的种种流弊，矛头直指宦官集团，班班可考。

因此，当以吐突承璀、俱文珍、刘光琦为首的宦官集团看到牛僧孺、李宗闵、皇甫湜三人的策文，当然是气得暴跳如雷，马上入宫到唐宪宗那里"泣诉"："裴垍、王涯身为复考官，皇甫湜为王涯的外甥，王涯不先说明，裴垍又无所异同，纯属徇私舞弊，伏请陛下明察。"

此时，朝中还有一个更加阴毒之人，敏锐地捕捉到了这个"阴人谋私"的绝佳机会，给这场考试火上浇油。

这个人就是裴均（750—811）。裴均字君齐，绛州闻喜（今山西省闻喜县）人。贞元十九年（803），裴均为荆南节度使时就非常反对"永贞革新"，反对王叔文对藩镇的强势态度，也曾上疏唐顺宗李诵让太子监国，想把顺宗搞下去，把李纯推上来。

从此，裴均就与拥立李纯称帝的宦官们走到了一起。他甚至把宦官窦文场认作养父，人品之猥琐令朝中百官不齿。但裴均无所顾忌，侍奉权幸，政治野心不断膨胀。

自武元衡出任西川节度使后，裴均就贿赂宦官以求富贵显达，由荆南节度使回朝担任右仆射，从此更为骄矜自大，盯上了这个空缺的宰相位置。

但裴均心里明白，李吉甫和吏部侍郎杨於陵、吏部员外郎韦贯之都对他非常鄙薄，肯定不会让他如愿以偿。裴均的进相之路荆棘丛丛。

时值对策事发，激怒宦官集团。于是，裴均借机诬告李吉甫，讨好宦官。

他指使党羽四处造谣，称制举案的背后主使就是当朝宰相李吉甫，举子哪有胆量攻击宦官？完全是李吉甫教唆的。

裴均恶毒的用心，志在一举两得：一是借宦官之手，打击中伤李吉甫，献媚宦官；二是借天下举子之口，让士人同情牛僧孺，众口铄金，毁誉李吉甫。目的就是想罢其相位，取而代之。

一石激起千重浪。裴均的这一陷害，无疑将李吉甫与宦官集团的矛盾推向了巅峰，也把牛僧孺、李宗闵、皇甫湜被黜落的"黑锅"让李吉甫来背，激起天下举子共怼李吉甫。

李吉甫愤然而起，立马上疏唐宪宗，澄清是非，痛斥宦官刘光琦和奸佞裴均，要求严惩舞弊官员。右拾遗独孤郁也站出来直言极谏，竭力为李吉甫开脱：害三位举子的人并不是李吉甫，而是阉党。

独孤郁（776—815），元和二年（807）参加制举，登才识兼茂明于体用科，授右拾遗，系权德舆（时已转兵部侍郎）的女婿，牛僧孺、李宗闵、杨嗣复（杨於陵之子）又是权德舆的门生，情谊相得。

然而，独孤郁并未为牛僧孺三举子说情。独孤郁不仅刚直敢言，是非分明，而且人长得很帅，唐宪宗很欣赏他，在他岳父前夸赞道："德舆乃有此佳婿！"他还特诏宰相于长安士族门第之中，比着独孤郁给女儿岐阳公主挑选驸马。

谏官左拾遗李约（唐德宗时宰相李勉之子）、左补阙李正辞、右补阙萧俛也纷纷上疏陈辩原委，让唐宪宗掌握了实情，明白了其中真相。

《旧唐书·李吉甫传》记载："制策试直言极谏科，其中有讥刺时政，忤犯权幸者，因此（裴）均党扬言，皆执政教指，冀以摇动吉甫；赖谏官李约、独孤郁、李正辞、萧俛密疏奏陈，帝意乃解。"

司马光不详审当日政局，采信《牛僧孺传》和《杨於陵传》，在《旧唐书》中称李吉甫"泣诉于上"，当是谬误。在他看来，进士抨击朝政就等于抨击李吉甫这个当朝宰辅，天子严惩了这帮新科进士，肯定就是宰相李吉甫引发的，这个逻辑站不住脚。

这与司马光与牛僧孺的政治站位有关，他们对待割据藩镇的态度就是主和妥协。司马光当年废除王安石的变法，不惜以割地赔款换取大宋与西夏的和平，就可理解其中原委。

因此，司马光持偏牛党态度，挟持成见，将主战派的李吉甫、李德裕称作"李党"。

就算牛、李、皇三人攻击执政者，也非李吉甫一人，时有宰相三人，即李吉甫、武元衡和郑细，且郑细先入中书为相，司马光何以偏称李吉甫"泣诉于上"？

况且，这次科举确确实实存在暗箱操作、徇私舞弊的行为！

作为经历平叛"安史之乱"的李栖筠的儿子，李吉甫也历经奉天保卫战的硝烟战场，又是敢出铁腕削藩打仗的强势宰相，还是唐宪宗最为得力的左膀右臂，如日中天的政坛红人，难不成为了几个举子的文章而卑躬屈膝？竟然落泪哭泣？着实令人费解。

"牛党"甚至给宰相李吉甫编撰诬名故事，说李吉甫曾上奏唐宪宗遴选天下美女充实后宫。而唐宪宗却怒道："朕有一仲阳（杜秋娘）足矣！"言下之意，就是批评李吉甫教唆唐宪宗："天下已经太平，陛下应该及时行乐！"

著名历史学家岑仲勉在《唐朝历史的教训》中说："邪正不分，敌我不分，最是人心之大患，牛僧孺、李宗闵结党蠹国，贿赂公行，一般无行文人，鼓其如簧之舌，搬弄是非，颠倒黑白，遂令千百年后之正人君子，犹被其蒙蔽而不自觉，是不可不大声疾呼。"

后来，牛僧孺、李宗闵一党彻底扳倒李吉甫、李德裕父子后，惧怕宦官淫威，不惜毁掉两人曾经攻击宦官的试卷，又施移花接木之术，反将宦官与奸佞勾结制造的元和制举案主谋诬陷为宰相李吉甫。

以"中庭地白树栖鸦，冷露无声湿桂花。今夜月明人尽望，不知秋思落谁家"名动京师的诗人王建，与《枫桥夜泊》的诗家张籍齐名，世称"张王乐府"。在李吉甫面对元和制举案的风口浪尖之际，王建为此作了一首七律《上李吉甫相公》，力赞李吉甫不是东汉时把揽朝政、占据要津的窦宪，而是当今的贤臣：

> 圣朝齐贺说逢殷，霄汉无云日月真。
> 金鼎调和天膳美，瑶池沐浴赐衣新。
> 两河开地山川正，四海休兵造化仁。
> 曾向山东为散吏，当今窦宪是贤臣。

从深层次讲，这次元和制举案，就是以宰相为代表的决策机构，与以枢密使、神策军为代表的宦官集团的较量，即"南衙北司"之争。后者的目的，就是要抓住王涯与皇甫湜存在亲属关系这一把柄，乘势构陷，打压翰林学士，反击抑制宦官专权的当朝宰相李吉甫。

同时，这一事件也是朝中"主和派"势力、"倒宰派"势力与"畏削派"藩镇势力寻找共同利益相互搅和，力图扳倒李吉甫而做的借题发挥之作。事实上，宦官集团是元和三年（808）制举案的幕后主谋者，新科进士、反对削藩的朝臣、割据藩镇节度使是拱火者、参与者。

从杜牧的《牛僧孺墓志铭并序》等文章中均可发现，牛党为谋私利，一贯主张勾结藩镇，对割据姑息养奸，据此大呼疾呼"忧天子炽于武功"，反对唐宪宗用兵，穷兵黩武。

皇甫湜的策文也抨击得太过，比如"皆失其职"，"坐之阶庭，试以文学，拳曲俯偻，承问而上对乎？"……也难怪唐宪宗龙颜大怒，贬黜一干人，力挺宰相李吉甫。

但翰林学士白居易对三位举子"打抱不平"。

白居易（772—846），字乐天，号香山居士，祖籍山西太原，生于河南新郑。贞元十六年（800），礼部侍郎高郢主试，二十八岁的白居易进士及第。三年后，参加吏部举行的铨试，吏部侍郎郑珣瑜主试，白居易书判拔萃科及第，获授秘书省校书郎之职。

元和元年（806）四月，新皇帝唐宪宗决定举行制举考试，白居易参加"才识兼茂明于体用科"及第，授盩厔县（今陕西省西安市周至县）县尉。在此期间，白居易与杨虞卿、杨汝士的妹妹喜结良缘，又创作了长诗《长恨歌》，一时传遍天下。

李吉甫也读过《长恨歌》，对白居易很赏识。元和二年（807）十月，李吉甫上奏李纯，将盩厔县县尉白居易任命为京兆府进士试考官，相当于从基层抽调到中央工作。

能被抽调到礼部参加科举工作的人，显然是宰相看重并认可的人才。抽调工作任务完成后，白居易即被调任为集贤院（皇帝的御书房）校理。校理这个职位"并无常员，以官人兼之"，也就是说没有固定的编制，本职仍是盩厔县县尉，相当于是中央机关挂职干部。

元和二年（807）十一月，在宰相李吉甫的举荐下，白居易和同年的右补阙崔群奉诏参加入选翰林学士的测试。测试由唐宪宗主持，李吉甫主试，两人同拜翰林学士。翰林院之前另还有四位学士：李绛、裴垍、李呈、王涯。

六学士中，五人官至宰相。白居易有诗："白首故情在，青云往事空。同时六学士，五相一渔翁。"这个"渔翁"就是白居易，其从弟白敏中将其无缘宰相之过，记在李吉甫头上。此乃后话。

白居易从一个正九品下的县尉充任翰林学士，一举跃进大唐中央的政治决策中枢，成为皇帝身边的秘书官。如果当朝宰相李吉甫没有任人唯贤的眼界，没有采纳谏言的大度，没有不拘一格选人用人的胸怀，白居易肯定升得没这么快。

但没想到，仅仅四个月后发生的制举一案，白居易挺身而出，向唐宪宗呈上一封陈词慷慨的《论制科人状》，言"上自朝廷，下致衢路，众心汹汹，惊惧不安"。

白居易仗义执言地说，裴垍、王涯、韦贯之等人都是公忠正直之臣，不应贬黜。牛僧孺等三人的策文直言极谏，"反以为罪"，让他"为陛下流涕而痛惜"。他竭力为三人辩护。

白居易又上疏，称如果这次科举复试策不当，则自己也应黜责："岂可六人（六位翰林学士）同事，唯罪两人！"

面对自己提携的人这样的激烈言论，作为"宰相肚里能行船"的李吉甫并没有怨恨白居易，也没有阻挡他的进取之路。

相反，在元和制举案之后，李吉甫进言唐宪宗，正式解决了白居易的编制问题，免去他盩厔县县尉之职，调入朝中门下省担任左拾遗，兼领翰林学士，不难看出李吉甫的坦荡襟怀和无私品格。

左拾遗的职责，正如白居易所言："朝廷得失无不察，天下利病无不言。此国朝置拾遗之本意。"（《初授拾遗献书》）其官阶为从八品上，李吉甫让白居易连上四阶，算是对他的破格提拔。

"时政之失，莫甚于宦官。"牛僧孺、李宗闵等人后来亲近宦官，却将自己没能从优录用、久之不调的怨恨迁怒于宰相李吉甫身上。李吉甫无意中堕其术中，受谤益重，实属冤枉。

多年后，李德裕也被卷入"牛李党争"中。"牛党"牛僧孺、李宗闵两人轮居宰相，对李氏父子恨之入骨，他们畏惧藩镇，畏惧宦官，畏惧"李党"，于是掌握舆论主动，巧舌如簧，移花接木，咬定李吉甫"泣诉于上"，咬定李吉甫让天子"炽于武功"。

此等谰说，真相已大白。但阉人是不甘心就此放手的，他们一直在寻觅反扑一击的时机。

日蚀，君臣之谏

元和三年（808）制举案，是阉人反击李吉甫的前奏。

如果说宦官与奸佞算作在前的螳螂，李吉甫万万没想到，还有正在伺机从后面袭击他的"黄雀"。

这个"黄雀"是李吉甫曾经破格提拔的人——窦群。

窦群（763—814），字丹列，扶风平陵（今陕西省咸阳市西北）人。其父窦叔在唐代宗时官至左拾遗。其哥哥窦常、窦牟，弟弟窦庠、窦巩，皆于贞元年间进士及第，任职郎官。唯有他屡试未中，隐居毗陵二十余年。

直到贞元十八年（802），窦群才有了一个机遇：苏州刺史韦夏卿擢升吏部侍郎，向唐德宗举荐窦群入朝，一步步将一介布衣提携到左拾遗，后升任唐朝监察机关御史台殿中侍御史。

窦群此时受命于御史中丞武元衡，不过只是个从七品上的小官。同在御史台的监察御史刘禹锡、柳宗元都看不起他。

窦群心中很不平衡。为了攀附权贵，他专门去拜访"永贞革新"的领袖王叔文。王叔文对他作揖行礼十分不屑，竟然命人撤去坐榻，气得他肺都快炸开了。后来，他被排挤出长安。

元和二年（807），李吉甫、武元衡同日拜相，把他召回朝中，出任吏部郎中，执掌官员的铨选和考课（考核）、封爵勋赏，官阶已是正五品上，职位不可谓不高。

然而，窦群还是不满足。他看到武元衡由御史中丞可以直接提拔为门下侍郎，擢升宰相。于是心痒痒地找到李吉甫，不想当这个吏部郎中，想去当御史台的二把手——御史中丞。

李吉甫还是满足了窦群的欲望。有了李吉甫、武元衡的重用，窦群变得自大起来，决定将自己的一伙兄弟提拔晋升。

他想提携的便是与他趣味相投的吕温、羊士谔。

吕温（772—811），河中（今山西省永济市）人，贞元十四年（798）进士，唐顺宗时得王叔文推荐任左拾遗，后以侍御史出使吐蕃，未参与"永贞革新"。唐宪宗即位后，调回朝中任户部员外郎，后迁司封员外郎。《唐才子传》称吕温"性险躁，谲怪而好利"。

吕温与窦群臭味相投，互相爱赏，贪财好利，其性情凶狠暴戾，刻意报恩或复仇，临事不顾生死。《新唐书·窦群传》记载："群很（狠）自用，果于复怨。始召，将大任之，众皆惧。"

羊士谔（762—819），泰安（今山东省泰安市）人。贞元元年（785）进士，唐顺宗时累官至宣歙巡官。王叔文为东宫集团首领时，羊士谔恳求窦群引荐，以求平步青云。

然而，看见"永贞革新"将败，羊士谔唯利是图，竟在大庭广众之下公开谴责王叔文专权乱政。窦群更是跳得最高，上疏弹劾刘禹锡、柳宗元"挟邪乱政"，要求逐之出朝，一时轰动京城。

王叔文气得须眉怒张，决心杀一儆百，准备将羊士谔斩杀于大理寺，时任宰相韦执谊极力袒护，才将其贬为汀州宁化尉，保全性命。李吉甫任宰相后，将其召回朝中，擢为监察御史，掌制诰。

如今，窦群又向李吉甫荐举羊士谔为侍御史（御史中丞副长官，掌纠兴举百官、入阁承诏、知推弹公廨等），奏请吕温为侍御史知杂事（总管御史台庶务），明显三人就是在拉帮结派。

李吉甫以羊、吕二人才识平平，谲诈不实，又刚愎自用，阴险浮躁，于是持之数日都未给批准，窦群于是对李吉甫怀恨在心。

吕温、羊士谔与窦群皆擅长见风使舵，博取时誉，报复别人、反目成仇是他们一贯伎俩。元和三年（808）的制举案发生后，窦、羊、吕三人见宦官与奸佞党羽借制举案打击宰相，于是故技重演，对李吉甫衔恨反戈。

这年的七月酷暑，天气格外炎热，李吉甫劳累病倒了。他儿子李德裕请来一位京城郎中陈克明上门把脉诊治，一番忙碌，时入深夜。

唐时的长安例行宵禁，每天黎明五更三刻，顺天门击鼓四百下，城门打开。傍晚时刻，承天门擂鼓六百下，关闭坊门，行人禁止夜行。若非十万火急的军国大事，谁也不准行于长安大街，违者笞二十。

因此，郎中李克明只有夜宿安邑坊的李府。可是，这一人之常情之事，却被窦群探知。

窦群以御史中丞的权力，命监察御史立即逮捕陈克明，施刑审问。次日，便与左拾遗李逢吉等人一道，上书弹劾李吉甫勾结江湖术士，以妖妄之言役使鬼神，画符厌胜（用法术诅咒或祈祷以达到制胜所厌恶的人、物或魔怪的目的），图谋不轨。

这个罪名可是要杀头的重罪。唐宪宗李纯闻奏，心中大骇，不肯相信宰相会干出如此大逆不道之事。于是亲自派人秘密调查，却查无奸状，诬告不实，李吉甫请的那位郎中的确是治病的。

唐宪宗又亲自审问窦群，得知"厌胜"之事根本就是子虚乌有，纯属诬奏。唐宪宗大为震怒，决定诛杀窦、羊、吕三人。

这时，李吉甫当是"落井下石"，铲除异己乃是上策。然而，李吉甫没有记仇，竟在朝堂之上极力为窦群求情，窦群才得以豁免死罪，贬到荒凉偏远之地，担任黔南（今贵州中南部）观察使。吕温贬为道州刺史，后又再徙衡州刺史，郁郁寡欢，很快就病卒于任上。羊士谔先贬为资州（今四川省资中县）刺史，再贬巴州（今四川省巴中县）刺史，再无重用。

元和三年（808年）七月初一，长安上空出现日蚀，一时白昼如同黑夜，长安城一时议论纷纷，人心惶惶。

日蚀，就是日食。从科学的角度讲，日食是自然现象，就是月球运行到太阳和地球中间，三者正好处在一条直线，月球就挡住了太阳射向地球的光芒，月球身后的黑影正好落到地球上，就出现日食。

然而，在科学不发达的古代，发生日食是大事，象征着大灾难降临，要么是妖孽侵犯天子统治的凶兆，要么是天子失德有亏，是上天对皇帝的惩戒，皇帝若不改正过失，将会有大祸发生。

《晋书·天文志》说太阳是皇帝的象征，"日食，阴侵阳，臣掩君之象，有亡国。"如果出现日食，就是君权受损，有亡国之兆。

刘光琦等宦官又开始兴风作浪了，他们拿着这些"灾异论"在唐宪宗耳边进谗言："昨日出现太阳亏蚀灾异之象，是阴气侵犯阳气，奸臣当道，侵犯君王！"旨在把宰相李吉甫挤出朝廷，让右仆射裴均取而代之。

裴均甚至密奏唐宪宗，日食乃李吉甫勾结术士厌胜天子所致，必须罢黜李吉甫的相位，以求禳除日食可能带来的灾难。

阉人的伎俩，李纯心知肚明。他于是深夜在延英殿召对李吉甫，忧色沉沉地问道："李相公通晓地理天文、国朝典故，昨日司天监奏太阳亏蚀，皆如其言，何也？"

李吉甫迎视着唐宪宗疑惑的目光，面不改色，恭敬之中又不失刚硬地答道："回陛下，日月运行，迟速不齐。太阳凡周天三百六十五度有余，日行一度，月行十三度有余，率二十九日半而与日会。又月行有南北九道之异，或进或退，若晦朔之交，又南北同道，即日为月之所掩，故名薄蚀。虽然自然常数可以推步，但是日为阳精，人君之象，若君行有缓有急，即日为之迟速。稍逾常度，为月所掩，即阴侵于阳。亦犹人君行或失中，应感所致。"

唐宪宗眉头微皱，神色凝重地继续问道："司天监告诉朕，要素服救日，其仪安在？"

李吉甫沉思片刻，徐徐开口道："回陛下，《礼记》云：'男教不修，阳事不得，谪见于天，日为之蚀。'古者日蚀，则天子素服而修六官之职；月蚀，则后素服而修六宫之职，皆所以惧天戒而自省惕。人君在民物之上，易为骄盈，故圣人制礼，务乾恭警惕，以奉若天道。苟德大备，天人合应，百福斯臻。陛下恭己向明，日慎一日，又顾忧天谴，则圣德益固，升平何远。伏望长保睿志，以永无疆之休！"

李吉甫一番论述，让唐宪宗陷入久久的沉思之中。他凝视着大明宫外的茫茫苍穹，很久才沉沉地说道："天应人，人应天，天人交感，妖祥应德，盖如爱卿所言。素服救日，自贬之旨也，朕虽不德，敢忘警惕。卿等当匡吾不迨！"

李吉甫郑重有声地说："开元七年（719）五月初一发生日蚀，玄宗（李隆基）皇帝着素服，撤音乐，减御膳，令中书门下复审在押囚犯，开仓赈济饥民，勉励百姓勤于农事。今陛下亦素服救日，勿忘警惕，诚然是苍生之福。然臣以为，遇到日蚀，君臣皆应砥砺德行。"

李吉甫顿了顿语气，继续说道："国之兴衰在于君王一念之间，陛下即位之后导纳诤谏，克制己欲，一展新朝气象。请陛下亲贤臣，远小人，节用度，减赋役，杜绝宦官干政，排斥奸佞谗言，诚心修德治国，方为天下苍生的福祉。汉文帝在位时发生日食，贾谊进谏'市井小民言天上一日食，便换来人间一好处，唯愿每月逢一日食'，旨在指责朝廷赋敛兹重，百姓屈竭。汉文帝虚怀纳谏，薄收赋税，勤俭爱民，得以开创'文景之治'。"

听罢李吉甫的一番谏言，唐宪宗眉宇间的忧色这才渐渐散去，欣然说道："朕览国书，见文皇帝（汉文帝刘恒、唐太宗李世民谥号亦称'文帝'）行事，少有过差，谏臣论诤，往复数四。朕阅古来往事，大凡昏庸之君，皆因不听逆耳之言，竟致亡国。况朕之寡昧，涉道未明，有此鉴戒，今后事或未当，李相国每事十论，不可一二而止。"

唐宪宗或许在暗暗告诫自己，也要当一个像汉文帝、唐太宗那样从谏如流、知人善任、厉行节约、一统江山的治世明君。

李吉甫伏地叩拜道："臣幸得奉事陛下，敬陛下以忠直，逆耳之言率真直切，不免犯颜逆鳞，能为陛下所容，望恕其罪。伏望陛下居安思危，慎始慎终，定能克成一代大业，如此则为天下之福！"

要成治世明君，就要统一天下，攘内安外，巩固李唐政权，削弱割据藩镇，而这些需要强大的国力支撑。

唐宪宗心里明白：强壮得力、力主削藩的左膀右臂的武元衡已去镇守天府之国的西川，李吉甫又与宦官集团势不两立，已经到了水火不容的地步，加之朝中暗流汹涌的政治博弈，也演变成公开化的激烈斗争。若再这样斗下去，内廷与外朝甚至会兵戎相见，两败俱伤。

帝王术的秘诀就在于相权、宦权的互相制约。而今怎么办？中和殿的几盏烛光彻夜未灭，唐宪宗手捧《易经》，彻夜未眠。

这一夜，李吉甫也彻夜未眠。他早已料到，躲在大明宫重重帷幕后面的阉人绝不会放过这个日食之机以诬陷自己，躲在朱门暗处的反削藩之流，一双双阴冷的眼光正觊觎着自己的宰相之位。

此时，唐宪宗最宠信的宦官已是吐突承璀。

吐突承璀（？—820），字仁贞，少时入宫侍奉太子李纯，性情聪敏，颇有才干，初升掖廷局博士。唐宪宗李纯即位，因其有拥戴之功，遂将其擢为宦官总管兼左监门将军。

就在去年，唐宪宗又授其左神策护军中尉、左街功德使，封爵蓟国公，可谓恩顾莫二。吐突承璀已取代俱文珍，执掌了禁军军权，一跃成为元和时代唐宪宗最宠信的头号权阉。

李吉甫知道，吐突承璀是皇帝的红人，要想剪除宦官实属不易，唐宪宗是不希望看到自己与吐突承璀为首的宦官们斗到头破血流的。而今与权宦的矛盾已达到白热化程度，自己又该何去何从？

是急流勇进，拼死拼活，还是远离权力斗争的漩涡，避敌锋芒，保存实力，以图东山再起？是死磕，还是隐忍？李吉甫思虑再三，决定还是不让污浊的政治泥沼玷污了自己的紫金鱼袋。

如果自己离开朝廷，又由谁来接替自己呢？

此时，有两个人选最为瞩目。一个是裴均，就是以荆南节度使入朝的尚书右仆射。

裴均，就是那个甘当阉人窦文场义子的人。他一直依附宦官以谋求重位大权，出任右仆射后，更是骄矜自大，对相位志在必得。

时为翰林学士兼左拾遗的白居易，听闻裴均要入朝担任右仆射，立即向宪宗上书，以"三不可"的理由表示坚决反对。

有一次早朝，裴均早早地站在含元殿的最前面，逾位而立。御史中丞卢坦向他拱手行礼，请他马上退回到自己的位置，自大骄矜的裴均哪肯听从卢坦的意见，轻蔑地"呸"了一声，然后诘问道："这个位置不是我的，又是谁的？"

卢坦义正词严地对裴均说："过去，姚南仲担任右仆射时，他的位置就是这里。"

裴均不屑地问："姚南仲是什么人？"

卢坦大义凛然地说:"是信守正道、不肯勾结权宦的人。"

裴均的脸庞气得红成了像煮熟的猪肝。朝会后,他跑到唐宪宗那里告黑状。不久,卢坦被贬为右庶子。

这样一个狂妄自大、睚眦必报的人,怎配得上"宰相"二字。

另外一个人是王锷,以淮南节度使入朝的尚书左仆射。

王锷(740—815),字昆吾,太原(今山西省太原市)人。早年为湖南团练府营将,东征西讨,累立战功。受到唐德宗的赏识,拔为容管经略使(治今广西壮族自治区容县),又迁任广州刺史、岭南节度使。

贞元十九年(803),淮南节度使杜佑入朝拜相,生财有道的王锷接任后,开始搜刮民财,贿赂朝官,收买阉人,向皇帝进献厚重的金银财宝。史载他"日发十余艇,重以犀象珠贝,称商货而出诸境。周以岁时,循环不绝,凡八年,京师权门多富锷之财"。

听闻王锷回朝担任左仆射,挟富甲天下的不义之财上下活动,经常摆设宴席,借机给赴宴的官宦大发"红包",企图谋求宰相一职。白居易急呈《论王锷欲除官事宜状》,指陈王锷"五年诛求,百计侵削",犯颜进谏:"宰相者,大功,不合轻授。王锷既非清望,又无大功,若加此官,深为不可。"

在李吉甫看来,如果让裴均、王锷之流入阁拜相,将把刚刚有中兴起色的大唐政治带入无尽的黑暗深渊。

于是,李吉甫向唐宪宗极力举荐裴垍出任宰相。

李吉甫从中书舍人、翰林学士承旨升任宰相后,翰林院后有裴垍、李绛、崔群、李程、王涯、白居易六学士,都是蕴藉风流、精鉴默识之士,而裴垍,就是接任李吉甫的翰林院承旨学士。

世事难料,上半年发生的制举案,裴垍深受牵累,被罢去翰林学士,改为户部侍郎。

李吉甫想把户部侍郎裴垍作为接班人,并不是感激他曾给自己起草了《授李吉甫中书侍郎同平章事制》,赞誉自己"符彩外发,清明内融,体仁而温,抱义而峻。识洞精赜……学贯古今",而是裴垍的确公道正派,讲究法度,任人唯贤,气度宏雅,又是极力削藩抑宦的同道之人。

朝廷明争暗斗的乱象,让李吉甫有些招架不住,嗅到了政敌更为险恶的气息。他决定入宫向天子辞职,唐宪宗却坚决不允,诚恳而肃然地对李吉甫说:"朕又没有厌恶你,相国何必要走?"

李吉甫面色坚毅地回道:"臣蒙受皇上厚恩,忝居相位,忠心耿耿。然今逢日蚀之祸，已成朝中暗箭。若以臣之离去，能换得阙路止声，天下太平，臣死亦无憾矣！"

李吉甫早已思虑良久，决定向唐宪宗请求外任，主动选择隐退朝堂。

唐宪宗极力挽留李吉甫，李吉甫仍是坚持。君臣当晚密谈至深夜，唐宪宗方才恍然大悟李吉甫一番忍辱负重的"兴国大计"，是在用自己的隐退去换一盘助力唐宪宗削藩战略的"大棋"。

唐宪宗不由得语咽，握着李吉甫的手感慨道："淮南大郡，吴楚雄镇，关系朝廷税赋命脉，相国见识深远，深谋远虑，朕等着你再回来！辅佐朕缔造一个'元和中兴'的强大帝国！"

在唐代，扬州和益州是大唐帝国两大经济最为繁华的都会，也是朝廷最重要的赋税来源地，时称"扬一益二"。

唐宪宗让自己的左膀武元衡领宰相头衔，去了益州，担任西川节度使。这一次，唐宪宗让自己的右臂李吉甫仍然领衔宰相职务，前去扬州，出任淮南节度使。

"满郭是春光，街衢土亦香"的扬州，等着李吉甫的到来。

第九章　二度拜相

出镇淮南节度使

元和三年（808）九月十九日，唐宪宗下诏，以中书侍郎、平章事李吉甫检校兵部尚书、兼中书侍郎、平章事、扬州大都督府长史，出任淮南节度使。

让李吉甫仍领"同中书门下平章事"宰相衔出任淮南节度使，这是策略，是战术，是政治上的深谋远虑，更是扬州百姓之福。

被王锷折腾搜刮了五年的淮南，太需要一个心怀百姓、清正廉洁的社稷之臣了。

在出任扬州之前，李吉甫决定完成一件大事，那便是次子李德裕的婚姻。

这一年，台郎李德裕已经二十三岁。

按照李吉甫的士族名望，以及身居宰相的权位，按理说，在长安城随便可以找上一家权高望重、门当户对的富贵士族结为亲家。更何况李德裕还是一个胸怀大志、风度翩翩的神俊"官二代"。

然而，李德裕所娶之妻刘氏，却并非豪门贵族的千金小姐或者大家闺秀，而是祖籍彭城（今天江苏省徐州市）的一个寒门女子，属于"清泉一源，秀木孤根"。

唐代官场有浓厚的门第观念，士族通过联姻巩固自己权势的"姻亲政治"已成惯例，有的通过姻亲结成官僚集团，使联姻双方融为一体，互为表里，一荣俱荣，一损俱损，有时甚至可影响朝堂局势。而李吉甫并没有与世家大族结为门第婚姻，可见赵郡李氏家族的优雅门风和李吉甫父子的品德操守。

从李德裕后来在《唐茅山燕洞宫大洞炼师彭城刘氏墓志铭并序》中可以知晓，刘氏"悦《诗》《书》之义理，造次不渝"，李德裕用"言行无玷，淑慎其身""生我三子，熊罴庆蕃；育我二女，素绚是敦"来夸赞感恩刘氏，以"岩销寒桂，涧歇芳荪。舍我而去，伤心讵论。天池南极，谁与招魂？芒山北阜，将托高原。空留片石，千古常存""愧负淑人"来表达对妻子的无限怀念之情。此乃后话。

可以肯定地说，令台郎李德裕钟情的刘氏，应当也是一位"操比松桂，粹如瑶琨（美玉）"、知书达礼、倾国倾城的江南美女。

因为父亲要前往扬州，李德裕与刘氏的婚礼只能简单举行。在外人看来，这是李家为避"日蚀"之祸而举行的一次"冲喜"。

十月初一的长安，风和日丽，秋风飒爽，碧空湛蓝如洗，九衢六市两旁的银杏、古槐叶子随风飘落，给宽阔的大道撒下一地金黄，来来往往气派华丽的牛车、马车旖旎而行……

清晨，李吉甫离开安邑坊，坐上皇帝亲赐的马车，带领全家离开繁华而阔大的长安城，金黄、橘红的树叶飘落在车驾的周围，发出"窸窸窣窣"的声音，让人陡然而生丝丝缕缕的莫名惆怅。

这日，唐宪宗亲临通化门为李吉甫饯行。

翻开大唐历史，天子给大臣外放送行极为少见。这是唐宪宗在向满朝文武和天下百姓表明，李吉甫和武元衡一样，虽然离开了长安，但分别出镇最繁华、最富庶的西川和淮南，他们不是被贬，而是"带相出将"，依然是天子最信赖的左膀右臂。

唐宪宗为李吉甫特赐御酒三杯，依依不舍地对他说道："令尊（李栖筠）在浙西时，朝廷无忧；今日朕得文武之卿，镇守扬州，亦无淮南之虑，卿乃宰辅之臣，国之栋梁，望勿负朕望。"

李吉甫三杯一饮而尽，感慨万分地回答道："臣世代受天子厚恩，誓将辅顺讨逆，捐躯以报，以民为本，清正廉洁，为官一任，造福一方！"

告别了唐宪宗，李吉甫的马车缓缓驶出通化门，一家人风尘仆仆地向扬州进发。郑絪、权德舆、裴垍、段文昌等一批朝臣与李德裕的一帮好友一路相送到灞桥。

"送君灞陵亭，灞水流浩浩。"秋风阵阵，灞水汤汤，离别君阙之际，李吉甫与友人折柳相送，挥手告别，怀忧去国，心中亦是无比感伤，眼前灞水清寒如剑，也难断远离长安的些许愁绪！

李吉甫深知，此去扬州，身上的使命无比艰巨而意义重大。

"安史之乱"后，关中地区粮食枯竭，经济萧条，无法再支撑一个奢华而阔大的长安，也无法支撑当今天子志在削藩的中兴之梦，江淮是国家的经济命脉所在，长安仰赖它。

想到这些，李吉甫深吸了几口灞河凉风，吟着那首"秋风起兮白云飞，草木黄落兮雁南归"，扬手挥鞭，策马而行。

"借问扬州在何处？淮南江北海西头。"

扬州，古称广陵、江都，位于今江苏省中部，万里长江与纵贯南北的大运河交汇之处，以"州界多水水扬波"而得名。

战国时期，吴王夫差筑邗城，开启了扬州的历史。贞观元年（627），唐太宗分全国为十道，扬州属淮南道。天宝元年（742），唐玄宗改扬州为广陵郡。乾元元年（758），唐肃宗将广陵郡复为扬州。

扬州历来是中国古代水陆交通枢纽，南北漕运的咽喉，有着"中国运河第一城""东南第一大都会"的美誉。

公元前486年，吴王夫差筑邗城，凿邗沟，疏水道，利用天然河湖港汊，引长江水北流，连通了长江、淮河两大河流。

自隋朝起，朝廷相继开凿广通渠、通济渠、邗沟、永济渠和江南运河，逐渐组成了长达两千七百余公里的大运河，将海河、黄河、淮河、长江、钱塘江五大水系连成一体。大业七年（611），隋炀帝御驾龙舟从江都（今江苏省扬州市）北上，经邗沟入淮河，逾淮河入通济渠，渡黄河入永济渠，直达涿郡（今河北省涿州市）行宫。

"东南四十三州地，取尽脂膏是此河。"从此，江南的钱粮、物产贡赋通过运河水系汇集到长江之北的扬州，再经楚州，过徐州、汴州，抵达囤积粮食的洛口仓（今河南省巩义市），经水陆两途转运长安，源源不断地供给京师。

在唐代，陆路交通从长安出发，经河西走廊，出敦煌、玉门关西行，可直达中亚、西亚、东欧，形成"丝绸之路"。海路方面，扬州、广州、泉州、明州是对外交往的重要港口，外国商贾与舶来商品在扬州集散贸易，扬州成为"海上丝绸之路"的重要节点城市。

"安史之乱"后，北方士族与众多百姓再度大规模南迁，直下江南，扬州人口大量新增，兴农通商，店铺林立，商贾云集，经济不亚于都城长安、洛阳，可谓"雄富冠天下"。

扬州不仅"天下财赋，半出于斯"，也是一个山河秀美、市井繁华、名胜荟萃、文化绚烂之地。

文人骚客在此吟下无数千古名句，譬如李白的"故人西辞黄鹤楼，烟花三月下扬州",李绅的"嘹唳塞鸿经楚泽,浅深红树见扬州",杜牧的"二十四桥明月夜,玉人何处教吹箫",徐凝的"天下三分明月夜,二分无赖是扬州",苏轼的"试问江南诸伴侣,谁似我,醉扬州",王安石的"春风又绿江南岸,明月何时照我还"……

骆宾王、张若虚、孟浩然、王昌龄、李白、刘长卿、韦应物、孟郊、刘禹锡、白居易、杜牧等,或来往于扬州,或生长在扬州,写不尽扬州的富庶、繁华,写不尽扬州的浪漫、多情。

扬州,寄托了历代官员和诗人太多太多的情怀。

远在益州的西川节度使武元衡听闻李吉甫受权宦排挤,迫不得已离开政事堂,出镇扬州,心中百感交集,不禁立马研磨挥笔,写下了著名的五言长律《奉酬淮南中书相公见寄》:

> 扬州隋故都,竹使汉名儒。翊圣恩华异,持衡节制殊。
> 朝廷连受脉,台座接讦谟。金玉裁王度,丹书奉帝俞。
> 九重辞象魏,千里握兵符。铁马秋临塞,虹旌夜渡泸。
> 江长梅笛怨,天远桂轮孤。浩叹烟霜晓,芳期兰蕙芜。
> 雅言书一札,宾海雁东隅。岁月奔波尽,音徽雾雨濡。
> 蜀江分井络,锦浪入淮湖。独抱相思恨,关山不可逾。

武元衡在诗中,以"九重辞象魏,千里握兵符"来称道李吉甫的才干和功勋,以"扬州隋故都,竹使汉名儒"来赞美扬州厚重的历史文脉,以"独抱相思恨,关山不可逾"来表达对好友的一片思念之情。

写完这首诗,武元衡还在诗前特别写了序:"皇帝改元之二年,余与赵国公(李吉甫的封爵)同制入辅,并为黄门侍郎。夏五月,连拜弘文、崇文大学士。冬十月,诏授检校吏部尚书兼门下侍郎,彤弓旅矢,出镇西蜀。后九月,赵公加大司马之秩,右弼如故,龙旗虎符,出制淮海。"回顾了自己与李吉甫同日入阁拜相以来的深情往事。

武元衡在序中还写道:"时号扬益,俱为重藩;左右皇都,万里何远?公手提兵柄,心匠化源,芳词况余,情勤靡极,质文相映,金玉锵然……",虽然是蜀道阻长,但自己将"永怀赵公岁寒交好之情"。

通读《唐诗三百首》,像武元衡这首送友人的长律相当罕见,写得这般重情重义、内涵深邃的,也是寥若晨星。

李吉甫一家到达扬州时，已是大雪纷飞的数九寒冬。雪下得很大很大，铺天盖地，漫天飞舞，曾经波光粼粼的瘦西湖已结了厚厚的一层冰，湖畔垂杨残芜，万木凋谢，不由得让人想起柳宗元的《江雪》："千山鸟飞绝，万径人踪灭。孤舟蓑笠翁，独钓寒江雪。"

李吉甫一上任，第一时间就是去查看大运河扬州段的运输情况，那可是李唐王朝的生命线。

不看不知道，一看吓一跳：扬州古运河已经断航。

李吉甫来到扬州的门户瓜洲，只见运河两岸停靠着许多载粮漕船，白雪覆盖，茫茫一片，有的已经滞留两月有余。

一打听，才知邗沟作为人工运河，以沿途大小湖泊作为水源，枯水季节受水不足，水浅无以载舟，往往影响漕运。"安史之乱"以来，运河疏浚中断数年，致使"千里洄上，罔水舟行"，河床泥沙淤积堵塞，航道水位增高，加之闸坝废废，一到冬季河水枯竭，运河水量不足，因而断航，集结于此的漕船需要等到开春后，待江潮泛涨之时才启航北上。

《旧唐书·食货志》记载："每州所送租及庸调等，本州正二月上道，至扬州入斗门，即逢水浅，已有阻碍，须留一月以上。至四月以后，始渡淮入汴。"

在李吉甫到来之前，淮南节度使杜亚等人也曾"浚渠蜀岗，疏句城湖"，积极治理，但效果甚微，未能彻底改变邗沟枯水季节的漕运问题。

经过一番地理勘测，李吉甫决定全面疏浚扬州段古运河。

扬州境内的大运河，北起淮安与宝应交界处，经高邮湖、邵伯湖，流经扬州古城，南至瓜洲流入长江，全长约一百二十六公里。流经扬州古城的运河，从扬州湾头（今江苏省扬州市广陵区湾头镇）流向西南，经黄金坝后向南进入扬州城区段，直至瓜洲，全长约三十公里。

要整治、疏浚扬州大运河，是一项艰巨而庞大的水利工程，需要大量的人力、物力和财力。

钱从何处来？前任节度使王锷在此搜刮了五年，加之前两年，淮南、江南又逢大旱，自然灾害接连不断，仓廪空虚，民不聊生，百姓生活穷困不堪，已经到了生存的底线，各种社会矛盾正在急剧酝酿，严重影响社会的稳定，随时可能爆发民乱，动摇唐朝的统治根基。

元和四年（809）三月，李吉甫向唐宪宗上书，呈报南方大旱，自去岁以来已有好几个月未下一场雨，淮南广袤的田地无法春耕，百姓连年遭受旱魃踩躏，粮食价格飙涨，一斗米卖到了数百钱，到处闹起了饥荒，需要朝廷免除百姓税赋，拨款赈灾抚恤。

李吉甫还在奏章中写道，扬州古运河的河床阻塞，已趋淤废，漕船起运停歇，必须重新疏浚，围湖筑堤，筑坝置闸，以备蓄泄，方能恢复江南漕运的畅通。军国大计，仰于江淮，恳请皇上减免欠租，大布恩德，让百姓休养生息，以图长远。

当月，浙西、江东等地也向长安紧急上报岁逢大旱，发生饥荒。

唐宪宗看到从江南快马加鞭送来的奏章，不由得目瞪口呆，大为震惊。如若淮南如此艰难，那李吉甫离开京城时秘密交代他的"筹粮、筹钱、筹铁（兵器）"三件大事如何实现，削平藩镇的中兴伟业又何时能实现？

赋取所资，漕挽所出，要有大收成，必有大投入。唐宪宗答应了李吉甫的请求，令朝廷发放两万石稻米救济淮南灾民，免除百姓一年的赋税和徭役，并从国库中拨钱二十万缗疏浚运河。

"要这么多钱啊？"诏令一出，权宦刘光琦等人忍不住跳了起来，纷纷在天子耳边磨叽，"皇上让李节度出镇淮南，他不但不给朝廷找钱，还反过来挖国库的钱，岂有此理！"

宰相裴垍得知后，直言不讳地进言唐宪宗："《论语》讲'其养民也惠，其使民也义'，养民资国，王道之始也。扬州邗沟乃运河之咽喉，'安史之乱'以来逐渐淤废，辄复堙塞，枯水季节，往往断航。李相公今欲疏浚整治，以通大舟，江南之盐铁、粮食才能畅通无阻运往京师，亦为后代开万世之利，此乃大计！陛下为何爱惜小财而无视大计？"

唐宪宗、李吉甫和裴垍想的，鼠目寸光的宦官们怎么能懂！

是年三月，唐宪宗派遣左司郎中郑敬等人担任江淮、两浙、荆、湖、襄、鄂等道宣慰使，前去灾区抚慰、赈济灾民。

临行时，唐宪宗警诫他们："朕在宫中哪怕用一匹丝帛，都要登记其数，舍不得多用。唯有救济天下百姓时，则不计费用。卿等宜识朕意，勿学潘孟阳借巡视为名，到处吃喝玩乐、游山逛水，要把救济灾民落到实处！"

李吉甫一纸奏章，淮南数百万田租被免除了，扬州百姓终于暂时摆脱了沉重的税赋，朝廷的赈灾粮款和疏浚运河的资金很快到达淮南。李吉甫随即勘察扬州河道，到处访问群众，一番详细调查研究后，制定方案，组织数万民工疏浚运河，整治湖泊，兴修农田灌溉水利。

不难想象，那是怎样一个挖沟挖河、热火朝天的宏大劳动场面！

淮南节度使管理江都、高邮、仪征、六合和天长等区域，扬州大运河高邮

（今江苏省扬州市高邮境内）一段，唐时地势南高北低，与今天运河形势迥然不同，南北水差大，河水留不住，漕运受到限制，造成"漕渠庳下，不能居水"的局面，夏秋季节，洪水泛滥东溢下泄，危及农田庄稼和百姓民房安全；冬春枯水季节，运河水量不足而使漕运断航。

经过一番研究，李吉甫决定学习西汉南阳太守、水利大臣召信臣"开通沟渎，起水门、提阏"的先例，一方面疏浚河道，提高河床深度，援引陈登、句城等塘水向运河补充水源；另一方面在高邮湖境内南起邵伯，北接宝应，围湖筑堤，修筑拦水坝，设置斗门，平缓水流，以备蓄泄。水枯的时候以储水，保障山阳渎水力的充足，引船入埭，确保了枯水期航运的畅通；水溢的时候开斗门放水，调节水位，以备涨泄，保障百姓的生命财产安全。

疏浚运河，积土成阜，李吉甫又组织百姓在大运河两岸修建石栏，遍种杨柳和扬州琼花，蜿蜒通向运河南北三十余公里，一方面坚固河堤，另一方面又给大运河增添了一道亮丽的风景线，方才有了"赤栏桥外自成蹊，垂柳经春绿渐齐""红桥风物眼中秋，绿场城郭是扬州""流从巩北分河口，直到淮南种官柳"的无穷诗意。

李吉甫在高邮为调节运河水位所建的水利工程，名叫"平津堰"。《新唐书·李吉甫传》记载："漕渠庳下，不能居水，乃筑堤阏，以防不足，泄有余，名曰平津堰。"《新唐书·食货志》记载："节度使李吉甫筑平津堰，以泄有余，防不足，漕流遂通。"

平津堰遗址就是今天从高邮南门渡口过运河到石工头高邮湖边的防浪大堤，至今依然可见沧桑厚重、数以万计的砌堤条石。虽然距今已有一千二百余年的历史，但这条如湖边长城一样的大堤，仍在扬州防汛抗洪中发挥着重要作用。

李吉甫的时代，高邮湖曾是古邗沟的一部分，还不是一个大湖，而是由无数个小湖构成，小湖之间的连通并不顺畅，非汛期时水量比较少，若遇干旱之年，农田灌溉很成问题。

同时，扬州北乡槐泗、甘泉、公道、送桥、天山、郭集、菱塘等地的地势地貌，皆是宁、镇、扬地区六合、仪征、扬州丘陵山区余脉，特别是高邮湖西地区属低丘平岗区，地多丘阜，缺沟少河，易涝易旱，百姓饮水和牲畜用水常感捉襟见肘，引水灌田更成问题。

如何解决农田灌溉问题？李吉甫经过实地察访，决定因地制宜筑堤修塘。《旧唐书》记载："唐宪宗元和年间，李吉甫为淮南节度使，在高邮湖筑堤为塘，灌田数千顷，又修筑富人、固本二塘，不仅保证了山阳渎水力充足，又增灌溉万顷之田。"

明隆庆《高邮州志》记载，李吉甫在高邮创筑的堤塘共计七口：盘塘、茅塘、柘塘、裴公塘、麻塘、富人塘、固本塘。而今在高邮境内还能找到遗址。《新唐书·地理志》称："广陵高邮上有堤塘，溉田数千顷，元和中节度使李吉甫所筑。"

为官淮南节度使的三年里，李吉甫"奏蠲逋租数百万"，率领民众筑塘建堰、修建水利、灌溉农田、为民造福，形成了蓄水、调水、漕运、配水、减水"五位一体"完善的灌溉体系，以使淮南连年大稔，流散者咸归乡里，米斗不过三四钱。

从此，饱受折腾和搜刮的扬州，商旅往还，船乘不绝，又重现了诗人王建在《夜看扬州市》中所写的"夜市千灯照碧云，高楼红袖客纷纷"的繁荣景象。后来，李吉甫在《元和郡县图志》中这样描写扬州的繁荣："自扬、益、湘南至交、广、闽中等州，公家漕运，私行商旅，舳舻相继。"

而今，扬州城在水中，水在城中，亭台楼阁美轮美奂，车水马龙川流不息，其水系也成为我国"南水北调"的输水干线。高邮湖、邵伯湖碧波万顷，长堤柳丝拂水，万种风情倒映湖中，千顷农田受其灌溉，大运河上来来往往的泊船穿湖而过，行旅如织，烟火万家，蔚为壮观。

李吉甫在湖泊连珠、港汊纵横的扬州地区，又一次留下了千古传颂的治水功业，成为千秋运河治水良臣第一人，这位宰相"河长"与大禹治水的故事一样，家喻户晓，流传千年。

在李吉甫手下做幕僚的李公佐将李吉甫治水为民的事迹，写进了他的传奇小说《古岳渎经》。

援引刘禹锡、柳宗元

李吉甫在淮南疏浚运河，筑塘溉田的斐然政声传到长安，令唐宪宗为之振奋，朝中文武百官和京城百姓无不称赞有加。

诸多年轻有志的官员一时都成为李吉甫的"粉丝"，其中甚至包括一位辞掉官职、慕名前往扬州甘当李吉甫幕僚的人。

这个人叫王起，后来也成为唐朝的宰相。

王起（760—847），字举之。祖籍太原（今山西省太原市），王起自少嗜学，读书过目不忘，素有文名，贞元十四年（798）进士及第，初授校书郎。

元和三年制举案发生时，王起与牛僧孺、李宗闵等人一起参加了"贤良方正能直言极谏科"制举，授蓝田（今陕西省西安市蓝田县）县尉。

蓝田县位于秦岭北麓，关中平原东南部，东南以秦岭为界，古属京畿（京郊）之县，其县尉官阶从八品上，加之这里盛产蓝田玉，素有"玉种蓝田"之美称。李商隐就有"蓝田日暖玉生烟"的名句，怀素、钱起、王涯、柳宗元等历史名人都在此当过官。

王起在这样一个离京城很近，经济又发达的地方做县尉，本是很多进士及第者梦寐以求的地方。然而，王起毅然辞职，独自跑到淮南，去担任李吉甫节度府中的掌书记。

从这件事也以可看出，元和三年制举案并非是宰相李吉甫在打击迫害及第进士牛僧孺、李宗闵。

王起在李吉甫的影响下，先后历任过检校吏部尚书、河中节度使、兵部尚书、山南东道节度使、右仆射等职，官至宰相。他还四次担任大唐贡举，选拔天下才俊，所举皆知名士，擅名当时，被称为"国之耆老"。

王起还著有笔记小说《李赵公行状》，将李吉甫与李德裕父子的治政功绩写入其中。他在《全唐诗》《全唐文》中留下诗六首，赋六十六篇。著有文集一百二十卷，《五纬图》十卷。

"长言听已罢，千载仰斯文。"后来，李吉甫病逝，唐宪宗赐其谥号为"忠懿"。王起去世，唐宣宗赐其谥号"文懿"。

这或许就是"良禽择木而栖，贤臣择主而事"的经典故事吧。也充分展现了李吉甫一生奖掖后辈，"推己及人"，践行了"己欲立而立人，己欲达而达人"的儒家思想。

不光王起，就连大唐赫赫有名的文学家刘禹锡、柳宗元都是李吉甫的膜拜者和忠实"粉丝"。

刘、柳等"二王八司马"在推行"永贞革新"时，李吉甫还未回京城，与刘、柳无交集和瓜葛。李吉甫回京任相后，平藩镇，伐刘辟，讨李锜；抑宦官，惩滑涣，打击刘光琦；用贤良，严吏治，擅得人；其言其行，其章其法，"天下翕然称吉甫得人"，皆是刘禹锡、柳宗元为之坚守的政治理想和为政主张。

刘禹锡与李吉甫两家颇有渊源。李吉甫的父亲李栖筠大历三年（768）出任苏州刺史时，就将刘禹锡的父亲刘绪辟为从事，两家常来常往，与时满十岁的李吉甫关系相当紧密。

李栖筠离开浙西回朝担任御史大夫，刘绪仍旧为浙西从事，大历十四年

（779），韩滉任浙江东西道观察使，时间达九年之久。后来，刘禹锡与韩滉的侄子韩晔成为"二王八司马"的成员，当是莫逆之交。

而今，李吉甫出镇淮南节度使，也掌控着扬州的盐铁生产经营，为朝廷集聚雄厚的财力支持。

这时，吏部尚书、盐铁转运使李巽已年过七旬，病入膏肓，朝廷正在全国寻找善理财税的官员，位于扬州的扬子院（今江苏省扬州市南长江渡口）也需要懂得盐铁税务的得力干将。

李吉甫曾在郴州担任过刺史，对郴州司马程异有所了解。明知唐宪宗对"二王八司马"憎恨，仍向天子举荐程异擅长理财，明察善辩，可以重新起用。

程异乃被贬的"二王八司马"之一，后来在李吉甫的犯颜进谏下，唐宪宗感降隆恩，脱去程异"谪籍"，让其担任盐铁转运副使一职，出任扬子院留后。

扬子院，系唐代盐铁转运使扬子巡院简称，这里是淮南东路的水陆要冲，江南漕运、盐铁贸易的集散地。李吉甫极力举荐程异，旨在为造福淮南、保障朝廷贡赋助自己一臂之力。

程异也不负厚望，以其非凡的理财才能，协助李吉甫在江淮经营贡赋，除弊兴利，迅速增加了淮南以及国家的财政收入，并因此受到唐宪宗的嘉赞，之后入朝专任盐铁转运使兼御史大夫，不断增加国家经济财力，全力支持削藩战争，于元和十三年（818）擢升工部侍郎、同平章事，位居宰相。此乃后话。

李吉甫尊敬出身贫寒、通过科举走上仕途的读书人，对有才干的人大胆奖掖提携，折节下士，程异便是一个有力的佐证。

刘禹锡也是身陷"永贞革新"之祸的司马之一，屡遭贬谪。虽然唐宪宗登基以来多次大赦天下，但都特地强调："纵逢恩赦，（二王八司马）不在量移之限。"因此，刘禹锡已被这个"紧箍咒"箍了五年，一直谪居于朗州（治所武陵，今湖南省常德市）司马。

程异破例升职，标志着"八司马"已开赦免先河。同时，释放出一个信号：唐宪宗朝的政治气氛开始缓和。

苦闷空虚的刘禹锡按捺不住内心的喜悦，立马研墨给程异写信，并附上《咏古二首有所寄》《咏史二首》。

刘禹锡在诗中写道："世道剧颓波，我心如砥柱。""一朝复得幸，应知失意人""岂无三千女，初心不可忘"……字里行间，表达了三层意思：一是祝贺程异先沐雨露，激励他勿改志节；二是提醒程异"苟富贵，勿相忘"，不要忘了被贬的朋友；三是希望程异奥援李吉甫，为自己起复施以一臂之力。

程异所任扬子院留后，属于淮南节度使府的管辖，若能通过程异这层关系，求得领衔宰相之职的节度使李吉甫大力援引相助，或有时来运转、重回政坛中心的契机。

于是，刘禹锡又恭敬地写了一封手札《上淮南李相公启》，连同写给程异的两首诗，请托程异择时呈送给李吉甫：

某向以昧于周身，措足危地。骇机一发，浮谤如川。巧言奇中，别白无路。祝网之日，漏恩者三。咋舌兢魂，分终畚壤。岂意天未剿绝，仁人登庸。施一阳于剥极之际，援众溺于坎深之下。南箕播物，不胜昌言。危心鉥翩，翲是自保。阴施之德已然，乃闻受恩同人，盟以死答。私感窃抃，积于穷年。化权礼绝，孤志莫展。

今幸伍中牵复，司存宇下。伏虑因是记其姓名，谨献诗二篇，敢闻左右。古之所以导下情而通比兴者，必文其言以表之。虽氓谣俚音，可俪《风》什。伏惟降意详择，斯大幸也。谨因杨子程留后行，谨奉启不宣。谨启。

李吉甫接到刘禹锡的书信，见其文采诚恳，言语沉郁，对他因"永贞革新"失败后"骇机一发，浮谤如川""化权礼绝，孤志莫展"的遭遇顿生怜悯之心。其殷殷求助之情，也让曾经辗转明州、忠州、郴州、饶州等地十余载的李吉甫深有同感。

于是，李吉甫决定施以援手，将刘禹锡辟为淮南节度府行军司马，以掌军籍符伍，号令印信，打算寻机将其量移一个上州刺史。

当朝宰相正是裴垍，曾是李吉甫所力荐的。李吉甫暗想，他一定会帮这个忙，于是提笔写了一封举荐信，准备连同刘禹锡的《上淮南李相公启》一起寄给裴垍。

掌书记王起负责幕府记录、文书、信件等事务。他看了李吉甫的书信，给李吉甫提出了建议："李相公，下官以为有三不妥。圣上（唐宪宗）御宇以来，对二王八司马，心藏忌恨，程异刚第一个从'八司马'中起复已算破例，若相公此时再上书为永贞士祸中人说情，必犯圣颜，是为一不妥。相公虽遥领宰相，而今已出镇淮南，朝中人事动迁乃宰相之职，孔子云'不在其位，不谋其政'，如此难免授人以柄，是为二不妥。西川节度使武相公（武元衡）与刘司马一向不合，结怨太深，而他遥领宰相又兼一方重镇，朝中地位显赫，当会极力反对此事，是为三不妥。"

李吉甫听了，觉得王起之见甚有道理，表情一下变得凝重起来，思忖了片刻，惋惜地说道："刘梦得诗词瑰丽，才华横溢，针砭时弊，人格坚毅，而今流落江南，孤寞无助，其父与家父世有交情，亦算莫逆之交，李某又岂能袖手旁观？"

王起叹了口气，委婉地劝慰道："世事难料、人心难测！李相公今天帮不了刘司马，并不代表以后帮不了他。"

李吉甫思忖了片刻，有些黯然地喃喃自语道："解铃还须系铃人，现在最关键的是要化解武相公与他的冤结！"

武元衡与李吉甫同年出生同日拜相，是抑宦削藩、志同道合的主战派，感情甚为坚固。

经过反复思虑，李吉甫特意给武元衡赋诗一首，诗中回顾自己与武元衡同心协力、辅佐天子的深情厚谊，称赞武元衡乃国之栋梁，识人善用，不拘成见，又流露出自己有心援引刘禹锡回京之意，希望武相公能念旧日恩情，致再造之恩。

在寄给刘禹锡的信中，李吉甫诚恳地建议刘禹锡放下孤傲，给武元衡去信以表心迹，缓解矛盾，以求武相公看在李吉甫的面子上，对他网开一面，不再作梗他量移之事。

刘禹锡接到李吉甫的诗书，百感交集，其为自己的起复召还向武相公求情的拳拳之意，顿时令刘禹锡潸然落泪。

刘禹锡满怀希望地按照李吉甫的指点，挥毫泼墨，给西川节度使武元衡写了一首长律《奉和淮南李相公早秋即事，寄成都武相公》：

> 八柱共承天，东西别隐然。远夷争慕化，真相故临边。
> 并进夔龙位，仍齐龟鹤年。同心舟已济，造膝壁常联。
> 对领专征寄，遥持造物权。斗牛添气色，井络静氛烟。
> 献可通三略，分甘出万钱。汉南趋节制，赵北赐山川。
> 玉帐观渝舞，虹旌猎楚田。步嫌双绶重，梦入九城偏。
> 秋雨离情动，新诗乐府传。聆音还窃抃，不觉抚么弦。

刘禹锡此律二十四句，一韵到底，气势磅礴，情真意切。他用"并进夔龙位""同心舟已济"来赞颂两位出身宰辅的节度使同舟共济、造福百姓的丰功伟绩。也用"秋雨离情动""不觉抚么弦"来表达迁客骚人"长安北望三千里"的幽幽愁绪，期待着有朝一日能脱谪量移，重返朝廷，锐意改革，实现自己的政治理想。

可是，刘禹锡的书信并没有感动武元衡，等来的却是武元衡的半页薛涛笺，上面赫然写着一首意味深长的诗："雅言书一札，宾海雁东隅。岁月奔波尽，音徽雾雨濡。蜀江分井络，锦浪入淮湖。独抱相思恨，关山不可逾。"

读完武元衡诗的最后一句"独抱相思恨，关山不可逾"，刘禹锡的眼睛里浮满了失望之色，他瞬间明白，武相公对"二王八司马"仍是前怨未消，始终认为自己是个急于攀附权贵之人，重返朝堂之路已然成为不可逾越的"关山"，他的心好似一下子掉进了冰窖，两行清泪在他脸颊上缓缓地流了下来……

李吉甫也收到了武元衡的"和诗"，得知他对刘禹锡仍未释怀，也感到无可奈何，心情很是郁闷。他于是写信劝慰刘禹锡，一切都是暂时的，待时机成熟，他定能重返朝堂，实现经世济民的人生理想。

正在此期间，李吉甫又收到永州司马柳宗元千里修书投赠的《上扬州李吉甫相公献所著文启》和杂文十首：

> 始阁下为尚书郎，荐宠下辈，士之显于门阀者以十数，而某尚幼，不得与于厮役。及阁下遭逸妒，在外十余年，又不得效薄伎于前，以希一字之褒贬。公道之行也，阁下乃始为赞书训辞，擅文雅于朝，以宗天下。而某又以此时去表著之位，受放逐之罚，荐仍囚锢，视日请命。进退违背，思欲一日伏于门下而不可得，常恐抱斯志以没，卒无以知于门下，冥冥长怀，魂魄幽愤，故敢及其能言，贡书编文，冒昧严威，以毕其志，伏惟览观焉。幸甚幸甚。
>
> 阁下相天子，致太平，用之郊报，则天神降、地祇出；用之经邦，则百货殖、万物成；用之文教，则经术兴行；用之武事，则暴乱翦灭。依倚而冒荣者尽去，幽隐而怀道者毕出，然后中分主忧，以临东诸侯，而天下无患。盛德大业，光明如此，而又有周公接下之道，斯宗元所以废锢摈死，而犹欲致其志焉。
>
> 阁下倘以一言而扬举之，则毕命荒裔，固不恨矣。谨以杂文十首上献。缧囚而干丞相，大罪也。宁为有闻而死，不为无闻而生。去就乖野，不胜大惧。谨启。

柳宗元在信中称颂李吉甫"相天子，致太平，用之郊报，则天神降、地祇出；用之经邦，则百货殖、万物成；用之文教，则经术兴行；用之武事，则暴乱剪灭"，满纸皆是溢美褒颂之情，诸文皆怀忧国忧民之声，其心意与刘禹锡相似，恳求李吉甫择机揄扬提携。

"宁为有闻而死，不为无闻而生。"宁可为名节名望而死、不愿碌碌无闻而活着……李吉甫打开柳宗元的书信，看到这一句话时不由得心中一震。

柳宗元的来信，文笔质朴，用典考究，寓意深刻，委婉深曲地表达了自己不屈不挠的进取精神，其"薄于当世而荣于后世"的博大胸襟令李吉甫油然而生敬佩之情。

柳宗元年轻时就有"励才能，兴功力，致大康于民"的志向，胸怀"生人之性得以安，圣人之道得以光"的理想，李吉甫很是赞赏。读了他在永州写的《捕蛇者说》，以蛇毒比喻苛政之弊，反映横征暴敛之苦，阐述孔子"苛政猛于虎也"的仁政思想，李吉甫认识到柳宗元也是一位体察民情、同情劳动人民的好官。

刘禹锡、柳宗元在长安时有位好友叫吕温，"永贞革新"时，两人向王叔文举荐，提拔吕温为左拾遗。次年，又以侍御史之职让他出使吐蕃，因而躲过了"二王八司马"之祸。

元和三年（808）秋，吕温与羊士谔、张仲方等人诬告宰相李吉甫结交术士，却被贬道州刺史，后又左迁衡州。此时柳宗元已贬永州司马。吕温赴衡州时取道永州，拜会故友。

吕温与柳宗元、刘禹锡的感情确实较深，多年后柳宗元看到已故吕温的手迹时写过一首诗："交侣平生意最亲，衡阳往事似分身。袖中忽见三行字，拭泪相看是故人。"可见二人关系不浅。

柳宗元理解吕温被贬的孤苦之心，于是在永州热情接待了他。但对吕温诬告宰相之事认为很不地道。正因吕温之事，柳宗元一直对李吉甫感觉亏欠，甚至担心宰相心怀芥蒂，故而心有余悸。

李吉甫却并不在意，作为知交，相携、相伴、相互慰藉乃人之常情，做人应当恩怨分明。因此，他郑重而诚挚地给柳宗元回信，勉励他要砥砺志节，永葆雄心壮志，静候时日，相机而行。

柳宗元收到回信后，喜极感慨，李吉甫的一番真心劝导，让郁郁不得志的柳宗元"化幽郁之志，若觐清明；换兢危之心，如承抚荐"。柳宗元的心结顿时化解，挥笔写下了《谢李吉甫相公示手札启》：

六月二十九日，衡州刺史吕温道过永州，辱示相公手札，省录狂瞽，收抚羁缧，沐以含弘之仁，忘其进越之罪。感深益惧，喜极增悲，五情交战，不知所措。

宗元性质庸塞，行能无取，著书每成于废疾，进德且乏其馨香。常愿操彗医门，掬溜兰室，良辰不与，夙志多违。昨者踊跃残魂，奋扬蓄念，激以死灰之气，陈其敝帚之词，致之烟霄，分绝流眄。今则垂露在手，清风入怀，华衮滥褒于赭衣，龙门俯收于坎井。藻镜洞开，而秋毫在照；文律傍畅，而寒谷生辉。化幽郁之志，若觌清明；换兢危之心，如承抚荐。非常之幸，岂独此生？

伏以淮海剧九天之遥，潇湘参百越之俗。倾心积念，长悬星汉之上；流形委骨，永沦魑魅之群。何以报恩？唯当结草。无任喜惧感恋之至。谨启。

"何以报恩？唯当结草。"什么意思呢？"结草"，出自《左传·宣公十五年》关于春秋时代晋国大夫魏武子的一个历史典故，意思是"死后报恩"。后来，李吉甫虽多次伸手援引，但刘禹锡、柳宗元与武元衡结怨太深，两人终未堪当重用。

"孤舟蓑笠翁，独钓寒江雪""沉舟侧畔千帆过，病树前头万木春"……后来，将不幸当之为幸的刘、柳二人，超脱逆境，寄情山水，自得其乐，写下了灿若星河的诗文名篇，终成文坛大家。

成德之战

李吉甫自元和三年（808）九月离开长安后，政事堂的宰相一个是李吉甫推荐的中书侍郎裴垍，另一个是门下侍郎郑絪。

元和四年（809）二月，郑絪罢相，调任太子宾客。裴垍向皇帝推荐说，李藩敢于驳正，很有宰相的气度。唐宪宗擢升其为门下侍郎、同中书门下平章事，入阁拜相。

这年三月，河北三镇的成德节度使王世真（王武俊之子）一命呜呼，其子王承宗自命为"留后"，总揽了军政大权，上表朝廷请求节度使一职，以惯例沿袭"父死子继、兄终弟及"的藩镇世袭制。

历史好似又回到了二十八年前，建中二年（781）正月，成德节度使李宝臣死了，其子李惟岳代领军务，上表求袭父位。刚登基不久的唐德宗李适坚决说"不"，引发了席卷了大半个帝国的削藩战争——"四王二帝之乱"，结果李唐大厦将倾，元气大伤。

之后，唐德宗对河北的三个"土皇帝"放弃强硬立场，一直采取姑息政策。而今，唐宪宗李纯是强势拒绝，还是妥协默认？

李纯即位以来，重拳出击，以迅雷不及掩耳之势打击藩镇，征讨了西川欲自领节度使的刘辟，剿灭了夏绥留后杨惠琳叛乱，诛杀了起兵造反的镇海节度使李锜……

唐宪宗一腔削藩热血正沸腾澎湃不止，一扫多年的颓唐气象。况且，他的左膀右臂，一个出镇淮南，一个出镇西川，粮草、兵马、军械都有了坚强的后盾保障。

唐宪宗的心意是，打算趁王世真之死、成德军心不稳之机，另行任命朝廷重臣赴任成德节度使，接管河北中部，革除河朔地区长达数十年的世袭割据之弊，如果王承宗胆敢作乱，就趁机兴兵灭了他！

然而，首席宰相裴垍表示坚持反对："（唐德宗时期），平卢淄青节度使李纳跋扈不恭、赋税自享、割据自立。而成德节度使王武俊（王承宗的祖父）尚还有功于国。陛下之前既然允许了平卢淄青节度使李师道（平卢淄青节度使李纳继承父权），而今又不许成德的王承宗继承，如处事不公，违情悖理，恐怕彼此不服，天下藩镇亦不服。"

三年前，淄青节度使李师古（李纳之子）病逝，李师道自立"留后"，唐宪宗就决定动手了。当时朝廷正在征讨西川刘辟，无力兼顾，方才无奈地答应李师道继承父职，但只是权宜之计而已。

唐宪宗认为裴垍提倡的"师出有名"也有一定道理。宰相李藩也赞同裴垍的观点，若只伐一镇，有失公允。因此，唐宪宗久拖未决。

可天子仍心有不甘，于是又在延英殿召对翰林学士们入阁议事，争取"内相"们大力支持亮剑藩镇。

可是，翰林学士承旨李绛也提出反对意见："河北三藩系'安史'的老巢，不遵声教，互为奥援，联盟对抗中央，普天之下，谁不愤叹？若今日攻取，恐怕不能取得胜利，其理由有三。"

一是成德自李宝臣、王武俊割据以来长达四十余年，父子相承根深蒂固，百姓和成德军士不以为非；王承宗又久掌军务，朝廷一旦易之，恐其未必奉诏。

二是卢龙、魏博、义武（治所定州，今河北省定州市）、平卢四镇与成德命运与共，唇亡齿寒，一旦成德打破世袭，归顺朝廷，其余必惶恐不安，暗中结盟援助。

三是对河北宣战，劳师动众，四面攻伐，需要消耗大量的人力、物力、财力，军费开支庞大。而近两年来江淮一带旱涝严重，朝廷税赋和百姓生活都十分困竭，不宜轻启战事，加重百姓负担。

其余翰林学士也赞同李绛的观点，攻打成德之事不得不搁置下来。

正在唐宪宗一筹莫展之际，左神策中尉吐突承璀仗着自己手掌禁军，自告奋勇地向唐宪宗请战，率兵讨伐成德王承宗。

国家征伐应由将帅出征，哪有让一个宦官当元帅的？

唐宪宗要派吐突承璀统军作战，大明宫一时炸开了锅，瞬即遭到宰相、翰林学士、兵部的坚决反对，犯颜直谏吐突承璀媚上取宠，急功近利，祸国殃民。

翰林学士白居易也起草《论承璀职名状》，上书唐宪宗："国家每有征伐，当专委将帅，以责成功。自古及今，兴王者之师，征天下之兵，未有令中使专统领者。而若用吐突承璀，臣恐四方闻之，必轻朝廷；四夷闻之，必笑中国；王承宗闻之，必增其气；国史记之，后嗣何观？陛下若念其勤劳既久，恩泽遂深，贵之可已；怜其忠赤，富之也可已。但朝廷制度出自祖宗，军国权柄，关乎治乱，陛下宁忍徇下之情，而自隳法制？从人之欲，而自损圣明？"

见朝中上下都反对向成德用兵，唐宪宗不由得叹息道：要是李吉甫、武元衡在身边就好了！

唐宪宗不得不派京兆少尹裴武赴恒州宣慰，晓谕王承宗要想任成德节度使，前提条件是将成德地盘的德州（今山东省德州市）、棣州（今山东省无棣县）分割出来让给朝廷，另设一镇"保信军"。

王承宗欣然同意，主动割州，以明悃款。唐宪宗于是委派王承宗的女婿薛昌朝（原昭义节度使薛嵩之子）任保信军节度使、德棣二州观察使，统领德棣二州，实际上就是分化成德，削弱其势力。

没想到卢龙、魏博、淄青等藩镇察觉到了皇帝的用心——以切香肠战略变相削藩。他们敏锐地感觉到，朝廷既然对分割河北诸镇开了先例，也将会在自己的地盘上不时削去几个州县，顿时感受到如芒在背，岌岌可危。

于是，魏博节度使田季安（田承嗣之孙，田绪之子）立刻派人前往成德恒州游说王承宗："你的女婿薛昌朝早与朝廷暗中相通，旨在暗中制衡你我，欲将取而代之，你还蒙在鼓里。成德如今拱手相让两州给朝廷，下次朝廷就会依例削去卢龙、魏博的地盘，以后河北还有什么资本抗衡中央？"

"河北从此世袭之制亡矣！"为蛊惑成德王承宗叛唐，田季安向他郑重承诺：河北三镇各握强兵数万，若是朝廷兴兵讨伐其一，发誓将与卢龙节度使（也称幽州节度使、范阳节度使）联兵驰援对抗朝廷，确保河北的世袭地位。

王承宗在田季安的一番煽动下动了心，未等朝廷使节到达之前便派出数百精骑前往德州，秘密逮捕了薛昌朝，押回恒州囚禁。

消息接连报到长安，唐宪宗闻讯勃然大怒，立马下诏命王承宗释放薛昌朝。但王承宗哪怕"死个女婿也不奉诏"。

到了九月，无独有偶，卢龙节度使刘济（刘怦之子）、魏博节度使田季安（田绪之子）、淮西节度使吴少诚也相继病倒了。

一旦这几个节度使去世，将会无视朝廷，遵循惯例，皆以嫡长子继承父位，重复"成德故事"，怎么办？天下何时才能太平？

这更加坚定的唐宪宗锐意图治、攻打成德的决心。

元和四年（809）十月十一日，唐宪宗下诏，剥夺王承宗的一切官爵，任命左神策中尉吐突承璀为左右神策、河中、河阳、浙西、宣歙等道的行营兵马使（诸军统帅）、招讨处置使（特命全权负责招抚、征讨的前线总指挥），率领中央神策军讨伐王承宗。

同时，唐宪宗命令恒州（成德治所）四面的魏博、平卢、幽州、昭义、河东、义武六镇节度使率兵攻打成德，围攻王承宗。

任命一出，御史中丞李夷简、度支李元素、京兆尹许孟容、翰林学士白居易、给事中吕元膺、右补阙独孤郁等朝官、谏官、御史们又是上疏请愿，又是到延英殿直谏宦官骄横跋扈，侵害政事，谗毁忠良，坚决反对"傅粉女郎"吐突承璀统领军国之师。

宰相裴垍极言进谏唐宪宗："记得李相公（李吉甫）曾向陛下谏言，'安史之乱'以来，权宦们不知仁义，不分枉直，只图钱财，唯利是嗜。得到贿赂时，则将盗跖（战国时秦国大盗）、庄跻（楚国大盗）之流誉成廉洁忠良；若忤悖其意，即令是龚遂（西汉很有政绩的官员）、黄霸（西汉时期丞相）也都被污蔑成贪官污吏。自古宦官败国者，备载方册，陛下岂能不防微杜渐！"

唐宪宗反诘道："裴相公莫提李相公，若是他在，定是全力支持朕拿下成德。而今，只有中尉承璀、（起居）舍人裴度真心支持朕！"

发动战争需要满朝文武同心协力，唐宪宗虽决心削藩，但又不得不照顾朝臣冒死进谏的面子，只好作出一定让步，象征性削去了吐突承璀"四道兵马使"

衔,将招讨处置使改为宣慰使,任命龙武将军赵万敌为神策军先锋将领。

十月二十七日,唐宪宗不顾朝臣的强烈反对,亲自到通化门城楼为吐突承璀率军伐藩壮行。

就在此时,淮西节度使吴少诚也病死了,军中大将吴少阳杀死吴少诚的儿子,自立为"留后"。

看来,不踏平成德王承宗,就难以驯服淮西吴少阳。唐宪宗决定暂不理他,先讨平成德,再收拾淮西。

河北大地,寒风凛冽,下起了雨雪,二十万朝廷大军迎风冒雪北伐。河北彤云密布,燃起熊熊战火。

魏博节度使田季安、平卢淄青节度使李师道本就与成德同流合污,于是私下通气,佯攻了一座小县城后,便按兵不动,坐观朝廷和王承宗相斗。

主动请缨的昭义节度使卢从史心怀鬼胎,暗中与王承宗私通,逗留观望,还趁机骗取朝廷军饷、粮食,以求谋利,养寇自重。

华丽登场的吐突承璀自以为是,希望能在战场上证明自己的价值。然而,长在深宫、从未上过战场的宦官哪是领兵打仗的料?

成德军世代为兵,勇猛善战,王承宗听闻朝廷居然派了个太监来打仗,心里乐开了花,于是整顿兵马,排兵布阵,主动向吐突承璀所率唐军发起进攻。几场战役下来,平时养尊处优的神策军屡战屡败,损兵折将,因而军心涣散,士气十分低落。

成德之战一直打到元和五年(810)三月,唐军始终突破不了叛军防线,毫无战果,左神策大将军郦定进又不幸战死沙场,手下的将领们更对吐突承璀心怀不满,怨声载道。

河中、河东、振武、义武四军镇部队从成德恒州北面进攻,会于定州(今河北省定州市)后也停滞不前。幽州节度使刘济率领七万大军,攻下成德饶阳(今河北省饶阳县)、束鹿(今河北省辛集市)后,屡攻乐寿(今河北省献县)不下,遂不进军。

经过一番休整,王承宗亲率成德两万骑兵悄悄渡过木刀沟(今河北省新乐市西闵镇村),想一举吞噬唐军大本营。

唐军猝不及防,被成德军打得一塌糊涂。好在有张茂昭率领的义武军将士,勇猛顽强地跟着主帅奋力搏杀。张茂昭又命其儿子张克让和侄子张克俭率军从左右两翼夹击,才阻挡住了成德军的攻势。

战场上打不了胜仗,政治上也就硬不起来。淮西吴少阳趁机屡屡上奏,要求朝廷赐予其淮西节度使的节钺。为防止淮西趁机起兵，唐宪宗只得承认吴少阳自任淮西留后。

声势浩大的成德之战从此陷入胶着，各路讨伐兵马进展缓慢，均无斩获。眼看唐军在战场上仍然没有取胜的迹象，河朔战事形成了拖延、停滞的态势。

从头年冬天发动、持续打了近一年的削藩战争，致使朝廷开支暴增，朝中罢战之声此起彼伏。翰林学士白居易上书唐宪宗："今聚天下之兵，唯讨承宗一贼，兵起祸生，何事不有，万一及此，实关安危。陛下观此事势，成功有何所望！以臣愚见，须速罢兵！"

声势浩大的成德之战彻底陷入泥潭，军费开支七百多万缗，府库钱帛也耗费殆尽，久战无功的吐突承璀也不想继续打了。他偷偷派人前去游说王承宗，叫他上书请罪，大家趁机罢兵。

王承宗见势立即上表朝廷，请求允许自己改过自新，从此向朝廷输贡赋税，州县官吏也交由朝廷任命。平卢节度使李师道也上表为王承宗求情开脱。

于是，唐宪宗也借此台阶"昭雪"了王承宗，罢兵息战，默许了王承宗世袭成德节度使，将此前分割的德州、棣州重新还给了成德。

讨伐成德的军事行动丧师费财、徒劳无功，最终以王承宗一道假惺惺的请罪奏疏虎头蛇尾地草草收场。

吐突承璀首倡用兵，发兵二十余万，却不懂兵法韬略，一通瞎乱指挥。他灰溜溜地班师回朝后，翰林学士李绛、给事中段平仲、吕元膺等朝臣义愤填膺，纷纷上疏弹劾他不懂军事，耗费财资，致使国力日沮，有损国威，要求天子斩首吐突承璀，以谢天下。

面对这么多汹汹上疏，唐宪宗不得不罢黜吐突承璀左卫大将军、左军中尉的官职，降其为军器使（兵器总监）。

唐宪宗之前平定三藩时雄心万丈，此时却感到窝囊透了，姑息藩镇的悲剧，难道又要重演？就在此时，宰相裴垍突患中风，须发尽白，睡眠紊乱，且日渐加重。

唐宪宗想起之前平刘辟、擒李锜、杀杨惠琳之事，是何等潇洒风光，心中顿然升起无限的惆怅和失落。

内忧外患之时，唐宪宗急迫地想念一个人：淮南节度使李吉甫。

李吉甫出镇扬州的两年里，每当有朝廷得失、军国利弊方面的事情，他都会用密疏向唐宪宗一一论述，指陈朝政得失，论列军国利害，谋论中肯，策略得当，并始终坚定地站在天子强势削藩的立场上。

财力不赡，武器不精，要再造一个贞观、开元时代绝对是一个幻想。为了实现扳倒藩镇、中兴社稷的伟大梦想，李吉甫一直没忘记"筹粮、筹钱、筹铁"的使命。一方面，李吉甫在淮南兴修水利，整治舄卤（含盐过多、不适宜耕种的海边土地），灌溉千顷农田，全力发展农业生产，争取为百姓减免赋税，力争富"人"、固"本"，目的就是为朝廷打仗备足粮食衣帛；另一方面，李吉甫亲自勘察，疏浚运河，打通河道堰塞，兴盛漕运，促进江、淮、汴、河分段转运，确保江淮的粮食、海盐、兵器等物资畅通无阻地送往长安和战事地区。

最重要的使命是，李吉甫在扬子院留后李巽的支持下，全力拓展扬州地区的盐铁产业，提高盐业生产规模，用江淮盐业带来的丰厚利润，提升铁器冶炼质量。

李吉甫收到唐宪宗的密诏，秘密制作一万副包括头鍪、衣甲、战靴、锁子甲等在内的士卒甲胄，打造一万副包括陌刀、双手剑、弓弩、链槌等在内的作战兵器，以及一千套射程三百步以上的大型绞车——伏远弩。

陌刀，系唐朝四大军刀之一，在战场上以此刀为兵器，上可削人头，下可斩马腿，大刀一挥，人马俱碎，就像切削西瓜一般。用铁甲、陌刀、弓弩、伏远弩这些强大的兵器装备唐军，定可以所向披靡，令叛军望而却步。

李吉甫在淮南紧锣密鼓地备战，为了大唐统一天下的宏图大业殚精竭虑，备粮、备钱、备兵器。

只叹英雄无用武之地，身在扬州的李吉甫只有拿出父亲遗留的那把古琴，弹起《广陵散》，排解忧国忧民之愁。

《广陵散》乃东汉末年就流行于广陵（今江苏省扬州市）的民间琴曲，叙述战国时代铸剑工匠之子聂政久报杀父之仇的故事，充满强烈的反抗精神与战斗意志。

李吉甫多想像他父亲李栖筠那样，座驭汗血铁骑，腰挎镶玉陌刀，率领七千安西铁军，驰骋疆场，杀伐敌虏，为天子统一大业赴死效命。无奈身居千里之外的扬州，他只能仰天长啸，抚琴抒怀，祈愿征战疆场的大唐将士凯旋。

元和五年（810）十二月初一的朝会上，裴垍因中风，改任太子宾客，在任的宰相权德舆、李藩，都是主和派。

如何平定河朔，唐宪宗陷入了苦思冥想中。他睁大苦撑苦熬的眼睛，失望地环顾着殿下百官，始终没有寻到几个务实为民的吏治干才，真正能够辅佐自己铁腕削藩的股肱之臣，更是寥寥无几。

忧郁的唐宪宗实在等不及了。他立即下诏李吉甫回朝复相，秘派中使快马加鞭送往扬州。

中外延望风采

元和六年（811）正月二十四日，李吉甫回到了阔别三年的长安。新年伊始，春草萌发，唐宪宗率朝中重臣亲自到春明门外迎接。

次日朝会，唐宪宗在含元殿喜庆李吉甫回朝，大赞其"贡共诚节，竭以公忠""顾兹重务，属于良臣"。

以中书侍郎、同平章事（宰相）、赵国公李吉甫，复知政事、集贤殿大学士、监修国史，授金紫光禄大夫（正三品），进勋上柱国（正二品），食邑三千户。

李吉甫梅开二度，再次封相，主宰政事堂。

从唐宪宗赐予的官职、荣誉、食邑来看，不可谓不厚重，李吉甫的人生理想、政坛声望似乎已经到达了巅峰。《旧唐书》载："吉甫初为相，颇洽时情，及淮南再征，中外延望风采。"

大唐政坛的强硬派重现，唐宪宗又提携了一位强硬派人物，将掌管拟制诏的司封员外郎裴度擢升司封郎中（唐代吏部官职，掌封命、朝会、赐予之级，从五品上），并在朝会上诵读《授李吉甫中书侍郎平章事制》：

> 辅弼之重，邦家所属。寄深垣翰，则外抚诸侯；望切股肱，则入熙庶绩。迭居其任，厥惟旧章。
>
> 前淮南节度使（官称淮南节度副大使知节度使）管内支度营田观察处置等使金紫光禄大夫检校兵部尚书兼中书侍郎同中书门下平章事扬州大都督府长史上柱国赵国公食邑三千户李吉甫，宏经远之才，研极深之虑。脱落细故，洞开中怀，文稽典谟，学升堂室。泊司我密命，言屡表于独明；参予衮职，道每彰于孤直。贡共诚节，竭以公忠，坠典载张，彝伦攸叙。辅予不逮，怀之岂忘。曩以江淮大都，吴楚雄镇，岁属艰食，人多愁声，是假全才，用康疲俗，下流水利，不惮劳心。故蠹以长塘，潴其天泽，变舄卤为稻粱之壤，致蒸黎有衣食之源。吏守成规，人无迁志。庶富之教，既宣于封内；辅相之宜，俾及于天下。
>
> 顾兹重务，属于良臣，去其外职之繁，专以中枢之任。至于别馆良史之襃贬，内殿集贤之清秘，爰举旧典，式洽新恩。无旷厥官，往践乃位。

可中书侍郎平章事兼集贤殿大学士兼修国史，散官勋封如故。

这篇《授李吉甫中书侍郎平章事制》文辞华彩，史载为唐宪宗李纯所作，也有署翰林学士白居易作，又或裴度所作，已无从考究。但是，就算不是唐宪宗亲自所写，但毫无疑问是他亲自圈阅的。

从制诰来看，唐宪宗认为李吉甫"宏经远之才，研极深之虑"，既身有才华，又心系朝廷；既手抓经济，又心怀人民，"蠹以长塘，潴其天泽"，就连舄卤（含盐过多、不适宜耕种的海边土地）之地也变为了稻粱之壤，让黎民百姓皆有衣食之源，有德有才，做到了"忠诚、干净、担当"。

"己所不欲，勿施于人。"李吉甫再度拜相，去其外职之繁，专以中枢之任，同样也以"德才兼备""忠诚、干净、担当"的标准来要求和管理朝廷三省六部二十司的官员，锤炼一批实干派官员。

经过深入调查分析，李吉甫发现朝中官员品秩庞杂混乱，许多官员职务形同虚设，无事可做。靠俸禄为生的朝廷中央、地方官员已达到万人，有的官名虽在，其职已废，而俸禄犹存，存在"吃空饷"现象，加之国家养兵八十余万，还不算经商、出家、服役之人，"天下常以劳苦之人三，奉坐待衣食之人七"，吃公粮的人太多了。

常言道，龙多了不治水，官多了不理政。如此下去，百姓怎能安居乐业？国家怎能稳定富强？朝廷又怎能撼动割据跋扈的"河北三藩"？怎能实现大唐帝国的"元和中兴"？

李吉甫反复思虑李唐以来的盛衰隆替、兴废变迁，认为国家要在内忧外患之中重新奋起，避免政怠宦成、人亡政息，必须以壮士断腕的决心，来一场朝廷官员的自我革命。

于是，李吉甫郑重地向唐宪宗呈递上奏疏《请汰冗吏疏》，建议裁汰冗杂官吏，减低百官俸禄，缓解社会矛盾，以节省国家的财政开支，减轻平民的经济负担：

> 方今置吏不精，流品庞杂，存无事之官，食至重之税。故生人日困，冗食日滥。
>
> 又国家自天宝以来，宿兵八十余万，其去为商贩、度为佛老、杂入科役者，率十五以上。天下常以劳苦之人三，奉坐待衣食之人七。而内外官仰奉廪者无虑万员，有职局重出、名异事杂者甚众。

故财日寡而受禄多，官有限而调无数，九流安得不杂？万务安得不烦？汉初置郡不过六十，而文景几三王。则郡少不必政紊，郡多不必事治。今列州三百，县千四百，以邑设州，以乡分县，费广制轻，非致化之本。顾诏有司博议，州县有可并，并之；岁时入仕有可停，停之。则吏寡易求，官少易治。

国家之制，官一品奉三千，职田禄米大抵不过千石。大历时，权臣月奉至九千缗者，州刺史无大小皆千缗。宰相常衮始为裁限，至李泌量闲剧稍增之，使相通济。然有名在职废，奉存额去；闲剧之间，厚薄顿异，亦请一切商定。

李吉甫这篇奏疏虽短，但开门见山地提出问题，字字直陈冗官弊端，鞭辟入里，分析得有理有据，微言大义，文风通俗易懂，改革的目标非常明确——简政。

面对军队频频征战，军费糜多，朝中冗官重叠，财政吃紧的不利局面，唐宪宗同意了李吉甫的建议，赞同由户部侍郎李绛、兵部侍郎许孟容、中书舍人韦贯之、给事中段平仲参阅蠲减，具体贯彻落实。

朝廷的大管家李吉甫拉开了整顿吏治的序幕。他大胆裁减冗官，重新核定省内机构、俸禄数额，令行禁止，颇有建树。

《旧唐书》《通鉴》等史书记载，共减三省（中书省、门下省、尚书省）内外官员八百零八人，诸司流外官一千七百六十九人，省官减俸取得了实效，赢得了民心。

"吏寡易求，官少易治。"李吉甫《请汰冗吏疏》给危机四伏、国库贫乏的朝廷注入了一剂强心针，扭转了"存无事之官，食至重之税"的朝政秩序。此疏虽历经千年，仍然稽古振今，裨益于当下。

针对朝官上朝无故缺席、荒政怠政之弊，李吉甫像他父亲李栖筠当年出任御史大夫时以"吏政五条"正风肃纪一样，发布了唐宪宗朝的"官戒八项禁止"，以警诫群吏，令修职事：

第一条，禁止朝堂相吊慰及跪拜、待漏行立失序，语笑喧哗；
第二条，禁止入衙入阁执笏不端，行立迟慢；
第三条，禁止立班不正，趋拜失仪；
第四条，禁止言语喧哗穿班穿仗，出入阁门，无故离位；

第五条，禁止在廊下饮食时，行坐失仪喧闹；

第六条，禁止入朝及退朝从正衙出入；

第七条，禁止非公事入中书、门下（省）；

第八条，禁止违规使用马车，非急切不得乘驿马。

以上各条有犯必举，每犯夺一月俸。这些"格"制的实施，规范了官僚作风，促进了吏治清明，保障了朝政的正常运转，对元和时代李唐王朝的吏治和政治稳定打下了坚实基础。

整治了冗官，严肃了"官诫"，李吉甫开始整顿"冗僧"。

唐朝贞观、开元时期经济繁荣，政治清明，为宗教发展提供了良好条件，尤其是武则天时期大兴佛法，营修土木，"不贯人籍""规免租役"，把佛教推向了鼎盛，全国寺院、僧侣、典籍、寺产飞速增长，渐有万国来朝之气象。

"安史之乱"爆发后，大唐战乱频仍，均田制遭到破坏，经济凋敝，国库空虚，百姓逃役、逃税现象严重，佛寺占有大量土地和劳动力，朝廷赋税收入越来越少。

各地寺院借此广发度牒（祠部发给合法僧侣身份证明文件，凭牒可以免除徭役），大量占据土地田产，不断扩充庄园资产，竞相兴建水硙（水磨、渠磨）等，并与贵族、宦官势力相互勾结，以各种手段逃避国家赋税，不少寺院还放高利贷牟取暴利……在经济上与国家利益产生了尖锐矛盾。

早在李吉甫父亲李栖筠大历年间（766—779）担任工部侍郎时，寺院、豪强、宦官、内宫势力就在关中郑、白二渠兴建碾硙，堰遏费水，渠流梗塞，严重影响农田灌溉，李栖筠甚至不惧太平公主的权势，坚决予以拆毁，彻底清理整顿关中碾硙。

这一年，长安几个重要的佛寺住持，联合到朝廷请求免除寺院的庄田、水硙之税。

有乃父之风的李吉甫同他父亲一样，对寺院、富商大贾以庄田、水硙谋取厚利、损害国家和百姓利益的行为坚决说"不"。

李吉甫上奏唐宪宗说："钱米所征，朝廷素有定额，宽缁徒（僧侣）有余之力，配贫下无告之民，免税决不能容许！"李吉甫主张限制寺院过多的经济特权，将寺院庄田、水硙之税的余财，用来救济贫苦无告的穷人，以缓解贫富差距。

李吉甫的儿子李德裕担任宰相后，因佛教寺院土地不输课税，僧侣免除赋役，损害国库收入，全力支持唐武宗李炎推行"会昌灭佛"政策，当是与父亲的执政精神一脉相承。此乃后话。

唐宪宗同意李吉甫所奏，迅疾整顿关中水渠的非法碾硙，对寺院僧尼进行规束，防止在各领域扩张寺院的经济势力，依法收取寺院的庄硙税收。

水资源的利用，在古代系关乎国计民生的大事，也维护着一个王朝的统治安定局面。李吉甫又建议唐宪宗下诏修改《唐六典》，作出一条明确规定："凡水有灌溉者，碾硙不得与争其利，自季夏及于仲春，皆闭斗门，有余乃得听用之。"有力地促进了大唐水资源使用与农民灌溉的协同发展，保证了农民生产生活的相对稳定。

不仅外朝的事李吉甫要管，内宫的事他也要管。因为他一直主张，抑制宦官专权，强化朝廷政权。

很快，李吉甫就找到了敲打权阉的突破口。

唐玄宗登基后，在长安北角上、安国寺的东面兴筑了"十王院"，命皇子们集中居住，直到老死，全不出宫，开元二十一年（733）改称十六宅，成为宗室亲王的府邸群；公主们在出嫁前，住在大明宫的公主府——凤阳阁，皆由宦官负责日常的运作管理和服务。

自那以后，诸王多以宫女为配偶，而公主、县主（诸王之女）或嫡系宗室的女子出嫁，皆由宦官做主。是嫁给名门公子，新科进士？还是嫁给豪强纨绔，商贾子弟？婚嫁的权利、自由、机会全操纵在阉人手中。宦官甚至以监视告密之能，参与朝廷、宫廷政治斗争。

自唐玄宗时代"安史之乱"的高力士、杨思勖开始，宦官从幕后走到台前，从底层走到高层，为宦官专权埋下了祸根。到了唐德宗时代，唐德宗对朝臣、将军向来猜疑，转而青睐身边的阉人，宦官开始担任神策军中尉，掌握了统领中央禁军的大权。

从此，宦官们仗着神策军这柄利器，以权谋私，中饱私囊，利用公主、县主的婚嫁机会，大肆收受贿赂，谁"孝敬"的钱多，便帮谁挑选一个称心如意的驸马爷或乘龙快婿，早日许配。倘若一点也不给官宦进贡，他们心情高兴时，给你找个走马架鹰的纨绔少年，心情不好时，说不定就随便给你找一个渣男了事，或者让你永远成为一个剩女。

"皇帝的女儿不愁嫁。"看来也未必全是。唐宪宗见到宰相权德舆的女婿、翰林学士独孤郁风度翩翩，气质儒雅，很是羡慕，不由得感叹道："权相公能找到如此佳婿，朕岂不得耶？可求其比。"

针对这一流弊，李吉甫上奏唐宪宗："十六宅诸王既不出阁，其女嫁不以时，选尚者皆由宦官，率以厚赂自达。臣以为，自古尚主，必择其人（门当户对），独近世不然。奏请陛下将选尚权改属吏部。"

唐宪宗同意了此奏。在李吉甫的安排下，诏封恩王李连（唐代宗李豫第六子）等六女为县主，委托中书、门下、宗正、吏部挑选相貌俊俏、品行端庄的门第人才出嫁，给他们一一完婚。

唐宪宗特地口谕李吉甫，要在"卿士家选尚文雅之士，可居清列者"，作为自己最宠爱的嫡长女、岐阳公主的驸马。

李吉甫将长安士族子弟、近年留京的新科进士考察了个遍，遴选年龄、门第、相貌、人品、学识都相配的未婚青年，左挑右选都找不到合适人选，要么相去甚远，要么称疾婉拒，不愿做皇帝的女婿。

李吉甫左右为难之际，又反复将朝廷重臣子弟过滤了一遍，突然想到两家关系匪浅的前宰相杜佑的孙子，他的人品才德都很优秀。

杜佑出身京兆杜氏，是名门望族，门荫入仕，历任工部郎中、御史中丞、江南水陆转运使、御史大夫、户部侍郎、淮南节度使、度支盐铁使等官职，后擢升检校司空、同中书门下平章事，入阁拜相。唐宪宗即位，杜佑进拜司徒，封岐国公。

杜佑学识渊博，位及将相，仍常手不释卷，白天处理公务，接待宾客，晚上挑灯读书，孜孜不倦，耗时三十六年，撰成《通典》二百卷，是中国历史上第一部记述历代典章制度的典志体史书。

李吉甫一直以杜佑为榜样，一生"读万卷书，行万里路"，嗜好读书，学而不厌，立志撰写一本像《通典》一样的鸿篇巨著。清代著名藏书家孙星衍曾说："唐宰相之善读书者，吉甫为第一人矣。"

杜佑任中书侍郎、同平章事（宰相）时，李吉甫回朝担任中书舍人，是其直接属官，两人习性相近，志同道合，关系相当密切。

于是，李吉甫选了一个阳光灿烂的吉日，携酒亲自登门造访杜府，几巡饮酒畅叙后，借着酒意对杜佑之孙杜悰一番美赞，兴高采烈地介绍杜悰做岐阳公主的驸马……宰相亲自做媒，杜佑当然同意。

李吉甫即刻上奏唐宪宗："前所奉诏，臣谨搜其人，杜司徒（杜佑）之孙杜悰，德行文学，秀朗严整。臣曾为司徒吏，熟其家事，官族世婚，习尚守治。臣一皆忖度，可谓珠联璧合，天作之合！"

唐宪宗听闻后，很是高兴，于是宣李吉甫将杜悰召至尚书房。唐宪宗一见杜悰，与语大悦，立时授杜悰为殿中少监，服章金紫。

后来，岐阳公主与杜悰喜结秦晋之好，婚礼十分盛大，隆贵显荣，莫与为比。婚后两人琴瑟和鸣，爱情甜蜜。

岐阳公主遵守礼法，不慕奢华，从不把自己当作金枝玉叶，完全像一个普通平民媳妇，皇帝赐给他的奴仆婢女全部不受，一一送回皇宫。

岐阳公主崇尚节俭，相夫教子，杜悰后来官至忠武军节度使，育得两子两女。她对待公婆极尽孝道，在她婆婆病重期间，衣不解带地侍奉于床前，令人动容，传颂万代。

可以说，岐阳公主是最贤德、最孝顺、最幸福的大唐公主之一。

中唐诗人杜牧是杜佑之孙、杜悰的从兄。后来，杜牧在《岐阳公主墓志铭》中详细地讲述了杜悰、岐阳公主的爱情故事，成为中国历史上一段宰相给公主做媒的经典佳话。

长安城到处流传一句话：李吉甫不但能做官，还能做媒！

李吉甫削去了宦官掌控数十年的公主、县主的婚嫁之权。宦官首领吐突承璀对李吉甫恨之入骨，正准备在唐宪宗耳旁谗言诋毁，向宰相发起反击，没想到自己却东窗事发。

官宦、宫廷军械弓箭库使刘希光，收受羽林大将军孙俦两万缗钱，帮他谋求藩镇节度使的职位。结果贿赂败露，唐宪宗赐他自裁而死。

李吉甫上奏唐宪宗，刘希光官职卑微，哪有胆量和实力左右一个藩镇节度使的任命？背后定有参天大树。

唐宪宗于是诏刑部、御史台会同大理寺三法司会审，结果案子牵连了左卫上将军、知内侍省事吐突承璀。

元和六年（811）十二月，李吉甫在朝会上奏唐宪宗，公布刘希光贪污案的复查结果，揭发吐突承璀的贪腐劣迹。唐宪宗将吐突承璀逐出大明宫，贬任淮南监军。朝野上下一片大赞。

太子李宁的侍读、通事舍人李涉，知道神策军中尉吐突承璀与太子李宁交好，于是巴结吐突承璀。他亦深知唐宪宗对吐突承璀向来恩宠，于是撰写奏章投入铜柜，奏言"吐突承璀讨伐藩镇，于国家有功，刘希光罪有应得，但吐突承璀不应该贬弃"。

李吉甫进谏唐宪宗，李涉奸邪险恶，企图欺骗天子。唐宪宗于是将李涉贬为峡州（今湖北省宜昌市）司仓，做了个仓库管理官。

树倒猢狲散，权势烜赫一时的宦官集团只能暂时偃旗息鼓，夹着尾巴做太监,不复昔日荣光了。

这一年,李吉甫任用贤臣,严惩腐败,严厉处置了前讨伐成德大军的行营粮料使于皋谟、董溪贪污案;兼顾典礼和法律,斟酌处理了富平(今陕西省富平县)人梁悦为父报仇诛杀仇人案……李吉甫快刀斩乱麻的旋风改革、惩恶扬善,得到长安百姓的广泛称赞。

这一年,历史好似回到贞观元年(627),天下大稔,政道和顺。

自踏入中书门下政事堂的那一天开始,李吉甫裁减冗官、抑制宦官、整顿寺院,革除了多年的沉疴弊端,树立了朝廷和宰相的权威。

稳住了朝政,李吉甫开始布局他一生的诒厥之谋——削平藩镇。

备战,备战,备战

元和七年(812)正月,政事堂的宰相班子有了新变化:有了三位宰相——中书侍郎、同平章事李吉甫,礼部尚书、同平章事权德舆,还有去年十二月由户部侍郎擢升中书侍郎、同平章事的李绛。

当然了,李吉甫仍是执宰政事堂的首席宰相。

李吉甫既担任过地方行政长官、州府刺史,又担任过淮南节度使,出将入相,二度拜相,不论经历资历,还是政绩声誉都赫赫有名,轰轰烈烈的功业,铮铮有声的气魄,令中外延望其风采。

李吉甫同唐宪宗日思夜想的事情相同,除了削藩,还是削藩。但要削藩,就要备战;要备战,首先要保障帝国皇权的稳定。

就在去年十二月二十一日,太子李宁福分太浅,才入主东宫两年就病逝了(谥号惠昭太子)。刚刚被下诏贬为淮南监军的吐突承璀心情更加郁闷了,因为他曾为李宁册封太子有功,没想到这最后一棵大树也被上天劈死了,长安恐怕再也回不去了。

吐突承璀带着无限的悲戚去给病重卧床的老权宦俱文珍道别。奄奄一息的俱文珍轻声说:"尚有机会。"

俱文珍密嘱吐突承璀,在离开长安远赴淮南之前,必须打通一切关系,想尽一切办法,让天子立澧王李宽为皇太子。

"姜还是老的辣。"因为储君是未来的天子,谁有功拥立新太子,等太子即位,将来谁就圣眷不衰,荣华富贵当是享之不尽。吐突承璀要重回长安,简直就是区区小事。

此时的唐宪宗快三十五岁了，皇宫里的嫔妃佳丽如云，太子李宁去世后，膝下还有二子澧王李宽（后改名为李恽）、三子遂王李宥（后改名李恒）、四子梁王李察（后改名李悰）、五子洋王李寰（后改名李忻）、六子绛王李寮（后改名李悟）、八子建王李审（后改名李恪）、十子李恟、十一子李怿、十二子李憎、十三子李怡（后改名李忱）等。

二子澧王李宽十八岁、三子郡王李宥十七岁，其余太小。究竟立谁为皇太子呢？这个严峻的问题使唐宪宗一直犹豫不决，他甚至根本不想这么早就立太子。

李宽是唐宪宗第二子，于806年被封为澧王。李宽的生母不详，估计是李纯年仅十五临幸的宫中一位普通的宫女所生。

李宥是第三子，母亲是郭贵妃。贞元九年（793），时为广陵王的李纯娶了大唐名将、尚父郭子仪的孙女郭氏为妻。

郭氏的母亲也不一般，是唐代宗李豫的女儿升平公主，父亲就是驸马郭暧。郭氏与李纯婚后第三年，就生下了李宥。李纯即位第二年（806）八月，郭氏就被册封为贵妃。

李宽虽长，比李宥大，却非"嫡子"（正妻所生的长子），属于"庶出"。李宥是李纯明媒正娶的郭贵妃所生，是真正的"嫡子"。按唐律惯例，"立嫡以长不以贤，立子以贵不以长"，嫡长子继承制是宗法制度最基本的原则，朝中大臣们大都选边站——遂王李宥。

如此看来，李宽要争太子储位相当艰难，那为什么吐突承璀要"一意孤行"亡命地拥立澧王李宽呢？

因为吐突承璀想在贬离大明宫前赌上最后一把。

他暗暗地思虑了一番：如今，既然大家都挺李宥为太子，以后即位天子，其功劳与我吐突承璀一点关系也没有。唐宪宗向来追求独立自主、自命不凡，如果天子有意削弱郭子仪这一功高盖主的门阀势力，他适时力挺李宽，或有险中求胜的契机。一旦李宽上位，他便立下了第一定策之功，何忧以后没有东山再起之日？而今的天子为何对自己恩宠，这与当年自己协力逼唐顺宗立李纯为太子、又力挺李纯监国的拥立之功息息相关。

看来他是想孤注一掷，重复当年的立储故事。

吐突承璀虽已被免去左神策军中尉一职，但其在禁军中的根基依然很深。右神策军中尉梁守谦、内常侍王守澄，之前虽与吐突承璀一派貌合神离，但此时关系宦官的前途命运，他们于是沆瀣一气地想到了一处，把太子这个"宝"

押在了老二李宽身上。

吐突承璀、梁守谦、王守澄等迅速召集左右神策军的将领和侍卫宦官们日夜密谋，并拉拢了向来贪恋权位的给事中、中书舍人李逢吉。经宦官们一番劝说，李逢吉心甘情愿地同意担任宦官们的代言人。

宦官们与宰相李吉甫又一次展开了政治博弈。

正月初一的大朝会上，唐宪宗李纯坐在含元殿的金銮殿上，接受文武百官的拜贺，憧憬着指日可待的太平盛世的到来。

正值盛年的唐宪宗，脸上流淌着一种自信自强的喜庆之色，眼中折射出一种俯视百官、睥睨天下的坚毅之光，嘴上却流露出一腔纳谏从流的谦逊之意，极为恳切地朗声说道："各位爱卿，治理国家的要务，什么居于首位？"

李吉甫早已得知吐突承璀的阴谋，若令其得逞，自己抑制宦官的有利局面又将前功尽弃，后果不堪设想。

李吉甫挺身出列上奏唐宪宗："安天下者，先正其本，本正则天下固，国之兴亡系焉。太子天下之本，譬之大树，无本则枝叶零悴，国无太子，朝野不安。当今国之首务，无如早立遂王为皇太子！"

宰相权德舆也出列奏道："陛下，储位之立关系重大，早立太子，国脉明晰，传承有序，臣赞同李相国之言。"

站立于金銮殿边上的宦官王守澄一个劲地朝殿下的李逢吉使眼色。李逢吉垂眉敛目，缓缓出列，执笏奏道："陛下，自古以来，立长不立贤，澧王李宽，忠厚仁孝，雅性谨重，臣以为当立澧王为储君。听闻朝中有人议论李宽为庶出，难道他不知道开创'开元盛世'的先帝（李隆基）也是庶出吗？圣上祖父（唐德宗李适）的母亲（沈氏）也非代宗皇帝（李豫）的正室，难道不也是非嫡长子吗？陛下即位后，还特地为追尊曾祖母为太皇太后，上谥号睿真皇后！"

李吉甫正言反驳道："陛下，国家之所以设立太子，旨在尊重祖先祭庙，借固邦本，维系民心，不忘天下托付之重。古代商、周两朝，历时皆一千余年（事实上，商王朝六六二年，周王朝八七九年），皆因早定储君，以绝庶孽之窥窬，以塞祸乱之本源。陛下应万分持重，遵循礼法，册立遂王为储，以固国本，以绝他望，以安天下之道。"

李逢吉脑筋一转，尖声尖气地说道："册立太子是圣上的家事，既然是家事，就不需与大臣们商量，臣子干预皇储废立自古都是大忌。李相国不必操这份心吧！"

李吉甫寸步不让，迭声说道："自古君王以四海为家，四海之内，哪一样不是陛下家事！太子之位被称为国本，既是国本，当是国事。君为元首，臣为股肱，本来一体，李某备位宰相，岂能不操这份心？"

李吉甫考量的是大唐皇权的稳定、社稷的安危，而李逢吉则是想趁机抢一个定策之功，在宦官面前讨好。

唐宪宗没想到，自己的提问却引出了"早立储君"这一棘手话题。况且，太子贪恋皇权，是皇位的潜在争夺者，自己根本不想早立太子。因为他深有体会，当年作为太子的他是怎样对待父亲唐顺宗李诵的。

立储之事最容易挑起皇子争端，如果处理不好，甚至可能重演兄弟阋墙、骨肉相残（李世民与李建成"玄武门之变"）的悲剧。

唐宪宗一听，顿时眉头紧蹙，脸色阴沉，沉默半响才悻悻地说道："立储之事，改日再议！"

宰相李绛见皇帝不置可否，于是出班奏道："陛下，臣以为当前治理国家第一要务，应是得人心。得人心者得天下！"

唐宪宗见李绛给自己"解围"，故作镇定地说："这个朕明白，太宗皇帝曾说，君者，舟也；庶人者，水也。水则载舟，水则覆舟。讲的就是要得人心，卿明知故言，恐怕另有事情要奏吧？"

李绛侃侃而道："陛下，欲得人心，无如赈灾减税。去岁，淮南、浙西、浙东奏状，皆云水旱，人多流亡。然陛下派御史中使前往巡察，归来却言'不至为灾'。臣以为，江淮百姓岂肯无灾而妄言有灾邪？此乃御史中使欲为奸谀，以取悦皇上，请陛下加以按察，依法制裁，并命速蠲其租赋。"

唐宪宗点头称道："爱卿此言极是。国以人为本，闻有灾当亟救之，岂可尚复疑之邪！"

见唐宪宗故意在"绕道"，避开立储这一"国本之争"，而李绛又故意在天子面前与自己抬杠，李吉甫义正词严地上奏道："陛下，储君不立，国之不稳，自周以降，立嫡必长，此乃国家大事。陛下必须早日决断，早立太子，才能早安天下人心。"

唐宪宗脸色忽明忽暗，沉默了半响才正声说道："储位之立，事关国运，朕再与勋戚及重臣们商议，然后决之。退朝！"

见唐宪宗毫无立储的迹象，李吉甫又组织中书、门下两省的官员起草奏疏，纷纷向唐宪宗请立太子。唐宪宗最终采纳了李吉甫的意见，同意册立李宥为皇太子。吐突承璀的夺储阴谋彻底泡汤。

册立皇太子李宥之事尘埃落定。唐宪宗的长女"普宁公主"才出嫁三年，就溘然去世了。

普宁公主长得美丽端庄，国色天香，不但颜值很高，而且喜诗书，善歌舞，通音律，也是唐宪宗最喜欢的一个女儿。三年前，普宁公主嫁给山南东道节度观察使（治所在今湖北省襄阳市）于𫖯第三子于季友，婚礼非常隆重，礼仪甚盛。

然而，红颜薄命，她不幸薨逝。唐宪宗为之悲痛辍朝，追封她为梁国公主，谥曰"惠康"。公主逝世，如何安葬？

先皇唐德宗的义阳公主、义章公主去世时，丧葬用钱四千万，还在墓所建造祠堂一百二十间，可见唐德宗对两个女儿的宠爱之深。

主持普宁公主丧事的京兆尹元义方请奏唐宪宗如何办理，唐宪宗思考了一番，下诏参照义阳、义章二公主旧制一半安葬公主，旨在以身作则缩减朝廷开支，同时也教化百姓简办丧葬。

对比唐德宗来看，"旧制减半"算是节俭了。可是，宰相李吉甫认为这样仍耗费钱财，不能以李室私恩而使国家"剥肤槌髓"，当下的重中之重在备战削藩，国家财力要花在"刀刃"上。

于是，李吉甫犯颜进谏唐宪宗："伏以永昌公主，稚年夭枉，举代同悲，况于圣情，固所钟念。陛下犹减制造之半，以示折衷之规，昭俭训人，实越今古。臣以为祠堂之设，礼典无文，德宗皇帝恩出一时，事因习俗，当时不无窃议。昔汉章帝欲为光武原陵、明帝显节陵起建祠堂，东平王刘苍（光武帝刘秀之子、明帝刘庄之弟）就上疏言其不可。人君尽竭财力，上行下效，风俗日奢，贤王之心，岂惜费于父兄，诚以非礼之事，陛下应当三思而行！"

唐宪宗听闻，先是脸色一震，而后思忖片刻，觉得李吉甫所言不无道理，释然说道："朕之家事亦乃国事，稍有失当，则乖谬流毒天下。朕起初也认为建祠冗费奢侈，由于未知故实，是以量减一半。今听爱卿所陈，方知无据。爱卿认为如何为好？"

李吉甫回道："臣以为，应酌情量置墓户，以充守奉。"

唐宪宗想了想，心有愧色地说道："前代帝王理天下，或家给人足，或国贫下困，俭约之事，是我诚心。罢建祠堂，深惬朕心。但朕不想劳碌诸多百姓编入墓户，还是让官户来守墓吧！"

见唐宪宗如此宽宏大度，敞怀纳谏，李吉甫顿首拜贺道："吾皇圣明，陛下永鉴前古，思跻富庶，躬尚勤俭，以国为重，勇于纳谏克己，自开元以来，无如陛下之君主也。如此，则为天下之福、百姓之福！"

唐宪宗受到宰相的赞颂，点头笑道："李相国恪守本职，所言甚是！有关朕身，难免疏忽，不便于时者，苟闻之则改，此岂足多（赞扬）！众位爱卿都要以李相公为榜样，发现朕有疏失，但勤匡正，无谓朕不能行之，朕将效太宗皇帝，随察随谏。"

要备战强国，中兴大唐，除了要保障唐室皇权的稳定，还要保障天子所在长安城的稳定。

京兆尹元义方，就是李吉甫提拔的。京兆尹，主管首都核心地区，责任重大。李吉甫决定找一位既懂政治、又懂军事的节度使担任京兆尹，为将来朝廷对河北三镇发动全面战争做充分的准备，以免重蹈唐德宗当年因削藩而爆发"泾原兵变"、逃亡奉天之覆辙。

元义方（763—813），河南洛阳人，其父元正，历官监察御史、秘书少监。祖父是武后时代中书侍郎元万顷，世称"北门学士"。

元义方门荫入仕，初授华州参军，历迁京兆郡司录参军、奉先县令，颇有能名。后又出为虢州（今河南省灵宝市）刺史、商州（今陕西省商洛市）刺史，元和三年（808）迁福建观察使。

可见，元义方履历坚实，政治上也绝对可靠。

李吉甫与元义方并无任何盘根错节的交集，选调他为京兆尹，纯属政治需要。同时，若以此殊位点燃元义方向出将入相的政坛向往，对于治国理政当是很有裨益。

这是何等的大智慧，是防患于未然的深谋远虑。

可是，新擢升的宰相李绛坚决反对，跑到唐宪宗那里控诉元义方为政苛刻，民多怨恨，过去还谄媚宦官吐突承璀，人品不实。于是，唐宪宗将其改任鄜州刺史、鄜坊丹延（治所鄜州，今陕西省富县）观察使。

没想到，司马光在《资治通鉴》中夹带个人立场，竟然讲宰相李吉甫是为了攀附吐突承璀，才将元义方提拔为京兆尹的。殊不知，李吉甫已于去年强势剥去婚嫁宦权，又弹劾吐突承璀将其贬为淮南监军。堂堂宰相，何谈巴结一个失势的宦官？

浸淫官场上的人都懂得，李绛这么做当然是冲着李吉甫来的，这里看得出李绛怀有私心。

元义方走马上任京兆尹不久就遭贬，当然愤懑不平，于是在辞行时直谏唐宪宗："李绛以权谋私，将其同年许季同提拔为京兆少尹，却逸言将臣驱逐到鄜坊。李绛专擅威福，陛下莫被他蒙蔽。"

唐宪宗亦有所疑虑，于是在延英奏对时有意无意地询问李绛："人说进士重视同年之谊，视同年为异姓兄弟，交情日笃，情同手足！"

李绛回答道："所谓同年，只不过是九州之人偶然同时科第，同登金榜，有的是登第之后才相识，何谈情谊？陛下不以臣愚昧，命臣备位宰相，而宰相之职在于录用人才，选拔官员。如果确有真才实学，即令兄弟子侄也要大胆任命，何况是同年！倘若为了避嫌而舍弃人才，那是明哲保身之举，而非大公无私之德。"

唐宪宗顿了顿，又语重心长地说道："爱卿们当为朕惜官，勿用亲故。"唐宪宗意在警告几位宰相，荐人用人不要偏袒自己的亲戚故交。

李吉甫、权德舆在识人用人方面虽不拘一格，但向来出于公心，不徇私情，问心无愧，皆斩钉截铁地致谢说："不敢。"

李绛颇为理直气壮，继续发表高论："陛下，崔祐甫有言'非亲非故，不谙其才'，对自己了解的人尚不授官，对不了解的人，又怎敢授给官职呢？只要问其才器与所授官职相称而已。倘若规避亲故之嫌，使圣朝亏多士之美，此乃偷安之臣，非至公之道也。如果所用非其人，则朝廷自有典刑，谁敢逃之！"

照理说，所有的官员和百姓，都主张唯贤是举，痛恨任人唯亲。唐宪宗听完李绛的一番阔论，不由得沉默半晌，方才开口喃喃地说了句"诚如卿言"，便示意三位宰相退去。

李绛以偏概全，回答得颇有道理，但也难免有"任人唯亲"之嫌疑。要不他就是有意偷换概念，让李吉甫难堪。

其实，李绛（764—830）虽比李吉甫小八岁，也是一位犯颜直谏、以匡救劝谏为己任的治国之臣。

更巧合的是，李绛同李吉甫同是赵郡赞皇（今河北省赞皇县）人，是"东祖房"一支，与李吉甫的显赫家世同宗同源。

有趣的是，赵郡李氏西祖房是李吉甫，东祖房是李绛，南祖房是李藩，三人又各排行第三。

在唐宪宗元和时代，三房又各出了一位宰相，占尽长安春色，但"折得东风第一枝"的，当是元和二年（807）就拜相的李吉甫。

李藩（754—811），字叔翰，四十多岁未仕，后为节度使杜亚幕僚，官至给事中。元和四年（809）二月，唐宪宗认为宰相郑絪因循敷衍，明哲保身，将其罢相，改任太子宾客。裴垍极力举荐李藩为门下侍郎、同平章事，正式拜相。

然而，李藩仅仅当了两年的宰相。

元和六年（811）二月，淮西留后吴少阳屡次向朝廷上表，请求予以节度使一职。此时李吉甫刚回朝复相一月，坚决不许。

原来，在元和五年（810）十月，淮西节度使吴少诚病逝，大将吴少阳杀死吴少诚之子自立"留后"。当时，朝廷正在兴兵讨伐成德王承宗，无法两线作战，只得同意吴少阳为淮西留后。

淮南与淮西接壤的地方是寿州（今安徽省寿县），吴少阳暗中聚合逃亡的罪犯，牧养马骡，时常抢劫寿州茶山以及百姓财物以充军需。贞元十四年（798）九月，寿州刚刚夏收，淮西节度使吴少诚就领军大肆劫掠寿州、霍山（今安徽省霍山县），诛杀镇遏使（卫戍司令）谢详，强夺土地五十余里，茶山一千余亩。

李吉甫恨透了吴少阳，在他担任淮南节度使的时候，就在谋划"治淮之策"，为攻打淮西做战备。

李吉甫准备离开"街垂千步柳，霞映两重城。天碧台阁丽，风闲歌管清"的繁华扬州，把节度府搬迁到寿州，给吴少阳形成正面威胁，以防淮西悍卒以及亡命之徒作乱，抢掠百姓。

李吉甫上疏唐宪宗："吴少阳军中上下，离心离德，请徙理寿州以经营之。"自从平定蜀中刘辟以来，宪宗就打算攻取淮西，然而，当时由于正在讨伐成德，未暇顾及，淮南移府寿州之事只好作罢。

而今时过境迁，执掌朝廷的是铁血宰相李吉甫，声誉甚高，更有强硬的底气对待淮西吴少阳。

然而，李藩却坚持战争不是解决问题的唯一手段，极力进谏唐宪宗绝不应再兴兵戎，重食"成德之战"的苦果。

唐宪宗气得直骂李藩懦弱无能、鼠目寸光，于是罢去李藩宰相之职，将其贬为太子詹事。之后，裴垍因中风病重，也改任太子宾客。

元义方罢职京兆尹，以李吉甫为人做事的胸怀，李绛再怎么怼他，他也不会跟李绛斗气的。

李吉甫任忠州刺史时，就听原宰相陆贽讲过司农卿李铦、盐铁使张滂、京兆尹李充力挺自己，弹劾奸臣裴延龄"专以险伪罔上"的故事，于是重新举荐了公道正直的司农卿李铦为京兆尹。

作为过来人，李吉甫明白，要想再逢上与自己志同道合的武元衡共事宰相太难了，他懂李绛之所念。

首先，李绛学富五车，当然深谙帝王治国之道，猜定了唐宪宗任他为宰相的目的：牵制平衡李吉甫的强势权力。

其次，李绛将其同年许季同荐为京兆少尹（元义方的副官），难免也有结党升位之嫌。

自己去年十二月刚拜相，正是在唐宪宗面前最红的时候，必须借力，树立自己的权威。

"本是赞皇子，相煎何太急？"任刺史时，李吉甫就能与陆贽冰释前嫌，置怨释恨，何况自己现在是梅开二度的宰相。

于是，李吉甫选了一个秋高气爽、丹枣飘香的好日子，直接邀请另外两位宰相郑絪、李绛到家中小园做客。

三位宰相相聚一堂，当时星月争辉，丝弦袅袅，笛笙绕梁，杯盏交错，开怀畅饮。酒过三巡，便到了"三杯吐然诺，五岳倒为轻。眼花耳热后，意气素霓生"的境界，他们吟诗作赋，举酒歌咏，相互唱答，共论理钱甲兵、经世治国之道。

次日，李吉甫将昨夜吟唱的一首五律《九日小园独谣赠门下武相公》书于信笺，寄给西川的武元衡：

小园休沐暇，暂与故山期。树杪悬丹枣，苔阴落紫梨。
舞丛新菊遍，绕格古藤垂。受露红兰晚，迎霜白薤肥。
上公留凤沼，冠剑侍清祠。应念端居者，长惭补衮诗。

武元衡收到信，得知三位宰相小园雅聚，吃丹枣，尝紫梨，赏菊吟诗，秉烛夜宴，欢饮达旦，无不羡慕。他于是亦挥毫作诗《闻相公三兄小园置宴以元衡寓直因寄上兼呈中书三兄》，寄给了李吉甫：

休沐限中禁，家山传胜游。露寒潘省夜，木落庾园秋。
兰菊回幽步，壶觞洽旧俦。位高天禄阁，词异畎亩愁。
孤思琴先觉，驰晖水竞流。明朝不相见，清祀在圜丘。

李绛不主张强力削藩，权德舆又性情宽厚，"陈说谋略多中"，许多时候保持中立态度。李吉甫与武元衡主张一致，情谊深厚，因此两人常常以诗唱和赠答。

在李吉甫看来，唐宪宗并没有亏待元义方，将他安排到离长安之北不远的鄜州任鄜坊道观察使（观察使、节度使都是方镇军职首长，节度使乃较大方镇），既可阻挡北疆胡虏来犯，亦可回镇保护京师长安，也算是一个战略军事布局。

李吉甫继续布局，及时上奏唐宪宗，徐州刺史、武宁军节度使、兼领尚书右仆射的王绍为人谨密，擅长整顿军政，将其征调回朝中担任兵部尚书。

同时，李吉甫又奏请让王绍兼判户部事，让他与户部侍郎卢坦一道，协同掌管户部事务。户部职掌天下户口、均输、田赋、钱谷、仓储、婚姻等民政、财政方面的政令。

户部下辖户部、度支、金部、仓部四司。中唐以后，常以他官判户部事，即户部使。设户部使时，郎中和员外郎则为其辅佐。

此意更加不言而喻，李吉甫在为备战做征兵、粮草、物资的军需准备。食盐就是打仗军需的重要物资之一。

至德元年（756），安禄山叛军攻入长安，抢掠财物，杀戮百姓，酿成"安史之乱"，经济衰退，税赋空乏。惊恐不安的唐玄宗意识到，确保江淮粮食、税赋、盐铁经济稳定才是强国大计。

第五琦临危受命担任盐铁使，赴江淮筹集和调运财赋，始创榷盐法。之后，唐代宗以刘晏为户部尚书、同平章事，兼领度支使、盐铁使等职，改革榷盐法、改革漕运、改革常平法，稳控并提升了"安史之乱"之后的唐朝经济。但由于大唐历经唐德宗时代的"四王二帝之乱"，频频征战，全国盐铁产业受到严重冲击，产量和税赋逐年下降。

李吉甫对元和郡县产盐地仔细调查研究，对全国产盐情况已谙熟于心，了如指掌。

一是散盐，即海盐，自幽州以南至岭南沿海之地。二是池盐，河中府解县池与陕州安邑县池总谓之两池；灵州回乐县有温泉盐池；怀远县有盐池三所；威州温池县有温池；盐州五原县有乌池、白池；夏州有二盐池。丰州界有胡洛盐池。三是井盐，成州（治所上禄，今甘肃省礼县西南，辖今甘肃省礼县、西和县、成县等地）长道县有盐井。剑南之陵、绵、资、泸、荣、梓、遂、阆、普、果十州共有盐井九十余所。

王绍兼领户部使后，与卢坦认真移牒勘查，发现河中两池（河中府解县池与陕州安邑县池）的颗盐只许于京畿、凤翔、陕虢、河中、泽潞、河南、许汝等十五州界内粜货，比来因循，兼越兴元、洋、兴、凤、文、成六州。他又了解到，果、阆两州盐不足供给当地，若兼数州，自然缺绝。全国各地的盐业生产基地也凸显出不同的矛盾和问题。

如何整合全国盐业资源，控制盐业这条关乎国运的命脉？王绍商请宰相李吉甫大力改革榷盐法、籴货法，扩大盐业生产规模，提高盐税收入，同时也注重让利于民，使"官收厚利而人不知贵"。

经过一番改革，元和七年（812）年底，据《唐会要》记载，全国共收盐利除割峡内井盐之外，收钱达六百八十五万贯文，相当于唐宪宗发动"成德之战"长达一年的军费开支（七百万贯）。

也就是说，除了"两税"（唐德宗时宰相杨炎实施的以地税、户税为主的新法，夏、秋两季征收）、茶税、榷酒钱这些税赋之外，李吉甫通过发展盐业，筹集到了一年的军费。

唐宪宗即位以来，经济得到很大恢复。据《资治通鉴》记载，李吉甫二度为相后，全国"两税"和榷酒斛、盐利、茶利总三千五百一十五万一千二百二十八贯石，与唐玄宗李隆基的天宝年间相比，达到了其经济体量的四分之三，国家实力得到明显增强。

李唐王朝正在朝着"开元盛世"的复兴道路上砥砺前行。

第十章　元和中兴

安内攘外

李吉甫文治武功，安内也未忘攘外。

元和七年（812）夏收之时，振武军（驻地为今内蒙古自治区和林格尔县）、天德军（驻地为今内蒙古自治区拉特前旗东北）上奏朝廷，士卒饥饿，粮草不济，军中告急。

李吉甫看完奏章，很是纳闷，振武、天德，良田广袤千里，怎么会出现军饥？看来这不是小事，关系唐军战备和边防稳定。李吉甫与李绛、权德舆在政事堂一番议事后，奏请唐宪宗"择能员开置营田，省费足食，巩固边防"。

在盐业改革实践中，李吉甫发现"两池"（解县盐池、陕州安邑县盐池）榷盐使韩重华勤政务实，很有开拓精神。

于是，李吉甫举荐韩重华为振武、京西营田和汆水运使，起代北垦田三百顷，出赃罪吏九百余人，给以末耜、耕牛、麦种，赴边开荒种粮。又募人十五屯，每屯百三十人，人耕百亩，就高为堡，东起振武，西逾云州，凡六百余里，列栅二十，垦田三千八百余顷。

屯田种粮在边疆如火如荼地展开了。次年，振武、天德就岁收粟谷二十万石，省度支钱两千余万缗，大大减轻了关中的供给压力。军卒温饱问题得到了解决后，李吉甫大力强化军事部署。

"安史之乱"后的大唐，内有藩镇割据、官僚党争、宦官专权，外有吐蕃、回鹘入侵，可以说是内忧外患。

唐朝的外患主要集中在关内道、河东道（特别是其北部、中部）边境地区。关内道指南边长安周边的关中平原、北边陕北的黄土高原地带、白于山脉与黄河拐弯处形成的鄂尔多斯地区。

河东道指以河中节度使为中心的汾水下游流域,设有河东节度使的太原盆地,以雁门关以北、大同盆地为中心的代北地区。

初唐时,北方突厥南犯大唐时,先要到黄河以北的拂云祠(今内蒙古自治区包头市西北)祭祀祈祷,再横渡黄河,发兵南下。

唐中宗李显时期,军中名将张仁愿、朔方军大总管率军在北纬四十度线以北的河套北岸及漠南草原共修筑三座受降城(又称河外三城),以防御突厥。

河外三城各距近五百里,依山带河,首尾呼应,扼守阴山(今内蒙古自治区阴山山脉)各个通道,构成了黄河外侧的军事防御体系。开元年间(713—741),唐玄宗李隆基在帝国的北方门户——塞北名城灵州(今宁夏回族自治区灵武市)部署朔方军,由朔方节度使任朔方军的统帅。"安史之乱"时,万里勤王助唐肃宗收复长安的大功臣,就有朔方节度使郭子仪。

唐德宗贞元十二年(796),唐朝在中受降城(又称中城,今内蒙古自治区包头市内)、东受降城(又称东城,今内蒙古自治区呼和浩特市内)驻守振武军;在西受降城(又称西城,今内蒙古自治区巴彦淖尔市内)驻守天德军。

元和六年(811)以来,黄河泛滥,倒灌受降城,城墙也多次遭受冲毁,振武节度使李光进上奏朝廷,请求拨款重新修建受降城,并整治黄河堤防。

这可是一笔巨大的耗资。长安宫城以及王侯公卿、三省九寺的用度,近八十万军队的军费,消耗都很惊人。

熟悉地理山川的李吉甫仔细研究后,毅然决策将驻守东受降城的军队,移驻到天德故城(今内蒙古自治区乌拉特前旗东北,东距东受降城二百余里),以"居中处要,诚长久之规",扼守住阴山之南的重要孔道——大同川(今内蒙古自治区乌拉特中后旗),以断绝胡马南侵之路。又在牛头朝那山(今内蒙古自治区固阳县东)北面修缮恢复烽火台上百个,一旦异族入侵,烽火呼应,既减少了大量的驻军军费,又巩固了北境军事防御体系,边境一派升平。

宰相李绛认为不必因黄河肆虐就移驻军队,在唐宪宗诏对时表示坚决反对:"东受降城地当碛口,据回鹘南下要冲,水草肥美,利于坚守。而天德故城偏僻贫瘠,离河较远,烽候警急不相应接,胡骑突来,不得而知。如避河患,退二三里修城即可,不宜为省一时之费,弃城而舍万代永安之策。"

李吉甫却有自己的如意算盘。

开元年间,为了管辖在北方边境设置的六个羁縻州(统称"六胡州"),朝廷撤销"六胡州",特取宽宥之义,设置了宥州(今内蒙古自治区鄂托克前旗、鄂托克旗），总辖各族部落。

宥州驻扎着唐朝朔方军三军之一的经略军，向北可增援天德军，向东南可与夏州（今陕西省榆林市横山区西）的唐军呼应。然而，"安史之乱"后，宥州被废，经略军也迁往幽州。

李吉甫向唐宪宗奏请，重新恢复久废的宥州，隶属于绥银道（治所夏州，今陕西省靖边县北），在宥州恢复经略军，命令鄜城（今陕西省洛川县东南）神策军九千屯垦兵前往驻防，充实经略军。

李吉甫又进谏唐宪宗，恢复自夏州（今陕西省靖边县北）至天德军之间的十一所驿站，征调夏州精骑五百人驻屯经略故城，以接应驿使，确保军情的快速传递。

如此一来，宥州既可抵御回鹘等外敌南下，以防他们入侵河套地区，又可保护安抚居住在这一带的党项部落。

李吉甫对河北三镇、平卢、淮西等骄藩采取的是强硬措施。在巩固北边军事防御上，也同样是铁一样的手腕。

李吉甫从曾经统领过的淮南节度府调取三十万副铠甲，配备到河东军（今山西省中、北部）和昭义军（今山西省长治市、晋城市和河北省邢台市），又给河东军增配战马一千匹。

战事一起，河东军、昭义军与宥州的经略军可相互呼应，驰援北方的振武军、天德军，构成一个全方位的北部边防体系。

元和八年（813）十月，回鹘汗国悄然发兵，越过大漠，自柳谷西进，攻打吐蕃，振武、天德军将军情火速传至长安，称有回鹘骑兵千余骑已抵达鹈泉（今内蒙古自治区乌拉特后旗西北），河外三城边军枕戈待旦，血战一触即发，形势万分紧急。

回鹘系游牧民族，天生擅长骑射，向来彪悍。"安史之乱"时，唐军为了夺回长安城，曾请求回鹘可汗发兵五千铁骑帮助平叛。然而，长安收复后，回鹘骄兵在长安城竟然大肆劫掠金帛，抢夺漂亮女子，大唐公主受辱，百姓商贾遭劫，所到之处，满目疮痍。

因此，当听说回鹘军再次南下，长安百姓人心动荡，谣言四起。

朝中的部分官员听闻西城防御使周怀义的奏表后，大为惊恐，认为回鹘表面上声称讨伐吐蕃，其真实意图乃入侵唐境。

李吉甫对于北方的军事防御早已心中有数。经过一番审时度势的研判，他断定回鹘骑兵不可能对大唐贸然发动战争，即使回鹘南侵，振武、天德、经略、河东、昭义军队也完全能够将其歼灭。

李吉甫胸有成竹地上奏唐宪宗："当前，回鹘并未与我大唐断绝友好关系，不会贸然入侵北境。即使回鹘入侵，只要我军加强戒备，也不足为虑！"

于是，唐宪宗命令振武、天德军严阵以待，扼守阴山各个南下通道，又派夏州五百铁骑，火速挺进宥州与经略军会合，静观其变，若有风吹草动，迅疾联军拦截，御敌于千里之外。

后来，回鹘入侵大唐的谣言很快平息，大唐北境终于安定了下来。

其实，大唐最大的外患、最大的威胁来自雪域高原的吐蕃。

李吉甫任忠州刺史时，就听别驾陆贽义愤填膺地说过："吐蕃者……常为边患，越境侵掠，阴诈难御。"

"安史之乱"爆发后，大唐边防渐渐衰弱，凶悍的吐蕃又开始全民皆兵，常备士卒达四十万，先后夺取了青海和河西走廊，入大震关（今甘肃省清水县东陇山东坡），取陇右（今甘肃省，庆阳市除外），像一只嗜血好斗的雪狼，北攻回鹘、东犯唐朝、南侵天竺（印度、巴基斯坦），逐鹿中亚。

仪凤三年（678），唐高宗李治命李敬玄统率十八万唐军攻打吐蕃，在青海遭到大败。广德元年（763），二十万吐蕃大军连破关中城池，长驱直入杀进长安，洗劫宫闱，焚烧陵寝，唐代宗逃到陕州，京城失陷。贞元三年（787），吐蕃在平凉会盟仪式上埋伏锐甲，斩杀了唐使百余人，又掠陇州汧阳、吴山、华阳等地三万多人西去。"平凉劫盟"事件的爆发，让唐蕃关系从此断崖式跳水，跌入谷底。

唐德宗李适采纳李泌、陆贽提出的"北结回鹘、西联大食、南通南诏"的连横之策，构筑起反吐蕃联盟。从此，回鹘（今蒙古国哈拉和林市）、南诏王朝（今云南省大理市）频频攻打吐蕃，吐蕃处于三面围攻之下。

唐宪宗即位以来，大唐政治、经济、军事都在不断恢复强大。吐蕃很识时势，对西域边疆已无大的侵寇，也谋求与大唐修好。

李吉甫第一次拜相时（807），辅佐唐宪宗强势讨伐西川节度使刘辟、镇海节度使李锜，"削藩"与"削蕃"不能兼得，因此要缓和西部边防的压力，对待吐蕃的政策，采取的是"示存声教，修文德以来远；慎择良将，喜之怀柔；来则惩御，去则谨备"的基本方针。

而今，李吉甫重执宰辅，吐蕃又向唐朝派遣使者论思即热进京朝拜进贡，向大唐求和结盟。

李吉甫看完吐蕃的和谈书，不屑一顾地丢进了垃圾堆。

李吉甫上奏唐宪宗："（唐德宗）贞元初年，大唐与南诏还不是盟友，为避免两线作战，故与吐蕃订立了盟约。自从异牟寻（南诏国第六代王）归附朝廷，南诏、回鹘皆与我朝重修旧好，订立了'贞元之盟'，吐蕃方才不敢侵犯我大唐边塞。如果朝廷现在又答应与吐蕃订立盟约，那么南诏就会产生怨恨，边隙丛生，关系恶化，不利于巩固反吐蕃联盟的稳定。况且，吐蕃屡次背弃和约，寇边劫掠，戎狄无信！"

唐宪宗采纳了李吉甫的建议，拒绝了吐蕃使者的请和。

吐蕃见大唐拒绝，于是增加了求和筹码，"复请献滨塞亭障南北数千里求盟"。

李吉甫面对吐蕃送来南北数千里的大馅饼，仍是无动于衷，把它当作忽悠大唐的把戏。

李吉甫一脸沉稳地进谏唐宪宗："陛下，臣仔细察看了地图，吐蕃送来的地方，都是边境荒岨，犬牙相吞之地，就算让边吏拿着地图去找也且不能知，不见得能搞清楚具体在何方。而今，吐蕃绵山跨谷，以数番纸而图千里，起灵武，著剑门，要险之地所亡二三百所，有得地之名，而实丧之，陛下岂能将安用此？"

然而，南北数千里的地盘，这对于志在中兴的唐宪宗来说，简直就是致命诱惑。他有一点心猿意马了。

唐宪宗按捺不住地询问李吉甫："吐蕃两次投桃报李，释放求和的善意，若一味拒绝也非大国风范。爱卿有何良策？"

李吉甫气定神闲地朗声说道："边患莫大于吐蕃，吐蕃若诚心结盟，就必须先答应一个条件。"

"什么条件？"唐宪宗迫切地追问。

李吉甫思忖片刻，语气和缓而又不失刚劲地回道："条件就是归还我安乐（今宁夏回族自治区中宁县）、秦（今甘肃省天水县）、原（今甘肃省镇原县）三州。"

李吉甫不愧为地理学家，打出的这块底牌可非一般。要知道，此三州可不是之前那个荒岨的千里之地。

安乐州，地处灵州（今宁夏回族自治区灵武市）南部，是大唐朔方（府设灵州）军渡过黄河南下的必经之路。

原州，位于陇山上陇道之要冲，直接威胁着陇山防线的战略支撑点庆州（今甘肃省庆阳市）和泾州（今宁夏回族自治区泾源县）。

秦州，位于沿渭河东进之要冲，若占据此州，唐军就可依托陇坻的大震关（今甘肃省清水县东北）构筑坚固的军事防线。

这三个战略要地先后被吐蕃占据，唐朝虽然发动过多次战争，但一直未能将它们收入囊中。

唐宪宗蹙了一下眉头，有些疑惑地问李吉甫："此三州皆是四两拨千斤的战略要冲，吐蕃怎肯轻易割属？"

李吉甫微一凝思，正色而答："若议修盟，即须重定封疆，先归三州。如果三州未复，两界未分，即是我朝与吐蕃还尚未划定封疆，凭什么以为要约？三州必须物归原主。"

唐宪宗听完李吉甫的这番论述，眉头舒展，同意了宰相的意见。同时，为了向吐蕃表示缓和关系的诚意，他下令释放吐蕃俘虏十七人。

李吉甫开出的结盟条件，传到吐蕃后一时炸开了锅，吐蕃赞普赤德松赞手下的大臣们争议极大，丞相兼沙州都元帅尚绮心儿、河拢边疆节度大使们表示坚决反对。李吉甫早有预料，这正达到了李吉甫以此让吐蕃内部势力内讧不已、必生内乱的预想。

为了不把结盟之事闹僵，吐蕃一次性释放包括僧人在内的汉人四百五十人，对交还三州之事却搁置不提。

李吉甫于是奏请唐宪宗，加强防御，在边界筑城备战。命泾原四镇节度使朱忠亮时警边防，近边修缉，岁焚草场，常规举行军事演习。

吐蕃感到压力巨大，只有以书信的形式向大唐发表一下抗议。只怪吐蕃遇上了非常强势的大唐天子和宰相。

唐宪宗也想学唐太宗发动的"松州之战"那样，择机向吐蕃发动一场决胜之战，以奠定自己一代帝国雄主的历史地位。

李吉甫建议唐宪宗：谈判得不到的，就用战争取之。从此，君臣二人运筹帷幄，常常为此而谋略，将原州作为最重要的战略目标，强军备战，待机会成熟将其一举拿下。

《资治通鉴》记载，唐宪宗"尝与宰相（李吉甫、李绛、权德舆）论治道于延英殿"，讨论军国大事，因为日旰暑甚，常常"汗透御服"，"宰相恐上（皇帝）体倦"。

李吉甫带着体谅的语气，动情地对唐宪宗说："天下恢疆土，致太平，济万民，臣自当竭尽犬马之劳，陛下不宜太过操劳，宜劳逸结合。时间不早了，臣求退下，陛下早时还宫！不然贵妃……"

唐宪宗懂李吉甫的意思，不由得泯笑道："朕入禁中，所与处者只有宫人、宦官，无甚可乐，故乐与卿等共谈治国平天下，绝不感到困倦。"

李吉甫笑着问道："天下已平，陛下宜为乐矣？"意在君臣之间讲得趣话，活跃一下氛围，奉劝天子早点回宫安寝。

宰相李绛却双眉一挺，沉沉地说道："陛下，汉文帝时兵木无刃，家给人足，贾谊犹以为厝火积薪之下，不可谓安。而今，我大唐法令所不能控制之地，还有河南、河北五十余州；犬戎腥膻，近接泾、陇二州，烽火屡惊；另外，江南水旱时作，仓廪空虚，这正是陛下宵衣旰食之时，岂得谓之太平，遽为乐哉！"

李绛振振有词，进谏唐宪宗不要骄奢淫逸，又顺势给李吉甫扣上了一个怂恿皇帝奢靡享乐的帽子。

其实，唐宪宗是一位劳逸结合、懂得享乐的君王。他一生只活了四十二岁，生的儿子封王的就有二十个，公主就有十八个。

唐宪宗听完李绛的话，不禁以袖掩面苦笑了一下，而后正声说道："卿言正合朕意，李绛真宰相也！"

其实，李吉甫何尝不是"真宰相"，后来的大唐与吐蕃的历史，正如李吉甫长远谋略的那样发展。

元和十三年（818），吐蕃兵围宥州（今内蒙古自治区鄂托克旗东北），挑起战端，唐宪宗借机向吐蕃发起总攻。

灵武节度使杜叔良率军北援，在定远城（今宁夏回族自治区石嘴山市平罗县东南）斩杀吐蕃军两千余人，唐军又攻下常乐州（定远城之西）罗城。夏州节度使田缙于灵武击败吐蕃三千人。西川节度使王播率军攻占了吐蕃的峨和（今四川省茂县西北）、栖鸡等城。

平凉（今甘肃省华亭县）守将郝玼趁机进攻吐蕃占据的原州城（今宁夏回族自治区固原市原州区），击退二万吐蕃军，成功占据了谈判得不到的原州城。

次年，吐蕃为了复仇，内相尚塔藏、节度论三摩、中书令尚绮儿兴兵十五万寇关盐州。

唐宪宗打响了他效仿李世民、并一直梦想的"盐州之战"。

朔方军将领史敬奉领兵深入大漠，绕行至吐蕃军背后，与盐州刺史李文悦的守军里应外合，大败吐蕃军，"杀戮不可胜纪，驱其余众于芦河，获羊马驼牛万数"。

唐宪宗终于为他的祖父李适报了吐蕃"劫盟使、杀唐臣"的不共戴天之仇。

长庆元年（821），吐蕃彻底屈服于大唐，赞普赤祖德赞派遣尚书论讷罗率使团前往长安请盟，无条件答应所有结盟条款，史称"长庆会盟"，唐朝和吐蕃分别在长安和逻些建盟碑、刻盟文。

"盐州之战"成为唐蕃二百年战争的终章。

从此，吐蕃内乱频发，一蹶不振，分崩离析。吐蕃消亡后，西藏回归大唐版图，成了中国疆域不可分割的领土，藏族人民也成为中华民族大家庭中的重要一员。

而今，在我国西藏拉萨市的大昭寺前，依旧矗立着庄严高大的"唐蕃会盟碑"，一行行沧桑古远的碑文，饱含一代元和名相李吉甫毕生的心血和谋略。

献《元和郡县图志》

元和八年（813）二月初九，李吉甫五十五周岁。

这一天，李吉甫花费毕生心血纂修的三部巨著《元和郡县图志》《六代略》《十道州郡图》完成了最后一卷。

二月十五日，唐宪宗头戴通天冠，身着飞龙袍，腰悬金黄镶白玉带，乘舆含元殿举行望日朝会。

这一天，李吉甫给皇帝送上了一份永载史册的大礼。

天蒙蒙亮，曙光将开，空旷偌大的含元殿，回荡着李吉甫高亢而浑厚的禀奏："陛下，微臣谨上《元和郡县图志》，起京兆府尽陇右道，凡十道四十七镇，成四十卷，每镇皆图在篇首，冠于叙事之前，并目录两卷，总四十二卷。今呈献陛下，以佐明王扼天下之吭，制群生之命，收地保势胜之利，示形束壤制之端！"

唐宪宗龙颜大悦，满朝文武百官大为震惊。

唐宪宗端捧着厚厚的《元和郡县图志》，双眸之中射出一股惊颤而灼亮的光芒，胸中滔滔然涌起一股澎湃汹涌的热流，只觉周身血气充溢，直可俯仰天地、吞吐河山。

端详翻阅许久，唐宪宗慷慨激昂地讲道："众爱卿，回顾秦楚之际，汉高祖（刘邦）攻下咸阳，部将争趋抢掠府库金银财宝，惟丞相萧何尽收秦之图籍（朝廷的文书、地图），方知山川关隘险要、四方盈虚强弱，然后佐汉纵横捭阖，长驱宇内，取得大汉天下。故成当今之务，树将来之势，则莫若版图。今李相国夙夜忧叹，呕心沥血，挑灯绘图，审户口之丰耗，辨州域之疆理，让朕将万里江山、天下形势都看得明明白白、清清楚楚，何愁宏图不展，大唐不兴，天下不平？"

唐宪宗话音刚落，墀下群臣依礼齐齐山呼万岁："臣等自当尽忠竭诚，和衷共济，共匡元和中兴！"

唐宪宗默然了片刻，拿出《代宗实录》，望着李吉甫说道："朕近日畋游悉废，唯喜读书。昨晚又重读了半卷《代宗实录》，书中记载，宝应年间（762—763，唐代宗李豫年号），其时纲纪未振，朝廷多事，赞皇公（李栖筠）剿灭余孽史朝义，动荡七载的'安史之乱'方得以终止。爱卿先人之事迹，深可嘉叹。"

唐宪宗如此褒奖已故父亲，李吉甫俯伏跪奏："臣先父伏事代宗皇帝，尽心尽节，迫于流运，不待圣时，臣之血诚，常所追恨。陛下耽悦文史，听览日新，见臣先父忠于前朝，著在《实录》，今日特赐褒扬，先父虽在九泉，如睹白日！"念及父亲死后哀荣，李吉甫不由得涕泪交加。

唐宪宗听罢一掀须髯，温语加慰道："若朕之股肱大臣，皆如赵郡李氏这般公忠体国、为国为民，则天子幸甚！万民幸甚！朕今日加授李吉甫中书侍郎、同平章事、金紫光禄大夫、上柱国、赵国公太尉职，赐绸缎五百匹，食邑三千户，并授其子校书郎。"

从此，李吉甫的二公子——台郎李德裕以门荫入仕，补秘书省校书郎（官阶从九品上），正式踏上仕途。

此时，正于下邽（今陕西省渭南市东北）丁母忧的白居易听闻，挥笔给李吉甫寄来了贺信《赠吉甫先父官并与一子官制》：

敕：某官李吉甫，出入将相，迄今七载，而能修庶职，叙彝伦，毗予一人，以底于道，夙夜不怠，厥功茂焉。夫忠于君者，教本于亲；宠其身者，赏延于嗣。于是乎有饰终之命，有任子之恩，所以感人心而劝臣节也。惟兹旧典，可举而行。

李德裕虽未及第进士，直接进入官场，但也是满腹学问、智谋练达的公卿之器，从他刚刚赴任校书郎时所作七律《雨中自秘书省访王三（王起）侍御赠之》，便可知台郎绝非士族门阀的等闲之辈：

共怜独鹤青霞姿，瀛洲故山归已迟。

仁者焉能效鹩鹞，飞舞自合追长离。
梧桐迥齐鸦鹊观，烟雨屡拂蛟龙旗。
鸿雁冲飙去不尽，寒声晚下天泉池。
顾我蓬莱静无事，玉版宝书藏众瑞。
青编尽以汲冢来，科斗皆从鲁室至。
金门待诏何逍遥，名儒早问张子侨。
王褒轶材晚始入，宫女已能传洞箫。
应令柏台长对户，别来相望独寥寥。

李德裕六岁时就随父亲李吉甫到明州，上会稽，控禹穴，历楚泽，登巫山，游沅湘，望衡峤，漂泊江淮十余年，二十六岁仍是白衣，而今以门荫为官，这是一种天子恩宠，代表士族荣誉，也让众多科举入仕的朝官艳羡不已。

李吉甫佐天子，总百官，治万事，日理万机之间裒集汉魏六朝各家地记，采录《水经注》及《括地志》等文献，稽户口，列垦田，辨方舆，详贡赋，将疆域政区、自然地理、经济地理、人口地理四大版块融为一体，按图读志，可谓用心良苦，意义深远。

从"绿杨结烟垂袅风"的关中平原，到"不破楼兰终不还"的陇右雪山，四十七镇的高山流水、名都雄关、道迹湖泊、春花秋实、风土人情，绘出了一个完完整整的锦绣天下。

该书详细地记叙了元和时唐朝的山川关隘、兵马盐冶、仓庾桥道、河渠泽薮，其道里之远近，地形之形便，生齿之众寡，物力之盈亏，内容翔实，体例完备，一图一志，图文并茂，皆被李吉甫殷列于几案之间，深谙于济世安民的雄心壮志之中。

舆地之学"事关兴替，理切安危"，掌握全国山川形势、户口物产和交通要塞等地理状况，是事关国家兴替安危的大事。

《元和郡县图志》不仅是我国现存最早最完整的一部地理总志，还是一部打击藩镇割据、加强中央政权的军事地图，为元和时代彻底扭转"强侯傲而未肃"的局面奠定了坚实基础，堪称一部"辅治经国之书"，李吉甫无愧为中国历史上杰出的地理学家。

《四库全书总目提要》这样评价该书："舆地图经，隋唐《志》所著录者，率散佚无存。其传于今者，唯此书为最古，其体例亦为最善。"

李吉甫的尽忠品格、智慧韬略、务实才能，在大唐帝国的权力巅峰上尽情展现，并且大放异彩。

朝会上，李吉甫借着唐宪宗龙心大悦之机，向皇帝提出了一个请求：诏西川节度使武元衡回朝复相，同心协力，削平割据藩镇。因为刚在一个月前，唐宪宗已将礼部尚书、同平章事权德舆罢相。朝中只剩下两位宰相，另一位就是常给李吉甫"抬杠拆台"的李绛。

唐宪宗欣然同意了李吉甫所奏，并命李吉甫负责代拟《复授武元衡门下侍郎平章事制》：

> 邦国之兴，将相是资，选众而举，思贤俾乂。故有台臣外抚，宣力已靖于四方；衮职迭居，懋功复凝于庶绩。允兹崇践，爰属上才。
>
> 前剑南西川节度副大使知节度事管内支度营田观察处置统押近界诸藩及西山八国云南安抚等使银青光禄大夫检校吏部尚书兼门下侍郎同中书门下平章事成才都上柱国临淮郡开国公食邑二千户武元衡，粹厚端庄，简易常壹。有诚明之道以致用，有宏茂之略以佐时，贞方自得于性术，操尚不愆于风雨。加以懿文合雅，聚学承师，通礼乐刑政之源，达古今治变之要。历登华贯，休闻穆然；洎处钧衡，中立不倚。致君思尧舜之盛，修职以邠魏为宗，翼戴之勤，夙夜弥亮。彝伦攸叙，鼎任载和，益部大藩，比仗兼济。而能布宣威惠，抚孚蛮髦，县道辑宁，疲黎安息。推心而下皆率附，正己而人自响方，临之累年，理有殊等。
>
> 朕以出纳王命，缉熙帝图，总庶官之职业，为百度之扃键，唯此重任，属于黄扉。分忧遂辍于殿邦，具瞻再归于硕望，尔尚行之以中正，煦之以和平。毗于一人，膏润天下，祗膺礼命，无替徽猷。可守门下侍郎同中书门下平章事兼崇元馆大学士充太清宫使。

这日，李吉甫的心情格外兴奋，驾车行驶在皇城朱雀大街上，一路朝南穿过长安廓城南墙正门明德门，可谓"春风得意马蹄疾，一日看尽长安花"，前往圜丘（唐朝长安的天坛）祭天地，谢帝恩。

随后，李吉甫又赶回中书省阅办奏章，处理政务，起草武元衡的任职文件，一忙就忙到了月上柳梢之时。他抬头凝望皓月星空，想起自己与武相公的历历往事，不禁心潮澎湃，脱口吟出一首绝句。

李吉甫又研磨挥毫，在武元衡寄来的红色小八行薛涛笺上写下："会门下相公，臣以七言垂寄，亦有所酬，短章绝韵，不足抒意，因抒所怀，奉寄武相公……"次日便交驿差快送益州（今四川省成都市）。

两日之后，身在益州的武元衡收到李吉甫的诗信，也得知了自己即将离益州回朝，复相佐政，不由得万分感慨，顿时挥笔写下了《休暇日中书相公致斋禁省，因以寄赠》："尝闻圣主得贤臣，三接能令四海春。月满禁垣斋沐夜，清吟属和更何人。"

西川节度使判官崔备，阅看了武元衡的酬诗和李吉甫的书信，无比欣赏与羡慕两位相公的才情厚谊，于是作五律《奉酬中书相公至日圆丘行事合于中书宿直见寄》以抒怀言志：

典籍开书府，恩荣避鼎司。郊丘资有事，斋戒守无为。
宿雾蒙琼树，余香覆玉墀。进经逢乙夜，展礼值明时。
勋共山河列，名同竹帛垂。年年佐尧舜，相与致雍熙。

三月十一日，唐宪宗下诏，任命剑南西川节度使、银青光禄大夫、检校吏部尚书、兼门下侍郎、同平章事、上柱国、临淮郡开国公，食邑二千户武元衡重新进入中书省执掌政务，兼崇玄馆大学士、太清宫使。

之后，为了集中朝廷兵权，加强削藩军备，李吉甫又奏请唐宪宗，任命和调换了一批武官将领：

将山南东道节度使李夷简调任成都尹、西川节度使，兼领检校户部尚书，接替武元衡。

将户部尚书袁滋外调襄州刺史，充任山南东道节度使，兼领检校兵部尚书，接替李夷简。

任命京兆尹裴向为同州防御使。

任命同州刺史裴堪为江西观察使。

任命左龙武大将军薛平为滑州刺史、义成军节度使。

任命东都留守韩皋为许州刺史、忠武军节度使，兼领检校吏部尚书。

任命权德舆为检校吏部尚书、东都留守，接替韩皋。

朝中重臣、军中高官、东都洛阳留守的铺排调动，展现出李吉甫的强力手腕和远见决策，也给天下藩镇州郡发出明确的信号，李吉甫将与武元衡再度携手，拔剑出鞘，复兴大唐。

在"映云犹误雪，熙日欲成霞"的阳春三月，繁花喧妍，万物复苏，与李吉甫同日拜相，且志同道合的武元衡回来了。

牢牢掌握了相权的李吉甫，虽是"大权独揽"，但也"大有作为"。他以轩昂的器宇，坚毅的目光藐视天下割据藩镇，又挥开了他治理四海、平定藩乱的大国操盘手，第一次拜相时"凡易三十六镇殿最分明"的非凡勇气又重回大唐。

除了用武力削藩以外，李吉甫也使用离间计，釜底抽薪，彻底打破了河北三藩三位一体、互表互援、沆瀣一气的"抱团局面"。

元和十年（815）八月，魏博节度使田季安精神失常，暴虐杀戮，军政废乱，急火攻心，不久便一命呜呼。其妻元氏将只有十一岁的儿子田怀谏立为节度使副使，试图继承父业，权作魏博的"小皇帝"。

这个"小皇帝"没坐几天，不甘听命于悍妇孺子的魏博将士起兵哗变，废黜了田怀谏。之后，众将领跪在都知兵马使田兴面前，极力拥戴他为魏博"留后"，统领魏博军政大权。

这与元和四年（809）成德节度使王世真病死，其子王承宗自命"留后"，企图世袭节度使如出一辙。当时，李吉甫已出任淮南节度使，唐宪宗诏令左神策军中尉、大宦官吐突承璀统领河东、义武、卢龙、横海、昭义、魏博六镇兵马讨伐王承宗。

然而，二十万唐军打了一年多，劳而无功，大败而归。因此，当魏博请求田兴出任"留后"的上表和魏博六州地图传到朝廷时，朝廷议论纷纷，众说纷纭，是兴兵讨伐，还是姑息迁就？

唐宪宗郑重地召集宰相和六部尚书、侍郎等军政官员，深入讨论如何处置魏博事件。

主战阵营与主和阵营进行了尖锐的辩论。李吉甫一番深思熟虑后，决定采取"先南后北、先易后难"的削藩战略。为了防止在魏博折戟沉沙，深陷河北战场，他提出了一个折中方案：一边练兵备战，大兵压境；一边静观其变，先礼后兵。

因为李吉甫认为，魏博与成德的"自立留后"有所不同。

其一，成德是典型的"父袭子继"，老节度使王世真身亡，其子王承宗上表朝廷以求赐予节度使节钺。而魏博使田兴是相州田廷玠之子，并非节度使田季安之子，不算世袭。

其二，成德王承宗打骨子里就有"世袭"欲望，非常狡猾，表里不一，诡计多端。而田兴不仅精通兵法，善于骑射作战，而且爱读儒书，又知礼义，在魏博军中地位极高。

其三，田兴对朝廷的忠诚度很高，并非乱臣贼子。但作为外人的都知兵马使弑上夺权，在其他藩镇看来，这比弑父夺权还不可接受，因为这会坏了他们"世袭制"的规矩，以后其他藩镇节度使的部下如果效仿田兴取而代之，那还得了。

因此，李吉甫料到，河北成德节度使王承宗、卢龙（幽州）节度使刘总，甚至淄青（平卢）节度使李师道、淮西节度使吴少阳都会怒批田兴，对他恨之入骨。田兴也很难与他们互为表里，结盟一体。如果田兴能稳稳地统领住魏博六州，从而归顺朝廷，便可以借此契机分化河北三藩，以取得"不战而屈人之兵"的胜利。

李吉甫请奏唐宪宗，立即命左龙武大将军薛平为郑滑（治所滑州，今河南省滑县）节度使，领兵一万压境魏州，密切观察其动向，摆出朝廷将对魏博用兵的架势。他又令宣武（治所汴州，今河南省开封市）节度使韩弘领兵一万压境淄青（治所青州，今山东省青州市），密切关注淄青节度使李师道的动向。

同时，他派遣中使张忠顺前往魏博宣慰安抚，了解田兴本人的意图，掌握魏博六州军心、民心状况，根据局势以作定夺。李吉甫特意交代张忠顺要向田兴晓以大义，力争以政治谈判的手段，让田兴从骨子里归顺朝廷，从而打破河北三藩割据自立的沉疴痼疾。

十月十九日，唐宪宗与宰相、重臣们听取了中使张忠顺的复命汇报。正如李吉甫所料，田兴忠心归顺朝廷。于是，经过一番深入的讨论，朝廷发布诏书，直接一步到位，任命田兴为魏博节度使。

魏博割据自立已近半个世纪，百姓不沾皇化久矣。为了让田兴安抚百姓与士卒之心，死心塌地跟着朝廷，唐宪宗又采纳宰相李绛的建议，发内库一百五十万缗重赏田兴，花大血本彻底征服魏博。

李吉甫又奏请唐宪宗，免除魏博百姓一年的赋税和徭役，结以大恩大惠，旨在让成德、卢龙以及淄青、淮西的黎民百姓羡慕，从而裂解割据藩镇之民心。

唐宪宗开始觉得心疼，有点舍不得。但想起四年前自己出兵二十万讨伐成德王承宗，打了一年耗费军资七百万缗之往事，他只好咬牙同意了宰相们分化三藩、以震四邻的定国大计，并十分高兴而大方地对几位宰相说道："朕之所以恶衣菲食，蓄聚货财，正为欲平定四方。不然，朕徒贮之府库又有何用呢？"

十一月初一，李吉甫在大朝会上举荐司封郎中裴度为中书舍人，即日携一百五十万缗钱币和免除百姓一年税赋的诏令，代表朝廷前往魏、博、贝、卫、澶、相六州宣慰，传达宪宗的诏书旨意，讲清皇帝德音，讲清治藩政策，讲清君臣大义。

李吉甫还给出了一个前提，那就是田兴必须无条件接受朝廷的三条政令：一是魏博节度府官员、所辖六州的刺史任免权收归朝廷；二是魏博从此须按照"两税法"规定，按时向朝廷缴纳赋税；三是贯彻落实藩镇"质子制度"（节度使将儿子或亲人送到长安做"人质"，特殊情况下也可选其父母兄弟），向朝廷派送质子。

裴度作为钦差大臣来到魏州，田兴跪地接过诏令，见朝廷如此超常厚待，不禁感激涕零，千恩万谢，山呼万岁。

魏博将士与城中百姓无不欢呼雀跃，奔走相告。无数百姓听闻免税一年，顿时泪流满面，跪地磕头拜呼："吾皇万岁，万岁，万万岁！"

田兴全部同意朝廷的三条律令，并将自己的长子田牟作为质子，随同裴度前往长安。唐武宗李炎会昌年初，田牟出任丰州刺史，历任武宁军节度使、兖海节度使，此乃后话。

魏博和平归顺朝廷，扭转了河北乃至整个天下的局势。

成德、卢龙以及淄青、淮西几个跋扈的藩镇几乎气炸了，顿时感到唇亡齿寒之危。他们于是纷纷密派使者，携带金银美女前往魏州对田兴进行威逼利诱，晓谕这是朝廷在"挟质子以令天下"，约定组成"四镇同盟"，怂恿其背离朝廷，重回河北怀抱，以图子孙后代永久世袭。

可是，田兴的理想信念坚不可摧，始终站在朝廷这边。淄青节度使李师道气得扬言要联合成德攻打魏博，将田兴碎尸万段。

郑滑节度使薛平、宣武节度使韩弘听闻消息，立即整顿兵马，严阵以待。韩弘放出狠话："如果李师道胆敢渡过黄河，立马攻其曹州（今山东省菏泽市定陶区），讨伐淄青。"

正在李师道想出头之时，西川节度使武元衡自巴蜀归京辅政。李师道知道他和李吉甫都是主战削藩的强硬派，怕惹翻了不好办，于是不敢轻举妄动，只好夹住狐狸尾巴，另图他计。

武元衡回到政事堂，力挺李吉甫，全力支持他治世经国的战略方针，以及倾覆叛镇之巢穴、掌控河朔之雄心。

李吉甫以"弘扬正义，惩治邪恶"之意进言唐宪宗，赐田兴以新名"田弘正"，田兴欣然受之。通过皇帝赐名，中央威权于是一振。诸藩已明白：田兴彻底倒向了朝廷。

两位铁血宰相的下一个目标，就是拿下淮西，统一大唐江山。

与"谋独"的淮西开战

元和九年(814)七月,酷暑。

淮西节度使吴少阳去世,其子吴元济隐瞒死讯,秘不发丧,上表朝廷称吴少阳病重,请求暂领淮西军政,实则就是自领"留后",世袭土皇帝。

宰相李吉甫、武元衡异口同声地说:"不!"

李吉甫将河北三藩(成德、卢龙、魏博)、淮西、淄青的军事要塞地图呈给唐宪宗。唐宪宗将地图悬挂于内室,了解图上地形,周知天下形势,坐览要害。

李吉甫指着淮西地图,向唐宪宗李纯仔细分析军事形势,款款而道:"陛下,淮西与河北三藩有所不同。淮西盘踞蔡州,远在黄河以南,四周没有同党援助,形单影只。可是国家常年集结数十万兵马以防备淮西,其财力、兵力、劳力和国力都将难以支撑。因时可取,机不可失,今若不取,后难图矣!"

武元衡随即上言:"陛下,淮西效仿河北,自立自专,控扼大唐江淮漕运线路久矣。倘若一再姑息迁就,圣上的威严何在?今后如何号令天下?"

听完两位铁血宰相底气十足的进谏,唐宪宗不禁追念起当年在两位宰相的支持下征西川、定夏绥、平镇海的峥嵘岁月,只觉眼眶一热,浑身热血澎湃,兴奋不已地喝道:"此时不打,更待何时?李相国,即刻谋划讨伐之策!"

向淮西开战,已成为"元和中兴"的当务之急、政治革新的首要之务。

这年二月,向来主和罢战的李绛已被罢相,转为礼部尚书。没有了李绛的干扰,李吉甫与武元衡可以放手大干一场了。两位宰相坐镇政事堂,夜以继日地商讨攻打淮西之策,常常通宵达旦。

被称作"凤凰池"的中书省,已有半个世纪没有如此灯火通明,浩渺深邃、星移斗转的大明宫苍穹,也已有半个世纪没有如此双星闪耀。以前这里,多的是钩心潜伏的狐鼠,少的是比翼齐飞的凤凰。

李吉甫、武元衡"同心舟已济,造膝璧常联"的一幕,宛如"贞观之治"时宰相房玄龄、杜如晦,好比"开元盛世"时的宰相姚崇、宋璟。

"二人同心,其利断金。"两位精英宰相携手治政,大唐双璧,一个"德容温比玉,王度式如金",一个"感时江海思,报国松筠心",善谋善断,同心同德,共同书写了元和时代德星闪耀的神话。

这年中秋,五十六岁的李吉甫格外想念父亲李栖筠,梦里时常梦见与父亲谈论如何削藩、如何打仗的情景……于是,李吉甫携着家人前往洛阳祭祀父母,回到阔别已久的平泉山庄,与致仕的兄长李老彭一家团聚,饮酒叙旧,共话桑麻，流连于伊川平泉的山水之间。

几日不见，李吉甫有些想念武元衡。在平泉山庄夕阳下的烟霞里，他喝着新泡的红枣酒，听着北园的蝉鸣，百感交集，不禁脱口吟唱出一首五言长律《夏夜北园即事寄门下武相公》：

> 结构非华宇，登临似古原。僻殊萧相宅，芜胜邵平园。
> 避暑依南庑，追凉在北轩。烟霞霄外静，草露月中繁。
> 鹊绕惊还止，虫吟思不喧。怀君欲有赠，宿昔贵忘言。

"烟霞霄外静，草露月中繁。"好一幅静美绝伦的秋月图。武元衡收到邮差从洛阳捎回的诗笺，羡慕至极，很想快马加鞭地前往洛阳伊川，像李吉甫一样，脱离官场的喧嚣，静养平泉，对酒当歌，剖红梨，食紫蕨，与李吉甫共赏洌泉奇石的诗情画意，共看修竹茂林的绚烂秋色，共居小桥流水的人间仙居。

然而，他们实在是太忙了。大战在即，武元衡就连给李吉甫写一首酬和的诗也没时间，只惦着李吉甫快快赶回长安，共商削藩大计。

因为，淮西之战，也不是那么容易打的。

淮西是"安史之乱"后割据的藩镇之一，其统领为淮南西道节度使，又称淮宁节度使、彰义节度使。一直以来，淮西就是诸藩之乱中的重灾区。

唐代宗宝应元年（762），李忠臣担任淮西节度使后，开始不听朝廷的敕令，后被其族侄李希烈取代。建中年间（780—783），唐德宗亮剑削藩，导致"五镇称王"（幽州朱滔、淄青李纳、成德王武俊、魏博田悦、淮西李希烈）。

李希烈平定山南东道（军部设襄州，今湖北省襄阳市）梁崇义后，占据蔡州，扩张地盘，公开反叛朝廷，僭越称帝，国号为"楚"。

唐德宗贞元二年（786），李希烈亲将陈仙奇将其毒死，自任淮西节度使，后又被李希烈之宠将、淮西兵马使吴少诚所杀。

吴少诚任淮西节度使后，先后悍然出兵，劫掠淮南的寿州（今安徽省寿县）、霍山（今安徽省霍山县），攻击山南东道的唐州（今河南省沁阳市）、陈许镇的临颍（今河南省临颍县）、陈州（今河南省淮阳县），斩杀守将，掳掠百姓。中原士民惶惶不可终日……

贞元十五年（799），唐德宗"下诏削夺（吴）少诚官爵，分遣十六道兵马进讨"。然而，唐军屡战屡败，对淮西一直束手无策。讨伐之事随着朝廷的息事宁人而告终。

唐宪宗元和四年（809），吴少诚病死，其部将吴少阳谋杀其子吴元庆，弑主自立，成为淮西节度使，傲然割据一方。

吴少阳的勃勃野心丝毫不亚于当年称帝的李希烈。他割据蔡州，制造武器，修筑城池，大肆劫掠周边军镇，鲸吞相邻藩镇辖区，天怒人怨。唐宪宗早就想拿他开刀了。

如今吴少阳病死，吴元济刚刚掌权，正是朝廷一举发声讨逆、荡平淮西的大好时机。

正在此时，淮西节度判官杨元卿秘密前往长安，求见宰相李吉甫，将淮西的虚实内幕和盘托出，并请求讨伐吴元济。

原来，吴少阳病死已有四十天，吴元济却隐瞒了死讯。之前，他和判官苏兆、大将侯惟清都力劝吴元济入京朝见，归顺朝廷。吴元济竟然诛杀了苏兆，囚禁了侯惟清。杨元卿建议李吉甫："凡从蔡州入朝奏事的官员，抵达之处，就地扣留，以防事变。"

李吉甫与武元衡紧锣密鼓地做出了一系列军事部署，采取三步走的战略思路，对淮西布下天罗地网。

第一步，将河阳（今河南省孟州市）驻军南移汝州。

之前，为防卫东都洛阳，朝廷在洛阳东北的黄河边上修筑了河阳三城（南城、北城、中潬城），并在河阳北边的怀州（今河南省沁阳市）驻扎三万唐军精锐，镇守三城，以制衡河北魏博。

而今，魏博已归顺朝廷，河阳已成为内地，用不着再驻扎重兵。李吉甫决定，将怀州驻军南移到洛阳南面的汝州（今河南省汝州市），解除唐军对魏博的防控和猜疑。

田兴感动不已，再次上表感谢朝廷——"吾未若移河阳军之为喜也"，承诺永不叛变，随时听从朝廷召唤。

李吉甫又奏请唐宪宗，将河阳节度使乌重胤调任汝州刺史，同时兼任河阳、怀州、汝州节度使，治所迁移到魏博北面的汝州。

乌重胤（761—827），甘州张掖（今甘肃省张掖市）人，在讨伐成德王承宗时逮捕了"吃里扒外"的昭义节度使卢从史，立下战功，便被任命为河阳节度使。

而今，李吉甫将这一支精锐部队调往汝州，属于朝廷对削藩的一个战略转移。因为汝州北依嵩山、南接伏牛，并且离许州最近。唐军主力占据了汝州，就在洛阳之南构建起了一道防御屏障，又对南面的淮西军构成军事威胁。

第二步，密集调动四方节度使，对淮西形成战略合围。

以洺州（今河北省邯郸市永年区）刺史李光颜为陈州（今河南省周口市淮阳区）刺史，充忠武（军部设许州，今河南省许昌市）都知兵马使（相当于作战司令）。

李光颜（762—826）出身将门，见义能勇，曾参与讨伐朔方李怀光、西川刘辟、夏绥杨惠琳及成德王承宗。白居易对其评价道："光颜久将有威名，度为人忠勇，可当一面，无若二人。"

以泗州（今江苏省盱眙县淮河北岸）刺史令狐通为寿州（今安徽省寿县，时属淮南节度使统领）刺史，兼寿州防御使、检校御史中丞。

令狐通（？—822），其父令狐彰擅长骑射和书法，在"安史之乱"中起义，归顺朝廷，参与平定叛将史朝义，后拜御史中丞、银青光禄大夫、滑州刺史、检校右仆射、霍国公等。

李吉甫向唐宪宗上疏，极力举荐令狐通："陛下，臣伏见先朝（唐代宗）滑州节度使令狐彰临终上表，悉以土地兵甲簿籍一一上供朝廷，并遣派诸子随表归阙入朝。臣每感河朔诸镇，付子传孙，无不熏灼数代；唯有令狐彰忠义感激，奉国忘家，遣子入朝，以土地归于先帝。现在，令狐通幸存，得遇明圣，伏乞陛下召之与语，如能堪用，望垂奖录。"

唐宪宗看完李吉甫的奏章，念及令狐彰之忠心，于是擢升令狐通为赞善大夫，出为宿州刺史。而今讨伐淮西叛军，李吉甫起用令狐通，把他放在淮西东南方最近的寿州，当能为国效劳，再立战功。

以山南东道（军部设襄州，今湖北省襄阳市，辖襄州、邓州、鄂州、复州、均州、房州、随州、唐州八州）节度使袁滋为江陵尹、荆南（军部设江陵府，今湖北省江陵县）节度使，兼任检校兵部尚书。

以荆南节度使严绶为襄州刺史、山南东道节度使，兼任检校司空。这么做就是将袁滋与严绶两个军事长官晋级调防，以便朝廷更能驱驰调动，不折不扣地执行军令。

加授河东（军部设太原，今山西省太原市）节度使王锷为检校司空、同平章事（享受宰相待遇）；任命给事中孟简为越州刺史、浙东（军部设越州，今浙江省绍兴市）观察使。

如此一来，在蔡州正北，有驻扎许州的李光颜部队，再往北，又有驻扎汴州的宣武军（节度使韩弘）和已归顺朝廷的魏博军（节度使田兴）；蔡州东北方向，有驻扎沧州的横海军（节度使程执恭）。以此组成了北部战线。

在蔡州西北、洛阳之南，有驻扎汝州的乌重胤部队；在蔡州西南，有驻扎襄州的严绶军队。以此组成了西部战线。

在蔡州正南面，有驻扎江陵的袁滋军队、驻扎鄂岳（军部设鄂州，今湖北省武汉市）的柳公绰军队；在蔡州东南面，有淮南节度使李鄘、寿州防御使令狐通、以及武宁（军部设徐州，今江苏省徐州市）军队。以此组成南部战线。

第三步，任命一批能臣干将，让削藩大业后继有人。

举荐河中、晋、绛、慈、隰州节度使张弘靖暂署刑部尚书、中书门下省同平章事，入阁拜相，填补李绛之位。

张弘靖当属非凡之才，其父亲张延赏在唐德宗贞元年间（785—805）任过西川节度使、同平章事（宰相）。张弘靖以门荫入仕，从河南府参军做起，历任殿中侍御史、兵部郎中、中书舍人、工户二部侍郎、陕州观察使、河中节度使等职，在政治、军事、书画领域都有所建树。

任命尚书左丞吕元膺（749—820）为东都留守、兼任检校工部尚书，紧紧扼守住东都洛阳，确保长安的稳定。

大胆起用主张强势削藩的裴度（765—839），由中书舍人擢升为御史中丞，这个职务武元衡也曾担任过。

元和二年（807），武元衡出任西川节度使时，裴度在他的幕府担任书记官，两人精诚合作，把天府之国治理得人和政通。

后来的事实证明，李吉甫对这个三人的重用，对大唐平定淮西以及实现"元和中兴"发挥了重要作用。

可以说，李吉甫全局在胸，运筹帷幄，制定了四面包围、步步蚕食的讨伐方略。从作战地图、军资筹备，到将帅调配、官军兵力，再到进军方位、作战策略等，都安排得井井有条。

从北到西北、到西南，再到正南、东南方向，李吉甫都部署了朝廷掌控的唐军，对淮西的蔡州划出了一个大半月形的包围圈。同时，也对割据自立的淄青李师道形成包围之势。

李吉甫雷厉风行地做完周密部署，仍采取"先礼后兵"之策，若能像收复魏博田兴那样，不费一兵一卒就让淮西归顺朝廷，那将是两全其美的事情。

经过一番思索，李吉甫在朝会上出班奏道："陛下，《孙子兵法》云，不战而屈人之兵者，善之善者也。上兵伐谋，其次伐交。若能不战而屈淮西，臣愿携带陛下诏书前往蔡州，向吴元济当面与言君臣大义、利害逆顺。其若能洗心革面，归顺朝廷，百姓免遭涂炭，当为上上之策。"

唐宪宗面色凝重地说道："朕不同意。当年，先帝（唐德宗）讨伐淮西李希烈时，就是听信奸相卢杞的谗言，命四朝元老颜真卿前往许州宣慰，劝降李希烈。没想到那狗贼竟将颜真卿逮捕，缢杀于蔡州。李相国年已五十有七，朕绝不同意爱卿前去虎狼之地，重蹈覆辙。"

李吉甫镇定自若地说道："陛下，颜文忠（颜真卿谥号）道冠四朝，忠谠馨于臣节，贞规存乎士范，视死如归，名动神祇，虽死犹生。臣为宰辅，深蒙陛下垂念，万死不足以报皇恩，定当述职中外，服劳社稷，不以死生为念。臣请陛下委以存谕，受命以出，死而无憾！"

唐宪宗有些踌躇，思忖半晌，坚持不允，改派工部员外郎李君何携天子剑，前往蔡州宣慰，以一探究竟，见机而作。

没想到，吴元济很久没等来节度使节钺，铁了心反了。

吴元济拒绝李君何入境，派出骄兵悍将四面出击，屠杀舞阳（今河南省舞阳县）百姓，火烧叶县（今河南省叶县西南）房屋，大肆掳掠鲁山（今河南省鲁山县）、襄城（今河南省襄城县）。

吴元济又丧心病狂地杀了杨元卿的妻子和四个儿子，用他们的鲜血涂抹箭靶，关东（潼关以东）大地震动，百姓惊骇。

董重质是原淮西节度使吴少诚的女婿，勇猛强悍，能识军机，且有谋略。吴元济将他引为智囊，权作军师，图谋中原。

淮西精锐以骡为坐骑，号称"骡子军"，吴元济让董重质率领两万淮西骡子军进驻洄曲（今河南省漯河市南洪河弯曲处，因澺水河道迂曲回流而得名）。骡子军作战骁勇，占据战略要地，从北面防御朝廷大军的围剿，作为守卫蔡州的重要战略防御。

淮西地理位置十分重要，西距东都洛阳不过三百公里，东距通济渠不过两百公里，控制着蔡州、光州和申州之地，形势"逼近东都，中天下而持南北之咽喉"，既可以威胁以汴宋为中心的运河漕运体系，又威胁转道江汉水域的漕运体系，此时不打，更待何时？

万事俱备，只待唐宪宗一声令下。

就在这个节骨眼上，元和九年（814）十月，李吉甫对淮西作战提出"三步走"战略，正式向淮西开战之时，却不幸暴病，与世长辞。这突然的变故令朝野震惊，唐宪宗感到无比忧伤，更坚定按其遗愿收复淮西的决心。

元和十年（815）正月十五上元节一过，唐宪宗毅然下诏，削掉了吴元济的一切官爵。

唐宪宗又任命襄州刺史、山南东道节度使严绶为淮西招抚使（作战总指挥），令宣武、忠武、太原、武宁、淮南、宣歙等兵马合势，山南东道及魏博、荆南、江西、剑南东川等道兵马与鄂南计会，东都防御使与怀汝郑节度使及剑南、义成军兵马犄角相应，十六道共计十万兵马同伐吴元济，打响了"元和中兴"之战。

自唐德宗时代起，割据自立的五藩（幽州、成德、魏博、淄青、淮西）中，淮西最为凶悍。贞元十五年（799），唐宪宗的祖父唐德宗攻打淮西吴少诚时，也出动十六道兵马，然而两年未果，最终选择了撤军。

十五年后的淮西之战，依然打得格外惨烈和艰难。

严绶率领的主力部队，在磁丘与淮西军激战，大败。严绶撤军五十里，退守唐州，据城防守。寿州团练使令狐通也被淮西兵马打败，逃奔寿州自保。

朝廷于是将山南东道一分为二，唐、邓、随三州为一镇，任命在平叛西川刘辟中立功的高霞寓（772—826，幽州范阳人，中唐将领）为唐、邓、随节度使，专门负责南线军事作战；襄、复、郢、均、房五州为一镇，以户部侍郎李逊为节度使，专门负责后勤保障。

魏博节度使田兴命其子田布率精骑三千，增援山南东道严绶进攻吴元济。忠武（军部设许州，今河南省许昌市）都知兵马使李光颜率领精锐骑兵冲锋陷阵，接连在临颍（今河南省临颍县）、南顿（今河南省项城市）等地大败蔡军，淮西兵马大规模溃退。

大军压境，吴元济感受到了莫大的压力，秘密遣使向成德节度使王承宗、淄青节度使李师道求救，谋求结盟，互壮声势，对抗中央。

王承宗和李师道倒行逆施，屡屡上表，请求赦免吴元济。唐宪宗断然拒绝，口谕李师道要向魏博节度使田弘正学习，立即派兵加入联军，共同讨伐淮西。

王承宗又派平卢牙将尹少卿携带金银珠宝，前往京城贿赂宰相武元衡，意在游说其罢兵息战，却被武元衡一顿狂骂，轰出了长安。

王承宗对武元衡恨之入骨，连连上书诋毁，想离间他与唐宪宗之间的关系，把他赶出朝廷中枢。李师道见此路不通，于是开始玩阴的。

首先，李师道派出两千兵马前往寿春（寿州治所，今安徽省寿县），向朝廷声言协助官军讨伐淮西，实际上是企图乘机援救吴元济，以巩固淄青自身的地位。

接着，李师道又派遣平日豢养的一帮死士前往河阴仓（今河南郑州市西北桃花峪），将朝廷从江淮漕运而来的粮食物资付之一炬，河阴转运院三十余万贯钱、三十多万匹帛、三万多斛谷物全被焚毁。

然后，李师道又令一帮凶悍之徒化作平民，潜入东都洛阳，重金收买嵩山山棚（在嵩山上结棚打猎为生的流民，不务农桑，精壮骄悍，时常出山抢劫杀人），纵火焚烧宫殿民房，抢劫商贾财产。东都被闹得天翻地覆，人心惶惶。其目的就是要让朝廷内院起火，放弃攻打淮西。

消息传到长安，满朝震骇。知制诰韩愈、左赞善大夫白居易等朝臣纷纷上书，要求唐宪宗罢兵，让百姓休养生息。强势主战的宰相武元衡坚决不同意，引起了藩镇势力的极度仇视。

图穷匕首见。李师道、王承宗决定干一票更大的。

天下一统

元和十年（815）六月三日拂晓，黎明静谧。

天还没亮，薄雾蒙蒙，武元衡像往常一样，早早梳洗完毕，跨出宰相府邸，翻身上马，在几名卫士护卫下准备去上朝。

前线的战事，繁忙的政务，每日晚寝早起，让这位被称作"大唐第一美男子""瑰奇美丽主"的宰相武元衡面容疲惫。

武元衡两手抓住马鞍，微微闭上眼睛，准备闭目养神一会儿。

此时，他脑海里想起了自己与李吉甫夜宿凤凰池（中书省别称），在明月之下共商军政大事的情景，想起了自己在西川亲率川军把吐蕃打得溃不成军的厮杀，想起了自己在浣花溪畔与美女诗人薛涛月下唱和的往事，昨晚独酌望月时吟诵的一首小诗浮现眼帘：

> 夜久喧暂息，池台惟月明。
> 无因驻清景，日出事还生。

马蹄嗒嗒，武元衡离开所居的靖安坊，缓缓走出一条街。突然，有人叫喊"灭灯"，埋伏在街旁榆树后面十几个蒙面黑影一拥而出，只听"嗖嗖"几声，前后侍从提着的"武"字灯笼被利箭全部射灭。

武元衡的肩膀也被射中一箭。

"有刺客——"武元衡正欲策马而驰，四面拥来的刺客已提刀冲到他的坐骑前面，顿时血肉横飞，只听"咔咔"几声，武元衡的右腿被砍中一刀，坐骑的前脚亦被砍中，当场倒地，发出惨烈的嘶鸣。

跌倒在地的武元衡还未来得及拔剑，一道剑光闪过，武元衡的头颅就被刺客的屠刀砍出去三米之外。刺客迅速跑过去捡起首级，扬长而去，隐没于长安城黎明前的黑暗之中。

其余朝骑、巡街的金吾卫循声赶来，持火照之，发现武元衡已倒在一片血泊之中。

和武元衡宰相同时遇刺的，还有同样强势主战的御史中丞裴度。他也是刚刚走出所居的通化坊便遭遇了一帮刺客。

一柄利剑嗖地砍在裴中丞头上，好在他戴着一顶厚实的扬州毡帽，逃过一劫，未致肝脑涂地，死于非命。

裴度被刺客乱刀砍伤落马，掉进了路旁的阴沟，侍从王义大呼"救命"。刺客再欲下手时，王义死死抱住刺客大腿，大呼"有刺客"。

刺客惊恐，慌忙一刀砍断了王义的手臂，夺路而逃。裴度虽然遭受重伤，但被及时赶来的金吾卫救回裴府，幸运地躲过了刺客的绝命暗杀，保住了性命。

一个是大唐宰相，一个是御史中丞，在天子眼底下的长安城里被公然暗杀，一个尸首两端，一个险遭不测。刺客的手段如此残忍，可谓大唐历史上一桩史无前例的惊天大案。

暗杀得逞的刺客，气焰更加嚣张，不断给朝中重臣、金吾卫的府宅留下恐吓的字条："毋急我，我先杀汝！"

天子震惊，京师震颤，天下震动，朝野一片惊恐。

在李师道、王承宗看来，唐宪宗之所以誓死讨伐蔡州，都是主战派李吉甫、武元衡、裴度惹的祸，如果将其暗杀，其他朝臣都将破胆，不再敢言用兵之事。唐宪宗独木难支，淮西定能解围。

果不其然，礼部尚书李绛、给事中（御前监督官）李逢吉、翰林学士王涯、钱徽等主和派，纷纷闻风投袂而起，罢兵呼声弥盖朝野。

朝野陷于无名恐怖中，年过七旬的兵部侍郎许孟容挺身而出，愤然上奏唐宪宗："自古以来，未曾有过宰相横尸街头，刺客竟然逃脱，无法擒拿归案之例。此乃李唐王朝的耻辱！"说完，已是涕泪交加。

许孟容继续奏道："陛下，昔汉廷有一汲黯奸臣尚为寝谋，今主上英明，朝廷未有过失，而狂贼敢尔无状，宁谓国无人乎？臣请奏陛下，擢升裴中丞为宰相，大索贼党，穷其奸源，查出幕后黑手。"

唐宪宗身感天威坠地，不由得拍案而起，勃然大怒道："此等乱臣贼子，竟然铤而走险，暗杀朕的股肱之臣，就算把京师内外翻个底，也要找出元凶。获贼者赏钱万缗，赐官五品。谁若胆敢庇匿，举族诛之！"

于是，长安开始了一场"掘地三尺"的大搜捕，连公卿大臣和节镇将帅的夹墙、屋梁、阁楼都一一搜索。

李逢吉上疏弹劾裴度穷兵黩武、蛊惑圣听，请求罢免裴度，以平淮西、淄青之乱，以抚慰恒（恒州王承宗）、郓（郓州李师道）之心，以免给李唐王朝带来"四王二帝之乱"那样的毁灭性灾难……

唐宪宗气得须髯怒张，厉声斥道："裴度未亡，天助朕也。若罢裴度，恰令奸谋得成，朝廷从此无复纲纪！朕用裴度一人，就足够打败淮西（吴元济）、淄青（李师道）两个乱臣贼子。张相国（张弘靖），立遣御医给裴中丞治伤；许（孟容）侍郎，立派金吾卫重兵守卫裴中丞的府宅！"

唐宪宗令金吾卫骑兵全部出动，箭上弦、刀出鞘，严密保护朝中重臣的安全。长安府、县两级衙门与金吾卫一道，对长安各坊加派岗哨，严密盘查行人，务必捉拿凶手归案。

裴度养伤期间，卫兵宿其府邸，中使问讯不绝。裴度感动不已，讨贼之念益坚，提笔上疏唐宪宗："淮西吴元济乃虎狼之徒，大唐腹心之疾，不得不除。况且朝廷已经出军讨伐。两河（黄河南北）那些跋扈割据的藩镇，都将视此为高下，决不可半途而废。"

六月二十五日，唐宪宗下诏，任命朝议郎、署理御史中丞、兼刑部侍郎、飞骑尉、赐紫金鱼袋裴度为朝请大夫、署理刑部侍郎、中书门下同平章事。

唐宪宗痛下决心，擢升裴度为宰相，将军事行动全权委之，继续扛起讨伐淮西的战旗！向天下表明天子铁心平藩的意志。

因为唐宪宗知道，武元衡之死，吴元济、李师道、王承宗等跋扈藩镇势力绝对脱不了干系。

元和十一年（816）正月，成德王承宗也四出劫掠，扰乱朝廷用兵计划。唐宪宗忍无可忍，下诏剥夺王承宗一切官爵。命河东、卢龙、义武（定州）、横海（沧州）、魏博（魏州）、昭义（潞州）等六道兵马出军讨伐趁火打劫的成德。

从此，唐宪宗在南北两线与背离朝廷的两个藩镇同时作战。

元和十一年（816）六月，唐、邓、随节度使高霞寓在铁城（今河南省遂平县西南）与淮西军作战，全军覆没。十二月，接任申、光、蔡、唐、邓、随六镇节度使的袁滋又大败于新兴栅（今湖南省泌阳县东北），其余各战场或屡战屡败，或隔岸观火，寸功未进，久战无功。

叛军又将唐军在襄州佛寺的粮草焚毁，不久，唐朝开国皇帝唐高祖李渊的陵墓献陵寝宫也遭到了焚毁……唐军钱粮不继，官兵畏战，士气沮丧，淮西战场逐渐陷入持久战的泥潭。

面对朝中主和派们强烈的罢战声，唐宪宗坚定地说："胜败乃兵家常事，何足介怀？现在关键是调整用兵方略，察将帅之不胜任者，易之；察兵食不足者，助之。岂得以一将失利，遽议罢兵！"

唐宪宗决心独用裴度之言。武元衡死了，但对淮西的战争并没有结束，裴度接过了武元衡的衣钵。

宰相裴度日夜研读李吉甫所著《元和郡县图志》与《河北险要图》，认真分析淮西战场各方形势，决定重新排兵布阵，调兵遣将。

唐宪宗听从裴度的意见，将消极避战的袁滋撤职，贬为抚州（今江西省抚州市临川区）刺史。大胆起用唐德宗时代军中名将李晟之子、时任太子詹事的李愬，任命其为左散骑常侍，兼任唐、随、邓（军部设唐州，今河南省泌阳县）三州节度使，为西路唐军统帅，进征淮西。

李愬当时虽名不见经传，其父亲却是战功赫赫的大将李晟。

建中年间（780—783）爆发"泾原兵变"，唐德宗逃奔奉天，李晟临危受命，担任诸道兵马副元帅，率兵收复长安，平定朱泚之乱，后拜司徒兼中书令，领凤翔、陇右、泾原三镇节度使，册封西平郡王。

战争持续打到元和十二年（817）五月，朝廷已对淮西用兵三年，战线数千里，出兵十余万，耗费粮饷数百万缗，淮西仍是固若金汤。

去年新任的宰相李逢吉力谏罢兵。裴度坚持己见，向唐宪宗主动请缨："淮西腹心，不可不除，臣愿亲往前线督战。"

同年八月三日，鼍鼓金钲，响彻云霄，宰相裴度带着天子和满朝文武的期望，率领三百神策军铁骑离开长安，前往淮西战场督战。

唐宪宗亲自到通化门为裴度壮行，赐给他通天犀角腰带。裴度接过腰带，慷慨而言，立下了军令状："陛下，主忧臣辱，理当赴义捐生献必死之力。逆贼被灭，则臣将有朝见天子之日；贼在一日，则臣将无返回朝廷之期。"

唐宪宗感怀泪下，毅然说道："爱卿威武，从今开始，前线皆由爱卿统率调度，全部受其一体节制。朕誓平淮西，方准班师。"

裴度奉命出发，快马加鞭赶到蔡州北边的主战场前线郾城（今河南省漯河市郾城区）。经过一番详细勘察研究，裴度很快找到了淮西之战何以旷日持久的主要症结。

一是朝中主和派重臣的干扰。他们对唐宪宗的削藩战争十分忧虑，害怕重蹈唐德宗时代的"四王二帝之乱"，极力主张妥协，不愿与强藩大动干戈。翰林学士令狐楚与李逢吉交好，在奉诏草拟裴度担任淮西招抚使的制文时，就曾趁机挑拨裴度与前线都统韩弘的关系，试图破坏淮西用兵。

因此，裴度密奏唐宪宗，将密图阻止、请罢诸道兵的李逢吉贬出朝廷，出为剑南东川（军部设梓州，今四川省三台县）节度使。解除中书舍人令狐楚翰林学士之职，建议将他外放华州（今陕西省华县）刺史。将右拾遗独孤朗贬为兴元（今陕西省汉中市）户曹参军。

自此，朝中反战舆论消除。李逢吉、令狐楚及其同年挚友判度支、御史大夫皇甫镈等人也因此与裴度结仇恨。

二是诸道联军各打各的算盘。朝廷征讨军队虽然庞大，但统帅号令不一，诸将心志不齐，有的驻足观望，避敌锋芒，不想拼命，保存自身实力；有的各自为战，抢捞地盘，甚至养寇自重，试图大发战争财。

于是，裴度密奏唐宪宗，重用年轻将领李愬，颁诏从昭义、河中、鄜坊的军队中挑选两千精兵，调拨给李愬的西部战线。如此一来，其余老将、主将既担心李愬抢占平叛头功，又畏惧鹰派人物裴度发难，端掉其节度使帽子，必将争相出战。

三是前线战事受到监军宦官的掣肘。建中四年（783）发生"泾原兵变"后，唐德宗正式授予宦官监军印，使其发挥上传下达的桥梁作用，也成为压制各藩镇将帅拥兵自重的一股重要力量。

唐宪宗也对淮西前线各战区都派驻了宦官监军，然而这些宦官根本不懂军事，既无勇也无谋，却偏偏爱指手画脚，自作聪明地干涉军政，往往贻误战机，导致战争失败。打了败仗，就把责任推卸给将领，甚至诬陷打击，大树淫威；打了胜仗，就把功劳揽在自己头上，奉表邀赏。

于是，裴度密奏唐宪宗，将所有讨伐淮西部队的监军宦官召回朝中，让诸道将领掌握绝对的指挥权、自主权，可以号令一致，便宜从事，果敢决策于千里之外，不失战机，专心作战。

经过裴度这三大军事调整，淮西战场的情况很快发生了改变，裴度以李吉甫、武元衡两位前宰相的铁腕手段，督促诸道唐军迅速向淮西发起了全面总攻。

北部战线，忠武军节度使李光颜与河阳、怀州、汝州节度使乌重胤先后攻下了淮西军驻扎的陵云栅、石越栅等要地。南部战线，鄂岳道（军部设鄂州，今湖北省武汉市）观察使李道古从穆陵关（今河南省新县南）出发，攻击申州

（今河南省信阳市）；寿州团练使李文通在殷城（今河南省商城县）打败淮西军，攻克六个营寨。西部战线，李愬攻克了蔡州以西和西北的文城栅、马鞍山、嵖岈山、冶炉城、宜阳栅等据点，与北线裴度驻扎的郾城唐军兵势相接。

吴元济见势不妙，赶紧抽调精兵强将到洄曲增援防守，就连老巢蔡州城中的精兵也被抽调一空。

九月，李愬已将其主力部队进驻距蔡州仅六十五里的文城栅，建立了接近蔡州的军事基地。

将贵专谋，兵以奇胜。散骑常侍、唐、随、邓三州节度使李愬派遣掌书记郑澥给裴度秘密送来了一份"突袭吴元济老巢蔡州"作战计划！

"淮西精锐部队都在洄曲和边境，守卫蔡州的全是老弱残兵。末将愿请一支精骑，绕过敌军主力，穿越淮西腹地，乘虚直捣其城，出其不意，生擒吴元济！"

裴度看完李愬的密呈，不禁拍案叫绝道："妙！兵非出奇不胜，常侍（散骑常侍李愬）良图也！"

裴度毫不犹豫地批准这个奇袭计划，并命北线战场的李光颜、乌重胤向郾城之南的淮西军发起猛烈攻击，以吸引淮西主力北调。

"虎父无犬子"，作为名将李晟之子，李愬不但擅长骑射，而且胸有韬略，特别善于礼贤下士，优待俘虏，先后擒获了吴秀琳、柳子野、梁希果、丁士良、李祐等一批淮西军中将领，并以其豁达的胸怀和谦善的人格，晓以利害，分析祸福，待之如上宾。

李祐等淮西大将感动不已，被成功招降，并毫无隐瞒地向李愬告知了淮西内部鲜为人知的军情以及城防部署地图。

知己知彼，方能百战不殆。李愬一面使用示敌以弱战术，麻痹吴元济；一面与李祐等人于军帐昼夜密商，精准计划，白天秘密操练，共谋奇袭蔡州之计。《资治通鉴》这样写道："愬每得降卒，必亲引问委曲，由是，贼中险易、远近、虚实尽知之。"

元和十二年（817）十月十五日，一个风雪交加的深夜，李愬决定利用风雪阴晦的天气，实施擒贼先擒王之行动。

李愬命步骑兵都虞候、随州刺史史旻坐镇指挥部所在地文城栅；命李祐率领敢死队三千兵马作为前锋，自己跟监军将率三千精骑作为中军，命唐州刺史李进诚率三千精骑作为殿后。

九千精骑迎着纷飞大雪，秘密向东狂奔三十里后抵达张柴村（兴桥栅西），全歼守军。李愬留五百人驻守城栅，防备朗山方向之敌；另以五百人拆毁洄曲跟蔡州间的道路和桥梁。之后，全军稍事休整，吃饱喝足后，令立即开拔。

夜深天寒，风雪狂舞，旌旗为之破裂，人马冻死者相望于道，诸将疑惑地询问军队将开往何处。李愬才公开宣布："兄弟们，养兵千日，用兵一时，此去蔡州，直取吴贼，大丈夫必当立功行事，以取富贵。"

午夜时分，暴雪越下越大，狂风越刮越猛，唐军踏着积雪，孤军深入，急行军七十里，终于于十月十六日凌晨三时左右，李愬精骑已悄无声息地抵达城下。

自吴少诚拥兵割据淮西算起（唐德宗贞元二年，786），唐军已整整三十年未到过蔡州城下。

蔡州人毫无戒备，李祐、李忠义轻车熟路，旋即率数百敢死队队员在蔡州城墙上掘土为坎，身先士卒，跃上城头，熟睡中的守城士卒顷刻之间就一一被杀。

李祐命精锐依旧巡逻城墙，照常击柝报更。随后打开蔡州城门，迎接李愬三路兵马悉数冲入城中，大破第二重城门。

鸡鸣时分，雪渐停止，唐军集结听令，兵分三路，神不知鬼不觉地杀进了内城。

"报——吴王，官军杀进城来了！"值宿的将领惊惶失措地大呼，划破了蔡州的夜空。

此刻正与美人躺在热被窝里睡大觉的吴元济突然被喊声惊醒，不由得破口大骂道："狗日的，打搅本王好梦！哪来的什么官军？都是他妈的不禁打的孬种！"

"吴王，官军真的打进来了，两重外城已陷落，快要兵临节度府了！"吴元济的侍从哭喊着冲进寝殿。

吴元济此时才大梦初醒，惊愕得两脚打颤，吓出一身冷汗，慌忙裹衣提剑，召集贴身侍卫和城中留守部众，前往节度府外的最后一道牙城殊死抵抗。

然而，一切都晚了。

唐军猛攻牙城，毁其外门，势不可当，得甲库，取器械，烧其南门。百姓争相负薪助之，城上矢如猬毛，箭如雨下。

曾经无法无天、威福自用的吴元济已如瓮中之鳖，举起白旗向英姿飒爽的年轻将领李愬投降，被绑上槛车押往京师。

驻守洄曲的董重质以及申州、光州的五万余叛军将士相继归降，李唐王朝的旗帜搁置三十年后终于插上了蔡州的城墙。

捷报传到长安，整个帝京沸腾了。

"李愬雪夜袭蔡州"，悬军奇袭，置之死地而后生，活捉吴元济，一战定乾坤，创造了唐朝中后期最辉煌的军事传奇，成为中国古代战争史上出奇制胜的经典战例。

十一月一日，唐宪宗李纯神采奕奕，率百官驾临长安兴安门，授受战俘，将吴元济腰斩于独柳树下，献祭宗庙社稷。

唐代文学家韩愈精心结撰《平淮西碑》，洋洋洒洒一千八百余字，深深地镌刻下了元和时代李吉甫、武元衡、裴度三任宰相与李愬、李光颜等军中名将的丰功伟绩。

至此，唐宪宗李纯强势削藩以来，以武力一举平定了西川、夏绥、浙西、魏博、淮西五镇节度使。

杀鸡以儆猴，天下藩镇无不震动恐惧，幽州（卢龙）刘总、成德王宗承、横海程权等跋扈自立的土皇帝也彷徨无措，主动上表献地，并请求押送长子入朝做人质，宣誓归顺朝廷。

之后，唐宪宗下诏，命宣武、魏博、义武、武宁、横海五道兵马讨伐淄青节度使李师道。这位暗杀武元衡、裴度，手上沾满万千生灵鲜血的刽子手李师道，很快就被砍下了那颗冥顽的脑袋。

"忽惊元和十二载，重见天宝承平时。"削藩取得了全面的胜利，占据了大唐半壁江山五十年之久的河北诸藩，一夜之间土崩瓦解。

自"安史之乱"以来，唐朝国力衰微，全国处于藩镇割据的"谋独"状态，历经十五年的削藩战争，动荡分裂、饱经战乱的大唐帝国，终于在唐宪宗李纯时代回到了天下一统的小盛世。

这便是大唐三百年间永载史册的"元和中兴"。

德星陨落大唐最后的盛世

大唐帝国否极泰来的"元和中兴"，终于可以告慰李吉甫、武元衡两位主战宰相的英灵了。

直到元和十四年（819），淄青李师道被问斩，成德节度使王承宗服罪之后，才真相大白。原来，李师道不仅暗杀了武元衡、裴度，在此之前，还策划暗杀了主战削藩的首席宰相李吉甫。

只不过，李师道使用的不是刀剑，而是渗入茶叶之中的毒药。

历史倒回到元和九年（814）十月一日，秋风猎猎，苍穹星繁。

举袖成云的长安停止了喧闹，靖安坊府第中的宰相武元衡，正独自手托茶杯，伫立夜风中，出神地仰望着浩渺的星空。

武元衡突然想起前不久的中秋节，李吉甫回到伊川拜谒父母，居住平泉山庄时给自己写的那首《夏夜北园即事寄门下武相公》。

武元衡轻轻呷了一口李吉甫前不久赠送的阳羡紫笋贡茶，此茶曾是李吉甫父亲李栖筠任常州刺史时所创，有着汤清、芳香、味醇的独特魅力，一代茶圣陆羽评其"芬芳冠世"，又赞曰"天子未尝阳羡茶，百草不敢先开花"，并与杭州龙井茶、苏州碧螺春齐名，被列为贡品。

阳羡茶而今成为皇亲国戚、文人雅士的偏爱。当然，历届常州刺史，每年也不忘给宰相李吉甫寄来一些阳羡紫笋贡茶。

武元衡品着芳香甘醇的阳羡茶，不由得喃喃地回味吟诵李吉甫的诗："结构非华宇，登临似古原。僻殊萧相宅，芜胜邵平园。避暑依南庑，追凉在北轩。烟霞霄外静，草露月中繁。鹊绕惊还止，虫吟思不喧。怀君欲有赠，宿昔贵忘言。"

就在这吟诵之间，武元衡突然发现夜空出现了极不寻常的天象。

之后，武元衡吩咐侍卫备好马车，他要前往安邑坊的李吉甫府邸。

此时的李吉甫却没有空闲仰望星空。他刚刚勘正完了那张《河北险要图》。如释重负的李吉甫，拿出父亲李栖筠遗留下来的那把古琴，从容淡定地席坐抚琴。

武元衡敲开李府大门，走进院里，铮铮不屈的琴声传入耳际，那琴声时而如清溪潺潺，清亮悠远，时而又如石破水鸣，悲壮激昂。

开门的仆人正要快步进屋禀报，武元衡忙将仆人叫住，嘱托他暂不去通报李大人，等他这一曲弹完再禀报。

武元衡就站在院里那棵槐树下，聆听李吉甫抚琴。溶溶月色，徐徐夜风，琴声如语，武元衡听出了好友弹奏的曲子，那正是魏晋琴家嵇康所创之曲——《广陵散》。

铮铮琴音从李吉甫的手指间迸发而出，高而徐引，秋水扬波，散发出一种愤慨不屈的浩然之气。不过，武元衡也是抚琴高手，他听得出在李吉甫那镇定豁达的气概之中，抑扬顿挫、起伏虚灵的韵调之间，也略带了一丝隐忧和凄楚之情，不由得为之动容。

"好琴！"曲终音绝，武元衡不由得喊出声来，踱步循声入房。

李吉甫见武宰相到访，马上吩咐妻子裴文昔道："夫人，快快叫厨房安排几道夜宵酒菜，今日我要与伯苍（武元衡字）好好饮几杯！"

武元衡望着笑呵呵的李吉甫，满脸凝重地说："弘宪（李吉甫字）兄，你还有心思抚琴，你可观看了今夜的星象。"

李吉甫哈哈笑道："管他什么星象，吾心意已决，哪怕拼将微躯，也要铲除淮西叛贼吴元济！坐坐坐，什么星象也比不上咱俩德星会聚，今夜好好饮上几杯，否则明天哪有力气和朝中那帮反对派打嘴仗！"

"走，咱俩到庭中看看去！"武元衡见李吉甫一脸镇定，若无其事，立马拉住他手，快步来到庭院之中。

李吉甫抬头仰望星空，果然看见荧惑星拖着长长的尾巴占据了太微垣的位置。

"荧惑！"李吉甫顿然惊诧而言。

他凝望着苍穹半响，缓缓沉声说道："西汉成帝绥和二年，占星官贲丽报告上天出现了荧惑守心的天象，宰相翟方进被汉成帝赐了毒酒自杀。翟方进暴亡没几天，汉成帝又突然暴毙，王莽篡汉称帝……"

武元衡有些疑惑地问道："弘宪兄，荧惑星遮蔽太微星，如若真有大奸大贼折损将相，那定是淮西吴元济，人定胜定，何患大奸？明天朝会你我共进圣上，即日兴师淮西，铲除蠡贼……"

"行星尾落东南方向，难道会是淄青的李师道？"李吉甫掐了掐手指，一向谨慎沉着的他不禁面现疑惑之色。

武元衡一听李师道名字，连忙提醒道："听闻李师道乃暗藏反志而不露声色的狡诈之辈，家中豢养众多亡命之徒，弘宪兄以后可要当心！"

李吉甫笑道："伯苍过虑了！当日我谪贬江淮时，相士袁隐居曾帮我推算官职运数，说我将来可以做到将相，寿数则为九十三，而今我年方五十七，伯苍兄，你我同岁，正是指点江山、挥斥方遒之时啊！"

武元衡也豁然笑道："好个公之禄真将相，公之寿九十三也！弘宪兄果然气宇轩昂，不信鬼神。走，我们回府好好喝几杯，喝他个群星会聚，喝他个银河灿烂！"

李吉甫坦然笑道："武相公谬赞啦！吾之先未尝有及七十者，吾何敢望九十三乎？"

那一夜，阴晦的苍穹，星星稀落。夜至子时，火星之外又出现另一颗行星太白金星，直接侵入了上相星所在的天域，还扫过太微垣的执法星……变幻无常的异象，预示着李吉甫、武元衡两位宰相不久将有莫大的凶兆。

然而，如墨的天幕之下，依然有两颗璀璨的星宿，闪烁在即将到来的至暗时刻，难道不正是李吉甫与武元衡？

那一夜，两人举杯对饮，共忆曾经你来我往诸如"淮海同三入，枢衡过六年""金玉裁王度，丹书奉帝俞"的诗酬唱和；共抒两人同佐天子"星辰拱帝座，剑履翊天机""上公留凤沼，冠剑侍清祠"的济世安民之志，共谋"闻停岁仗矜皇情，应为淮西寇未平""知时每笑论兵法，识势还轻立战功"的削藩大计。

泰山崩于前而色不变，麋鹿兴于左而目不瞬，两位铁血宰相也有温情之时，夜饮达旦，谈笑风生。

从"笑掩微妆入梦来"的女校书薛涛，谈到"十七人中最少年"的白居易；从"安史之乱""泾原兵变"谈到"永贞革新"；从贤相"房谋杜断""姚崇宋璟"谈到奸相卢杞、裴延龄；从儒家"修身齐家治国平天下"、释家"众生无我"谈到道家的"无为而无不为"；从江南水乡、小桥流水谈到瀚海天山、大漠黄沙；从元和十道的丘壤山川谈到河北三藩的攻守利害……

一对情投意合的同年好友，谈不尽曾经刀光剑影、斗转星移的历史，谈不尽这片百弊丛生、百废待兴的天下，一直谈到子夜过后、晓月如钩，鸡鸣时刻（丑时，凌晨一时至三时），武元衡才由侍从将其送回。

李吉甫虽是酒意阑珊，疲倦不堪，但毫无睡意，不经意间看到了昨晚送给武元衡的那盒阳羡茶竟忘了让他带走。

李吉甫暗自笑道："看来伯苍兄也老了！记性不好使了！"

李吉甫自个烧了一壶开水，打开那盒准备送给开武元衡的茶叶，那可是常州刺史今年寄来的宜兴阳羡紫笋贡茶。

李吉甫泡好茶水，想醒一醒酒。没想到，喝了几口，顿觉睡意浓稠，浑身软弱，一股冰冷的寒气弥漫了全身。他赶紧颤颤巍巍地回到睡房，抓紧睡上一觉，早起上朝！

没想到，李吉甫这一睡就睡到次日中午方才醒来。醒来之时，李吉甫头痛剧烈，腹痛难忍，一侧肢体无力，根本无法起床。吓得李府上下惊慌失措，立刻派人向大明宫禀报。

"宰相李吉甫突发疾病，卧床不起，无法早朝！"

唐宪宗得到报告，如遭雷击，立刻宣旨："吐突承璀，赶紧派遣御医前去诊治，一定要把李相国给朕治好！"

宰相武元衡奏道："陛下，臣马上带领御医前去。"

武元衡立马驱车，匆匆赶至安邑坊的李府，没想李吉甫昨日还是好好的，转瞬之间就暴病卧床。更让人无法接受的是，眼前的李吉甫四肢冰冷、面色苍白、嘴唇发黑，竟然不能言语了。

武元衡跪于好友榻前，双手紧紧握住李吉甫冰凉的手，心急如焚地说："弘宪兄，保重身体，你我尚有大业未竟啊！"

李吉甫伸出另一只手，口中喃喃，想要对武元衡说什么。侍候在旁的李德裕知道父亲想要什么，他赶紧跑到书房，拿来纸笔，在病榻上搁上榻桌，扶起卧床的父亲。

李吉甫在儿子德裕的搀扶下，缓缓提起笔来，颤颤巍巍地在宣纸上一字一字地写下《让平章事表》：

臣某言，臣久处繁机，切思退免，伏奉诏旨，未允深衷，仰戴天慈，如置冰谷。伏以陛下初临宝图，获侍丹宸。一心捧日，见四海之大明；八稔代天，睹群生之茂育。恭承睿算，实罄愚衷。虽微寸功，岂敢纤负。倘陛下存簪履之旧，念葵藿之诚，终全深恩，退蒙厚礼，则是陛下既假之以位，又宠之以名。至德深仁，光昭千古。

况臣年齿虽长，筋力幸全，犹得申犬战之功，展死绥之分。倘蒙粗使，足可酬恩。至于左右便繁，朝夕机务，则心忧智竭，力所不任。以此至诚，期于允遂。然以时不再得，感王道之方平，福不重来，念君恩之已极。进退惶恋，罔知所安。

"福不重来，念君恩之已极。"看着李吉甫写下的话，武元衡和李吉甫的两个儿子李德修、李德裕已是涕泪纵横。

李吉甫强撑病体，艰难地写下这篇给唐宪宗的《让平章事表》后，奄奄一息地躺倒榻上。曾经"一心捧日，见四海之大明；八稔（共为相八年）代天，睹群生之茂育"的铁血宰相，终扛不过"病来如山倒"之灾难，沉沉地昏睡过去了。

这篇至诚谦恭的《让平章事表》，成为李吉甫留给后人的绝笔。

李吉甫的左手却紧紧地握住武元衡的手不放，他或许是在嘱托好友——自己一生削藩抑宦、中兴大唐的事业绝不能人亡政息。

唐宪宗派来的几个御医，赶紧给李吉甫把脉、扎针……其中一位年过七旬的老御医疑惑地问是不是吃了什么食物，看似有中毒的症状。

李吉甫的妻子裴文昔回道："应该没有，昨晚还与武相公一起宵夜饮酒的。如果食物中毒，武相公应该也会中毒的！"

殊不知，心肠狠毒的淄青节度使李师道对强势削藩的李吉甫、武元衡、裴度早生怨恨，早已用重金勾结嵩山佛光寺的圆静和尚，训练出訾嘉珍等一批武林高手，一手策划血洗洛阳之阴谋，一手策划暗杀宰相。

李师道通过淄青、成德进奏院（藩镇的长安办事处）的密探，发现李吉甫嗜好饮茶。他们还发现，常州每年都会给李吉甫寄送一批阳羡茶，李吉甫也定会送些给武元衡。

李吉甫万万没有想到，躲在暗处的敌人已在常州送来的茶叶中动了手脚，添加了无色无味的毒药，并且做得无声无息，毫无痕迹。

庆幸的是，武元衡昨夜微醉，竟然忘了将其带走……

"寥落曙钟断，微明烟月沉。"次日黎明时分，李吉甫撒手人世，溘然病逝于安邑坊。

这位紫金光禄大夫、中书侍郎、平章事、集贤大学士、监修国史、上柱国、赵国公，生命永远定格于五十七岁。

听到噩耗的那一刻，唐宪宗仰天悲恸欲绝，一双泪眼呆呆地凝视着李吉甫留下的《让平章事表》，顿时感到全身的血都凉透了，不禁失声痛哭道："天且杀朕，是李相国代朕殂逝，朕从此割去一臂！相公此表，足以垂范百世啊！"

噩耗震动了整个长安城，大明宫中一片静默，深深地沉浸在痛失当朝宰相的哀恸之中。

唐宪宗废朝五日，每日派遣中使到李府临吊，除惯例馈赠奠悼之外，又从内库调出绢帛五百匹抚恤家属，追赠李吉甫为司空。

唐宪宗令宰相武元衡亲自主持，为李吉甫举行了一场庄重而荣耀的葬礼，命三省六部七品以上文武百官为李吉甫送行，赐予这位出入三朝、两度拜相的元和名相最大的哀荣。

匍匐跪祭李吉甫灵柩之前，武元衡身披孝服，头戴麻冠，失声痛哭地吟出一首挽诗，算是两月前李吉甫北园寄赠一诗迟到的唱和吧！

    机事劳西掖，幽怀寄北园。鹤巢深更静，蝉噪断犹喧。
    仙醑百花馥，艳歌双袖翻。碧云诗变雅，皇泽叶流根。
    未报雕龙赠，俄伤泪剑痕。佳城关白日，哀挽向青门。

礼命公台重，烟霜陇树繁。天高不可问，空使辅星昏。

"佳城关白日，哀挽向青门""天高不可问，空使辅星昏"……武元衡对李吉甫这迟到的唱和，深深伤悼之情溢于言表，痛彻心扉。"乘春赏花，或对酒吟诗，音容不间，宴语忘疲"，跟李吉甫的这些交情，点点滴滴都成了武元衡永远无法抹去的记忆。

李吉甫出殡那日，长安秋雨绵绵，秋叶萧萧，唐宪宗李纯像当年饯行李吉甫出镇淮南节度使时一样，亲自御驾前往通化门，登上高耸的城楼送宰相最后一程。

望着那支连绵千余丈的送葬队伍，车辚辚，马萧萧，纸纷纷，草萋萋，一幕幕君臣往事掠过眼帘，李纯两行泪水簌簌而下……

寒风凛冽，往事历历，如在眼前，武元衡没想到那夜倾听李吉甫一曲《广陵散》，袅袅余音仿佛还在耳际，却成了他一生的绝响。

曲终人亡，令人不胜唏嘘，在诡谲多变的时事风云之中，武元衡失去了生命中最重要的知己、挚友，带着无尽绵长的哀思和难以排遣的寂寞，含泪写下了《祭李吉甫文》，敬祭中书侍郎同中书门下平章事赠司空赵国公李公之灵：

　　元精之和，变乎细缊，升为星辰，播为贤哲。当四序迭运，克成岁功，九德咸宜，用彰圣道。惟公钟茂间气，诞灵中和；圭璧镇于岩廊，宫商备于韶濩；经文纬武，睹奥知微；究理乱之源流，极天人之涯际。泊灌缨清汉，鸣天佩墀，出入三朝，徘徊二纪，论思禁掖，润色王猷。属元圣御极之初，昊天降休之日，公内参密命，外正戎机，竭心膂以振皇纲，励精诚以辅元化。故得三光离朗，九有澄清；南定句吴，西歼邛僰；默运宏略，宏宣大猷。

　　及公亮采登庸，予忝台阶接武。翊戴元首，弼谐神人，论道囿违，恩波共浃。及公推毂淮海，予亦仗钺坤维。俱荷宠惊，各从藩翰；阴骘庶汇，惠洽颛蒙；化訾窳之人，变浇漓之俗。声应义激，契重情申；信誓之言，期于没齿。隋宫井络，相去万里。山水澄鲜，烟绵错峙。风传丽句，缄开素鲤。金石相投，铿然在耳。再征黄霸，继入丹墀。启沃同心，岁寒其期。运属休明，道济无为。星霜八变，交态不移。或乘春赏花，或对酒吟诗。音容不间，燕语忘疲。宜保太和，克享期颐。报功于岱岳，侍宴于瑶池。

庭菊有芳，朝露尚滋。交臂遽失，瞥如飙驰。惜乎时方泰而寿不与，噫！道行而数奇。复淮夷之成算，虽人亡而事遗。轸悼皇情，哀缠册诔。瞻彼洛土，青鸟爱止。千里申奠，九原同寄。抚嵇绍而不孤，铭太邱而无愧。呜呼哀哉！尚飨。

"内参密命，外正戎机，竭心膂以振皇纲，励精诚以辅元化……"千言万语写不尽李吉甫南定句吴、西歼邛僰、摧毂淮海、出入三朝的官场沉浮；写不尽李吉甫以德报怨、荐贤褒忠、胸能行船的磊落襟怀；写不尽李吉甫经文纬武、论道罔违、报功岱岳为民情怀；写不尽一代名相尊王室、卑诸侯、显王言、彰帝范的风流文采；写不尽两位宰相"乘春赏花、对酒吟诗""启沃同心，岁寒其期"的坚贞友情；写不尽交臂遽失、瞥如飙驰、千里申奠、九原同寄的浓浓哀思……

写不尽的一切，就镌刻在唐宪宗赐予的谥号中——"忠懿"。

"忠"，天下至德，莫大乎忠。

"懿"，民之秉彝，好是懿德。

古者有大功，则赐之谥号以为称，昭示后人，垂于不朽。《谥法》称：危身奉上曰忠；虑国忘家曰忠；让贤尽诚曰忠；危身利国曰忠；安居不念曰忠；临患不反曰忠；盛衰纯固曰忠；廉方公正曰忠；事君尽节曰忠；推贤尽诚曰忠；中能应外曰忠；杀身报国曰忠；世笃勤劳曰忠；善则推君曰忠；死卫社稷曰忠；以德复君曰忠；以孝事君曰忠；安不择事曰忠；教人以善曰忠；中能虑外曰忠；广方公正曰忠；肫诚翊赞曰忠。

这位忠懿宰相一生修史纂志著文，给后世留下了《六代略》三十卷、《元和国计簿》十卷、《六典》诸官职《百司举要》一卷、《删水经》《古今说苑》《元和十道图》十卷、《丽则集》五卷、《古今文集略》二十卷、《元和郡县图志》五十四卷等著作。特别是《元和郡县图志》，可谓一部划时代的地理学经典巨著。

李吉甫出生于藩镇安禄山（范阳节度使）起乱之时，逝世于藩镇吴元济（淮西节度使）灭亡前夕，从758年到814年，从大唐分裂到帝国元和中兴，将近一个甲子，便是李吉甫削藩救国的一生。其立德、立言可谓之"忠懿"，其立功可谓之"削藩"。

李吉甫葬礼结束后，唐宪宗向天下颁布《讨吴元济敕》，把讨伐淮西的重任全部交给了武元衡。

武元衡接过李吉甫的削藩旗帜，以严绶为山南东道节度使，加淮西招抚使，以李光颜为许州刺史、忠武军节度使……诏令淮南、河阳等诸道兵马向淮西开战，要以吴元济的人头来祭奠李吉甫。

一年后的六月三日，武元衡在靖安坊被刺客暗杀。

两相去世，双星陨落，曾经德星闪耀的星空，而今已是"寥落星已稀"。唐宪宗辍朝五日，以厚葬李吉甫的规格厚葬了武元衡，并追赠"司徒"，赐谥号"忠愍。"

两位铁血宰相，同年出生，又同日拜相；一个出镇扬州，一个出镇益州（扬一益二，唐时扬州、益州为天下之盛），吉甫再入，元衡亦还，两人皆两度为相，荣辱与共，连谥号都共享一个"忠"字。

这或许就是浩瀚的历史星空给予我们追寻的谜底。

吴王阖闾得孙武，齐桓公得管仲，秦王得李斯，汉高祖得萧何，皆成江山之大业。唐太宗得房杜（房玄龄、杜如晦），唐玄宗得姚宋（姚崇、宋璟），皆创万古之盛世。

唐宪宗得李吉甫、武元衡，缔造了大唐帝国衰落半个世纪后的"元和中兴"！

尾声　我花开后百花杀

李吉甫去世，李德裕于洛阳丁忧三年。

元和六年（811）李吉甫二度拜相时，中外延望其风采，可谓声望卓著。为了避嫌，李德裕不仕台省，自请离开朝廷，累辟诸府从事。

出身贵胄，李德裕却没把自己当"官二代"，他一直坚守着"追昔吴会之年，思为卫霍之将。怀瀚海而发愤，想狼居而在望"的宏大理想。丁忧归来的李德裕决定继承父亲遗志，靠自己的真本事，光明正大地站上大唐帝国的政治舞台。

然而，等待李德裕的，却是更加波谲云诡的大唐政坛。

元和十五年（820），一代奋发有为的唐宪宗服金丹、求长生，竟然被宦官陈弘志逆弑于大明宫中和殿，史称"元和宫变"。宦官梁守谦、王守澄等人趁机拥立二十六岁的太子李恒即位，即为唐穆宗。

三十三岁的李德裕深谙《左氏春秋》和《汉书》，学养深厚。唐穆宗很是赏识他，诏任翰林学士，充当天子的顾问，赐以金鱼紫衣，堪称朝廷"内相"，起草朝廷重要诏制典册，已然进入了权力核心圈。这比李吉甫充翰林学士整整提早十五年。

此时的翰林院，一位是祠部郎中、知制诰，写过"曾经沧海难为水，除却巫山不是云"的元稹；还有一位是吟出"谁知盘中餐，粒粒皆辛苦"的御史中丞李绅。三位天子秘书皆风华正茂、才华横溢，又情投意合、风度翩翩，长安妇孺皆知，世人称其"翰林三俊"。

然而，又是一场科举舞弊案，把李德裕卷入不可逆转的政治旋涡，萌发于元和三年（808）的"牛李党争"之火再次被熊熊点燃。

长庆元年（821），礼部侍郎钱徽知贡举，担任科举主考官，中书舍人李宗闵和右补阙杨汝士为副考官，共同主持进士科考。

放榜之日，李宗闵的女婿苏巢、杨汝士的弟弟杨殷士以及宰相裴度之子裴撰等金榜题名。而中书侍郎、同中书门下平章事（宰相）段文昌的请托之人杨浑之却名落孙山。

段文昌于是上疏唐穆宗，弹劾钱徽徇私舞弊。唐穆宗宣李德裕、元稹、李绅思政殿诏对顾问。没想到"翰林三俊"异口同声地憎恨科举舞弊。士族出身的李德裕，更是对日渐糜烂的科举深恶痛绝。

于是，唐穆宗下旨，命主持过元和三年（808）科举案的复试官、朝散大夫白居易以及王起等人对本次科举进行复试，结果原榜十四位新进士，仅有三人勉强及第，其余滥竽充数者全被黜落。钱徽被贬为江州刺史，李宗闵被贬为剑州刺史，杨汝士被贬为开江县令。

案发后，"朋比之徒，如挞于市，咸睚眦于（李）绅（元）稹"，李德裕却无端深受其垢病。

元和三年科举案，牛僧孺、皇甫湜、李宗闵仕途受阻，早对李吉甫怀恨在心。而今，"牛党"李宗闵的女婿苏巢又复试落马，断了仕途。旧憾未释，又添新恨，这笔账都要算在李德裕的头上。

牛党"东山再起"，牛僧孺升为御史中丞，李宗闵已是中书舍人。政事堂的宰相裴度、元稹二人又政见不合，险谲多端的兵部尚书李逢吉觊觎宰相之位，于是结交权阉王守澄诬告元稹谋刺裴度，制造事端，致使裴、元双双罢相。

李逢吉入主政事堂，位居首宰。早年他因反对削藩，与李吉甫结下了梁子，遂与牛僧孺、李宗闵三位"牛人"一合计，决定向李吉甫父子报仇。

接任翰林承旨的李德裕本来有望拜相，却迅即被"牛党"逐出了翰林院，就像当年元载排挤他祖父李栖筠那样，地点也是浙西。

李德裕失势，元稹也被排挤出京，出为同州（今陕西省大荔县）刺史，李绅也被贬端州（今广东省肇庆市）司马。诗词上同唱和、政治上共进退的"翰林三俊"全军覆没。

经李逢吉延引，牛僧孺出任宰相。李德裕出镇浙西（治所润州，今江苏省镇江市）观察使，从此远离政治中枢，整整八年未得升迁。这算是"牛党"对李德裕实施的第一次报复性打击。

然而，李德裕没有灰心失志，而是秉承父亲李吉甫"穷则独善其身，达则兼济天下"的为官风范，在润州大兴水利，筑堰灌田，减赋恤民，革除陈规陋习，整顿当地祠庙，清剿盗贼匪患，以儒家伦理教化百姓，几年之内"人乐其政，优诏嘉之"。

宝历二年（826），唐文宗李昂继位，李德裕盼来了天子褒奖诏书："在金陵，凡六载，其仁风惠化，磅礴于封部，洋溢于歌讴，天下闻之久矣。"他随即回朝担任检校礼部尚书，后拜兵部侍郎。

主战派的老宰相裴度放眼朝野，唯有李德裕才堪大用，于是着力延引李德裕出任宰相。

没想到，吏部侍郎李宗闵奥援权阉，抢先拜相，并再次引荐牛僧孺为兵部尚书、同平章事（宰相）。当年被李氏父子极力打压的两人现在成了满朝文武马首是瞻的宰辅重臣。

至此，以牛僧孺、李宗闵、李逢吉等人为首的"牛党"终于翻身做主，势倾朝野，开始以其人之道还治其人之身，实施了大规模的政治清洗，凡与李德裕亲善者通通贬出朝廷，就连德高望重的四朝元老裴度也未能幸免，外放为山南东道节度使。

"牛李党争"再次轰轰烈烈地铺开"战场"。

"他未在官场灭亡，就让他去战场死亡。""牛党"决定对李德裕实施第二次灾难性打击。

李德裕回朝出任兵部侍郎不到十日，就被贬为郑滑（治所滑州，今河南省滑县）节度使，去收拾刚刚发生一场藩镇战乱的残局。李德裕仍是毫无畏惧，跃马扬鞭奔赴滑州。

刘禹锡给李德裕送上了这首鼓舞士气的送别诗："南徐报政入文昌，东郡须才别建章。视草名高同蜀客，拥旄年少胜荀郎。黄河一曲当城下，缇骑千重照路傍。自古相门还出相，如今人望在岩廊。"

太和四年（830），南诏联合吐蕃入侵西川，前节度使杜元颖溃不成军，成都告破。李德裕由兵部侍郎改授检校兵部尚书，赴任成都尹、西川节度使，这是"牛党"有意让他去收拾烂摊子。

李德裕一到成都，就像武元衡一样整顿边防，储存粮食、训练士卒、拒吐蕃，平南诏，组织修筑筹边楼，"壮压西川四十州"（女诗人薛涛《筹边楼》诗），边防形势焕然一新，西川很快实现了和平稳定，其声望日益高涨。

"自古相门还出相。"正如刘禹锡预言的那样，太和六年（832），唐文宗下诏李德裕入朝，拜为兵部尚书，封爵赞皇县伯，食邑七百户，随后又加授同平章事，第一次出任宰相，留下了一首七绝：

内官传诏问戎机，载笔金銮夜始归。
万户千门皆寂寂，月中清露点朝衣。

李德裕以豪迈的人生姿态接任中书侍郎、集贤殿大学士，成为首辅宰相，尽心尽力匡扶社稷，唐文宗将国事交由宰相做主，对内抑制嚣张的宦官势力，对外打击跋扈的割据藩镇，暮气沉沉的大唐有了复兴的迹象。这首小诗，也生动地再现了李德裕每日出入宫闱，与天子商讨军国大事的情景。

李德裕决定向"牛党"反击。牛僧孺、李宗闵被罢去相位，牛僧孺外放淮南节度使，李宗闵外放山南西道节度使。

两年后的太和八年（834），唐文宗李昂突患风疾，口不能言。以医术游历江湖的郑注巴结上了宦官王守澄，向皇帝献药，将天子风疾治愈。李逢吉的侄子李训也投奔郑注和王守澄，入宫给天子讲授《周易》，两人深得圣眷，极力举荐李宗闵复相。

李宗闵回到京师再拜宰相。"牛党"卷土重来，决定对李德裕实施第三次重磅式打击。

李德裕旋即被罢相，外放兴元节度使。紧接着又被李宗闵贬为润州刺史、镇海军节度使、苏常杭润观察使，再次出镇浙西。

开成元年（836），经历"甘露之变"后的唐文宗，知晓李德裕受到"牛党"的诬陷，于是加授李德裕银青光禄大夫，迁滁州刺史，又改任太子宾客。紧接着，又任命李德裕为检校户部尚书、浙西观察使，这是李德裕第三次出镇浙西。

次年，唐文宗任命李德裕接替牛僧孺，出任扬州大都督府长史、淮南（治今江苏省扬州市）节度使。改牛僧孺为山南东道（今湖北省襄阳市）节度使。这年，李德裕五十一岁。巧合的是，他的父亲李吉甫当年从宰相位出任淮南节度使，也是五十一岁。

开成五年（840），唐文宗驾崩，唐武宗李炎继位，李德裕被召回朝廷，出任门下侍郎、同中书门下平章事，第二次拜相。

牛党领袖牛僧孺是"以小信妨大计"，而李德裕是"以大义谋国事"。再次执掌政事堂的李德裕，俨然其父李吉甫"岁余调换三十六个藩镇节帅"一样的大气魄、大手笔。

李德裕忠心辅佐唐武宗筹谋决策，强化集权，选用将帅，强势削藩，裁汰冗官，制驭宦官，反击回鹘，平定泽潞、整顿佛教……"安史之乱"爆发快一百年,大唐帝国好似又升腾起了一番中兴气象。

会昌四年(844),李德裕以同样的铁腕手段,以交结泽潞(治所在潞州,今山西省长治市)叛藩的罪名,将一贯妥协反战的牛党领袖牛僧孺罢为太子少师,后又贬为循州(今广东省惠州市)长史。

是年,宰相李德裕调遣成德、魏博、河中等八镇军队讨伐昭义(军部相州,今河南省安阳市)刘稹,史称"唐平刘稹泽潞之战"。刘稹兵败。朝廷发现其与李宗闵有书信来往。于是,已贬湖州刺史的李宗闵再贬漳州长史,流放封州(今广东云浮市新兴县),油尽灯枯。

这算是"李党"李德裕对"牛党"最致命的一次反击。

李德裕执掌政事堂六年,君臣相知,文治武功,经制四方,满朝清明肃然。唐武宗对其格外信任和倚重,遂加授其太尉之职,进封卫国公,食邑三千户。

然而,时至会昌六年(846),恋上长生丹药的唐武宗李炎在所谓的"换骨"中羽化升仙,驾崩于大明宫,年仅三十三岁。

李唐王朝最后的"会昌中兴",好似昙花一现,就匆匆结束了。从此,李德裕的政坛之路也轰然坍塌。

在掌握左神策军权的护军中尉马元贽一帮权阉的拥戴下,那个要不整天沉默不语、要不装疯卖傻的李忱坐上了帝位,史称唐宣宗。他正是唐宪宗李纯第十三子、李炎的皇太叔。

李忱饱受唐武宗李炎的歧视,不断受到凌辱、迫害,骨子里仇视李炎。因为其生母原是浙西藩镇李锜之妾郑氏。后李锜兵败,郑氏被收入长安后宫,在皇妃郭氏身边做侍女,偶被唐宪宗临幸而生李忱。

会昌七年(847)正月十七日,唐宣宗李忱前往圆形神坛,祭祀天神,赦免天下,改年号大中。

之前,李忱就深恶李德裕的孤傲严肃,每次上朝看到他,往往"寒毛倒竖"。深宫的阉人们也恨李德裕,因为是李德裕的运筹帷幄,使唐武宗李炎一举除掉那个杀二王一妃四宰相、贪酷二十余年、制造"甘露之变"的魔鬼权阉仇士良,并一举诛杀其党羽。

看来,被认作"牛李党争"党魁的李德裕已成刀俎下的鱼肉。唐宣宗在亲政之日,便将李德裕逐出朝廷,名誉上挂同平章事(宰相)虚衔,外放荆南(今重庆市东部三峡一带)节度使。

到了长江三峡"无边落木萧萧下"的九月,李德裕被彻底罢去宰相虚衔,贬为东都留守、东畿汝都防御使。

此时，大明宫甍瓦飞檐的阴影如黑云压顶，站在生死悬崖之边的李德裕，突然想起了父亲李吉甫临终前告诫他的话："台郎此生，最忌白马。事关重大，切记切记！"

原来，李德裕还是个黄发垂髫之时，随父亲李吉甫在忠州刺史任上，城南白鹤观的一位道士端详了他一番，缓声对吉甫说："公子有宰相之器，仕途虽有坎坷，但无碍前程。不过……"

相士沉吟片刻后，话锋一转，面色凝重地说道："公子此生，出将入相，忌讳白马。"

"白马"之谶的主角，难道就是白居易的从弟白敏中？

要说，李德裕与元稹、李绅情意深厚，曾共称"翰林三俊"，而元稹与白居易又是密友，时称"元白"。元稹病殁，白居易称自己"故交海内只三人"，其一李绅，其二王起。而王起曾是李吉甫的幕僚，与李德裕也是多年故交。

李吉甫、李德裕父子在伊川所建的"平泉山庄"，白居易常常光顾，煮茶饮酒，留下一首七绝《醉游平泉》："狂歌箕踞酒尊前，眼不看人面向天。洛客最闲唯有我，一年四度到平泉。"

按理说，李德裕与白居易亦是故交，同在一个诗词唱和的圈子，为何与白敏中成了仇家？

白居易"与弟行简、从祖弟敏中友爱"，感情深厚。三人皆与牛党李宗闵、杨虞卿亲近，白居易还娶了杨虞卿从妹为妻，还常常与牛党领袖牛僧孺一同坐石论道。为了纪念二人的深厚友情，白居易还题写了著名的《太湖石记》，让牛僧孺扬名大唐"石坛"。

按理说，作为李党领袖的李德裕当是对白居易没什么好感。两人说不清道不明的关系，长安流传着很多逸事。

刘禹锡有一次问李德裕："李相公可有乐天（白居易）的诗集。"

李德裕笑了笑说："诗魔曾送过一部，不过还没看。"

说完，李德裕从书架上取出文集，踌躇片刻，翻开扉页，又合上了，对着刘禹锡喃喃道："诗魔的文章纵然精绝，那又何必看呢！"

会昌二年（842），唐武宗打算起用太子少傅白居易为相，征求宰相李德裕的意见。李德裕却背起了白居易的一首抒怀诗："眼渐昏昏耳渐聋，满头霜雪半身风。已将身出浮云外，犹寄形于逆旅中。"

唐武宗不明其意。李德裕直言道："居易衰病，不任朝谒。其从父弟左司员外郎（白）敏中，辞学不减居易，且有器识。"

于是，唐武宗任命七品殿中侍御史白敏中为知制诰，充任翰林学士，从此进入朝廷的政治中枢，一下子跻身于天子近臣行列。白敏中也将器重提携他的李德裕视为恩主。

唐武宗崩，李德裕失势，新帝唐宣宗李忱，擢升白敏中为兵部侍郎、同平章事，出任宰相。以马元贽、孟秀荣为首的宦官集团也借势倾巢复仇，把杀人不见血的刀递给了"牛党"。

大中元年（847），宰相白敏中、宦官马元贽"白、马"二人，伙同在"会昌灭佛"中遭殃的寺庙势力，竭力挤兑打击李德裕。

凡李德裕鄙薄的人，都一一重用提拔，凡李德裕交好之人，都一一贬出朝廷。工部尚书、判盐铁转运使薛元赏贬忠州刺史，京兆少尹、权知府事元龟贬崖州司户……百官闻之，莫不惊骇失色。

白敏中又唆使党羽李咸，检举李德裕辅政的罪过。李德裕因此被贬为太子少保，分司东都事务。

不知是宦官以"宰相之位"引诱白敏中叛主？还是白敏中要为失势的"牛党"撑腰？还是他把白居易一生无缘宰相归罪于李德裕？

"牛党"开始对李德裕实施第四次断崖式打击。

白敏中不遗余力地罗织罪名，要彻底打垮提携过他的恩人。他指使前永宁县尉吴汝纳进京诉冤，称李绅诬奏其弟吴湘赃罪，李德裕内外相通，枉法附会，导致吴湘冤死。

滥杀治下官员之罪，曾经的"翰林三俊"李绅、李德裕被"一箭双雕"，李绅被剥夺官职，子孙禁止做官。李德裕铩羽涸鳞，含冤再贬潮州（今广东省潮州市）司马。

大中二年（848）深秋十月，李德裕携妻刘氏、子李浑、李烨离开长安，离开了李氏家族已居九十载的安邑坊。

李德裕一家先回到洛阳，祭祀祖父李栖筠、父亲李吉甫以及家族先人坟茔，于平泉山庄休憩了三日，随后举家南下。

鬓发霜侵的李德裕回头遥望祖孙三代悉心建造的平泉山庄，不由得悲从中来，吟出了《离平泉马上作》："十年紫殿掌洪钧，出入三朝一品身。文帝宠深陪雉尾，武皇恩厚宴龙津。黑山永破和亲虏，乌领全坑跋扈臣。自是功高临尽处，祸来名灭不由人。"

瑟瑟秋风中，回荡着洛阳故人们数不清的赠别之诗，有一位叫裴潾的好友泣涕如雨的吟唱格外令人心碎："公昔南迈，我不及睹。言旋旧观，莫获安语。

今则不遑，载骞载举。离忧莫写，欢好曷叙。怆矣东望，泣涕如雨。对酒不饮，设琴不援。何以代面，寄之濡翰。何以写怀，诗以足言。无密玉音，以慰我魂。举世莫尚，惟公是敦！"

李德裕刚刚踏入潮州，圣旨又到，改贬崖州司户参军。儿子李烨又贬蒙州立山县尉。

崖州（今海南省三亚市崖城镇），离京师七千四百六十里，一个远得不能再远的地方。

绵历万里，寒暑再期，舆峤拖舟，次年正月李德裕才抵达崖州，涉海居陋。他步履蹒跚地登临城北的望阙亭，远眺宽阔无垠的大海蓝天，回首父子叱咤风云的功过是非，这位李商隐心中的"万古之良相"不禁吟出了人生最后的绝唱：

独上高楼望帝京，鸟飞犹有半年程。
青山似欲留人住，百匝千遭绕郡城。

大唐最后一位铁腕宰相在海南三亚的春花烂漫中离开了人间。被历史千年争论不休、倾轧四十余载的"牛李党争"也尘埃落定。

长安城下起了鹅毛大雪，宫廷内外、坊间巷陌流传唱出一首悲怆的伶人歌："八百孤寒齐下泪，一时南望李崖州……"

李吉甫父子以铁腕"抑藩振朝"著称，出入台省，两度拜相，李吉甫封赵国公（从一品），追赠司空；李德裕封卫国公（从一品），追赠左仆射。李吉甫辅佐唐宪宗李纯，开创了大唐帝国的"元和中兴"；李德裕辅佐唐武宗，又开创了大唐帝国最后的"会昌中兴"。

"我花开后百花杀。"李吉甫父子走了，晚唐再无良相。

父子如此，夫复何求？中兴有我，夫复何求？

附录一　旧唐书·李吉甫传

李吉甫，字弘宪，赵郡人。父栖筠，代宗朝为御史大夫，名重于时，国史有传。

吉甫少好学，能属文。年二十七，为太常博士，该洽多闻，尤精国朝故实，沿革折衷，时多称之。迁屯田员外郎，博士如故，改驾部员外。宰臣李泌、窦参推重其才，接遇颇厚。及陆贽为相，出为明州员外长史；久之遇赦，起为忠州刺史。时贽已谪在忠州，议者谓吉甫必逞憾于贽，重构其罪；及吉甫到部，与贽甚欢，未尝以宿嫌介意。六年不徙官，以疾罢免。寻授郴州刺史，迁饶州。先是，州城以频丧四牧①，废而不居，物怪变异，郡人信验；吉甫至，发城门管钥，剪荆榛而居之，后人乃安。

宪宗嗣位，征拜考功郎中、知制诰，既至阙下，旋召入翰林为学士，转中书舍人，赐紫。宪宗初即位，中书小吏滑涣与知枢密中使刘光琦昵善，颇窃朝权，吉甫请去之。刘辟反，帝命诛讨之，计未决，吉甫密赞其谋，兼请广征江淮之师，由三峡路入，以分蜀寇之力。事皆允从，由是甚见亲信。

元和二年春，杜黄裳出镇，擢吉甫为中书侍郎、平章事。吉甫性聪敏，详练物务，自员外郎出官，留滞江淮十五余年，备详闾里疾苦。及是为相，患方镇贪恣，乃上言使属郡刺史得自为政。叙进群材，甚有美称。

元和三年秋，裴均为仆射、判度支，交结权幸，欲求宰相。先是，制策试直言极谏科，其中有讥刺时政，忤犯权幸者，因此均党扬言皆执政教指，冀以摇动吉甫，赖谏官李约、独孤郁、李正辞、萧俛密疏陈奏，帝意乃解。吉甫早岁知奖羊士谔，擢为监察御史；又司封员外郎吕温有词艺，吉甫亦眷接之。窦群亦与羊、吕善，群初拜御史中丞，奏请士谔为侍御史，温为郎中、知杂事。

吉甫怒其不先关白②，而所请又有超资者，持之数日不行，因而有隙。群遂伺得日者③陈克明出入吉甫家，密捕以闻，宪宗诘之，无奸状。吉甫以裴垍久在翰林，宪宗亲信，必当大用，遂密荐垍代己，因自图出镇。

元和三年九月，拜检校兵部尚书，兼中书侍郎、平章事，充淮南节度使，上御通化门楼饯之。在扬州，每有朝廷得失，军国利害，皆密疏论列。又于高邮县筑堤为塘，溉田数千顷，人受其惠。

元和五年冬，裴垍病免。明年正月，授吉甫金紫光禄大夫、中书侍郎、平章事、集贤殿大学士、监修国史、上柱国、赵国公。及再入相，请减省职员并诸色出身胥吏等，及量定中外官俸料，时以为当。京城诸僧有以庄碨④免税者，吉甫奏曰："钱米所征，素有定额，宽缁徒有余之力，配贫下无告之民，必不可许。"宪宗乃止。又请归普润军于泾原。

元和七年，京兆尹元义方奏："永昌公主准礼令起祠堂，请其制度。"初，贞元中，义阳、义章二公主咸于墓所造祠堂一百二十间，费钱数万；及永昌之制，上令义方减旧制之半。吉甫奏曰："伏以永昌公主，稚年夭柱，举代同悲，况于圣情，固所钟念。然陛下犹减制造之半，示折衷之规，昭俭训人，实越今古。臣以祠堂之设，礼典无文，德宗皇帝恩出一时，事因习俗，当时人间不无窃议。昔汉章帝时，欲为光武原陵、明帝显节陵，各起邑屋，东平王苍上疏言其不可。东平王即光武之爱子，明帝之爱弟。贤王之心，岂惜费于父兄哉！诚以非礼之事，人君所当慎也。今者，依义阳公主起祠堂，臣恐不如量置墓户，以充守奉。"翌日，上谓吉甫曰："卿昨所奏罢祠堂事，深惬朕心，朕初疑其冗费，缘未知故实，是以量减。览卿所陈，方知无据。然朕不欲破二十户百姓，当拣官户委之。"吉甫拜贺。上曰："卿，此岂是难事。有关朕身，不便于时者，苟闻之则改，此岂足多耶！卿但勤匡正，无谓朕不能行也。"

元和七年七月，上御延英，顾谓吉甫曰："朕近日畋游悉废，唯喜读书。昨于《代宗实录》中，见其时纲纪未振，朝廷多事，亦有所鉴戒。向后见卿先人事迹，深可嘉叹。"吉甫降阶跪奏曰："臣先父伏事代宗，尽心尽节，迫于流运，不待圣时，臣之血诚，常所追恨。陛下耽悦文史，听览日新，见臣先父忠于前朝，著在《实录》，今日特赐褒扬，先父虽在九泉，如睹白日。"因俯伏流涕，上慰谕之。

元和八年十月，上御延英殿，问《时政记》记何事。时吉甫监修国史，先对曰："是宰相记天子事以授史官之实录也。古者左史记言，今起居舍人是；右史记事，今起居郎是。永徽中，宰相姚璹监修国史，虑造膝之言，或不可闻，因请随奏对而记于仗下，以授于史官，今《时政记》是也。"上曰："间或不修，何也？"曰："面奉德音，未及施行，总谓机密，故不可书以送史官；其间有谋议出于臣下者，又不可自书以付史官；及已行者，制令昭然，天下皆得闻知，即史官之记，不待书以授也。且臣观《时政记》者，姚璹修之于长寿，及璹罢而事寝；贾耽、齐抗修之于贞元，及耽、抗罢而事废。然则关时政化者，不虚美，不隐恶，谓之良史也。"

是月，回鹘部落南过碛，取西城柳谷路讨吐蕃，西城防御使周怀义表至，朝廷大恐，以为回鹘声言讨吐蕃，意是入寇。吉甫奏曰："回鹘入寇，且当渐绝和事，不应便来犯边，但须设备，不足为虑。"因请自夏州至天德，复置废馆一十一所，以通缓急。又请发夏州骑士五百人，营于经略故城，应援驿使，兼护党项。

元和九年，请于经略故城置宥州。六胡州以在灵盐界，开元中废六州。曰："国家旧置宥州，以宽宥为名，领诸降户。天宝末，宥州寄理于经略军，盖以地居其中，可以总统蕃部，北以应接天德，南援夏州。今经略遥隶灵武，又不置军镇，非旧制也。"宪宗从其奏，复置宥州，诏曰："天宝中宥州寄理于经略军，宝应以来，因循遂废。由是昆夷屡扰，党项靡依，蕃部之人，抚怀莫及。朕方弘远略，思复旧规，宜于经略军置宥州，仍为上州，于郭下置延恩县，为上县，属夏绥银观察使。"

淮西节度使吴少阳卒，其子元济请袭父位。吉甫以为淮西内地，不同河朔，且四境无党援，国家常宿数十万兵以为守御，宜因时而取之。颇叶⑤上旨，始为经度淮西之谋。

元和九年冬，暴病卒，年五十七。宪宗伤悼久之，遣中使临吊；常赠之外，内出绢五百匹以恤其家，再赠司空。吉甫初为相，颇洽时情，及淮南再征，中外延望风采。秉政之后，视听时有所蔽，人心疑惮之。时负公望者虑为吉甫所忌，多避畏。宪宗潜知其事，未周岁，遂擢用李绛，大与绛不协；而绛性刚讦，于上前，互有争论，人多直绛⑥。然性畏慎，虽其不悦者，亦无所伤。服物食味，必极珍美，而不殖财产，京师一宅之外，无他第墅，公论以此重之。

有司谥曰敬宪，及会议，度支郎中张仲方驳之，以为太优。宪宗怒，贬仲方，赐吉甫谥曰忠懿。

吉甫尝讨论《易象》异义，附于一行集注之下；及缀录东汉、魏、晋、周、隋故事，讫其成败损益大端，目为《六代略》，凡三十卷。分天下诸镇，纪其山川险易故事，各写其图于篇首，为五十四卷，号为《元和郡国图》。又与史官等录当时户赋兵籍，号为《国计簿》，凡十卷。纂《六典》诸职为《百司举要》一卷。皆奏上之，行于代。子德修、德裕。

[注释]

①频丧四牧：接连死了四位刺史。②关白：禀告。③日者：占候卜筮的人。④庄硙：庄田水磨。⑤叶：通"协"。⑥直绛：认为李绛正确。

附录二　历代名人评价李吉甫

　　李吉甫，宏经远之才，研极深之虑。脱落细故，洞开中怀，文稽典谟，学升堂室。洎司我密命，言屡表于独明；参予衮职，道每彰于孤直。贡共诚节，竭以公忠，坠典载张，彝伦攸叙。

——唐宪宗　李纯

　　惟公（李吉甫）钟茂间气，诞灵中和；奎璧镇于岩廊，宫商备于韶濩；经文纬武，睹奥知微；究理乱之源流，极天人之涯际。……出入三朝，徘徊二纪，论思禁掖，润色王猷。……内参密命，外正戎机，竭心膂以振皇纲，励精诚以辅元化。

——唐代政治家、文学家、宰相　武元衡

　　阁下（李吉甫）相天子，致太平，用之郊报，则天神降、地祇出；用之经邦，则百货殖、万物成；用之文教，则经术兴行；用之武事，则暴乱剪灭。依倚而冒荣者尽去，幽隐而怀道者毕出，然后中分主忧，以临东诸侯，而天下无患。

——唐代文学家、思想家　柳宗元

　　李德裕其父李吉甫，元和中以直道明诚，高居相位，中外咸理，讦谟有功。

——晚唐礼部尚书、宰相　刘邺

　　（李）吉甫初为相，颇洽时情，及淮南再征，中外延望风采。……吉甫该洽典经,详练故实,仗裴垍之抽擢,致朝伦之式序。吉甫知垍之能别髦彦,垍知吉甫之善任贤良,相须而成,不忌不克。

——五代时期政治家、史学家 刘昫

(李)吉甫当国,经综政事,众职咸治。引荐贤士大夫,爱善无遗,褒忠臣后,以起义烈。与武元衡连位,未几节度淮南,屡言元衡材,宜还为相。及再辅政,天下想望风采。

——北宋文学家、史学家、诗词家 宋祁

(唐)玄宗初用姚崇、宋璟、卢怀慎、苏颋,后用张说、源乾曜、张九龄;宪宗初用杜黄裳、李吉甫、裴垍、裴度、李绛,后用韦贯之、崔群。虽未足以方驾房杜,然皆一时名臣。故开元、元和之初,其治庶几于贞观。

——北宋文学家 苏辙

(李)吉甫一旦用裴垍所疏三十余人,曾不猜靳。知人之明,虽在裴垍;得人之誉,乃归吉甫。

——北宋学者、湖湘学派奠基人 胡寅

(李)吉甫之始执政也,以推荐贤才致天下之誉,上国计簿,以人主知财用之难而思节省,尤大臣之要术也。

——明末清初启蒙思想家 王夫之

唐宰相之善读书者,(李)吉甫为第一人矣。

——清中期藏书家、书法家、经学家 孙星衍

附录三　李吉甫祖孙三代年谱

719年（唐玄宗开元七年），李吉甫父亲李栖筠出生于赵郡赞皇许亭村。
758年（唐肃宗乾元元年），李吉甫出生于赵郡赞皇许亭村。
李栖筠出任吏部员外郎、判南曹。
759年（唐肃宗乾元二年），李吉甫两岁。
李栖筠出任山南防御观察使，后迁河南令。
764年（唐代宗广德二年），李吉甫七岁。
李栖筠擢升工部侍郎（正四品）。
765年（唐代宗永泰元年），李吉甫八岁。
李栖筠出任常州刺史。
封爵赞皇县子（正五品上），加授银青光禄大夫（从三品）。
李吉甫随父自长安赴常州（今江苏省常州市）。
768年（唐代宗大历三年），李吉甫十一岁。
李栖筠任苏州刺史、浙西团练观察使，兼领御史中丞。
771年（唐代宗大历六年），李吉甫十四岁。
李栖筠回朝任御史大夫（从三品）。
李吉甫随父回到长安。
776年（唐代宗大历十一年），李吉甫十九岁。
李栖筠五十八岁病逝，追赠吏部尚书、司徒，谥号"文献"。
李吉甫荫补左司御率府仓曹参军，随即赴洛阳丁忧。
780年（唐德宗建中元年），李吉甫二十三岁。
李吉甫丁忧毕，正式担任左司御率府仓曹参军（从九品）。

783年（唐德宗建中四年），李吉甫二十六岁。

李吉甫迁太常博士（从七品）。

787年（唐德宗贞元三年），李吉甫三十岁。

李吉甫转户部屯田员外郎（从六品），太常博士如故。

李吉甫次子李德裕出生于长安安邑坊。

792年（唐德宗贞元八年），李吉甫三十五岁。

陆贽拜相，李吉甫由驾部员外郎外放明州长史（从五品）。

李德裕时六岁，随父赴明州（今浙江省宁波市）。

795年（唐德宗贞元十一年），李吉甫三十八岁。

李吉甫升忠州刺史（正四品）。

李德裕时九岁，随父从明州至忠州（今重庆市忠县）。

795—801年（唐德宗贞元十一年至贞元十七年），李吉甫三十八岁至四十四岁。

李吉甫在忠州刺史任上。

801年（唐德宗贞元十七年），李吉甫四十四岁。

李吉甫由忠州刺史迁郴州（今湖南省郴州市）刺史。

803年（唐德宗贞元十九年），李吉甫四十六岁。

李吉甫迁饶州（今江西省上饶市鄱阳县）刺史。

805年（唐德宗贞元二十一年），李吉甫四十八岁。

李吉甫回朝，任考功郎中、知制诰。

同年，充翰林学士，进为中书舍人（正五品），获赐紫衣。

李德裕时十九岁，随父回到长安。

806年（唐宪宗元和元年），李吉甫四十九岁。

翰林学士、中书舍人李吉甫加授银青光禄大夫（从三品）。

辅佐唐宪宗平定西川节度使刘辟叛乱。

807年（唐宪宗元和二年），李吉甫五十岁。

李吉甫擢升中书侍郎、同平章事，首次拜相（从三品）。

同日，武元衡由御史中丞升门下侍郎、同平章事（宰相）。

辅佐唐宪宗平定镇海节度使李锜叛乱，封爵赞皇县侯。

同年，李吉甫撰《元和国计簿》。武元衡出镇剑南西川节度使。

808年（唐宪宗元和三年），李吉甫五十一岁。

李吉甫作《睿圣文武皇帝册文》，封爵赵国公（从一品）。

是年，发生元和三年科举舞弊案。

同年，李吉甫出镇扬州大都督府长史、淮南节度使，兼领检校兵部尚书、中书侍郎、同平章事（宰相）。

唐宪宗亲自到通化门饯行。李德裕时二十二岁，随父赴扬州。

809年（唐宪宗元和四年），李吉甫五十二岁。

李吉甫在任淮南节度使，刘禹锡奉寄《上淮南李相公启》。

李吉甫辟监察御史王起为掌书记，后于唐武宗会昌年间拜相。

810年（唐宪宗元和五年），李吉甫五十三岁。

李吉甫卸任淮南节度使，诸道盐铁转运使、刑部尚书李鄘接任。

是年，柳宗元奉寄《上扬州李吉甫相公献所著文启》。

李德裕侍父自淮南回到长安。

811年（唐宪宗元和六年），李吉甫五十四岁。

李吉甫回朝复知政事、集贤殿大学士、监修国史，中外延望风采。

再任中书侍郎、同平章事，二度拜相。授金紫光禄大夫（正三品）、进勋上柱国（正二品），封爵（赵国公，从一品）如故。

是年，上《请减职员量定中外官俸料奏》。

812年（唐宪宗元和七年），李吉甫五十五岁。

李吉甫在宰相位上，绘制《河北险要图》。

李吉甫撰《赠太傅岐国公杜佑碑》。

辅佐唐宪宗使魏博田弘正放弃割据，归顺朝廷。

813年（唐宪宗元和八年），李吉甫五十六岁。

李吉甫进呈所撰《元和郡县图志》《六代略》《十道州郡图》。

奏请复置宥州，防御回鹘，征调鄜城九千神策军驻守。

征调江淮战马兵器，补充太原、泽潞两军，巩固北防。

是年，李吉甫作《圜丘行事合于中书宿斋》，武元衡、裴度有诗唱和。

李吉甫作《九日小园赠门下武相公》，武元衡、郑絪有诗唱和。

814年（唐宪宗元和九年），李吉甫五十七岁。

李吉甫作《夏夜北园即事门下武相公》。

李吉甫上《让平章事表》。十月三日，李吉甫病逝，享年五十七岁。

宰相武元衡撰《祭李吉甫文》。

唐宪宗辍朝五日，赠司空，赐谥号"忠懿"。

李德裕时二十八岁，居洛阳平泉守制丁父忧。

820年（唐宪宗元和十五年），李德裕三十四岁。

唐宪宗李纯驾崩，唐穆宗李恒即位。

监察御史李德裕充翰林学士，获赐紫衣、金鱼袋。

826年（唐敬宗宝历二年），李德裕四十岁。

唐敬宗李湛驾崩，唐文宗李昂继位。

李德裕授检校礼部尚书，之后拜兵部侍郎（正四品）。

830年（唐文宗太和四年），李德裕四十四岁。

李德裕出镇益州，任成都尹、剑南西川节度使。

833年（唐文宗太和七年），李德裕四十七岁。

李德裕以兵部尚书（正三品）出任中书侍郎、同平章事，首次拜相。

837年（唐文宗开成二年），李德裕五十一岁。

李德裕出镇扬州，任扬州大都督府长史、淮南节度使。

840年（唐文宗开成五年），李德裕五十四岁。

唐文宗李昂驾崩，唐武宗李炎继位。

李德裕回朝，擢升门下侍郎、同中书门下平章事，二度拜相。

843年（唐元宗会昌三年），李德裕五十七岁。

李德裕兼任太尉，封爵卫国公，食邑三千户。

850年（唐宣宗大中三年），李德裕六十四岁。

李德裕在崖州病逝。追赠尚书左仆射，复太子少保、卫国公。

李商隐为李德裕《会昌一品集》作序，誉之为"万古良相"。